mschiff

ne Mindestreichweite von 6 Lichtjahren.)
5. Zentrale mit Positronik, Bedienungs- und Ortungsanlagen
6. Antigravtriebwerk
7. Projektor zur Erzeugung eines HÜ-Schirmes
8. Transformkanone
9. Luftschleuse
10. Impulskanone
11. Im Schmelzverfahren aufgetragenes Gestein
12. Konverter zur Energieerzeugung
13. Lineartriebwerk in Kompaktbauweise (siganesische Konstruktion
14. Ein- und ausfahrbare Teleskoplandestützen (insgesamt 10 Stück)

Zeichnung: Rudolf Zengerle

Perry Rhodan

Kampf gegen die Blues

Perry Rhodan
Kampf gegen die Blues

Verlag Arthur Moewig GmbH,
Rastatt

Alle Rechte vorbehalten
© 1984 by Verlag Arthur Moewig GmbH,
Rastatt
Redaktion: Horst Hoffmann
Beratung: Franz Dolenc
Satz: Utesch Satztechnik, Hamburg
Druck und Bindung: Mohndruck
Graphische Betriebe GmbH, Gütersloh
Printed in Germany
ISBN 3-8118-2033-8

Einleitung

Als ich mit meinem Kollegen Peter Terrid das zweibändige PERRY-RHODAN-Lexikon erarbeitete, kam es zur ersten tieferen Auseinandersetzung mit dem Thema Molkex, das für das hier vorliegende Buch von entscheidender Bedeutung ist. Nach einem halben Dutzend dicht beschriebener großer Karteikarten, etlichen Ergänzungen, Streichungen, Einschüben und Querverweisen glaubte ich zu verstehen, weshalb das Molkex im ersten PR-Lexikon derart stiefmütterlich behandelt worden war. Nun, nach Abschluß der Arbeiten an diesem Buch, weiß ich es. Man hätte diesen zwanzigsten Hardcover-Band ohne weiteres auch „Molkex" nennen können.

Es gab bisher kein PERRY-RHODAN-Buch, in dem so viele Widersprüche aufzulösen gewesen wären wie in diesem. Das soll nicht heißen, daß die aufgenommenen Einzelromane nicht jeder für sich spannend und faszinierend waren. Das Problem lag wohl darin, daß die damalige Exposéredaktion, berauscht von einer elektrisierenden Idee, ein immer weiter wachsendes Gerüst schuf, das am Ende zu kompliziert wurde, um in allen Romanen unter konsequenter Beachtung des roten Fadens und aller Daten mit Leben gefüllt werden zu können.

Daß aus dem in sich so widersprüchlichen Thema Molkex und Zweites Imperium ein geschlossenes Ganzes werden konnte, ist nicht zuletzt das Verdienst von Franz Dolenc, der – wie bei allen vorangegangenen Büchern – in gründlicher Vorarbeit in den Heften steckende Fehler aufzeigte und Vorschläge für Korrekturmöglichkeiten und, wo erforderlich, Ersatzhandlungen machte.

Die in dieses Buch aufgenommenen Originalromane sind, in der Reihenfolge des ehemaligen Erscheinens und unberücksichtigt der vorgenommenen Kürzungen und Bearbeitungen: *Die Eisfalle* von *William Voltz; Die kleinen Männer von Siga* von *K. H. Scheer;*

Unternehmen Nautilus von *K. H. Scheer; Die Panzerbrecher* von *William Voltz; Wettlauf gegen die Zeit* von *Kurt Brand; In letzter Minute* von *Kurt Brand* und *Der Untergang des Zweiten Imperiums* von *Clark Darlton.*

Es versteht sich von selbst, daß auch unter neuer Redaktion die bewährte Praxis fortgesetzt wird, trotz aller nötigen Korrekturen möglichst viel von der Originalität der Heftromane zu erhalten. Daran wird sich auch in Zukunft nichts ändern. Mit dem nächsten Band der Buchreihe steigen wir übrigens – soviel soll hier bereits verraten werden – voll in den MdI-Zyklus ein, der für die gesamte Serie neue Maßstäbe setzte.

Herzlich bedanken möchte ich mich – außer bei Franz Dolenc – bei allen Lesern, die es mir mit ihren Vorschlägen und Zusprüchen erleichtert haben, die schwere Aufgabe in Angriff zu nehmen, die PERRY RHODAN-Buchreihe nach dem Tod von Willi Voltz fortzuführen.

Rastatt, Sommer 1984   Horst Hoffmann

Zeittafel

1971: Die STARDUST erreicht den Mond, und Perry Rhodan entdeckt den gestrandeten Forschungskreuzer der Arkoniden.

1972: Aufbau der Dritten Macht und Einigung der Menschheit.

1976: Perry Rhodan löst das galaktische Rätsel und entdeckt den Planeten Wanderer, wo seine Freunde und er von dem Geisteswesen *ES* die relative Unsterblichkeit erhalten.

1984: Der Robotregent von Arkon versucht die Menschheit zu unterwerfen.

2040: Das Solare Imperium ist entstanden. Der Arkonide Atlan taucht aus seiner Unterwasserkuppel im Atlantik auf. Die Druuf dringen aus ihrer Zeitebene in unser Universum vor.

2044: Die Terraner verhelfen Atlan zu seinem Erbe.

2102: Perry Rhodan entdeckt das Blaue System der Akonen.

2103: Perry Rhodan erhält den Zellaktivator von *ES*.

2104: Der Planet Mechanica wird entdeckt. Vernichtung des Robotregenten von Arkon.

2114: Entdeckung der Hundertsonnenwelt und Bündnis mit den Posbi-Robotern.

2326: *ES* flieht vor einer unbekannten Gefahr und läßt 25 Zellaktivatoren zurück. Die Hornschrecken verwüsten viele Welten und hinterlassen Schreckwürmer und die geheimnisvolle Molkexsubstanz. Die Spuren führen zu einem 2. Imperium.

2327: Kontakte und Pakt mit den Schreckwürmern. Die Gefahr eines Wiederauflebens des Suprahets wird gebannt. Terranische Vorstöße bringen erste wichtige Erkenntnisse über die Herren des 2. Imperiums.

Prolog

Im Dezember des Jahres 2326 gelang es den Terranern, den ersten Kontakt mit einem Schreckwurm herzustellen. Der junge Physiker und Astronom Tyll Leyden war es, der schließlich herausfand, daß die bislang für Monstren gehaltenen Riesen indirekt von jenem sternenfressenden Urgebilde abstammten, das vor rund 1,2 Millionen Jahren die Milchstraße bedrohte. Den inzwischen verschollenen Oldtimern gelang es damals, die Gefahr abzuwenden und das Suprahet zu bändigen. Dabei wurde sein größter Teil manifest und bildete später den Mittelpunkt des Sonnensystems EX–2115–485 (Herkules). Ein kleinerer Teil verschwand in den Tiefen der Galaxis.

Aus ihm wurde nach der Umwandlung in reines Molkex der Planet Tombstone, dessen gesamte Masse ursprünglich aus dem neuen Stoff bestand. Im Lauf der Jahrhunderttausende ging mit dem Molkex eine biologische Veränderung vor sich, die schließlich zur Geburt des ersten Schreckwurms führte, aus dessen Eiern wiederum die allerersten Hornschrecken schlüpften. In den nachfolgenden Jahrtausenden verlor Tombstone durch die immer wiederkehrende Hornschreckeninvasion nahezu neunzig Prozent seiner ursprünglichen Masse.

Dann aber, vor etwa dreitausend Jahren, entdeckte den Planeten jenes raumfahrende Volk, von dessen Imperium in der galaktischen Eastside bis zum Jahr 2326 niemand in der bekannten Milchstraße etwas ahnte. Diese ungeheuer fruchtbaren Wesen, aufgrund ihrer Hautfarbe Blues genannt, fanden die besonderen Eigenschaften des Molkex heraus und schlossen mit den Schreckwürmern einen Vertrag, der vorsah, die vor der Eiablage stehenden Schreckwürmer auf unbewohnte Planeten zu bringen. Als Gegenleistung erhielten die Blues einen Teil des dort anfallenden Molkex, wobei ihnen die Intelligenz der Schreckwürmer jedoch verborgen blieb.

Die Gataser, das vorherrschende Bluesvolk, erlangten rasch das

Monopol über die Handhabung des kostbaren Stoffes, und ihre Diskus-schiffe sind es, die im Jahr 2327 die Grenzen des Vereinten Imperiums bedrohen. Mit ihren unzerstörbaren Molkexpanzern stellen ihre Flotten Perry Rhodan und alle anderen Verantwortlichen vor schier unlösbare Probleme.

Ein galaktischer Krieg erscheint unvermeidbar. Um nicht von den Blues in ihrem ungeheuerlichen Expansionsdrang regelrecht überrannt zu werden, muß das Vereinte Imperium alles daransetzen, hinter das Geheimnis der Molkexpanzer zu kommen.

Dies ist die Geschichte der Spezialisten, die sich in die Höhle des Löwen wagten und dabei von Anfang an wußten, daß ihr Leben dort nicht mehr viel zählte. Es ist die Geschichte der Wissenschaftler, die unermüdlich an einer scheinbar unmöglichen Problemlösung arbeite-ten, im verzweifelten Wettlauf gegen die Zeit. Und es ist eines der düstersten Kapitel in der neueren Geschichte der Galaxis . . .

1.

Juni 2327

Unter halbgeöffneten Augen verfolgte Sergeant Wallaby die Bemühungen des jungen Mannes, den schweren und übergroßen Koffer den Landesteg hinaufzutragen.

Wallaby war ein breitschultriger Mann, mit kantigem Gesicht und an den Schläfen ergrauten Haaren.

Er hielt sich für feinfühlig, für intelligent, zurückhaltend, gebildet und erfahren.

Er war nichts von alledem.

Seine einzige Fähigkeit bestand darin, die Beladung eines Schiffes zu kontrollieren, fehlende Teile schnell zu organisieren und Untergebene mit lautstarkem Gebrüll einzuschüchtern.

Als der junge Mann mit dem Koffer ungefähr die Hälfte des Weges zurückgelegt hatte, schob Wallaby die Dienstmütze in den Nacken und stemmte beide Arme in die Hüften.

Der junge Mann lächelte erwartungsvoll zu ihm empor, voller Hoffnung, daß Wallaby herunterkommen und ihm helfen würde. Er hatte ein rundes, offenes Gesicht, mit dunkelblauen Augen und einem ausgeprägten Grübchen im Kinn. Er war nicht sehr groß, aber schlank, und hatte außergewöhnlich lange Arme. Bekleidet war er mit einer einfachen Kombination, so daß Wallaby nicht ahnen konnte, daß er Leutnant war.

Wallabys Augen richteten sich durchdringend auf den Kofferträger, während seine Vermutung, einen einfältigen Kadetten vor sich zu haben, durch das seltsame Verhalten des jungen Mannes bestätigt wurde. Der Sergeant fühlte Verachtung in sich aufsteigen. Was wollte dieser Knabe bei einem Einsatz wie diesem?

Doch darüber, erkannte Wallaby, hatte er nicht zu entscheiden.

Das einzige, was unter seine Befehlsgewalt fiel, war dieser monströse Koffer aus gelbem Leder, der gegen die Verordnung verstieß, nach der Besatzungsmitglieder nur kleines Gepäck mit an Bord bringen durften.

„He!" schrie Wallaby. Er wippte auf den Fußspitzen, weil er herausgefunden hatte, daß ihm solche Bewegungen ein großes Maß an Autorität verliehen.

Der junge Mann hingegen schien in keiner Weise beeindruckt.

Er stellte den Koffer ab und winkte Wallaby zu.

„Wollen Sie mir nicht helfen, dieses Ding zu transportieren?" erkundigte er sich freundlich.

Wallaby errötete bis hinter die Ohren. Hastig blickte er sich um, ob auch kein Mitglied der Besatzung diese öffentliche Demütigung gehört hatte. Dann richtete sich sein Zorn mit voller Energie gegen den jungen Fremden.

„Sie haben wohl Klapperschlangenmilch gefrühstückt?" brüllte er los. „Wenn Sie schon mit zuviel Gepäck erscheinen, dann legen Sie wenigstens Ihr flegelhaftes Benehmen gegenüber einem Vorgesetzten ab."

Der Ankömmling lächelte nachsichtig. Seine Blicke glitten suchend über den Landesteg.

„Welchen Vorgesetzten meinen Sie, Sarge?" fragte er.

„Dafür wird man Sie einlochen", versicherte Wallaby mit giftiger Stimme. „Auch als Kadett dürfen Sie nicht so naiv sein, die Rangabzeichen nicht zu kennen."

„Sarge", sagte der junge Mann gedehnt. „Stehen Sie stramm!"

Wallabys Augen weiteten sich bestürzt, als der vermeintliche Kadett in die Brusttasche griff und das Rangabzeichen eines Leutnants an die Kombination heftete.

„Ich . . . äh . . . ich konnte nicht wissen, Sir", begann er.

„Mein Name ist Kilmacthomas", sagte der junge Mann. „Don Kilmacthomas."

Aus Wallabys Mund kam ein leises Stöhnen. Da war er also, dieser Kilmacthomas, den alle Offiziere an Bord der TRISTAN mit Spannung erwarteten.

Natürlich war der Bursche Leutnant, aber er war ein Planetenkriecher, noch nie hatte sein Fuß eine fremde Welt betreten. Für Wallaby war es rätselhaft, wie ein solcher Mann überhaupt Offizier werden konnte.

Wie hieß es doch gleich in dem Bericht über Kilmacthomas, den Wallaby heimlich in der Zentrale gelesen hatte?

„Er, der Leutnant, hat eine vollständige Ausbildung über das Verhalten auf Eisplaneten oberhalb und innerhalb des Eises mit großem Erfolg beendet. Als Berater kann er bei diesem Einsatz von großem Nutzen sein."

Wallaby knurrte spöttisch. Wie konnte ein Mann, der die Erde niemals verlassen hatte, etwas von Eiswelten verstehen? Kilmacthomas war einer dieser typischen Theoretiker, wie sie die Akademie immer wieder hervorbringen würde.

Wallaby nahm Haltung an.

„Ich bitte Herrn Leutnant in aller Form um Entschuldigung", sagte er mit wiedergewonnener Fassung. „Darf ich Sie darauf aufmerksam machen, daß die Beschränkung des Gepäcks auch für die Offiziere gilt."

Kilmacthomas entblößte eine Reihe unregelmäßiger Zähne, als er den Sergeanten anlachte.

Er ist ja noch ein Junge, dachte Wallaby grimmig.

„Dieser Koffer enthält private Geräte", sagte der Leutnant. „Ich habe eine Genehmigung, sie an Bord der TRISTAN bringen zu dürfen, da sie zu meiner Ausrüstung gehören. Ohne diese Spezialausrüstung kann ich nicht arbeiten."

Im stillen dachte Wallaby sehr verächtlich von Spezialisten, die ihre Ausrüstung in einem Koffer mit sich herumschleppten.

„Warum haben Sie Ihre Ausrüstung nicht verladen, Sir, wie die anderen Spezialisten?"

Kilmacthomas hockte sich auf den Kofferrand.

„Diese Geräte sind sehr empfindlich. Ich will sie keiner Verladeautomatik anvertrauen. Seien Sie vorsichtig, wenn Sie den Koffer jetzt in meine Kabine bringen."

„Gewiß, Sir", sagte Wallaby mürrisch.

Betont langsam schritt er den Laufsteg hinunter. Er würde diesem grünen Burschen einmal zeigen, wie solches Gepäck getragen wurde.

13

Kilmacthomas stand auf, als Wallaby neben ihm ankam. Lächelnd sah er zu, wie Wallaby nach dem Koffer griff. Der Sergeant sah ein kitschig-buntes Etikett, das Kilmacthomas auf das Leder geklebt hatte.

Außerdem war ein Warnschild darangeheftet, das jeden anhielt, vorsichtig mit dieser Last umzugehen.

Wallabys knochige Finger umschlossen den Griff des Koffers.

Entschlossen hob er an. Es kostete ihn alle Kraft, das Gepäck des Leutnants überhaupt hochzuheben. Stöhnend stellte er wieder ab.

„Was ist da drin, Sir, etwa Erzproben?" fragte er.

„Soll ich helfen?" erkundigte sich Kilmacthomas sarkastisch.

„Ich habe schon ganz andere Sachen getragen", versicherte Wallaby und nahm den Koffer wieder auf. Ächzend und schwankend ging er voraus, während Kilmacthomas gemächlich folgte. Ab und zu gab er dem Sergeanten einen wohlgemeinten Rat.

So kam Don Kilmacthomas, der Theoretiker, an Bord der TRISTAN.

Die Kugel aus Terkonitstahl, die den zweiten Planeten der Sonne Lysso umkreiste, trug den Namen Eastside-Station Nummer 1, kurz ESS-1 genannt. Im Augenblick war sie 58 111 Lichtjahre vom System Sol entfernt.

Aber diese Entfernung interessierte die Männer an Bord weniger. Ein anderes, viel näher gelegenes Sonnensystem nahm ihre Aufmerksamkeit voll in Anspruch.

ESS-1 war nur 9842 Lichtjahre von der Sonne Verth entfernt.

Das Verthsystem jedoch war die Heimat der Blues.

Oberst Joe Nomers, Kommandant der ESS-1, verließ seine Kabine eine gute Stunde bevor man die der TRISTAN erwartete.

Nomers war schon über fünfzig Jahre alt, ein untersetzter muskulöser Mann mit völligem Kahlkopf und dünnen, stets blau angelaufenen Lippen. Der Oberst wirkte unauffällig, ein Eindruck, der durch seine Schweigsamkeit nur unterstrichen wurde.

Nomers ging ohne Hast in Richtung des Kontrollraumes. Mit leichtem Unbehagen dachte er daran, daß man die 800 Meter durchmessende ESS-1 von allen überflüssigen Maschinenanlagen befreit hatte. Auch schwere Waffen befanden sich nicht an Bord.

Der riesige Ferntransmitter akonischer Bauart, den man in der Station untergebracht hatte, verschlang allen Platz. So war die ESS-1 eher eine im Raum schwebende Transmitterstation als ein Raumschiff. Da Nomers Raumschiffskommandant war, fühlte er, wie jeder Raumfahrer, eine heftige Abneigung gegen alle Schiffe mit unvollständiger Ausrüstung.

Der Planet, den die ESS-1 umkreiste, trug den Eigennamen Griez. Er war eine Eiswelt von überdurchschnittlicher Größe, ohne Spuren von Leben und Zivilisation.

Die kleine rote Sonne reichte nicht aus, um die beiden Planeten dieses Systems so zu erwärmen, daß sich die zu Eis erstarrten Oberflächen verändert hätten.

Vielleicht, überlegte Nomers, waren irgendwo dort unter dem Eis die Spuren längst vergangener Zivilisationen, Spuren, die von intelligenten Bewohnern berichteten. Gleich den Menschen mochten sie gehofft, geliebt und gelitten haben, bis die erbarmungslose Natur einen Schlußstrich unter ihre Entwicklung gesetzt hatte.

Nomers betrat die Zentrale der ESS-1. Im gleichen Augenblick fühlte er, wie die Spannung der Besatzung auf ihn übergriff. Es war, als übertrete er eine Schwelle zwischen zwei Räumen mit völlig verschiedenen Atmosphären. Die langjährige Erfahrung hatte in Nomers ein eigenartiges Gefühl für Veränderungen im menschlichen Verhalten geschaffen. Aus den kleinsten Reaktionen eines Mannes vermochte er dessen augenblickliche Verfassung zu erkennen.

Vielleicht kam seine Schweigsamkeit daher, daß er fürchtete, seiner Umwelt ähnliche Hinweise zu liefern; daß er es vermeiden wollte, durchschaut und erkannt zu werden.

Nomers blickte zum Panoramabildschirm. Die ESS-1 flog im Augenblick über der Tagseite des Planeten Griez, so daß ein ziemlich deutliches Bild der Oberfläche übertragen werden konnte.

Der Oberst sah sich schweigend um.

Seine Blicke wanderten über jeden einzelnen Mann. Vor ihm, im Sessel, saß Leutnant Nashville, ein junger temperamentvoller Offizier, das genaue Gegenteil zu Nomers.

„Sie können jetzt frühstücken, Leutnant", sagte Nomers leise und klopfte Nashville auf die Schulter.

„Danke, Sir", sagte Nashville. Für sein Alter war er zu dick, sein aufgeschwemmtes Gesicht wurde von einer großporigen Nase verunziert, auf der Schweißtröpfchen glänzten. Erstaunlicherweise wirkte Nashville trotz seiner Fülle unglaublich beweglich.

Er erhob sich und machte dem Oberst den Sessel frei. Für ihn stand fest, daß Nomers während der Kontaktaufnahme mit der TRISTAN die Station persönlich leiten wollte.

Da er genau wußte, daß Nomers kein weiteres Wort verlieren würde, verschwand er mit kurzem Kopfnicken aus der Zentrale. Nomers ließ sich im Sessel nieder, der sich sofort seinem Körper anpaßte. Da er wußte, daß kein Besatzungsmitglied in unmittelbarer Nähe war, gestattete er sich einen tiefen Seufzer.

Nach seinen Begriffen war die ESS-1 Teil eines Himmelfahrtskommandos.

Zwar hatte sie den Vorteil, nicht unmittelbar in das Geschehen eingreifen zu müssen, aber das konnte einen strategisch denkenden Mann wie Nomers nicht beruhigen.

Der Oberst sah den Plan in seiner Gesamtheit. Der schwache Punkt daran war die TRISTAN. Nicht etwa, daß dieses Schiff schlecht und unmodern oder seine Besatzung gewesen wäre, aber die Aufgabe, die man ihm zugedacht hatte, erschien Nomers einfach undurchführbar.

Die TRISTAN sollte, das sah der Plan vor, in das Herz des zweiten Imperiums vorstoßen – nach Verth!

Nomers dachte daran, wie gering die Chance war, daß ein fremdes Schiff in das Solsystem eindringen und auf Pluto landen konnte. Es war praktisch unmöglich.

Und doch sollte die TRISTAN das Unmögliche schaffen.

Perry Rhodan, der den Plan ausgearbeitet hatte, war bereit, für das Gelingen einige hundert Robot-Schiffe während eines Ablenkungsmanövers zu verlieren.

Ein hoher Preis, dachte Oberst Joe Nomers, um nichts weiter zu erreichen, als ein Raumschiff direkt in die Höhle des Löwen zu bringen.

Vor drei Monaten hatten schnelle Erkundungskreuzer damit begonnen, die galaktische Position der blauen Riesensonne Verth koordinatenmäßig zu bestimmen. Die Daten, die den Männern dabei zur Verfügung gestanden hatten, waren alles andere als ausführlich. Zwar war es inzwischen gelungen, das auf Apas erbeutete Wissen vollständig auszuwerten und so eine Menge über die Lebensgewohnheiten der Blues und ihre Heimatwelt Gatas zu erfahren, aber die Informationen über die galaktische Position dieser Welt waren zum Teil sehr dürftig. Die exakte Standortbestimmung der Sonne Verth hatte nur durch unzählige Aufklärungsflüge erfolgen können.

Vor allem über die Art der Molkexverarbeitung war, wie erwartet, nichts in Erfahrung gebracht worden. Wollte man diesem Geheimnis auf die Spur kommen, mußte man direkt auf Gatas ansetzen, denn nur dort konnte man sich Zugang zu den wichtigsten Informationen erhoffen.

Doch inzwischen hatte man nicht nur herausgefunden, wo das Heimatsystem der Gataser zu finden war. Man wußte, daß die Sonne Verth 14 Planeten besaß, wovon die fünfte Welt, Gatas, gleichzeitig der Ursprungsplanet der Blues war. Der Durchmesser von Gatas betrug 14 221 Kilometer. Bei einer Bevölkerungsdichte von ungefähr 14 Milliarden Blues befand sich diese Welt im Zustand hoffnungsloser Übervölkerung.

Hier zeigte sich besonders deutlich, daß der ungeheure Expansionsdrang dieser Wesen vor allem auf ihrer Fruchtbarkeit beruhte. Man wußte auch, daß die Blues aus unbekannten Gründen großen Wert auf die Sicherheit ihrer Neugeborenen legten und sie vor allen Gefahren schützten.

Längst hatte Perry Rhodan erfahren, daß die Herstellung friedlicher Kontakte zu den Blues schwierig war. Die Fremden schienen jeden zu hassen, der nicht ihrer Rasse angehörte.

Nur wer selbst ein Blue ist, kann mit Blues verhandeln!

Diese lapidare Feststellung hatte Rhodan bewogen, neue Wege zu suchen, um mehr über den Gegner zu erfahren.

In den ersten Junitagen des Jahres 2327 hielt sich der Großadministrator an Bord des Flottenflaggschiffes ERIC MANOLI auf. Zusammen mit weiteren dreitausend Schiffen, zum Großteil arkonidische

Robot-Einheiten, befand sich die ERIC MANOLI auf dem Flug in ein der Sonne Verth benachbartes System.

Kommandant Kors Dantur, Epsalgeborener, einer der besten Piloten der Flotte, fragte sich seit einigen Stunden, warum Perry Rhodan so schweigsam geworden war. In Gedanken versunken saß der Großadministrator in der Zentrale.

Außer Rhodan hielten sich noch Reginald Bull und Regat Waynt, ein akonischer Spezialist, im Kommandoraum auf. Hinzu kam natürlich die übliche Besatzung.

Von Regat Waynt, das hatte Dantur längst herausgefunden, konnten keine Impulse kommen, die Rhodan aus den Grübeleien in die Wirklichkeit zurückholen würden. Waynt war ein schweigsamer, schlanker, hohlwangiger Mann mit stechendem Blick und einem zynischen Ausdruck um die Lippen.

Nur Reginald Bull schien unter der Stille ebenso zu leiden wie Dantur. Schließlich war es auch der lebhafte Kommandant der ehemaligen arkonidischen Flotte, der das Schweigen brach.

„Ich wette, du denkst daran, das Unternehmen im letzten Augenblick noch abzubrechen", sagte er gedehnt. „Auch ohne die telepathischen Fähigkeiten eines Mausbibers kann man dir das deutlich ansehen."

„Mach dir nur keine unnötigen Sorgen, Dicker", sagte Rhodan ruhig.

In einer verzweifelten Geste strich Bull die Jacke glatt, die bei ihm nie jenen strammen Sitz hatte, wie ihn militärisch strenge Vorgesetzte in der Flotte bevorzugten. Doch zum Glück hatte Bull praktisch keine Vorgesetzten, und Rhodan würde es nie in den Sinn kommen, den Freund wegen des Aussehens seiner Uniform zu tadeln.

„Keine Sorgen?" erkundigte sich Bull. „Es ist das Recht eines jeden Menschen, sich Sorgen zu machen, wann immer er will. Ich will jetzt. Außerdem möchte ich noch einmal vorschlagen, daß wir versuchen, über die Widerstandsbewegungen in den Reihen der Blues den erwünschten Kontakt aufzunehmen."

Auf Rhodans Stirn erschien eine steile Falte.

„Schließlich haben wir das schon praktiziert", sagte er. „Es ist doch sinnlos, wenn wir in dieser Richtung weitere Fehlschläge einhandeln.

Die Widerstandsgruppen sind ebenso unzugänglich wie die Gataser selbst. Wenn wir wichtige Ergebnisse über das Imperium der Blues herausfinden wollen, dann müssen wir uns eben selbst darum bemühen."

„Auch wenn wir dabei Gefahr laufen, den Kopf zu verlieren", wandte Bull ein.

„In deinem speziellen Fall wäre das zwar kein großer Verlust", sinnierte Rhodan, „aber ich will diese Gefahr nicht abstreiten."

Bull betastete mit den Fingern ärgerlich seinen rothaarigen Schädel.

„Dein Widerwille gegen mein edles Köpfchen scheint auf Neid zu beruhen", erklärte er würdevoll. „Schließlich kann man auch von anderen Leuten nicht behaupten, daß ihr wertvollster Körperteil oberhalb des Rumpfes sitzt."

Rhodan grinste, Dantur kicherte in sich hinein, und Waynts Lippen kräuselten sich spöttisch.

„Dreitausend Schiffe bieten wir auf, um der TRISTAN eine Landung auf dem vierzehnten Planeten der Sonne Verth zu ermöglichen", erinnerte Reginald Bull. „Dreitausend Schiffe, um ein bißchen Verwirrung zu stiften."

„Ein bißchen?" Rhodan schüttelte den Kopf. Der Trick, der der KOPENHAGEN das Eindringen in das Pahl-System ermöglicht hatte, konnte hier nicht angewendet werden, da das Verth-System ungleich besser bewacht war als Apas. „Nein, Dicker, wir müssen die Blues dazu bringen, daß sie glauben, ein Großangriff sei im Gange. Ihre gesamte Aufmerksamkeit muß auf das benachbarte System konzentriert sein, ihre Schiffe müssen dorthin abgelenkt werden. Bevor wir uns wieder absetzen, muß es der TRISTAN gelungen sein, unbemerkt zu landen und sich praktisch in das Eis jener Welt zu bohren. Es ist vorgesehen, daß die TRISTAN sechshundert Meter unter der Oberfläche anhält und ein Kavernensystem ausbaut. Sie wird gegen optische Ortungen vollkommen geschützt sein."

„Der Gedanke daran läßt mich frieren", gestand Bull.

Rhodan lachte. Sie hatten keinen Anlaß, anzunehmen, daß das Verth-System weniger abgeschirmt war als das Solsystem. Auch bei den Blues würde reger Schiffsverkehr herrschen. Wahrscheinlich gab es Raum- und Wachstationen. Natürlich bestand auch die Möglichkeit, daß die Blues während ihrer bisherigen Entwicklung noch nicht mit großen Schwierigkeiten zu kämpfen hatten und ihre Vorsicht deshalb nicht so ausgeprägt sein würde wie die der Menschen.

Ebenso wie die Eastside-Station 1 war die TRISTAN mit einem Großtransmitter akonischer Konstruktion ausgerüstet. Sobald es Kommandant Mos Hakru gelungen war, das Schiff unter dem Eis des äußersten Planeten der Sonne Verth zu verstecken, konnten von der ESS-1 aus Spezialisten ins Verth-System einsickern. Sie mußten dazu nur die Transmitter benutzen.

Die größte Schwierigkeit bestand tatsächlich darin, einen Transmitter unentdeckt ins Heimatsystem der Blues zu transportieren.

Doch den führenden Männern des Vereinten Imperiums blieb keine andere Wahl, als ein Risiko einzugehen. Sie mußten mehr über den Gegner erfahren, bevor dieser entscheidend zuschlug.

Es war ein Kampf gegen die Zeit.

2.

„Stellen Sie ihn auf dem Bett ab, Sarge", sagte Kilmacthomas zu dem aufstöhnenden Wallaby. „Seien Sie vorsichtig."

Sergeant Wallaby brachte den Koffer des Leutnants mit gemurmelten Flüchen an den angewiesenen Platz. Sein Gesicht war gerötet, entweder aus Zorn oder vor Anstrengung. Wahrscheinlich aus beiden Gründen.

Don Kilmacthomas sah sich in der Kabine um.

„Bißchen eng hier, was, Sarge?" fragte er enttäuscht.

„Die Unterkünfte der Mannschaft sind noch kleiner", knurrte Wallaby. „Oberst Hakru begnügt sich mit einer ähnlichen Kabine wie Sie, Sir."

Wallaby hielt das für eine äußerst diplomatische Äußerung, und er schnaubte zufrieden.

Es sah nicht so aus, als würde Kilmacthomas ihm irgend etwas übelnehmen.

„Sie können gehen, Sarge", sagte der Leutnant.

Unzufrieden wandte sich Wallaby um. Er hätte zu gern gesehen, wie Kilmacthomas den Koffer auspackte. Er bezweifelte, daß der Offizier tatsächlich Geräte mitführte.

Er schlug die Tür hinter sich zu und blieb stehen. Hastig blickte er den Gang entlang. Niemand war zu sehen. Noch waren nicht alle Offiziere eingetroffen. Hakru hielt sich wahrscheinlich in der Zentrale auf, um die Startvorbereitungen zu überwachen.

Wallaby schluckte nervös. Dann beugte er sich hinab, um durch das kleine Loch unterhalb des Magnetschlosses zu blicken. Er konnte direkt zum Bett sehen. Nach einer Weile geriet Kilmacthomas in sein Blickfeld. Der Grünschnabel hatte sich der Kombination entledigt und trug jetzt – Wallaby sah es mit Schmerzen – einen knallroten Hausmantel. Der Sergeant ächzte.

Glaubte dieser unerfahrene Bursche, daß sie zu einer Party flogen?

Irgendwo hinter ihm entstand ein Geräusch. Er fuhr hoch, aber es war nur eine automatische Luftklappe, die sich geöffnet hatte. Wallaby nahm den Beobachtungsposten wieder ein.

Kilmacthomas hockte sich neben den Koffer aufs Bett. In seinem Gesicht lag ein zufriedener Ausdruck. Wallaby fühlte den kühlen Luftzug, der aus dem Loch kam, aber er ließ sich jetzt nicht beirren.

Da öffnete Kilmacthomas den Koffer. Durch das Gewicht hatte sich dieser nach vorn geneigt, so daß Wallaby ohne Schwierigkeiten in das Innere blicken konnte.

Sein Kinn fiel nach unten. Seine Augen weiteten sich.

Kilmacthomas hatte nicht ein einziges Gerät in die Kabine gebracht. In diesem Koffer, den er, Sergeant Wallaby, wie ein Idiot geschleppt hatte, befanden sich unzählige Flaschen mit verschiedenen bunten Etiketten.

Und in den Flaschen – daran zweifelte Wallaby keine Sekunde – konnte nichts anderes sein als Alkohol.

Leutnant Don Kilmacthomas hatte alkoholische Getränke an Bord der TRISTAN geschmuggelt. Er, Wallaby, war darauf hereingefallen.

Er hatte das verdächtige Gepäck auch noch getragen!

Der Sergeant hätte heulen können. Dieser Bursche machte sich jetzt wahrscheinlich noch über ihn lustig. Kalte Wut stieg in Wallaby auf. Jetzt hatte er eine Chance, diesem Greenhorn alles heimzuzahlen, was er ihm auf dem Landesteg angetan hatte.

Wallaby richtete sich hastig auf. Mit schnellen Schritten eilte er über den Gang.

Wie er gehofft hatte, fand er Oberst Mos Hakru in der Zentrale vor. Hakru war ein zierlicher Mann, fast schmächtig. Er war 38 Jahre alt, Kosmonaut und gehörte als Physiker dem von Rhodan gebildeten Experimentalkommando an.

Wallaby erstarrte in einer militärischen Ehrenbezeugung, als Hakru auf ihn aufmerksam wurde.

„Was ist los, Sarge?" fragte der Oberst.

Obwohl sich Wallaby auf dem Weg vom Laderaum hierher genau überlegt hatte, was er sagen wollte, fehlte es ihm jetzt an Mut, sich klar auszudrücken.

„Es handelt sich um einen neuen Offizier", sagte er schwerfällig. „Ich habe einen Verdacht, Sir."

Hakrus Blick trieb ihm das Blut ins Gesicht.

„Also los, Sergeant Wallaby", forderte Hakru. „Ich habe keine Zeit für Nebensächlichkeiten."

„Es sind einige Dutzend Flaschen alkoholischer Getränke an Bord, Sir", entfuhr es Wallaby. „Ich habe durch einen... äh... Zufall gesehen, wie sie ausgepackt wurden."

„Wer hat sie wo ausgepackt?" fragte Hakru.

„Leutnant Kilmacthomas, Sir", stieß Wallaby hervor. „In seiner Kabine."

„Kilmacthomas ist der neue Offizier", erinnerte sich Hakru. „Also gut, Wallaby, sehen wir nach, ob Ihre Anschuldigung stimmt. Der Leutnant wird sofort von Bord gewiesen, wenn Sie recht haben."

Wallaby nickte zufrieden. Der schwere Koffer würde noch einmal über den Landesteg geschleppt werden.

Nach unten!

Von Leutnant Don Kilmacthomas!

Unmittelbar vor der Kabine des Leutnants machte Sergeant Wallaby halt.

„Hier wurde er einquartiert, Sir", sagte er zu Hakru.

„Klopfen Sie", befahl der Oberst.

Wallaby hielt die Zurückhaltung des Kommandanten gegenüber einem Alkoholschmuggler zwar für übertrieben, aber er pochte mit dem Knöchel gegen die Tür.

„Reinkommen, wer immer es ist!" rief eine jugendliche Stimme aus dem Innern.

Sergeant Wallaby hätte sich am liebsten die Hände gerieben. Bedächtig drückte er die Tür auf.

„Achtung!" rief er lautstark. „Der Kommandant!"

„Lassen Sie das, Sarge", befahl Hakru verärgert und trat ein.

Kilmacthomas trug noch immer den roten Hausmantel. Seine dunkelblauen Augen richteten sich ohne Verwirrung, aber voller Interesse auf den Oberst.

„Wir wurden uns bereits vorgestellt, Sir", sagte er zu Hakru. Enttäuscht registrierte Wallaby, daß Kilmacthomas in keiner Weise verlegen war. Aber das würde noch kommen.

„Ich hätte mich bei Ihnen gemeldet, sobald der offizielle Countdown beginnt", hörte er Kilmacthomas sagen.

Hakru durchmaß die Kabine mit raschen Schritten. „Um es kurz zu machen, Leutnant: Sergeant Wallaby bezichtigt Sie des Alkoholschmuggels auf ein Schiff der Flotte, das kurz vor einem wichtigen Einsatz steht."

Für einen kurzen Augenblick verlor das Gesicht des Leutnants jede Freundlichkeit. Mit einemmal sah es auch nicht mehr so jung aus, wie es Wallaby in Erinnerung hatte. Doch dann tauchte wieder das alte Lächeln darin auf.

„Sie haben also spioniert und denunziert, Sarge", stellte Kilmacthomas sachlich fest.

Wallaby hob die Augenbrauen. „Glauben Sie, daß Sie mich beleidigen können, nachdem Sie entlarvt wurden?" fragte er würdevoll.

Kilmacthomas zuckte die Achseln und zog den gelben Lederkoffer unter dem Bett hervor. Er klappte den Deckel auf, und Hakrus Blick fiel auf die unzähligen Flaschen, von denen Wallaby gesprochen hatte.

„Stellen Sie fest, ob Alkohol darin ist", befahl der Oberst dem vor Erregung zitternden Wallaby.

„Mit Vergnügen, Sir", beeilte sich der Sergeant zu sagen. Auf diese Weise konnte er kostenlos und ohne in Konflikt mit den Vorgesetzten zu kommen einen guten Schluck nehmen.

Mit einer lässigen Geste griff Kilmacthomas eine der Flaschen heraus und überreichte sie Wallaby.

„Nehmen Sie diese", empfahl er.

Wallaby stieß seine Hand zur Seite. „Ich suche mir selbst eine aus", knurrte er. „Sie können mich mit einer Flasche Fruchtsaft nicht irreführen."

Er holte seinerseits eine Flasche, öffnete sie und roch daran. Sein Gesicht verzog sich.

„Was ist los, Sarge?" fragte Hakru ungeduldig. „Ist es Alkohol oder nicht?"

„Natürlich ist es Alkohol, Sir", flüsterte Wallaby, während Schweißtropfen auf seiner Stirn erschienen. Er setzte die Flasche an und nahm einen tiefen Schluck.

Kilmacthomas sah interessiert zu. Wallaby bekam einen Erstickungsanfall, und der Leutnant mußte ihm die Flasche aus den Händen nehmen, bevor er sie fallen ließ. Der Sergeant wurde kreideweiß, seine Knie gaben nach.

„Was ist los, Sarge?" wiederholte Hakru seine Frage.

„Gift", stöhnte Wallaby schwerfällig. „Es ist irgendein Gift."

„Es sind Reagenzien für Eisanalysen, Sir", erklärte Kilmacthomas. „Jede dieser Flaschen ist ungeheuer wertvoll und außerdem gefährlich. Deshalb habe ich vorgezogen, sie in meine Kabine bringen zu lassen."

„Gefährlich?" hauchte Wallaby entsetzt. „Werde ich sterben?"

„Ich glaube nicht", sagte Kilmacthomas sanft. „Die Flasche, die ich Ihnen überreichen wollte, hätte lediglich Haarausfall bewirkt. Jetzt werden Sie jedoch einen Ausschlag bekommen, der Ihr Gesicht wie eine aufgequollene Tomate aussehen läßt. Ihr eigener Bruder wird Sie so nicht erkennen. Aber es wird sich wieder bessern."

Wallaby schlug beide Hände vors Gesicht. Hakru unterdrückte ein Grinsen.

„Gehen Sie jetzt, Sarge", befahl er Wallaby.

Jammernd verließ Sergeant Wallaby den kleinen Raum.

Als sie allein waren, betrachtete Mos Hakru den jungen Offizier nachdenklich.

„Dies ist Ihr erster Einsatz, Leutnant?" fragte er nach einer Weile.

„Ja, Sir", antwortete Kilmacthomas.

Hakrus Blicke richteten sich auf den roten Hausmantel. „Das werden Sie natürlich ablegen", ordnete er an.

„Ja, Sir", sagte Kilmacthomas.

Hakru wandte sich zum Gehen, aber an der Tür drehte er sich noch einmal um. Ein feines Lächeln spielte um seine Lippen.

„Ich schätze, wir werden gut miteinander auskommen, Leutnant", sagte er.

„Ja, Sir", sagte Leutnant Don Kilmacthomas. Er grinste den Oberst mit entwaffnender Freundlichkeit an.

„Funkspruch vom Flaggschiff!" rief Mowegan, der Cheffunker der ESS-1 und überreichte Oberst Joe Nomers einen Zettel, auf dem er die eingetroffene Meldung entschlüsselt hatte.

Nomers überflog die Meldung mit einem schnellen Blick. Sie besagte, daß der Flottenverband, an der Spitze die ERIC MANOLI, den Ausgangspunkt erreicht hatte, von dem aus die Operation gesteuert werden sollte.

Die TRISTAN konnte kommen.

Sobald das Transmitterschiff ins Verth-System eindrang, würden dreitausend Schiffe der Imperiumsflotte einen waghalsigen Angriff auf ein System fliegen, das die Blues besetzt hielten. Dort hatten sie kleine Stationen errichtet. Die Planeten selbst waren Methan- und Eiswelten, also nur in Schutzräumen für die Blues bewohnbar.

Dennoch mußten sie Stützpunkte in relativer Nähe ihres Systems für wichtig genug halten, um sie mit aller Macht zu verteidigen.

Darauf baute Rhodans Plan auf. Während die Gataser mit den angreifenden Schiffen des Imperiums vollauf beschäftigt waren, sollte die TRISTAN den gewagten Versuch machen, auf dem ungastlichsten aller Verth-Planeten zu landen.

Rhodan hatte den Flottenverband nun an eine Stelle gebracht, von der aus er in kurzer Zeit den Scheinangriff starten konnte.

Nomers blickte auf die Borduhr. Wenn alles nach Wunsch verlief, mußte die TRISTAN in weniger als zwanzig Minuten in der Nähe der ESS-1 auftauchen.

Auf ihrer Umlaufbahn war die ESS-1 jetzt in die Nachtseite von Griez eingetreten. Nomers hatte den Bildschirm, der der Oberflächenbeobachtung diente, ausschalten lassen. Auch auf der Tagseite gab es dort unten nichts zu sehen, außer den alles bedeckenden Eismassen.

Auf einer ähnlichen Eiswelt würde die TRISTAN landen. Oberst Mos Hakru, ihr Kommandant, würde versuchen, das Schiff mindestens einen halben Kilometer unter das Eis zu bringen.

Der Versuch würde innerhalb der Flotte ein Novum darstellen, doch die fähigsten Wissenschaftler hatten sich den Kopf darüber zerbrochen, wie dieses Vorhaben erfolgreich auszuführen war.

In gewissem Sinn war Nomers dankbar, daß er nicht zu jenen Männern gehörte, die unter das Eis mußten. Vielleicht war es wirklich relativ ungefährlich, wie die Forscher behaupteten, aber es war auch bestimmt kein angenehmes Gefühl, über sich nichts als tödliche Kälte zu wissen.

Einige Minuten später kehrte Leutnant Nashville in den Kommandoraum zurück. Nomers sah zu, wie der dicke Offizier sich geschickt zwischen den Kontrollen auf ihn zu bewegte.

„Frühstück beendet, Sir", sagte er zu Nomers. „Ich habe auch bei dem Transmitter nachgesehen. Die Techniker behaupten, es sei alles in Ordnung. Auch die Akonen, die man ihnen zugeteilt hat, sind zufrieden. Sie sagten, jetzt müßten wir nur noch die Gegenstation aufbauen, dann könnten wir alles durch den Transmitter schicken, was nur hindurchgeht."

„In Ordnung", sagte Nomers knapp.

Nashville verschränkte die Arme über der Brust.

„Ich traue diesen Akonen nicht", sagte er nachdenklich. „Was geschieht, wenn sich ein Widerstandskämpfer darunter befindet, der Sabotage begeht?"

Nomers fuhr mit der Hand über den kahlen Schädel, als wollte er einen Druck über seinem Kopf beseitigen.

„Ihre Abneigung gegenüber den Akonen scheint sich ausschließlich auf die männlichen Mitglieder dieser Rasse zu beschränken", sagte er.

Eine dunkle Röte überzog Nashvilles Gesicht. „Ich hätte mir denken können, daß man Ihnen von dieser Geschichte berichtete, bevor man mich auf die ESS-1 versetzte."

„Sie haben jetzt Gelegenheit, Ihr Majorspatent zurückzugewinnen, das man Ihnen genommen hat, Leutnant", sagte Nomers mit zusammengekniffenen Lippen.

„Ich hatte diese Frau geliebt", murmelte Nashville ausdruckslos. „Ich konnte nicht ahnen, daß sie mich nur benutzte, um Informationen über gewisse Vorgänge in der Flotte zu erhalten, die vor den Akonen geheimbleiben sollten."

„Sie sind Offizier", sagte Nomers. „Sie müssen einmal damit anfangen, Ihre Gefühle dem Verstand unterzuordnen. Man schätzt Ihre Fähigkeiten, deshalb bietet man Ihnen hier eine neue Chance. Unter normalen Umständen hätte ich Ihnen nichts davon sagen dürfen, aber Sie sollen wissen, woran Sie sind."

„Danke, Sir", sagte Nashville.

Nomers versuchte das Verhalten Nashvilles zu verstehen, er fragte sich, ob auch ihm ein solcher Fehler unterlaufen konnte. Er gestand sich ein, daß diese Frage nur zu beantworten war, wenn man eine ähnliche Situation hinter sich hatte. Es war nicht richtig, Nashville wegen seiner Vergangenheit zu mißtrauen oder gar zu verurteilen.

In seiner langjährigen Laufbahn hatte Nomers viele Offiziere kennengelernt, Nashville war bestimmt nicht der schlechteste unter ihnen.

„Ortung, Sir!" rief da Benton, der Chefkontroller. „Unbekanntes Flugobjekt nähert sich diesem System."

Die TRISTAN!

Nomers fühlte die Spannung von sich abfallen. Jetzt endlich geschah etwas. Die Zeit des Abwartens war vorüber.

„Erkennungssignal anfordern!" befahl er.

Wenige Minuten später standen die ESS-1 und die TRISTAN in Funkkontakt.

Nomers meldete dem Schiff, daß Rhodan mit dreitausend Schiffen bereitstand. Alles war bisher planmäßig verlaufen. Auch von der TRISTAN wurden keine Zwischenfälle gemeldet.

In dem Augenblick, als die TRISTAN das Funkgespräch mit der ESS-1 unterbrach, befand sich das Schiff noch genau 9842 Lichtjahre vom Herzen des Zweiten Imperiums entfernt.

Von nun an begann sich diese Entfernung sehr schnell zu verringern.

Leutnant Don Kilmacthomas war gerade dabei, dem Zweiten Offizier der TRISTAN, Leutnant Zang, eine Niederlage im Schachspiel beizubringen, als die Lautsprecher des Interkoms knackten und die Stimme von Oberst Mos Hakru hörbar wurde.

„Alle Offiziere sofort in die Zentrale!" befahl Hakru. „Wir tauchen jetzt kurz aus dem Linearraum."

Zang gab seinem König einen leichten Stoß, so daß dieser umkippte und auf die andere Seite des Brettes hinüberrollte.

„Ich bin zwar Bordmeister", grollte er, „aber gegen Sie sehe ich wie ein Anfänger aus."

Kilmacthomas stand auf und sammelte die Figuren in einen Kasten. „Sie haben gute Anlagen", sagte er. „Wenn Sie eifrig üben, können Sie vielleicht in einigen Jahren ein Remis gegen mich herausholen."

Zang grinste und schloß die Uniformjacke. Ohne besondere Eile verstaute Kilmacthomas das Spiel im Schrank.

„Gehen wir", sagte er.

Die beiden Leutnants traten auf den Gang hinaus. Die TRISTAN durchmaß 500 Meter, wie auf der ESS-1 hatte man den größten Raum für den Transmitter benötigt. Zwar war die TRISTAN besser bewaffnet als die ESS-1, aber niemand an Bord war so kühn zu glauben, daß das Schiff einem massierten Angriff standhalten könnte.

Die Besatzung war sich darüber im klaren, daß sie sich durch ihre Verletzung der Grenzen des Blues-Imperiums einer tödlichen Gefahr aussetzte. Perry Rhodan hatte darauf geachtet, daß sich keine Familienväter zu diesem Einsatz gemeldet hatten.

Als Zang und Kilmacthomas den Kommandoraum betraten, waren bereits alle Offiziere versammelt. Oberst Hakru hatte den Kommandosessel für Chefpilot Nortruk geräumt. Seine zierliche Gestalt stand gegen den Kartentisch gelehnt.

„Wir werden nur wenige Augenblicke ins Einsteinuniversum zurückkehren, denn die Gefahr einer Entdeckung ist groß. Während dieser Zeit geben wir einen Kurzimpuls an die ERIC MANOLI ab. Perry Rhodan wird dann den Scheinangriff auf das benachbarte System starten." Hakru hustete. „Wir können nicht sagen, wie lange der Chef sich halten kann, aber um große Verluste zu vermeiden, müssen wir uns nach Abstrahlung des Impulses beeilen, den vierzehnten Planeten der Sonne Verth zu erreichen und uns dort zu tarnen."

„Eine Frage, Sir!" rief Major Lasalle, der Erste Offizier des Schiffs. „Wir können nicht ständig in Linearflug verweilen. Spätestens wenn wir das Verth-System erreicht haben, müssen wir aus dem Schutz der Halbraumzone heraus."

„Das stimmt", nickte Hakru. „Wir werden mit aktiviertem Ortungsschutz knapp vor dem Ziel ins Normaluniversum zurückkehren. Während der Landung können wir nur hoffen, daß der angreifende Flottenverband die Blues so verwirrt, daß sie keine Zeit mehr haben, sich um den äußersten Planeten ihres Systems zu kümmern."

Chefpilot Nortruk rief von seinem Platz aus: „Schiff fällt in Normalraum zurück, Sir!"

Bei einem so kleinen Mann wie Hakru wirkte unerschütterliche Ruhe beinahe beängstigend. „Raumortung", durchbrach seine Stimme die aufkommende Stille.

Bildschirme flammten auf, Ortungsgeräte schalteten sich ein. Die elektronischen und positronischen „Augen" der TRISTAN richteten sich in den Raum. Empfindliche Geräte fingen jeden energetischen Stoß auf, der auf andere Schiffe hindeutete.

„Raumortung läuft, Sir!" gab Chefkontroller Brunner bekannt.

„Schiff im Normaluniversum!" kam es von Nortruk.

Die Augen der versammelten Männer richteten sich auf die Bildschirme. Man hatte ihnen gesagt, daß sie auf Schiffe stoßen würden. Man hatte ihnen auch gesagt, daß es viele sein würden.

Aber niemand hatte ihnen gesagt, daß die Zahl der Fremdkörperortungen so groß sein würde, daß es für einen Mann unmöglich war, sie zu zählen. Da konnte nur noch die Positronik helfen.

Auf Hakrus Gesicht spiegelte sich der Widerschein der Kontrollichter. Es blieb maskenhaft starr.

„Kurzimpuls an das Flaggschiff!" ordnete er an.

„Impuls ab!" rief der Funker vom Hyperkom.

Hakru drehte sich um. Er hob beide Arme, als wollte er sprechen, die Bewegung wirkte fast hilflos. Aber er sagte nur: „Nortruk, zurück zum Linearflug."

Die Bildschirme erloschen, die Nadeln der Anzeigetafeln fielen in Nullstellung zurück. Mit zunehmender Geschwindigkeit brach die TRISTAN in die Librationszone ein.

Major Lasalle sprach zuerst. „Sir, das ist weitaus schlimmer als wir erwartet hatten."

„Ja", sagte Hakru langsam. „Der Raumschiffsverkehr zwischen den einzelnen Systemen ist stark. Es sieht fast so aus, als hätte sich die Fruchtbarkeit der Blues auch auf ihre Raumschiffe übertragen."

Niemand lachte. Die Gedanken der Männer beschäftigten sich nur mit einer Frage: Wie konnte es der TRISTAN gelingen, unentdeckt durch diese Unzahl von Schiffen zu gelangen?

Die ersten Auswertungen des positronischen Bordgehirns trugen nicht dazu bei, die Stimmung der Besatzung zu heben. Die Daten ergaben, daß es hier Raumstationen von überdurchschnittlicher Größe gab. Sie dienten bestimmt dazu, die anderen Schiffe abzuschirmen und zu schützen. Dort gab es mit großer Wahrscheinlichkeit Ortungsgeräte, die ständig in den Raum hinaus „lauschten", um jeden Eindringling sofort zu erkennen.

„Wir müssen umkehren", sagte Zang. Es war offensichtlich, daß er nur das aussprach, was fast alle anderen dachten.

„Leutnant Zang hat recht, Sir", bekräftigte Major Lasalle. „Die Landung schaffen wir nie."

„Sind Sie alle dieser Ansicht?" erkundigte sich Hakru.

„Nein!" sagte eine feste Stimme.

Die Köpfe der Offiziere fuhren herum, ihre Blicke kreuzten sich mit denen Leutnant Kilmacthomas', der dieses entschiedene Nein gesprochen hatte.

„Wie denken Sie darüber, Leutnant?" fragte der Oberst.

Kilmacthomas lächelte, als habe er nur die Aufgabe, auf einem Seminar zu sprechen, als ginge es nicht um Leben und Tod.

„Selbst wenn wir annehmen, daß die Blues viele Schiffe haben", begann er, „kann die Zahl nicht so hoch sein, wie wir im Augenblick

30

glauben. Ich vermute, daß es zwischen den einzelnen Systemen festgelegte Routen gibt, auf denen ganze Flotten verkehren und Handel betreiben. Wir hatten das Pech, ausgerechnet an einer solchen Stelle aufzutauchen, wo sich im Augenblick eine größere Zahl von Schiffen konzentrierte. Mit Sicherheit können wir annehmen, daß dies nicht überall so ist."

„Woher nehmen Sie diese Sicherheit, Leutnant?" fragte Major Lasalle. „Wie mir bekannt ist, haben Sie keine praktische Erfahrung mit Raumflügen."

Kilmacthomas schien den Spott zu überhören. Sein Gesicht blieb freundlich. „Die Geschichte schuf genügend Präzedenzfälle, die beweisen, daß auch erfahrene Männer Fehler begehen", sagte er ungerührt. „Ich möchte Sie noch daran erinnern, daß diese Schiffe in kurzer Zeit wie ein aufgescheuchter Wespenschwarm durcheinanderfliegen werden – dann nämlich, wenn der Großadministrator den Scheinangriff fliegt."

Lasalle hatte eine ärgerliche Antwort auf den Lippen, aber Hakru unterbrach die Diskussion mit einer knappen Handbewegung.

„Das genügt, meine Herren", sagte er scharf. „Es gibt für die TRISTAN nur ein einziges Ziel: das System der blauen Riesensonne Verth!"

3.

Wie von einer Geisterhand heraufbeschworen, stießen dreitausend terranische Schiffe aus der Halbraumzone hervor und rasten in das kleine Sonnensystem hinein. An der Spitze der Formation die 1500 Meter durchmessende Kugel der ERIC MANOLI.

Nur drei Planeten besaß die Sonne, die sie anflogen, drei erstarrte Welten, die ihren Stern in großer Entfernung umkreisten. Hier hatten die Blues nur kleine Stationen errichtet.

Zwei winzige Diskusschiffe ohne Molkexpanzerung unternahmen

den todesmutigen Versuch, den Verband aufzuhalten. Es widerstrebte Rhodan, mit einer solchen Übermacht über zwei Schiffe herzufallen, aber die Blues mußten glauben, daß es um alles ging. Sicher war bereits eine Warnmeldung im Verth-System eingelaufen.

„Zerstört sie nicht vollkommen", befahl er den Männern in der Feuerleitzentrale. „Gebt ihnen Gelegenheit zum Entkommen."

Innerhalb von Sekunden waren die Diskusschiffe zu Wracks geschossen. Wie Rhodan vorausgesagt hatte, suchten sie ihr Heil in wilder Flucht.

Rhodan ließ die Schiffe den ersten Angriff auf einen der Planeten fliegen. Kernbrandbomben, die genügt hätten, größere Ansiedlungen zu zerstören, fielen auf die Oberfläche hinab, rissen Krater in Methan- und Ammoniakschnee. Die Ziele wurden so gewählt, daß den Stützpunktbesatzungen noch genügend Zeit zur Flucht blieb.

Neutrinotorpedos schossen durch den Raum, wurden von den Männern an den Kontrollen an ungefährlichen Punkten zur Explosion gebracht, um den Blues, wenn sie mit ihrer Kampfflotte eintrafen, ein möglichst echtes Feuerwerk zu bieten.

Innerhalb des kleinen Systems brach die Hölle los. Die Schiffe feuerten mit ihrer gesamten Waffenstärke auf praktisch unwichtige Ziele. Doch die Hauptaufmerksamkeit der Männer war auf die Ortungsgeräte gerichtet.

In gespannter Erwartung blickten Rhodan, Bull und Dantur auf die Bildschirme. Würden die Blues auf ihren strategischen Trick hereinfallen?

Lediglich Regat Waynt schien durch diese Geschehnisse nicht berührt zu werden. Uninteressiert hatte er sich an den Kartentisch zurückgezogen.

Eine knappe halbe Stunde war vergangen, als eines der von Rhodan außerhalb des Systems stationierten Wachschiffe den ersten Alarm gab.

Rhodan richtete sich auf. Sein hageres Gesicht blieb ausdruckslos.

„Sie kommen", sagte er nur.

Oberst Mos Hakru spürte, wie jemand hinter ihn trat. Als er sich umblickte, schaute er in das jungenhafte Gesicht von Leutnant Kilmacthomas. Im ersten Augenblick fühlte Hakru Verärgerung.

„Lachen Sie eigentlich immer, Leutnant?" fragte er.

„Meistens, Sir", gestand Kilmacthomas. Einer seiner langen Arme glitt an Oberst Hakru vorbei und wies auf den Bildschirm.

„Man könnte fast von einem Wunder sprechen", sagte Kilmacthomas. „Die ganze Zeit über hatte ich befürchtet, daß wir es nicht schaffen würden."

Hakrus Ärger verflog. Kilmacthomas hatte recht – es war ein Wunder, daß sie diesen Planeten erreicht hatten. Die vierzehnte Welt der Sonne Verth, ein über 6000 Kilometer durchmessender Eisbrokken, nicht größer als Pluto, zeigte sich auf den Bildschirmen der TRISTAN, die bereits zur Landung ansetzte. Kein einziges Bluesschiff war nach dem Linearraumaustritt in der Nähe des Planeten festgestellt worden, und man konnte mit an Sicherheit grenzender Wahrscheinlichkeit davon ausgehen, auch selbst nicht geortet worden zu sein.

Chefpilot Nortruk bediente die Steueranlage. Im Falle der TRISTAN war nicht die eigentliche Landung schwierig, sondern der geplante Versuch, das Schiff möglichst tief in das Eis zu versenken.

Leistungsstarke Thermostrahler sollten die Eisschicht verflüssigen, so daß die TRISTAN einsinken konnte. Das Schmelzwasser würde nach oben verdrängt werden und über dem Schiff wieder zufrieren.

So stellte man sich jedenfalls den Ablauf einer gelungenen Landung vor. Trotzdem würde sich ein Trichter bilden, denn unter der Einwirkung der Strahler würde ein großer Teil des zu Flüssigkeit gewordenen Eises einfach verdampfen.

Mit gemischten Gefühlen starrte Kilmacthomas auf das sich ihnen bietende Bild. Theoretisch wußte er eine ganze Menge über Eiswelten, er konnte buchfüllende Abhandlungen über das Verhalten des Eises in seinen verschiedenen chemischen Zusammensetzungen schreiben. Aber da war doch ein Unterschied, ob man am Schreibtisch saß oder in einem Raumschiff war, das im Begriff stand, einen halben Kilometer unter das Eis eines fremden Planeten zu dringen.

Kilmacthomas war froh, daß Hakru ein Kommandant war, der

keine Unklarheiten duldete. Er verstand es, die Männer zu führen. Auch Major Lasalle ließ sich bei seinen Bedenken keineswegs von egoistischen Gefühlen leiten, hatte Kilmacthomas festgestellt. Der Erste Offizier wollte lediglich unkontrollierbare Risiken vermeiden, eine Tatsache, die man ihm nicht als nachteilige Eigenschaft anrechnen konnte.

Die TRISTAN ging unmittelbar über der Äquatorlinie nieder. Die Ortungsgeräte zeigten noch immer kein feindliches Schiff in gefährlicher Nähe. Sie hatten feststellen können, daß mehrere weiter entfernte Raumer der Blues ihren Kurs geändert hatten.

Mos Hakru führte dies auf den inzwischen laufenden Scheinangriff Rhodans zurück. Verwirrung war unter den Gatasern ausgebrochen. Sie mußten die ihnen zur Verfügung stehende Zeit nutzen, denn früher oder später würde man unter den gatasischen Führern feststellen, daß sie auf einen Trick hereingefallen waren.

Die TRISTAN war eigens dafür umgebaut worden, nicht nur extreme Temperaturen, sondern auch überdurchschnittliche Druckbelastungen auszuhalten.

Mit ruhiger Stimme gab Nortruk die geringer werdenden Höhen bekannt. Immer wieder wanderten Kilmacthomas' Blicke zu den Bildschirmen der Raumortung.

Mit der Gelassenheit eines erfahrenen Piloten brachten Nortruk und seine Helfer das Schiff auf das Eis.

„Gelandet, Sir", gab er bekannt.

Hakru erwachte aus seiner Bewegungslosigkeit. Eine kurze Untersuchung ergab, daß das Schiff in einer flachen Senke niedergegangen war. Um die TRISTAN herum gab es nichts als Eis. Verth, die blaue Riesensonne, war so weit entfernt, daß ihr Licht kaum ausreichte, dort draußen etwas sichtbar zu machen. Kilmacthomas glaubte zu erkennen, daß das Land von schroffen Bergen zerrissen war, gefrorene Stoffe hatten groteske Figuren gebildet.

Die Thermostrahler waren wie ein Ring um die TRISTAN herum angebracht worden. Sobald sie in Tätigkeit traten, konnten sie praktisch jeden Punkt innerhalb eines 600 Meter durchmessenden Kreises erreichen. Sie würden der TRISTAN eine Bahn in die Tiefe freischmelzen.

Kilmacthomas' Gesichtsmuskeln verkrampften sich. Es war möglich, daß sie sich ein riesiges kühles Grab schufen, aus dem es keine Rückkehr gab.

„Thermostrahler abfeuern!" befahl Hakru, nachdem er sich noch einmal überzeugt hatte, daß keine unbekannten Schiffe in der Nähe des Planeten aufgetaucht waren.

Die Männer innerhalb des Schiffes bekamen nicht viel von dem im Freien ausbrechenden Feuerwerk zu sehen. Die Stabilisationskontrollen der TRISTAN gerieten in Unruhe, als Nortruk die sinnlos gewordenen Landestützen einfahren ließ. Gemessen zur Landeebene kippte die TRISTAN in einem Winkel von knapp zehn Grad ab, aber die Thermostrahler pendelten diese Unregelmäßigkeit sofort aus, so daß der entstehende Schacht weiter direkt nach unten führte.

Kilmacthomas bemerkte, daß Hakru es vermied, einen der Offiziere anzusehen. Die Augen des Majors wichen nicht von den Stabilisierungskontrollen. Eine zu starke Abweichung, das wußte Kilmacthomas, würde ihr Vorhaben zum Scheitern bringen. Bei einem derartigen Zwischenfall mußten sie froh sein, wenn sie sich in einem raschen Start retten konnten.

„Schiff sinkt, Sir", sagte Nortruk, der anscheinend ein Mann ohne Nerven war, solange er an den Steueranlagen saß.

Kilmacthomas blickte zu dem sehnigen, schwarzhaarigen Piloten hinüber. Eigentlich sah Nortruk wie ein Durchschnittsmann aus, aber das war er wohl nicht.

„Einhundert Meter, Sir!" rief Nortruk.

Die TRISTAN sank weiter. Kilmacthomas versuchte sich vorzustellen, was außerhalb des Schiffes vor sich ging. Die Thermostrahler schmolzen eine riesige Öffnung in das Eis. Der Leutnant bezweifelte, daß die Eisdecke tiefer als einige Kilometer reichte. Wie die eigentliche Oberfläche des Planeten beschaffen war, konnte man nur erraten.

„Neigung fünfzehn Grad!" rief Lasalle mit heiserer Stimme eine Warnung an Nortruk.

Für Kilmacthomas war es unvorstellbar, wie ein Pilot in einer Situation, die für ihn eine nie zuvor gestellte Aufgabe darstellte, die auf minimaler Stärke laufenden Triebwerke so einsetzen konnte, daß das Schiff eine halbwegs normale Lage einnahm.

Doch Nortruk schaffte es.

„Acht Grad", sagte Lasalle erleichtert. Kilmacthomas hörte sich aufatmen.

„Zweihundert Meter", gab Nortruk bekannt. Mit diesen Tiefenangaben war der Schiffsmittelpunkt gemeint, so daß noch immer ein Teil der TRISTAN über das Eis ragte.

Die Abwärtsbewegung ging jetzt zusehends langsamer vor sich. Kilmacthomas ahnte, daß sich abgeschmolzenes Eis und Millionen kleiner Brocken im Grund der Höhlung stauten. Da immer weniger nach oben abgestrahlt wurde, benötigten die Thermostrahler längere Zeit, um dem Schiff den Weg weiterhin freizuhalten.

„Dreihundert Meter, Sir", sagte Nortruk.

Kilmacthomas mußte den intensiver werdenden Wunsch unterdrücken, etwas gegen das Einsinken zu unternehmen. Er fühlte keine direkte Angst, aber das Unbehagen wuchs in ihm. Seine Hände wurden feucht vor Aufregung. Oberst Hakru mußte ähnliche Gefühle empfinden. Gerade für Hakru war es schwierig, die Vernunft vor den blinden Drang zu stellen, das Unternehmen abzubrechen.

„Starke Erhöhung der Temperatur im Abschnitt sieben", meldete sich Lasalle, der unentwegt die Kontrollen beobachtete.

Hakru und die Offiziere warfen sich fragende Blicke zu.

„Wir beginnen im eigenen Saft zu schmoren, Sir", bemerkte Nortruk trocken.

„Temperatur steigt schnell weiter, Sir!", rief Lasalle. Seine Stimme klang schrill.

„Vierhundert Meter, Sir!" gab Nortruk bekannt.

Hakru versuchte eine schnelle Entscheidung zu treffen. Um vollständig gesichert zu sein, mußten sie noch mindestens hundert Meter tiefer. Aber das Schiff war im Augenblick stark gefährdet. Sollte er es riskieren, noch tiefer zu gehen?

„Um Himmels willen, Sir, wir müssen anhalten", stöhnte Lasalle verzweifelt.

Hakru ließ sich die eingehenden Werte geben. Die Hitze hatte an einer Stelle der Hülle fast die kritische Grenze erreicht, obwohl sämtliche Anlagen arbeiteten, die die Temperatur in Grenzen halten sollten.

„Thermostrahler in Sektor sieben abschalten", befahl Hakru.

Nortruk fuhr herum. „Sir, das wirft uns um", kamen seine Bedenken.

„Tiefe?"

„Vierhundertfünfzig, Sir."

Kilmacthomas ertappte sich dabei, wie seine Hände den Kartentisch umklammerten. Die Männer atmeten in kurzen Zügen, als hätten sie einen schnellen Lauf hinter sich.

„Temperatur sinkt, Sir. Neigungswinkel bereits sechzehn Grad."

„Thermostrahler wieder in Tätigkeit setzen", ordnete Hakru an.

Nortruk sagte: „Fünfhundert Meter, Sir."

Bei einem Neigungswinkel von fast zwanzig Grad erreichte die TRISTAN eine Tiefe von 570 Metern. Dann ließ Hakru die Thermostrahler abschalten. Die Temperatur in Abschnitt sieben lag unwesentlich über der Höchstgrenze und sank ständig.

Nortruk war von seinem Platz aufgestanden. Die Reaktion der Nerven ließ ihn erschauern. Ohne Hast schob Hakru seinen zierlichen Körper an Major Lasalle vorbei auf Nortruk zu. Er klopfte dem Piloten auf die Schulter.

„Wir haben es geschafft", sagte er aufatmend.

Nortruks Stimme hatte einen aggressiven Klang, als er heftig erwiderte: „Noch einmal würde ich das nicht tun, Sir. Ich würde es nicht wieder tun."

„Ich verstehe Sie, Leutnant Nortruk", sagte Hakru.

Der Pilot wandte sich um und verließ mit steifen Schritten den Kontrollraum. Kilmacthomas hatte geglaubt, daß er Erleichterung fühlen würde, wenn sie erst unten angelangt waren.

Doch das war nicht so.

Gewiß, sie hatten es fertiggebracht, mit diesem Schiff einen halben Kilometer tief in das Eis vorzustoßen.

Aber das, ahnte Don Kilmacthomas, war erst der Anfang.

Es war ein sinnloses Beginnen, die Schiffe der Gataser zählen zu wollen, die von allen Richtungen in das System eindrangen, das von Rhodan als Ziel des Ablenkungsmanövers ausgesucht worden war.

Innerhalb kurzer Zeit sah sich der Flottenverband des Vereinigten Imperiums einer großen Übermacht gegenüber. Die meisten Kampfschiffe der Blues verfügten über die unzerstörbaren Molkexpanzer. Der einzige Vorteil der terranischen Schiffe lag in ihrer Beweglichkeit. Das Beschleunigungsvermögen der Kugelraumer lag weit über dem der Diskusschiffe.

In tollkühnen Manövern steuerte Oberst Kors Dantur die ERIC MANOLI durch die Schlacht. Rhodan beobachtete den Kampf auf den Bildschirmen. Es blieb den Offizieren in den Feuerleitzentralen nichts anderes übrig, als ihre Aufmerksamkeit den Feindschiffen ohne Molkexüberzug zu widmen. Nur dort konnten sie entscheidende Treffer landen.

Innerhalb des arkonidischen Robot-Verbandes gab es die ersten Verluste.

Ohne ihre überlegene Schnelligkeit hätte es für die Schiffe des Imperiums schlecht ausgesehen. Rhodan erkannte, daß sich ihre Position in zunehmendem Maße verschlechterte.

Aber der Funkimpuls der TRISTAN, der eine gelungene Landung bestätigte, war bisher noch nicht eingetroffen. Rhodan konnte nur hoffen, daß im Verth-System alles nach Plan verlief.

„Es wird allmählich ernst für uns", bemerkte Bull, der neben Rhodan stand. „Ich schlage vor, daß wir uns bald zurückziehen."

Perry Rhodan warf einen kurzen Blick auf die Borduhr. Er mußte Oberst Mos Hakru und der übrigen Besatzung der TRISTAN noch eine Chance geben.

„Zehn Minuten können wir uns noch ohne große Verluste halten", antwortete er. „Ich hätte nicht gedacht, daß unser Angriff auf dieses unbedeutende System eine derartige Reaktion unter den Blues auslösen würde. Wir konnten zwar mit einem Eingreifen rechnen, aber nicht damit, daß sie eine ganze Flotte mobilisieren."

„Das kann Hakru nur recht sein", meinte Bull lakonisch und strich über sein kurzgeschorenes Haar.

Kors Dantur steuerte das Flaggschiff in die Nähe einiger stark bedrängter Kreuzer. Die Abwehrschirme des 1500 Meter durchmessenden Superschlachtschiffs erbebten, als gleichzeitig vier Gegner die ERIC MANOLI angriffen.

Geschickt drehte Dantur den Kugelriesen aus dem Gefahrenbereich. Rhodan, der in Funkverbindung mit allen Schiffen stand, gab den Befehl, sich allmählich zurückzuziehen.

„Noch nicht in den Linearraum flüchten", ordnete er an. „Es muß so aussehen, als könnten wir uns nur schwer entschließen, von hier zu verschwinden."

Sofort stießen die Diskusschiffe der Gataser nach, als sich die Angreifer allmählich aus dem System zurückzogen. Rhodan konnte sich vorstellen, daß man an Bord der Molkexraumer vor Siegesgewißheit fieberte.

Acht Minuten waren verstrichen, als sich die TRISTAN mit dem verabredeten Kurzimpuls meldete. Bull stieß einen zufriedenen Knurrlaut aus. Rhodan, der schon nicht mehr an einen Erfolg geglaubt hatte, gab erleichtert den Befehl zur allgemeinen Flucht.

Die Schiffe des Flottenverbandes beschleunigten und drangen in die schützende Halbraumzone ein. Die Blues stießen ins Leere. Wütend rasten die Diskusraumer durch das System, um noch den einen oder anderen Gegner zu fassen.

Doch schnell wie sie aufgetaucht waren, so schnell verschwanden die Kugelschiffe auch wieder.

An Bord der ERIC MANOLI sagte Rhodan: „Gewiß, die TRISTAN hat den vorgesehenen Platz erreicht, aber damit beginnt ihr Problem erst."

Niemand ahnte, wie recht er hatte.

Zwei Stunden nach ihrem geglückten Vorstoß unter das Eis gelang es Leutnant Don Kilmacthomas, mit einem Gravitationsbohrer bis an die eigentliche Oberfläche des Planeten vorzustoßen. Kilmacthomas leitete die Arbeiten mit dieser Spezialmaschine von der großen Luftschleuse der TRISTAN aus. Sie hatten jetzt einen vier Meter durchmessenden Kanal zur Verfügung, durch den sie alles abgeschmolzene Eis an die Oberfläche abstrahlen konnten. Außerdem waren sie jetzt in der Lage, selbst nach oben zu gehen, wenn es die Lage erforderte.

Danach begannen Kilmacthomas und seine Helfer mit einer systematischen Aushöhlung des Eises rund um die TRISTAN. Sie schufen verzweigte Gänge und große Höhlen, in denen die Spezialisten, die später durch den Transmitter eintreffen sollten, ihre Lager aufschlagen konnten.

Kilmacthomas nahm ständig Proben des Eises mit ins Schiffslabor, um es dort zu untersuchen. Schließlich glaubte er, alles Notwendige zu wissen. Er verließ das Labor und erstattete Oberst Hakru Bericht. Inzwischen trieben die Männer unter Führung des Technikers Masterson einen neuen Schacht ins Eis.

„Vorerst wird es nicht möglich sein, ohne Schutzanzug in die Höhlen zu gehen", sagte Kilmacthomas. „Selbst wenn wir Sauerstoff hineinpumpen, müssen wir noch einige Zeit warten. Ich habe eine Menge giftiger Stoffe entdeckt, die während des Schmelzprozesses losgelöst werden."

„Ich werde eine Meldung zur ESS-1 geben", kündigte Hakru an. „Die Spezialisten sollen sich dementsprechend ausrüsten."

Bevor Kilmacthomas antworten konnte, sprach die Alarmanlage an.

„Wir werden angegriffen", stieß Hakru hervor.

„Nein, Sir", widersprach Kilmacthomas, bereits nach seinem Schutzanzug greifend. „Ich habe mir erlaubt, die Hauptwarnanlage während unserer Arbeit umzuschalten. Dieses Signal kommt von Masterson. Es muß etwas schiefgegangen sein."

Hakru warf dem Leutnant einen schwer zu deutenden Blick zu. Kilmacthomas verschloß den Helm.

„Ich muß zu Masterson, Sir", sagte er.

Schnell entschlossen sagte Hakru: „Ich komme mit."

Kilmacthomas verließ das Labor, ohne auf den Oberst zu warten. In der Luftschleuse traf er auf einen Trupp verstörter Männer. Major Lasalle war bei ihnen.

„Der Schacht, in dem Masterson arbeitete, ist eingestürzt", rief er Kilmacthomas entgegen.

„Eingestürzt?" wiederholte Kilmacthomas grimmig. „Nein, Sir, da irren Sie sich." Das jungenhafte Lächeln war aus seinem Gesicht verschwunden. Seine Blicke überflogen die Gruppe. „Wer bedient die Abstrahlanlage?" erkundigte er sich.

„Sergeant Wallaby", erwiderte Lasalle.

Kilmacthomas schob den Major einfach zur Seite, um schneller weiterzukommen. Außerhalb der Luftschleuse fand er den Sergeanten mit auf der Brust verschränkten Armen vor den Kontrollen der kleinen Kraftstation stehen.

„Wir müssen Masterson herausholen, Sir", sagte er zu Kilmacthomas.

Mit einem Blick übersah Kilmacthomas die Maschine.

„Wer hat den Befehl gegeben, die Abstrahlanzeige abzuschalten?" fragte er scharf.

Wallaby wurde unruhig. Er fühlte das Unheil auf sich zukommen und wußte nicht, wie er ihm ausweichen konnte.

Er deutete mit dem Daumen hinter sich. „Ich merkte, daß etwas nicht stimmte, Sir", sagte er. „Die Kontrollen zeigten an, daß wir viel weniger Schmelzwasser ausstießen als normal. Schließlich sanken die Zeiger auf Nullwert." Wallaby zuckte die Achseln. „Da habe ich vorsichtshalber abgeschaltet."

Oberst Hakru sprang aus der Schleuse und kam auf die beiden Männer zu. Kilmacthomas beachtete ihn nicht. Selbst über den Helmfunk klang seine Stimme gefährlich ruhig, als er zu Wallaby sagte: „Wenn Sie nicht sofort mit der Wahrheit herausrücken, Sergeant, dann sorge ich dafür, daß Sie wegen Sabotage und zwölffachen Mordes vor Gericht gestellt werden."

Unter der Sichtscheibe des Helmes verdunkelte sich Wallabys Gesicht. Die Arme des Sergeanten sanken nach unten. Hilfesuchend wandte er sich an Hakru.

„Los", sagte der Oberst kühl. „Reden Sie, Wallaby."

„Masterson teilte mir über Funk mit, daß er eine kurze Pause einlegen wollte", begann Wallaby, und seine Stimme war vor Angst unsicher. „Da dachte ich mir, daß es wohl besser sei, die Anlage einen Augenblick abzuschalten, um sie zu schonen, denn Mastersons Truppe schmolz ja im Augenblick kein Eis ab."

„Weiter!" drängte Kilmacthomas den Sergeanten.

„Nach einer Weile meldete sich Masterson wieder und fragte, warum das Schmelzwasser plötzlich so schlecht abfließe. Da schaltete ich die Anlage wieder ein, aber sie funktionierte nicht."

Leutnant Kilmacthomas stieß hörbar die Luft aus.

„Wir müssen etwas unternehmen, um Masterson zu befreien", sagte Hakru. „Sie sind der Fachmann, Leutnant. Was tun wir jetzt?"

„Die wenigen Minuten, während der die Anlage nicht arbeitete, genügten, um den Kanal an der Oberfläche zufrieren zu lassen. Das Schmelzwasser bildete schnell eine harte Kruste. Als Masterson mit seinen Begleitern die mitgeführten Thermostrahler wieder einsetzte, konnte das Schmelzwasser nicht nach oben entweichen. Es staute sich im Gang hinter Masterson und fror die Gruppe ein."

„Um Himmels willen", stöhnte Hakru. „Wallaby, wenn den Männern etwas passiert ist, lasse ich Sie ohne Schutzanzug auf der Oberfläche aussetzen, Sie einfältiger Narr!"

Der Sergeant schluckte, wagte aber nicht, etwas zu sagen.

„Was nun?" fragte Hakru. „Leben die Männer noch?"

„Wenn sie rechtzeitig die Strahler abgestellt haben, können sie noch am Leben sein", meinte Kilmacthomas. „Allerdings spricht die Tatsache, daß sie sich nicht mehr melden, gegen diese Hoffnung."

„Wallaby, lassen Sie Thermostrahler herbeischaffen. Wir werden die Gruppe Masterson suchen", ordnete Hakru an.

Der Sergeant war froh, daß er sich zurückziehen konnte.

„Wir müssen noch damit warten, Sir", schränkte Kilmacthomas ein. „Es muß vor allem der Kanal wieder freigebrannt werden."

„Aber es geht um Menschenleben!"

Kilmacthomas sagte: „Sir, ich habe Erfahrung mit dem Eis. Glauben Sie nicht, daß ich zögern würde, sofort mit der Befreiungsaktion zu beginnen. Aber wir gefährden nur weitere Männer, wenn wir keinen Abgang für das Schmelzwasser schaffen."

„Also gut", resignierte Hakru. „Übernehmen Sie die Leitung der Rettungsaktion."

„Danke, Sir", nickte Kilmacthomas. Er hastete davon, um den Gravitationsbohrer bereit zu machen. Diesmal ging es erheblich schneller, da praktisch nur die Schicht an der Oberfläche zu durchstoßen war. Ungeduldig wartete Kilmacthomas, bis der Bohrer wieder im Kanal auftauchte.

„Abstrahlanlage einschalten!" rief er Korporal Lessink zu, der die Bedienung übernommen hatte.

Kaum arbeitete die Spezialmaschine, als Kilmacthomas bereits einen Thermostrahler in den Händen hielt.

„Los!" befahl er. „Holen wir Masterson heraus."

Zwei Techniker rüsteten sich ebenfalls mit Strahlern aus, und sie drangen in den Schacht ein, in dem Mastersons Gruppe festgehalten wurde. Bald stießen sie auf die Barriere des Eises, das nicht schnell genug abgeflossen war.

Kilmacthomas verteilte die Strahler über die Breite des Schachtes, und sie begannen damit, sich einen Weg zu bahnen. Die Abstrahlanlage arbeitete einwandfrei.

Kilmacthomas befahl den Männern, die Strahler jetzt vorsichtiger einzusetzen, damit eventuelle Überlebende nicht verletzt wurden. Dadurch kamen sie nur langsam voran.

Nach einiger Zeit bildete sich das erste Loch im Eis.

„Halt!" befahl Kilmacthomas.

Er schickte die Männer einige Schritte in den Schacht zurück und ließ sie ihre Strahler abschalten. Dann schnitt er vorsichtig eine größere Öffnung in das Eis, so daß er hindurchblicken konnte.

Fast zögernd näherte er sich dem Einschnitt.

Masterson und die elf anderen Männer lagen in einer Eishöhle von nur zehn Quadratmetern am Boden. Bei einem Teil von ihnen waren Beine oder Arme im Eis festgefroren. Kilmacthomas sah an den geöffneten Helmen zweier Männer, daß eine Panik ausgebrochen war. Es gab keine Überlebenden.

Erschüttert wandte sich Kilmacthomas von der Öffnung ab. Hakru kam in den Schacht gestürmt.

„Sie haben sie gefunden?" fragte er.

Kilmacthomas schien durch ihn zu sehen.

„Sie sind dort drinnen", erwiderte er tonlos. „Lassen Sie einige Männer mit Bahren kommen, damit wir ihre Leichen ins Schiff bringen können."

Das Gesicht des Oberst verhärtete sich.

„Keine Bahren", befahl er. „Diese Männer bleiben hier. Der Schacht wird geschlossen, wir beginnen mit einem anderen. Major Lasalle wird die Beerdigung vorbereiten." Er wandte sich ab. „Sergeant Wallaby steht ab sofort unter Arrest."

Mit dem Tod der zwölf Männer hatte das Unheil der TRISTAN begonnen.

Es wich nicht mehr von ihr.

Wie Oberst Mos Hakru angekündigt hatte, ließen sie die zwölf Verunglückten in ihrem Eisgrab. Hakru las einige Sätze aus der Bibel und wies darauf hin, daß die Männer im Einsatz für die gesamte Menschheit und der mit ihr verbündeten Völker gestorben seien. Danach schmolzen sie die Höhle wieder zu, und Hakru ließ den Schacht schließen.

Der Zwischenfall hatte unter der Besatzung tiefe Depressionen ausgelöst. Ein paar Männer verlangten, daß Wallaby vor ein Schnellgericht gestellt werden sollte, doch Hakru lehnte das Ansinnen ohne Kommentar ab.

„Wir müssen unter allen Umständen eine ständige Beschäftigung für die Männer haben", sagte er zu Lasalle und Kilmacthomas in einer Lagebesprechung kurz nach der Beerdigung. „Die Arbeiten müssen noch schneller vorangetrieben werden, damit der Transmitter in Betrieb genommen werden kann. Wenn erst einmal die Spezialisten von der ESS-1 hier angekommen sind, wird sich die Stimmung rasch gebessert haben."

Lasalle und Kilmacthomas teilten die Ansicht des Oberst. Der Leutnant übernahm die Leitung innerhalb der Hauptschächte persönlich. Nach sieben weiteren Stunden kehrte Kilmacthomas in die TRISTAN zurück.

„Gut, Oberst", sagte er zu Hakru. „Jetzt haben wir achtzehn miteinander verbundene Gänge mit fünf Haupthöhlen. Außerdem wurden an mehreren Stellen Nischen in das Eis geschmolzen. Das müßte genügen."

„Ruhen Sie sich ein wenig aus, Kilmacthomas", sagte Hakru. „Wir haben die Hauptarbeit geleistet. Nun werden wir die ESS-1 benachrichtigen, damit die Transmitterstationen arbeiten können. Ich denke, daß innerhalb der nächsten Stunde bereits der erste Spezialist unter uns sein wird."

Zum erstenmal seit Stunden lächelte Kilmacthomas wieder. Trotzdem fühlte er sich niedergeschlagen. Masterson und die anderen Toten konnten nicht der alleinige Grund sein. Der Leutnant fragte sich, warum er sich unnötige Gedanken machte. Sie hatten die Arbeiten ohne weiteren Zwischenfall beendet. Es sah nicht so aus, als seien sie von den Blues entdeckt worden.

Kilmacthomas stand auf.

„Ich werde in meine Kabine gehen, Sir“, sagte er zu Hakru. „Sie können mich dort finden.“

Er verließ den Kommandoraum.

Als er die Tür zu seiner Kabine öffnete, hockte Leutnant Zang auf dem Bett. Er hatte auf dem Tisch ein Schachspiel aufgestellt.

„Königbauer e2–e4“, begrüßte er Kilmacthomas.

„Warum so konventionell?“ fragte der Leutnant und machte einen sinnlosen Eröffnungszug.

Zang grinste und setzte Kilmacthomas in kurzer Zeit matt.

Der große Hauptraum vor dem akonischen Transmitter in der ESS-1 glich einem Heerlager, als Oberst Joe Nomers zusammen mit Leutnant Nashville dort eintraf. Sie kamen vom Kommandoraum. Vor wenigen Minuten hatte Nomers von Rhodan erfahren, daß die TRISTAN ihr Ziel erreicht hatte. Der Großadministrator hatte den Flottenverband aus dem Bereich des Zweiten Imperiums zurückgezogen.

An Bord der ESS-1 trafen ständig weitere Spezialisten, Agenten und Wissenschaftler ein. Jeder trug Ausrüstung bei sich. Es dauerte nicht lange, bis die ESS-1 hoffnungslos überfüllt war. Auch Melbar Kasom, einer der bekanntesten USO-Spezialisten, war auf der ESS-1 eingetroffen, um durch den Transmitter ins Verth-System zu gelangen.

Moderne Raumjäger sollten ebenfalls zur TRISTAN geschickt werden. Rhodans Plan sah vor, mit diesen kleinen Spezialschiffen tiefer ins Verth-System einzudringen. Mit Hilfe von Kleinsttransmittern und Mutanten sollte schließlich die Landung einiger Agenten auf Gatas gelingen.

Jeder wußte, wie risikoreich dieses Unternehmen sein würde. Die Blues waren nicht zu unterschätzen, und alle Aktivitäten der Terraner brachten die Gefahr mit sich, von den Ortungsgeräten der Gataser registriert zu werden. Eine Reihe von strahlungsintensiven Geräten mußte eingesetzt werden, es gab keine Möglichkeit, auf sie zu verzichten. Vor allem die Transmitteremissionen konnten verräterisch sein. Man wußte nicht, wie exakt die Ortungsanlagen der Blues arbeiteten und ob sie denen der Terraner genauso unterlegen waren wie die technischen Geräte, mit denen man bisher Bekanntschaft gemacht hatte.

Es konnte nur gehofft werden, daß sich zum Zeitpunkt der Transmittersprünge kein Molkexraumer in der Nähe des 14. Planeten aufhielt und die fünfdimensionalen Strukturerschütterungen unbemerkt blieben.

Nashville blickte in den Transmittervorraum und rümpfte die Nase.

„Ich glaube, wir müssen aufpassen, daß wir niemand auf die Zehen treten, Sir", sagte er sarkastisch. „Oder sehen Sie zufällig ein Stück Boden, worauf wir unsere Füße setzen können?"

Nomers grinste. Sie unterhielten sich mit einigen Männern, die zur TRISTAN gehen würden.

„Die Besatzung der TRISTAN hat unterhalb des Eises Höhlen angelegt", berichtete Nomers den Agenten. „Dort kann alles untergebracht werden, was Sie an Ausrüstung mitnehmen."

Sie setzten ihren Rundgang fort. Wiederholt wurden Fragen an sie gerichtet, aber bei keinem der Männer war Unruhe festzustellen. Sie schienen die Gefahr nicht zu erkennen, die sie heraufbeschworen, indem sie sich anschickten, in das Herz eines anderen Imperiums vorzustoßen.

Nomers sagte sich, daß diese Männer gewohnt waren, unter dem Einsatz ihres Lebens Dienst zu tun. Für sie war jeder Auftrag gefahrvoll.

Der Transmitter der ESS-1 war bereit. Es bedurfte nur noch einer kurzen Nachricht von der TRISTAN, und die ersten Männer würden durch das akonische Gerät gehen.

Nomers dachte daran, daß es trotz intensiver Anstrengungen bisher noch nicht gelungen war, Fiktivtransmitter zu bauen, wie sie der Menschheit einmal von dem Geistwesen auf Wanderer zum Geschenk gemacht worden waren. Seit der Vernichtung dieser beiden unersetzli-

46

chen Geräte hatte man versucht, etwas Ähnliches zu schaffen, doch ohne Erfolg.

Nomers und Nashville kehrten zur Zentrale zurück. Es war klar, daß die Männer im Transmittervorraum genau wußten, was sie zu tun hatten. Wenige Stunden später kam die erwartete Nachricht von der TRISTAN. Der Transmitter auf dem vierzehnten Planeten der Sonne Verth stand bereit.

Nomers schaltete den Interkom ein.

„Hier spricht der Kommandant der Eastside-Station Nummer Eins", sagte er. „Ich habe eine Nachricht für die Mannschaften, die durch den Transmitter gehen werden. Die TRISTAN ist jetzt bereit, das Übersetzen kann beginnen. Unsere Techniker werden dafür sorgen, daß alles reibungslos funktioniert. Sie werden sich auch um die Raumjäger und andere Ausrüstungen kümmern. Offiziere und Besatzung der ESS-1 wünschen Ihnen bei diesem Unternehmen viel Erfolg."

Gleich darauf kam die Bestätigung, daß der Transmitter eingeschaltet sei. Die ersten Spezialisten machten sich zum Sprung zur TRISTAN fertig.

„Die Blues werden sich wundern", sagte Nashville triumphierend.

Aber er irrte sich.

Oberst Mos Hakru sah zu, wie die ersten Männer aus dem Torbogen des Transmitters kamen und ihn begrüßten. Besatzungsmitglieder der TRISTAN nahmen die Ausrüstungen entgegen, um sie sofort in die Eishöhlen zu schaffen.

Hakru hatte Major Lasalle die Routinearbeit an Bord übertragen, da er sich persönlich mit den Ankommenden beschäftigen wollte. Alles verlief besser als erwartet. Es schien, als hätten die Spezialisten nie etwas anderes getan, als solche Transmittersprünge zu machen. Ohne zu zögern, gingen sie an die angewiesenen Plätze im Schiff. Hakru sah Melbar Kassom unter den USO-Männern. Die Anwesenheit des Etrusers zeigte, wie ernst Rhodan diesen Einsatz nahm.

Praktisch alle Abteilungen des Imperiums waren mit zahlenmäßig starken Gruppen vertreten.

47

Es dauerte keine Stunde, bis es an Bord der TRISTAN von Menschen wimmelte. Die meisten waren Terraner, aber Hakru erblickte immer wieder Gesichter, die bewiesen, daß der Betreffende kein Erdgeborener war.

Kilmacthomas erschien mit verschlafenem Gesicht neben Hakru.

„Hallo, Leutnant", nickte der Oberst. „Man ist mit den von Ihnen geschaffenen Löchern zufrieden."

„Danke, Sir", sagte Kilmacthomas. „Denken Sie daran, daß keiner der Ankömmlinge ohne Schutzanzug dort hinausgeht."

„Die entsprechenden Anweisungen wurden bereits gegeben", beruhigte ihn Hakru. „Wir werden den Kanal vergrößern müssen, damit wir die Raumjäger von hier aus starten können."

„Soll ich sofort damit beginnen?"

„Warten Sie, bis alle Männer hier eingetroffen sind, damit wir uns nicht gegenseitig behindern", bestimmte Hakru. „Ein bißchen Geduld müssen wir mit der Eroberung des Verth-Systems noch haben."

Kilmacthomas lächelte. Er beobachtete eine Gruppe von Wissenschaftlern, die gerade aus dem Transmitter kamen. Die Gesichter der Männer zeigten ihre Gedanken nicht.

Hoffentlich sind sie optimistischer als ich, dachte Kilmacthomas.

Er warf einen kurzen Blick auf Hakru und verschwand in Richtung zur Luftschleuse. Während der Transmitter arbeitete, wollte er sich mit dem Gravitationsbohrer beschäftigen. Seine Aufgabe war es, sich um das Eis zu kümmern. Es war ein Fehler, wenn er sich um die anderen Sorgen machte. Achselzuckend zwängte er sich in einen Schutzanzug. Vielleicht lag seine anhaltende Nervosität in den Strapazen des ersten Raumfluges begründet.

Er sprang aus der Schleuse. Korporal Lessink hockte müde an der Abstrahlanlage. Kilmacthomas winkte ihm zu.

„Bald gibt es wieder Arbeit für uns, Korporal", rief er ihm über den Helmfunk zu.

Lessink blickte mürrisch drein. „Ich wollte gerade fragen, wann ich abgelöst werde, Sir", sagte er.

4.

Das Wesen war vom ästhetischen Standpunkt aus schön. Sein Körper war schlank, mit kurzen Beinen und Füßen mit sieben Zehen. Eigentlich ähnelte das Wesen einem aufrecht gehenden Bären, aber sein Körper war viel graziler, die Bewegungen verfeinert, ohne jede Unbeholfenheit. Überhaupt schien es an diesem Wesen nichts Schwerfälliges zu geben. Auch der diskusförmige Kopf, der auf einem dünnen, schlauchähnlichen Hals von zwanzig Zentimetern Länge saß, wirkte nicht häßlich.

Trotzdem mußte der Anblick des Wesens in einem Menschen unangenehme Gefühle erwecken.

Und das lag an den Augen.

Das Wesen besaß vier davon, zwei vorne, zwei hinten am Rande des Diskuskopfes angeordnet. Die Augen waren nicht rund, sondern ellipsoid, und die Pupillen waren geschlitzt wie die einer Katze.

Das Wesen konnte weder lächeln noch irgendeinen anderen Gefühlsausdruck zeigen.

Das war der Grund, warum es auf einen Menschen unheimlich wirken mußte.

Das Wesen war ein Blue.

Es befehligte ein großes Diskuskampfschiff mit Molkexschutzmantel.

Der Name des Blue-Kommandanten war schwer wiederzugeben. Ein Translator hätte ihn mit Le-clyi-Lercyi übersetzt, doch für das menschliche Gehör wären nur die beiden Silben „Leclerc" hörbar gewesen.

Kommandant Leclerc hatte sich an dem Angriff auf den feindlichen Schiffsverband beteiligt, den man aus dem benachbarten Sonnensystem verjagt hatte.

Leclerc war nicht in der Lage, ein Gefühl zu empfinden, das dem menschlichen Hasses entsprach. Das, was er in diesem Augenblick spürte, ließ sich noch am besten mit dumpfem Zorn vergleichen.

Denn Leclerc begann zu ahnen, daß es den Fremden nicht um die Eroberung dieser armseligen Planeten gegangen war. Sie mußten erkannt haben, daß es dort nur unbedeutende Stützpunkte gab, daß sie mit einem Angriff nicht viel erreichen konnten. Also mußte der Grund für das Auftauchen des Feindes ein anderer sein.

Leclerc maß 1,92 Meter, selbst für einen Gataser eine ungewöhnliche Größe. So konnte er, ohne sich von seinem Spezialsitz zu erheben, die Zentrale des Diskusschiffes überblicken.

Leclerc beobachtete die anderen Mitglieder der Besatzung. Sie waren unruhig, ein sicheres Zeichen, daß auch sie sich Gedanken machten. Leclerc trug eine Uniform, so daß der blaue Pelzflaum, mit dem sein Körper bedeckt war, nicht sichtbar wurde.

Der Kommandant schätzte, daß der Feind mit mindestens dreitausend Schiffen angegriffen hatte. Kein Volk, das es fertiggebracht hatte, mit überlichtschnellen Raumschiffen durch das All zu reisen, konnte so dumm sein, wichtiges militärisches Potential an strategisch unwichtigen Punkten zu konzentrieren.

Es sei denn, überlegte Leclerc, es wollte mit dieser Aktion von einem anderen Unternehmen ablenken. Von welchem Unternehmen?

So sehr Leclerc darüber nachgrübelte, es fiel ihm nicht ein, was die Fremden mit diesem Angriff bezweckt haben konnten. Vielleicht handelte es sich nur um einen Test, der die Stärke der gatasischen Flotte erproben sollte.

Nun, dann hatten sie herausgefunden, daß ein gatasisches Schiff, das mit einem Molkexpanzer umgeben war, kaum zu zerstören war.

Aber das wußten sie bereits, denn mit den Wesen, die sich an Bord der Kugelschiffe aufhielten, war man bereits vor Monaten zusammengestoßen. Vorübergehend war es gelungen, einige von ihnen auf Apas gefangenzunehmen. Leider konnten sie fliehen, bevor man genügend Informationen über sie hatte erhalten können. Es stand jedoch fest, daß sie dem auf der anderen Seite der Galaxis existierenden Imperium angehörten, von dem man erst wußte, seitdem gatasische Schiffe die Schreckwürmer von den Geheimplaneten abholten, die die Apasos vor vielen Jahrhunderten angelegt hatten.

50

Ein anderes Imperium, dachte der Kommandant. Mindestens ebenso groß wie das eigene. Früher oder später würde es zum Kampf kommen, denn das Gatasische Reich dehnte sich immer weiter und immer schneller aus. Sie brauchten Raum. Wahrscheinlich waren sich beide Imperien in ihren äußersten Regionen bereits gefährlich nahe gekommen.

Leclercs Mentalität kannte den Begriff Frieden nur als abstrakten Begriff, als einen Zustand, den man bestenfalls nützen, nicht aber fortwährend aufrechterhalten konnte.

Deshalb dachte er im Zusammenhang mit den Fremden nur an Krieg und Vernichtung. Keine Sekunde glaubte er, daß die Feinde anders dächten, daß sie vielleicht keine Auseinandersetzung wünschten.

Das Volk der Gataser vermehrte sich rasch und brauchte neuen Lebensraum. Bei den Fremden konnte das nicht anders sein, schloß Leclerc. Also ergab sich nur eine Alternative: Krieg.

Eine solche Einstellung war schlecht und verwerflich. Sie zeugte von einem machtbesessenen Charakter, von mangelnder Toleranz und wenig Weitblick. Es wäre jedoch ungerecht gewesen, diese Bewertung auf Leclerc anzuwenden.

Der Kommandant war vom gatasischen Standpunkt aus nicht schlecht, im Gegenteil: Man hatte ihn für dieses hohe Amt ausgewählt, weil er ehrlich, tapfer und aufrecht war, weil er sich mit aller Kraft für die Belange seines Volkes einsetzte.

Krieg mit fremden Rassen war für die Gataser nur in der Methode etwas anderes als für die Menschen.

Leclercs Schiff befand sich in diesem Augenblick nicht im Linearflug. Da es noch keinen weiteren Befehl erhalten hatte, kreuzte es in den äußeren Regionen des Verth-Systems in unmittelbarer Nähe des 14. Planeten.

Die Fremden hatten sie überlistet, überlegte Leclerc erneut. Je länger er darüber nachdachte, desto sicherer wurde er. Sie hatten mit diesem sinnlosen Angriff etwas anderes zu verbergen versucht.

Das war ihnen sogar gelungen.

Der Kommandant konnte keine direkte Furcht empfinden, aber seine Gefühle ließen sich noch am besten mit dem Ausdruck Entsetzen beschreiben. Leclerc empfand Entsetzen, wenn er an die Möglichkeiten dachte, was alles geschehen sein konnte.

Er unterdrückte aufsteigende Panik. An keiner Stelle waren fremde Schiffe während des Scheinangriffs aufgetaucht. Nirgendwo war es zu Verwicklungen gekommen. Das Verth-System war ruhig.

Leclerc stand auf und ging durch die Zentrale. Durch die Anordnung seiner Augen vermochte er jeden Punkt innerhalb des Raumes zu sehen. Da er es nicht anders gewohnt war, erschien es ihm nicht als ungewöhnlich. Vermutlich hätte er bei dem Anblick eines sich herumdrehenden Menschen Mitleid empfunden, falls er in der Lage war, solche Gefühle zu hegen. Ein Gataser mußte sich niemals umdrehen, wenn er feststellen wollte, was hinter seinem Rücken vorging.

Die Anordnung der Ortungs- und Bildübertragungsgeräte an Bord des Diskusschiffes war dementsprechend. Ein Terraner hätte sie als unpraktisch bezeichnet, für einen Blue waren sie ideal angebracht.

So kam es, daß alle Augen Leclercs das plötzlich aufleuchtende Warnzeichen zu seinem Gehirn weitergaben.

Die Ortungsgeräte sprachen an.

Leclercs Starre dauerte nur Sekunden, dann begriff er, daß etwas Außergewöhnliches vorging. Der Ausschlag war zwar schwach, aber dennoch deutlich genug.

Kilmacthomas war so mit der Arbeit beschäftigt, den Gravitationsbohrer in eine neue Grundstellung zu lenken, daß er das Knacken im Helmlautsprecher völlig überhörte.

Erst als Hakrus Stimme aufklang, reagierte er und schaltete das Gerät aus. Die Maschine sank auf den Boden zurück und sprühte abgeschmolzenes Eis über Kilmacthomas' Schutzanzug.

„Alle Offiziere sofort in die Zentrale!" befahl Oberst Hakru.

Kilmacthomas gab Lessink einen kurzen Wink, daß dieser die Abstrahlanlage in Betrieb halten sollte. Dann eilte er zur Luftschleuse, vorüber an den Technikern, die die Ausrüstungen der Spezialisten in die Eishöhlen schafften. In der Nähe des Hangars wurde gerade ein Raumjäger aus der TRISTAN gehoben. Der Arm des Schwenkkrans senkte das torpedoförmige Einmannschiff sicher auf den Boden.

Kilmacthomas drückte sich an einigen Männern vorbei und gelangte in die innere Schleusenkammer. Sobald der Druckausgleich beendet war, entledigte er sich des Anzuges und hastete zur Zentrale. Er hatte den Unterton in Hakrus Stimme herausgehört, mehr als nur Unruhe hatte darin mitgeschwungen.

Als er die Zentrale betrat, waren bereits alle Offiziere anwesend. Hakru nickte ihm mit ernstem Gesicht zu. Die Männer sahen verwirrt aus, es schien, als habe Hakru sie schon über verschiedene Dinge informiert.

Über unangenehme Dinge, konstatierte Kilmacthomas.

Er arbeitete sich neben Leutnant Zang und fragte im Flüsterton: „Was ist geschehen?"

„Funkspruch von Rhodan", gab Zang leise zurück. „Wir bekommen Besuch."

„Vom Chef?" fragte Kilmacthomas verwirrt, „aber wie ...."

Hakrus Stimme unterbrach ihn.

„Offensichtlich handelt es sich um ein Schiff der Blues", sagte der Oberst. „Da es sich im direkten Anflug hierher befindet, gibt es nur eine Deutung: Man hat uns entdeckt."

Kilmacthomas schluckte. So war das also. Hakru sprach weiter, aber Kilmacthomas hörte nicht zu. Fieberhaft überlegte er, was geschehen würde, wenn die Blues ihren unter dem Eis gelegenen Stützpunkt angriffen.

Kilmacthomas' Gedankengänge wurden unterbrochen, als der Funker aus der Kabine stürzte und dem Oberst eine weitere Funkmeldung überreichte.

Hakru warf einen kurzen Blick darauf, dann richtete er seine Augen wieder auf die Versammelten.

„Jetzt gibt es keinen Zweifel mehr, daß man uns entdeckt hat", gab er bekannt. „Die Beobachtungen von der ERIC MANOLI aus haben ergeben, daß sich weitere Schiffe dieser Welt nähern."

Kilmacthomas fühlte Bitterkeit in sich aufsteigen. Ihr so sorgfältig geplantes Unternehmen war fehlgeschlagen.

„Unsere Befürchtungen haben sich bewahrheitet", meinte Hakru. „Wahrscheinlich wurden die fünfdimensionalen Strukturerschütterungen des Transmitters von einem in der Nähe des 14. Planeten befindlichen Bluesschiff registriert und richtig gedeutet. Jetzt bleibt uns nur der Weg einer sofortigen Flucht durch den Transmitter zur ESS-1 zurück. Die Robotautomatik wird die TRISTAN in einen wertlosen Stahlklumpen verwandeln, mit dem die Gataser nichts anfangen können."

Kilmacthomas dachte an die Höhlen und Gänge, die er dort draußen geschaffen hatte. Er dachte an die wertvollen Ausrüstungen, die verloren waren, wenn man sie nicht rettete.

„Sir!" rief er.

„Leutnant Kilmacthomas?" fragte Hakru förmlich.

„Ich bitte um Genehmigung, mit fünfzig Freiwilligen die Höhlen räumen zu dürfen."

„Gut, Leutnant", stimmte Hakru zu. „Beeilen Sie sich aber. Sie müssen durch den Transmitter geflohen sein, bevor die Automatik das Schiff zerstört. Ich werde sie so schalten, daß der Selbstvernichtungsbefehl von niemandem aufgehoben werden kann – selbst von mir nicht."

Kilmacthomas verstand. Hakru dachte an alle Möglichkeiten, auch an die, daß sie in die Gewalt der Blues fallen und ihren freien Willen verlieren könnten.

Schnell hatte Kilmacthomas Helfer gefunden. Auch Melbar Kasom war darunter. Hakru stellte die Vernichtungsautomatik ein und schickte die ersten Männer durch den Transmitter zur ESS-1 zurück.

Da fielen die ersten Bomben auf die Oberfläche. Das Eis begann zu vibrieren, als sei es ein riesiger Körper, der bisher geschlafen hatte. Alarmsirenen heulten durch das Schiff.

In der Luftschleuse stand Leutnant Don Kilmacthomas und schlüpfte in den Schutzanzug. In seinen dunkelblauen Augen lag ein seltsamer Glanz. Er hörte die schweren Atemzüge der anderen Freiwilligen über den Helmlautsprecher. Einige fluchten, als wollten sie damit ihre Angst verdecken.

„Leutnant Kilmacthomas!" klang Hakrus Stimme im Helmfunk auf.

„Sir?"

„Sie haben eine Stunde Zeit, Leutnant, dann knallt es hier."

„In Ordnung, Sir", sagte Kilmacthomas grimmig. Zusammen mit

den anderen verließ er die Schleuse. Das Bombardement nahm an Heftigkeit zu. Man spürte die Erschütterungen des Bodens durch die dicken Stiefel.

Kilmacthomas fand Korporal Lessink noch immer an der Abstrahl-anlage sitzen.

„Verschwinden Sie hier!" befahl er dem Mann. „Los, ins Schiff mit Ihnen."

Man sah Lessink an, daß er froh war, diesen Platz verlassen zu können. Der Korporal rannte auf die offene Luftschleuse der TRI-STAN zu.

Direkt neben Kilmacthomas tauchte ein Mann auf. Als der Leut-nant zu ihm hinsah, erkannte er das rot aufgequollene Gesicht Sergeant Wallabys unter der Sichtscheibe.

„Wallaby!" stieß er hervor. „Ich dachte, Sie stünden unter Arrest?"

„Der Oberst hat mich beurlaubt, Sir", sagte der Sergeant ernst. „Ich glaube, ich habe hier noch einiges gutzumachen."

Sie rannten nebeneinander her in den ersten Schacht hinein. Weitere Männer waren um sie herum.

Wir werden diesen Burschen nichts zurücklassen, dachte Kilmac-thomas heftig.

Doch er täuschte sich. Er selbst würde zurückbleiben.

Und noch weitere Männer.

Reginald Bull hieb mit der geballten Faust auf den Kartentisch, daß es krachte.

„Umsonst", knirschte er zwischen den Zähnen hervor. „Alles umsonst."

Sie hatten versucht, mit einem blitzschnellen Vorstoß ins Verth-System die Schiffe der Blues noch einmal vom vierzehnten Planeten abzulenken. Doch diesmal waren die Gataser nicht auf den Trick hereingefallen.

Ihre Angriffe gegen eine Welt des eigenen Systems rollten weiter.

Es war Rhodan nichts anderes übriggeblieben, als den Verband zurückzuziehen und Oberst Hakru den Befehl zur Flucht durch den Transmitter zu geben.

„Unsere Hoffnung, unentdeckt zu bleiben, hat sich nicht erfüllt", sagte Rhodan düster. „Ich nehme an, daß die Transmittersprünge von einem Molkexraumer geortet wurden. Vielleicht hat uns der berühmte Zufall einen Strich durch die Rechnung gemacht. Auf jeden Fall wissen wir jetzt, daß wir mit Transmitterstationen nicht ins Herz des Zweiten Imperiums vordringen können, ohne uns zu verraten."

Kors Dantur hockte mit grimmiger Miene vor den Steueranlagen und starrte auf den Panoramabildschirm, als sei dort die Lösung für ihre Fragen zu finden.

Gab es noch eine Möglichkeit, mehr Informationen über die Blues zu sammeln? Hatten sie jetzt nicht die letzte Chance verspielt?

Das Zweite Imperium erwies sich immer mehr als harter Brocken.

Es war mindestens so stark wie das der Terraner und ihrer Verbündeten.

Und das, dachte Rhodan mit leichter Ironie, wollte schon etwas heißen.

Mit einem Male wußte Leclerc, warum die Fremden den Scheinangriff gestartet hatten. Während sie, die Gataser, blindlings losgeflogen waren, hatte der Feind auf der Eiswelt ein geheimes Kommando gelandet. Auf diesem Planeten mußten sich also interessante wie gefährliche Dinge abspielen.

Leclerc gab der Mannschaft Befehle.

Die Gruppe der Eindringlinge konnte nicht groß sein – was gleichbedeutend mit ihrer Schwäche war. Der gatasische Befehlshaber erkannte die große Gelegenheit, die sich hier bot. Vielleicht konnten sie Gefangene machen, um mehr über diese Rasse zu erfahren.

Leclerc gab eine Meldung über die Zwischenfälle nach Gatas ab. Wie er erwartet hatte, erhielt er sofort die Genehmigung zum Angriff. Weitere Diskusschiffe wurden zu seiner Unterstützung herbeigeordert.

Leclerc konnte kein Triumphgefühl entwickeln, nur eine gatasische Version tiefer Zufriedenheit.

Und von diesem Gefühl ließ er sich einhüllen, bis sie die Stelle ausgemacht hatten, an der das fremde Schiff gelandet war. Sorgfältige

Ortungen ergaben, daß sich der Eindringling im Eis verborgen hatte. Die ersten Bilder zeigten einen Trichter, etwas tiefer gelegen als das übrige Land. Er konnte nicht natürlichen Ursprungs sein.

Dort steckte der Feind.

Leclercs Katzenaugen richteten sich auf die Bildschirme. Seine Hand umschloß den Ansatz der Sprechverbindung, die er mit den Gatasern an den Geschützen aufrechterhielt.

Leclerc stieß nur ein einziges Wort hervor.

In Interkosmo hieß es soviel wie:

„Feuer!"

5.

„Da kommen sie zurück", sagte Leutnant Nashville.

Wie gewöhnlich hatte Oberst Joe Nomers keinen Kommentar. Seine blauen Lippen waren fest zusammengekniffen. Sie beobachteten, wie Agenten und Spezialisten an Bord der ESS-1 durch den Transmitter zurückkehrten. Jetzt waren auch Besatzungsmitglieder der TRISTAN dabei.

Einer der Männer kam auf Nomers zu und salutierte.

„Major Lasalle, Sir!" sagte er. „Ich bin Erster Offizier der TRI-STAN. Ich habe einen Bericht von Oberst Hakru für Sie."

„Wo ist der Oberst, Major?" erkundigte er sich.

„Er wartet auf ein Freiwilligenkommando, das noch einmal in die Eishöhlen zurück ist, um wertvolle Ausrüstungen zu bergen. Sie sollen den Transmitter in Betrieb halten, bis die TRISTAN explodiert ist."

„Gut, Major. Lassen Sie sich jetzt einen Platz innerhalb der Station anweisen. Rhodan hat bereits Schiffe hierherbeordert, die Sie und die anderen Männer abholen sollen." Lasalle grüßte und ging hinaus.

Nashville blickte nachdenklich hinter ihm her. „An Bord der TRISTAN scheint es noch ein paar lebensmüde Narren zu geben", meinte er.

57

„Vielleicht können sie verhindern, daß die Blues geheime Ausrüstungen erbeuten", sagte Nomers.

Allmählich kamen alle Männer von der TRISTAN zurück. Dann gab es eine Unterbrechung, obwohl der Transmitter lief. Nomers ließ Lasalle rufen.

„Es fehlen noch 52 Mann", sagte er zu dem Major. „Wie lange kann es noch dauern, bis sie kommen?"

Lasalle schaute auf die Uhr.

„Die TRISTAN wird sich in zwanzig Minuten selbst vernichten", erklärte er. „Wenn sie bis zu diesem Zeitpunkt nicht hier sind, gibt es keine Rettung mehr für sie. Aber sie werden schon kommen."

Zwanzig Minuten später drang ein eigenartiges Flimmern aus dem Torbogen des Transmitters. Nomers erkannte die Gefahr und ließ sofort abschalten. Nashville an seiner Seite wurde blaß.

„Sir", stammelte er. „Die Gegenstation scheint explodiert zu sein."

„Ich wünschte, Sie täuschten sich", murmelte Nomers.

Nach einer Weile setzten sie den Transmitter wieder in Betrieb. Stille senkte sich über die ESS-1. Alle Männer, die sich an Bord befanden, warteten darauf, daß jemand aus dem Torbogen des Transmitters trat.

Doch dort rührte sich nichts.

Mit einem Blick auf die Uhr bemerkte Major Lasalle: „Die TRISTAN ist längst explodiert. Er schüttelte heftig den Kopf. „Ich verstehe nicht, warum Oberst Hakru sich nicht rettete. Er hielt sich an Bord der TRISTAN auf und wollte auf die Freiwilligen warten."

„Vielleicht werden wir das nie erfahren", meinte Nomers düster.

Der hohe Torbogen des Transmitters wirkte gespenstisch.

Der Hauch des Todes schien aus ihm zu dringen.

An der Spitze der Freiwilligen drang Leutnant Kilmacthomas in die größte Höhle ein. Hier hatten die USO-Spezialisten ihr Lager errichtet. Wertvolle Geräte und Spezialausrüstungen waren hierhergebracht worden. Es war nicht nötig, zu sagen, worauf es ankam. Jeder belud sich mit einer schweren Last. Kilmacthomas sah den riesigen Melbar Kasom, der die Aufgabe von mehreren Männern übernahm.

Kilmacthomas bückte sich, um ebenfalls etwas aus der Höhle zu schaffen.

Da gellte ein Warnschrei im Helmlautsprecher des Leutnants auf. Kilmacthoms fuhr hoch. Er stand am hintersten Ende der Höhle. Sie hatten hier eine Art Podium ins Eis geschmolzen. So konnte Kilmacthomas alles überblicken.

Er sah, daß die Männer ihre Pakete von sich warfen und auf ihn zurannten. Dann sah er auch den Grund.

Am Höhlenausgang begann der Schacht in sich zusammenzufallen, der zur TRISTAN führte. Ein meterbreiter Riß hatte sich im Eis gebildet. Die ständigen Erschütterungen der Bombenexplosionen hatten das Eis unruhig werden lassen.

Jetzt stürzten die Gänge und Höhlen ein.

Kilmacthomas hatte diesen Gedanken noch nicht zu Ende gedacht, als eine Woge von Eis am Höhlenausgang niederging. Die Lawine rollte noch bis in die Hälfte der unterirdischen Kammern hinein. Die Männer drängten sich auf das Podium, um die fragwürdige Sicherheit dieses Platzes in Anspruch zu nehmen.

Kilmacthomas erwartete jeden Augenblick, daß die Höhle selbst zusammenbrechen würde. Das hätte ihr sicheres Ende bedeutet, denn die Schutzanzüge hätten den herabstürzenden Eismassen nicht widerstehen können.

Doch da hörten die Explosionen an der Oberfläche auf. Das Zittern des Bodens ließ nach.

Kilmacthomas atmete auf.

„Achtung!" rief er über Helmfunk. „Hier ist die Gruppe Kilmacthomas. Wir rufen die TRISTAN. Befindet sich noch jemand an Bord, der uns hören kann?"

Er lauschte atemlos, und er wußte, daß alle anderen jetzt auf jedes Geräusch achteten. Der Lautsprecher knackte. Hakrus vertraute Stimme wurde hörbar.

„Verdammt, Kilmacthomas", sagte der Oberst heftig. „Was ist geschehen? Die TRISTAN ist zur Seite gekippt. Es hat schwere Erschütterungen gegeben."

Kilmacthomas gab sich Mühe, ruhig und gefaßt zu sprechen.

„Wir sitzen fest, Sir. Der Schacht zur Haupthöhle ist durch die

59

Erschütterungen eingestürzt. Es kann jeden Augenblick neue Eisrutsche geben."

Wie zur Bestätigung seiner Worte bildete sich direkt über ihnen ein weiterer, armdicker Riß. Die Männer drängten sich panikartig bis an die Rückwand der Höhle zurück. Aber die Decke schien noch zu halten.

„In zwanzig Minuten explodiert die TRISTAN", sagte Hakru aufgeregt. „Ich glaube, die Schiffe der Blues landen jetzt. Sie werden Untersuchungen anstellen. Auf jeden Fall werden sie die unterirdischen Lager entdecken."

„Sind Sie allein an Bord?" fragte Kilmacthomas.

„Alle anderen sind bereits zur ESS-1 gesprungen", erwiderte Hakru.

„Folgen Sie ihnen, Sir", bat Kilmacthomas eindringlich. „Sie können uns hier nicht mehr helfen."

„Ich will verdammt sein, wenn ich das tuc", knurrte Hakru. „Sie lausiger Grünschnabel werden mich nicht davon abhalten, mit einem Thermostrahler den Gang freizulegen."

„Das dürfen Sie nicht, Oberst", widersprach Kilmacthomas. „Wir haben Thermostrahler hier in der Höhle, können sie aber wegen der Einsturzgefahr nicht einsetzen. Sie haben kein Gerät zur Verfügung."

„Doch", sagte Hakru. „Ich beschaffe mir einen Strahler. Schließlich hängen mehr als genug davon in der TRISTAN. Die Abstrahlanlage arbeitet noch. Das bedeutet, daß der Kanal zur Oberfläche frei ist."

Kilmacthomas rutschte vom Eispodium ins Innere der Höhle. Er ging zwischen dicken Eisbrochen bis dicht an den Schacht. Was er sah, war nicht gerade ermutigend. Überall hatten sich Risse gebildet. Es war fraglich, ob sie den Ausgang noch jemals freilegen konnten.

„Die Zeit ist zu knapp", sagte er über Helmfunk. „Bevor Sie nur den ersten Strahlschuß abgegeben haben, wird das Schiff explodieren."

„Ich versuche es jedenfalls", erklärte Hakru. Seine Stimme klang keuchend, als leiste er schwere Arbeit.

Der Leutnant überlegte, wie er den Vorgesetzten von seinem Vorhaben abbringen konnte. Aber Hakru schien nicht gewillt, sich auch nur in eine Diskussion darüber einzulassen.

Kilmacthomas wandte sich an die übrigen Männer.

„Oberst Hakru wird versuchen, den Schacht von der TRISTAN aus freizulegen", gab er bekannt. „Wir haben nichts mehr zu verlieren, deshalb werden wir mit unseren eigenen Strahlern ebenfalls an der Beseitigung der Trümmer arbeiten. Es kann sein, daß wir dabei umkommen, aber das ist immer noch besser, als hier untätig zu warten."

Zustimmende Rufe wurden im Helmfunk laut. Die Männer brannten darauf, etwas zu ihrer Rettung zu tun. Das Bewußtsein, daß Hakru auf der anderen Seite entgegenkam, gab ihnen neuen Mut.

Kilmacthomas wollte ihnen nicht sagen, wie gering ihre Aussicht zum Überleben war. Sie sollten die Hoffnung nicht verlieren.

Er hob den Strahler und begann vorsichtig mit dem Abschmelzen. Er war sich darüber im klaren, daß das Wasser keine Möglichkeit zum Abfließen hatte. Durch die Tätigkeit der Thermostrahler wurde es in der Höhle so warm, daß es nicht wieder fror. Das konnte bedeuten, daß sie bis zum Hals im Wasser standen, bevor sie ein Loch in den eingestürzten Schacht gebrannt hatten.

Bedächtig zielte Kilmacthomas auf die Hindernisse.

Er war noch sehr jung, und er wollte nicht sterben. Aber er wußte auch, daß er nicht über den Zeitpunkt seines Todes zu bestimmen hatte. Das gab ihm Kraft. Er arbeitete ruhig und sicher an der Spitze des Strahlkommandos.

Bald standen sie bis zu den Knien im Wasser. Der Boden wurde so glitschig, daß ständig einige Männer ausrutschten und ins Wasser fielen. Nur die Schutzanzüge retteten ihnen das Leben.

Sein ganzes kurzes Leben hatte Kilmacthomas das Verhalten des Eises studiert. Er wußte mehr über Eisplaneten als die meisten anderen Menschen.

Fast konnte man sagen, daß er mit dem Eis gelebt hatte.

Und nun schien es, als sollte er darin sterben.

Zehn Minuten, bevor die Robotautomatik die TRISTAN vernichten würde, hatte Oberst Mos Hakru endlich den Thermostrahler abmontiert und einsatzbereit gemacht. Sein Gesicht war vor Anstrengung schweißüberströmt. Er nahm sich nicht die Zeit, auf die Uhr zu blicken, da er auf jeden Fall nicht rechtzeitig genug fertig werden konnte.

Er lief über den Hauptgang zur Schleuse. Er sprang hinaus. Mit einem Seitenblick überzeugte er sich, daß die Abstrahlanlage nach wie vor funktionierte. Sobald das Schiff explodierte, war sie äußerst gefährdet.

Hakru hob den Strahler und stürmte in den eingestürzten Gang hinein. Er erreichte die verschüttete Stelle.

„Kilmacthomas!" rief er in das Helmmikrophon. „Hören Sie mich noch?"

„Alles in Ordnung, Sir", ertönte die Stimme des Leutnants. „Gehen Sie durch den Transmitter, solange Sie noch Zeit dazu haben."

„Ich bin jetzt im Gang und trenne einen Durchbruch", sagte Hakru, ohne auf die Einwände des Leutnants einzugehen. „Sie müssen von der anderen Seite vorstoßen."

„Das tun wir bereits, Sir", gab Kilmacthomas bekannt.

Verbissen arbeitete sich Hakru vor. Er wußte, daß er ein ziemlich großes Loch brennen mußte, denn einundfünfzig Männer benötigten viel Platz, um durchzukommen.

Automatisch blickte er auf die Uhr.

Noch sechs Minuten!

Er spürte, wie ihm der Schweiß durch die Brauen rann und die Augen ätzte. Die Sichtscheibe seines Helmes beschlug sich mit Feuchtigkeit.

Das Wasser floß hinter ihm aus dem Schacht, in trüben Bächen rann es bis zur Abstrahlanlage, wo es an die Oberfläche geblasen wurde.

Noch vier Minuten!

Hakru sah ein, daß er es nicht schaffen würde. Er hatte es die ganze Zeit über gewußt. Trotzdem mußte er weiterarbeiten. Die Männer mußten befreit werden. Vielleicht gelang es Rhodan, ein Rettungsschiff abzusetzen.

Er fragte sich, ob er die Selbstzerstörung der TRISTAN überleben werde. Die Explosion diente nur zur Auslösung eines Schmelzprozesses, der die TRISTAN in einen formlosen Stahlklumpen verwandeln würde. Doch dieser Vorgang würde ungeheure Hitze erzeugen. Das

Eis würde hier unten zu schmelzen beginnen. Wasser würde in alle Gänge und Schächte dringen. Es war fraglich, ob die Abstrahlanlage die Fluten schnell genug beseitigen konnte, sofern sie die Explosion überhaupt überstand.

Noch zwei Minuten!

Ein Lächeln flog über Hakrus Gesicht. An Bord der ESS-1 würde man jetzt vergeblich auf ihn warten. Hoffentlich beging keiner der Männer die Dummheit zurückzukehren, um ihn zu suchen.

Hakru schwenkte den Strahler in die Höhe und verbreiterte den entstehenden Gang.

„Kilmacthomas!" ächzte er.

„Sir?" Die Stimme des Leutnants klang besorgt.

„Die Explosion", murmelte Hakru. „In wenigen Sekunden."

Er schaltete den Strahler ab, um sich bei der zu erwartenden Druckwelle nicht selbst zu verletzen.

„Oberst", sagte Kilmacthomas rauh. Dann sagte er noch etwas, aber das hörte Hakru bereits nicht mehr.

Von einer Sekunde zur anderen schien er schwerelos zu werden. Er hob sich vom Boden ab, eine urwüchsige Kraft trieb ihn nach vorn, stieß ihn auf das Eis zu.

Er wollte schreien, aber es entrang sich kein Laut seiner wie ausgedorrten Kehle. Im gleichen Augenblick, als er erwartete, gegen das Eis geworfen und zerschmettert zu werden, wich die weiße Barriere vor ihm zurück.

Er prallte gegen irgend etwas, wurde herumgerissen. Seine Arme wirbelten durch die Luft. Er glaubte dunkle Punkte vor sich zu sehen. Er spürte, daß unzählige große und kleine Eisbrocken seine Bewegung mitmachten, daß sie gleich ihm davongerissen wurden.

In seinen Ohren war ein Donnern und Brausen, als stünde er unter einem Wasserfall. Doch da er noch Luft bekam, konnte der Helm nicht zerstört sein.

Dann prallte er gegen einen riesigen Eisklotz. Die Luft wurde aus seinen Lungen gequetscht, und er verlor das Bewußtsein.

Das Eis barst direkt vor Kilmacthomas auseinander. Ein Aufschrei aus über einem Dutzend Kehlen begleitete diesen Vorgang. Kilmacthomas riß die Sicherung des Thermostrahlers herunter und warf sich zu Boden. Dann brach das Eis über sie herein. Ein Regen aus kleinen und kleinsten Teilchen ergoß sich über die Männer.

Ihm folgte die Druckwelle. Sie war noch stark genug, um den sich verzweifelt festklammernden Kilmacthomas mehrere Meter davon schlittern zu lassen. Die Welt um ihn herum schien nur noch aus weißer Materie zu bestehen.

Er hob den Kopf. Die Explosion hatte den Gang freigelegt. Wie durch ein Wunder war er nicht eingestürzt. Doch nicht allein das Eis war in die Höhle gespült worden.

In unmittelbarer Nähe von Kilmacthomas lag eine kleine Gestalt am Boden.

Das war Oberst Mos Hakru. Seine Hände umklammerten noch den Thermostrahler. Kilmacthomas erhob sich. Von allen Seiten kamen die Männer auf ihn zugelaufen.

Der Leutnant humpelte auf Hakru zu. Als er ihn erreicht hatte, beugte er sich zu ihm hinab und drehte ihn auf den Rücken.

Da schlug Hakru die Augen auf und grinste.

Drei Minuten später kam die Flutwelle.

Die Ortungsgeräte zeigten einwandfrei, daß die Geheimstation der Fremden direkt unter ihnen lag. Als die Blues jedoch nach heftigem Bombardement keine Anzeichen einer Gegenwehr erkannten, ließ Leclerc das Feuer einstellen. Während ihrer Angriffe auf diese Welt hatte sich der feindliche Verband kurz im Verth-System gezeigt, aber diesmal war Leclerc nicht auf den Trick hereingefallen.

Von allen benachbarten Flottenstützpunkten waren riesige Flottenverbände aufgestiegen, so daß sich der Gegner rasch zurückgezogen hatte. Doch Leclerc hatte sich darum nicht gekümmert. Das kurze Erscheinen der Fremden bewies ihm nur, daß dort unten gefährliche Dinge vor sich gingen – gefährlich für alle Gataser.

Der Kommandant ließ das Diskusschiff einige Zeit über der beschossenen Stelle mit dem eigentümlichen Trichter kreisen.

Er nahm Verbindung mit den anderen Schiffen in ihrer Nähe auf und beorderte sie in eine Kreisbahn um die Eiswelt. Sein eigenes Schiff würde landen. So verschaffte er sich Rückendeckung, falls dort unten noch jemand in der Lage sein sollte, ernsthaften Widerstand zu leisten.

In sicherer Entfernung zu dem Trichter ließ Leclerc das Schiff niedergehen. Die Geschütze des Raumers schwenkten herum und zeigten in die Richtung, wo man die Fremden unterhalb der Oberfläche vermutete.

Leclerc teilte die Besatzung in drei Gruppen auf. Ein Teil blieb im Schiff zurück, um dieses feuer- und startbereit zu halten. Eine zweite Mannschaft verteilte sich, mit schweren Handwaffen und Schutzanzügen ausgerüstet, um das Schiff.

Die dritte Gruppe wurde von Leclerc angeführt. Auch sie trugen Schutzkleidung und waren bewaffnet. Der Kommandant verteilte seine Begleiter rings um den Trichter. Er befahl ihnen, nach einem Abstieg unter das Eis Ausschau zu halten. Er ahnte, daß es irgendwo einen Weg in die Tiefe gab.

Allmählich setzte sich in ihm die Erkenntnis durch, daß es sich bei dem Trichter um eine zugefrorene Öffnung handelte, durch die ein Raumschiff ins Eis gedrungen war. Leclerc sagte sich, daß dies die logische Erklärung war. Er kam nicht auf den Gedanken, diese Leistung des Gegners zu bewundern, aber seine Ansicht, daß die Fremden in ihrer Raumfahrttechnik sehr weit fortgeschritten waren – weiter als die Blues –, wurde wiederum bestätigt.

Das Schutzmaterial aus Molkex war ihr einziger Vorsprung gegenüber dem Feind.

Auf der anderen Seite des Trichters stießen Leclercs Männer auf einen kleinen Schacht, der in die Tiefe führte. Sie alarmierten den Kommandanten, und Leclerc beeilte sich, zu ihnen zu gelangen.

Respektvoll machten die gatasischen Raumfahrer Platz, als ihr Anführer die Öffnung besichtigte. Leclerc erblickte ein relativ kleines Loch. Das Eis um es herum hatte eigenartige Formen, es zeigte nicht seine natürliche Schroffheit, sondern war glatt und dehnte sich nach allen Seiten aus, als bestünde es aus dicken gefrorenen Adern. Sorgfältig leuchtete Leclerc die Umgebung ab.

„Durch diesen Schacht bringen sie Schmelzwasser an die Oberfläche", vermutete er schließlich. „Wahrscheinlich haben sie dort unten Maschinen, die die Flüssigkeit nach oben pumpen."

Leclerc konnte nicht wissen, daß das Abstrahlsystem der Terraner weitaus besser war als jede Pumpanlage, bei der man Zwischenstationen errichten mußte.

Trotzdem war es erstaunlich, daß er die Bedeutung des Kanals sofort erkannt hatte.

„Es scheint, als arbeiteten ihre Maschinen nicht mehr", meinte Leclerc.

Er war ein vorsichtiger Mann, aber in diesem Falle ging er ein Risiko ein. Er ließ zwei Antigrav-Platten vom Schiff an den Schacht bringen. Zwei Gataser wurden ausgewählt, in den Kanal einzufliegen.

„Sobald ihr wißt, was dort unten vorgeht, kehrt ihr um", befahl Leclerc. Er leuchtete ihnen mit dem Scheinwerfer, während sie auf die Platte stiegen und sich festschnallten. Leclerc wartete, bis das Fluggerät arbeitete, dann schaltete er das Licht aus.

„Es geht los!" ordnete er an.

Die Antigrav-Platte hob sich vom Boden ab und schwebte auf das Loch zu. Leclerc ließ die zweite bereithalten, um bei einem Zwischenfall sofort eingreifen zu können. Wenn die beiden Gataser nicht auf Schwierigkeiten stießen, würde er weitere Fluggeräte anfordern. Zusammen mit den anderen würde er dann ebenfalls unter das Eis gleiten.

Sekunden nachdem die Flugscheibe im Kanal verschwunden war, glaubte Leclerc eine schwache Vibration des Bodens zu fühlen, als wollte der Planet die lästigen Besucher von sich abschütteln. Eine sofortige Rückfrage beim Schiff bestätigte die Vermutung des Kommandanten.

Die Geräte im Diskusschiff zeigten einen starken Energieausbruch in unmittelbarer Nähe an.

„Sie haben ihre unterirdische Station gesprengt, damit wir sie nicht in die Hände bekommen", sagte Leclerc enttäuscht.

Im nächsten Augenblick fiel ihm ein, daß die beiden Raumfahrer im Schacht, sich jetzt in großer Gefahr befanden. Er rief sie über Funk an und forderte sie zur sofortigen Umkehr auf.

Doch es war schon zu spät.

Zwar kamen die beiden Blues zurück, aber nicht mit der Antigrav-Platte. Sie wurden an der Spitze einer Fontäne aus dem Kanal geschleudert, zwei dunkle, durcheinanderwirbelnde Punkte. Die Trümmer der Flugscheibe folgten.

Wie gebannt starrte Leclerc auf das Bild. Im schwachen Licht der Sonne Verth und dem ihrer eigenen Scheinwerfer zeigte sich eine grausigschöne Szenerie.

Da prasselte das Schmelzwasser nieder. Leclerc begann zu laufen.

Kilmacthomas half Obert Hakru auf die Beine. Die Druckwelle hatte die letzten Hindernisse aus dem eingestürzten Schacht gefegt. Der Weg war frei. Doch der Leutnant wußte, daß sie die Höhle unter keinen Umständen jetzt schon verlassen durften. Wenn es überhaupt eine Chance gab, der Überflutung zu entgehen, dann hier in dieser Höhle.

Hakru schüttelte sich.

„In Ordnung, Leutnant", sagte er. „Ich bin wieder auf den Beinen."

Kilmacthomas ließ ihn los. Einer der Männer war so unglücklich von einem Eisbrocken getroffen worden, daß sein Anzug aufgeschlitzt wurde. Er war sofort tot gewesen.

Damit hatte sich die Gesamtzahl der Abgeschnittenen, rechnete man Oberst Hakru hinzu, auf 51 verringert.

„Das Schiff ist zerstört und damit unsere Aussicht, mit dem Transmitter zur ESS-1 zurückzukehren", sagte Hakru. „Aber irgendwie müssen wir hier heraus."

Kilmacthomas nickte zustimmend.

„Zunächst müssen wir die mit Sicherheit kommende Flutwelle abwarten, Sir", sagte er. „Wenn wir diese überleben – und diese Chance haben wir nur, wenn die Abstrahlanlage weiterarbeitet –, können wir uns noch immer Gedanken darüber machen, wie wir an die Oberfläche gelangen."

Kilmacthomas' Gedanken glitten zurück, zu jenem Tag, als er an Bord der TRISTAN gekommen war. Dieser Zeitpunkt schien weit in der Vergangenheit zu liegen, er hatte schon beinahe unwirklichen

Charakter. Es schien dem Leutnant, als habe sein Zusammenstoß mit Wallaby überhaupt nie stattgefunden.

Seine Augen suchten den Sergeant unter den Männern, aber da ihm viele den Rücken zudrehten, konnte er ihn nicht entdecken.

Im Augenblick blieb ihnen nichts anderes übrig, als zu warten.

Kilmacthomas fragte sich, was die Blues gerade unternahmen. Versuchten sie bereits, unter das Eis einzudringen, um den Feind aufzuspüren?

Der junge Leutnant verzog grimmig das Gesicht. War der Tod im Eis nicht besser als der unter den verbrennenden Strahlen gatasischer Waffen? Es war durchaus möglich, daß man versuchen würde, sie alle in Gefangenschaft zu bringen, denn ein Studium ihrer Körper würde den Blues wertvolles Wissen über sie geben.

Die Anwesenheit der vielen Spezialisten gab Kilmacthomas Zuversicht. So schnell gaben diese Männer nicht auf. Sie wußten sich auch in scheinbar aussichtslosen Situationen zu wehren.

Oberst Hakru hatte damit begonnen, mit Hilfe einiger Männer große Pakete unmittelbar vor dem Schacht aufzustapeln. Doch er hatte diese Arbeit noch nicht richtig begonnen, als die Flutwelle kam.

„Alles festhalten, damit keiner aus der Höhle gespült wird!" schrie Kilmacthomas.

Das Wasser toste durch den offenen Schacht zu ihnen herein, eine quirlende schäumende Masse, auf deren Oberfläche scheinbar schwerelos die Eisbrocken tanzten. Kilmacthomas warf sich zu Boden und krallte sich an einer Maschine fest. Die Flut spülte über ihn hinweg und zerrte mit mächtigen Kräften an seinem Körper.

Trotzdem war es nicht so schlimm, wie der Leutnant erwartet hatte. Das konnte nur bedeuten, daß die Abstrahlanlage noch arbeitete und jetzt bereits große Mengen abgetauten Eises an die Oberfläche strahlte.

Die Flutwelle brach sich an der Rückwand der Höhle, schwappte wie ein Riesenmaul zurück und warf sich erneut über die Männer.

Kilmacthomas fühlte den Sog der Wassermassen, aber er hielt sich eisern fest. Dann war die Wucht des Ansturms durch die Höhlenwand gebrochen. Kilmacthomas stand auf. Das Wasser reichte ihm bis an die Brust.

Es wurde wieder hell, als immer mehr Männer auftauchten und das Licht ihrer Scheinwerfer die Höhle beleuchtete. Kilmacthomas atmete erleichtert auf, als die triefende Gestalt Oberst Hakrus auf ihn zuwatete. Bei einer kurzen Zählung stellten sie fest, daß es keinen weiteren Toten gegeben hatte.

Es schien, als würde sich das Glück wieder auf ihre Seite schlagen.

„Diese verteufelte Maschine scheint noch zu arbeiten, Leutnant", rief Hakru. „Man müßte ihrem Hersteller eine Medaille überreichen."

„Tun Sie das bei unserer Rückkehr zur Erde, Sir", schlug Kilmacthomas vor.

Er sah Melbar Kasom, den riesenhaften Ertruser, wie ein urweltliches Tier durch das Wasser stampfen. Kasom hatte mehreren Männern als Halt gedient, als die Flutwelle in die Höhle gedrungen war.

Kilmacthomas hatte schon viel über die körperlichen Kräfte des USO-Spezialisten gehört, aber bis zu diesem Zeitpunkt nicht an die Wahrheit dieser Geschichten geglaubt. Jetzt mußte er seine Meinung ändern.

„Wir werden warten, bis das Wasser so weit gesunken ist, daß wir ohne Gefahr aus der Höhle können, Sir", sagte er zu Hakru.

Der Schutzanzug des Kommandanten der TRISTAN glänzte vor Nässe. Unter der Sichtscheibe war Hakrus Gesicht bleich, aber nicht angespannt. Es schien, als seien die Männer von neuem Optimismus beseelt.

Das Wasser fiel nicht schnell, aber stetig. Ein großer Teil der in der Höhle gelagerten Ausrüstung war zerstört oder zumindest unbrauchbar. Der Boden war glatt, so daß jede Bewegung einen Sturz auslösen konnte.

„In einer der Höhlen befindet sich ein Hyperkomgerät", erinnerte sich Hakru. „Wenn es uns gelingt, es zu finden, können wir einen Funkspruch absetzen."

„Die Höhle kann eingestürzt sein, Sir", wandte einer der Spezialisten ein. „Oder das Gerät kann zerstört sein."

„Richtig", bestätigte Hakru. „Trotzdem müssen wir es versuchen."

Kilmacthomas pflichtete dem Oberst im stillen bei. Es war eine Nervenprobe, hier in der Höhle zu stehen und nichts anderes zu tun als auf das Absinken des Wassers zu warten. Sie mußten ständig damit rechnen, daß der Schacht wieder einstürzte oder die Decke über ihnen nachgab.

Sie schwebten in unmittelbarer Lebensgefahr, aber daran dachte wohl kaum einer unter ihnen.

Kilmacthomas watete bis zum Schacht, um zu untersuchen, ob ein Ausgang freigeblieben war. Bis auf einige Eisbrocken, die sich dort verklemmt hatten, gab es keine Hindernisse. Da ihre Thermostrahler unempfindlich gegen extreme Temperaturen oder Nässe waren, bildeten die Sperren keine unüberwindlichen Hindernisse. Sie konnten sie leicht zerstrahlen.

Kilmacthomas' nächster Gedanke galt dem Gravitationsbohrer. Wenn er noch arbeitete, war er ihre einzige Möglichkeit, an die Oberfläche zu gelangen.

Hakru tauchte neben ihm auf.

„Wie sieht es aus?" fragte er.

Kilmacthomas leuchtete auf die Stellen, an denen sie sich gewaltsam einen Weg bahnen mußten.

„Sonst ist alles in Ordnung", erklärte er ruhig. „Sobald das Wasser gefallen ist, können wir losmarschieren."

Die Fontäne fiel in sich zusammen, als habe sie nur Kraft für diesen einzigen, wilden Ausbruch besessen. Trotzdem quoll der Strom nach wie vor aus der Öffnung im Eis.

Leclerc überwand das Entsetzen und blieb stehen. Die ausströmende Flüssigkeit bildete keine Gefahr mehr – sie war nie gefährlich gewesen, nur für die beiden Blues, die sich in den Schacht gewagt hatten, gab es keine Rettung.

Außerhalb des Kanals war nichts zu befürchten.

Leclerc sammelte seine Gedanken und begann intensiv zu überlegen. Die Menge des ausströmenden Wassers wurde allmählich weniger. Früher oder später würde die Öffnung wieder frei sein, dann konnten sie weitere Antigravscheiben in die Tiefe schicken.

Leclerc glaubte nicht, daß sich der verhängnisvolle Zwischenfall wiederholen würde. Er beruhigte die Männer im Schiff und forderte weitere Antigravplatten an. Außerdem ließ er seine Begleiter mit

Lähmstrahlern ausrüsten. Falls es dort unten noch Überlebende gab, dann wollte er sie lebend in seine Gewalt bringen. Die einmalige Chance, den Gegner zu studieren, würde sich so rasch nicht wieder bieten.

Der Kommandant war ehrgeizig, nicht zuletzt dachte er an Ruhm und Beförderung, die ihm zuteil werden würden, wenn ihm die Gefangennahme einiger Feinde gelang. Doch für solche Überlegungen war jetzt keine Zeit. Er mußte sich voll und ganz der bevorstehenden Aufgabe widmen.

Er wählte siebzig Männer aus, die mit Paralysatoren ausgerüstet wurden. Ihre Schutzanzüge waren zusätzlich mit dem Molkexschutz umgeben, so daß ihre Träger vor feindlichen Waffen sicher waren.

„Sobald dieser Kanal frei ist, werden wir in die Tiefe vorstoßen", gab er bekannt.

Er wußte, daß sich viele scheuten, ihm auf diesem gefahrvollen Weg zu folgen, aber er war Kommandant und hielt es nicht für nötig, seine Anordnungen mit Untergebenen zu diskutieren.

Sie bildeten einen Ring um die Öffnung im Eis und warteten auf jenen Moment, da das Wasser versiegen und der Weg abwärts für sie frei sein würde.

Darin unterschieden sie sich nicht von den Menschen in sechshundert Metern Tiefe.

Nur daß diese nach oben wollten.

Als ihm das Wasser noch bis zu den Knöcheln reichte, begann Kilmacthomas damit, die im Weg liegenden Eisklötze zu zerstrahlen. Er ging dabei vorsichtig zu Werke, um zu verhindern, daß die Decke nachrutschte und sie erneut gefangen waren.

Schweigend sahen ihm die Männer zu. Er war Experte für Eiswelten, deshalb unternahm niemand den Versuch, ihn zu beeinflussen – auch ranghöhere Offiziere nicht.

Über dem Leutnant bröckelte Eis ab, und er hielt sofort inne. Atemlos starrten unzählige Augen auf die gefährdete Stelle. Dann, als es sicher war, daß sich der Riß nicht vergrößern würde, setzte Kilmacthomas sein riskantes Unternehmen fort.

Auf diese Weise gelang es ihm, den Schacht so freizulegen, daß sie die Höhle verlassen konnten. Das Schmelzwasser war jetzt vollkommen abgeflossen, nur noch kleine Lachen bedeckten den Boden, die jedoch rasch gefroren.

Kilmacthomas befestigte den Thermostrahler am Gürtel des Schutzanzugs und schaltete den Scheinwerfer ein. Behutsam kroch er durch die geschaffene Öffnung in den Schacht. Er leuchtete jeden Zentimeter der Decke ab, da er wußte, daß das Eis nach der Explosion unruhig war. Ein Einsturz der Decke würde jetzt das Ende bringen. Er sah Risse, die Unbehagen in ihm erzeugten, aber es blieb ihnen nichts anderes übrig, als unter Mißachtung der Gefahr durch den Gang zu kriechen.

Er gab den anderen mit dem Scheinwerfer ein Zeichen.

„Wie sieht es aus, Leutnant?" erkundigte sich Oberst Hakru.

Der Lautsprecher von Kilmacthomas' Helmempfänger arbeitete undeutlich, aber er hatte jetzt keine Zeit, sich darüber Sorgen zu machen.

„Wenn wir Glück haben, kommen wir durch den Gang zum Kanal", gab er Hakru zu verstehen. „Die Männer sollen nach und nach durch den Schacht kommen." Er leuchtete den Boden vor sich ab. „Niemand darf einen Thermostrahler benutzen ohne meinen ausdrücklichen Befehl."

Einer nach dem anderen folgten die Raumfahrer und Agenten dem Eisspezialisten. Kilmacthomas hatte ein trockenes Gefühl im Hals. Im ersten Augenblick führte er das auf Sauerstoffmangel zurück, doch dann sagte er sich, daß die Reserven des Sauerstoffaggregates noch auf Stunden hinaus ausreichen würden.

Dann stieß Kilmacthomas auf einen seitlichen Einbruch.

„Halt!" befahl er.

„Was ist passiert?" fragte Hakru im Flüsterton. Der Oberst befand sich unmittelbar hinter Kilmacthomas. Er leuchtete an dem Leutnant vorbei und sah das Hindernis. Für einen kleinen Mann gab es keine Schwierigkeiten – aber sie hatten auch breitschultrige große Männer dabei, und Melbar Kasom brauchte ein doppelt so großes Loch.

Hakru stieß einen scharfen Pfiff aus, der ebenso Überraschung wie Furcht ausdrücken konnte.

Die Männer, die ganz hinten waren, zum Teil noch in der Höhle, wurden unruhig. Fragen ertönten auf der Helmfrequenz.

„Ruhe!" befahl der Oberst scharf. „Es geht gleich weiter."

Kilmacthomas schnitt eine Grimasse, denn er hielt den Optimismus des Kommandanten für reichlich verfrüht. Er räumte einige Eisbrokken zur Seite und zwängte sich an dem Einbruch vorbei in die offene Hälfte des Ganges. Hakru hatte dank seines zierlichen Körpers keine Schwierigkeiten, ihm zu folgen. Doch der nächste Mann, ein vollschlanker Spezialist, streckte in offensichtlicher Verwirrung den Kopf durch die viel zu kleine Lücke.

„Wenn Sie das Zeug lange genug bewundert haben, fällt Ihnen vielleicht sogar etwas ein", sagte Hakru mit sanftem Spott zu dem Leutnant.

Kilmacthomas lächelte, aber da er Hakru den Rücken zuwandte, konnte dieser das nicht sehen.

„Nun?" fragte Hakru.

„Es ist zu gefährlich, wenn wir hier den Strahler einsetzen", sagte Kilmacthomas langsam. „Es wird am besten sein, wenn wir beide von dieser Seite aus soviel Eis wegräumen, daß die Nachfolgenden genügend Platz bekommen."

Schweigend begannen sie zu arbeiten. Kilmacthomas nahm Eisklötze vom Einbruch weg und reichte sie Hakru, der sie in den Gang hineinwarf, so daß sie sich verteilten. Plötzlich gab der Eisberg nach, als Kilmacthomas einen größeren Brocken herauszog. Mit einem Fluch sprang er zurück.

Sofort bestürmten sie die Männer auf der anderen Seite mit Fragen.

„Nichts passiert", knurrte Kilmacthomas mürrisch. „Es wird nur ein paar Minuten länger dauern."

Endlich hatten sie das Loch so verbreitert, daß jeder hindurchkriechen konnte.

Hakru gab den Befehl zum Weitergehen. Der Gang hatte hier seine ursprüngliche Breite, so daß Kilmacthomas und Hakru nebeneinandergehen konnten.

Bald darauf stießen sie auf den großen Vorraum und auf das, was einmal die TRISTAN gewesen war, jetzt aber nur noch einen ausgeglühten Metallklumpen darstellte. Jetzt erwies sich die eisige Temperatur als ihr Verbündeter, denn sie hatte das glühende Metall schnell zur Abkühlung gebracht. Eis war von allen Seiten in die Vorhöhle gelaufen, so daß alles verändert aussah. Trotzdem stand ihnen jetzt mehr Platz zur Verfügung.

Nach und nach versammelten sich alle Männer um Hakru und Kilmacthomas.

Als erstes begab sich Kilmacthomas zu der Kraftstation, mit der das Schmelzwasser an die Oberfläche gestrahlt wurde. Obwohl die äußere Hülle der Maschine mit einem dichten Eismantel umgeben war, arbeitete sie noch einwandfrei. Kilmacthomas seufzte erleichtert, taute das Eis an gefährdeten Stellen ab und kehrte zu den Männern zurück.

„So", sagte er befriedigt. „Jetzt werden wir den Gravitationsbohrer suchen und feststellen, ob er noch einsatzfähig ist."

„Wir müssen auch an den Hyperkom denken", erinnerte Hakru. „Ich halte es für wichtig, eine Nachricht an die ESS-1 zu senden."

„Wir dürfen nicht vergessen...", begann Kilmacthomas, aber nie erfuhr man, was er nicht in Vergessenheit geraten zu lassen beabsichtigte.

Denn in hundert Metern Entfernung, unmittelbar am Eintritt des Abstrahlkanals, schwebte ein Ding in die unterirdische Höhle. Es sah aus wie eine runde Scheibe mit einer Verdickung in der Mitte unterhalb der Bodenfläche.

Auf der Scheibe standen sechs Blues in Schutzanzügen, und ihre Waffen waren auf die Terraner gerichtet.

Bevor überhaupt einer der überraschten Männer reagieren konnte, kam eine weitere Scheibe aus dem Schacht, dann noch eine und noch eine...

6.

Als die Eiswasser-Fontäne versiegte, wurde Leclerc in seinem gefaßten Entschluß schwankend. Doch dann wurde ihm bewußt, daß er sich eine nie wieder gutzumachende Blöße gab, wenn er jetzt die Anordnungen widerrief, die er der Mannschaft gegeben hatte.

Er straffte sich und bestieg mit fünf weiteren Gatasern die Antigravplatte, die zuerst in den Kanal gleiten würde. Leclerc fühlte sich keineswegs heroisch, aber eine Spur von Stolz regte sich in ihm. Er war ein Kommandant, der sich an die Spitze der Mannschaft stellte, der nicht im Hintergrund wartete, bis die Frage nach Sieg oder Niederlage geklärt war.

Er gab dem Raumfahrer, der die Scheibe steuerte, die letzten Anweisungen. Der Molkexüberzug seines Schutzanzuges verlieh ihm ein Gefühl der Sicherheit. Er wußte, daß kaum etwas geschehen konnte, es sei denn, eine zweite Fontäne bliese aus dem Schacht.

„Los!" befahl Leclerc, ohne seine Stimme zu heben. Seine vier Augen sahen alle Dinge der Umgebung gleichzeitig: die dunkle Silhouette des Diskusraumers im Hintergrund, das schmutziggraue Eis, die anderen Blues und das Loch, in dem sie in wenigen Augenblicken verschwinden würden.

Die Scheibe hob sich vom Boden ab, getragen von kontrollierten magnetischen Feldern. Der Pilot war sehr nervös, Leclerc spürte es an der Unregelmäßigkeit des Fluges, aber er schwieg.

Als sie genau über dem Kanal schwebten, zog Leclerc den Lähmstrahler und befahl den anderen, seinem Beispiel zu folgen. Dann sank das Fluggerät langsam, aber stetig hinab.

Die Wände des Kanals huschten vorbei, ihre Formen und Farben änderten sich ständig, im Scheinwerferlicht sah es wie ein Glitzern von Millionen Kristallen aus, die von einer unbekannten Macht in Bewegung gehalten wurden. Doch es war die Platte, die sich bewegte.

Leclerc wußte nicht, wie tief sie ins Eis eindringen mußten, aber er sagte sich, daß sie bald am Ziel sein mußten. Der Gegner konnte keine Wunder vollbringen und sich mit einem Raumschiff in größere Tiefen bohren.

„Licht!" rief da der Pilot.

Leclerc spähte über den Rand der Scheibe. Er sah jetzt ebenfalls den Lichtschimmer von unten in den Kanal dringen. Befriedigung erfüllte ihn. Dort unten war also noch nicht alles zerstört. Es schien ihm, als verändere das Licht seine Intensität, fast konnte man glauben, daß dort unten jemand mit Scheinwerfern auf und ab ging.

Leclerc war plötzlich sehr erregt. Sollte ihm das Glück tatsächlich Gefangene in die Hände geben?

Er befahl dem Piloten, jetzt etwas langsamer abzusinken und dann blitzschnell aus dem Schacht hervorzustoßen. Leclerc wollte das Überraschungsmoment auf seiner Seite haben.

Er versuchte sich ein Bild dessen zu machen, was ihnen dort unten bevorstand, aber ihre Kenntnisse über den Gegner waren viel zu gering, so daß alle Gedanken nur Ausgeburt seiner Phantasie, nicht aber Produkte realer Überlegungen waren.

Leclercs siebenfingrige Hand umklammerte den Strahler fester.

Der Pilot fragte: „Jetzt?"

Die nächsten Sekunden konnten über Leben und Tod entscheiden, dachte Leclerc, und er wunderte sich über die Trägheit dieses Gedankens, der nicht sein Inneres berühren konnte.

„Ja", sagte er, „jetzt!"

Obwohl der Pilot sehr nervös war, brachte er die Antigravplatte mit meisterlichem Geschick aus dem Schacht. Er ließ sie plötzlich absakken und warf sie mit einem seitlichen Steuerdruck nach vorn, so daß sie wie ein welkes Blatt in die Höhle gefegt wurde, die sich an den Schacht anschloß.

Leclercs Katzenaugen zuckten einen Augenblick vor der unverhofften Helligkeit zurück, doch dann sah er Gestalten – fremde Gestalten –, die sich in dem Licht bewegten, und er hob den Paralysator und begann zu feuern.

Einer der Männer schrie vor Wut und Enttäuschung auf, es war wie der Schrei eines wilden Tieres, das in die Enge getrieben wurde. Doch der Ausbruch löste die Terraner aus ihrer Starre, er ließ sie in Sekundenschnelle begreifen, was geschah.

Die Blues drangen in die unterirdischen Räume ein, große, grazile Gestalten in Schutzanzügen, die mit einem eigentümlichen Belag überzogen waren.

Trotzdem kam die Reaktion zu spät. Bereits die ersten Schüsse der Gataser zeigten verheerende Wirkung. Über die Hälfte der Menschen fiel bewußtlos zu Boden, bevor überhaupt noch ein einziger Schuß aus einem Thermostrahler abgegeben war.

Oberst Hakru, der nicht unter den Getroffenen war, erkannte voller Entsetzen, daß es die Absicht der Blues war, hier unten Gefangene zu machen.

„In die Gänge!" schrie er. „Wir müssen hier weg!"

Sie stürzten nach allen Richtungen davon. Es blieb ihnen nichts anderes übrig, als die Paralysierten zurückzulassen. Rasch drangen die Blues vor. Sie sprangen von den Flugscheiben herunter und nahmen die Verfolgung auf.

An der Spitze von sieben Männern rannte Oberst Hakru in den Gang hinein, den sie gerade verlassen hatten. Er stellte fest, daß sie zwei Thermostrahler bei sich hatten.

Er befahl den Männern, sich hinter dem seitlichen Einbruch zu verschanzen.

„Wir werden sie gebührend empfangen", knurrte er. „Sobald sie dort vorne im Schacht auftauchen, feuern wie mit den beiden Strahlern auf sie."

Verzweifelt fragte sich Hakru, wo die anderen geblieben waren. Es war im Augenblick sinnlos, sie über Helmfunk anzurufen, denn jede geflüchtete Gruppe hatte ihre eigenen Sorgen.

Die Männer fluchten und schimpften, ein Ausdruck ihrer Hilflosigkeit. Hakru wünschte, daß wenigstens einige Agenten in jene Höhle geflohen waren, wo der Hyperkom aufbewahrt wurde. Nur so war es möglich, Hilfe zu erhalten.

Gegen einen Eisklotz gelehnt, wartete der Oberst darauf, daß die Blues im Gang auftauchen würden. Seitlich von ihm standen die zwei

Bewaffneten. Mit zusammengekniffenen Augen starrte Hakru durch die Öffnung. Wahrscheinlich waren die Blues damit beschäftigt, die Bewußtlosen im Vorraum hinauszutragen und an die Oberfläche zu schaffen.

In einem kosmischen Krieg bedeuteten Gefangene mehr als eine gewonnene Raumschlacht. Durch sie erfuhr man eine Menge über den Gegner, man lernte ihn besser kennen, seine Stärken, seine Schwächen und seine körperlichen Beschaffenheiten. Wenn man klug war und geschickt vorging, konnte man sogar etwas über die Mentalität des Feindes erfahren.

Hakru biß die Zähne aufeinander. Er machte es sich zum Vorwurf, daß dies passiert war. Sie hätten weitaus vorsichtiger sein müssen. Hakru gestand sich ein, daß er zumindest eine Wache am Kanal hätte aufstellen müssen.

Doch nun war es für solche Überlegungen zu spät. Die Blues waren da, und sie mußten zusehen, wie sie mit ihnen fertig wurden. Hakru war sich darüber im klaren, daß sie den Blues gegenüber benachteiligt waren. Ihre Bewaffnung war nicht ausreichend, sie hatten keinen Nachschub. Vor allem aber zahlenmäßig waren sie den Wesen des Zweiten Imperiums unterlegen.

Mehr als 25 Männer waren bereits ausgeschaltet. Der Rest war blindlings in die nicht zusammengefallenen Höhlen und Gänge geflüchtet.

„Es scheint, als hätten sie das Interesse an uns verloren", sagte einer der Männer, der einen Strahler trug. „Es bleibt alles ruhig."

„Warten Sie nur ab", murmelte Hakru düster. „Die Blues kommen schneller als es uns recht ist."

Er dachte daran, daß er in gatasische Gefangenschaft geraten konnte. Die Blues würden einen Offizier besonders intensiv verhören. Eine Gefangennahme konnte tagelange, wochenlange Qual bedeuten.

Hakru war entschlossen, lieber zu sterben, als sich lebend aus diesem Gang tragen zu lassen.

Seine Begleiter wurden immer unruhiger. Schließlich machte einer von ihnen den Vorschlag, auf den der Oberst die ganze Zeit über bereits gewartet hatte.

„Warum gehen wir nicht hinaus und sehen nach, was dort gespielt wird, Sir?"

„Wir haben hier bessere Verteidigungsmöglichkeiten", erwiderte Hakru knapp.

Dabei fragte er sich spöttisch, was sie überhaupt verteidigten? Diesen halb eingestürzten Gang im Eis? Warum gab er nicht den Befehl, den Schacht zu verlassen und in der Vorhöhle entschlossen zu kämpfen?

Hakru war dazu erzogen worden, die Vernunft vor die Gefühle zu stellen, und genau das tat er jetzt. Er wollte die Männer nicht unnötig opfern.

Ihre Scheinwerfer leuchteten in den Gang. Das Licht reflektierte an glatten Stellen im Eis und warf lange Schatten an den Stellen, wo größere Eisbrocken lagen.

Die Ungeduld der Männer wuchs. Sie begannen hinter dem Einbruch auf und ab zu gehen, leise vor sich hin zu fluchen und kleine Eisstücke davonzutreten.

Hakru ließ sie gewähren, er achtete nur darauf, daß die beiden Bewaffneten bereit waren.

„Da, Sir!" dröhnte eine Stimme im Helmlautsprecher.

Hakru fuhr herum und preßte seinen Körper an die Seite des Loches.

Vier Blues näherten sich dort vorn, die Waffen im Anschlag. Hakrus Herz schlug bis zum Hals. Die Gegner vermuteten zwar, daß sie hier auf Widerstand stoßen würden, aber sie ahnten nicht, daß sie direkt in eine Falle liefen.

„Laßt sie schön dicht herankommen", flüsterte Hakru.

Sein Magen verkrampfte sich vor Aufregung zu einem kleinen Knoten. Die vier Gataser näherten sich rasch. Bald mußten sie das Schimmern der Impulswaffenmündungen erkennen. Doch soweit wollte der Oberst es nicht kommen lassen.

„Feuer!" rief er. Im gleichen Augenblick wich alle Spannung von ihm, er fühlte Kampfleidenschaft an ihre Stelle treten. Die Thermostrahler rissen glühende Bahnen in den Gang, das Eis an den Decken erwärmte sich rasch und tropfte herunter. Unter der gesammelten Wucht des Beschusses hätten die Blues einfach zerglühen müssen.

79

Mit zu Schlitzen gewordenen Augen starrte Hakru in die Feuerglut, versuchte etwas in dieser lodernden Helligkeit zu erkennen.

Das erste, was er sah, waren die vier Blues, die durch den Druck der auftreffenden Energien etwas zurückgetrieben wurden, dann aber aus der Energiewand schritten, als sei dies für sie überhaupt kein Hindernis. Hakrus Kehle zog sich zusammen. Blitzschnell überlegte er.

„Molkex!" schrie einer der Männer. „Sie haben Molkexanzüge, Sir!"

Hakru fühlte, wie Tränen ohnmächtigen Zorns in seine Augen traten. Er sah die vier Gataser näherkommen, mit unerschütterlicher Sicherheit. Es lag fast Arroganz in der Art, wie sie sich ohne Vorsicht den Menschen näherten.

Hakru ballte die Hände zu Fäusten.

Plötzlich fühlte er, daß er allein war. Die Männer hatten sich weiter in die Höhle zurückgezogen. Doch das würde ihnen nicht helfen. Die nutzlosen Thermostrahler lagen am Boden. Mit wildem Lachen packte Hakru den einen und sprang durch das Loch auf die andere Seite des Ganges, direkt vor die Blues.

Ihn würden sie nicht lebend bekommen.

Er drückte ab, die Blues wurden förmlich in Energie gebadet, ohne Schaden zu nehmen.

Dann schossen sie zurück. Hakru verhielt, als sei er gegen eine Mauer gelaufen. Die Finger, die den Abzug durchdrückten, wurden starr. Der kleine Offizier fiel nach hinten, noch immer im Vollbesitz der geistigen Kräfte.

Ich muß den Helm öffnen, dachte er, als er ganz ruhig dalag. Ich muß ihn öffnen, damit ich sterbe.

Er wollte nicht in Gefangenschaft, er wollte sich diesen erniedrigenden Zustand ersparen. Doch es war ihm unmöglich, den Arm zu bewegen. Er konnte überhaupt nichts mehr tun.

Sie haben mich, dachte er schmerzlich.

Da waren die Blues heran, aber sie hielten nicht an. Sie schritten einfach über ihn hinweg, tiefer in die Höhle hinein, um auch die anderen Männer zu erledigen.

Sie holen uns alle, dachte Hakru hoffnungslos. Sie erwischen einen nach dem anderen.

Er starrte zur Decke, die von seinem Scheinwerfer angestrahlt wurde. Ein paar Tropfen waren zu Eiszapfen gefroren. Hakru sah fingerdicke Risse über sich. Er wünschte, die Decke würde einstürzen.

Allmählich wurden die Gedanken immer verworrener, und als die Blues kamen, um ihn hinauszutragen, war er bereits ohne Bewußtsein.

Das Schicksal hatte Leutnant Don Kilmacthomas in das Wrack der TRISTAN geführt, als er vor den eindringenden Blues geflüchtet war.

Die Luftschleuse war ein zusammengeschmolzenes Loch, kaum noch groß genug, um Kilmacthomas durchzulassen. Atemlos zwängte er sich hinein. Sofort schaltete er den Scheinwerfer aus, um nicht entdeckt zu werden. Er zwang sich zum Stehenbleiben und blickte hinaus in die Vorhöhle. Keiner der Männer, die den ersten Beschuß überstanden hatten, war noch zu sehen.

Doch auf dem Boden lagen über fünfundzwanzig Bewußtlose. In hilflosem Entsetzen mußte der Leutnant zusehen, wie die Blues zwischen ihnen umhergingen. Andere Gataser drangen in die Gänge ein, um die Verfolgung der Flüchtlinge aufzunehmen.

Vorerst schien ihn der Gegner nicht hier zu vermuten. Früher oder später würden sie jedoch auch hier nachsehen. Kilmacthomas ahnte, daß er der einzige war, dem es vielleicht noch gelingen konnte, einen Funkspruch abzusetzen. Er mußte während einer günstigen Gelegenheit in die Höhle gelangen, in der der Hyperkom stand. Da diese Höhle ziemlich in der Nähe des Abstrahlkanals lag, hatte keiner der Männer in sie eindringen können, als die Blues plötzlich aufgetaucht waren.

Vorerst jedoch, erkannte Kilmacthomas in nüchterner Einschätzung der Lage, wäre ein solcher Versuch glattem Selbstmord gleichgekommen. Am Kanalausgang wimmelte es von Gatasern, die dort noch immer hereinkamen. Der Leutnant schätzte, daß sich mindestens sechzig Gegner hier unten aufhielten. Ein Teil von ihnen war bereits damit beschäftigt, die Bewußtlosen auf die Flugscheiben zu laden. Die Blues gingen nicht gerade sanft mit den Gefangenen um. Zum Glück spürten diese im Augenblick nichts davon.

Kilmacthomas, der den Thermostrahler während der Flucht nicht losgelassen hatte, hob die Waffe nachdenklich hoch. Sollte er diesen Platz verlassen, um hinauszugehen?

Hatte es überhaupt einen Sinn, wenn er den Versuch unternahm, die Gefangennahme der Männer zu verhindern? Nein, sagte er sich, er würde nur ein weiteres Opfer des Gegners abgeben. Er konnte mehr für diese armen Burschen tun, wenn er auf eine Chance wartete, die ESS-1 zu rufen.

Kilmacthomas zählte sechsundzwanzig Gefangene. Zweifellos würde sich diese Zahl noch erhöhen.

Kilmacthomas wagte es nicht, sich noch weiter in das Wrack zurückzuziehen. Da im Innern alles zusammengeschmolzen war, gab es weder Gänge noch Schächte. Jeder Schritt konnte den Tod bedeuten. Es blieb ihm nichts anderes übrig, als hier zu warten.

Bisher hatten die Blues der TRISTAN kaum Aufmerksamkeit entgegengebracht. Kein Wunder, dachte Kilmacthomas sarkastisch, selbst ein Narr sah, was mit diesem Schiff los war. Aber, so sagte er sich, selbst ein Narr würde früher oder später eine Routineuntersuchung des Wracks beginnen. Bis zu diesem Zeitpunkt durfte er nicht mehr an dieser Stelle weilen.

Wütend beobachtete der Leutnant, wie einige Blues weitere Bewußtlose aus einem Gang schleppten. Eine kleine, unscheinbare Gestalt war dabei: Oberst Mos Hakru.

„Ihn haben diese Teufel also auch erwischt", murmelte Kilmacthomas vor sich hin.

Er sah zu, wie insgesamt acht Männer aus dem Gang gebracht wurden, aus dem ihnen erst vor kurzem noch der Ausbruch gelungen war. Ein ausgesprochen großer Gataser, es schien der Kommandant zu sein, näherte sich dem Schacht. Er schien sich mit den anderen zu unterhalten. Kilmacthomas glaubte den knappen Gesten entnehmen zu können, daß sich niemand mehr dort aufhielt.

Damit stieg die Zahl der Gefangenen auf vierunddreißig.

Siebzehn Männer hatten noch das zweifelhafte Vergnügen, in Freiheit zu sein. Kilmacthomas fragte sich, ob auch die Blues Verluste erlitten hatten. Eine solche Frage war jedoch allgemeiner Natur, denn auf einige Blues mehr oder weniger kam es nicht an.

So stand Kilmacthomas gegen die Schleusenöffnung gelehnt und blickte mit brennenden Augen auf das tragische Geschehen hinaus.

Plötzlich überkam ihn das sichere Gefühl, daß er diese Welt nicht mehr verlassen würde. Ein gelöstes Lächeln glitt über sein Gesicht. Er spürte weder Bitterkeit noch Angst. Er war einfach ein junger Mann, der noch eine Aufgabe zu erfüllen hatte, bevor er starb.

Leclerc verteilte die einzelnen Kampfgruppen in die verschiedenen Gänge, die hier unten in das Eis geschmolzen waren. Auf diese Weise würden sie früher oder später jeden Gegner als Gefangenen an Bord des Diskusschiffes bringen können, der sich hier aufhielt.

Sobald dies erledigt war, mußte er sich um das fremde Raumschiff kümmern, das man offensichtlich mit Absicht zu einem Wrack verschmolzen hatte.

Mit ruhiger Stimme gab Leclerc Befehle. Nun konnte nichts mehr passieren. Es war nur noch eine Frage der Zeit, bis sich das von ihm kommandierte Schiff von der Eiswelt abheben und in Richtung Gatas starten würde.

Zufrieden beobachtete Leclerc, wie drei weitere Feinde, die man mit den Lähmwaffen außer Gefecht gesetzt hatte, aus einem Gang getragen und auf eine Scheibe gepackt wurden.

Der Gataser gab eine Nachricht an das Schiff, damit man sich dort zur Aufnahme der Gefangenen vorbereiten konnte. Gleichzeitig beruhigte er die zurückgebliebenen Raumfahrer, die voller Ungeduld auf seine Rückkehr warteten.

Leclerc ging zur anderen Seite der Höhle. Seit ihrem Eindringen hatte er die Waffe in seinen Händen nicht mehr benutzt. Trotzdem war er bereit, jeden unverhofften Angriff abzuwehren. Dank seiner vier Augen konnte er fast jeden Punkt der Höhle beobachten.

„Wir haben vier erwischt, Kommandant", wurde ihm gemeldet. Befriedigt wartete Leclerc, bis die Betreffenden aus einem Gang getragen wurden.

Einer der Unterführer trat neben ihn. „Es können nicht mehr viele hier unten sein, Kommandant", sagte der Gataser. „Ich schätze, daß wir sie alle gefangen haben."

Leclerc fühlte Ärger in sich aufsteigen.

„Ich befehle, wann wir Schluß machen", sagte er scharf.

Er schickte sie wieder auf die Suche.

Er durfte nicht den Fehler machen, die Fremden zu unterschätzen, nur weil sie keine Waffen zur Vernichtung des Molkex besaßen. Das besagte überhaupt nichts. Während sie bereits ihren Sieg feierten, konnte sich eine versprengte Gruppe des Gegners zusammenrotten und einen gewaltsamen Ausbruch versuchen.

Leclerc beschloß, weiterhin große Vorsicht walten zu lassen.

Die ganze Zeit über wußte er nicht, daß zwei dunkelblaue Augen jede seiner Bewegungen verfolgten.

Sergeant Wallaby spähte durch die Kanzel nach oben und versuchte festzustellen, ob er sich noch allein in dieser Höhle aufhielt. Der Raumjäger, in den er sich verkrochen hatte, war kein besonders gutes Versteck, aber in dieser Hinsicht waren die Möglichkeiten derart gering, daß Wallaby keine andere geblieben war, als sich in das Kleinstraumschiff zurückzuziehen.

Seitdem er sich zu den Freiwilligen gemeldet hatte, war mit Sergeant Wallaby eine Veränderung vor sich gegangen. Er hatte, das wußte er jetzt, in seinem Leben viele Fehler begangen. Der größte jedoch war, daß er sich selbst etwas vorgemacht hatte. Jetzt gestand er sich ein, daß er kein Mann von großer Intelligenz war. Er verfügte auch nicht über einen Bildungsgrad, der es ihm erlaubt hätte, seine Untergebenen so zu behandeln, daß man es objektiv als richtig hätte bezeichnen können.

Wallaby fühlte sich bereits als alter Mann, und er war immer noch Sergeant. Diese Tatsache hätte ihm schon längst zeigen müssen, daß etwas mit ihm nicht stimmte. Doch er hatte immer den anderen die Schuld zugeschoben, wenn etwas schiefgegangen war.

Der Sergeant nickte bekümmert. Wenn er jemals hier herauskam, dann hatte er eine Menge nachzuholen. Er stellte sich vor, wie es sein könnte, wenn er an warmen Tagen auf der Veranda seines Hauses saß, unter halbgeschlossenen Augen die Mädchen beobachtend, die auf der Straße vorüberschritten.

84

Wallaby mußte grinsen. Ausgerechnet jetzt fiel ihm etwas so Verrücktes ein.

Aber er saß nicht auf der Veranda, keine Fliegen umschwärmten ihn, kein Hund aus den benachbarten Zwingern kläffte seinen Ärger in die blaue Mittagsluft. Mrs. Morene hing im Garten gegenüber keine Wäsche auf. Der alte Tesko Patton kam nicht die Straße heraufgeschlurft – betrunken wie fast immer um diese Tageszeit.

Diese Bilder existierten nur in Wallabys Gedanken, sie waren die Erinnerungen an die kleine Stadt auf Terra, wo er gelebt hatte. All diese Dinge, die ihm einfielen, waren ihm früher unwichtig und lächerlich vorgekommen.

Wallaby hatte sich gegenüber diesen Dingen abgeschlossen, ja, er hatte sie verachtet und sich spöttisch darüber geäußert. Jetzt erschien es ihm, daß der Trunkenbold Tesko Patton unendlich mehr davon wußte als er, Sergeant Wallaby.

Die kleine Stadt zerplatzte in seinen Gedanken wie eine Seifenblase. Da war das harte Metall des Raumjägers, der Thermostrahler in seinen Händen und die dunkle Höhle um ihn herum – dunkel, weil er seinen Scheinwerfer ausgeschaltet hatte.

Das Licht huschte so plötzlich über die Höhlendecke, daß der Sergeant zusammenfuhr. Er richtete sich auf, während es immer heller wurde, und spähte aus der Kanzel hinaus.

Sie kamen zu zehnt.

Ihre hageren Gestalten warfen flackernde Schatten gegen die Höhlenwände. Sie verteilten sich gleichmäßig über den Raum, mit vorgehaltenen Waffen in den Händen.

Zwei von ihnen kamen auf den Raumjäger zu.

Wallaby klappte die Kanzel des kleinen Schiffes nach hinten, als sei dies eine selbstverständliche Sache. Er richtete sich auf und legte mit dem Thermostrahler auf die sich nähernden Blues an.

Doch es gelang ihm nicht, auch nur einen einzigen Schuß abzugeben. Sie hatten vier Augen und sahen ihn sofort. Ihre Paralysatoren traten in Tätigkeit.

Wallaby hatte ein Gefühl, als würde das Blut in seinen Adern gefrieren. Die Kälte des Eises schien plötzlich durch den Anzug in sein Inneres zu gelangen.

Meine Augen sehen jetzt aus wie die Tesko Pattons, dachte er sarkastisch.

Warum mußte er immer wieder an den Trinker denken? fragte er sich verwundert, während er langsam nach vorn aus der Kanzel kippte. Bevor er hart auf den Boden schlagen konnte, waren sie bei ihm und zerrten ihn vollständig heraus.

Da verlor Wallaby das Bewußtsein.

Er war der Gefangene Nummer fünfzig.

Jetzt gab es nur noch einen, der in Freiheit war:

Leutnant Don Kilmacthomas.

Der Fremde, den die Gataser etwas später aus einer der Höhlen hervorbrachten, war von außergewöhnlicher Statur. Leclerc ließ sich dazu hinreißen, diesen Mann näher zu betrachten, der gegenüber seinen Rassegenossen ein wahrer Riese an Gestalt war.

Leclerc konnte nicht ahnen, daß es USO-Spezialist Melbar Kasom war, den er vor sich hatte. Persönlich überwachte er, wie der Gigant auf eine Flugscheibe gebracht wurde. Wahrscheinlich war dies der Kommandant der Fremden, vermutete Leclerc.

Eine weitere Antigravplatte war vollbesetzt. Leclerc gab den Befehl, sie aus dem Kanal an die Oberfläche zu bringen. Dann rief er einen Unterführer zu sich.

„Sind alle Höhlen und Gänge sorgfältig abgesucht?" erkundigte er sich.

„Ja", erwiderte der Mann. „Es halten sich keine Feinde mehr hier auf."

Leclerc spürte, daß der Mann noch etwas sagen wollte, aber den Mut dazu gegenüber dem Vorgesetzten nicht aufbrachte.

„Was wollen Sie noch?" wollte er wissen.

„In den Höhlen liegen Ausrüstungen", meinte der Unterführer. „Ich schlage vor, daß wir uns darum kümmern."

„Natürlich", nickte Leclerc. „Gehen Sie nur, das wird erledigt. Auch die Überreste des Schiffes werden noch durchsucht."

Beruhigt zog der Blue von dannen. Leclerc bestieg eine der Antigravplatten. Zehn Männer ließ er als Wache zurück. Sobald die

Gefangenen im Schiff untergebracht waren, wollte er zurückkehren.

Die Fluggeräte hoben sich vom Boden der Höhle ab und verschwanden nacheinander im Kanal. Die Helligkeit ließ sichtbar nach, denn nur noch die Scheinwerfer der Zurückgebliebenen sorgten für Licht.

Kilmacthomas' Beobachtungen waren nicht ohne Erfolg geblieben. Er wußte jetzt mit Sicherheit, daß die Schutzanzüge der Blues mit Molkex überzogen waren. Deshalb hatten sie keine Verluste erlitten. Die Thermostrahler vermochten ihnen keinen Schaden zuzufügen.

Daran mußte er denken, sobald er in die Höhle eingedrungen war, in der sich der Hyperkom befand.

Erleichtert sah Kilmacthomas, wie nach und nach alle Flugscheiben verschwanden. Doch seine Hoffnung, daß sich alle Blues zurückziehen würden, erwies sich als trügerisch.

Zehn Gataser waren zurückgeblieben, sie patroullierten auf und ab, offensichtlich voller Nervosität. Kilmacthomas konnte sich vorstellen, daß es den Wesen nicht gerade angenehm war, hier als Wache aufzupassen.

Eine Weile verfolgte er jede Bewegung der Wächter. Das Schlimme war, daß sie ihre Rundgänge willkürlich durchführten, sie gingen nicht nach einem bestimmten System vor, das Kilmacthomas ermöglicht hätte, seinen Standort zu verlassen. Es blieb ihm nichts anderes übrig, als auf eine günstige Gelegenheit zu warten.

Die Wache bewies, daß die anderen Blues noch einmal in die Tiefe kommen würden, er hatte also keine unbeschränkte Zeit.

Alle übrigen Männer waren gefangen worden, so daß die Blues fünfzig Bürger des Vereinten Imperiums in ihrer Gewalt hatten.

Wenn er nicht vorsichtig war, würde er Nummer einundfünfzig sein.

Sechs der Gataser verschwanden auf der anderen Seite der TRISTAN. Lauernd beugte sich der Leutnant aus der zerstörten Schleuse. Er mußte immer daran denken, daß diese Blues ihn sehen konnten, auch wenn sie ihm den Rücken zuwandten.

Nur noch von wenigen Scheinwerfern erhellt, erstreckte sich die Höhle im Halbdunkel vor Kilmacthomas. Ein weiterer Gataser verschwand um die Rundung der TRISTAN.

Eine solche Gelegenheit würde so schnell nicht wiederkehren. Bis zur Höhle, wo er den Hyperkom finden würde, mußte er über zweihundert Meter zurücklegen.

Der Leutnant blickte hinaus und sah sich nach geeigneten Deckungen um, denn er konnte die Entfernung nicht in einem Stück überwinden. Die Kraftstation der Abstrahlanlage konnte ihn einige Augenblicke vor den wachsamen Augen der Feinde schützen. Dazwischen lagen einige größere Eisbrocken herum, hinter denen er sich notfalls verkriechen konnte.

Kilmacthomas gab sich einen Ruck. Er schwang sich aus der Schleuse und landete federnd auf dem Eis. Zwei Blues befanden sich jetzt in seinem Rücken, aber er hielt sich noch im Schatten der TRISTAN auf. Der dritte, der noch auf dieser Seite des Schiffes war, stand vor einem Höhlengang.

Gebückt hastete Kilmacthomas weiter. Durch die Hitzeentwicklung während des Schmelzprozesses hatte sich um die TRISTAN herum eine tiefe Furche gebildet. Der Leutnant sprang in sie hinein und kroch weiter. Er wußte, daß er auf diese Weise sein Ziel nicht erreichen konnte, aber er würde ihm immerhin ein gutes Stück näher kommen.

Schließlich erreichte er schweratmend die Stelle, wo er die Furche verlassen mußte, wenn er sich nicht wieder von der betreffenden Höhle entfernen wollte.

Er blickte über den Rand des Grabens. Weiter hinten sah er vier Blues von ihrem Rundgang zurückkommen. Ihre Scheinwerfer bewegten sich ruckartig, das Licht huschte über den Boden und erzeugte gespenstische Reflexe an der Decke.

Kilmacthomas kletterte aus der Furche, flach an den Boden gepreßt robbte er über das Eis. Jede Sekunde erwartete er einen Schuß. Er wagte nicht, sich umzublicken, die beiden Blues, die sich vor ihm befanden, genügten ihm völlig. Sich dicht am Boden haltend, erreichte er einen Eisklotz. Aufatmend lehnte er sich dagegen.

Sein Herz schlug stark, denn er war solche körperlichen Anstrengungen nicht gewohnt. Gewaltsam zwang er sich dazu, um den Eisbrocken zu kriechen, ständig darauf achtend, nicht in den Bereich eines Scheinwerfers zu geraten.

Die Kraftstation war nur noch sechzig oder siebzig Meter von ihm entfernt, und von dort aus mußte es verhältnismäßig leicht sein, die Höhle zu erreichen.

Aber zwischen der augenblicklichen Deckung und der Abstrahlanlage gab es nichts als glattes Eis, auch nicht die geringste Veränderung im Boden konnte ihm Schutz bieten.

Kilmacthomas konnte diese Strecke nicht kriechend bewältigen. Er mußte sie in schnellem Lauf überwinden.

Er versuchte, die augenblickliche Position der zehn Gataser auszumachen. Sie hielten sich an denkbar ungünstigen Stellen auf, aber Kilmacthomas war sich darüber im klaren, daß er hier nicht länger bleiben konnte.

Wie ein Schatten löste er sich von dem Eisbrocken und rannte los.

Mit dem Ende der Bewußtlosigkeit kamen die Schmerzen. Oberst Mos Hakru wollte die Zähne zusammenbeißen, aber er stellte fest, daß seine Gesichtsmuskeln dem Befehl des Gehirns nicht folgten. Er konnte sich nicht bewegen, er war vollkommen gelähmt.

Ein dumpfer Druck lag auf seiner Brust, als hätte man eine Last auf ihm abgestellt.

Allmählich kehrte die Erinnerung in seine Gedanken zurück – und damit das Entsetzen.

Er war ein Gefangener, die Blues hatten ihn in ihrer Gewalt.

Ein prickelnder Strom breitete sich von seiner Kopfhaut aus, und es gelang ihm, die Augen zu öffnen.

Er blickte direkt gegen eine braune Decke aus künstlichem Material. Den Raum, in dem er sich befand, konnte er nicht sehen, denn es war ihm unmöglich, den Kopf auch nur ein kleines Stück zu bewegen.

Auf jeden Fall hielt er sich nicht mehr unter dem Eis auf. Die Blues hatten ihn weggebracht.

Dumpfe Ahnungen quälten ihn. War er etwa bereits auf Gatas?

Oder hielt man ihn noch auf einem der Diskusschiffe gefangen? Die Geräusche, die in seine Ohren drangen, deuteten auf die letzte Möglichkeit hin.

Hakru fühlte sich erbärmlich. Es waren aber nicht so sehr die körperlichen Schmerzen, die ihn behelligten, sondern die Enttäuschung und die Erbitterung.

Ihr Vorstoß ins Verth-System war gescheitert, ja, er war zu einem Triumph für den Feind geworden. Da er einer der Kommandanten des Projektes war, fühlte er sich verantwortlich für diesen Fehlschlag.

Und er lag hilflos am Boden, unfähig, auch nur den kleinen Finger zu rühren.

Hakru starrte mit brennenden Augen zur Decke. Wie lange würde es dauern, bis die Starre aus seinem Körper wich? Würden ihn die Blues gelähmt halten, bis das Ziel erreicht war?

Eine andere Frage begann den Oberst zu beschäftigen. Wo waren die anderen Männer, die man gleich ihm gefangen hatte? Vielleicht lagen sie in unmittelbarer Nähe, und er konnte sie nicht sehen, weil er den Kopf nicht bewegen konnte.

Plötzlich fiel ein Schatten über ihn.

Hakrus Augen zuckten, die einzige Reaktion, zu der er fähig war.

Da beugte sich das ausdruckslose Gesicht eines Gatasers über ihn. Katzenaugen blickten auf ihn herab, Hakru empfand Entsetzen. Doch er konnte diesen Augen nicht ausweichen, sie hielten ihn in ihrem Bann.

Eine Weile starrten sie sich so an, der Mensch und der Blue, wahrscheinlich versuchten beide die Gedanken des anderen zu ergründen, ohne daß sie die geringste Aussicht auf Erfolg hatten.

Vielleicht war es ein Anführer der Gataser, der sich um ihn kümmerte, überlegte Hakru, vielleicht hatte auch der Blue mit einem natürlichen Abscheu zu kämpfen.

In seinem Nacken breitete sich ein eigenartiges Ziehen aus, als wollte ihm jemand das Rückenmark herausbohren. Hakru stöhnte. Starr sah der Fremde auf ihn herab. Das Ziehen wurde stärker, dann konnte Hakru plötzlich den Kopf bewegen.

Da sah er etwas, was ihn tief erschütterte.

Links von ihm lag eine ganze Reihe Männer in Schutzanzügen. Wie tot lagen sie da.

Unter unsagbarer Anstrengung konnte der Oberst den Kopf anheben. Er mußte glauben, daß er alle Freiwilligen vor sich sah. Keiner war der Gefangenschaft entronnen.

90

Er konnte nicht wissen, daß noch ein Mann in Freiheit war. Selbst wenn er es geahnt hätte, wäre seine Verzweiflung nicht geringer gewesen. Der Blue, der neben ihm stand, zog sich zurück.

Hakru erschauerte. Er wußte nicht, was ihm die Zukunft bringen würde, aber er wagte nicht, auf Befreiung zu hoffen. Vor ihnen lag der Weg in gatasische Gefangenschaft.

Nach allem, was sie über die Blues wußten, war das schlimmer als der Tod.

7.

Kilmacthomas hatte nie wirklich daran geglaubt, daß er unentdeckt bis zur Höhle gelangen könnte. Gebückt rannte er auf die Kraftstation zu.

Als er noch zehn Meter von der Abstrahlanlage entfernt war, entdeckten sie ihn.

Plötzlich wurde er im Licht mehrerer Scheinwerfer gebadet. Unwillkürlich schrie er auf. Mit einem verzweifelten Sprung warf er sich nach vorn, auf die Kraftstation zu. Die Stelle, an der er sich soeben noch befunden hatte, wurde förmlich von Lähmstrahlen überschüttet. Kilmacthomas' linker Arm geriet in das Schußfeld eines Strahlers, er hatte das Gefühl, als friere seine Hand völlig ein.

Er warf sich auf den Boden, geriet für Sekunden aus dem Bereich der Scheinwerfer und rollte auf die Kraftstation zu. Er spürte den Widerstand des Metalls und packte mit seiner unverletzten Hand zu.

An dieser Stelle war das Eis so glatt, daß er mühelos auf die andere Seite des Gerätes gelangen konnte. Ein kurzer Blick um den geschlossenen Block zeigte ihm sieben näherkommende Gataser.

Kilmacthomas versuchte erst gar nicht, auf sie zu schießen, da er genau wußte, daß es sinnlos war.

Ein kühner Gedanke durchzuckte sein Gehirn. Er brachte den Thermostrahler in Anschlag und zielte auf die Höhlendecke über den

Blues. Dann gab er Dauerfeuer ab. Sofort begann das Eis zu schmelzen, und Wasser und Eisbrocken stürzten auf die Gataser herab. Verwirrung entstand in ihren Reihen.

Da war der Leutnant schon wieder auf den Beinen und stürmte auf den Höhleneingang zu. Als die Blues begriffen hatten, daß ihr Leben nicht in Gefahr war, hatte sich Kilmacthomas bereits außer Reichweite gebracht.

Keuchend rannte er durch den Gang, der ihn in die Höhle führen mußte. Er ließ den Scheinwerfer kreisen, als er in der eigentlichen Höhle angelangte.

Erleichtert stellte er fest, daß der Hyperkom noch dort war, wo ihn die Spezialisten abgestellt hatten. Die Außenhülle war mit einer Eisschicht überzogen, eine Folge der Flutwelle, aber das Gerät war eigens für diese Eiswelt konstruiert worden, so daß er nur das Eis abtauen mußte, wenn er es in Tätigkeit setzen wollte.

Er hoffte, daß sein Vorsprung ausreichte, und stellte den Thermostrahler auf maximale Streuung und begann das Eis abzutauen.

Da sah er Lichter im Gang auftauchen.

Die Blues waren im Anmarsch. Kilmacthomas stieß einen unsanften Fluch aus und fuhr herum. Das Gerät war noch nicht einsatzbereit, und die Verfolger waren bereits heran.

Doch Kilmacthomas war entschlossen, den Funkspruch unter allen Umständen abzusetzen. Er würde die Gataser irgendwie aufhalten.

Ein verzweifelter Plan begann in seinen Gedanken Gestalt anzunehmen, ein Plan, wie er nur im Gehirn eines Mannes entstehen kann, der nichts mehr zu verlieren hat.

Der Alarm traf Leclerc wie ein Schock. Er war gerade dabei, die Gefangenen zu besichtigen, als die Zeichen gegeben wurden. Der Kommandant zog sich hastig zurück. Auf dem Gang stürmte ein Unterführer auf ihn zu.

„Alarm aus der Höhle, Kommandant", verkündete der Gataser. „Die Männer dort unten melden, daß sich noch ein Gegner in Freiheit befindet. Er hat sich die ganze Zeit über im Wrack verborgen gehalten."

Leclercs Stimme war voller Verachtung, als er fragte: „Nur einer?"
„Ja", bestätigte der Raumfahrer. „Aber sie haben Schwierigkeiten
mit ihm. Es sieht so aus, als hätte der Fremde einen bestimmten Plan.
Die Männer berichten, daß er ein großes Risiko auf sich nahm, um in
eine bestimmte Höhle zu gelangen."

Leclerc verwünschte den Leichtsinn, der ihn diesen Fehler hatte
begehen lassen. Er konnte sich denken, was den einsamen Fremden
dort unten gerade in diese eine Höhle trieb. Sicher war dort ein
Funkgerät aufgestellt, mit dessen Hilfe er Verstärkung anfordern oder
wenigstens eine Nachricht absetzen wollte.

„Meinen Schutzanzug", befahl Leclerc. „Sofort eine Flugscheibe
startklar machen. Ich übernehme persönlich den Befehl. Wir müssen
diesen Mann unter allen Umständen fangen, bevor er seinen Plan
durchführen kann. Die Höhle muß gestürmt werden." Er zog den
Molkexanzug über. Dann gab er weitere Befehle. „Auf Impulse
achten, die darauf hindeuten, daß ein Funkgerät in Tätigkeit ist",
ordnete er an. „Ich will auf keinen Fall, daß der Gegner von unseren
Gefangenen erfährt. Man soll innerhalb des anderen Imperiums ruhig
annehmen, daß keiner unseren Angriff überlebt hat."

Leclerc war bei den letzten Worten bereits zur Luftschleuse unterwegs. Eine mit sechs Mann besetzte Antigravplatte wartete auf ihn. So
schnell er konnte, verließ er das Schiff.

„Los!" knurrte er, sobald er die Scheibe bestiegen hatte. Der Pilot
beschleunigte tollkühn. Rasch erreichten sie den Einflugkanal und
sanken in die Tiefe.

In der Höhle erwartete Leclerc eine weitere Überraschung. Alle
zehn Blues, die er als Wache zurückgelassen hatten, standen in
offensichtlicher Verwirrung vor einem Höhleneingang.

Leclerc sprang von der Scheibe, kaum daß diese den Boden
berührte.

„Was ist los?" erkundigte er sich schroff. „Wo ist dieser Fremde?
Habt ihr ihn getötet?"

Betreten schwiegen die Männer. Sie waren sich bewußt, daß sie
einen Fehler gemacht hatten, der den Zorn des Kommandanten auf
sie lenkte.

„Heraus mit der Sprache!" forderte Leclerc.

„Er ist dort drinnen", sagte einer der Raumfahrer und zeigte auf den Schacht.

Leclerc murmelte einige unverständliche Worte, dann sagte er: „Holt ihn heraus."

„Er muß verrückt sein, Kommandant", erklärte der Sprecher der Wache. „Wir können nicht bis zu ihm durchdringen. Er ist wie ein Teufel."

„Er ist allein", meinte Leclerc höhnisch.

Dann erfuhr er, was der Fremde getan hatte.

Entschlossen wandte sich Kilmacthomas dem Höhleneingang zu, wo in wenigen Augenblicken die Blues auftauchen würden. Er mußte sie unter allen Umständen aufhalten.

Er riß den Thermostrahler hoch und stellte ihn auf volle Feuerstärke. Dann zielte er auf das Eis über dem Eingang. Innerhalb von Sekunden gab die Decke nach. Kilmacthomas gab einen triumphierenden Laut von sich. Der Eingang stürzte zusammen, Wasser floß in die Höhle, und kleine Eisstücke wälzten sich einer Lawine gleich zu ihm herein. Wenn er Pech hatte, würde die gesamte Höhle einstürzen. Als der Eingang völlig verschüttet war, hörte Kilmacthomas zu schießen auf. Das würde die Angreifer einige Zeit aufhalten, dachte er.

Früher oder später würden sie sich einen Weg freilegen, aber inzwischen hatte er Zeit, einen Funkspruch abzusetzen.

Mit fliegenden Fingern wandte er sich wieder dem Hyperkom zu. Das Wasser reichte ihm bis zu den Knöcheln, aber es gefror rasch. Kilmacthomas watete um das Gerät herum, um die letzte Eisschicht davon zu entfernen.

Bald hatte er die einzelnen Schaltungen freigelegt. Er überprüfte, ob noch alles in Ordnung war. Beschädigungen waren nicht festzustellen. Die Batterien lieferten genügend Energie.

Er drückte den Hauptschalter nach unten und wartete, daß die Kontrolle für den Funkspruch frei würde.

Plötzlich merkte er, daß das Wasser in der Höhle stieg und nicht mehr weiter einfror.

Er kannte sofort den Grund: die Blues hatten damit begonnen, sich einen Weg freizuschmelzen.

Er wandte sich wieder dem Gerät zu und hoffte, daß er den Wettlauf mit der Zeit als Sieger beenden würde.

„Er ist bestimmt tot", sagte einer der Blues zu Leclerc. „Er liegt irgendwo unter dem Eis verschüttet."

Der gatasische Befehlshaber war davon nicht überzeugt. Er glaubte, daß der Fremde genau wußte, was er tat.

„Wir werden feststellen, ob er noch am Leben ist", ordnete Leclerc an. Er ließ Hitzestrahler herbeibringen und drang mit vier Gatasern in den Gang ein. Es war genauso, wie man ihm berichtet hatte. Der Gang war zum Teil eingestürzt, und das Eis verhinderte ein Weiterkommen.

„Wir schmelzen uns einen Weg durch das Eis", sagte Leclerc und begann zu feuern.

Sie mußten vorsichtig arbeiten, denn das Wegschmelzen der Trümmer war nicht ungefährlich. Jederzeit konnten sich neue Eismassen auf sie herabstürzen. Der einzige Gegner machte ihnen große Schwierigkeiten.

Leclerc trieb seine Begleiter an, obwohl er genau wußte, daß die eingeschüchterten Männer ihr möglichstes taten.

Allmählich schmolzen sie einen Durchgang, der groß genug war, daß sie eindringen konnten. Leclerc glaubte nicht, daß die Schicht des Eises besonders dick war.

Seine Erwartung wurde nicht enttäuscht.

Plötzlich erschien ein Loch vor ihnen im Eis, das sich rasch vergrößerte. Leclerc sagte befriedigt: „Feuer einstellen! Wenn er noch lebt, ist er gefährlich. Wir wollen feststellen, was er tut."

Leclerc näherte sich dem Loch, um in die Höhle zu blicken. Im nächsten Augenblick brach um sie herum die Hölle los.

Zuerst ähnelte das Loch einem glühenden Auge, dann wurde es rasch größer, von seinen Rändern tropfte Schmelzwasser herunter. Mit einem Seitenblick auf das Hyperkomgerät überzeugte sich Kilmacthomas, daß er noch wenige Sekunden warten mußte, bis er es in Betrieb setzen konnte.

Inzwischen hatte das Loch die Größe eines Fußballs erreicht. Der Leutnant stellte fest, daß die Blues auf der anderen Seite der Eismassen den Beschuß eingestellt hatten.

Da verdunkelte sich die Öffnung. Kilmacthomas sah ein Katzenauge zu sich hereinstarren, vom übrigen Kopf war nicht viel zu erkennen, da dieser viel größer als das Loch war.

Das Auge selbst war geschützt von einem Helm, der den ganzen Kopf umschloß. Kilmacthomas hob den Thermostrahler. Sofort verschwand der Gataser von der Öffnung.

Jetzt wußten sie, daß er noch lebte. Die Mündung einer Waffe schob sich herein. Kilmacthomas lächelte grimmig, sprang zur Seite und feuerte den Thermostrahler ab. Der Waffenlauf wurde zurückgezogen, aber der Schuß des Leutnants hatte die Öffnung vergrößert. Kilmacthomas sah die schattenhaften Umrisse der Gegner. Sie nahmen ihn unter Feuer und trafen sein rechtes Bein, das innerhalb von Sekunden gelähmt war.

Er hatte keine andere Wahl, als auf die Höhlendecke über dem Ausgang zu feuern. Wieder stürzten Eisbrocken und Wasser herab. Im Augenblick drohte ihm keine Gefahr, wenigstens nicht von den Blues. Viel stärker war die Bedrohung durch das Eis. In der Decke hatten sich weitere Risse gebildet. Seine Erfahrung sagte Kilmacthomas, daß es nur noch eine Frage der Zeit war, bis die Höhle einstürzte. Der Eingang war jetzt vollkommen verschüttet. Die Blues würden Minuten brauchen, um ein neues Loch zu schmelzen, wenn sie das Risiko überhaupt eingingen, erschlagen zu werden.

Kilmacthomas humpelte zum Funkgerät zurück.

Das gelähmte Bein brannte wie Feuer. Erleichtert sah er jedoch, daß der Hyperkom jetzt einsatzbereit war.

Er hockte sich davor nieder und drückte die Haupttaste. Kein Gataser konnte ihn jetzt noch aufhalten.

Da gab die Decke über Kilmacthomas nach. Schwere Eisstücke regneten auf ihn herunter, er wurde zurückgeworfen und fiel schwer mit dem Kopf gegen den Boden. Der Helm fing den Aufprall ab. Verzweifelt kämpfte sich der Leutnant frei. Ein kurzer Blick zur

Decke ließ ihn das Verhängnis in seinem ganzen Ausmaß erkennen. Es war nur noch eine Frage der Zeit, bis die gesamte Höhle einstürzen würde. Und der Eingang war blockiert. Damit hatte er sich jeden Fluchtweg abgeschnitten.

Einen Fluchtweg, der ihn nur in die Hände der Blues geführt hätte. Kilmacthomas kroch über die Eisbrocken wieder auf das Funkgerät zu. Es war noch unbeschädigt.

Sein Körper war wie betäubt. Er fühlte nicht den geringsten Schmerz. Seine Gedanken konzentrierten sich ausschließlich auf den bevorstehenden Funkspruch. Wenn es überhaupt noch ein Gefühl in ihm gab, dann war es Ausdruck seiner Befriedigung, daß er die sich gestellte Aufgabe erfüllen würde.

„Zurück!" schrie Leclerc.

Er stieß mit einem der anderen Männer zusammen und prallte gegen die Wand des Ganges. Vor ihm begann das Eis zusammenzurutschen. Spalten bildeten sich in unzähligen Verästelungen an der Decke.

„Die Höhle stürzt ein!" rief ein anderer Mann.

Sie rannten um ihr Leben. Leclerc warf keinen Blick zurück, als er, gefolgt von den Raumfahrern, aus dem Gang hinausstürmte. Der Fremde war verloren. Das Eis würde ihn einfach erdrücken. Leclerc bewunderte den Mut des Gegners, der den Tod einer Gefangenschaft vorgezogen hatte.

„Es ist besser, wenn wir sofort an die Oberfläche zurückkehren", befahl Leclerc. „Der Einsturz der Höhle kann die Erschütterung der gesamten Station nach sich ziehen, dann sitzen wir in der Falle."

Die Blues waren froh, daß sie die Flugscheibe besteigen konnten. Ohne Zögern befahl Leclerc den Aufbruch. Der Pilot steuerte das Fluggerät aus dem Kanal. Bald hatten sie das Diskusschiff erreicht.

Leclerc entledigte sich des Schutzanzuges und ging zur Kommandozentrale. Dort wartete eine überraschende Nachricht auf ihn. Die beiden Männer an den Ortungsgeräten informierten ihn darüber, daß jemand einen Hyperimpuls abgestrahlt hatte. Jemand, der sich unter dem Eis dieses Planeten aufhalten mußte.

Wider Erwarten wurde Leclerc nicht zornig.

Nachdenklich trat er zum Bildschirm. Wahrscheinlich war die Flotte des Gegners jetzt über die Geschehnisse auf der Eiswelt informiert. Das ließ sich nun nicht mehr ändern. Er glaubte nicht, daß sie einen verzweifelten Angriff wagen würden. Aber in Zukunft mußte das Gatasische Reich gegen Überraschungsaktionen besser geschützt werden.

Diese Fremden waren gefährlich. Sie verfügten über großen Mut, und in einer größeren Auseinandersetzung waren sie nicht zu unterschätzende Gegner.

Beruhigt dachte Leclerc an die Gefangenen. Es war zwar nicht gelungen, auch nur ein einziges Stück der Ausrüstung des Gegners aus den Eishöhlen zu bergen, aber von diesen Fremden würde man viel über den Feind erfahren.

Die Blues brauchten neuen Lebensraum. Auf der Suche danach durften sie sich von niemandem aufhalten lassen.

Leclerc gab den Befehl, die Luftschleusen zu schließen. Die empfindlichen Ortungsgeräte registrierten eine Bewegung des Eises unter der Oberfläche.

Die Höhle ist eingestürzt, dachte Leclerc gleichmütig.

Das Eis bedeckte nun alle Spuren der Station. Im Laufe der Zeit würde man trotz intensiver Suche keine Anzeichen dieses Stützpunktes mehr finden.

Die Wunde, die der Feind dem Imperium der Blues geschlagen hatte, war geschlossen.

Mit fester Stimme gab Leclerc den Befehl zum Start.

Perry Rhodan beugte sich über den Streifen, auf dem er die Funkmeldung lesen konnte, die man von der ESS-1 aus an die ERIC MANOLI weitergegeben hatte.

Bull las über die Schulter des Freundes mit. Der Funkspruch besagte, daß es den Blues gelungen war, fünfzig Mann auf dem vierzehnten Planeten ihres Sonnensystems gefangenzunehmen. Darunter befanden sich Oberst Mos Hakru und USO-Spezialist Melbar Kasom. Der Absender des Funkspruches, Leutnant Don Kilmacthomas, vermutete, daß diese Männer nach Gatas, der Hauptwelt des zweiten Imperiums, gebracht wurden.

Kilmacthomas selbst war in einer Höhle eingeschlossen und erwartete den Tod.

Rhodan zerknüllte den Streifen und sagte: „Wir können Kilmacthomas nicht mehr helfen."

Gegen seine Gewohnheit blieb Bull stumm. Er dachte intensiv nach.

„Nun haben die Blues Gefangene", sagte Rhodan. „Das gibt ihnen einen großen Vorteil. Unser Versuch, ins Verth-System einzudringen, ist kläglich gescheitert."

Kors Dantur räusperte sich lautstark. „Wir müssen diese Männer herausholen, Sir", sagte er.

Rhodans hageres Gesicht zeigte keinen Gefühlsausdruck. Natürlich mußten sie alles versuchen, um die Gefangenen zu befreien. Aber im Augenblick sah er nicht die geringste Möglichkeit, wie sie dabei vorgehen konnten.

Die Blues würden von nun an mißtrauisch sein. Ihre Wachsamkeit würde sich verdoppeln. Es war unwahrscheinlich, daß sich auch nur ein terranisches Schiff noch einmal dem Verth-System nähern konnte, ohne sofort geortet und angegriffen zu werden.

Das Imperium der Menschheit hatte eine schwere Schlappe erlitten.

Bull, der die Gedanken Rhodans zu erraten schien, bemerkte leise: „Es wird uns schon etwas einfallen, Alter."

Kurze Zeit später befand sich die ERIC MANOLI auf dem Weg nach Arkon. Rhodan setzte sich mit Lordadmiral Atlan in Verbindung, um mit ihm gemeinsam nach einem Weg zu suchen, die fünfzig gefangenen Menschen vielleicht noch zu retten.

Sucht man in den unzähligen Bänden der Enzyklopädie der Menschheit nach dem Namen Kilmacthomas, dann wird man ihn nicht finden.

Leutnant Don Kilmacthomas liegt unter einer Eisdecke von 600 Metern Dicke begraben. Seine dunkelblauen Augen haben einen leicht erstaunten Ausdruck.

Der Einsatz, bei dem Kilmacthomas den Tod fand, war sein erster.

8. Lemy Danger

Juli 2327

„Manöveralarm, alle Mann auf Station – Manöveralarm, Stationen besetzen."

Die dröhnende Lautsprecherstimme traf mich mit der Wucht eines Keulenschlages. Ich fuhr von der Luftmatratze auf, sah mich verwirrt um und preßte die Handflächen gegen meine Ohren, um das Getöse wenigstens etwas mildern zu können.

Es dauerte einige Augenblicke, bis ich wieder normal hören konnte. Die Geräusche an Bord der kosmischen Außenstation waren mir bereits vertraut. Ich konnte sie einigermaßen ertragen. Wenn allerdings die riesigen Kraftwerke der ESS-1 anliefen, war es ratsam, die Kopfschützer überzuziehen.

Das Tosen ließ nach. Jemand rannte an meiner provisorischen Behausung vorbei, die ich mir in einer Ecke des Rechenraumes II eingerichtet hatte.

Ich ging vor den wirbelnden Füßen in Deckung, wartete die Druckwelle ab und richtete mich dann wieder auf.

Der Rechenraum war leer. Die Geräte standen still. Sie begannen nur dann zu laufen, wenn die mathematische Zentrale wegen Überlastung auf die positronischen Zusatzgehirne der Nebenstation umschaltete.

Da dies nicht geschah, so war daraus zu folgern, daß ESS-1 weder angegriffen noch sonstwie behelligt wurde.

Ich schaute auf die Uhr. Es war 12:46 Uhr am 10. Juli 2327 Standardzeit. Die Lautsprecher dröhnten immer noch. Unter meinen Füßen begann der Boden zu erzittern. Da wurde mir klar, daß die Ankunft meines Teams bevorstand.

Ich räusperte mich gemessen, nahm einen Spiegel aus meinem

Gepäck und betrachtete meine stattliche Gestalt. Die Uniform saß tadellos. Männer meines Volkes müssen immer auf größte Sauberkeit bedacht sein. Wenn man schon so klein ist, daß unvernünftige Mitmenschen dummdreiste Witzeleien nicht unterlassen können, so sollte man wenigstens in seiner äußeren Erscheinung keinen Anlaß zu begründeten Rügen geben.

Mein Gepäck bestand nur aus einer Tragtasche. Außer der eleganten Ausgehuniform, die ich zum Zeitpunkt meiner überstürzten Abreise getragen hatte und den notwendigsten Habseligkeiten hatte ich nichts bei mir.

Ich ließ die Luft aus der für meine Körpergröße berechneten Matratze, reckte mich und dachte schaudernd an den langen Weg, der nun wieder einmal vor mir lag.

Die kosmische Geheimstation ESS-1 war in der Kugelzelle eines Schlachtschiffes aufgebaut worden. Schon großgewachsene Terraner beginnen zu stöhnen, wenn sie ein achthundert Meter durchmessendes Raumfahrzeug zu Fuß durchstreifen müssen. Infolge der Umbauarbeiten waren viele der ehemaligen Lifts und Transportbänder weggefallen. Für mich bedeutete ein Gang zur Befehlszentrale einen Marsch von wenigstens einer Stunde. Außerdem mußte ich immer auf der Hut sein, um nicht von einem unaufmerksamen Tölpel zertrampelt zu werden.

In klarer Erfassung der Sachlage zog ich meine atomare Impulswaffe, stellte sie auf schwächste Leistung ein und schob die Sicherung auf die Rotmarke. Wahrscheinlich würde ich mehr als einem Besatzungsmitglied der ESS-1 einen Warnschuß vor die Füße feuern müssen, wenn ich nicht das Schicksal eines Wurmes erleiden wollte, der sich unter einer Schuhsohle sein Ruheplätzchen ausgesucht hat.

Damit will ich selbstverständlich nicht sagen, daß ich mich für einen Wurm halte! Ich bin immerhin 22,21 Zentimeter groß und wiege fast ein Kilogramm! Außerdem würde es mich sehr schmerzlich berühren, wenn Sie auch nur einen Augenblick lang auf die Idee kämen, Spezialist Lemy Danger mit einem dummen Geschöpf zu vergleichen.

Das Tosen der Leistungsreaktoren verstärkte sich. Ich konnte mir vorstellen, was nun weit über mir geschah. Der Transmitterbogen wurde aufgebaut.

Das Arbeitsgeräusch der Maschinen peinigte schon wieder mein Gehör. Ein Siganese mit Ohrenschützern soll ungefähr so aussehen wie eine terranische Wasserratte mit einem dicken Kopfverband.

Wenigstens war das von einem Korporal der Besatzung behauptet worden. Ich war erblaßt, als ich diese entwürdigende Äußerung vernommen hatte; aber ich war dennoch so ehrlich vor mir selbst gewesen, den Wahrheitsgehalt dieser Aussage in einem Spiegel zu überprüfen.

Tatsächlich könnte ein Mann mit Phantasie auf den Gedanken kommen, mich infolge der Kopfschützer mit einem so ekelerregenden Tier zu vergleichen. Aus dieser Schilderung, die ich nur der Aufrichtigkeit wegen, sonst aber mit bitteren Gefühlen gebe, können Sie ersehen, wie schwer es ein Mann von meiner Art hat, mit normalen Menschen umzugehen.

Ich entschloß mich also, die Geräuschdämpfer *nicht* aufzusetzen! Lieber wollte ich die Schmerzen in meinem Gehör ertragen, als erneut mit einer Wasserratte verglichen zu werden. Vielleicht konnte ich mich auch noch an das Grollen gewöhnen.

Ich wollte eben auf den vorsorglich installierten Spezialöffner des Panzerschotts drücken – den richtigen Schalter konnte ich nicht erreichen –, als die Lautsprecher erneut ansprachen. Auf einem Bildschirm im Hintergrund des Rechenraumes erschien das Gesicht meines höchsten Vorgesetzten.

Atlan war zusammen mit mir vor wenigen Tagen auf der ESS-1 angekommen, während Perry Rhodan noch auf Arkon weilte und später folgen würde.

„Major Danger, sind Sie noch in Ihrem Quartier?" vernahm ich die Frage.

Ich nahm augenblicklich Haltung an, salutierte und sagte: „Jawohl, Sir!"

Atlans hageres Gesicht faszinierte mich. Seine rötlichen Augen hatten Dinge gesehen, die keinem anderen Sterblichen jemals begreiflich sein würden. Ein Schauer der Erregung überlief mich. Atlan war einer der relativ Unsterblichen, die einen Aktivator zur ständigen Regenerierung der Körperzellen trugen, nur mit dem Unterschied, daß Atlan schon tatsächlich zehntausend Jahre alt war. Die anderen

Männer, die einen Aktivator erhalten hatten, mußten erst einmal beweisen, ob sie mit der ungeheuren nervlichen Belastung auch fertigwurden, die das Wissen um die biologische Totalerhaltung mit sich brachte.

„Hallo, Lemy – sind Sie noch im Rechenraum?" fragte der große Arkonide erneut an.

Ich erkannte bestürzt, daß er meine Antwort nicht gehört hatte. Oh – wie beschämend war das schon wieder! Ich glaubte, mich selbst verachten zu müssen. Mit allem Stimmaufwand schrie ich zur Mikrophonaufnahme hinüber:

„Jawohl, Sir, ich stehe vor dem Schott."

„Ah, ich höre Sie, Lemy. Ich kann Sie jedoch nicht verstehen. Fühlen Sie sich nicht wohl?"

Ich glaube, großgewachsene Menschen wie Sie können sich kaum vorstellen, wie demütigend es ist, in einer solchen Form an gewisse Unzulänglichkeiten erinnert zu werden. Atlan hatte mich bestimmt nicht kränken wollen. Er hatte ahnungslos gefragt, ob mir nicht gut sei, obwohl ich so laut gerufen hatte, wie es mir überhaupt möglich war.

Was denken Sie wohl, mit welchem Tempo ich losspurtete, um dichter an die Mikrophone zu kommen! Die alte Angst, nicht für vollwertig genommen und in meinem Menschentum angezweifelt zu werden, erfüllte mich. Wenn ich doch wenigstens eine kräftigere Stimme gehabt hätte.

Nach einem schnellen Zehnmeter-Lauf, mit dem ich – wie ich glaube – den letzten Sigarekord gebrochen hatte, kam ich unter dem Bildschirm an. Atlan runzelte die Stirn und räusperte sich. Ich sah, daß sich die Humorfältchen an seinen Augen vertieften, und fast war mir, als könne er nur mühevoll seine Heiterkeit unterdrücken. Hatte er beim Anblick meines vor Anstrengung heftig ergrünten Gesichtes die richtigen Schlüsse gezogen?

Ich meldete mich nochmals, und – das kann ich aufrichtig versichern! – meine exakte Haltung hätte ein Terraner so schnell nicht nachahmen können. Wir Siganesen verstehen etwas von würdevollem Benehmen.

„Sie waren wohl schon draußen, Lemy", meinte mein Chef. Da

verehrte ich ihn noch mehr als sonst. Viele Leute, sogar führende Mitglieder des Vereinten Imperiums und der galaktischen Allianz, ahnten nicht, welch ein vornehmer und anständiger Charakter der ehemalige Imperator des Arkonidenreiches ist.

„Nein, Sir, ich war noch innerhalb des Raumes", erklärte ich beschämt wegen meines versuchten Täuschungsmanövers. „Sie haben nur meine unzureichende Stimme nicht hören können. Ich bitte um Entschuldigung, Sir, weil ich so schnell zu den Mikrophonen gerannt bin."

Atlan nickte nur.

„Machen Sie sich darüber keine Gedanken, kleiner Freund. Ihre Qualitäten liegen auf anderen Gebieten. Ich möchte Sie bitten, umgehend zur Zentrale zu kommen. Der Sigakreuzer LUVINNO wird in wenigen Minuten auf die Reise geschickt. Er muß gleich im Transmitter erscheinen. Ich möchte gerne, daß die Besatzung von Ihnen begrüßt wird. Die Männer dürften durch den zweimaligen Schock bei Entmaterialisierung und Wiederverstofflichung stark belastet werden. Sie beziehen Ihr neues Quartier anschließend in der LUVINNO. Ich schicke Ihnen einen Roboter, der Sie zur Transmitterhalle befördern wird. Ich bitte Sie, diese Maßnahme nicht als Kränkung anzusehen."

„Aber natürlich nicht, Sir, vielen Dank, Sir", stammelte ich.

Ob er bemerkte, wie sehr ich ihn verehrte? Ja – er hatte es gesehen. Wissen Sie: Wenn Atlan lächelt, dann geschieht es mit einer solchen Wärme, daß man meint, einen unsichtbaren Strom zu empfangen. Vielleicht sind kleine Leute für so ehrliche Freundschaftsbekundungen besonders dankbar, obwohl ich glaube, daß auch Sie gut verstehen, wie ich es meine. So empfindungslos sind die terranischen Riesen ja auch wieder nicht.

Atlan schaltete ab, und ich packte hastig meine Habseligkeiten zusammen. Schon nach fünf Minuten erschien der Robot.

Es war eine Steward-Maschine mit höflichen Umgangsformen. Als sie mich mit ihren Sehmechanismen erblickte, verneigte sie sich zuvorkommend und sagte mit angenehmer Stimme:

„Habe ich die Ehre mit dem Herrn Spezialisten, Major Lemy Danger?"

Ich hüstelte und winkte herablassend. Ich liebe Menschen und auch Maschinen mit gepflegten Manieren. Wie häßlich ist beispielsweise dieses ewige Geschimpfe und sogar Gefluche der meisten Weltraumfahrer. Ich werde nie begreifen, warum Männer, die doch in fast jedem Falle eine akademische Ausbildung besitzen, bei jeder Gelegenheit sogenannte Kraftworte gebrauchen müssen. Das gehört sich doch nicht, oder meinen Sie nicht auch . . . ?

„Du könntest mich der Einfachheit halber mit der Hand umschließen", schlug ich großzügig vor. „Aber bitte nicht zu fest pressen und auch darauf achten, daß meine Atemwege nicht eingeengt werden. Geht das? Mein Gepäck müßte auch mitgenommen werden."

Der Robot ergriff mich so zart, daß ich mit dem halben Oberkörper aus seiner Hand herausragte. Meine Tasche entdeckte er erst, als er seine Ortungssinne einschaltete. Er verlor aber kein Wort über das Päckchen, das er mit zwei Fingern seiner anderen Hand aufhob.

Ich war recht zufrieden mit meiner Lage. Das Problem „langer Weg" war geklärt.

Die Maschine rannte mit weiten Sprüngen durch die verödeten Gänge der ESS-1. Die Besatzung war nicht sehr groß. Nachdem das ehemalige Schlachtschiff mit eigener Kraft das Stützpunktsystem Lysso angeflogen hatte, war das kosmonautische Team bis auf wenige Leute von Bord gegangen. Das sollte nun aber wieder geändert werden, da die letzten Vorkommnisse bewiesen hatten, daß auch die Außenstation indirekt gefährdet war.

Der Luftzug umstrich meine vor Erregung erhitzten Wangen. Der Kommandant der LUVINNO war ein alter Freund von mir. Es handelte sich um den ausgezeichneten Kosmonauten und Physiker Tilta, der mir schon meinen letzten Einsatz erleichtert hatte. Beim Eyciteo-Unternehmen hatte mich Tilta persönlich mit einem schnellen Zerstörer auf dem Planeten abgesetzt, wobei er in erheblicher Lebensgefahr geschwebt hatte.

Ich freute mich auf das Wiedersehen, zumal Tilta noch etwa zweihundert Brüder meines Volkes mitbringen würde, denen eine wichtige Aufgabe zufallen würde. *Wie* bedeutungsvoll unser Einsatz war, wußten sie aber noch nicht.

Während der Roboter mit mir zum Transmitterraum eilte, mußte ich an jene Männer denken, die vor etwa vier Wochen auf dem 14. Planeten des Verth-Systems in die Hände der Blues gefallen waren. Unser bevorstehender Einsatz galt in erster Linie ihnen. Sie mußten unter allen Umständen befreit werden – falls sie überhaupt noch am Leben waren.

Mit Schaudern dachte ich daran, welchen Qualen sie wohl ausgesetzt waren, um den Blues wichtige Informationen über das Vereinte Imperium zu liefern. Ich wußte aber auch, daß mit unserem Einsatz versucht werden sollte, hinter das Geheimnis der Molkex-Verarbeitung zu kommen. Gatas war vermutlich der einzige Ort im Zweiten Imperium, wo diese Verarbeitung geschah. Und darauf hatten Perry Rhodan und Atlan in den vergangenen Wochen ihre Arbeit ausgerichtet.

Vor mir öffnete sich das letzte Sicherheitsschott. Ich blickte in die Transmitterstation hinein.

Der riesige Dom wurde durch eine transparente Wand vom Hauptschaltraum abgeriegelt. Ich erblickte Atlan und neben ihm Oberst Joe Nomers, den Kommandanten der ESS-1.

Die anderen Männer waren für mich unwichtig, da sie mir weder Befehle zu erteilen noch sonst etwas zu sagen hatten. Sie gehörten zum Spezialpersonal der Hyperverbindungszentrale.

Es war erstaunlich ruhig in dem Kontrollraum. Das Dröhnen der Feldprojektoren jenseits der Schutzwand wurde von der Schallisolation fast vollständig aufgesogen.

Im Moment meines Eintritts verfärbten sich die Energiesäulen des Transmitters zu einem intensiven Rot. Der Transmitter selbst glich einem Torbogen von etwa hundert Metern Höhe und der halben Breite. Der von ihm gebildete Hohlraum zeigte das nebelhafte Blauschwarz eines hochaktivierten Hyperfeldes, in dem kein Körper stabil bleiben konnte; entweder wurde er aufgelöst und als übergeordneter Impuls abgestrahlt oder als gleichartiger Impuls empfangen und bei der Umschaltphase wiederverstofflicht.

Mein Robot schritt durch den Raum, blieb vor Atlan stehen und streckte die Hand aus, in der ich immer noch ziemlich bequem hing. Was dann kam, entsprach weniger meinem Geschmack. Genaugenommen, wurde ich fürchterlich beschämt.

„Hier ist der Herr Spezialist, Major Danger, Sir", sagte die Maschine und hielt mich dem Lordadmiral hin wie eine reife Pflaume.

Ich begann mich mit aller Kraft zu wehren, aber der Robot ließ sich dadurch nicht beeindrucken.

Oberst Nomers, eine untersetzte, kräftige Erscheinung mit kahlrasiertem Schädel und strichfeinen, bläulich wirkenden Lippen, begann zu hüsteln. Dieser schweigsame Mann – der, wenn er schon einmal sprach, den Nagel sozusagen auf den Kopf traf – schien um seine Beherrschung zu kämpfen.

Mir schoß das Blut in den Kopf, und meine Haut verfärbte sich tiefgrün.

„Loslassen, du Tölpel", schrie ich den Robot an. Ich war empört, meinem höchsten Chef unter die Nase gehalten zu werden.

Der verständnislose Robot befolgte meine Aufforderung, öffnete die Hand, und ich begann aus wenigstens 1,50 Metern Höhe abzustürzen. Mein Aufschrei wurde vom plötzlichen Auftosen des Transmitters übertönt.

Ich fing den schweren Fall ab, machte zwei Rollen und richtete mich wütend auf. Wenn ich nicht einen so sportgestählten Körper besessen hätte, wäre ich nicht so gut davongekommen. Die künstliche Schwerkraft betrug immerhin 0,9 Gravos.

Ich warf der Maschine drohende Blicke zu, aber sie reagierte nicht darauf. Anschließend mußte ich mich vor Nomers' Füßen in Sicherheit bringen und eine Deckung aufsuchen, die ich unter einer Gerätstütze fand.

Ich lehnte den schmerzenden Rücken gegen die Laufrolle und sah zur Panzerwand hinüber, hinter der sämtliche Feuer der Unterwelt zu lodern schienen. Das Blauschwarz des Feldes war in Wallung geraten. Augenblicke später schoß ein silbern glänzender Körper daraus hervor und blieb jenseits der roten Gefahrenlinie liegen.

Ich erkannte die Umrisse eines Schweren Kreuzers der Bontetklasse. Es war die LUVINNO, die trotz ihrer enormen Masse und Größe von dem Transmitter befördert worden war, als handle es sich um ein gewöhnliches Gepäckstück.

Das sechs Meter durchmessende Riesenschiff wurde von der Stabilisierungsautomatik aufgerichtet und auf die ausgefahrenen Landebei-

107

ne gestellt. Für Tilta mußte es deprimierend sein, auf diese Art Raum und Zeit überwunden zu haben. Ich wußte, daß die LUVINNO direkt von Arkon III kam.

Der Gesundheitszustand meiner Brüder mußte zur Zeit stark angegriffen sein. Siganesen haben ein empfindliches Nervensystem, und unser Kreislauf ist auch nicht so robust wie der terranischer Riesen.

Da man den Kreuzer trotzdem in einen Transmitter gesteckt und transportiert hatte, mußte Eile geboten sein.

Ich schob mich vorsichtig unter der Gerätstütze hervor und rief Atlan an. Er nickte mir aber nur zu und deutete an, ich solle unter dem Metallbein warten.

Als der Transmitter nochmals aufbrüllte und Perry Rhodan mit einigen Offizieren aus dem Rematerialisierungsfeld schritt, wußte ich, daß unsere Stunde bald schlagen würde.

Terranische Techniker hoben die gewaltige LUVINNO mit einem tragbaren Antigravgerät an, als handle es sich um eine etwas groß geratene Kiste. Vielleicht können Sie verstehen, wie deprimiert ich war. Tilta war mächtig stolz auf sein neues Schiff, das zu den modernsten Einheiten der siganesischen Heimatflotte gehörte.

Das Donnern verstummte. Die Energieschenkel des Transmitters sanken in sich zusammen.

Nach einer Viertelstunde wurde ich von Atlan hochgehoben und auf einen Schalttisch gestellt. Ich war sehr verlegen.

„Wie geht es Ihnen, mein lieber, kleiner Freund?" erkundigte sich der Großadministrator und tippte mir mit dem Zeigefinger vor die Brust.

Ich lachte befreit und schüttelte diesen riesengroßen Finger, den ich kaum umklammern konnte.

Vor allem aber beglückten mich Perrys Worte. Von einem so wunderbaren Menschen Freund und dazu noch „lieber" Freund genannt zu werden, ist etwas, was man kaum mit Worten schildern kann. Aber Sie verstehen mich doch trotzdem, nicht wahr?

Schon eine halbe Stunde später begann die Einsatzbesprechung. Vorher meldete sich Tilta über Funk. Unsere Ärzte waren noch damit beschäftigt, die vielen besinnungslosen Brüder zu behandeln. Diese

108

groben Entmaterialisierungen waren für die Männer meines Volkes kaum zu ertragen. Trotzdem hatten sie es auf sich genommen, weil Perry Rhodan darum gebeten hatte.

Na ja – was würden wir nicht alles für ihn tun! Wir wollen ja nicht mehr als ein bißchen Liebe und Anerkennung. Dann kann man auf uns zählen.

Atlan

Rhodans hageres Gesicht füllte den Bildschirm aus. Ich stellte fest, daß wir uns immer ähnlicher wurden und fragte mich, ob das wohl ein Symptom der Zellregenerierung sein könnte.

Ich hatte ihn in letzter Zeit kaum noch lächeln sehen. Die Sorgen um das Imperium bedrückten ihn stark.

„Wie weit bist du, Arkonide?" fragte er an. „Deine Stabsoffiziere möchten dich am liebsten in Watte packen. Wie steht es mit deiner Erschöpfung?"

Ich winkte ärgerlich ab.

„Unfug. Die Männer übertreiben. Ganz davon abgesehen verhalten sich deine Leute nicht viel besser. Wenn man ihnen zuhört, könnte man meinen, du hättest eine Nervenkrise nach der anderen durchzustehen."

Der Terraner lachte. Wir verstanden uns auch ohne weitere Worte. Es war schön, einen solchen Freund zu haben. Wir hatten überhaupt mehr Freunde, als wir beide dachten. Die Achtung und Zuneigung vieler Männer aus allen Völkern der Galaxis spürten wir in fast allen Fällen erst dann, wenn es um besondere Dinge ging. Vielleicht wurden wir davon aufrechterhalten und immer wieder seelisch gestärkt.

„Ich komme, kleiner Barbar", erklärte ich launisch. „Kannst du dich noch an unser erstes Zusammentreffen erinnern?"

„Das waren Zeiten", seufzte er, und sein Blick wurde träumerisch. „Ich glaube, ich wollte dich ursprünglich töten, weil ich dich als Gefahr für Terra einstufte; dann aber entschloß ich mich, dich lediglich hinter Schloß und Riegel zu setzen."

„Und ich brachte es plötzlich nicht übers Herz, dich mit einem Schwert zu erschlagen. Seltsam, nicht wahr?"

„Verwandte Seelen, Arkonide", spöttelte er. „Für einen Menschen der damaligen Zeit bedeutete es eine moralische Großtat, ein anderes Intelligenzwesen mit sich gleichzustellen."

„Ihr habt viel gelernt", nickte ich sinnend. „Wenn ich an das irdische Mittelalter zurückdenke, überläuft es mich heute noch kalt. Nun aber genug der Erinnerungen. Wie gefällt dir die Besatzung des Sigakreuzers?"

Er spitzte die Lippen und wiegte den Kopf.

„Ich halte sie für wundervolle Menschen mit erstaunlich guten Umgangsformen und unbedingter Wahrheitsliebe. Es ist schön, solche Leute zu treffen. Besonders dein kleiner Spezialist ist eine Klasse für sich. Ein tüchtiges, intelligentes und – wie ich glaube – auch mutiges Männlein, das unter seinen Komplexen leidet."

„Ich versuche stets, Lemy psychologisch zu stärken. Ich bin der Auffassung, ihm die Aufgabe übertragen zu können. Hast du Einwände?"

Ich bemerkte, daß Perry mit einer nichtssagenden Geste die Hände bewegte.

„Eigentlich nicht, allerdings zweifle ich etwas."

„Wir wissen beide, daß eine Landung im Verth-System nach der Vernichtung der TRISTAN nicht mehr möglich ist. Der Gegner ist wachsam geworden. Wenn es noch jemand gelingt, unauffällig in die Keimzelle der Blues einzudringen, dann sind es die Siganesen unter Dangers Führung. Ich gebe ihm den Befehl über das Spezialkommando."

„Schön, ich bin einverstanden. Greifen wir nach dem symbolischen Strohhalm. Der Gedanke, die kleinen Leute vor solche Probleme zu stellen, ist mir allerdings nicht sehr angenehm. Ich komme mir etwas verantwortungslos vor."

Ich lachte ihn an, und er senkte den Blick.

„Wir würden sie tödlich beleidigen, wenn wir jetzt noch einen Rückzieher machen wollten. Ich glaube kaum, daß es unter den vielen autarken Kolonialvölkern der Erde nochmals so zuverlässige Vertreter gibt. Nimm sie, wie sie sind, und sie werden alles tun, was in ihrer Macht steht."

„Eben, Arkonide! Diese Macht scheint mir äußerst dürftig zu sein."

„Du kannst dich ja einmal vor eine ihrer Strahlkanonen stellen", entgegnete ich. „Du würdest nicht mehr zum Wundern kommen. Wer die Kleinen unterschätzt, verdient es nicht, groß genannt zu werden. Danger ist beispielsweise ein sehr verwegener Offizier. Sind deine Mutanten soweit?"

„Fertig. Wenn den Gefangenen nicht bald geholfen wird, können wir uns getrost auf eine Verteidigung von Arkon und Terra einrichten. Ich hoffe nur, daß unsere Männer lange genug schweigen konnten. Ihr Wissen ist eine Fundgrube für die Blues. Beeil dich, Ende."

Er schaltete abrupt ab, und ich erkannte, daß er zutiefst beunruhigt war.

Ich legte einen leichten Raumanzug an und fuhr zur Mannschleuse der ESS-1. Oberst Nomers erwartete mich. Vor der Schleuse lag das Verbindungsboot.

Ich nickte dem Kommandanten zu und schaute prüfend in sein Gesicht. Ich wußte, daß sich dieser tüchtige Mann nicht wohl fühlte – nicht an Bord eines Schlachtschiff-Wracks, zu dem wir das Fahrzeug durch die Umbauarbeiten gemacht hatten. Nomers fühlte sich in einen stählernen Sarg eingeschlossen, mit dem man nicht einmal einen relativ harmlosen Angriff abwehren konnte. Er vermißte seine Waffenleitstände, Schirmfeld-Kraftwerke und all die Dinge, die nun einmal zu einem Kampfschiff gehörten.

Er salutierte schweigend und klappte den Druckhelm nach vorn. Ich folgte seiner Maßnahme.

Nach der Schleusenentlüftung schwangen die Außentore auf. Ich blickte auf den ersten Planeten der Zwergsonne Lysso hinab. Der lebensfeindliche Riese füllte das Blickfeld aus. Das Licht der fremden Sonne wurde von den weiten Eisfeldern refelktiert und in den Raum zurückgeschleudert. Wir schwebten zum Boot hinüber, zwängten uns in die Schleuse und warteten den Druckausgleich ab. Der Pilot grüßte. Augenblicke später nahmen wir Fahrt auf.

Das vor wenigen Tagen gekaperte Handelsraumschiff der Blues

stand auf einer weiten Zwanzigstundenkreisbahn. Wir wurden fernsteuertechnisch manövriert.

Eine halbe Stunde später betrat ich das diskusförmige Fahrzeug, an dem die Beschußschäden ausgebessert worden waren.

Rhodan empfing mich hinter der Schleuse, und ich blickte mich um. Dies war das erste Raumfahrzeug der blaupelzigen Fremden, das fest in unseren Besitz gelangt war. Dazu war es erforderlich gewesen, ein schnelles Kreuzergeschwader nahe der bekannten Handelswege des Gegners zu stationieren uind ein Spezialschiff mit Rhodans Mutanten abzustellen.

Die Kaperung war mit Hilfe der Teleporter Gucky und Ras Tschubai leicht gelungen. Da der Handelsraumer nicht durch einen Molkexpanzer geschützt wurde, hatten die Mutanten einwandfrei arbeiten können.

Anders lag der Fall bei Fahrzeugen, die einen Molkexüberzug trugen. Ich konnte mich lebhaft an Guckys Abenteuer erinnern, als er in Unkenntnis der wahren Gegebenheiten versucht hatte, einen Schlachtraumer der Blues zu betreten.

Das Molkex mußte mit den energetisch übergeordneten Feldern der parapsychischen Kräfte artverwandt sein. Selbst dem Mausbiber war es nicht gelungen, die Schutzhülle zu durchdringen.

Von da an hatten wir gewußt, daß die Männer und Frauen des Geheimkorps nicht eingesetzt werden konnten.

Im Falle des Handelsraumers hatten sich keine besonderen Probleme ergeben. Die achtzehnköpfige Besatzung war gefangengenommen und auf einem Planeten nahe der galaktischen Eastside interniert worden. Da keiner der Blues dem Volk der Gataser angehörte, verzichtete man darauf, sie zu verhören. Wir hätten von ihnen kaum Neues erfahren. Lediglich über die Handhabung ihres Schiffes hatten die Mutanten sie ausführlich befragt, wobei in erster Linie die Telepathen wertvolle Hinweise bekamen.

All unsere Hoffnungen konzentrierten sich auf dieses kleine Diskusfahrzeug, das nur *einem* bestimmten Zweck dienen sollte. Wir, das heißt die USO und die Galaktische Abwehr, hatten einen riskanten Plan entworfen.

Natürlich wußten die Blues infolge der Notfunksprüche der Schiffsbesatzung, daß sie von einem terranischen Kommando übernommen worden war.

Wenn dieses Schiff nach langer Abwesenheit nun plötzlich in das Verth-System zurückkehrte, konnte es nur eine Folgeerscheinung geben. Wenigstens hofften wir, die Mentalität der Blues richtig beurteilt zu haben. Die galaktopsychologischen Gutachten, ausgestellt von zwanzig Fachwissenschaftlern, stimmten überein.

Die Blues würden ihr eigenes Handelsschiff gnadenlos abschießen. Sie mußten einen getarnten Angriff befürchten. Nie, so behaupteten die Psychologen, würde man diesen Raumer unbehelligt auf der Zentralwelt Gatas landen lassen.

Diese an und für sich wenig schöne Gewißheit war das A und O unserer Einsatzplanung. Das Schiff *mußte* und *sollte* angegriffen werden. Ein Unsicherheitsfaktor bestand jedoch.

Niemand konnte mangels geeigneter Erfahrungsstudien sagen, ob sich die Blues nicht dazu entschließen würden, das Schiff außerhalb der gefährdeten Zonen zu stoppen und zu untersuchen. Das durfte auf keinen Fall geschehen. In diesem Falle wären die Siganesen verloren.

„Oder auch nicht, Sir!" hatte Lemy Danger auf eine diesbezügliche Vorhaltung gemeint und stolz seinen „Gigantenkörper" gereckt. Ich hatte mir ein Lächeln nicht verkneifen können.

Das Schiff maß in seiner Horizontalachse nur 65 Meter, von Pol zu Pol 40 Meter. Die Ladung, Einrichtungsgegenstände und Maschinen hatten uns nur insoweit interessiert, als es zur Führung des Schiffes notwendig war. Wir hatten allerdings einige technische Einbauten vornehmen müssen, die eine exakte Triebwerkssteuerung des Bluesschiffes von Bord der LUVINNO aus gewährleisten sollten. So konnte der Raumer quasi ferngesteuert das Verth-System anfliegen und würde auf keine Funkanrufe reagieren. Die Blues verwendeten ein recht aufwendiges Triebwerk, das unseren Linearmotoren an Zuverlässigkeit und Einfachheit unterlegen war.

Die Waffen waren ohnehin kaum der Beachtung wert.

Wir schritten bis zur Zentrale vor. Die Ovalbildschirme arbeiteten. Wir erblickten einen größeren Raum, der anscheinend eine Art Messe war.

„Das Schiff startet in zwei Stunden", sagte Rhodan. „Der Raumer fliegt in einem Zuge durch, materialisiert kurz vor dem vierzehnten Verth-Planeten, ortet, peilt, korrigiert die Automatik und geht erneut in den Zwischenraum. Er kommt etwa zweihunderttausend Kilometer vor Gatas heraus. Das ist sehr nahe, aber fast noch zu weit. Wenn der Angriff beginnt, muß die Eintauchfahrt aufgehoben und die Gravitation des Planeten wirksam sein. Dann hat der Abschuß zu erfolgen. Anschließend werden wir weitersehen."

„Die LUVINNO kommt auf, Sir", meldete ein Offizier.

Wir schauten auf die Bildschirme, und da nickte ich in unwillkürlicher Anerkennung.

Seit der Ankunft des Sigakreuzers auf ESS-1 war viel getan worden. Die Kugelform des winzigen Fahrzeuges, das die Siganesen für „riesig" hielten, hatte sich erheblich verändert.

Das Fahrzeug sollte später ein Bruchstück des durch den Beschuß explodierten Raumers der Blues darstellen. Infolgedessen waren die glatten Wandungen durch aufgeschweißte Bleche so verwandelt worden, daß man hätte meinen können, an Stelle der LUVINNO käme ein Trümmerhaufen aus verdrehten, angeschmolzenen und spitzzackig hervorragenden Streben angeflogen.

„Ausgezeichnet, großartig!" sagte Rhodan enthusiastisch. „Die Leute verstehen ihr Handwerk. Mein Kompliment! Dieses Ding würde ich nie für ein funktionsklares Raumschiff halten, bei allem Mißtrauen nicht."

„Kein Wunder", warf ich trocken ein. „Wer könnte auch auf die Idee kommen, daß sich unter dem relativ winzigen Wrackstück ein Schwerer Kreuzer verbirgt. Das hieße, der Phantasie der Blues etwas zuviel zuzumuten."

Minuten später legte der Kreuzer an der Unterseite der Diskuszelle an, wo er von terranischen Technikern magnetisch verankert wurde. Kabelgebundene Leitungen wurden installiert und mit der Steuerungsautomatik des Raumers verbunden. Fernbildkameras konnten die Zentrale des Schiffes erfassen und die Bilder auf die Beobachtungsschirme der LUVINNO weiterleiten.

Eine Fusionsladung wurde in dem Maschinenraum eingebaut. Sie konnte von der LUVINNO aus gezündet werden, falls der zu erwartende Beschuß nicht die gewünschte Zerstörung bewirkte.

114

Wir hatten an alles gedacht. Der Unsicherheitsfaktor bestand ausschließlich im Verhalten der Verantwortlichen auf Gatas.

Spezialist Lemy Danger wurde vom Offizier der Wache angemeldet. Der kleine Mann kam, um seine letzten Instruktionen zu empfangen. Der Kommandant des Schweren Kreuzers ließ sich entschuldigen. Es gäbe zuviel zu tun. Oberst Tilta unterstand auch nicht meiner Befehlsgewalt.

Lemy Danger erschien in einer peinlich sauberen Uniform, polierten Orden und sorgsam geölten Haaren. Winzig wie er war, flog er mit einer Mikro-Rückenhubschraube in die Zentrale herein und landete vor uns auf einem Rechentisch.

Rhodan räusperte sich, als sich das 22 Zentimeter große Menschlein aufrichtete, das Flugaggregat ablegte und Haltung annahm.

Ich wartete auf das typische Schlenkern des rechten Fußes, den Lemy gegen den des Standbeines zu schlagen pflegte. In dieser Form nahm er Haltung an.

Dies geschah so schnell, daß ich kaum folgen konnte. Siganesen besitzen eine ungeheure Reaktionsgeschwindigkeit.

Lemy stand stramm, und dabei schlugen seine Absätze so heftig gegeneinander, daß wir durch den lauten Knall zusammenfuhren.

Der Kleine sah sich triumphierend um, nach dem Motto: „Da staunt ihr, was?"

Oberst Nomers war verblüfft. Fassungslos sah er auf das Zwergengeschöpf nieder. Ich wurde argwöhnisch und beugte mich nach unten. Lemys Blick wurde sofort ängstlich.

Ich entdeckte die Ursache des Knalls! Diese ewig von Minderwertigkeitskomplexen geplagten Siganesen hatten ihrem Spezialisten tatsächlich ein Knallpatrönchen in den linken Absatz eingebaut, das beim Zusammenschlagen der Hacken detonieren mußte. Ich konnte meine Heiterkeit kaum verbergen.

„Spezialist Danger zur Stelle, Sir", schrie der Kleine so laut er konnte. Wir verstanden ihn gerade noch.

Rhodan beugte sich nach vorn. Sein Gesicht war größer als der ganze Lemy.

„Danke sehr, mein Freund. Sind Sie startbereit?"

„Jawohl, Sir. Wir werden bei diesen Tellerköpfen aufräumen."

Rhodan hüstelte wieder. Seine Begleiter grinsten. Ich maß sie mit einem verweisenden Blick.

„Ihre Instruktionen sind eindeutig, Major", sagte Perry. „Weichen Sie bitte nicht davon ab. Von Ihrem Einsatz hängt viel ab. Die Gefangenen sind zu befreien, und über die Verarbeitungsmethode des Molkex muß soviel wie irgend möglich herausgefunden werden. Tauchen Sie in den Ozean von Gatas ein und richten Sie sich nach den Karten, die unsere Fachleute anhand der Auswertungsergebnisse des auf Apas erbeuteten Film- und Datenmaterials angefertigt haben. Die Oberfläche des Planeten und der Standort der vermuteten Hauptstadt sind im wesentlichen bekannt. Versuchen Sie, unentdeckt zu bleiben."

„Verlassen Sie sich bitte auf mich, Sir!" schrie der Kleine mit strahlenden Augen.

„Ich kann mir zwar nicht vorstellen, daß Ihr Kreuzer jene Spezial-ausrüstung aufnehmen kann, die Sie zur Bergung und Versorgung der Gefangenen benötigen; aber wenn Sie mir erklären, daß dies trotzdem der Fall ist, will ich nicht weiter in Sie dringen. Ich kenne die einzigartige Mikrotechnik Ihres Volkes."

Lemy bedankte sich nochmals. Zehn Minuten später war er schon wieder verschwunden, nicht ohne die zweite Knallpatrone im anderen Absatz zur Zündung gebracht zu haben.

„Strammstehen können die Burschen auch, Donnerwetter", brummte Nomers vor sich hin.

Ich lachte still in mich hinein. Die Terraner kannten meinen Lemy Danger noch lange nicht. Der Mann hatte einfach Ideen – und das war der entscheidendste Pluspunkt für einen guten Spezialisten der USO.

„Ich frage mich nur, wie diese winzigen Gehirne noch denken und Befehle erteilen können", meinte ein anderer Terraner kopfschüt-telnd. „Man sollte doch meinen, daß bei diesem ständigen Schrum-pfungsprozeß irgend etwas da oben in Unordnung gerät."

Das Phänomen war von den Biologen noch nicht geklärt worden, obwohl der Arawissenschaftler Tostzli behauptete, eine Nervenzelle könne aufs hundertfache verkleinert werden, ohne ihre Funktion einzubüßen. Es gehörte nicht zu meinen Aufgaben als Oberkomman-dierender der USO, über biologische und medizinische Probleme nachzudenken. Mir genügte es, Danger als Mitarbeiter zu besitzen.

116

Wir verließen das Schiff.

Vom freien Raum aus betrachtet, glich der Handelsraumer einer flachen Diskusscheibe, die an der Unterseite einen Auswuchs besitzt. Es war der als Bruchstück getarnte Schwere Kreuzer LUVINNO, den mir die siganesische Bruderschaftsregierung zur Verfügung gestellt hatte. Selbst Rhodan ahnte nicht, welche Kampfkraft in diesem winzigen Fahrzeug steckte.

Minuten später nahm der Handelsraumer Fahrt auf. Lemy Danger rief mir noch einen letzten Gruß über Sprechfunk zu. Dann schaltete er ab.

Zusammen mit dem Bluesraumer raste er in die Schwärze des Universums hinein. Die Kulisse im Hintergrund wurde vom flammenden Zentrum der Milchstraße gebildet. Viele Millionen Sonnen schienen einen Abschiedsgruß auszustrahlen.

Das Handelsschiff verschwand von den Bildschirmen.

Zusammen mit Perry Rhodan und seinen Stabsoffizieren zog ich mich in meine Kabine zurück. Der Einsatz der schnellen Städtekreuzer wurde nochmals besprochen. Sie sollten eine Funkbrücke zwischen der Sonne Verth und ESS-1 herstellen. Lemy konnte nur mit geringster Sendeenergie und mit einem extrem scharf gebündelten Richtstrahl arbeiten, der von einer im Ozean auszusetzenden Sonde, die ihre Position ständig verändern sollte, abgestrahlt werden würde. Alles andere mußte zwangsläufig zur Entdeckung führen. Aber dazu mußte er erst einmal auf dem fünften Planeten der blauen Riesensonne Verth angekommen sein. Ich bangte um die kleinen Männer von Siga.

9. Lemy Danger

Ich hüte mich, Tilta in die Schiffsführung hineinzureden. Zwar war ich zum Chef des Sonderkommandos ernannt worden, was aber nicht bedeutete, daß ich dem Kommandanten eines regulären Kampfschiffes der Flotte Anweisungen geben konnte, sofern sie die internen Belange des Kreuzers betrafen.

So verhielt ich mich schweigend.

Tiltas Besatzung bestand aus jahrzehntelang geschulten Männern, die nach den Vorschriften des siganesischen Bundesamtes für Raumfahrt wenigstens drei Fachgebiete einwandfrei beherrschen mußten. Auch in dieser Hinsicht sind wir den normalen Terranern weit voraus, denn wir begnügen uns nicht allein mit einem bequemen Studium mit Hilfe der unterbewußten Lehrhypnose. Wir sind der Ansicht, daß ein Wissen nur dann dem Gehirn erhalten bleibt, wenn es allmählich vom Gedächtniszentrum aufgenommen wird. Tatsächlich hat sich auf Terra mittlerweise erwiesen, daß ein Hypnotraining mitunter schwerwiegende Nachwirkungen haben kann.

„Eintauchmanöver in acht Sekunden", gab der Chef der mathematischen Zentrale durch.

Wir spürten weder einen Rematerialisierungsschmerz noch einen körperzermürbenden Schock.

Unsere Normalbildschirme blendeten auf. Der Hochenergietaster peilte sich auf die Strahlung des nächsten Sternes ein und brachte ihn automatisch ins Bild. Die Artbestimmung erledigten die synchron laufenden Positrongehirne in Sekundenschnelle.

Es handelte sich um den blauen Überriesen Verth, den bislang sagenhaften Stern der bekannten Milchstraße. Hier waren die Blues zu Hause; von hier aus hatten sie vor Jahrtausenden begonnen, die Nachkommen ihres so ungeheuer fruchtbaren Volkes in die Weiten des Alls zu senden.

Mittlerweile hatten sie viele Tausend Sauerstoffplaneten besiedelt, doch die tatsächliche Macht lag noch immer bei den Bewohnern der Keimzelle Verth V.

Ich versuchte, eine Parallele zu Terra zu ziehen. Hier war es genauso.

Auch wenn mehr und mehr Planeten von Menschen bevölkert wurden – der kulturelle, politische, wirtschaftliche und auch militärische Mittelpunkt blieb nach wie vor die Erde.

Es zeigte sich jetzt schon, daß die Nachkommen von ausgewanderten Kolonisten in fast allen Fällen geistige und körperliche Verände-

118

rungen zu überstehen hatten. Die Ursprungsmasse blieb aber so, wie sie immer gewesen war, weil man sie nicht aus ihren jahrmillionenalten Lebensbedingungen herausriß.

Warum werden wir Siganesen wohl von Generation zu Generation kleiner?

Sehen Sie, da haben Sie ein typisches Beispiel. Noch extremer wirken sich die Verhältnisse bei jenen Menschen aus, die durch biophysikalische Eingriffe ganz bewußt zu sogenannten „Umweltangepaßten" gemacht wurden.

Melbar Kasoms Leute zählen zu jenen wenigen Völkern, die sich freiwillig für diese bedeutendsten Großtaten der Wissenschaft zur Verfügung stellten. Melbar hält eine Schwerkraft von 3,4 Gravos für normal und beschwert sich bitter, wenn er ohne seinen Mikrogravitator auf „leichteren" Welten weilen muß.

In der LUVINNO war es still geworden. Jedermann sah atemlos auf die Bildschirme der Außenbordbeobachtung. Tiltas Kommandos waren überall zu hören.

Ich entsicherte den Kontaktknopf für die atomare Sprengladung im Konverterraum des Frachters, der mit knapp sechzig Prozent der Lichtgeschwindigkeit in das System der Sonne Verth hineinflog.

Unsere Ortungszentrale meldete gleichzeitig vierzig bis fünfzig Fremdkörper, die nur mit Bluesraumschiffen identisch sein konnten.

„Wir gefallen ihnen nicht!" meinte Tilta stirnrunzelnd.

Die Kursberechnungen liefen auf Hochtouren. Unser Frachter wurde von den näherkommenden Molkexraumern ständig angefunkt und aufgefordert, zu stoppen und sich zu identifizieren. Unsere Translatoren waren mit der Sprache der Blues bestens vertraut.

Unser Aufenthalt im Normalraum dauerte nur knapp eine Minute, dann waren die Berechnungen abgeschlossen und das neue Ziel programmiert. Ehe die Molkexschiffe auf Schußweite heran waren, verschwanden wir im Linearraum.

Ich rannte zu meinem Sitz zurück, legte die Gurte um und ließ den Sessel nach hinten klappen. Der Linearflug konnte bei dem ermittelten Beschleunigungswert nur drei Minuten dauern. Dann mußten wir knapp zweihunderttausend Kilometer vor dem Planeten Gatas in den Normalraum zurückfallen.

Die Zeit schien sich auszudehnen. Die Blicke der Männer verfolgten die zuckenden Zeiger der Uhren. Dann war es soweit.

Unvermittelt leuchteten die Normalbildschirme auf. Sie zeigten die Halbkugel eines blaugrünen Himmelskörpers, auf den wir mit unverminderter Eintauchfahrt zustießen.

Von nun an lief alles programmgemäß ab. Niemand zeigte Nervosität. Wir begannen mit dem Bremsmanöver, mit dem das Schiff in eine weite Kreisbahn hineinmanövriert werden sollte.

Noch war die Gravitationseinwirkung des fünften Planeten zu schwach. Bei der hohen Eigengeschwindigkeit des Transporters hätte sie niemals im gewünschten Sinne zur Wirkung kommen können. Wir mußten mit der Fahrt heruntergehen und dabei auf die erste Bahnellipse einschwenken. Wenn das geschehen war, konnten wir die LUVINNO abtrennen.

Ich lauschte auf das Dröhnen unserer Kraftwerke, die schon vor Beginn der Bremsperiode angesprungen waren. Der Frachter bremste mit dem geringen Wert von $120 \, km/sec^2$. Unsere Andruckneutralisatoren wurden damit spielend fertig.

Die Masse des Planeten kam näher, Augenblicke später waren nur noch Ausschnitte der Oberfläche zu erkennen. Unsere planetarische Ortung lief an. Auf den Bildschirmen erschien der große Ozean, in den wir eintauchen sollten.

„Da sind sie!" hörte ich Altro sagen.

Ehe seine Worte verklungen waren, huschten die Zacken energetischer Entladungen über unsere Echoschirme. Der Frachter wurde anfänglich verfehlt, dann eingegabelt und schließlich von dem ersten Treffer aus der Bahn gerissen.

Unsere Andrucksabsorber heulten auf. Im gleichen Moment gab ich die Erlaubnis zum Aufbau unserer eigenen Schirmfelder.

Normalerweise bin ich von der Kampfkraft und Defensivstärke unserer prächtigen Raumschiffe überzeugt. Jetzt aber brach mir der Schweiß aus. Es war ein fürchterliches Feuer, in das wir auf geradem Kurs hineinflogen.

Deutlich konnte ich eine ausgedehnte Wolkenschicht über der nördlichen Halbkugel des Planeten erkennen. Hier und da erfaßten unsere Außenbordkameras einen Ausschnitt der riesigen Sonne.

Dann war mir, als wollte der blaue Stern unsere LUVINNO mit einem Gluthauch vernichten.

In dem Dröhnen und Klingen der Einschläge war eine Verständigung nicht mehr möglich. Es war auch nicht erforderlich, da jedermann wußte, was er zu tun hatte.

Verflüssigtes Material tropfte an der Diskuszelle des Handelsschiffes hinab. Mehrere Explosionen erschütterten uns so stark, daß wir in unseren Sitzen umhergeworfen wurden. Dennoch liefen die Automatrechner.

Die Fahrt war infolge des beharrlichen Bremsmanövers auf knapp zehntausend Kilometer pro Stunde gesunken. Wir befanden uns bereits im Banne der Gatasschwerkraft.

Ich wartete noch einige Augenblicke, aber der total zerschossene Frachter wollte nicht explodieren; dabei lag er im Wirkungsfeuer von wenigstens zehn Molkexschiffen. Sogar das Triebwerk arbeitete noch.

Ich zögerte nicht länger. Es war einwandfrei ersichtlich, daß der Transporter auf die Atmosphäre zustürzte.

Weitere Treffer ließen lange Feuerzungen aus dem Rumpf hervorbrechen. Unsere Schutzschirme wehrten die Energie ab; aber mir war, als wolle das sterbende Schiff unsere stolze LUVINNO mit ins Verderben reißen.

Ich erhob die Hand. Tilta lag neben mir im Andrucksessel. Er nickte nur und übernahm endgültig die Führung des Schweren Kreuzers.

Wi lösten uns von der unteren Rumpfwandung des Diskusraumers. Ein kurzer Schubstoß der Triebwerke brachte uns noch weiter weg, und dann drückte Tilta auf den Knopf des Impulszünders.

Im Konverterraum des rotglühenden Wracks explodierte die leichte Fusionsladung. Der Frachter zerplatzte wie eine Seifenblase, und wir wurden von der Druckwelle mit erhöhter Fahrt davongewirbelt.

Alles weitere übernahm die programmierte Automatik.

Schlingernd und um unsere Achsen wirbelnd, schwenkten wir auf Kurs ein. Jetzt waren wir zu einem Bruchstück des explodierten Schiffes geworden. Niemand verfolgte uns! Niemand bemerkte das schnelle Anspringen unserer Maschinen, und niemand fing den Rafferfunkspruch auf, der vollautomatisch abgestrahlt wurde.

Bis jetzt war das Unternehmen gelungen. Das Eintauchen in die obersten Schichten der Gatasatmosphäre geschah mit viel zu hoher Fahrt. Die Automatik ließ das Schiff in einer sehr steilen Bahnkurve fallen. Dabei umkreisten wir die Hälfte des Planeten und glitten immer tiefer in die Lufthülle hinein. Fraglos wurden wir geortet; aber wer sollte schon auf den Gedanken kommen, daß sich in dem abstürzenden Bruchstück ein siganesischer Kreuzer verbarg.

Den Beobachtern boten wir das Bild eines weißglühenden Metallklumpens, der infolge der Lufttreibungshitze verdampfte. In der Tat mußten wir sämtliche Kraftwerke auf die Abstoßfelder schalten, um nicht gleich einem Meteor in Dämpfe aufgelöst zu werden.

Tilta winkte. Da wußte ich, daß die aufgeschweißten Bleche abgeschmolzen waren. Zu jener Zeit stürzten wir aber schon senkrecht auf den Ozean nieder. In zehn Kilometern Höhe sprachen die Triebwerke erneut an. Der rasende Fall wurde innerhalb von wenigen Sekunden so abgebremst, daß wir mit einer Restfahrt von nur hundert Stundenkilometern aufschlugen.

Wir spürten nichts von dem Aufprall, der von den Andruckabsorbern vollkommen neutralisiert wurde. Nur die Bildschirme verdunkelten sich augenblicklich.

Die Automatik schaltete die Triebwerke ab. Nach dem Donnern und Tosen wirkte die plötzliche Stille wie eine körperliche Belastung.

Es dauerte eine Weile, bis wir die typischen Entspannungsgeräusche der heißgelaufenen Maschinen hörten. Das bewies mir, daß mein Gehör nicht gelitten hatte.

Draußen wurde es immer dunkler. Nach einiger Zeit berührte die LUVINNO in knapp zweitausend Metern Tiefe den Meeresboden. Sie wurde von den Schubstabilisatoren aufgerichtet und auf die ausgefahrenen Landebeine gestellt.

Es wurde noch stiller. Niemand sprach ein Wort, bis ich meinen Andrucksessel zurückklappte und aufstand.

Die Bildanlage hatte automatisch auf Infrarotbeobachtung umgeschaltet. Die Schirme wurden wieder belichtet.

Wir lagen auf einem Unterseeplateau, das rechts und links von bizarr geformten Felswänden umschlossen wurde.

„Gelungen!" rief Tilta aus. „Ich glaube nicht, daß man Verdacht geschöpft hat."

„Ist das Schiff in Ordnung?" warf ich ein. „Der Aufprall war hart, auch wenn wir ihn nicht spürten. Laß die Schiffshülle überprüfen, Bruder Tilta. Man soll vor allem auf die Düsenblenden achten. Der Wasserdruck ist in dieser Tiefe erheblich."

Tilta richtete sich zur vollen Größe seiner 19,11 Zentimeter auf und versuchte, mich von oben herab zu mustern.

„Bruder Danger...", begann Tilta mit erhobener Stimme. „Bruder Danger, *mein* Schiff besteht aus bestem Terkonitstahl, dessen Festigkeit die des alten Arkonstahls ums Zwölffache übertrifft. Wenn ich die geringste Befürchtung gehabt hätte, die mit der Aufprallgeschwindigkeit von nur hundert Stundenkilometern verbundene Materialbelastung hätte schädlich sein können, so darf ich klarstellen, daß ich rechtzeitig für eine Umprogrammierung...!"

Ich wartete ergeben, bis der offensichtlich gekränkte Kommandant seinen technischen Vortrag über die Qualitäten der LUVINNO beendet hatte.

Anschließend sagte ich „Danke" und wandte mich ab. Tilta sah mir sprachlos nach. Major Mogo lächelte in respektwidriger Weise, was ihm einen zurechtweisenden Blick eintrug.

Ich bestand trotzdem auf einer Überprüfung der Außenzelle und der empfindlichen Inneneinrichtungen, obwohl es dort infolge der hochwirksamen Andruckneutralisation bestimmt keinen Bruch gegeben hatte.

Tilta zürnte mir noch nach zwei Stunden. Meinen Befehl, die Mannschaft in der Zentralmesse zu versammeln, beantwortete er mit einem knappen: „Jawohl, Sir!"

Dazu muß ich bemerken, daß Siganesen, die auf dem gleichen Bildungsstand stehen, einander grundsätzlich mit „du" und „Bruder" ansprechen.

Seufzend schaltete ich ab. Ich hatte wieder einmal vergessen, daß die Männer meines Volkes wesentlich sensibler sind als meine terranischen Freunde. Das kommt aber auch nur daher, weil es für einen Siganesen undenkbar ist, in technischer Hinsicht einen Fehler zu begehen.

Zweihundert Männer, zumeist Wissenschaftler und Spezialtechniker für Ausrüstungsfragen, versammelten sich in der Messe.

„Unsere Aufgabe liegt darin, die LUVINNO in Sicherheit zu bringen", schloß ich meinen Vortrag ab. „Dazu ist es erforderlich, an irgendeiner Steilküste einen unterseeischen Hohlraum ausfindig zu machen, der als Stützpunkt ausgebaut werden kann. Für die Techniker werden sich Probleme aufwerfen. Die Eingangsöffnung soll wegen der Schwierigkeiten mit dem wasserdichten Verschluß möglichst klein sein, jedoch noch groß genug, daß ein terranischer Riese hindurchkriechen kann. Der Kreuzer muß vor der zu errichtenden Schleuse sicher verankert werden.

Eine widerstandsfähige Direktverbindung zwischen Schiff und Unterwasserhöhle muß hergestellt werden. Die Arbeiten werden schätzungsweise sechzig Stunden in Anspruch nehmen. Wegen der großen Ortungsgefahr darf das Schiff niemals auftauchen. Die Höhle können wir sicherlich finden, aber wir begeben uns erst dann auf die Suche, wenn ich Verbindung mit dem USO-Spezialisten Melbar Kasom aufgenommen habe. Er ist der einzige Mann unter den fünfzig Gefangenen, der ein siganesisches Mikrogerät bei sich trägt."

„Natürlich ein siganesisches Mikrogerät", sagte unser Chefphysiker ironisch. „Du wirst zum Zwecke einer Funkverbindung auftauchen müssen, Bruder Danger."

Ich nickte bekümmert. Chefphysiker Tranto Telra, einer der wenigen Siganesen, der außer mir einen Doppelnamen führte, hatte die Schwierigkeiten erkannt.

„Als was?" erkundigte sich Hosokal, unser Maskeningenieur. Hosokal hatte bisher all meine Einsatzanzüge erschaffen; unter anderem auch den Kubu-Vogel, mit dem ich auf Haknor den ersten Zellaktivator entdeckt hatte.

„Als was?" wiederholte ich, und mein Blick irrte über die aufmerksam zuhörenden Brüder. „Als was wohl, Freund! Wir haben keine Ahnung, wie die gatasische Tier- und Vogelwelt aussieht. Wir haben auch nicht genügend Zeit, eine für mich passende Vogelart ausfindig zu machen und die Gewohnheiten des Geschöpfes zu studieren. Selbst wenn die Konstruktion einer Vogelmaschine schnell genug gelänge, bliebe mir keine Zeit, um die betreffende Gattung zu imitieren. Ich würde Fehler machen und auffallen."

„Ich habe an Fische gedacht", meinte Hosokal sinnend. „Wir sehen

124

uns danach um, Bruder Danger. Mehr als schwimmen können sie nicht, da brauchst du keine Charakteristika zu beherrschen. Wir werden allerdings etwas Zeit benötigen."

Oberst Tilta erhob sich und trat nach vorn. Würdevoll sah er sich um, bis sein Blick auf mich fiel.

„Ich bin kein Spezialwissenschaftler der USO, Bruder", sagte er tönend. „Ich würde aber an deiner Stelle Mannesmut beweisen und meine ungeheuren Körperkräfte einsetzen."

„Danke, Bruder 9", entgegnete ich deprimiert.

Tilta nickte bekräftigend und schüttelte die Fäuste.

„Nimm ein Flugaggregat mit Deflektorgenerator und bringe den Flachköpfen Manieren bei."

Tilta war heftig ergrünt. Mit leuchtenden Augen sah er sich um, bis Chefphysiker Tranto Telra mit einer Spur von Hohn in der Stimme einwarf:

„Deflektorschirme können geortet werden, desgleichen energieab-hängige Flugaggregate. Wir sind die Geheimwaffe der Menschheit, und wir haben geheim zu bleiben – das heißt also undentdeckt und unerkannt. Bruder Danger, du wirst in einer solchen Maske nach oben gehen müssen, daß man dich unter keinen Umständen ausfindig machen kann. Du darfst nicht als Mensch erkannt werden."

Ich dankte dem kleinen Denker mit einem Kopfnicken. Tranto Telra hatte das ausgesprochen, was mir meine USO-Schulung schon als selbstverständlich vorgeschrieben hatte.

„Nun denn", seufzte ich, „laßt uns ans Werk gehen, Brüder. Die LUVINNO bleibt vorerst in dieser Meerestiefe. Hier sind wir vor einer Entdeckung sicher. Bruder Hosokal – ich nehme den vorbereiteten Tarnanzug. Es bleibt keine andere Wahl."

Die Männer sahen mich entsetzt an. Hosokal erhob sich und winkte den Technikern seines Teams zu.

Ich dagegen konnte nicht mehr daran zweifeln, daß es keine andere Lösung gab. Die auf Apas verwendeten Hypnogeräte konnten nicht mehr verwendet werden, da sie sich als unzuverlässig erwiesen hatten. Ich mußte eine Maske wählen, die wir tadellos herstellen konnten.

Es handelte sich um die Nachahmung eines Säuglings aus dem Volk der Blues. Ich mußte ein Kleinkind spielen, das Land betreten und schleunigst meine Funkanrufe an Melbar Kasom absetzen. Niemand konnte ahnen, wo man die Häftlinge eingesperrt hatte.

Die genauen Daten über gatasische Kleinkinder waren bekannt. Die auf dem Planeten Apas gelandeten Männer hatten alles an sich genommen, was sie hatten finden können. Dabei waren auch Lehrfilme einer Kinderklinik in unseren Besitz gekommen.

Auf Grund dieser Tatsachen hatten wir uns dazu entschlossen, vorsichtshalber einen Einsatzanzug herzustellen, in den ich gut hineinpaßte und der auf Gatas nicht auffallen konnte.

Außerdem erledigten sich die Sprachschwierigkeiten durch diese Maske von selbst. Gatasische Kleinkinder können ebensowenig sprechen, wie terranische oder siganesische Babys.

Melbar Kasom

Mein Problem besteht nicht mehr darin, möglichst schnell die Freiheit zu erlangen, sondern zu überleben.

Eigentlich hätten wir uns denken können, daß die Blues nicht nur an unserem Wissen über die Menschheit interessiert sind. Sie wollen auch alles über unseren organischen Aufbau erfahren; wie wir denken, atmen, sprechen, essen, reagieren – wie schmerzempfindlich wir sind.

Es ist ganz natürlich, daß man bei der Entdeckung eines neuen Volkes erst einmal die Biologen einschaltet – nur wird das bei uns Menschen wesentlich sanfter und humaner erledigt, als es die Tellerköpfe für notwendig hielten.

Zu ihrer Entschuldigung will ich annehmen, daß sie nicht wissen, was sie tun. Vielleicht besitzen sie ein Nervensystem, das auf Schmerzen ganz anders reagiert als das menschliche.

Immerhin hätten die Blues nach dem zweiten, spätestens aber nach dem vierten oder fünften Experiment bemerken müssen, wie sehr sie meine Kameraden quälten. Da man die Versuche trotzdem fortgesetzt hat, bin ich zum unversöhnlichen Feind dieser Wesen geworden. Ich weiß zwar nicht, welche Informationen die Blues über die Terraner besitzen, aber ich nehme an, daß sie ziemlich genau über ihre Mentalität und Lebensweise Bescheid wissen. Es ist auch nicht auszuschließen, daß sie einiges über die Stärke des Vereinten Imperiums in Erfahrung gebracht haben, über die galaktischen Positionen wichtiger Imperiumswelten. Auch daß die Terraner inzwischen ein Geheimabkommen mit den Schreckwürmern getroffen haben, könnte ihnen nun bekannt sein.

All dies wäre schlimm, weil es den Gatasern unschätzbare Vorteile verschaffen müßte.

Wir waren fünfzig Mann, als wir auf dem vierzehnten Planeten geschockt wurden und in Gefangenschaft gerieten. Ich weiß nicht genau, ob es dem jungen Leutnant Don Kilmacthomas noch gelungen ist, das USO-Hauptquartier mit dem Hypersender zu erreichen, den ich für USO-Zwecke mitgebracht hatte.

Wenn es dem tollkühnen Jungen unter Einsatz seines Lebens aber noch möglich war, Atlan oder Perry Rhodan darüber zu benachrichtigen, daß ich mit neunundvierzig Männern in Gefangenschaft der Blues geriet, so haben wir noch eine Chance. Niemals wird uns der Lordadmiral oder der Großadministrator vergessen, auch dann nicht, wenn man bereits weiß, daß eine Landung im Verth-System nicht mehr möglich ist.

Ich denke seit Tagen an meine Kollegen von der USO und versuche, einen Weg zu finden, wie man uns befreien könnte. Ich sehe keinen, es sei denn, Atlan hätte sich dazu entschlossen, die einzig denkbare Möglichkeit auszunutzen.

Ich sitze in der Spezialzelle, in die man mich vor acht Tagen sperrte. Dies geschah nach meinem erfolglosen ersten Ausbruchsversuch.

Die Flachköpfe hatten mich unterschätzt. Sie scheinen selbst jetzt noch nicht zu begreifen, daß sie in mir einen umweltangepaßten Ertruser vor sich haben, der mit der Schwerkraft von Gatas jonglieren kann. Man hat mir meinen Mikrogravitator abgenommen.

Das hat zur Folge, daß ich nun unablässig aufpassen muß, nicht meterweise Sprünge zu machen und meine wahren Kräfte zu verraten. Ich warte nur auf einen geeigneten Augenblick, um nochmals zur Tat zu schreiten.

Vielleicht aber ist mein Befreiungsversuch mein Glück gewesen. Von den ursprünglich fünfzig Gefangenen leben noch fünf Mann! Ich zähle dazu. Die Blues haben die anderen zu Tode getestet. Ob man das im USO-Hauptquartier weiß? Ob man überhaupt eine Ahnung hat, daß wir nicht gefallen sind?

Das sind die Zweifel, die seit Wochen in mir nagen. Außerdem denke ich mehr und mehr an meinen kleinen Freund und Kollegen, den ich mit der bereits erwähnten einzigen Befreiungsmöglichkeit in Verbindung bringe.

Dem Schrumpfterraner müßte es doch möglich sein, unbemerkt an Bord eines Bluesschiffes zu schlüpfen, oder sonst etwas zu unternehmen, was einem Menschen von meiner Art unmöglich wäre.

Ich sitze auf dem metallischen Bodenbelag meiner Zelle und denke nach. Nebenan höre ich die vier Gefährten sprechen. Sie werden von mir durch ein Energiegitter getrennt, das den Schall aber durchläßt.

Ich habe bereits versucht, das Feld zu durchdringen, aber es gelang mir nicht.

Meine Gedanken kehren zu Lemy Danger zurück. Wenn der Kurze weiß, daß ich hier auf Gatas weile und mit gemischten Gefühlen an die nächste Untersuchung denke, wird er alle Hebel in Bewegung setzen, um den Chef von einem Einsatz zu überzeugen.

Wie er das Unternehmen allerdings starten will, ist mir völlig schleierhaft; wenn ich nur wüßte, ob Kilmacthomas noch eine Nachricht absetzen konnte! Von den Blues war nichts zu erfahren.

Ich stehe auf und recke die Arme. Spielerisch boxe ich gegen die niedrige Metalldecke des Raumes. Es gibt eine Vertiefung.

Draußen patrouillieren zwei Tellerköpfe. Sie ahnen nicht, wie sehr mich ihre Schlauchhälse dazu verlocken, sie mit einem handfesten Knoten zu versehen.

Ich trete näher vor das Schirmfeld und mustere mich darin. Es wirkt wie ein leicht blind gewordener Spiegel.

Gegen die vier Terraner im Nachbarraum bin ich ein Gigant. Meine Größe von 2,51 Meter und meine Schulterbreite von 2,13 Meter hat sogar die empfindungslosen Blues beeindruckt. Als ich meine 16,3 Zentner bei dem Ausbruchversuch voll einsetzte, stoben sie auseinander wie Ameisen, die ein Bär mit seiner Tatze bearbeitet.

Die Terraner schweigen jetzt.

Apathisch, unrasiert und verschmutzt sitzen sie in einer Ecke. Die sanitäre Anlage, ganz sicherlich für Blues gedacht, stößt schon wieder ätzende Desinfektionsdämpfe aus. Die vier Männer pressen sich Teile ihrer Uniformkombinationen vor Mund und Nase und warten auf das Anspringen der Klimaanlage.

Ich bemühte mich, ihnen mein Mitleid nicht zu zeigen. Erdgeborene Menschen sind schwach und anfällig. Sie werden manchmal bis zu zwei Meter groß, aber dann sind sie so dünn wie junge Bäume und zerbrechlich wie verdorrte Reiser.

Ich erinnere mich an Oberst Mos Hakru, den Kommandanten des Transmitterschiffes TRISTAN. Er gehörte zu den ersten, die auf den Untersuchungstischen der Blues starben. Dann kamen die anderen Männer an die Reihe. Ich wurde wahrscheinlich nur deshalb besser behandelt, weil man mich für ein sehr seltenes und wertvolles Exemplar der menschlichen Gattung hielt.

Damit haben die Tellerköpfe zwar den Nagel auf den Kopf getroffen, aber das kann mich nicht zu Dankbarkeitsbezeugungen verleiten.

Ich gehe in meine Ecke zurück, beule die Metallwand mit einigen Tritten ein und setze mich wieder. Die Parole heißt „abwarten"!

Wenn wir uns auf der Oberfläche des Planeten Gatas befunden hätten, wäre mir wohler gewesen. So aber stecken wir tief unter dem Boden.

Hinter der Trennwand meiner Zelle rauscht Wasser. Es handelt sich um einen der zahllosen Flüsse, die hier auf Gatas die seltsame Eigenart aufweisen, schon kurz hinter der Quelle ihren Lauf unterirdisch fortzusetzen.

Der Planet scheint von tausend mehr oder weniger großen Wasseradern durchzogen zu sein, die zudem noch verschiedene Ebenen einnehmen. Eine seltsame Welt ist das!

Ich gebe es auf, noch länger über unsere Lage nachzugrübeln. Wenigstens ist die Verpflegung einigermaßen gut, auch wenn wir nicht wissen, woraus das grünrote Zeug besteht.

Ich winke den Gefährten zu und drehe mich auf die Seite. Schlafen ist die beste Therapie.

Ehe ich die Augen schließe, stelle ich mir nochmals Lemys Gestalt vor. Wahrscheinlich liegt die grünhäutige Mikrobe auf ihrer lächerlich kleinen Luftmatratze und sinnt darüber nach, wie sie sich wieder einmal wichtig machen kann.

Ich lache still vor mich hin. Eigentlich habe ich den Angeber doch sehr gern, auch wenn er immer versucht, mich durch seine geschliffene Sprache und spitzfindigen Bemerkungen in Mißkredit zu bringen.

Schön – ich kann eben nicht so wohltönende Worte finden wie der Kurze; aber dafür bin ich ein ehrlicher und grundanständiger Mann, dem es fernliegt, Lemys Angebereien nachzuahmen. Das hat ein Prachtmensch von meiner Art überhaupt nicht nötig. Ich wirke allein durch die elementare Überzeugungskraft meiner Persönlichkeit.

Ich werde müde. Das Rauschen des Wassers wirkt einschläfernd. Vor der Zelle bleiben die Blues stehen und sehen herein. Mein Spezialraum gehört ebenfalls zu dieser großen Zelle, aber man hat mich ja – wie erwähnt – durch die Energiegitter von den Freunden abgeriegelt. Ich bin sozusagen der Bewohner der hintersten Ecke.

Ich drehe den Flachköpfen den Rücken zu und beginne zu schnarchen. Sorgfältig bette ich das Ohr mit dem eingebauten Mikrofunkgerät auf die flache Hand. So bin ich gegen Geräusche gut abgeschirmt.

Wenn Atlan einen Weg findet, einige Kollegen nach Gatas zu schicken, so werden sie sich über Sprechfunk melden. Die Herrschaften im USO-Hauptquartier müssen sich allerdings beeilen, oder es gibt auf Gatas keinen lebenden Menschen mehr.

Ich fuhr auf. Mit der Reaktionsschnelligkeit eines Ertrusers erkannte ich die Ursache des Stechens in meinem Schädel. Der Alarmvibrator des Mini-Funksprechgerätes hatte angesprochen. Die Schwingungen wurden schmerzhafter, je länger man nicht darauf reagierte.

Unauffällig drückte ich den Finger gegen die Vertiefung hinter dem Ohr. Damit wurde das Gerät gleichzeitig auf Sendung geschaltet. Auf Empfang hatte ich es schon vier Wochen lang stehen.

Auf der USO-Akademie erlernt man die Kunst zu sprechen, ohne dabei die Lippen zu bewegen. Dazu ist allerdings ein hochempfindliches Kehlkopfmikrophon erforderlich, das man mir vor Jahren unter der Haut eingepflanzt hatte.

Ich konnte kaum meine Erregung zügeln. Wer sendete das Anruf-zeichen auf der Geheimfrequenz der USO? Die einfach lichtschnelle Kurzwelle konnte nur mit hochwertigen Spezialgeräten beherrscht werden. Außer den siganesischen Mikrogenies konnte niemand diese Apparate bauen.

„Kasom, wer ruft?" meldete ich mich.

Ich vernahm ein Gelächter, das mir das Blut in die Stirn trieb. Ich wußte nicht, ob das nun aus Freude und Erleichterung, oder wegen des Gedankens an den hämischen Kurzen geschah. *Niemand* außer ihm konnte derart schrill lachen.

„Dein Vorgesetzter, mein Lieber – dein Vorgesetzter", sagte das Stimmchen. Es klang wie das Flöten eines Vogels, nur pflegte die siganesische Menschenimitation nicht so anschmiegsam zu sein wie ein Vogel.

Ich beherrschte mich. Lemy schien nicht zu ahnen, wie verzweifelt unsere Lage war. Wahrscheinlich wollte er langatmig erklären, durch welches Heldenstückchen er auf den Planeten gekommen wäre. Ich versuchte, die Angeberei zu unterbinden.

„Notruf Stufe drei", gab ich durch. „Die Lage ist katastrophal. Es leben noch fünf Mann von fünfzig. Schnellste Hilfe erforderlich. Keine Erklärungen. Ich bin froh, etwas von dir zu hören. Hast du verstanden?"

Lemy konnte sich erstaunlich schnell auf eine Situation einstellen. Eben mochte er noch im Sinne gehabt haben, Unwesentliches vor dem Wesentlichen zu sagen; aber jetzt wurde er schlagartig zum USO-Spezialisten.

„Ich bin fassungslos. Nicht damit gerechnet. Telegrammstil anwen-den. Hat man Testversuche unternommen?"

Ich atmete innerlich auf. Das war die andere Seite im Charakter des kleinen Angebers. Wenn es darauf ankam, reagierte der Kurze schneller als jeder Mensch – außer Ertrusern natürlich.

„Jede Menge, biologische, chemische, medizinische und physikali-sche mit allen dazugehörenden Nebengebieten. Verhöre ebenfalls. Die Blues haben viel über das Imperium erfahren. Die Männer konnten nicht schweigen. Man verwendet einen Lösungsdetektor, der den Willen ausschaltet. Ein Verhör dieser Art endet tödlich."

„Schrecklich. Wir ahnten nichts davon. Die Nachricht von eurem Mißgeschick stammt von einem Mann namens Don Kilmacthomas. Er ist gefallen."

„Er war ein Weltraumgreenhorn, aber ein tapferer Bursche. Wo befindest du dich?"

„Auf der Oberfläche."

„Großartig. Hast du Karten vom Planeten?"

„Sehr genaue. Wir haben einen Punkt angesteuert, der nahe der wahrscheinlichen Hauptstadt liegen muß. Nach den Angaben der Karten muß ich mich jetzt in einem Stadtzentrum befinden, das man ‚Block der achtzehn Vorsichten' nennt. Städtenamen kennen die Gataser nicht. Mit den ‚achtzehn Vorsichten' ist die Regierung gemeint."

Ich konnte meine Erregung kaum zügeln. Lemy war in unmittelbarer Nähe. Er hatte durchaus logisch gehandelt, als er den Regierungsblock ansteuerte. Hier lagen die Ministerien und wissenschaftlichen Zentren des gatasischen Reiches, desgleichen die Zentrale der „neunzehnten Vorsicht". Unter diesem Begriff verstand man die allgegenwärtige Geheimpolizei.

„Gut überlegt", antwortete ich schnell. Dabei überblickte ich prüfend die Zelle. Die vier Terraner schliefen. Es war alles ruhig. Wir wußten hier unten nie, ob es Tag oder Nacht war.

„Du kennst die Begriffe?" fragte der Kurze an.

Ich nickte unwillkürlich und bestätigte.

„Block der achtzehn Vorsichten ist das Regierungszentrum, in das man so wichtige Leute wie uns natürlich brachte."

„Das dachten wir uns. Eine verständliche Reaktion der Blues. Bist du unten oder oben?"

Ich lehnte mich gegen die Wand und richtete den Blick nach draußen. Wenn ich mich anstrengte, konnte ich durch die Energiesperre hindurchsehen und den Gang überblicken, der vor der durchlöcherten Metallwand lag. Es handelte sich dabei um die auf Gatas übliche Tür; Gitter wurden nicht verwendet.

Der Kurze wußte also auch schon, daß die Welt Gatas mit vierzehn Milliarden Einwohnern völlig übervölkert war; kein Wunder bei der ungeheuren Fruchtbarkeit der Blues.

132

Sämtliche Wohnsiedlungen lagen auf der Oberfläche, doch auch dort waren sie schon so dicht gestaffelt, daß ein Block beinahe den nächsten überlappte.

Unter dem Boden war eine zweite Welt entstanden. Es war fast so wie auf dem irdischen Mond oder Arkon III. Eine Fabrik reihte sich an die andere. Alle wichtigen Zentren, angefangen vom Regierungssitz bis zum Büro der Stadtreinigung, waren untergatasisch angelegt worden. Es war ein unbeschreibliches Labyrinth; ganz typisch für die Nervenzelle eines Sternenreiches.

„Ich befinde mich unter dem Boden, Tiefe etwa dreihundert Meter. Ein Untergrundfluß fließt am Zellentrakt vorbei. Er muß riesig sein. Einige hundert Meter entfernt mündet er in einen See, der ungefähr kreisförmig ist und etwa achtzig Kilometer durchmißt. Ich habe ihn gesehen."

„Bei welchem Anlaß?"

„Verhör im Zentrum der Geheimpolizei. Die Gebäude stehen auf einer Insel, die wiederum mitten in dem untergatasischen See liegt."

„Ein ausgedehnter Gebäudekomplex?"

„Sehr ausgedehnt. Die Insel ist bis zu den Ufern bebaut. Eine von Kraftfeldern gehaltene Schwebestraße führt von meinem Gefängnis aus hinüber. Man nennt die Straße ‚Pfad der letzten Klarheit‘."

Lemy stieß einen Ruf aus. Dann atmete er heftiger.

„Kenne ich aus den Unterlagen. Es handelt sich um den Weg zum Zentrum des Geheimdienstes."

„Das scheint ein abschreckender Begriff für alle Unzufriedenen im gatasischen Imperium zu sein. Die Verhöre erfolgten dort, desgleichen die Testuntersuchungen. Kannst du dir ungefähr vorstellen, wo wir uns befinden?"

„Ja, die Schwebebrücke ist der entscheidende Anhaltspunkt. Wie bist du untergebracht?" Ich erklärte es ihm.

„Verstanden. Die Sicherheitsmaßnahmen?"

„Relativ harmlose Energiegitter; Stahlwände mit willkürlich eingestanzten, etwa handgroßen Löchern von Sechseckform. Sie dienen als Lufteinlaß und Beobachtungsöffnungen. Die Türen schieben sich nach rechts auf, betrachtet vom Standpunkt eines Mannes, der davor steht. Sie werden mechanisch bewegt."

„Mechanisch?" wunderte sich der Kurze.

„Ja, beachte das! Es müssen kleine E-Motoren eingebaut sein. Entweder verwendet man Seilzüge oder Zahnstangen. Das konnte ich noch nicht herausfinden. Man kann die Schiebetüren aber auch mit der Hand bewegen."

Die informatorische Aussprache dauerte noch eine Viertelstunde. Ich teilte dem Kurzen mit, was ich entdeckt hatte. Er sprach dagegen kein Wort darüber, wie er auf diese Welt gekommen war, ob er ein Raumschiff besaß, einen Transmitter, oder wo sich sein Stützpunkt befand.

Ich fragte auch nicht danach. Ein Mann, der in der Gewalt der Blues war, durfte nicht zuviel wissen, wenn er seine Kollegen nicht gefährden wollte.

Plötzlich brach Lemy mitten im Wort ab. Ich vernahm nur noch einen schrillen Ausruf, schon mehr einen Schrei, und dann wurde es still. Nur mein Mikrolautsprecher rauschte noch.

Ich rief nach dem Kurzen, aber er meldete sich nicht mehr. Zutiefst beunruhigt, wanderte ich in der engen Zelle auf und ab. In aufsteigendem Zorn schlug ich mit solcher Gewalt gegen den Energieschirm, daß ich mit der Faust hindurchstieß. Von rasenden Schmerzen gepeinigt, riß ich die Hand zurück. Ich konnte aber keine Brandspuren entdecken.

Stöhnend legte ich mich wieder auf den kahlen Boden. Man hatte uns noch nicht einmal eine Sitzgelegenheit bewilligt. An eine Lagerstatt war gar nicht zu denken.

Was war mit dem Kleinen geschehen? Hatte man ihn entdeckt? War unsere Sendung doch aufgefangen und Lemys Gerät angepeilt worden? Wenn ja, hatte ich bald Besuch zu erwarten. Ich machte mich auf meinen letzten Gang gefaßt. Ein Detektorverhör würde auch ich nicht überstehen.

10. Lemy Danger

Mein Training mit dem neuen Tarnanzug war dürftig gewesen. Ich hatte es gleich gemerkt, als ich das Tauchboot verlassen hatte, um ans Ufer zu steigen.

Koko, mein Spezialroboter, war an Bord geblieben, um auf meine Rückkehr zu warten.

Jetzt stand ich am Rande einer weiten Bucht und suchte nach einem Busch oder einer anderen Pflanze, hinter der ich hätte in Deckung gehen können.

Der Tarnanzug war riesenhaft und bestand aus einer perfekten Bioplastmaske, die flüchtigen Untersuchungen standhalten würde. Die Neugeborenen der Blues waren durchschnittlich 12 bis 15 Zentimeter lang, aber sie wuchsen sehr rasch. Nach drei Monaten konnten sie sich bereits kriechend fortbewegen. In dem Stadium waren sie schon 40 Zentimeter groß.

Ich wollte nicht nur kriechen, sondern wenigstens schon etwas laufen können. Also hatten wir eine Babytarnung entwerfen müssen, die einem sechs Monate alten Blue entsprach. Dadurch mußte ich aber wenigstens 65 Zentimeter groß sein.

Ich sah mich vorsichtig um. Meine Sichtöffnungen waren im breiten Mund des Körpers eingebaut worden. Außerdem konnte ich nach hinten sehen; dazu mußte ich mich allerdings in meiner Maske umdrehen.

Einen Bewegungsmechanismus brauchte ich für diesen Anzug nicht. Meine Beine paßten gut in die Tarnschalen hinein, denn Blues haben sehr kurze Gehwerkzeuge. So konnte ich richtig laufen.

Die Armfolien der Maske machten mir schon mehr Schwierigkeiten. Da wir das Größenverhältnis hatten einhalten müssen, klemmten und kniffen die Ränder unter meinen Achselhöhlen.

Am schwierigsten aber war die Bewegung des Tellerkopfes. Sie geschah mittels einer einfachen Zug- und Druckstangenkonstruktion, die in allseitig bewegbaren Kugelgelenken gelagert war.

Die Steuerhalterungen waren unter meinem Kinn, am Nacken sowie rechts und links meines Kopfes befestigt worden.

Der Hohlraum des Körpers war durch die Montage der technischen Geräte enger geworden als gedacht.

Hinter meinem Rücken hingen die Laderbank, die Abschirmungsprojektoren und das Gebläse der Klimaanlage. Gatas war eine heiße Welt. Ohne den erfrischenden Luftstrom und die Absaugvorrichtung hätte ich mich wie in einem Brutkasten gefühlt.

Vor meiner Brust war das Funkgerät installiert worden. Einen Wassertank besaß ich auch, und der Konzentratbehälter mit der automatischen Nahrungszuführung vollendete die Innenausstattung.

Dieser Aufwand hatte zur Folge, daß ich wie eine Sardine eingeklemmt war. Der Hohlraum des Tellerkopfes war den Ingenieuren so verführerisch erschienen, daß sie es nicht hatten unterlassen können, dort einen kleinen Hubkreisler unterzubringen.

Vor dem Start hatte ich stundenlang Gehversuche gemacht. Ich durfte nicht zu sicher laufen, aber auch nicht unbeholfener als ein wirkliches Kleinkind.

Über dem Gesäßteil des Tarnanzuges trug ich eine Art Windelpakkung, die ich im Gefahrenfalle mit dem Vorrat des Wassertanks anzufeuchten hatte. Ich hatte mich kolossal geschämt, als die Wissenschaftler eine Vorführung verlangten.

Sonst war ich völlig unbekleidet. Von außen betrachtet glich ich einem putzigen und zugleich monströsen Geschöpf mit einem blaubepelzten Körper, faltigem Schlauchhals und heftig wippendem Kopf. Halbjährige Blues können die ohnehin dürftige Strangmuskulatur noch nicht sicher beherrschen.

Diese Einsatzmaske war eine Plage! Sie demütigte mich mehr als die Imitation eines terranischen Kapuzineraffen, den ich einmal hatte spielen müssen. Damals hatte mich Melbar Kasom zwei (!) Stunden lang tanzen und die Trommel schlagen lassen. Ich glaube jetzt noch den Klang seiner wurmstichigen Orgel zu hören.

Kleine Leute wie ich sind eben dafür bestimmt, alle möglichen Geschöpfe darzustellen. Ein Baby hatte ich allerdings noch nie gespielt. Mein Mannesstolz lehnte sich dagegen auf. Ich war entschlossen, jeden zu zerschmettern, der wegen dieser dienstlichen Notwendigkeit über mich lachen sollte.

Auch Sie, meine terranischen Freunde, möchte ich dringend ersuchen, bei meiner aufrichtigen Schilderung der Sachlage daran zu denken, daß in dieser Maske das Herz eines starken Kämpfers für die Menschheit schlug!

Koko, der mechanische Narr, kicherte immer noch. Das hatte ihm Chefphysiker Tranto Telra beigebracht. Ich stand mit dem Mikroroboter in Funksprechverbindung. Unsere höchstempfindlichen Geräte arbeiteten mit nur 0,005 Watt, einer Sendeenergie, die man wahrscheinlich nicht orten konnte. Das trauten wir den Blues technisch nicht zu.

Kokos Birnenschädel ragte mit den Augenlinsen aus dem Wasser. Weiter rechts erstreckten sich Gebäude. Landungsstege für Wasserfahrzeuge erweckten meine Aufmerksamkeit. Noch verlockender war allerdings eine Grünanlage, die eine weit in das Meer vorragende Landzunge bedeckte. Dort sah ich zahlreiche Blues stehen.

Ich mußte mir einen Aufenthaltsort suchen, den ein Baby in diesem Alter für reizvoll hielt. Grasähnliche Gewächse, gelber Sand und Wasser erschienen mir genau richtig.

Ich wartete eine gute Gelegenheit ab und spurtete zum nächsten Busch. Als Deckung benutzte ich die überall umherliegenden Steine. Während des Laufes klappte ich den Hals nach vorn. Dadurch drückte sich der flache Schädel gegen meine Brust.

Keuchend kam ich an. Ich ließ mich zu Boden plumpsen, zog vorsichtshalber die Waffe und streckte den rechten Arm in die Hülle zurück.

Niemand beachtete mich. Zu meiner Freude bemerkte ich, daß noch mehrere eingeborene Sprößlinge in der Nähe waren. Dies schien ein Erholungsort zu sein, denn anderswo konnte ich nirgends eine Pflanze entdecken.

Der „Block der achtzehn Vorsichten", wie man die Hauptstadt nannte, war ein Gewirr von schmucklosen Hochhäusern, deren Architektur von der auf Apas zum Teil erheblich abwich, Kuppelbauten und technischen Anlagen, die ich nicht verstand. Sie interessierten mich auch noch nicht. Jetzt wollte ich erst einmal versuchen, mit Melbar Kasom Kontakt aufzunehmen.

Vorher blickte ich mich nochmals um. Ich war gut gedeckt. Eigentlich konnte mich niemand sehen.

Kasom meldete sich nach dem zweiten Anrufzeichen. Ich war erschüttert, als ich von dem Tode der fünfundvierzig Terraner hörte. Es war fürchterlich.

Wir hätten alles getan, um die wertvollen Gefangenen am Leben zu erhalten. Testversuche wären mit äußerster Vorsicht unternommen worden. Hier hatte man unsere Männer der Reihe nach geopfert.

Ein Luftfahrzeug landete. Ich sah mich erschreckt um, doch dann fesselte mich wieder Kasoms Bericht. Ich mußte schleunigst zur LUVINNO zurück. Es konnte nicht schwierig sein, jenen untergatasischen Fluß zu entdecken, der in den bewußten See einmündete.

Das Dröhnen eines startenden Raumschiffes ließ mich erneut aufblicken. Nur wenige Kilometer entfernt befand sich ein Raumflughafen. Plötzlich hörte ich Kokos quäkende Stimme aus dem Lautsprecher meines Armbandgerätes dringen:

„Paß auf, Sir, hinter dir ist einer."

Ich unterbrach die Verbindung mit Kasom und dachte unlogischerweise an Kokos dreiste Sprache. Er duzte mich, sagte aber „Sir". In dieser Hinsicht, aber auch nur in dieser, war das neueste Meisterwerk siganesischer Mikrotechnik ein Versager. Außerdem regte mich das Quäken auf.

Eine Hand erfaßte mich. Instinktiv begann ich zu schreien, machte dabei jedoch den Fehler, den Maskenschädel verkehrt zu bewegen. Die Zugstangen glitten nach unten und mein „Kopf" prallte auf die Brust.

Anschließend vernahm ich so fürchterliche Schreie, wie ich sie selten gehört hatte. Entsetzt sichtete ich mehr als zwanzig Blues, die im Eiltempo auf mich zukamen und dabei die Hände in die Luft warfen.

Ich wurde nervös und beging bei der Bedienung meiner Maskentechnik Fehler über Fehler. Einmal schrumpfte mein Hals zusammen; dann streckte ich ihn aus, und der Tellerschädel schlug dröhnend irgendwo an.

138

In letzter Verzweiflung zog ich den rechten Arm aus der Hülle zurück, um wenigstens meine Waffe ergreifen zu können.

Die Folge davon war, daß die Armverkleidung plötzlich leblos am Körper herabbaumelte. All dies geschah in einer völlig entwürdigenden Haltung, denn jemand hatte mich am Pelz nahe der Schulter gepackt und hochgehoben. So hing ich zappelnd und schreiend in dem eisernen Griff eines erwachsenen Blues, der obendrein noch eine Uniform trug. Das aber erkannte ich jetzt erst. Ich steckte die Waffe in den Gürtel zurück und schob wieder die Hand in die Armhülle. Dabei entglitt mir der Kopf erneut.

„Aus", gab Koko durch. „Ich habe hier einen Simultanübersetzer. Ich verstehe jedes Wort. Sie halten dich für eine Frühgeburt, Sir. Eben kommt ein Rettungswagen. Junge, die sind aber um dich besorgt, Sir! Du mußt den Hals steifer halten. Einer sagt, du hättest eine Muskelschrumpfung in einem Ding davongetragen, das sich wie ‚shripzif' anhört. Verdammt – wo hast du einen ‚shripzif', Sir?"

Ich wurde bald wahnsinnig. Kokos unanständiger Kraftausdruck, den er von einem stets grinsenden Terraner auf ESS-1 aufgeschnappt hatte, regte mich unter diesen Umständen besonders auf.

Meine Menschenwürde wurde aufs Schlimmste angetastet.

„Zu leicht bist du auch noch, Sir", meldete sich Koko erneut. „Ich höre alles mit dem Horchpeiler. Die Übersetzung ist Klasse. Ah – sie sagen, du hättest eine Stauung, weil du zu trocken bist. Verdammt, Sir, mache endlich deine Windeln naß, oder du fällst noch mehr auf. Hoho – da kommt ein Kollege von mir. Paß auf, er will dir eine Spritze geben. Mensch, Sir, halte den Hals steif und ziehe deine Sitzgelegenheit ein. Jetzt spritzt er."

Ich hatte zu meinem Entsetzen einen vielarmigen Roboter erkannt, in dessen Klauen ich kardanisch aufgehängt wurde.

Eine Hand stützte meinen Kunsthals und zog ihn lang. Mir wurde durch das mitlaufende Steuergestänge der Kopf so nach hinten gerissen, daß ich meine Genickwirbel krachen hörte.

Dann zischte ein Flüssigkeitsnebel durch die Umhüllung des Kunststoffskeletts. Einen Teil davon atmete ich ein, und da schrie und hustete ich ganz von selbst.

„Ich lasse dich verschrotten, du widerliche Fehlkonstruktion!"

„Wann, Sir?" fragte Koko ganz logisch zurück. Er hielt es für einen Befehl, und Befehle befolgte er immer. Sonst war er aber sehr naseweis.

Gleich darauf wurde ich von der Blues-Maschine zu einem Fahrzeug getragen. Wie der Robot eigentlich aussah, konnte ich nicht klar erkennen. Ich fühlte nur, daß er für jedes meiner Glieder eine besondere Hand hatte.

Dabei erinnerte ich mich an die Erfahrungsstudie unserer Galakto-anthropologen. Sie hatten aufgrund der ausgewerteten Informationen behauptet, die Blues behandelten ihren Nachwuchs mit größter Sorgfalt und Liebe, obwohl das wegen des ungeheuren Kinderreichtums eigentlich verwunderlich sei. Die weiblichen Blues brachten bei jedem Geburtsvorgang, der etwa drei Monate dauerte, sieben bis acht Nachkommen zur Welt.

Seit Jahrtausenden hatte sie Schwierigkeiten, ihr rasch anwachsendes Volk auf anderen Planeten unterzubringen; aber um das Leben eines der Millionen Neugeborenen kämpften sie mit allen Mitteln. Wenn sie mich tatsächlich für eine Frühgeburt oder für krank hielten, stand mir noch allerlei bevor.

„Ich warte hier, Sir", erklärte Koko. „Du fliegst gleich ab. Man fragt sich, wieso du ohne Aufsichtsperson in den Park kommen konntest. Verdammt, du mußt lauter brüllen. Bluesbabys brüllen immer."

„Wenn du noch einmal dieses Wort gebrauchst, werde ich dich persönlich zerstahlen", sagte ich erschöpft, aber entschlossen. „Benachrichtige Oberst Tilta von meinem Mißgeschick."

„Der wird wiehern, Sir."

„Woher hast du diesen Ausdruck schon wieder?" schrie ich fassungslos.

„Von Gucky, dem Mausbiber, Sir. Er liebt mich, weil ich so niedlich bin. Ich schalte jetzt ab. Reiße dich am Riemen, Sir."

Das konnte auch nur von Gucky stammen.

Wir flogen ab. Der Robot umklammerte mich immer noch. Dabei stieß er so schrille Töne aus, daß mein Gehör schmerzte. Ob das wohl ein Wiegenlied sein sollte?

Ich konnte nicht mehr beobachten, wohin man mich brachte. Mein

Maskenhals steckte seit einigen Minuten in einer Manschette, die ihn geradehielt. Wütend zog ich den Kopf aus dem Steuergestänge zurück und massierte mein Genick. Dazu mußte ich einen Arm aus der Hülle nehmen. Der Robot kreischte noch lauter und begann das leblose Glied zu kneten. Ultrawellen durchzuckten mich. Da steckte ich den Arm wieder in die Schale.

Wir landeten. Eilig wurde ich in einen großen Raum gebracht, in dem zahlreiche wannenartige Behälter standen. Ehe ich die Lage zu meinen Gunsten ändern konnte, hing ich in einem Haltemechanismus, und ein durchsichtiges Dach klappte über mir zusammen.

Mein Körper glitt bis zur Mundöffnung in eine ölige Brühe hinein, die gleich darauf zu wallen begann. Gleichzeitig blendete ein Wärmestrahler auf. Eine schrille Musik ertönte.

Nun wurde ich von der Mechanik langsam aus dem Bad gezogen und wieder untergetaucht. Winzige Robothände massierten meinen Körper. Das wäre ja alles noch erträglich gewesen, wenn es nicht laufend heißer geworden wäre.

Ich stellte mit gebotener Nüchternheit fest, daß ich mich a) in einer Kinderklinik befand und dazu b) in einem Brutkasten, der obendrein noch mit einer physiologischen Flüssigkeit angefüllt war.

Entweder würde man mich darin ersäufen oder durch die ständig steigende Hitze rösten. Meine Sinne drohten zu schwinden.

Mit letzter Kraft befreite ich die Hände aus den Armschalen und schaltete meine Klimaanlage auf höchste Leistung. Es wurde schnell kühler in dem Kunststoffgehäuse, aber die Gefahr des Ertrinkens bestand immer noch.

Plötzlich zuckte ein Blitz aus meiner Strombank. Ich drehte mich so schnell wie möglich um und erblickte eine Hohlnadel, aus der eine grünliche Flüssigkeit hervortropfte.

Die Nadel hatte meine Laderbank durchdrungen. Anscheinend wollte mir die Robotmechanik eine zweite Injektion verabreichen. Ich versuchte, mich vor der verbogenen Spritze in Sicherheit zu bringen. Dazu mußte ich das vor meiner Brust hängende Funkgerät aus den Halterungen reißen.

Keuchend lehnte ich mich gegen das Brustteil der Maske und kämpfte gegen die Selbsterkenntnis an, daß es wahrscheinlich noch besser gewesen wäre, als ganz normaler Mensch auf die Oberfläche des Planeten zu gehen.

Allerdings, so sagte ich mir, wäre unser Einsatz jetzt schon fehlgeschlagen, wenn man mich ohne Tarnung ertappt hätte.

Die physiologische Brühe lief in den Maskenmund hinein. Als ich schon bis zu den Knien darin versunken war, faßte ich einen Entschluß der Verzweiflung. Es war zwecklos, mein Schicksal weiterhin einer Robotautomatik zu überlassen. Ich mußte etwas unternehmen.

Ich stieß meine Waffe fester in das offene Gürtelhalfter, holte tief Luft und riß den Magnetverschluß der Babymaske auf. Sofort drang ein Schwall der Flüssigkeit in das Innere.

Mit einem Hechtsprung verließ ich die ungemütliche Behausung und begann zu schwimmen. Der Behälter war riesig. Der reinste Ozean war das! Prustend durchstieß ich die Oberfläche, und schon wurde ich von den Hitzewellen der Kunstsonne erfaßt. Die Lage wurde äußerst gefährlich.

Trotzdem gelang es mir noch, bis zum Hals des Anzuges vorzudringen und dahinter in Deckung zu gehen. So konnte ich der direkten Bestrahlung wenigstens etwas ausweichen.

Vorsichtig kletterte ich nach oben. In dem unübersehbar großen Saal summten Maschinen aller Art. Es schien ein Brutlabor für Frühgeborene oder schwächliche Individuen zu sein.

Endlich erreichte ich den auf und nieder wippenden Tellerkopf, dessen Verschluß sich nach einem Druck auf den verborgenen Schalter öffnete. Ich kletterte in die Höhlung hinein, ließ den Deckel halb zuklappen und begann hastig die breiten Gurte meines Mini-Hubkreislers anzulegen.

Unterdessen beschäftigten mich allerlei Gedanken. Ich mußte den Tarnanzug so einwandfrei vernichten, daß niemand auf den Gedanken kam, ein Außenstehender wäre dafür verantwortlich zu machen. Die Spezialausrüstung durfte unter keinen Umständen entdeckt werden.

Die Hitze wurde noch unerträglicher, als ich den Kopfdeckel ganz öffnete und meinen Energiestrahler nach oben richtete. Die Kunstsonne war hinter der durchsichtigen Haube angebracht.

Ich streute mit dem Fächerstrahl jenen Sektor ab, der vom Hitzeschwall des Gerätes besonders intensiv getroffen wurde. Blasenwer-

142

fend tropfte das Material nach unten. Mein Tarnanzug begann zu dampfen.

Als das Loch groß genug war, schlug ich die Linke vors Gesicht und schaltete die gegenläufigen Rotoren des Einmann-Fluggerätes ein. Blitzschnell huschte ich durch die Öffnung, umflog den Wärmestrahler und ging dann auf dem Rand der Wanne in Deckung.

Endlich umfächelte mich wieder kühlere Luft. Wahrscheinlich war sie ebenfalls sehr warm, aber für mich bedeutete sie ein Labsal.

Vorsichtig sah ich mich um. In dem Labor war kein Blue zu erspähen. Nach wenigen Augenblicken hatte ich die Schaltanlage der Heizung gefunden. Ich drehte sie auf den höchsten Wert, wartete einige Sekunden und flog dann wieder nach oben.

Dicht über dem Gerät schwebend, nahm ich meinen Einsatzanzug aufs Korn. Er zerschmolz unter der Einwirkung meiner Impulswaffe. Als er vollkommen verbrannt war, flog ich davon. Der Heizstrahler lief immer noch auf vollen Touren. Die Flüssigkeit in dem Bottich kochte.

Ein Robotgerät gab Alarm. Als ich das Jaulen sirenenartiger Lärminstrumente vernahm, ging ich schleunigst hinter den Verkleidungsblechen eines Lüftungsgebläses in Deckung. Es hing dicht unter der Decke. Einen besseren Ort hätte ich nicht finden können.

Mehrere Blues rannten in den Saal. Als sie meinen Bottich erreichten, brachen sie in schrille Schreie aus und warfen wieder die Arme in die Luft. Einer von ihnen sprang an der Wand empor, umfaßte mit seinen siebenfingrigen Händen eine dort angebrachte Stange und blieb reglos hängen.

Anschließend begann er monoton zu singen. Vielleicht war es auch ein Heulen; das konnte ich nicht so genau feststellen. Ich ahnte jedoch, daß der Blue die „weiße Kreatur der Klarheit" anrief. Was das eigentlich war, hatten wir niemals genau herausfinden können.

Ich mußte etwa eine gute Stunde warten, bis sich die Aufregung gelegt hatte. Ein vielarmiger Roboter, der besonders durch seine kugelbäuchige Gestalt auffiel, wurde von den erbosten Ärzten zerstört.

Ich lachte hämisch vor mich hin. Wenn die geahnt hätten...! Anschließend wurde mir das Unwürdige meiner Lage bewußt. Ich entschloß mich, Koko anzurufen. Wenn ich Glück hatte, reichte die Sendeenergie noch aus.

Der Mini-Roboter meldete sich sofort. Seine Stimme war gerade noch zu verstehen. Unter Berücksichtigung meines Gehörs bedeutete das, daß man mich wenigstens zwanzig Kilometer weit ins Innere der Stadt gebracht hatte.

„Bist du es, Sir?" erkundigte sich der Birnenkopf.

„Jawohl, Freund Naseweis", entgegnete ich laut und ärgerlich. „Ich bin es, der Sir. Wo bist du?"

„Im Wasser, Sir."

Ich holte tief Luft und redete mir suggestiv ein, einem hervorragenden Spezialisten der USO solle eine gewisse Selbstbeherrschung nicht schwerfallen.

„Natürlich im Wasser, du Dummkopf. *Wo* im Wasser?"

„Genau dort, wo wir uns getrennt haben, Sir. Das hast du befohlen, Ehrenwort."

„Du sollst nicht diese terranischen Bekräftigungen gebrauchen", schalt ich. „Sie sind meistens unangebracht. Bleibe dort und warte auf mich. Ich komme kurz nach Anbruch der Dunkelheit. Wann geht die Sonne unter?"

„In drei Stunden, zweiundvierzig Minuten und achtzehn Sekunden, Sir", erklärte Koko mit größter Selbstverständlichkeit.

Ich nickte zufrieden. Koko besaß das winzigste Positrongehirn der Galaxis. Unsere Mikrotechniker behaupteten jedenfalls, kleiner ginge es nicht mehr. Wenn aber Siganesen so etwas sagen, dann können Sie sich darauf verlassen, daß man es wirklich nicht mehr besser machen kann. Terraner hätten einen Raum von wenigstens eineinhalb Kubikmeter Inhalt benötigt, um bei kleinstmöglicher Ausführung ein P-Gehirn bauen zu können, das Kokos Qualitäten entsprochen hätte. Wir Siganesen sind eben unschlagbar, wenn es darum geht, in die Welt des Mikrokosmos einzudringen. Sie ist übrigens viel interessanter, als jene des Makrokosmos.

Ich schaltete ab und richtete mich hinter den Verkleidungsblechen häuslich ein. Der Zwischenfall hatte mich erschöpft. Es war eine Unverschämtheit von den Blues, einen Kämpfer von meinem Format derart zu behandeln. Ich nahm mir vor, es ihnen heimzuzahlen.

144

Lassen Sie sich einmal in einen Brutkasten stecken! Da vergehen Ihnen sämtliche Illusionen.

Nach Anbruch der Nacht verließ ich die Klinik durch einen stillgelegten Lüftungsschacht. Im Schutze der Dunkelheit flog ich immer so dicht an den Dächern entlang, daß ich nicht geortet werden konnte.

Eine Stunde nach dem Start erreichte ich Koko, der mich mit den Worten begrüßte:

„Sir, du bist großartig. Tilta hat eine passende Unterwasserhöhle gefunden. Sie ist groß genug, um die fünf Terraner aufnehmen zu können. Ich soll dich sofort nach unten bringen. Hast du sonst noch Befehle, Sir?"

Koko tauchte auf. Sein birnenförmiger Schädel mit den beiden Sehmechanismen war fast so groß wie sein Oberkörper. Wir hatten Koko kein menschliches Gesicht verliehen. Es wäre zu kompliziert gewesen, ihn lächeln oder die Augen bewegen zu lassen.

Da er nur neunzehn Zentimeter hoch war, konnte er für vielerlei Spezialaufgaben eingesetzt werden. Ich hatte einiges mit ihm vor.

„Gehen wir", ordnete ich an. „Demnächst begebe ich mich so nach oben, wie mich Gott erschaffen hat."

„Nackt, Sir? Pfui...!"

Ich holte tief Luft und sah den vorlauten Burschen drohend an. Dann fiel mir aber ein, wie logisch die Miniaturmaschine „gedacht" hat. Natürlich war ich nackt zur Welt gekommen. Wenn man zu Robotern spricht, muß man vorsichtig sein.

11. Lemy Danger

Die letzte Funknachricht von Melbar Kasom war zehn Stunden alt. Ich war der Verzweiflung nahe, auch wenn es sich herausgestellt hatte, daß niemand unseren Nachrichtenverkehr abgehört hatte. Entweder war die aufgewendete Sendeleistung für die Geräte der Blues tatsächlich zu minimal, oder sie kannten unsere Spezialfrequenz nicht.

Kasom hatte mitgeteilt, es stünden neue Verhöre bevor, unter Umständen sogar noch physiologische Testuntersuchungen.

Wir waren mit dem Ausbau des Stützpunktes nicht fertig geworden. Die Schwierigkeiten bestanden darin, den dreißig Meter unter Wasser liegenden Hohlraum druckfest abzudichten und eine geeignete Schleuse einzubauen.

Zuerst hatten wir molekülzersetzende Sprengungen vorgenommen. Sie waren lautlos, erzeugten keine Druckwellen und konnten nicht eingepeilt werden. Das Gestein hatte sich jedoch als porös erwiesen.

Als wir die Robotfräse zur Fertigung der Fassungsnuten angesetzt hatten, war es immer wieder zu Einbrüchen gekommen.

Schließlich hatte ich die Geduld verloren und den Einsatz eines Desintegrators befohlen. Erst damit war es gelungen, glatte Kanten zu erzielen und den engen Durchlaß zu erweitern.

Um ein weiteres Zerbröckeln des fertiggestellten Tores zu verhindern, war eine molekülstabilisierende und gleichzeitig verglasende Thermal-Nuteinschmelzung erforderlich gewesen. Dazu hatten wir ein Schiffsgeschütz einsetzen müssen, obwohl die Gefahr der Energieortung bestand.

Die Falzen waren unter hohem Druck mit Panzerplast ausgegossen worden. Die vorgefertigte Schleuse aus dem gleichen Werkstoff hatte dann thermisch mit dem Bogenfundament verbunden werden können.

Anschließend hatten wir den druckfest abgeriegelten Hohlraum auspumpen müssen. Für ein Schiff von der Größenordnung der LUVINNO hatte das eine gewaltige Aufgabe bedeutet. Etwa siebenhundert Kubikmeter Wasser wollen bewegt sein, wenn die stärksten Turbopumpen nur eine Förderleistung von tausend Liter pro Minute haben. Auf siganesischen Raumschiffen ist man für solche Dinge nicht eingerichtet.

Zur Zeit wurde an der Raumaufteilung und Innenausstattung der Höhle gearbeitet. Zwischen der LUVINNO und der Durchgangsschleuse bestand schon eine Druckröhrenverbindung, die allerdings nur von Männern meines Volkes benutzt werden konnte. Um unverhofften Wassereinbrüchen begegnen zu können, mündeten beide Gangverbindungen innerhalb der Schleuse. So gab es auf beiden

146

Seiten immerhin noch je ein Schott, mit denen Unfälle verhindert werden konnten.

Ich befand mich in der Ausrüstungskammer des Schweren Kreuzers. Hosokals Ingenieure hatten bis zur Erschöpfung gearbeitet, um die notwendigen Einsatzgegenstände für mich herstellen zu können.

Wir hatten einen 1,92 Meter langen, dickbauchigen Fisch mit einem Narkosestrahler einfangen können. Das Ungetüm war ausgenommen worden, bis nur noch Haut, Flossen und Schädel übriggeblieben waren.

Diese Fragmente hatten wir mit einer hochelastischen Kunststoffmasse so ausgegossen, daß die äußere Form des Fisches wiederhergestellt worden war. Der entstandene Hohlraum hatte unser Atom-U-Boot aufgenommen. Der schmale Turm hatte in der steilen Rückenflosse Platz gefunden. Ein präzise gearbeitetes Steuergestänge erlaubte die Bewegung der Flossen und des Rachens, in dem der spitze Bug des Bootes mit den Mündungen der vier Torpedorohre untergebracht worden war.

Hosokals neueste Meisterleistung unterschied sich äußerlich in nichts von einem Wasserbewohner der fremden Welt. Mit diesem „Fischfahrzeug" wollten wir in den untergatasischen Fluß vordringen, um zu versuchen, die fünf Gefangenen zu erreichen.

Eine andere Möglichkeit gab es nicht. Wenn das Unternehmen nicht unter allen Umständen hätte geheim bleiben sollen, hätte ich vielleicht Mittel und Wege gefunden, um mit einer Schar verwegener Männer auf dem Landwege in den Zellenblock einzudringen.

Vielleicht wäre es uns unbemerkt gelungen; denn neuerdings war ich fast davon überzeugt, daß die Blues die schwachen Eigenimpulse unserer Mikro-Deflektoren nicht orten konnten.

Viel schwerwiegender war die Frage gewesen, wie wir die vier Terraner und den Giganten Melbar Kasom hätten in Sicherheit bringen sollen! Niemand von uns hätte die für die Riesen erforderlichen Deflektorgeräte tragen können. Das ist eben der Nachteil, wenn kleine Leute gigantisch gebauten Menschen helfen wollen.

Der Unterwasserweg war der einzig gangbare. Außerdem bot sich mit dem U-Boot ein Transportmittel an, dessen Ladekapazität bei fachgerechter Stauung der Fracht nicht zu verachten war.

Der Druckkörper war zylindrisch mit spitz zulaufendem Heck und Bug. Die lichte Weite betrug 90 Zentimeter und die Länge des Bootskörpers 1,65 Meter. Damit kann man sehr viel transportieren – natürlich nach siganesischen Maßstäben gerechnet.

Ich kletterte aus dem Turmluk. Koko hatte die Maschinenautomatik zu überwachen. Er blieb in der unter dem Turm liegenden Zentrale zurück.

Die Programmierung des Miniaturroboters war abgeschlossen. Allerdings war es uns nicht gelungen, die von ihm aufgeschnappten Redewendungen aus seinem Gedächtnisspeicher zu löschen. Ich hatte auch den Eindruck gewonnen, als wären Tranto Telra und die Kybernetiker seines Teams nicht daran interessiert. Sie schienen sich über den kleinen Robot zu amüsieren. Nun ja – schließlich war Koko ihre Konstruktion.

Die Kraftwerke der LUVINNO schwiegen seit Stunden. Der in die Höhle transportierte Reaktor hatte die Energieversorgung der dort stationierten Maschinen übernommen.

„Neue Nachrichten von Oberleutnant Kasom?" erkundigte ich mich besorgt.

Captain Altro, unser Orter- und Funkoffizier schüttelte den Kopf.

„Leider nicht, Bruder. Ich konnte es nicht mehr wagen, die Funksonde nach oben zu schicken. In dieser Bucht herrscht ein reger Schiffsverkehr. Ich fürchte eine Ortung."

Ich winkte ab. Altro hatte richtig gehandelt. Die Unterwasserhöhle hatten wir in den Steilufern eines Landeinschnittes gefunden, der westlich des Blocks der achtzehn Vorsichten lag.

Den untergatasischen Fluß hatten wir ebenfalls entdeckt. Er mündete zwei Kilometer entfernt in den Ozean. Dort lag der Wasserspiegel des Meeres etwa dreihundert Meter tiefer als das Land. Bei Hochwasser oder Springflut mußte sich das untergatasische Flußbett voll auffüllen. Zur Zeit war Niedrigwasser. Bei einigen Erkundungsfahrten hatten wir festgestellt, daß zwischen dem Fluß und der gewölbten Felsdecke seines Bettes ein Hohlraum von durchschnittlich acht Metern Höhe existierte.

Die Blues schienen diese eigentümlichen Wasserwege als Transportstraßen zu verwenden. Wir hatten immer wieder robotgesteuerte,

148

walzenartige Schwimmkörper entdeckt, die wahrscheinlich festgelegten Bahnen folgten. Hosokal vermutete, es handelte sich um eine umweltbedingte Güterbeförderung. Einige Behälter waren mehr als hundert Meter lang gewesen.

All das konnte mich augenblicklich nicht mehr interessieren. Wir hatten zu viel Zeit gebraucht, um die Unterkunft für die Terraner fertigzustellen. Vorher aber wäre ein Befreiungsversuch sinnlos gewesen.

Wenn unser ausgeklügelter Plan klappte, würden die Männer halbtot hier ankommen. Sie waren dann ruhebedürftig.

Hinter mir begann es zu dröhnen. Der auf einer Lafette liegende „Schiffskörper" vibrierte. Unter dem aufgeklappten Schwanzteil rotierte die Edelstahlschraube, die wir als Hilfsantrieb für langsame Fahrt verwendeten.

Das Haupttriebwerk bestand aus einer Ansaugturbine mit angeschlossenem Thermallader, in dem das Wasser verdampft und unter höchstem Expansionsdruck ausgestoßen wurde. Die Terkonit-Stahlkammer hielt immerhin Belastungen bis zu achttausend Atü aus.

Das Brausen verstummte. Der Fischschwanz klappte wieder nach unten. Chefingenieur Hosokal nickte zufrieden.

„Mit der Leistung wirst du notfalls zehn Terraner mit relativ hoher Fahrt abschleppen können, Bruder Danger. Wir haben getan, was getan werden konnte. Jetzt bist du an der Reihe."

Ich sah auf die Uhr. Es wurde höchste Zeit. Ein schneller Inspektionsgang durch die Unterwasserhöhle überzeugte mich davon, daß die Ausbauarbeiten zügig voranschritten. Oberst Tilta versicherte mir, mit der Kunststoffverkleidung der rohen Felswände in spätestens vier Stunden fertig zu sein. Das Felsgestein mußte vordringlich gegen die unangenehme Nässe isoliert werden. Dafür waren wir aber eingerichtet. Eine halbe Stunde später glitten die Innentore der gewaltigen Schiffsschleuse auf. Das Heulen der aus den Schnellüftern entweichenden Luft peinigte mein Gehör. Das Wasser stand unter hohem Druck, was bei einer Meerestiefe von etwa dreißig Metern auch nicht verwunderlich war.

Die Fluten erfaßten das Boot und rissen es fast aus den Halterungen. In dem Augenblick dachte ich an Melbar Kasom und die vier

Terraner. Wenn wir sie zum Stützpunkt schleppen konnten, so mußten wir sie zwangsläufig in diese Tiefe bringen, ehe wir sie in die Höhle befördern konnten. Es war überaus wichtig, den dort herrschenden Innendruck zu abzustimmen, daß er dem Wasserdruck in dreißig Metern Tiefe entsprach. Eine Entspannung konnte nur langsam vorgenommen werden. Jetzt mußten wir uns auch noch mit Taucherproblemen beschäftigen!

„Fertig, Sir", rief mir Koko zu.

Ich winkte ihm durch das offene Zentraleluk zu und setzte mich in meinem Sessel zurecht. Die Bildschirme der Unterwasserortung arbeiteten schon. Die Bildwiedergabe war scharf und farbig.

Das Magnetfeld stieß uns über die Gleitschienen, und schon befanden wir uns außerhalb des Raumschiffes, das im Verlauf des Einsatzes zu einem Unterseeboot geworden war.

Kokos Maschinenschaltungen waren einwandfrei. Auch wenn er ein naseweiser Bursche war; seine Aufgabe erfüllte er exakt.

Ich nahm Kurs auf die Flußmündung. Die Steueranlage des Bootes war der eines altertümlichen Flugzeuges nachgebildet. Ich konnte mit einem Knüppel sowohl das Normalruder, als auch die Tiefensteuerung bedienen.

„Ausgetrimmt, Boot ist in der Waage", gab Koko bekannt.

„Umschalten auf Wasserstrahltriebwerk", ordnete ich an.

Als das Heulen des expandierenden Dampfes aufklang und weiße Strudel den Heckbildschirm bedeckten, legte ich das Ruder auf die schwenkbare Düse um.

Mit hundert Kilometer pro Stunde glitt das Boot durch die Fluten eines nichtirdischen Ozeans. Als auf den Bildschirmen die Felsformation mit dem tiefen Einschnitt der Flußmündung sichtbar wurde, ließ ich wieder das Schraubentriebwerk anlaufen. Es war in seiner Leistung besser dosierbar als die Hauptmaschine.

Langsam schwamm der „Fisch" auf die mehr als zwei Kilometer breite Mündung zu. Sie wirkte wie eine flache, langgestreckte Ellipse. Nur die obere Wölbung lag über dem Meeresspiegel.

Ich zog es vor, mich so dicht wie möglich über dem Grund zu halten. Langsam fuhr das Boot in die Mündung hinein, und sofort machte sich eine starke Strömung bemerkbar.

Koko erhöhte die Maschinenleistung auf achthundert Umdrehungen pro Minute, was unter Berücksichtigung der Gegenströmung für eine Fahrt von achtundzwanzig Kilometern pro Stunde ausreichte.

Außer dem Summen des Elektromotors war nichts zu vernehmen. Die Trimmanlage arbeitete vollautomatisch. Den kleinen Leistungsreaktor konnte man ohnehin nicht hören.

Diese Art der Fortbewegung faszinierte mich. Das Abenteurerblut meiner Vorfahren begann in mir zu wallen.

„Es ist herrlich" sagte ich enthusiastisch, aber Koko dämpfte meine Stimmung.

„Was, Sir?" fragte er nüchtern zurück.

„Nichts, Koko."

„Aber etwas muß doch herrlich sein, Sir! Was ist herrlich?"

„Reize mich nicht, Birnenkopf!"

„Es liegt mir fern, Sir, dich reizen zu wollen. Was ist herrlich?"

„Die Unterwasserfahrt", sagte ich wütend.

„Oh, ich verstehe."

„Nichts verstehst du."

Koko erkundigte sich, wieso er nichts verstünde. Ich hatte meine liebe Not, ihm plausibel zu machen, daß dieser Ausspruch gefühlsbedingt und daher von seinem positronischen Mikrogehirn nicht folgerichtig zu erfassen sei. Da ließ er mich endlich in Ruhe.

Langsam stießen wir in eine unbekannte Welt vor. Knapp zehn Kilometer entfernt mußte jener See liegen, von dem Melbar Kasom gesprochen hatte.

Melbar Kasom

Sie hatten mich mit Hand- und Fußschellen gefesselt, die wie Folterinstrumente aus dem terranischen Mittelalter aussahen. Es schien sich um einen erstklassigen Stahl zu handeln, denn ich hatte die fingerdicken Kabelstränge zwischen den Schellen nicht zerreißen können.

Das heißt – sonderliche Mühe hatte ich mir nicht gegeben! Die erwähnten Kabel bestanden aus geflochtenen Stahldrähten. Sie waren meiner Auffassung nach zu dünn, um mich im Ernstfall für längere Zeit behindern zu können. Ich hatte mir vorgenommen, die Probe aufs Exempel zu machen, wenn es ums letzte ging. Vorerst wollte ich die Blues in dem Glauben lassen, den ertrusischen Schwergewichtsmeister gefesselt zu haben.

In manchen Dingen waren die Tellerköpfe doch sehr primitiv. Handschellen dieser Art gab es bei uns längst nicht mehr. Wenn wir gefährliche Burschen zu verhaften hatten, bedienten wir uns eines Energienetzes, das niemand zerreißen konnte.

Vier Blues hatten mich auf die flache Pritsche eines Wagens gestoßen. Ich hatte es mir gefallen lassen und keinen Versuch gemacht, meine Beine dagegenzustemmen. Ich hoffte auf Lemy Danger und die Männer, die er sicherlich mitgebracht hatte.

Obwohl ich während des dürftigen Funkverkehrs zwischen dem Kurzen und mir versucht hatte zu erfahren, in welcher Form er den vier Terranern und mir helfen wollte, wußte ich noch immer nicht, wo der Siganese seinen Stützpunkt errichtet hatte. Lemy war äußerst vorsichtig gewesen.

Infolgedessen hatte ich mich gehütet, die Terraner über die Ankunft eines USO-Kommandos zu informieren. Wenn der entscheidende Augenblick kam, war dazu noch immer Zeit.

Ein schriller Ruf klang auf. Jemand bohrte mir die Mündung einer Waffe in den Rücken und versuchte, mich nach vorn zu schieben.

Der Wagen sollte anscheinend auch meine Leidensgefährten aufnehmen. Ich rutschte weiter vor, und da blickte ich schon wieder in eine Mündung.

Die drei Blues hinter dem Fahrersitz schienen Spezialbefehle erhalten zu haben.

Dr. Niko Hefeter, ein zur Fülle neigender, blonder Terraner, kam zuerst. Hefeter, ein Chirurg des Experimentalkommandos, war nicht gefesselt. Er sah mich ausdruckslos an und ließ sich neben mir auf den Boden nieder. Hefeter war der größte und stärkste Mann unter den vier Terranern. Er war 1,96 Meter groß.

Anschließend folgten der schmächtige Geologe Dr. Artho Tosonto und der kugelrunde Festungsbauer Captain Argus Monoe, der die Aufgabe gehabt hatte, beim Ausbau des Stützpunkts auf dem vierzehnten Planeten der Sonne Verth mitzuwirken.

Tosonto war ein schweigsamer, etwas schüchterner Mann. Argus Monoe war das genaue Gegenteil von ihm.

Als er sich neben mich setzte, schimpfte er in allen Tonarten auf die Tellerköpfe, die von einem Offizier der „neunzehnten Vorsicht" angeführt wurden.

Dieser Blue war zweifellos der Gefährlichste unter den Wachmannschaften. Geheimdienstoffiziere der „neunzehnten Vorsicht", wie man im hiesigen Sprachgebrauch die Abwehr nannte, waren leicht an ihren Molkexpanzeranzügen zu erkennen. Es hätte mich sehr interessiert zu erfahren, wie das erwiesenermaßen unangreifbare Material bearbeitet werden konnte.

Die starren Panzerhüllen der Raumschiffe waren zwar auch ein Geheimnis für sich; aber noch mehr beeindruckten mich diese hochelastischen, körperumschließenden Molkexkombinationen, die sich jeder Gliedbewegung anpaßten.

Wie wurde das gemacht? Mit welcher Methode wurde auf Gatas das von den Hornschrecken abgesonderte Rohmaterial verarbeitet, bis es entweder zu einem hunderttausendfach diamantharten Panzer, oder zu einer anschmiegsamen Folie wurde?

Dies herauszufinden, war unsere eigentliche Aufgabe gewesen. Nun bekamen wir die Endprodukte der Fabrikationsmethode tagtäglich zu sehen; aber wir hatten keine Möglichkeit mehr, in die entsprechenden Fabriken oder Labors vorzudringen.

Jetzt ging es nur noch um unser Leben.

Sergeant Mikel Umigo, Assistent von Captain Monoe, kletterte zuletzt auf den Wagen. Mehrere Blues saßen am hinteren Ende auf, richteten die Strahlwaffen auf uns, und schon fuhren wir los.

Die breiten Gänge zwischen dem Zellentrakt kannten wir bereits. Es dauerte nur kurze Zeit, bis wir vor einem Panzertor anhielten. Der Geheimdienstoffizier musterte uns mit seinen Katzenaugen.

Der Blick war völlig ausdruckslos, kalt und von unmenschlicher Drohung. Ich spannte meine Muskeln an und zerrte an den Handfesseln. Man hatte mir die Arme auf dem Rücken zusammengebunden.

Als ich in meinem aufsteigenden Zorn etwas zuviel Kraft anwende-te, hörte ich das angespannte Stahlseil summen wir eine Harfenseite.

Ich mäßigte schleunigst meine Anstrengungen und grinste den Blue an. Dabei blickte ich so bezeichnend auf seinen Schwanenhals, daß er einen warnenden Laut ausstieß und zur Waffe griff.

„Lassen Sie den Unfug", knurrte mich der fettleibige Monoe an. Sein schweißüberströmtes Gesicht war ärgerlich verzogen.

„Müssen Sie die Leute immer reizen? Sie geben nicht eher Ruhe, bis man uns alle liquidiert hat."

„Verhört hat", warf Dr. Hefeter in seiner trockenen Art ein. Er war von Natur aus ein Phlegmatiker, der nur dann lebhaft wurde, wenn er von gelungenen Operationen sprach.

„Ha, verhört", sagte Monoe, und sein Gesicht verzog sich angewi-dert. „Sie haben heute Ihren humorvollen Tag, wie?"

Der Geologe Tosonto lächelte müde. Er sprach niemals viel, und dafür war ich ihm dankbar.

Sergeant Umigo war eine praktisch veranlagte Natur. Als das Schott aufglitt und die Uferstraße entlang des großen Stromes erkennbar wurde, sagte der schlanke, braunhaarige Mann leidenschaftslos:

„Erstaunlich primitiv. Das Tor wird ebenfalls mechanisch geöffnet. Dicke etwa zwanzig Zentimeter, wasserdicht schließend durch drei überlappende Falzen. Wenn wir da erst einmal hindurch wären!"

Ich sah Umigo aus halbgeschlossenen Augen an, und er runzelte die Stirn. Unsere Blicke trafen sich, und da war mir, als wüßte der Junge etwas. Hatte er herausgefunden, daß ich in letzter Zeit einige Funkge-spräche geführt hatte? Wenn ja, war die Lage noch gefährlicher geworden.

„Da werden wir aber nicht herauskommen, Sergeant", sagte ich betont.

„Wie Sie meinen, Sir", murmelte er, um dann zu schweigen.

„Gibt das ein Verhör?" erkundigte sich Dr. Tosonto. Die Angst vor dem Kommenden zeichnete sich in seinem Gesicht ab.

„Nein", log ich.

„Woher wollen Sie das wissen?"

„Gefühl, Instinkt, Erfahrung. Wir sind die letzten Überlebenden. Man wird uns nicht auf den Labortischen opfern."

„Ich sprach nicht von Labortischen, sondern von einem Verhör",
entgegnete Tosonto mit einem Ton der Verzweiflung in der Stimme.
„Mr. Kasom, mit scheint, als wüßten Sie mehr über die Blues als wir."

Ich musterte ihn scharf. Tosonto war unter uns der schwächlichste
Mann. Vielleicht wurde er stark, wenn es ums Letzte ging.

„Das sollten Sie vergessen, Doktor; im Interesse der Menschheit
vergessen. Noch wissen die Tellerköpfe nicht, daß ich einer Spezialeinheit angehöre. Man hält mich für einen Wissenschaftler Ihres Experimentalkommandos. Schweigen Sie. Ich weiß nicht, wie weit die
Blaupelze mit ihren Sprachstudien gekommen sind."

„Sehr weit, Oberleutnant Kasom", sagte der Offizier der neunzehnten Vorsicht. Ich fuhr herum und starrte auf den klaffenden Mund am
oberen Ende des Körpers.

Jetzt lachte der Bursche sogar. Es war unangenehm anzusehen, wie
die dicke Zunge zwischen den Wulstlippen hervorglitt. Die Augen
blieben dabei nach wie vor ausdruckslos.

„Sehr weit", wiederholte der Blue. „Halten Sie uns für rückständig?
Oder hatten Sie angenommen, wir besäßen kein Hypnotraining? Wir
hatten Zeit genug, Ihr sogenanntes Interkosmo zu studieren und
Lehrbänder anzufertigen."

„Haben Sie auch einen menschlichen Kehlkopf mit den lautbilden-
den Nebenorganen anfertigen können?" erkundigte sich Dr. Hefeter.

„Natürlich nicht. Aber wir haben Geräte entwickelt, die in der Lage
sind, die Frequenzen unserer Sprachlaute zu verändern und sie in für
Sie verständliche Laute umzuformen." Der Blue deutete dabei auf ein
kleines Gerät, das er am Hals trug, dicht unter der Mundöffnung.

Ich beherrschte mich mühevoll. Inwieweit waren die Blues über
mich informiert? Ahnten sie, daß ich am meisten über das Imperium,
die internen Schwierigkeiten und die Aufgliederung der einzelnen
Machtgruppen wußte?

Ich entschloß mich, diese Vermutung als Tatsache anzusehen und
mein Vorgehen danach einzurichten. Ich hatte keine andere Wahl
mehr. Wenn der Kurze nicht in der Nähe gewesen wäre, hätte ich
einen anderen Weg gewählt.

„Ich werde dich mitsamt deinem Molkexpanzer um den Arm
wickeln, du kleiner Schuft", sagte ich.

Der Blue starrte mich an. Der Wagen fuhr wieder an. Die riesige Untergrundstadt war hell erleuchtet. Weiter vorn zeichnete sich die in blauem Licht strahlende Wachstation der Brückenstraße ab.

Tosonto lachte unecht auf. Captain Monoe musterte mich plötzlich argwöhnisch. Der Mann wußte nicht viel von der Einsatztaktik der USO-Spezialisten. Sergeant Umigo hustete. Sein Blick war rätselhaft.

„Das will ich überhört haben", sagte der Molkexoffizier. „Sie gehören einer Spezialeinheit des Imperiums an."

„Was Sie nicht sagen."

„Sie werden sprechen."

Die unverhüllte Drohung festigte meinen Entschluß. Dies sollte das letzte Verhör sein. Es lag an mir, es meinen Wünschen gemäß abzustimmen.

Wir passierten die Wachstation und fuhren auf die von Gravitationsfeldern gehaltene Schwebestraße hinauf. Ich warf einen Blick hinunter ins schwarze Wasser des untergatasischen Sees.

Jetzt beherrschte man schon unser Interkosmo; ein Zeichen dafür, wieviel die Blues aus den fünfundvierzig Gefangenen herausgepreßt und wie schnell sie aus den Ereignissen auf Apas gelernt hatten. Wahrscheinlich bot ihnen der Aufbau des Vereinten Imperiums keine grundsätzlichen Rätsel mehr bis auf jene Dinge, die man von den Gefangenen nicht hatte erfahren können, weil sie es selbst nicht gewußt hatten.

Also sollte ich jetzt an die Reihe kommen.

Dr. Hefeter hatte die Sachlage erfaßt. Er nickte mir bekümmert zu.

„Ertruser, Sie gehen schweren Zeiten entgegen", murmelte er. „Besitzen Sie zufällig die Fähigkeit, Ihr Nervensystem selbstsuggestiv kontrollieren zu können?"

Ich atmete so tief ein, daß die Wächter am Ende des Pritschenwagens hastig ihre Waffen in Schußstellung brachten. Da lachte ich so dröhnend, wie es auf dem Riesenplaneten Ertrus Sitte war.

Der temperamentvolle Monoe schimpfte. Tosonto fuhr zusammen. Der Molkexoffizier meinte dagegen mit seiner hellen Stimme:

„Wie sagt man bei Ihnen? Werden sehen . . . !"

Die Insel mit dem mächtigen Gebäudekomplex kam näher. Dort lag das Hauptquartier der „neunzehnten Vorsicht", der Sitz des gatasischen Geheimdienstes, der von hier aus ein so gewaltiges Reich kontrollierte, wie wir es uns noch nicht vorstellen konnten.

„Das Zweite Imperium", wie das Herrschaftsgebiet der Gataser von uns genannt wurde, beherrschte bisher unbekannte Teile der Milchstraße.

Eine zweite Redewendung fiel mir ein. Man sagte im Hauptquartier der USO, mit Blues könne man nicht verhandeln, wenn man nicht selbst ein Blue sei. Ich entschloß mich, die Probe aufs Exempel zu machen. Wahrscheinlich kam es nur darauf an, unter welchen Gesichtspunkten man Verhandlungen anzuknüpfen bestrebt war.

Wie würden sich die Tellerköpfe auf die Forderung eines Mannes einstellen, der ohnehin in ihrer Gewalt war? Würden sie das noch als Verhandlungswunsch im Sinne des Wortes ansehen, oder würden sie sich als kluge Leute – was sie erwiesenermaßen waren – erst einmal gewisse Angebote anhören?

Ich sah die vier Terraner der Reihe nach an. Sie reagierten entsprechend ihren Temperamenten.

Als sich mein Blick mit dem von Captain Monoe kreuzte, sagte ich so laut, daß es jedermann hören konnte:

„Die Insel kommt näher. Ich glaube, dort sind Geräte mit sehr unangenehmen Eigenschaften aufgestellt. Ihr fragt euch, warum ich soeben gelacht habe, eh?"

„Stimmt!" entgegnete der dicke Captain gedehnt. Ich grinste ihn an. Der Molkexoffizier hatte sich nicht umgedreht, aber sein hinteres Augenpaar beobachtete mich.

„Tote Männer lachen nicht, aber ich liebe es, heiter zu sein. Daraus könnte man zweierlei folgern. Entweder lache ich, um es noch einmal zu genießen, oder ich tat es deshalb, weil mir ein Gedanke gekommen war, der mir das Lachen für die restliche Zeit meines Lebens gestattet. Wohlgemerkt: für die Zeit meines natürlichen Lebensablaufes."

„Ich glaube, ich hätte Sie noch auf Verth vierzehn erschießen sollen", sagte Monoe. Sein pausbäckiges Gesicht hatte sich verfärbt. „Ich hätte mehr als einmal eine gute Gelegenheit gehabt, Ertruser!"

„Aber lassen Sie mich doch erst einmal aussprechen", entgegnete ich gemütlich. „Sehen Sie, mein lieber Monoe, die Sache mit dem Leben ist eine seltsame Angelegenheit. Man stirbt nicht gerne, nicht

157

wahr? Ich werde mich deshalb sehr lebhaft daran erinnern, daß ich ja kein Mensch bin. Meine Heimat ist Ertrus. Was verbindet mich eigentlich mit euch Terranern oder mit euren Interessen? Logischerweise gar nichts, oder meinen Sie nicht auch?"

Jetzt wurde auch der Chirurg aufmerksam. Ich sah, daß sich sein Körper spannte. Der Bluesoffizier schien interessiert zu lauschen.

„Bleiben Sie schön sitzen, Doktor", fuhr ich fort. „Ich bin selbst in gefesseltem Zustand schon zehnmal stärker als Sie. Ich könnte Sie mit einem Hieb meiner Ellenbogen zerschmettern. Ich kann sie noch ganz gut bewegen. Da mir – wie ich schon angedeutet habe – soeben eingefallen ist, daß mich an Terra nichts bindet, werde ich mein und auch Ihr Leben retten, indem ich freizügig von den Dingen berichte, die mir bekannt sind. Und – das darf ich Ihnen versichern! – ich weiß mehr über das Imperium als Sie alle zusammen."

„Ich hätte Sie wirklich erschießen sollen", wiederholte der Festungsbauer. „Sie haben mir von Anfang an nicht gefallen."

Ich lachte, obwohl mich Monoes Äußerung bestürzte. Ich, ein Ertruser, hatte ihm nicht gefallen? Das war doch wohl unmöglich? Der dicke Terraner mußte einfach nur neidisch sein. Es gab keine andere Möglichkeit.

„Ich habe Ihre Äußerungen zur Kenntnis genommen", sagte der Geheimdienstoffizier. „Sie werden eine Sonderbehandlung erfahren."

„Eine Behandlung nach meinen Wünschen, meine Freunde", entgegnete ich gedehnt.

„Ich verstehe nicht!"

„Ich meine damit beste Unterbringung, Verpflegung nach meinen Wünschen, ein Bad und noch verschiedene andere Dinge. Dann können wir miteinander reden. Mein Wissen gegen meine relative Freiheit –, das ist mein Preis. Vor allem möchte ich erst einmal zehn Stunden lang ungestört schlafen, nachdem ich vorher ausgiebig gegessen habe. Ich würde Ihnen empfehlen, Ihr Fahrzeug umzudrehen, um uns wieder zu unseren Unterkünften zu bringen."

Der Blue schien zu überlegen. Augenblicke später wußte ich, daß man mit den Tellerköpfen doch verhandeln konnte; wenn auch nur unter ganz bestimmten Vorzeichen.

„Ich werde mit dem Großmeister der neunzehnten Vorsicht sprechen", sagte der Molkexgepanzerte schließlich.

Da ahnte ich, daß wir vorläufig gerettet waren. Die verächtlichen Blicke der Terraner störten mich nicht. Es tat nur etwas weh, von ihnen so verkannt zu werden. Begriffen die Leute denn nicht, daß ich nur eine Gnadenfrist herausschlagen wollte?

Doch – einer von ihnen schien ähnlichen Überlegungen nachzugehen. Es handelte sich um Sergeant Mikel Umigo, der mich schon wieder mit einem seltsamen Gesichtsausdruck musterte.

Als ich ihn prüfend anblickte, senkte er den Kopf. Ich ahnte, daß er wahrscheinlich der zuverlässigste Mann unter den Erdgeborenen war.

Minuten später passierten wir die hohen Panzertore einer Festung, die man im gatasischen Reich nur flüsternd erwähnte. Von hier aus wurde das Zweite Imperium beherrscht.

12. Lemy Danger

Koko hatte die Kombinationssonde ausgefahren. Wir mußten es wagen.

Das Gerät, das für die Begriffe der Blues winzig, meiner Auffassung nach sehr groß war, vermittelte ein naturgetreues Fernsehbild der Oberfläche, übertrug alle Geräusche und diente gleichzeitig als Richtstrahl- und Peilantenne.

In der Zentrale des Bootes lief die hochwertige Mikro-Positronik. Koko hatte sich als ungeheuer reaktionsschneller Helfer erwiesen. Er kontrollierte die Peilergebnisse nach und gab mir die Kursanweisungen durch.

Vor drei Stunden hatten wir den von Melbar Kasom bezeichneten See erreicht. Als ich ihn mit hoher Fahrt und Kurs auf die Insel durchkreuzte, war von Koko der erste Peilimpuls aufgefangen worden. Das Spezialgerät sprach auf die Eigenfrequenz jenes Senders an, den der Ertruser im Ohr trug.

Nach der ersten Ortung hatte ich kurz entschlossen gestoppt und war auf Sondentiefe gegangen. Mein Gefühl sagte mir, daß ich das Versteckspiel nicht mehr übertreiben durfte. Wir hatten schon zuviel Zeit verloren.

Nachdem wir die Sonde ausgefahren hatten, waren plötzlich Stimmen aufgeklungen. Entsetzt hatte ich erkannt, daß Kasom seinen Sender nicht mehr abgeschaltet hatte; wahrscheinlich in der Hoffnung, wir würden ihn irgendwann einmal hören und anschließend anpeilen können.

Das war nun auch geschehen; aber die damit verbundene Ortungsgefahr war enorm gestiegen.

Ich hatte Kasoms Gespräch mithören können, und ich hatte auch verstanden, auf welches Spiel er sich eingelassen hatte. Er wollte den Verräter an der Menschheit darstellen, um noch eine Gnadenfrist zu gewinnen.

Ich hatte lange überlegt, ob ich ihm eine Nachricht durchgeben sollte oder nicht. Schließlich hatte ich es aber doch unterlassen, da die vier Terraner in Kasoms Begleitung offensichtlich noch nicht über mein Eintreffen auf Gatas informiert waren.

Anschließend hatten wir zwei Stunden benötigt, um Kasoms neuen Aufenthaltsort ausfindig zu machen. Entgegen seinen Erwartungen waren er und die Terraner nicht mehr in das alte Gefängnis zurückgebracht worden.

Wenn ich ein Blue gewesen wäre, hätte ich den offenbar sprechfreudigen Ertruser auch auf der Insel festgehalten, um ihn jederzeit kontrollieren und verhören zu können.

Unser Vorhaben war dadurch noch mehr erschwert worden, zumal wir uns schon einen Plan ausgedacht hatten, um in den Zellentrakt einzudringen. USO-Spezialisten sind jedoch an Improvisationen gewöhnt. Koko und ich hatten sofort einen neuen Plan aufgestellt.

Jetzt, drei Stunden nach der ersten Ortung, wußten wir genau, wo die fünf Männer festgehalten wurden. Die Funkverbindung mit Melbar hatte ich erst vor einer Viertelstunde erneut aufgenommen, um mir zusätzliche Anhaltspunkte geben zu lassen. Daraus hatte es sich ergeben, daß unsere Peilung mit einem Toleranzwert von plusminus 4,23 Meter richtig war. Wir hatten uns nur in der Höhenbestimmung verschätzt, denn Kasom befand sich im ersten Stockwerk eines düster aussehenden, weitläufigen Gebäudes, das direkt am Ufer des Inselhafens stand.

Anfänglich hatte ich den Angaben der Positronik nicht glauben wollen. Die Verhältnisse waren mir zu ideal erschienen. Schließlich hatte mich aber der naseweise Koko darüber belehrt, daß die Lage des Gefängnisses bei den obwaltenden Umständen ganz natürlich sei. Es war gut erreichbar, lag direkt am Ende der Schwebestraße und konnte außerdem vom Wasser aus betreten werden.

Von dem Augenblick an hatten mich die anderen Gebäude nicht mehr interessiert. Aus der Ferne betrachtet, glich die riesige Insel einem ineinander verschachtelten Komplex aus unübersehbar vielen Bauwerken, die alle untereinander durch Hochstraßen verbunden waren. Auffällig war ein im Zentrum des Eilandes gelegener Turmbau, dessen Spitze fast die gewölbte Felsdecke des untergatasischen Sees berührte. Dort war wohl der Sitz des „Großmeisters der neunzehnten Vorsicht".

Koko hatte das „Fischboot", unter einem großen Landesteg auf Grund gelegt. Rechts und links von uns stießen stählerne Stützpfeiler in die Tiefe vor. Direkt über uns lag die Plattform des Steges.

Sie bot einen guten optischen Schutz für die Sonde, die gleich einem Korken auf dem Wasser schwamm.

Ich hatte meine Kampfausrüstung bereits angelegt. Sie bestand aus einem Mikro-Deflektor, dessen Lichtbrechungsfeld mich unsichtbar machte. Dazu trug ich noch einen ortungsfreien Hubkreisler mit Batterieantrieb.

Koko war auf solche Dinge nicht angewiesen. Sein Deflektorschirm war eingebaut, und die Flugfähigkeit erhielt er durch einen Antigrav-Projektor, der allerdings ortungsempfindlich war.

Wir standen nebeneinander im Turm des Bootes, das ich auf die Vollautomatik umgeschaltet hatte. Der Bug lag seewärts gerichtet; die Programmierung der Waffenzentrale war beendet.

Es war anzunehmen, daß der erst kurz vor uns angekommene Schwimmbehälter noch für einige Zeit im Inselhafen liegen würde. Roboter und vollautomatische Entladegeräte waren mit der Löschung des Frachtgutes beschäftigt. Es schienen Lebensmittel zu sein.

Unsere Torpedorohre waren bereits geflutet und die Klappen geöffnet. Die selbstlenkenden Gefechtsköpfe hatten die Zieljustierungen bestätigt.

„Ablenkung vom Wesentlichen" – so lautete meine Devise. Ich hatte auch gar keine andere Wahl, als Dinge zu riskieren, die Lordadmiral Atlan wahrscheinlich gar nicht gefallen hätten.

Mein Armbandempfänger sprach an. Kasom meldete sich erneut. Seine Stimme klang leise und etwas verzerrt. Er sprach wieder, ohne dabei die Lippen zu bewegen.

„Die Terraner sind im Nebenraum. Ich kann sie hören. Die Zimmer sind groß und gut eingerichtet. Fernbildanlagen sind vorhanden. Ich bin soeben von einem Offizier aufgefordert worden, endlich das gewünschte Bad zu nehmen. Anscheinend stehe ich unter Fernbeobachtung. Die Fensterfront besteht aus dicken Stahlblechen, in die man nach der hier üblichen Methode Sechskantöffnungen eingestanzt hat."

„Wie groß sind sie?" fragte ich zurück.

„Groß genug für dich."

„Ich werde dir eine Mikrowaffe bringen."

„Wie sieht es mit Deflektorgeräten aus? Wir brauchen fünf Stück."

„Unmöglich. Wir könnten sie nicht transportieren."

„Dein Robot auch nicht?"

„Nein. Es ist schon schlimm genug, daß er mit einem Antigrav fliegt. Für fünf Deflektorgeneratoren hätten wie eine Schwebeplattform aufbieten müssen. Die wäre sicher bemerkt worden. Sind jetzt Wachen auf dem Gang?"

„Ich kann augenblicklich niemand hören. Es ist alles still. Die Nahrungsmittel gleiten aus einem Bodenschacht in mein Zimmer. Niemand hat es bis jetzt betreten. Beeile dich, Kleiner."

Wir unterbrachen die Verbindung. Es war alles gesagt worden. Ich überprüfte Kokos Ausrüstung, vordringlich aber den atomaren Schneidstrahler in seinem rechten Arm.

Meine Waffen waren in Ordnung. Die Mikro-Haftladungen waren groß und schwer, was in erster Linie durch die eingebauten Funkzünder kam. Ich wollte aber nicht auf diese Sprengkörper verzichten.

Koko kletterte nochmals nach unten und überprüfte die zusammen-

162

gefalteten Maskenfolien. Wenn sie vom Boot ausgestoßen wurden, würden sie sich automatisch aufblasen und fünf schwimmende Männer darstellen.

Wenn ich mich schon dazu entschließen mußte, die Aktion mit viel Lärm durchzuführen, so war es auch erforderlich, die Blues davon zu überzeugen, daß sie nicht wegen der terranischen Gefangenen stattfand.

Ihre Flucht mußte als Nebenerscheinung von Geschehnissen ausgelegt werden, die von Revolutionären angezettelt waren. Wir wußten beispielsweise sehr genau, daß es auch auf Gatas gärte. Hier befanden sich unzählige Vertreter anderer Blues-Völker. Fast täglich wurden irgendwelche Unruhstifter verhaftet und zur Insel gebracht. Attentate waren nicht selten.

Ich drückte auf den Hauptschalter der Automatik. Die Turbopumpen liefen an und preßten das Wasser aus den Fluttanks. Langsam begann das Boot zu steigen.

Als das Turmluk eben über der Wasseroberfläche sichtbar wurde, pendelte die Positronik den Körper aus. Es wurde nicht mehr von dem Boot gezeigt, als unbedingt notwendig war.

Ich stieg aus und sah mich vorsichtig um. Zwei Meter über mir gewahrte ich den Metallbelag des langen Steges. Koko schwebte in der Luft. Ich schloß das Luk und überprüfte meinen Fernbedienungssender. Er arbeitete einwandfrei.

Leise gurgelnd sank das getarnte Boot auf den Grund zurück. Nur eine winzige Antennensonde, die wie ein angeschwemmtes Tangstückchen aussah, blieb zurück.

„Fertig, Sir?" fragte Koko an.

Ich winkte ihm zu, ergriff den auf meiner Brust hängenden Steuerknüppel des Hubkreislers und ließ die Rotoren anlaufen. Zugleich schaltete ich den Deflektorschirm ein.

Koko wurde ebenfalls unsichtbar. Wir standen jedoch über Sprechfunk miteinander in Verbindung. Die dabei aufgewendeten Energien waren so gering, daß eine Anpeilung nahezu ausgeschlossen war.

Koko hielt sich weisungsgemäß hinter mir. Er konnte mich einwandfrei orten. Ich flog vorsichtig unter dem Steg hervor, schaute mich um und stieg dann rasch höher.

Unter der gewölbten Felsdecke des untergatasischen Sees kreisten mehrere Atomsonnen. Die Geräuschkulisse der Stadt betäubte anfänglich meine Sinne. Es dauerte einige Zeit, bis ich mich daran gewöhnt hatte.

Von oben her hielt ich Umschau. Fraglos gab es zahlreiche Überwachungsgeräte, die den vor der Insel liegenden Wasserspiegel absuchten. Besonders die kreisenden Antennen auf dem zentralen Turmbau gefielen mir nicht. Sie würden auch sehr kleine Körper ausfindig machen können. Wie man jedoch darauf reagierte, war eine andere Frage. Wenn es hier unten Vögel gegeben hätte, wäre ich nicht besorgt gewesen. So aber ließ ich mich schleunigst wieder bis dicht über den Wasserspiegel absinken, wo ich anschließend damit begann, im Deckungsschutz von allen möglichen Bauwerken, Mauervorsprüngen und ahnungslosen Blues auf das Gefängnis zuzufliegen.

Ich kam rasch näher. Koko meldete eine Energiesperre, die jedoch nicht eingeschaltet wäre.

„Wo stehen die Projektoren?" fragte ich zurück.

Er flog auf zwei stählerne Erhebungen zu, die rechts und links vor den geschlossenen Pforten des Vorhofes lagen.

Blitzschnell klebten wir zwei atomare Haftladungen an die Kuppeln und schwebten wieder davon.

Schon wenige Minuten später flog ich an der glatten Metallwand des Gebäudekomplexes empor. Kasom ließ hier und da ein Räuspern hören, um mir die Peilung zu erleichtern. Nach fünf Minuten hatten wir das richtige Fenster gefunden. Es war einfach gewesen.

Ich flog dicht heran, fing den Anprall mit vorgestreckten Beinen auf und umklammerte mit der Rechten die Kante eines wabenförmigen Loches. Gleichzeitig schaltete ich den Hubkreisler aus.

Das Gewicht der Ausrüstung zog mich bald in die Tiefe. Ich mußte mich anstrengen, um einen sicheren Halt zu gewinnen.

„In Ordnung, Sir, ich bin vier Meter links von dir", gab Koko durch. „Ich sehe die vier Terraner. Sie liegen auf ihren Betten. Soll ich eindringen?"

„Ja, aber vorsichtig. Hast du den Zettel?"

„Griffbereit, Sir."

„Fliege zu dem jungen, braunhaarigen Mann – dem Sergeanten.

Umsichtig vorgehen. Drücke ihm die Nachricht in die Hand und flüstere ihm zu, er solle sie mit größter Vorsicht lesen. Ich warte hier, bis du zurückkommst."

Ich hörte das Summen von Kokos Antriebsaggregat. In der Nachbarzelle blieb alles still. Wenn sich Kasom nicht getäuscht hatte, würde Sergeant Umigo folgerichtig reagieren. Es lag dann an ihm, den anderen drei Männern mitzuteilen, daß ein USO-Kommando angekommen war.

Ich wurde immer ungeduldiger. Melbar Kasom war nur wenige Meter von mir entfernt. Er lag auf einem riesigen Spezialbett, hatte die Arme unter dem Kopf verschränkt und sah zum Fenster hinüber.

„Erledigt, Sir", meldete sich mein Miniaturroboter. „Der schnaufte vielleicht vor Überraschung."

„Koko!"

„Schon gut, Sir. Ist Schnaufen ein unanständiges Wort?"

„Nein, nicht direkt. Du sollst dich trotzdem anders ausdrücken. Warte hier."

Ich schlüpfte durch die Öffnung und stellte drinnen meinen Hubkreisler an. Als ich auf Kasoms Schulter landete und haltsuchend beide Hände in sein Ohr krallte, fuhr er nicht einmal zusammen. Von nun an verzichtete ich auf eine Funkverbindung.

Ich machte es mir bequem, setzte mich auf seiner Schulter nieder und stemmte den linken Ellenbogen in seine Ohrmuschel.

„Keine Bewegung, Dickbauch", flüsterte ich. „Dein Vorgesetzter ist hier. Wirst du noch beobachtet? Gähne, wenn es so ist."

Kasom riß den Mund auf und sog die Luft ein, daß ich mich festklammern mußte. Dieser Rüpel fing schon wieder mit seinen Unverschämtheiten an. Ich kniff ihm ins Ohr, erntete aber nur einen mitleidigen Blick.

Kasom drehte sich so vorsichtig herum, daß ich nicht von seiner Schulter geschleudert wurde. Als sein Gesicht der Wand zugekehrt war, hauchte er leise:

„Wo ist die Waffe? Draußen patrouillieren jetzt zwei Wächter. Vorsicht, sie tragen Molkexpanzer."

„Mit denen werde ich fertig. Ich werfe dir den Strahler hinunter. Er gleicht einem Patentschreiber. Die Terraner sind informiert. Koko beobachtet sie. Ich fliege mit ihm in den Gang und nehme mir die Posten vor. Anschließend durchschneiden wir die Riegel der Türen, damit ihr sie öffnen könnt. Kennst du den Weg nach draußen?"

„Genau. Es gibt einen Antigravschacht. Du könntest mit deinem Roboter nach unten fliegen und aufpassen, daß wir bei der Ankunft keine Überraschungen erleben. Der Schacht endet in einer Vorhalle. Von dort aus gelangt man in den Innenhof."

Wir flüsterten so lange miteinander, bis plötzlich ein Wandbildschirm aufleuchtete und das Gesicht eines Blues erkennbar wurde.

„Oberleutnant Kasom, wir erinnern an Ihre Zusage. Sie haben noch zwei Stunden Zeit. Haben Sie besondere Wünsche?"

Der Dicke richtete sich auf, und ich mußte mich schon wieder festklammern.

„Lassen Sie mir etwas zu essen bringen!"

„Schon wieder?" staunte der Blue. Melbar grinste. Ich blickte auf einige Hautunreinheiten seines Gesichtes, die von meiner Perspektive aus wie riesige Krater wirkten. Es ist gar nicht so einfach für einen gebildeten Mann von meiner Art, solche Dinge zu ertragen.

Der Bildschirm verdunkelte sich wieder. Die flimmernden Linien wiesen jedoch darauf hin, daß Kasom nach wie vor beobachtet wurde.

Ich raunte ihm die letzten Instruktionen zu, die er den Terranern später mitteilen mußte.

Als ich mich von seiner Schulter erhob, meldete sich Koko.

„Ich bin direkt neben dir, Sir. Die Menschen haben die Lage erfaßt. Sie warten gespannt. Dem Sergeanten habe ich einen Strahler gegeben. Fangen wir an?"

Wir fingen an! Die breite Tür war nach gatasischer Sitte ebenfalls mit Sechskantlöchern versehen. Wir zwängten uns hindurch und überblickten den vor den komfortablen Zellen liegenden Gang.

Kasom hatte nicht mehr viel Zeit. Die Frist, die er ausgehandelt hatte, war fast abgelaufen. Man würde ihn bald abholen.

Koko setzte ich auf den Blue an, der links von uns stand. Der zweite Wächter war augenblicklich nur zu hören. Er schritt jenseits der Gangkrümmung über den metallischen Bodenbelag.

„Keine Fernbeobachtungsgeräte im Flur", sagte Koko, dessen Ortungstaster sich als unschätzbar wertvoll erwies.

166

Die Wächter waren nun beide zu sehen. Sie gehörten zum Geheimdienst und trugen Molkexpanzer, die sogar die dünnen Hälse schützten. Es war zwecklos, auf sie zu schießen.

Ich schnallte die Gasmaske über mein Gesicht, umfaßte die Druckpatrone mit dem schlagartig wirkenden Betäubungsmittel wie eine Pistole und flog mit geringer Geschwindigkeit auf den Blue zu.

Ich landete direkt neben seinem Mund. Dort klammerte ich mich an einer Schnalle fest und sprühte ihm das Gas zwischen die Lippen. Der Wächter sank zusammen, noch ehe er begriffen hatte, daß ihn der Meister aller Klassen von Siga wie ein Löwe angesprungen hatte.

Koko hatte ebenfalls Erfolg gehabt, nur mußte ich ihn unter Aufbietung aller Kräfte aus dem Mund seines Wächters herausziehen. Der Robot steckte bis zu den Hüften zwischen den Wulstlippen und schrie um Hilfe.

Ächzend zerrte ich an seinen Beinen und rief ihm dabei wütend zu: „Mußtest du unbedingt in das Loch hineinfliegen, du Narr?"

Koko befreite sich mit einem letzten gewaltigen Ruck. Ich sagte nichts mehr, da er pflichtgemäß damit begann, die Riegelhalterungen der beiden Türen zu zerschneiden. Von da an wurde es ernst. Wenn das Zischen des Atombrenners gehört wurde, bestand für die Gefangenen höchste Lebensgefahr.

Melbar Kasom begann plötzlich zu singen. Es klang wie Donnergrollen. Ich wußte, warum er es tat. Die vier Terraner brachen in ein Streitgespräch aus. So wurde der Lärm des Brenners übertönt.

Wir hatten nochmals eine Gnadenfrist gewonnen. Als die beiden Türen offen waren, gab ich Kasom ein Zeichen und flog dann zu den Erdgeborenen hinüber. Ihnen zeigte ich mich für einige Augenblicke in voller Gestalt.

Einer von ihnen, ein blonder Riese, stierte mich sprachlos an. Er hatte auch noch nie einen stattlichen USO-Spezialisten gesehen! Kein Wunder, daß es ihm die Sprache verschlug.

„Folgen Sie, Oberleutnant Kasom", sagte ich laut. „Wir warten vor dem Schacht. Ich bin Major Lemy Danger, Spezialist der USO. Was gibt es da zu gaffen? Achten Sie auf den Kontrollbildschirm."

Ich winkte den Männern zu, schaltete den Deflektor ein und flog mit hoher Fahrt davon.

Im Antigravschacht traf ich Koko. Wir sanken zusammen nach unten, stießen uns aus dem Feld heraus und flogen die Eingangshalle hinein.

Hier gab es eine Wachstation mit automatischen Abwehrwaffen. Ein hohes Bogentor führte zum Innenhof hinaus, aber es wurde durch einen Energieschirm abgeriegelt.

Koko entdeckte die beiden Wandprojektoren. Wir legten gerade zwei Mikrosprengladungen an, als der von mir längst erwartete Alarm erfolgte.

„Es wird Zeit", sagte mein Robot.

Ich griff zum Funkgerät und drückte die Sendetaste nieder. Wenn das Boot jetzt nicht haargenau schaltete, war alles verloren. Die Zellenautomatik mußte entdeckt haben, daß die Türverschlüsse nicht mehr ordnungsgemäß funktionierten.

Ich gab das Kodesignal. Jetzt mußte die Bootspositronik die längst eingepeilten Ziele unter Feuer nehmen.

Hinter mir dröhnte es. Die automatische Abwehrstation zerbarst in einem Glutball. Koko gebrauchte terranische Kraftausdrücke. Anscheinend hatte er sich noch etwas zu dicht bei der explodierenden Mechanik befunden.

Bisher hatten wir nur mit chemischen Sprengstoffen von allerdings höchster Leistung gearbeitet. In wenigen Augenblicken aber mußte draußen ein atomares Inferno losbrechen. Zum erstenmal begann ich ernsthaft um das Leben der Terraner zu fürchten.

Melbar Kasom

Es war alles schneller abgelaufen als gedacht. Der Siganesische Wichtelmann hatte so prompt gearbeitet, daß ich ihn bewundern mußte.

Gleich nach dem Aufschweißen der Türen hatte es unter uns geknallt. Ich ahnte, daß die automatische Waffenstation in die Luft geflogen war. Von da an hatte ich so gehandelt, wie ich es mir vorgenommen hatte. Hier half nur Schnelligkeit.

Die vier Erdgeborenen folgten mir auf dem Fuße. Ich hatte die beiden besinnungslosen Wärter vom Boden aufgelesen und sie rechts und links über meine Schultern geschwungen. Sie boten mit ihren Molkexpanzern einen vorzüglichen Feuerschutz.

Captain Monoe und Sergeant Umigo hatten die Strahlgewehre der Blues mitgenommen. Ich trug Lemys winzigen Nadler, dessen Wirkung viel verheerender war, als es sich Außenstehende vorstellen konnten. Ich kannte die Leistung der siganesischen Mikrowaffen.

Nach der Detonation im Erdgeschoß erfolgte der Alarm, doch da waren wir bereits am Antigravschacht angekommen. Gerade noch rechtzeitig – denn nur wenige Meter hinter uns wurde der Zellengang von einem plötzlich entstehenden Energiefeld abgeriegelt.

Ich sprang mitsamt den Blues in das A-Feld hinein und stieß mich ab. Fast war der Aufschlag auch für meine Beinmuskulatur zuviel, aber ich schaffte es noch.

In dem Vorraum wartete ich auf die Terraner, die nun endlich begriffen hatten, daß ich kein Verräter an der Menschheit war.

Das Tor zum Vorhof war ein wüster Trümmerhaufen. Lemy hatte auch hier programmgemäß gearbeitet. Jetzt warf sich nur die Frage auf, wie wir nach draußen kommen wollten. Das Gelände bot keine Deckungsmöglichkeiten. Wir hatten etwa dreißig Meter bis zur Metallmauer zurückzulegen. Sie stellte die Grenze zwischen der Uferstraße und dem Gefängnis dar.

Monoe war flinker, als ich für möglich gehalten hatte. Er stürmte an mir vorbei und warf sich hinter den Torpfeilern zu Boden. Umigo folgte seinem Beispiel.

„Wo sind Ihre Wundermänner?" rief der Festungsbauer. Ich kam nicht mehr zu einer Antwort. Lemy nahm mir auch diesmal die Initiative ab.

„In Deckung gehen, schnell", schrillte der Ohrlautsprecher.

Ich zögerte keine Sekunde, ließ die beiden Blues fallen und faßte Tosonto und Hefeter am Kragen ihrer verschmutzten Uniformen. Mit zwei Sprüngen kam ich hinter der Außenwand an und stürzte neben Monoe auf den Plattenbelag der Halle.

Im gleichen Sekundenbruchteil blendete draußen der Glutball einer atomaren Explosion auf. Hefeter umklammerte mein Bein. Tosontos Gesicht lief blau an, da ich ihn zu fest an mich preßte.

Als die Druckwelle ankam und Trümmerstücke gegen die Wandungen des Gebäudes krachten, wußte ich, daß siganesische Miniaturtorpedos nicht zu verachten sind.

Draußen war plötzlich die Hölle los. Weitere Druckwellen, die glühende Luftschwaden mit sich führten, wirbelten uns aus der sicheren Deckung und schleuderten uns quer durch die Halle. Mehrere Blues, die im Hintergrund des Raumes aufgetaucht waren, wurden von dem Orkan erfaßt und so schwer gegen das Mauerwerk geschleudert, daß sie reglos liegenblieben.

„Achtung, es erfolgen noch zwei Detonationen", gab Lemy durch.

Er hatte kaum ausgesprochen, da flogen die beiden Feldschirmkuppeln vor dem Panzertor der Außenmauer in die Luft.

Es handelte sich nur um winzige Fusionsladungen; aber wir bekamen ihre Gewalt fast etwas zu schmerzhaft zu spüren.

Mein Gesicht war plötzlich von Brandblasen bedeckt. Die vier Terraner schienen mich als eine Art Betonfundament anzusehen. Sie umklammerten mich mit Armen und Beinen und benutzten mich obendrein noch als Hitzeschild.

Schimpfend ließ ich die beiden Wissenschaftler los, um mir wenigstens einen festen Halt zu verschaffen. Ich umfaßte die verbogenen Stahlsäulen des Hallentores und riß sie halb aus dem Boden. Doch dann hatte ich auch dieses Unheil überstanden.

„Wahnsinn", keuchte der Geologe. „Wahnsinn, hier unten mit Atomladungen zu arbeiten. Die Hohlräume können einbrechen."

„Können!" sagte ich und sprang gleichzeitig auf. „Bleiben Sie hinter mir."

Ich riß die vier Schwächlinge hoch und rannte mit einigen Sprüngen über den Vorhof hinweg. Die Metallmauer war zertrümmert worden. Von den Energiefeldprojektoren war nichts mehr zu sehen. Dort, wo sie gestanden hatten, klafften glutende Krater, aus denen heftige Entladungsblitze hervorschossen.

Jetzt konnte ich den Hafen übersehen. Lemy mußte eine Torpedosalve abgefeuert haben. Ein Teil der gegenüberliegenden Kaianlagen

170

war verschwunden. Die Bruchstücke eines Transportbehälters trieben auf dem brodelnden Wasser.

Ich wollte mich gerade aufrichten, als weit entfernt eine weitere Detonation erfolgte. Diesmal wurden die beiden Stützpfeiler der Schwebebrücke zerrissen. Da in ihnen die Projektoren für einen Teil des Antigravfeldes eingebaut waren, schlug das hintere Ende der Hochstraße auf die Gebäude nieder. Das Bersten und Dröhnen hörte sich an, als wären noch einige Mikrosprengkörper explodiert.

Ich wartete die Druckwelle ab. Der Wasserspiegel war nur vier Meter entfernt. Weiter rechts lag der Steg, von dem der Kurze gesprochen hatte.

„Unter dem Steg in Deckung gehen, Sie erhalten Atemgeräte", erklärte ich den vier Terranern. „Radioaktive Strahlungen sind nicht zu befürchten. Es handelt sich um ‚saubere' Ladungen."

Tosonto wollte wieder Einwände machen, doch da hatte ich ihn schon gepackt. Nacheinander warf ich die Männer in das Wasser. Erst im letzten Moment fiel mir ein, daß ich sie nicht nach ihren Schwimmkünsten gefragt hatte.

Von plötzlicher Angst erfüllt, krümmte ich die Knie und übersprang aus dem Stand die wenigen Meter bis zum Wasser. Damit erlosch die Funkverbindung mit dem Kurzen.

Ich brauchte nur einige Sekunden, um den Steg zu erreichen. Monoe und Hefeter waren schon da. Sergeant Umigo hatte den Geologen im Schlepptau. Der Mensch konnte tatsächlich nicht schwimmen!

Ich hielt es für besser, mit der Spitze meines Zeigefingers auf Tosontos Schädel zu tippen. Als er bewußtlos war, konnten wir besser mit ihm umgehen.

In der Bucht war noch immer der Teufel los. Luftfahrzeuge rasten dicht über das Wasser hinweg. Aus dem Gefängnis strömten bewaffnete Mannschaften hervor, und einige Prallfeldgleiter wurden auf dem offenen Wasser erkennbar.

„Na, wunderbar!" sagte der Festungsbauer. „Und wie geht es weiter, Supermann?"

„Halten Sie endlich den Mund!" knurrte ich wütend. „Da Sie mich ohnehin niemals leiden konnten, kommt es mir nicht darauf an."

Monoe tauchte prustend unter. Umigo grinste. Dann schrie er mir zu:

„Ich hatte mir doch gleich gedacht, daß Sie etwas im Schilde führten. Sie haben in der alten Zelle durch ein Kehlkopfmikrophon gesprochen, stimmt es?"

Da wußte ich endlich, warum mich der Junge immer gemustert hatte. Zu unserem Glück hatte er geschwiegen.

Plötzlich fühlte ich einen Schlag gegen meine Schulter. Ich hielt mich mit einer Hand an den Stützpfeilern fest und hob Tosontos Kopf über den Wasserspiegel. Der Wellengang war beachtlich. Dennoch war mir klar, daß Lemy wieder einmal auf meiner Schulter gelandet war. Eine Sekunde später wurde es sichtbar.

„Sie haben wohl versehentlich die kümmerlichen Reste Ihres Gehirns aufgegessen, Herr Oberleutnant", brüllte mir der Zwerg ins Ohr. „Schiebe endlich die Terraner weiter nach links. Das Boot taucht auf."

Mit einer Handbewegung wischte ich die Männer zur Seite. Monoe ging laufend unter. Sein Fett schien doch nicht so gut zu schwimmen. Lemy schwang sich auf die Flosse eines Fisches und verschwand darin. Da fiel mir erst wieder ein, daß der Wicht sein U-Boot getarnt hatte.

Tosonto erwachte für einen Augenblick aus seiner Ohnmacht, starrte auf den Fisch, stieß einen Schrei aus – und weg war er wieder. Dann brummte uns ein birnenköpfiger Mikroroboter um die Ohren und schrie Anweisungen und Flüche, daß es mir den Atem verschlug. Auch er verschwand im Turmluk des Bootes.

Anschließend schwammen fünf kopfgroße Behälter auf. Sie waren auf der Rumpfoberseite des Fahrzeugs befestigt gewesen.

Es dauerte lange, bis ich die Atemgeräte hervorgeholt hatte. Die Funktion war den Terranern unklar.

Unter meinen Beinen zischte es. Zwei Raketentorpedos jagten davon, um schon Augenblicke später am vorderen Ende der Bucht gegen die stählernen Türme der Energiesperre zu schlagen. Diesmal kostete es beinahe mein Leben, denn die Erdgeborenen benutzten mich wiederum als Prellbock.

Ich streifte mir endlich die Atemmaske über Nase und Mund und drückte die Klebefolie des Wasserspalters gegen die Brust. Der zur

Atmung erforderliche Sauerstoff wurde nicht in komprimierter Form mitgeführt, sondern an Ort und Stelle durch die elektrolytische Zersetzung des Wassers erzeugt. Die Automatik richtete sich dabei nach dem jeweiligen Bedarf des Trägers.

Endlich konnte ich untertauchen. Die Brandblasen begannen zu schmerzen. Der Roboter war auch schon wieder da. Mit Hilfe seines Flugantriebes, den er jetzt als Unterwassermotor benutzte, huschte er von Mann zu Mann und legte uns die vorbereiteten Schleppleinen um. Die Terraner wurden paarweise hinter dem Bootsheck angeschlossen, ich folgte zuletzt.

„Lemy an Kasom, ist die Verständigung gut?"

Ich merkte jetzt erst, daß die Masken sogar eingebaute Kom-Geräte besaßen. Das war wieder einmal ein Beweis für siganesische Präzisionsarbeit.

„Alles in Ordnung, wir hängen am Boot", entgegnete ich.

„Sorge dafür, daß die terranischen Zwerge nicht abgetrieben werden", rief der Wichtelmann Lemy.

Monoe stieß einen Grunzlaut der Empörung aus. Hefeter lachte. Die Leute schienen sich unter Wasser noch ganz wohl zu fühlen.

Das änderte sich schlagartig, als das Strahltriebwerk des Bootes zu arbeiten begann. Ruckartig wurden wir unter dem Steg hervorgezerrt. Die Pfeiler verschwanden aus unserem Sichtbereich, und dann konnten wir auch die Molen nicht mehr sehen.

In meinen Ohren sauste es. Lemy ging anscheinend auf Tiefe.

„Die Felsdecke", stöhnte der Geologe, der wieder aufgewacht war. „Sprengt man immer noch?"

„Man sprengt nicht mehr, Doktor", sagte der Kurze. „Sparen Sie Ihre Luft."

„Aber ich befinde mich ja im Wasser", schrie Tosonto. Der merkte auch alles.

Ehe ich mich gezwungen sah, ihn erneut zu betäuben, schwieg er endlich. Nach drei Minuten hatten wir die Bucht hinter uns gelassen. Lemy erklärte, wir befänden uns im offenen Wasser des großen Sees.

Die Fahrt wurde noch mehr erhöht. Es war unglaublich, was das Triebwerk dieses winzigen Bootes zu leisten vermochte. Nach fünf Minuten waren drei Mann bewußtlos. Ich war froh darüber. Jetzt

173

konnten sie sich wenigstens nicht mehr instinktiv gegen die Art der Fortbewegung wehren. Wegen der Luftversorgung brauchte ich mir keine Sorgen zu machen. Siganesische Geräte funktionieren immer.

Von den Blues sahen wir nichts mehr, doch dafür hörten wir sie. Weit hinter uns schien es zu einem Feuergefecht gekommen zu sein. Ich lauschte einige Augenblicke und rief dann Lemy an.

„Ob die wohl auf die Puppen schießen? Hast du sie ausgeschleust?"

„Eine sehr dumme Frage, mein Lieber", erklärte der Kurze in seiner hochnäsigen Art. „Natürlich sind sie aufgeschwommen, aber deshalb schießt man doch nicht mehr auf sie. Sie sind nämlich längst untergegangen. Koko hat die eingebauten Brandsätze angezündet, und ich habe es bildlich verfolgt. Es sah aus, als würden fünf Männer im Glutodem der letzten atomaren Explosion verbrennen."

Ich beherrschte mich nur mühevoll. „Glutodem" – wie das wieder einmal geklungen hatte. Der spitzfindige Schrumpfterraner sollte sich nur keine Verzierung abbrechen.

Schon zehn Minuten später erreichten wir den großen Fluß. Lemy ging so tief, daß wir fast auf dem Grund schleiften – und das bei einer Fahrt von wenigstens siebzig Kilometer pro Stunde. Von da an hatte ich genug zu tun, die vor mir schwimmenden Terraner immer rechtzeitig anzulüften, damit sie nicht an einer Felszacke hängenblieben.

Als der Ozean auftauchte und das Boot scharf nach links schwenkte, spürte ich meine Arme nicht mehr. Endlich – es schien Stunden gedauert zu haben – ließ der starke Sog nach. Wir hielten an. Direkt vor mir erkannte ich die Umrisse eines lächerlich kleinen Raumschiffes, das der Kurze wahrscheinlich für ein „gigantisches" Fahrzeug hielt. Ich stieß kurz mit dem Fuß dagegen, da torkelte es davon.

„Unhold", schrie der Kurze außer sich. „Der Schwere Kreuzer sinkt ab. Ich werde dich dafür disziplinarisch bestrafen."

Ich seufzte nur und wartete, bis der „Schwere Kreuzer" wieder aus der Tiefe auftauchte. Als ich dann aber die transparente Panzerplastschleuse sah, die von den Sigazwergen erbaut worden war, entschloß ich mich, ihnen keine Streiche mehr zu spielen.

Die vier Erdgeborenen betraten zuerst die einigermaßen geräumige Höhle. An den richtigen Luftdruck hatten die kleinen Männer von Siga auch gedacht. Ich spürte kein Sausen in den Ohren.

Nachdem ich mich durch das innere Tor hindurchgezwängt hatte, bemerkte ich ein ganzes Rudel von zwitschernden Siganesen, die anscheinend alle bemüht waren, neue Weltrekorde im Weitspringen aufzustellen. Trotzdem rannte mir immer einer vor den Füßen herum. Was sie alles schrien, konnte ich mit dem besten Willen nicht verstehen.

Ich trug noch die völlig erschöpften Terraner in die vorbereitete Unterkunft und legte mich dann – wie ich war – auf den Boden nieder. Wenigstens hatte man dünne Folien zu einer Art Luftmatratze aufgeblasen.

Wenn ich in dem Stützpunkt den Rest meiner Tage verbringen sollte, würde es noch einige Aufregung geben.

13. Lemy Danger

„Der Lümmel grunzt, Sir", sagte Koko in strammer Haltung. Ich sah ihn strafend an.

„Der Herr Oberleutnant schläft, verstanden?"

„Sir, du hast nicht richtig gehört. Er schläft nicht, sondern er grunzt. Wenn Menschen schlafen, sind sie ruhig, oder? Der da grunzt."

Ich gab es auf, mich mit einem Roboter streiten zu wollen. Der Einsatz war gelungen. Jetzt wurde mir erst bewußt, daß es wahrscheinlich unmöglich gewesen wäre, die fünfzig Gefangenen zu befreien, es sei denn, wir hätten zu ganz anderen Mitteln gegriffen.

Ich bemühte mich, nicht mehr an die Gefallenen zu denken. Für uns kam es jetzt nur noch darauf an, den so mühevoll ausgebauten Stützpunkt zu halten, ihn zu erweitern und für Luft und Nahrung zu sorgen.

Kasom schnarchte mit einer Lautstärke, daß wir die Schallblenden einschalten mußten. Ich warf noch einen Blick in den Schlafraum der Männer hinein. Mehr als hundert meiner Brüder bemühten sich, sie mit Warmluftgebläsen zu trocknen. Es war uns unmöglich, die riesigen und obendrein völlig durchnäßten Uniformen von den Körpern zu streifen. Die Kunstfasermonturen würden aber auch so trocken werden.

Oberst Tilta teilte mir mit, die allmähliche Druckminderung wäre bereits angelaufen. Das Boot wäre wieder von der LUVINNO aufgenommen worden.

„Danke sehr, vielen Dank, Bruder Tilta", sagte ich müde.

Zwei Ärzte führten mich zu meinem Lager, auf dem Koko mit einem Lähmstrahler herumsprang.

„Die Wasserwanzen sind dicker als dein kleiner Finger, Sir", eröffnete er mir. „Ich habe schon einundzwanzig Stück vernichtet. Soll ich Wache schieben?"

„Wache halten", korrigierte ich erschöpft. „Koko, du solltest dich einer anständigen Sprache bedienen."

„Sir, wenn das, was ich sage, unanständig ist, dann sind die Terraner auf ESS-1 aber ganz bösartig...!"

„Ruhe, kein Wort mehr!" donnerte ich den Birnenkopf an.

„Wie du meinst, Sir", quäkte Koko beleidigt. „Soll ich nun die Wasserwanzen abschießen, oder willst du mit ihnen Schach spielen."

„Raus", sagte ich eisig. „Sofort raus. Ich lasse dich verschrotten."

Koko verschwand. Draußen bestürmte er den schallend lachenden Chefphysiker Tranto Telra, den Verschrottungsbefehl als momentane Geistesschwäche des Kommandanten Lemy Danger auszulegen, zumal „der Sir" doch wirklich erschöpft wäre, oder?

Ich begab mich zur Ruhe. Wenn ich an den Befehl dachte, diesen Stützpunkt zu halten, bis neue Anweisungen kämen, fiel mir das Atmen schwer. Lordadmiral Atlan schien nicht zu ahnen, wie strapaziös der Aufenthalt hier war.

14. Lemy Danger

Oktober 2327

Drei Monate können wie eine Ewigkeit sein. Wenn man warten muß! Wenn nichts geschieht, worauf man stündlich hofft; wenn die Freunde so alltäglich und daher so unerträglich werden, daß man ihnen aus dem Wege geht, um nicht selbst die Nerven zu verlieren.

Für die Terraner im unterseeischen Geheimstützpunkt auf Gatas war die Zeit des Gleichmuts seit Wochen vorüber. Sie konnten sich nicht mehr „riechen", wie sich der Festungsbauer und Abwehrspezialist Captain Argus Monoe ausgedrückt hatte.

Nach der gelungenen Befreiung der fünf Menschen, die die Gefangenschaft der Blues als einzige überstanden hatten, hatte ich einen kurzen Hyperfunkspruch zur ESS-1 abgestrahlt und Rhodan und Atlan über alle Einzelheiten der Aktion genau informiert. Um die Ortungsgefahr so gering wie nur möglich zu halten, war dazu eine Mikrosonde verwendet worden, die im riesigen Gatas-Ozean herumtrieb und ihre Position ständig änderte. Sie diente uns als Relais, das unsere mit minimaler Energie abgestrahlten Signale verstärkte und stark gebündelt zur Station weiterleitete. Auf diese Weise konnte höchstens die Sonde geortet werden, nicht jedoch unser Stützpunkt.

Atlans Bestätigung war nur kurz darauf eingetroffen. Gleichzeitig forderte er uns auf, uns ruhig zu verhalten und auf weitere Anweisungen zu warten, ehe der zweite Teil unserer Mission in Angriff genommen werden sollte. Seitdem waren wir, wenn man von einigen sehr aufschlußreichen Erkundungsausflügen absah, zur Untätigkeit verdammt, die mit jedem Tag unerträglicher wurde, bis wir schließlich soweit waren, uns gegenseitig aus dem Weg zu gehen. Dann endlich, vor vierzehn Tagen Standardzeit, war eine weitere Nachricht von Atlan und Perry Rhodan eingetroffen.

Perry Rhodan hatte lediglich einige Symbolgruppen senden lassen, die nur wir verstehen konnten.

Wir hatten sie nach unserer Spezialkladde entschlüsselt. Es war noch nicht einmal ein Rechengerät erforderlich gewesen.

Rhodan hatte die Ankunft eines schnellen Kreuzergeschwaders gemeldet. Es sollte in das Verth-System vorstoßen und den Anschein erwecken, als wollten die Terraner wieder einmal den Versuch einer bewaffneten Fernaufklärung machen.

Bei dieser Gelegenheit sollte ein präpariertes, robotgesteuertes Raumschiff so geschickt abgeschossen werden, daß es in die Lufthülle des Planeten stürzen mußte.

Insoweit glich der Plan jenem, den wir bei unserem Landemanöver verfolgt hatten. Das hatte sich so gut bewährt, daß Rhodan anscheinend auf den Gedanken gekommen war, ein zweites und ähnliches Experiment zu wagen; nur mit dem Unterschied, daß er diesmal nicht mit einem erbeuteten Bluesraumer erschien, sondern offen mit einem starken Verband.

Auch hing unter der Zelle des präparierten Schiffes kein Schwerer Kreuzer meines Volkes, sondern es transportierte in einem Spezialladeraum ein großes U-Boot, das unbemerkt in dem Zentralozean abgesetzt werden sollte.

Seit dem Eingang der Funknachricht befanden wir uns in höchster Alarmbereitschaft. Zusammmen mit den Informationen über die genau festgelegte Ankunft eines Spezialschiffes hatten wir noch den Befehl erhalten, ein ortungssicheres Unterwasserversteck für das U-Boot zu erkunden.

Mir war keine andere Wahl geblieben, als mit dem Spezialboot der LUVINNO die Küste abzufahren und nach einer natürlichen Höhle oder Unterwasserschlucht zu suchen, in der wir das gigantische Boot verstecken konnten.

An den Bau einer Schleuse, die es erlaubt hätte, den Hangar leerzupumpen, war natürlich nicht zu denken gewesen. Für solche Vorhaben hätten uns auch die technischen Mittel gefehlt, denn mit einem Ausbrennen des Bunkers allein wäre niemand gedient gewesen. Bei der Anwendung der dazu erforderlichen Strahlgeschütze wären wir wahrscheinlich endgültig geortet worden.

Nun – wir hatten einen schlauchartigen Felseinschnitt in der Unterwasserküste gefunden. Er war sogar 150 Meter lang und so breit und hoch, daß er das terranische Boot aufnehmen konnte. Die Küste war zerklüftet. Es war einfacher gewesen, als ich angenommen hatte.

Melbar Kasom und die vier Terraner hatten den Naturhangar zusätzlich erkundet. Einige störende Vorsprünge waren vorsichtig mit den Desintegratorgeschützen der LUVINNO zerpulvert worden. Wir hatten auch das Auflagebett geebnet, soweit es eben möglich gewesen war.

Nun befand ich mich mit meinem Spezialboot, das von außen betrachtet einem Fisch glich, auf dem Wege zu jener Insel, in deren Nähe das alte Robotschiff abstürzen sollte.

Rhodans und Atlans Wissenschaftler hatten wieder einmal sehr genau gearbeitet. Sie kannten die Position des von uns erbauten Unterwasserstützpunktes aus meiner Funknachricht. Da außerdem Karten über Gatas vorhanden waren, hatte man den Absturzpunkt so exakt berechnet, daß er nur hundertsechzig Kilometer von unserer Zentrale entfernt war.

Wie man das große U-Boot im letzten Augenblick vor dem Aufschlag ausschleusen wollte, war mir rätselhaft. Wahrscheinlich hatte man den ausgedienten Kreuzer vollkommen umbauen müssen. Sicherlich gab es auch noch besondere Schutzschirme, die den Körper vor dem Verglühen in der dichten Lufthülle bewahrten.

Damit war aber noch nicht alles getan. Wir hatten es selbst erlebt, wie schwierig es war, unbemerkt auf Gatas zu landen.

Ich war vor drei Stunden losgefahren. Koko steuerte das Boot mit einer Geschicklichkeit, wie sie kein lebendes Wesen aufbringen konnte. Er übersah nichts. Er hatte sich mit den Hauptanzeigen in Direktschaltung verbunden.

Kokos Gehirn war das letzte Meisterwerk siganesischer Mikrotechnik. Die verwendeten Ultratransistoren waren mikroskopisch klein. Unsere Techniker hatten bei der Unterbringung der einzelnen Bauelemente eine Packungsdichte erreicht, wie sie nie zuvor dagewesen war.

Ich stand in der Zentrale und beobachtete den vollautomatischen Standortzeichner, der die jeweilige Position angab.

Wir befanden uns dicht vor der Insel. Hier und da waren uns jene seltsamen Transportbehälter begegnet, wie man sie auf Gatas zur Beförderung großer Gütermengen verwendete.

Auf der offenen See waren sie nur selten anzutreffen; aber die zahllosen Untergrundflüsse dieser Welt wimmelten davon.

Ich fuhr die Kombisonde aus. Sie war nicht größer als ein Korken, schwamm auf der Wasseroberfläche und übermittelte mir die gewünschten Daten.

Die Fernsehübertragung war gut. Noch besser aber funktionierte die Impulsaufnahme. Ich zuckte zusammen. Das Boot, das wir nur deshalb mit der Haut eines eingefangenen und ausgenommenen Fisches umkleidet hatten, um nicht erkannt zu werden, wurde in seinen Verbänden erschüttert.

Weit über uns tobte eine Raumschlacht. Die Energieschockwellen der Waffen waren ungeheuer.

Koko drehte sich um. In seinem Kopf, der wie eine altertümliche Glühbirne aussah, waren lediglich die Konturen der dort eingelagerten Schaltelemente zu erkennen, so klein, daß sie noch nicht einmal vom mikroempfindlichen Auge eines Siganesen voneinander getrennt werden konnten. Dazu benötigte man ein Mikroskop.

Die Sehmechanismen des Robots konnte ich nur erkennen, weil ich wußte, wo sie zu suchen waren.

„Hörst du das, Sir? Die liegen sich in den Haaren. Wenn alles klappt, muß in zehn Minuten das Schiff abstürzen, Sir – das wird aber spritzen!"

Ich warf Koko einen verweisenden Blick zu.

„Kümmere dich um deine Aufgabe", sagte ich mit erhobener Stimme. „Das Boot krängt um fast ein Grad nach Steuerbord."

„Verzeihung, Sir. Irrtum, Sir. Du stehst schief. Der atmosphärische Überdruck innerhalb der Zelle übt einen Stau auf deinen Gleichgewichtssinn aus. Der Überdruck muß aber sein, da wir ständig in einer Wassertiefe von dreißig Metern leben. Da ein sehr schneller Druckausgleich nach längerem Aufenthalt nicht angemessen ist, kommt es also innerhalb deiner organischen und daher empfindlichen Ohren zu einer . . . !"

„Aufhören!" unterbrach ich ihn.

Kokos halbtransparente Gehirnumhüllung begann zu leuchten; ein Zeichen für eine angestrengte „Geistestätigkeit."

„Der Begriff ‚aufhören‘ bezieht sich auf die Beendigung einer Tätigkeit; also auch auf die des Sprechens, das wiederum ein Folgeprodukt organisch-geistiger oder mechanisch ablaufender Denkvorgänge ist. Wenn ich in der Tat ‚aufhören‘ soll, so ist das nach den Richtlinien meiner Logik identisch mit dem Befehl zu meiner sofortigen Selbstvernichtung, denn ohne denken zu dürfen, bin ich so gut wie tot. Verstehst du das, Sir?"

Ich sah den Birnenkopf mit der Fassungslosigkeit an, die mich immer dann überfiel, wenn er zu seiner Robotlogik Zuflucht nahm.

„Nein, das verstehe ich nicht. Wenigstens will ich es nicht akzeptieren."

„Das ist, mit Verlaub gesagt, Sir, ein Zeichen unklarer Überlegungsprozesse. Du hast mir befohlen, ‚aufzuhören‘. Also muß ich mich vernichten. *Soll* ich mich vernichten?"

„Nein!"

„Wirklich nicht, Sir?"

„Nein!" sagte ich etwas lauter. Meine Stimme begann zu zittern. Die Lautsprecher der optischen Energietasteranzeige drohten zu bersten. Im Raum über Gatas tobte noch immer die Schlacht.

„Sage es deutlicher, Sir. Ein Nein ist nicht bindend. Es kann den einmal gegebenen, eindeutigen Befehl nicht aufheben."

„Ich sage auch nur nein."

„Sir, widerrufe den Befehl", beschwor mich der Birnenkopf. Bittend erhob er die dünnen Metallarme.

Ich wollte nur noch meine Ruhe haben und widerrief den Befehl. Koko war glücklich und begann erneut zu plappern. Glücklicherweise nicht mehr im Rahmen seiner positronischen Logik, auf die man so schlecht eingehen konnte.

Eine Sekunde lang dachte ich an den ertrusischen Überriesen Melbar Kasom. Wenn er Kokos Argumente gehört hätte, wäre Kasom wahrscheinlich wieder in ein Gelächter ausgebrochen, das auf mein hochempfindliches Gehör wie das Donnern einer Atomexplosion wirkte.

Melbar Kasom, Oberleutnant und Spezialist der USO, war überhaupt zu einem Problem erster Ordnung geworden.

Was glauben Sie wohl, was ein Mann von 16,3 Zentnern Körpergewicht, 2,51 Metern Größe und mit einer Schulterbreite von 2,13 Metern alles essen kann?

Unsere stolze LUVINNO durchmaß sechs Meter. Wenn wir den von ihrer Hülle umschlossenen Hohlraum ausschließlich mit Lebensmitteln und nicht mit Maschinen aller Art angefüllt hätten, wäre Kasom wahrscheinlich vier Wochen lang damit ausgekommen. Bei äußerster Sparsamkeit!

Da wir aber nur Laderäume besaßen, die nach den Begriffen dieses überheblichen Menschen „bessere Keksdosen" waren, hatte ich mich schon wenige Stunden nach Melbars Befreiung dazu entschließen müssen, Fischfangkommandos in die Tiefen des Meeres zu schicken.

Neuerdings mußten wir die LUVINNO einsetzen, da nur mit ihren Waffen die Ungeheuer der Tiefe erlegt werden konnten. Kasom beschwerte sich bitter über die tägliche Fischration. Über den hohen Eiweißgehalt dieser Nahrung schien er nichts zu wissen. Andere Stoffe wurden seinem Körper durch Konzentrate zugefügt, aber damit war er auch nicht zufrieden. Ich kann Sie nur davor warnen, jemals einen umwaltangepaßten Ertrusgeborenen einzuladen.

Koko konzentrierte sich auf unsere Eigenortung. Wir konnten die Raumflugkörper nicht ausmachen.

Das Boot stand in nur fünf Metern Wassertiefe. Die Insel, bei der das Schiff programmgemäß abstürzen sollte, war etwa zehn Kilometer entfernt. Sie war ein unbewohntes, vegetationsloses Felseiland.

Wir verfolgten die Ereignisse im Raum. Immer wieder fragte ich mich, was in meiner Abwesenheit geschehen war. Hatten die Blues die Initiative ergriffen, nachdem sie vorher nur beobachtet hatten?

Meine Gedanken drehten sich wieder einmal um die infolge der Molkexpanzerüberzüge unzerstörbaren Blues-Kampfschiffe. Bisher war es selbst den größten Superschlachtschiffen der Terraner nicht gelungen, einen Molkexriesen abzuschießen.

Das eigenartige Panzermaterial schien sämtliche energetischen Gewalten, gleichgültig ob Impulsstrahlungen oder die Glutbälle explodierender Gigabomben, wie ein Schwamm aufzusaugen.

Ich war nicht nur deshalb auf Gatas abgesetzt worden, um die Gefangenen zu befreien, mußte ich mir immer wieder klarmachen. Meine zweite Aufgabe bestand darin, herauszufinden, wie das Molkex bearbeitet wurde und wie man es vielleicht zerstören könnte.

Einige Hinweise hatten wir gefunden. Meine neue Vogelmaske, ein vorzüglich getarnter Fluganzug, hatte sich bewährt. Niemand hatte mich bemerkt; niemand unter den Blues war auf die Idee gekommen, der Vogel wäre gar kein Vogel, sondern der USO-Spezialist Lemy Danger. Darüber brauchte ich aber augenblicklich nicht nachzugrübeln. Nun kam es erst einmal darauf an, die Ausschleusung des U-Bootes zu beobachten und mit seiner Besatzung Verbindung aufzunehmen.

Ein fürchterliches Tosen veranlaßte mich, zur Datenauswerfung hinüberzuspringen. Dicht daneben waren die vier Bildschirme der optischen Beobachtung angebracht.

Sonnenhelle Glutbahnen, dick wie alte Eichen und heiß wie der Gasball einer Kernreaktion, zuckten in den Himmel.

Die schweren Forts der Küste hatten das Feuer eröffnet. Die mit zehn Prozent der einfachen Lichtgeschwindigkeit davonrasenden Energiestrahlen erzeugten entlang ihres Weges einen Verdrängungskanal, in dessen Vakuum die aufglühenden Luftmassen hineinstürzten.

Es war, als sollte diese Welt untergehen. So ein Feuer hatte ich noch nie erlebt – wenigstens nicht aus so geringer Entfernung. Mehr und mehr Batterien fielen ein.

Ich wußte aus persönlicher Erfahrung, daß gatasische Thermostrahler und ähnliche Energiegeschütze minderwertig waren, aber nur dann, wenn man in einem hervorragend abgesicherten Schiff der terranischen Flotte saß.

Augenblicklich war ich fest davon überzeugt, bessere Waffen könnte es überhaupt nicht geben! Der Himmel flammte. Das Licht der blauen Sonne wurde nichtig im Verhältnis zu diesem überaus grellen Lohen, das aus den Schlünden schwerster Fortgeschütze hervorbrach.

Hundertsechzig Kilometer von uns entfernt wurden entlang der Küste in jeder Sekunde mehrere hundert Millionen Megawatt verbraucht. Diese ungeheuren Energien wurden aber „nur“ für die hochenergetischen Schirm- und Gleichrichtungsfelder der Kanonen benötigt. Man bändigte damit die freiwerdenden Kernkräfte der Geschützreaktoren, die erst die eigentlichen Energiestrahlungen lieferten.

Die ausgefahrene Sonde schwebte zehn Meter über dem Meeresspiegel, als die Geschütze endlich ihr Feuer einstellten. Trotzdem wurde sie ununterbrochen umspült.

„Sie kommen!" erklärte Koko mit der für Menschen unfaßlichen Ruhe einer Maschine.

Ich sprang von meinem Sitz auf und beugte mich über die Echoschirme des Masse- und Energietasters. Eine Sekunde später sprach auch der optische Empfang an. Die Sonde arbeitete besser als gedacht.

Ein riesiger Körper stürzte aus dem Blau des Himmels auf die nahe Insel zu. Er leuchtete in heller Weißglut. Riesige Flammenzungen, atomaren Explosionen ähnlich, zuckten aus dem rotierenden Ball hervor. Bruchstücke wurden davongewirbelt.

„Die sind erledigt, Sir", behauptete Koko. „Die sind von den Forts voll getroffen worden."

Der Schiffsriese, ein alter Schlachtkreuzer der arkonidischen Robotflotte, war nur noch wenige tausend Meter hoch.

Heulen und Tosen in den Lautsprechern. Die Automatik schaltete auf geringste Lautstärke zurück. Alles geschah gleichzeitig. Mein Gehirn arbeitete nicht schnell genug, um die vielen Sinneseindrücke auf einmal erfassen zu können.

Eben noch hatte es so ausgesehen, als sollte der Kreuzer auf dem Wasser zerschmettert werden. Dann stand er plötzlich zwei oder drei Meter über der Oberfläche still. Haushohe Wogen brandeten gegen die noch immer stabilen Schirmfelder an. Unter dem Schiffskörper entstand ein Verdrängungstrichter, dessen Ränder von gigantischen Wasserbergen überspült zu werden drohten.

Im unteren Teil des Kugelrumpfes hatte sich ein etwa hundertfünfzig Meter langes Luk geöffnet. Ein walzenförmiger Körper mit rundem Bug und spitz zulaufendem Heckteil fiel durch eine Strukturlücke im Energieschirm heraus.

Er tauchte ins Wasser ein und versank wie ein Stein. Das Ausschleusen war im Moment des Fahrtstillstandes geschehen und hatte nur wenige Sekunden gedauert. Jetzt begannen wieder die Triebwerke zu orgeln.

Violette Impulsbündel schossen aus den Schirmfelddüsen heraus und peitschten den Ozean noch stärker auf als zuvor. Der Schiffsriese begann langsam zu steigen.

Erst in dieser Sekunde erfaßte ich die Manöverplanung. Den Beobachtern hatte es unter keinen Umständen verborgen bleiben können, daß der scheinbare Absturz noch im letzten Augenblick aufgehoben werden konnte. Nun sollte der Eindruck erweckt werden, als wollte das Schiff wieder steigen. Das *mußte* bei den Blues die Erkenntnis auslösen, daß man die Beschußschäden falsch eingeschätzt hatte. Die Folge davon war eine erneute Feuereröffnung.

Das wäre nicht schlimm gewesen, wenn ich mit meinem winzigen Einsatzboot nicht haargenau in der Feuerlinie gestanden hätte. Diesmal würden die vernichtenden Energiebahnen fast die Wellenkämme streifen.

„Nach unten, schnell", schrie ich.

Koko handelte bereits. Die Entlüfter der Fluttanks glitten auf. Zugleich begannen die Ansaugturbinen zu heulen, um die Verdampfungs- und Expansionskammer des thermischen Atomtriebwerks mit dem Ausstoßmedium Wasser zu versorgen. Mit dem Staustrahlaggregat war in dem fahrtlosen Zustand des Körpers nichts anzufangen.

Wir schossen im Winkel von fünfundsiebzig Grad in die Tiefe. Es war mir vollkommen gleichgültig, wo oder wie wir unten ankommen würden. Ich dachte nur noch an die Flucht vor dem bevorstehenden Inferno.

Das Donnern der Raumschiffstriebwerke wurde plötzlich von einem anderen Tosen überlagert. Die Forts schossen wieder.

Noch ehe Koko das Boot in tausend Meter Tiefe abfing, vernahmen wir mit Hilfe der Horchanlage eine schwere Explosion, der weitere Detonationen folgten.

Ein riesiger Körper stürzte ins Wasser und explodierte dort nochmals. Das war das Ende des Robotschiffes, das nach der Ausschleusung des U-Bootes seine Schutzschirme abgeschaltet hatte.

Die Druckwellen brachen sich nach oben Bahn. Wir verspürten nichts mehr davon.

In zwölfhundert Meter Tiefe berührten wir den Grund. Koko verankerte das Boot und schaltete die Maschine ab. Es wurde still. Nur im Horchgerät war noch etwas zu vernehmen. Das Kluckern und Wallen deutete darauf hin, daß der Rumpf des Robotkreuzers nicht völlig zerrissen worden war. Aufgestaute Luftmassen entwichen aus dem Schiffskörper.

Wenig später berührte das Wrack ebenfalls den Meeresboden. Das Wallen hielt noch immer an, aber jetzt konnte es mich nicht mehr beunruhigen.

Koko handelte praktischer als ich. Er ließ sich nicht von Gefühlen leiten. Ohne mich zu fragen, schaltete er das Unterwasser-Funksprechgerät ein.

„Es wird Zeit, Sir."

Ich nickte ihm zu und führte das Mikrofon vor die Lippen.

„Siga ruft großen Fisch, Siga ruft großen Fisch. Manöver beobachtet. Melden Sie sich."

Nach dem zweiten Anruf knackte es im Empfänger. Eine volltönende Stimme wurde vernehmbar. Der Mann benutzte eine altterranische Sprache, die außer mir nur noch wenige USO-Spezialisten verstanden. Es war Englisch.

„Großer Fisch an Siga. Können Sie mich verstehen?"

„Selbstverständlich", entgegnete ich etwas gekränkt. Dieser Terraner war anscheinend der Auffassung, kleine Leute wie ich müßten dumm sein.

„Verzichten wir auf weitschweifige Erklärungen", fuhr ich fort. „Dieses Gespräch kann aller Wahrscheinlichkeit nach nicht abgehört werden. Wir sollten trotzdem so schnell wie möglich zusammenkommen. Ich habe mein Boot auf Grund gelegt. Wo sind Sie?"

„Wir liegen ebenfalls auf dem Meeresboden. Ich habe die Anweisung erhalten, Ihren Anruf abzuwarten."

Atlan, mein Chef, hatte sich natürlich denken können, daß ich am Brennpunkt des Geschehens weilen würde.

„Sehr schön", entgegnete ich mit einer Spur von Selbstzufriedenheit. „Geben Sie mir Peilzeichen, und öffnen Sie Ihre Schleuse. Ich finde Sie schon. Mein Boot ist allerdings fast zwei Meter lang. Haben Sie eine so große Schleuse?"

Mein Gesprächspartner hustete eigenartig gepreßt. Koko meinte dazu:

„Der Rüpel lacht über dich, Sir. Klar hat der eine so große Schleuse."

„Wie bitte – *wie* lang ist Ihr Boot?" fragte der Fremde.

Ich ergrünte vor Zorn, aber ich beherrschte mich.

„Zwei Meter", entgegnete ich. „Sie haben schon richtig gehört. Wundern Sie sich aber nicht, wenn Sie einen großen Fisch sehen. Das ist nämlich unser Tarnüberzug. Wo bleiben die Peilzeichen?"

„Spreche ich mit Mr. Danger?" erkundigte sich der Terraner.

„Das will ich wohl meinen. Sie sprechen mit Major Lemy Danger, Spezialist der USO. Wie lange wollen Sie noch reden? Ihre Peilzeichen, bitte."

Koko hatte längst Fahrt aufgenommen. Ehe die ersten Piepstöne aufklangen, hatte er schon den Kurs bestimmt. Wir glitten mit hoher Fahrt auf den Liegeplatz des Bootes zu. Nach einer Viertelstunde entdeckten wir es vor dem Steilhang eines unterseeischen Gebirgszuges. Fast hätten wir die Umrisse des Körpers für ein Riff gehalten. Das Boot strahlte nur geringfügig infrarot; ein Zeichen dafür, daß die Wärmeentwicklung in seinem Innern nicht sehr stark sein konnte.

Ich konzentrierte mich auf das Manöver.

Hinter dem schlanken Turm erstreckte sich ein wulstartiges Gebilde von etwa zehn Metern Länge. Das war die gesuchte Schleuse. Koko steuerte unser Boot hinein.

Die Außentore glitten zu. Altertümliche Kolbenpumpen begannen zu arbeiten. Ich lauschte auf den seltsamen Arbeitston, bis ein Klingelzeichen ertönte. Jemand berührte unser Fahrzeug so heftig, daß es sich zur Seite neigte.

Erschreckt eilte ich zum Turmluk empor und riß es auf. Es befand sich in der Rückenflosse der Fischtarnung.

Dicht über mir gewahrte ich das Gesicht eines uniformierten Terraners. Sein Kopf war größer als mein U-Bootsturm. Er sah mich mit einem so dummen Gesichtsausdruck an, daß ich mir ein Lächeln nicht verkneifen konnte.

Elegant schwang ich mich aus dem Luk auf die schmale Plattform des Turmes. Unter mir der Roboter. Er wollte auch nach oben.

Ich stützte die Hände in die Seiten und sah mich um.

„Sie haben wohl auch noch nie einen Einsatzoffizier der USO gesehen, was?" schrie ich zu den unverschämt feixenden Terranern hinauf. „Wer ist hier der Kommandant?"

Ein dicker Mann nahm Haltung an. Ich betrachtete ihn mißtrauisch, da ich nicht wußte, ob er nun Theater spielte oder ob er tatsächlich Respekt empfand. Ich entschloß mich dazu, die letzte Möglichkeit als gegeben anzusehen.

„Captain Komo Isata, wenn Sie gestatten, Sir", sagte der Uniformierte so laut, daß ich mir die Ohren zuhalten mußte.

„Angenehm", winkte ich ab. „Ist Ihr Boot einsatzklar? Wir müssen hier sofort verschwinden."

„Wie Sie meinen, Sir. Der Großadministrator hat mich über Ihre Person aufgeklärt. Wir unterstehen Ihrem Befehl."

Ich sah mich nach Koko um. Hoffentlich hatte er es auch gehört. Meine Stimmung besserte sich zusehends. Höflichen Männern kann ein Siganese niemals böse sein. Über die Hänseleien – na ja, darüber konnte man ja zur Not hinwegsehen.

Ich blickte auf die Uhr.

„Wenn Sie die Güte haben wollten, Captain, mir Ihren angewinkelten Unterarm als Sitzgelegenheit zur Verfügung zu stellen, wäre ich Ihnen sehr verbunden. Ich bin leider nicht ganz so groß wie Sie. Sie könnten mich durch Ihr Boot tragen. Mein Robot kann fliegen."

Der Terraner bückte sich und hielt mir seinen Arm hin. Er war dicker als mein Körper. Ich schwang mich hinauf, setzte mich im Reitersitz nieder und hielt mich mit beiden Händen am Uniformärmel fest.

Zwei andere Männer ergriffen mein schönes Spezialboot an Bug und Heck und trugen es aus der Schleuse hinaus, als hätte es überhaupt kein Gewicht. Mir stockte der Atem!

Wenig später befand ich mich in der Zentrale. Sie war gigantisch, wenigstens für meine Begriffe. Ich bemerkte vier Techniker, die schweigsam vor ihren Geräten saßen.

Fünf andere Personen wurden mir vorgestellt. Es handelte sich um Wissenschaftler des Experimentalkommandos, einer Unterabteilung der Galaktischen Abwehr.

188

„Ihr Boot strahlt kaum infrarot", stellte ich fest. „Welchen Antrieb benutzen Sie?"

„Der Großadministrator hielt es für wichtig, auf Gatas *nicht* mit atomaren Aggregaten zu arbeiten", erklärte Captain Isata. „Wir haben nach uralten Unterlagen ein Spezialfahrzeug herstellen lassen. Sehen Sie sich um. Solche U-Boote wurden im sogenannten Zweiten Weltkrieg der Menschheit hergestellt. Wir benutzten deutsche Entwürfe aus dem Jahre 1944–45. Die damaligen Typen sollen die besten der Welt gewesen sein. Lediglich die moderne Positronik wurde zusätzlich installiert. Sonst ist alles so nachgebaut worden, wie es die alten Ingenieure vorschrieben."

„Phantastisch!" sagte ich begeistert. Nun wußte ich, was Perry Rhodan und Atlan in den vergangenen drei Monaten getan hatten. Wir waren nicht in Vergessenheit geraten.

„Und Ihr Antrieb, Captain? Dürfte er nicht lebensgefährlich sein?"

„Das werden wir bald wissen, Sir. Für die Überwasserfahrt verwenden wir urzeitliche Verbrennungskraftmaschinen. Das sind Kolbentriebwerke nach dem sogenannten Dieselverfahren."

„Ich habe davon gehört. Sind die Maschinen luftatmend?"

„Ja, leider. Unter Wasser sind sie nicht zu gebrauchen. Dort verwenden wir entweder batteriegespeiste Elektromotoren oder ein damals epochemachendes H_2O_2-Triebwerk, das von einem Techniker namens Walter erstmals konstruiert wurde. Der Aktionsradius mit dieser Maschine ist klein."

„H_2O_2-Triebwerk? Sie meinen Wasserstoffsuperoxyd? Ist das in hoher Konzentration nicht ein gefährlicher Stoff?"

„Man kann ihn bis zu einer Reinheit von 85 Prozent gut beherrschen. Wir verwenden das heiße Verfahren. Das Wasserstoffsuperoxyd wird durch einen Katalysator in Wasser und Sauerstoff zersetzt. Mit Hilfe des Sauerstoffs kann ein hochaktiver chemischer Brennstoff verbrannt werden. Die Druckgase treiben eine Turbine an, die mit der Schraubenwelle gekuppelt ist. Die Sache ist etwas kompliziert, Sir, aber die Vorfahren kannten es nicht besser. Wir wollten unter allen Umständen eine hochenergetische Anlage vermeiden, also auch moderne Laderbänke."

Ich ließ mich in den Maschinenraum tragen. Staunend stand ich vor

189

den ungefügen Klötzen der sogenannten Dieselmotoren, die man aus einem Museum herausgeholt und wieder betriebsklar gemacht hatte. Die Techniker sollten vor den unmöglichsten Problemen gestanden haben. Solche Motoren liefen noch nicht einmal mit einer nur halbatomaren Plasmaemulsion. Eine Maschine war explodiert. Anschließend hatte man Atlan und Perry Rhodan gerufen. Sie wußten noch, wie Ungetüme dieser Art arbeiteten.

Ich entfernte mich äußerst behutsam aus der Nähe der gefährlichen Geräte, die aber den ungeheuren Vorteil besaßen, von keiner Energieortung erkannt zu werden. Es erfolgte lediglich ein rein molekularer Gasabbrand.

Das H_2O_2-Triebwerk war mir schon etwas sympathischer. Es konnte ebenfalls nicht angepeilt werden. Es stammte wie die Diesel aus einem Museum. Nur das Boot hatte man neu erbauen müssen.

Ich gab Captain Isata den Kurs an und bereitete mich auf das Kommende vor. Im Grund genommen war ich glücklich. Die großen Laderäume des U-Bootes enthielten Ausrüstungsgegenstände in Hülle und Fülle. Es war nichts vergessen worden.

Außerdem – und das war wichtig! – besaßen wir nun einen supermodernen terranischen Materietransmitter, dessen Energiestation wegen der Ortungsgefahr allerdings erst dann anlaufen durfte, wenn es nichts mehr zu verlieren gab.

Isata verschwand im Maschinenraum. Er konnte mit den geheimnisvollen Aggregaten der Vorfahren gut umgehen.

„Er wird doch nicht die Diesel benutzen?" fragte ich.

Professor Ohntorf, ein führender Hyperphysiker des Imperiums, sah beunruhigt zu dem Maschinenschott hinüber.

„Ich glaube nicht. Wir müssen ja wohl unter Wasser fahren. Diese Maschinen sind leider nicht so ungefährlich wie ein Fusionsreaktor. Beim ersten Probelauf flog ein Einlaßventil heraus. Anschließend brach eine Nockenwelle. Ich fühle mich in der Nähe dieser urweltlichen Monster nicht sehr wohl."

Ich nickte dem relativ kleinen Terraner verständnisvoll zu. Ein Brausen erschütterte das Boot. Erschreckt klammerte ich mich fest.

Es waren nur einundfünfzig Männer an Bord der NAUTILUS, wie man das Spezialboot nach einem alten Vorbild genannt hatte.

Rhodan hatte seine besten Wissenschaftler und Techniker geschickt, damit das Molkexproblem gelöst werden konnte.

Nun aber, beim Anlaufen der eigentümlichen Gasturbine, wurden wir blaß. Es bestand erhöhte Explosionsgefahr! Wie sicher konnte man sich dagegen an Bord eines überlichtschnellen Großraumschiffes fühlen.

Die Steuerpositronik brachte das Boot in Fahrt. In knapp tausend Metern Tiefe strebten wir mit einer Geschwindigkeit von zwanzig „Knoten" auf unser Ziel zu.

Isata kam verschwitzt aus dem Turbinenraum zurück. Er klopfte dreimal gegen den Stahlrahmen des Schotts und murmelte einige Worte, die wie eine heidnische Beschwörungsformel klangen.

„Geht es?" erkundigte ich mich angespannt.

„Noch", sagte er mit Grabesstimme. „Wenn das Ding nicht explodiert, werden wir wohl ankommen. Haben Sie ein Unterwasserversteck gefunden?"

„Ja. Es handelt sich um eine natürliche Höhle. Sie ist groß genug. Wird der Druckkörper des Bootes halten?"

„Dafür garantiere ich. In dieser Hinsicht sind wir nicht gezwungen worden, die schlechten Legierungen der Vorfahren nachzuahmen. Die Zelle besteht aus Terkonitstahl."

Anschließend erfuhr ich, wie man den Feuerriegel der Blues durchbrochen hatte. Der alte Robotraumer war ein fliegendes Kraftwerk gewesen. Die Schutzschirme waren nicht ein einziges Mal voll ausgelastet worden. Es hatte alles viel schlimmer ausgesehen, als es gewesen war. Die Besatzung des Bootes hatte kaum etwas von dem Landemanöver bemerkt. Ich blickte mich nach Koko um.

„Haben Sie meinen Roboter gesehen?"

„Er flog im Dieselraum herum, Sir."

„Was?" ächzte ich. „Ausgerechnet dort?"

Zehn Minuten später tauchte der Birnenkopf plötzlich wieder auf. Er landete vor mir auf dem Tisch und meinte großspurig:

„Ich habe das Dieselproblem exakt gelöst. Man muß kleine Männer in die Zylinder einsperren und sie auf den Kolben herumtrampeln lassen. Diese gleiten dadurch auf und nieder und bewegen eine Welle, an die man Maschinen anschließen kann."

Ich griff nach meiner Waffe. Isata lachte respektlos, und Koko flog schleunigst davon.

„Er hat einen Schaltfehler", entschuldigte ich mich schnell. „Stören Sie sich nicht an seinen Äußerungen."

Anschließend inspizierte ich die Ausrüstung der NAUTILUS. Sie besaß drei Decks, in denen vier Laboratorien mit der hochwertigsten Ausrüstung untergebracht waren, die ich je gesehen hatte.

Die Besatzung bestand nur aus den notwendigsten Bedienungskräften zur Lenkung des Unterwasserfahrzeugs. Nebenbei waren diese Männer noch erfahrene Spezialwissenschaftler. Professor Ohntorf war der Leiter des Teams. Captain Isata war für den militärischen Bereich zuständig. Er gehörte zu den fähigsten Offizieren der Galaktischen Abwehr.

Seit drei Monaten genoß ich wieder eine ordentliche Mahlzeit. Die siganesische Besatzung der LUVINNO war von Melbar Kasom innerhalb weniger Tage an den Rand des Ruins gebracht worden, denn dieser unverschämte Mensch hatte uns nicht ein Krümelchen natürlicher Nahrung übriggelassen.

Selbst während meiner gefährlichen Flugeinsätze mit der Vogelmaske hatte ich mich mit Konzentraten begnügen müssen.

Als ich meine Nöte erwähnte, kamen die Wissenschaftler sofort auf das Molkex zu sprechen. Ich hatte mit der Berichterstattung gewartet, da ich meinen besten Trumpf nicht sofort nach der ersten Bekanntschaft hatte ausspielen wollen.

„Wir stehen vor einem Rätsel", sagte Biophysiker Professor Redgers.

„Wir kommen bei der Analyse des vor Monaten auf Zannmalon erbeuteten Molkex einfach nicht weiter. Es gibt anscheinend nichts, worauf dieser Stoff reagieren würde. Es ist uns ein Rätsel, wie es den Blues gelingt, das Molkex zu verarbeiten, so daß es eine für ihre Zwecke erforderliche Form annimmt. Neuerdings tippen wir auf einen Katalysator, den wir wahrscheinlich ebenfalls kennen, der jedoch so alltäglich ist, daß niemand auf die richtige Idee kommt. Nachdem alle Experimente mit den ausgefallensten Mitteln modernster wissenschaftlicher Forschungen ergebnislos verlaufen sind, kann nur noch ein relativ unbedeutender Stoff in Frage kommen."

Ich fieberte in innerer Erregung. Die Gefahren, die das U-Boot in sich barg, waren vergessen. Ich wußte mehr – viel mehr als die Wissenschaftler der Erde. Spione wissen meistens mehr! Leider können sie in fast allen Fällen ohne die Unterstützung von Fachleuten mit ihren Untersuchungsergebnissen nichts anfangen. Mir war es ähnlich ergangen. Das war auch der Grund, warum ich so verzweifelt auf den Eingang neuer Informationen gewartet hatte.

„Ich habe die geheimen Fabriken gefunden, in denen das Rohmolkex bearbeitet wird", begann ich vorsichtig. Die Gesichter der Männer spannten sich.

„Und...?"

„Es gibt kein und, Professor; wenigstens nicht in Ihrem Sinne. Die gigantischen untergatasischen Fabriken, in denen der Grundstoff zu Panzerhüllen und flexiblen Kampfanzügen umgeformt wird, nennt man hier den ‚Block der fünften Wachsamkeit'. Millionen Tonnen Molkex sind in den Reservemagazinen eingelagert. Man hat eine gewaltige Vorratswirtschaft betrieben, nachdem man schätzungsweise zweitausend Jahre lang brutreife Schreckwürmer auf unbewohnten oder auch bewohnten Planeten absetzte, um auf das Ausschlüpfen der Hornschrecken zu warten."

„*Was* haben Sie beobachtet, Sir?" drängte der Chemiker Thorsen Arando. „Sie müssen doch etwas bemerkt haben!"

Ich zögerte mit der Antwort. Der Einsatz lag erst vier Wochen zurück. Ich war als Vogel getarnt in die untergatasischen Fabriken, die größten dieser Welt, hineingeflogen und hatte mich umgesehen.

Die einheimischen Natrals waren möwenähnliche Küstenbewohner, die aber von den Blues auch als Ziervögel gehalten wurden. Sie waren gelehrige Sprecher, und man sagte ihnen eine gewisse Intelligenz nach. Das Unternehmen war nicht einfach, aber auch nicht lebensgefährlich gewesen. Es gab viele Natrals in den gatasischen Untergrundstädten.

„Eigentlich habe ich nur einen Unfall miterlebt", erklärte ich den Experten. „Das Molkex wird durch einfach aussehende Sprühanlagen berieselt. Dadurch wird und bleibt es nach einem kurzen Aufwallen geschmeidig. Es kann von primitiven Maschinen gewalzt, geschnitten und anderweitig geformt werden. Etwa zehn Stunden nach Beendigung der Berieselung wird es plötzlich wieder hart und unangreifbar. Ich habe es genau verfolgen können. Wenn es nicht innerhalb des Erweichungsstadiums verarbeitet und an Ort und Stelle eingebaut wird, kann es nicht mehr angegriffen werden. Da versagt auch die Kunst der Blues."

„Berieselt? Womit?" fragte Ohntorf erregt.

Ich seufzte. An Bord der LUVINNO war diese Frage schon so oft durchgesprochen worden, daß sie mich nicht mehr beunruhigen konnte.

„Wenn wir das wüßten, Professor, wäre der Fall bereits erledigt. Es handelt sich um eine intensiv blaue, ziemlich dickflüssige Substanz mit einem ätzenden Geruch. Ich habe eine Probe davon erbeuten können. Die Analyse ist uns nicht gelungen. Allerdings möchte ich dazu sagen, daß meine Brüder an Bord der LUVINNO keine labormäßigen Möglichkeiten besitzen, komplizierte Untersuchungen vorzunehmen. Wir haben auch keine Wissenschaftler der entsprechenden Fachgebiete unter uns. Die LUVINNO ist ein Kampfschiff, das speziell für die Befreiung der Gefangenen ausgerüstet wurde. Ich setze alle Hoffnungen auf Sie."

„Intensiv blau, dickflüssig und von ätzendem Geruch", wiederholte Arando meine Worte. Seine Augen hatten sich etwas zusammengekniffen. „Hmm . . .!"

„Sie sprachen von einem Unfall, Sir", erinnerte Captain Isata.

„Er erfolgte kurz vor meinem Rückflug. Ich sollte in einen Käfig gesperrt werden. Etwas in der Grundbearbeitung des Rohstoffes schien mißlungen zu sein. Das typisch kurze Aufwallen hörte nicht mehr auf, sondern wurde zu einem Brodeln. Der angefeuchtete Molkexballen, ein Stück von etwa drei Metern Länge und einem Meter Dicke, kochte plötzlich und explodierte dann. Dabei bildete das Material handdicke Fladen, die gegen die Wand flogen, um dort haftenzubleiben. Wir sind davon überzeugt, daß dieses Unglück infolge einer falschen Aufbereitung der Berieselungssubstanz erfolgte. Wenn Sie herausfinden können, woraus sie besteht, haben wir zum Teil gewonnen."

„Zum Teil?" ereiferte sich Ohntorf. „Ich möchte sagen, wir haben dann alles gewonnen."

Ich begann auf dem Tisch hin und her zu schreiten. Nun lächelte kein Terraner mehr über meine Gestalt. Sie waren fasziniert, aufgeregt und so von der Materie gepackt, wie es auch unter meinen Brüdern der Fall gewesen war. Mittlerweile hatten wir uns wieder beruhigt; nein – wir hatten sogar resigniert.

„Das ist ein Irrtum, Professor", belehrte ich ihn. „Wir hätten damit nur erreicht, ebenfalls Rohmolkex bearbeiten zu können. Wir sind ziemlich sicher, daß beim Abernten des Molkex ebenfalls eine Art Besprühung stattfindet. Wir wissen, daß das Molkex, sobald es erstarrt ist, nicht mehr geerntet werden kann, zumindest nicht mit herkömmlichen Methoden. Die Blues sind jedoch in der Lage, das Molkex problemlos von den Planetenoberflächen zu lösen und in ihren Laderäumen unterzubringen. Das läßt darauf schließen, daß eine ständige Berieselung das Material handhabbar macht, nachdem es abgeerntet und bis es in die Fabrikanlagen gebracht wird. Dort wird das Besprühen solange fortgesetzt, bis das Material sich wie gewünscht verarbeiten läßt. Nach dem Ende der Berieselung haben die Blues etwa zehn Stunden Zeit, das Molkex dort unterzubringen, wo sie es haben wollen. Danach erstarrt es und wird selbst für die Blues unangreifbar.

Die Raumanzüge der Gataser müssen, um elastisch zu bleiben, über ein eigenes Besprühungssystem verfügen, das das Erstarren des Molkex dauerhaft verhindert. Wahrscheinlich funktioniert es mittels einer genau dosierten Flüssigkeit. Kommt es zu Abweichungen in der Dosierung oder im Mischungsverhältnis, reagiert das Molkex völlig anders. Ich habe nämlich beobachten können, wie sich einige Blues bemühten, die davongeflogenen Fladen wieder geschmeidig zu machen. Sie versuchten es mit der ätzenden Substanz. Das einmal wieder stabil gewordene Material sprach aber nicht mehr darauf an. Das bedeutet, daß wir noch lange keine Vernichtungswaffe gegen die Molkexpanzer besitzen, wenn es uns gelingt, die Berieselungsflüssigkeit zu analysieren. Die Panzerhüllen der Blues – Raumschiffe bestehen nämlich aus *bearbeitetem* Molkex, das demzufolge ebensowenig auf den blauen Stoff ansprechen wird wie die davongeflogenen Fladen in der Fabrikhalle. Sie müssen unsere Schwierigkeiten richtig einschätzen. Sie haben alle Möglichkeiten zum Experimentieren; aber sie dürfen nicht glauben, der Erfolg würde Ihnen in den Schoß fallen."

Ich blickte die Männer der Reihe nach an. Redgers, der Biophysiker, schien durch mich hindurchzusehen. Ohntorf benagte seine Unterlippe mit den Zähnen, und der Chemiker Arando hatte überlegend die Augen geschlossen.

Ich wußte, daß Rhodan Männer geschickt hatte, die zu den klügsten Köpfen des Imperiums zählten. Diese Wissenschaftler waren den Soldaten der LUVINNO grenzenlos überlegen. Sie dachten in ganz anderen Bahnen, besaßen mehr Phantasie und vor allem ein Fachwissen, das die Blues an den Rand des Abgrundes bringen konnte.

Diese Experten machten auch nicht viele Worte. Sie zogen sich zurück.

Während dieser Zeit ließ ich mir von Captain Isata erklären, was in den vergangenen drei Monaten geschehen war.

So erfuhr ich, daß die Schreckwürmer von dem Geheimabkommen mit den Terranern inzwischen Gebrauch gemacht hatten. Während wir auf Gatas warteten, hatten die Terraner drei zur Eiablage reife Schreckwürmer auf drei unbewohnte Planeten gebracht. Es handelte sich dabei um Welten in einer Sonnenballung, die man nach ihrem Entdecker „Hieße-Ballung" nannte. Allerdings stellte sich heraus, daß diese Aktion den Blues nicht verborgen geblieben war. Einige Molkexraumer hatten die terranischen Schiffe beobachtet, als sie die Schreckwürmer an Bord nahmen. Unklar war, ob die Blues aber auch wußten, *wohin* die Schreckwürmer transportiert worden waren.

Jedenfalls wußten die Blues nun von der Zusammenarbeit zwischen Menschen und Schreckwürmern, falls sie das nicht schon ohnehin durch die Verhöre der Gefangenen herausbekommen hatten. Bis zur Stunde verhielten sie sich dennoch abwartend und verzichteten auf Strafaktionen gegen die Schreckwürmer. Möglicherweise rechneten sie darauf, ihre Gunst früher oder später doch wieder zurückzugewinnen. Viel wahrscheinlicher war hingegen, daß sie nun ihre ganze Schlagkraft gegen das Vereinte Imperium einzusetzen gedachten und entsprechende Aktionen planten.

„Es dürfte von unseren Forschungsergebnissen abhängen, ob die Molkexraumer der Blues jemals zu schlagen sind oder nicht", erklärte Isata abschließend. „Sir – wenn wir versagen, geht das Imperium unter! Die Blues haben schlechte Waffen. Das wissen Sie. Dafür ist aber dieses Volk mit Nachwuchs und Raumschiffen so reich gesegnet, daß es uns trotz seiner minderwertigen Waffen überrennen wird. Die Völker des Imperiums haben keine Chance, wenn es uns nicht gelingt, ein Mittel gegen die bisher unzerstörbaren Panzerumhüllungen zu finden. Das ist die Situation, Sir."

Die Wissenschaftler hatten sich in einem kleinen Konferenzraum versammelt, in dem auch die Schaltanlagen des bordeigenen Positrongehirns eingebaut waren.

Als ich eintrat und auf einen Tisch kletterte, wurde heftig diskutiert. Der Biochemiker sprach mich sofort an.

„Herr Major – Sie sagten, die programmwidrige Explosion sei auf eine fehlerhafte Zusammensetzung der Berieselungssubstanz zurückzuführen?"

„Das nehmen wir an, Professor."

„Stufen Sie es als Tatsache ein. Es gibt keine andere Möglichkeit. Das Robotgehirn hat unsere Hypothese mit hundertprozentiger Sicherheit bestätigt. Der Molkexrohstoff reagierte unerwünscht, weil das Mischungsverhältnis nicht stimmte. Als die Blues versuchten, das Material wieder flexibel zu machen – verwendeten sie dabei das richtige Mischungsverhältnis, oder nahmen die Reste jener Flüssigkeit, durch die der Rohstoff wallte, explodierte und gegen die Wände trieb?"

Ich fühlte mich plötzlich nicht mehr wohl. Terranische Wissenschaftler sind ein ganz besonderes Völkchen. Wenn sich diese Leute erst einmal etwas in den Kopf gesetzt haben, so geben sie nicht eher Ruhe, bis sie die Lösung gefunden haben. Sie übersehen dabei meistens nur, daß sie andere Menschen, die nicht so fanatisch sind wie sie, auf unangenehmste Art strapazieren.

Ich dachte nach. Das Robotgehirn des Bootes, eine offenbar leistungsfähige Maschine in Kompaktbauweise, spie laufend Daten aus. Die Terraner waren schon bei der Arbeit, obwohl sie außer meinem dürftigen Bericht noch nichs in den Händen hatten.

„Ja, ich erinnere mich", gestand ich schließlich. „Man nahm Reste der überaktiven Flüssigkeit. Die Berieselungsanlage war abgeschaltet worden."

197

„Ist das sicher, Sir?"

„Vollkommen. Man schöpfte den Stoff aus dem Auffangbehälter."

„Überaktive Flüssigkeit!" sagte Redgers erregt. *„Überaktive* Flüssigkeit! Haben Sie das gehört? Da liegt das Ende des roten Fadens. Wir haben festzustellen, woraus die Substanz besteht. Notfalls muß noch mehr für Experimentierzwecke beschafft werden. Ich denke daran, den Normalstoff so hoch zu konzentrieren, wie es nur möglich ist.

Dann können wir damit versuchen, das bereits bearbeitete Molkex anzugreifen. Verstehen Sie richtig: ich sagte, das bereits bearbeitete, also erneut stabil gewordene Material. Fraglos finden in dem Rohmolkex während der Formgebung sehr heftige chemische und auch physikalische Prozesse statt. Warum sollte es unmöglich sein, in dem Material eine zweite Reaktion hervorzurufen? Die Lösung liegt in der Analyse der einwandfreien Berieselungsmischung. Darauf kann man aufbauen."

Koko kam herein.

Sein Flugaggregat summte leise. Es war für einige Minuten das einzige wahrnehmbare Geräusch.

Das Rechengehirn hatte sich abgeschaltet. Die Experten dachten nach. Sie waren anscheinend psychologisch und fachlich aufeinander abgestimmt. Niemand störte die Gedankengänge eines Kollegen.

Ich gab Koko einen Wink. Er erhob sich mit seinem Antigravfeld in die Luft und streckte mir seine Füße entgegen. Ich klammerte mich daran fest.

Der Birnenkopf flog mit mir davon. Er war ein zuverlässiges Beförderungsmittel für kurze Strecken.

Draußen erzählte er mir Einzelheiten über das U-Boot. Es fuhr noch immer in tausend Metern Tiefe auf den Hangar zu. Er lag nur wenige Kilometer von den äußeren Sicherungsgrenzen jener gigantischen Stadt entfernt, die man auf Gatas „Block der fünften Wachsamkeit" nannte.

Kein Ort im Imperium der Blues war für uns so wichtig wie dieser Block. Dort wurde das von zahllosen Raumschiffen herbeigebrachte Rohmolkex verarbeitet.

Dort lag die Lösung des Rätsels verborgen.

15. Melbar Kasom

Mein „Fischmenschendasein" hatte vor drei Monaten begonnen. Die zweihundert Miniaturterraner, die sich selbstbewußt „Siganesen" nennen und mir laufend vor den Füßen herumtanzten, daß ich kaum noch einen Schritt machen konnte, ohne vorher mit der Lupe den Boden abzusuchen – also diese etwas zu groß geratenen Bakterien hatten mir schon kurz nach meiner Ankunft in dem sogenannten Stützpunkt zugemutet, morgens, mittags und abends Fisch zu essen.

Ich hatte monatelang von einem terranischen Schweinchen geträumt; schön fett und mit dicken Hinterbacken, aber so etwas hatten die Siganesen nicht mitgebracht.

Endlich vor vier Stunden war das U-Boot mit den terranischen Experten eingelaufen.

Ein Melbar Kasom weint nicht so schnell – aber vor vier Stunden hatte ich fast geschluchzt wie ein Baby.

Ich war an Bord gewankt, hatte die Leute begrüßt und dann dem Koch angeboten, ihm die Füsse zu küssen. Um ihm zu zeigen, wie schwach meine Muskulatur schon geworden war, hatte ich ihn mit vier Fingern am Kragen hochgehoben, anstatt nur zwei zu benutzen. Da war er davon überzeugt gewesen, wie erschöpft vor Hunger ich war.

Aber genug davon. Der Kurze hatte wieder einmal einen seiner belächelnswerten Auftritte. Er stand auf einem Instrumententisch des chemischen Labors und redete – nein, schrie auf die Terraner ein, daß seine lindgrüne Gesichtshaut lila anlief. Der Angeber konnte sich nicht dazu entschließen, ein tragbares Verstärkergerät zu benutzen. Man hätte ja auf den Gedanken kommen können, die Stimme des Herrn Major wäre zu schwach ausgebildet!

Er unterbreitete den terranischen Spezialisten die Theorien, die wir ausgearbeitet hatten. Dabei tat der Kurze so, als hätte er es ganz allein gemacht.

Leider war der Sigakreuzer LUVINNO so winzig, daß ich noch nicht einmal meine Hand durch die sogenannten „Materialschleusen" strecken konnte, ohne die Nußschale zu zertrümmern.

Also war es mir und den vier aus der Gefangenschaft befreiten Terranern auch nicht möglich gewesen, den von Koko erbeuteten Katalysestoff zu untersuchen.

Lemy behauptete zwar, er hätte die zwanzig Kubikzentimeter persönlich aus dem Besprühungslabor beschafft, aber das stimmte nicht. Koko hatte den Behälter befördert, nachdem man den Kurzen beinahe in einen Käfig gesperrt hätte.

Ich hatte Tränen gelacht. Es war die einzige Erheiterung gewesen, die man mir während der drei Monate geboten hatte. Natürlich war Lemy, mein ehrwürdiger „Vorgesetzter", bitterböse geworden und hatte etwas von seinen Menschenrechten und seiner Menschenwürde gemurmelt.

Nun stellte er Thesen über Thesen auf, obwohl jedermann aus dem Stützpunkt wußte, daß wir weiter nichts erreicht hatten, als die Bearbeitungsmethode zu beobachten. Die winzige Probe war für die terranischen Wissenschaftler unzureichend. Es mußte mehr von der blauen Flüssigkeit hergebracht werden.

Der Rest, den die siganesische Schiffsbesatzung nach den ergebnislosen Versuchen übriggelassen hatte, schwamm in einer Kunststoffschale.

Ich saß in einer Ecke des chemischen Labors und aß. Damit verband ich zwei wichtige Tätigkeiten; denn einmal wollte ich endlich meinen Magen befriedigen, und andererseits mußte ich hören, was gesprochen und beschlossen wurde.

„Wir werden uns erst einmal mit dem Material beschäftigen, Sir", entschied der dürre Professor. „Dann sehen wir weiter. Wenn Sie schnellstens noch etwas besorgen könnten, wären wir Ihnen dankbar. Mit den restlichen Tropfen werden wir nicht weit kommen."

„Restlichen Tropfen?" staunte der Kurze, der wieder einmal alles von seiner Mikrowarte aus beurteilte. Ich lachte hämisch.

„Wieviel brauchen Sie, Professor?" fragte ich kauend. Der Mann zuckte zusammen. Schüchtern sah er mich an.

„Könnten Sie bitte etwas leiser sprechen, Herr Oberleutnant?"

„Aber sicher", flüsterte ich. „Ich werde Ihnen zwanzig Liter verschaffen. Reicht das für eine ausgedehnte Analyse?"

„Vollauf", warf Jery Redgers ein. Er musterte mich respektvoll. Das gefiel mir schon besser. Außerdem stieg meine Stimmung mit jedem Bissen. Wissen Sie – wenn ein Mann von meiner Art Hunger hat, ist mit ihm nichts anzufangen.

Danger drehte sich um und stützte großspurig die Hände in die Seiten.

„Darf man fragen, wie der Herr Spezialist in den ‚Block der fünften Wachsamkeit' hineinkommen will?" erkundigte er sich spitz. „Ich sehe mich leider außerstande, einen Kanister mit zwanzig Litern Inhalt zu befördern."

Ich begann gemütlich mit der Brusthälfte eines Schweinchens. Der Koch war verschwunden. Wahrscheinlich wollte er schnell neuen Reis bringen, ehe das Fleisch aufgegessen war.

„Ich habe mir deine Filmaufnahmen angesehen. Außerdem habe ich sämtliche Meßergebnisse überprüft. Entgegen unserer ursprünglichen Annahme bin ich jetzt davon überzeugt, daß man sich mit einem gut abgeschirmten Einsatzanzug hinauswagen kann, ohne sofort geortet zu werden. Ich kann durch einen Lüftungsschacht eindringen. Du hast weiter nichts zu tun, als vorher die Ansaugturbine so zu beschädigen, daß sie für eine Viertelstunde unbrauchbar wird. Die Schächte sind auch für mich groß genug. Mit den energetischen Entgiftungs- und Staubbindungsgittern werde ich allein fertig."

„Unmöglich!" behauptete der Kurze. „Man wird deinen Leistungsreaktor anpeilen. Wenn du durch einen Schacht gleiten willst, mußt du außerdem einen Antigravprojektor tragen. Die Eigenstrahlung dieses Gerätes wird unter allen Umständen wahrgenommen."

Ich sah mich nach Isata um. Er war Fachingenieur für Ultramaschinen.

„Sagten Sie nicht, Sie hätten die neuesten Entwicklungen des Imperiums an Bord? Was taugen die verbesserten Abschirmfelder? *Sind* sie gut?"

„Sie sind gut", bestätigte Isata. „Wenn Sie nicht näher als auf zehn Meter an eine Ortungsstation herankommen, können Sie nicht angemessen werden. Die Hyperimpulse eines Antigravs werden vom

Primärgitter in vierdimensionale Energieeinheiten umgewandelt und in dieser Form im Sekundärschirm absorbiert. Das war *die* Lösung für eine tadellose Antiortung. Die aufgenommene Wandelenergie wird in einem Banklader gespeichert."

„Und wenn er voll ist?"

„Können Sie ihn anzapfen. Er liefert dreihundertachtzig Volt Drehstrom für die Klimaanlage."

Ich aß weiter. Lemy schritt in Feldherrenpose auf dem Tisch herum. Er wirkte wie ein Mikro-Napoleon. Der Eindruck wurde nur von der schwarzen Uniformkombination der USO gestört.

„Wir brauchen das Material sehr schnell", gab Arando zu bedenken. „Die Flotte dürfte bald mit starken Blues-Geschwadern zusammenstoßen. Selbst wenn wir innerhalb von vierzehn Tagen eine Waffe gegen die Molkexpanzer finden sollten, so bedeutet ein gelungener Laborversuch noch lange nicht die praktische Einsatzreife. Sie müssen alles riskieren, meine Herren!"

„Auch eine vorzeitige Entdeckung, Doktor?" fragte ich.

Unsere Blicke trafen sich. Der Rothaarige nickte.

„Auch eine vorzeitige Entdeckung."

„Der Fall ist mit Lordadmiral Atlan durchgesprochen worden, Sir", warf Isata ein.

Ich aß den Reis, den man mir inzwischen gebracht hatte, der Einfachheit halber gleich aus dem Plastiksack.

„Dann sollten wir heute noch starten. Lemy, wie sieht es aus?"

Der Kurze gab seine großmächtige Haltung auf und fuhr sich über sein schwarzes Seidenhaar. Ich trug noch immer meinen steifen, borstigen Sichelkamm. Die freie Schädelhaut mußte enthaart werden. Die Terraner hatten wahrscheinlich die Paste mitgebracht.

„Wenn du nach dem Genuß eines halben Schweines und anderer Zutaten noch einsatzfähig sein solltest, könnten wir in zwei Stunden beginnen", erklärte der Kurze spitzfindig. „Bis wir oben ankommen, ist es dunkel."

Ich winkte ihm mit einem Knochen zu, und da ging er in Deckung.

„Abgemacht, Herr Major. Ist dein Vogel gut gelaunt?"

Ich tippte mir mit dem Knochen zufällig an die Stirn, und das legte der Zwerg falsch aus.

202

„Wie war das gemeint?" brüllte er. „Ich verbitte mir derartige Beleidigungen, verstanden!"

Ich lehnte mich vorsichtig zurück, um nicht die Wand einzudrücken.

„Freund, ich habe deine Vogelmaschine gemeint."

Endlich war ich wieder so ausgerüstet, wie es sich für einen USO-Spezialisten mit jahrzehntelanger Schulung gehörte. Atlan, mein höchster Chef, hatte dafür gesorgt, daß kein Teilchen vergessen worden war.

Ich trug einen flugfähigen Kampfanzug neuester Fertigung. Der flache Rückentornister enthielt ein komplettes Energieaggregat in siganesischer Mikrobauweise. Deflektor- und Antigravprojektor waren ebenfalls in dem Tornister eingebaut.

Ehe das Wasser in die Schleuse des Bootes flutete, schaltete ich den materieabweisenden Schutzschirm ein. Er folgte den Konturen meines Körpers und schloß mich vor dem nassen Element ab.

Von nun an gab es auch keine Schwierigkeiten mehr mit dem Wasserdruck. Der alte Stützpunkt, den wir nun aufgegeben hatten, lag dreißig Kilometer weiter östlich. Ich hatte ihn nur einige Male mit einem provisorischen Atemgerät verlassen können. Dabei hatte ich immer die Druckangleichprozedur über mich ergehen lassen müssen, denn das kleine Höhlensystem hatte in dreißig Metern Tiefe gelegen.

Fast genußvoll stemmte ich mich gegen die hereinschießenden Fluten. Sie konnten mir nichts mehr anhaben. Schon nach wenigen Augenblicken hörte das Sprudeln und Rauschen auf. Das schaumige Wasser beruhigte sich. Die äußeren Schleusentore glitten auf.

„Alles in Ordnung, Kasom?" ertönte Isatas Stimme aus den Lautsprechermuscheln meines Funkhelmes.

„Bestens in Ordnung", beruhigte ich ihn. „Verlassen Sie nicht Ihr Boot, selbst wenn ich länger fortbleibe als angenommen. Ich werde mich notfalls melden. Fahren Sie nach zwei Stunden eine Funksonde aus. Benutzen Sie eine siganesische Mikroausführung."

„Verstanden. Fertig, Kasom. Viel Glück."

„Haben Sie auch nicht den Faltbeutel für die Substanz vergessen?" fragte Professor Ohntorf an. Ich lachte nur.

Meinen Mikrogravitator, der mir auf so „leichten" Welten wie Gatas die gewohnte Schwerkraft von 3,4 Gravos vermittelte, hatte ich abgeschaltet. Ich kannte den Zustand der scheinbaren Schwerelosigkeit, der mich immer dann überfiel, wenn das Gerät nicht mehr arbeitete.

Ich ging auf das Schott zu, bückte mich und trat auf das Oberdeck des Bootes hinaus. Isata hatte seine Infrarotlampen angeschaltet. Durch meine Empfangsbrille konnte ich einwandfrei sehen.

Das Boot lag sicher und gut verankert in achtundfünfzig Metern Tiefe. Die von Lemy entdeckte Unterwasserschlucht eignete sich gut für einen ortungssicheren Hangar.

Weit über mir wölbte sich die Decke der schlauchartigen Höhle. Nur der hohe Turm des Bootes kam ihr nahe. Sonst war der torpedoförmige Rumpf gut aufgehoben.

Ich stieß mich ab und schwamm auf den Ausgang zu. Als ich ihn erreichte, wurde es dunkel. Hier unten gab es nichts, was eine eigene Wärmestrahlung entwickelt hätte. Meine I-Scheinwerfer wollte ich nicht einschalten.

So ließ ich mich einfach nach oben treiben, bis der erste Lichtschein erkennbar wurde.

In zehn Metern Tiefe schwamm ich weiter. Schon nach einer halben Stunde erreichte ich den von Lemy markierten Punkt, an dem ich auftauchen sollte.

Ich ließ mich zu dem Steilufer hinübertreiben und untersuchte argwöhnisch die angeklebte Leuchtmarke. Sie stammte aber von dem Kurzen. Ich lächelte über mich selbst. Blues liebten das Wasser nicht. Ich hatte noch nie einen Blue schwimmen oder am Strand baden sehen. Es war unsinnig, daran zu denken, die Leuchtmarke könnte eine Täuschung sein.

Ich schaute auf die Uhr. In zehn Minuten würde es dunkel werden, aber die Blues in den untergatasischen Fabriken und Wohnstädten würden trotzdem nicht zur Ruhe kommen.

Dieser Planet war die Keimzelle des blaupelzigen Volkes. Von hier aus waren vor Jahrtausenden die ersten Raumschiffe gestartet, um ein Kolonialreich von gigantischen Ausmaßen zu erobern.

Die Blues waren das kinderreichste Volk der Milchstraße. Sieben bis acht Nachkommen waren nach einer Reifezeit von nur drei Monaten eine Selbstverständlichkeit. Es war daher nicht verwunderlich, daß die Hauptwelt des Zweiten Imperiums vierzehn Milliarden Einwohner besaß, die man trotz der ununterbrochenenen Auswanderungen nicht verringern konnte.

Die übergroße Nachkommenschaft der Tellerköpfe hatte mir schon vor drei Monaten Rätsel aufgegeben. Die Blues waren intelligent, daran gab es keinen Zweifel. Sie besaßen auch ein großes medizinisches und biologisches Wissen. Fraglos wären ihre Wissenschaftler in der Lage gewesen, eine gut funktionierende Geburtenkontrolle einzuführen; aber sie dachten nicht daran!

Ganz im Gegenteil – der Nachwuchs wurde noch vom gatasischen Staat gefördert. Familien mit dreißig bis vierzig Kindern waren alltäglich. Lemy, der kurz nach seiner Landung als Bluesbaby getarnt die Oberfläche betreten hatte, war in eine schwierige Situation gekommen.

Lemy hatte damals festgestellt, daß die Blues fast verzweifelt um das Leben eines jeden Neugeborenen kämpften. Hinsichtlich der ungeheuren Geburtenziffern fand ich es erstaunlich, zumal das Bevölkerungsproblem kaum noch zu lösen war.

Wir wußten noch nicht genau, *wie* groß das Reich der Blues war. Wahrscheinlich hatten sie aber sämtliche Planeten besetzt, die sie jemals entdeckt hatten. Wohin sollte das führen?

Als ich auftauchte, war die blaue Sonne Verth schon hinter dem Horizont verschwunden. Nur die Spitzen der höchsten Gebäude schimmerten noch in einem verglühenden Leuchten.

Lemy hatte den Landungsplatz gut gewählt. Ich befand mich inmitten eines Hafenbeckens, in dem zahlreiche Schwimmkörper verankert waren. Seefahrzeuge im Sinne des Wortes waren auf Gatas niemals erbaut worden. Vielleicht lag es an der Scheu der Blues vor dem nassen Element oder an den Landbrücken, mit denen die einzelnen Kontinente fugenlos verbunden wurden.

Bootsähnliche Fahrzeuge hatte ich nur im „Block der neunzehnten Vorsicht", dem Sitz des Geheimdienstes, gesehen. Der Güterverkehr erfolgte, wenn nicht auf dem Land- oder Luftwege, ausschließlich durch jene großen, walzenartigen Schwimmkörper.

Ich schwamm zu einer Landungsbrücke hinüber, hielt mich am Pfeiler fest und schaltete den Energieschirm aus. Zugleich lief der Deflektorprojektor an. Das neue Antiortungsfeld umspannte den Energietornister mit den strahlenden Aggregaten.

Versuche hatten erwiesen, daß man den Leistungsreaktor und selbst den Antigrav nicht mehr ausmachen konnte. Das war ein ungeheurer Vorteil für mein Vorhaben.

Ich zog mich auf den Steg hinaus und sah mich um.

Ich erspähte nur wenige Blues. Auf dieser Welt ging man ohne zwingenden Grund nicht mehr aus, wenn die Sonne einmal untergegangen war.

Mit weiten Sprüngen eilte ich zu der Gruppe hinüber und blieb in gemessener Entfernung von ihr stehen. Es schien sich um Hafenbeamte zu handeln. Von der Sprache verstand ich kein Wort. Die Laute waren hoch und schrill.

Man bemerkte mich nicht. Etwa dreihundert Meter westlich ragte der Metallturm einer Ortungsstation in die Luft. Die kreisenden Antennen waren nach oben gerichtet. Von dort erwartete man den Gegner.

Einer der Blues ging so dicht an mir vorbei, daß ich zurückweichen mußte. Auch er sah mich nicht.

Er verschwand mit flinken Bewegungen hinter dem nächsten Gebäude. Ich fühlte mich von den beiden hinteren Augen angestarrt. Sie saßen in der Schmalkante des Kopfes. Die beiden vorderen Sehwerkzeuge nahmen wieder andere Eindrücke auf. Blues waren optische Allesfresser.

Sirenen begannen zu heulen. Auf dem Metallturm der Ortungsstation flammte ein violetter Kreiselscheinwerfer auf.

Die Hafenbeamten zogen sich in die Gebäude zurück. Ich ging ebenfalls in Deckung. Augenblicke später vernahm ich das Grollen eines landenden Raumschiffes. Der große Diskuskörper stieß flammend aus dem sternübersäten Himmel herab und verschwand hinter den Turmhäusern der oberen Stadt.

Drei Minuten später erfolgte die Entwarnung. Ich wartete die letzte Druckwelle ab und sah mich nach dem Kurzen um.

Unsere Planung hatte sehr kurzfristig erfolgen müssen. Einen geeigneten Ansaugschacht, durch den ein Teil der untergatasischen Anlagen mit Frischluft versorgt wurde, hatte Lemy schon vor Wochen gefunden. Er hatte sich mit seiner Vogelmaschine ungestört fortbewegen können, zumal der „Block der fünften Wachsamkeit" am Meer lag.

Nun zahlten sich die vielen Erkundungsflüge, Luftaufnahmen und Lagepläne aus. Wir wußten ausreichend genau, wo die einzelnen Niedergänge lagen, wo man die Belüftungs- und Abgasschächte in den Boden getrieben hatte und wo die riesigen Antigravlifte zur Beförderung sperriger Güter angelegt worden waren.

Zu einem planvollen Einsatz, der infolge meiner Körperkräfte wesentlich mehr Erfolge bringen mußte als ein Vorstoß des Siganesen Lemy Danger, hatte es aber erst jetzt kommen können. Das U-Boot hatte meine Spezialausrüstung mitgebracht. Den Siganesen war es mit der winzigen LUVINNO nicht möglich gewesen, meine schweren Waffen und Geräte zu befördern.

Ich bewegte mich unbeschwert. Als mir die für mich kaum spürbare Gravitation lästig wurde, schaltete ich wieder meinen Schwerkrafterzeuger ein, damit ich nicht laufend ungewollte Luftsprünge ausführte.

Es wurde immer dunkler. Die Stadt wurde zwar zu einem Lichtermeer, aber dieser Schein erreichte mich nicht mehr.

Ich wartete geduldig. Ertruser verlieren nicht so schnell die Ruhe. Das liegt vielleicht an unserem „dicken Fell", wie manche terranische Wissenschaftler sagen.

Etwa zehn Minuten später schlug etwas gegen meine Schulter. Ich rührte mich nicht. Kleine Finger krallten sich in das Material meines Kampfanzuges. Ich vernahm aber keine Atemzüge. Da wußte ich, daß Lemy seinen Mikroroboter geschickt hatte.

„Koko . . .?"

„Jawohl, Sir, ich bin es. Ich habe dich gesehen."

„Wieso?"

„Ich besitze eine Antideflektorschaltung, die auf deine Gerätfrequenz abgestimmt ist. Orten konnte ich dich nicht, Sir. Dein neuer Abschirmprojektor ist Klasse."

Ich lachte leise. Koko gefiel mir. Wenn er einmal einen Slangausdruck gebrauchte, wie er unter raumfahrenden Männern nun einmal üblich war, so nahm ich ihm das bestimmt nicht übel. Es handelte sich immerhin um eine Maschine.

„Wo ist der Einstieg, Koko? Hat Lemy jenen Schacht genommen, den wir uns ausgesucht hatten?"

„Nein, Sir, das klappte nicht. Der Sir kommt nicht an das Gebläse heran, ohne daß es auffällt. Wir nehmen einen Wasserturm."

„Einen was?"

„Das ist auch ein Doppelfunktionsschacht. Da er aber aus dem Meer ragt, sagen wir Wasserturm dazu. Die Untergrundstadt erstreckt sich teilweise unter dem Meeresboden. An dieser Stelle ist der Ozean nicht tief. Wir dachten, da wärest du vor Ortungsgeräten vielleicht besonders sicher. Weit und breit ist keine Antenne zu sehen.

„Gut. Fliegen wir los. Bleibe auf meiner Schulter, und halte dich fest. Ist Lemy schon unten?"

„Er sitzt unter dem Abdeckblech der Turbine und schwitzt Blut, Sir."

Ich konnte ein Auflachen kaum unterdrücken. Der Birnenkopf war in seiner Art köstlich.

Mein Antigrav lief summend an. Ich setzte die Anpassungsautomatik in Betrieb, deren Schwerkrafttaster sich auf die vorherrschende Gravitation einpendelte. Die Absorberleistung des Gerätes wurde dementsprechend hochgeschaltet.

Als ich schwerelos war, stieß ich mich kräftig ab. Zusammen mit Koko schoß ich senkrecht in die Höhe. Nur die Luft bot noch einigen Widerstand. Hundert Meter über dem Boden angekommen, begann der Schubpulsator anzulaufen.

Er arbeitete auf reiner Plasmabasis und war nicht auf das Medium Luft angewiesen. Es war ein Kombigerät, das man auch im freien Weltraum verwenden konnte.

In gestreckter Haltung flog ich auf das Meer hinaus. Schon nach wenigen Augenblicken erkannte ich mit Hilfe meiner Infrarotbrille ein stark wärmestrahlendes Gebilde, das etwa zweihundert Meter vom Ufer entfernt aus dem Wasser ragte.

Es handelte sich um ein etwa zwanzig Meter durchmessendes Stahlrohr, das in der Mitte durch ein massives Blech unterteilt war. Die eine Hälfte diente zur Führung der Abgase. Der zweite Teil leitete die Frischluft nach unten. Eine automatisch gesteuerte Windkappe krönte die stählerne Säule.

Ich landete mit ausgestreckten Beinen und hielt mich an der hochgeklappten Windöffnung fest. Ein brausender Abluftstrom, übelriechend und von allen möglichen chemischen Rückständen verunreinigt, heulte aus der einen Hälfte hervor.

Nebenan entstand ein gegenteiliger Effekt. Hier orgelte die angesaugte Frischluft mit Orkangeschwindigkeit in das Rohr hinein. Ehe ich die Gefahr richtig erkannte, wurde ich schon von dem Sog erfaßt.

„Vorsicht", schrie Koko. Seine Stimme klang in diesem Augenblick fast menschlich.

Ich mußte all meine Titanenkräfte aufbieten, um nicht in den gähnenden Schlund hineingerissen zu werden.

Als es mir gelungen war, hinter der halbkugeligen Schutzhaube in Deckung zu gehen und für meine Füße auf dem Drehkranz einen Halt zu finden, rief der kleine Roboter aus:

„Junge, *das* war eine Sache! Mein Sir wäre jetzt schon in der Hauptturbine gelandet. Du kannst fünf Männer auf einmal in die Luft werfen, nicht wahr?"

„Unterlasse die Schmeicheleien", knurrte ich den Birnenkopf an. „Wenn ich im Einsatz bin, bin ich dafür taub. Später kannst du mich nochmals fragen. Gib das Zeichen. Lemy soll die Turbine unbrauchbar machen. Ihr habt doch sicherlich ein Signal ausgemacht, oder?"

„Klar, Sir. Ehrensache. Ich gebe den Kurzimpuls durch. Hast du auch an die Energiegitter im Schacht gedacht? Es gibt zwei davon. Eins absorbiert Staub und sonstige Unreinheiten, das andere bindet strahlende Partikel."

„Laß das meine Sorge sein. Ich bin entsprechend ausgerüstet. Gib das Zeichen."

16. Lemy Danger

Haben Sie schon einmal hinter den Verkleidungsblechen einer Antriebswelle gesessen, die auf der einen Seite mit einem Elektromotor von zwanzigtausend PS verbunden und mit dem gegenüberliegenden Ende an einer riesigen Turbine angeflanscht ist?

Ehe Sie darüber nachdenken, erinnern Sie sich bitte daran, daß ich sagte, ich hätte *hinter* den Verkleidungsblechen gesessen!

Mitten in dem Wellentunnel war ein Übersetzungsgetriebe eingebaut. Die E-Maschine drehte mit sechstausend Touren, die Turbine mit elftausend.

Das Heulen und Tosen in den über mir liegenden Lüftungsrohren hatte mich schon vorher gezwungen, die Schallabsorber über die Ohren zu streifen. Trotzdem war das Geräusch noch immer so stark, daß mir bald die Sinne schwanden.

Die durch das Getriebe in zwei Hälften geteilte Welle war viele Male dicker als mein Körper. Mir war immer wieder, als griffe das stählerne Ungetüm nach meiner Kleidung, um mich anschließend herumzuwirbeln.

Ich hatte es noch nicht gewagt, auf den Getriebeblock zu klettern. Für meine Begriffe war er gigantisch. Die Reparaturöffnung in den Verkleidungsblechen hatte ich wieder geschlossen. Ich hatte erst etwas sehen können, nachdem ich meine Infrarotoptik eingeschaltet hatte.

In dem Wellentunnel herrschte eine solche Wärme, als schiene die Sonne. Wenn nur dieses grauenhafte Heulen nicht gewesen wäre!

Ich war mit einem normalen Einsatzanzug durch einen Materiallift in den „Block der fünften Wachsamkeit" eingedrungen. Kasom, dem Giganten, stand dieser Weg nur im Notfall offen. Ich konnte überall in Deckung gehen oder in einem Transportbehälter verschwinden.

Koko mußte jetzt oben sein. Wenn meine Berechnung richtig war, konnte er Kasom bereits erreicht und eingewiesen haben.

Ich sah erneut auf die Uhr. Am Ende des Wellentunnels rotierte der Verbindungsflansch zwischen Anker- und Getriebewelle. Die altertümliche Schraubverbindung war solide. Trotzdem dache ich laufend an alle möglichen Gefahren, unter denen der Effekt der Materialermüdung eine besondere Rolle spielte.

Wenn jetzt etwas brach, wenn nur ein Lager auslief oder sich durch ungenügende Schmierung festfraß, dann würde man vergeblich nach den sterblichen Überresten des USO-Spezialisten Lemy Danger suchen.

Endlich, nach nochmals fünf Minuten, sprach mein Helmempfänger an. Koko gab dreimal den vereinbarten Kurzimpuls. Demnach war er mit dem umweltangepaßten Ertruser auf dem Turm angekommen.

Vorsichtig schritt ich nach vorn. Das Getriebefundament, in das man die Queranker eingegossen hatte, bot einen guten Halt. Als ich der rasenden Welle noch näher kam, spürte ich wieder die starken Luftwirbel, die mich schon bei meinem Eindringen durch das Reparaturluk beinahe erfaßt hätten.

Ich legte mich flach auf den Boden und überwand kriechend die gefährliche Zone. Vor mir ragten die Gußstahlwandungen der Getriebeverkleidung in die Höhe. Sie wirkten auf mich wie ein terranischer Wolkenkratzer. Weit oben, von meinem Standpunkt aus nicht erkennbar, lag der Einfüllstutzen für das Schmiermittel. Ich mußte ihn erreichen und die Säurebombe hineinwerfen.

Danach hatte ich etwa zehn Minuten Zeit für den Rückzug. Die Spezialsäure würde den Schmierstoff zersetzen und sofort das Material der Getrieberäder und Wellenlager angreifen. Was bei dieser hohen Drehzahl anschließend geschehen mußte, konnte ich mir vorstellen.

Andere Möglichkeiten, die Luftansaugturbine lahmzulegen, hätte es genügend gegeben, nur wäre eine Zerstörung in dieser Form aufgefallen. Es würde fraglos zu einer Untersuchung kommen. Solange die Blues noch nicht wußten, daß sich ein terranisches Sonderkommando auf Gatas eingenistet hatte, durften wir nichts wagen, was zu einem Verdacht hätte führen können. Die Schmiermittelzersetzung war schon auffällig genug. Ich hoffte jedoch, daß man das voraussichtliche Auseinanderfliegen des Getriebes auf andere Ursachen zurückführen würde.

Ich kletterte nach oben. Im Windschutz der Gehäusewandung war von dem Wellensog nichts mehr zu spüren. Schließlich wagte ich es sogar, die zweite Hälfte mit meinem Antigravflugaggregat zu überwinden.

Den Deckel des Ölstutzens konnte ich nicht anheben. Ich schoß mit dem Desintegrator eine genügend große Öffnung hinein und schnallte den länglichen Säurebehälter von den Traggurten. Er enthielt zwanzig Kubikzentimeter eines Spezialmittels, das in den Hexenküchen der USO entstanden war. Der Inhalt reichte vollauf zur Zerstörung des Materials.

Ich schob den Behälter in das Loch, zog den Sprühzünder der Druckfüllung ab und ergriff die Flucht. Diesmal schwebte ich mit dem Flugzeug bis zum Reparaturschott hinüber. Als mich der Wellensog erfaßte, schaltete ich mein Pulsatortriebwerk ein, das mich auch sicher ans Ziel brachte.

Wieder mußte ich alle Körperkräfte aufbieten, um den Deckel aufschieben zu können. Gleißender Lichtschein fiel in den Wellentunnel hinein. Ich schob das Infrarotgerät an den Helmscharnieren nach oben und schaute mich um.

Weiter rechts stand der E-Motor. Dicke Kabel verschwanden in der Wand des Maschinenraumes. Das Ungetüm brummte so laut, daß es sogar das Heulen des Luftstromes übertönte.

Der Wellentunnel schloß mit der gegenüberliegenden Wandung ab. Dahinter war die Turbine montiert worden. Obwohl niemand zu sehen war, schaltete ich vorsichtshalber meinen Deflektorschirm ein, der mich unsichtbar machte.

Ein Kurzimpuls mit meinem Helmgerät informierte Koko. Er bestätigte mit dem abgesprochenen Zeichen. Jetzt hatte ich nur noch dafür zu sorgen, daß Kasom auch die richtige Ausstiegsöffnung erreichte.

Die Riesenschächte der Untergrundstadt besaßen in allen Stockwerken Rohrabzweigungen und Montageöffnungen. Ich befand mich auf der letzten Sohle des Blocks.

Ich blickte auf die Uhr. Noch drei Minuten. Ich benutzte ein weitmaschiges Lüftungsgitter als Ausgang. Das konnte eben nur ein siganesischer Spezialist!

Nachdem ich dem Maschinenraum entronnen war, durchflog ich den davorliegenden Saal, in dem die automatischen Verteilerschaltungen aufgebaut waren. Von hier aus wurde der angesaugte Luftstrom durch das Öffnen oder Schließen der verschiedenartigen Ventilklappen gesteuert.

Als ich gerade ein weiteres Deckengitter anflog und mich daran festklammerte, schien hinter mir ein Vulkan auszubrechen. Das große Getriebe zerbarst explosionsartig.

Die Trennwand zwischen dem Motorenraum und dem Verteilersaal brach in sich zusammen. Lange Stichflammen schossen aus der E-Maschine hervor. Die Turbine schien ebenfalls angegriffen worden zu sein. Ich hatte nicht genau berechnen können, in welcher Form sich die enormen Zentrifugalkräfte bei dem Herausbrechen der Lager auswirken würden. Es war, als wäre eine Bombe explodiert.

Ich wurde von der Druckwelle so heftig gegen das Gitter gepreßt, daß ich glaubte, die Rippen gebrochen zu haben. Staubwolken wirbelten auf. Eine Starkstromleitung schloß kurz und verursachte einen Brand im Verteilerraum. Wenn diese Zerstörung nicht ausreichte, um zwei USO-Spezialisten eine halbe Stunde lang ungestört arbeiten zu lassen, dann wollte ich nicht mehr Lemy Danger heißen.

Ich machte mich schleunigst auf den Weg. Überall schrillten Alarmpfeifen. Blues rannten durch die Gänge. Ich flog immer an den gewölbten Decken entlang. Sie waren hoch genug, um mich niemals in die Gefahr zu bringen, einen Tellerkopf zu berühren.

Für den Aufstieg benutzte ich die Nottreppen. Langsam verhallte das Grollen. Die Automatik schien die Stromzufuhr unterbrochen zu haben. Der Brand wurde sicherlich bekämpft.

Zehn Minuten später erreichte ich eine Sohle in etwa dreihundert Metern Tiefe. Hier lagen die riesigen Säle, in denen ein Teil des rohen Molkex bearbeitet wurde.

Koko hatte ausgezeichnet gearbeitet. Als ich vor dem abseitsliegenden Montageschott ankam, sah ich schon Kasoms mächtige Gestalt. Er schien sich sehr sicher zu fühlen, denn er hatte seinen Deflektorschirm abgeschaltet.

Ich landete auf seiner Schulter, setzte mich und hielt mich an den Kunststoffriemen seines Kampfanzuges fest.

„Ich an deiner Stelle würde den Deflektor benutzen", rief ich dem Giganten ins Ohr.

Kasom zuckte mit den Schultern. Ich wurde beinahe herabgewirbelt. Wenn man bedenkt, daß ich meinen Antigrav abgeschaltet hatte und Kasom 2,51 Meter groß ist, wird man verstehen, in welcher Lebensgefahr ich schwebte. Ein Sturz aus dieser Höhe ist für keinen Siganesen ein Vergnügen.

Ich erteilte ihm einen strengen Verweis, den er mit einem unhöflichen Grinsen zur Kenntnis nahm. Mein Koko und ich wurden aber nun von seinem Feld ebenfalls eingehüllt.

„Was hast du mit der Turbine gemacht?" flüsterte Kasom. „Der Turm schwankte bedenklich. Die Energiegitter der Staub- und Radioabsorption sind gleichzeitig ausgefallen. Ich konnte mühelos hinabschweben. Du hast doch hoffentlich keinen Unfug angestellt?"

Kasom vergaß wieder einmal, mit wem er sprach. Das sagte ich ihm auch sehr deutlich.

„Rede nicht so viel, Kleiner. Was war los? Können wir dadurch entdeckt werden?"

„Unsinn", rief ich ihm wütend ins Ohr. „Ich habe das Getriebe verunreinigt, das ist alles. Wahrscheinlich ist es zu unvorhergesehenen Nebenerscheinungen gekommen. Wenn das hintere Turbolager aus der Halterung gerissen wurde, ist es nicht verwunderlich, daß eine explosionsartige Zertrümmerung stattfand. Der Motor brannte auch noch durch. Die Blues werden die Ursache feststellen."

„Hoffentlich! Ich gebe dir mein Wort, daß ich nicht eher den Bootstransmitter betreten werde, bis die Molkexfrage geklärt ist. In Ordnung, vergessen wir den Vorfall. Wo ist der Saal mit der Berieselungsanlage?"

„Wo sind die *Säle*, wolltest du sagen! Es gibt Hunderte davon. Sie liegen zum größten Teil auf dieser Etage. Hier den Gang entlang und dann rechts. Du wirst die Maschinen riechen."

Kasom begann zu rennen. Wenn Blues auftauchten, erhob er sich mit seinem Antigrav bis zur Decke empor und blieb dort in Ruhestellung, bis der Weg wieder frei war.

Wenn man einmal in einer Untergrundstadt von den Ausmaßen dieses Blocks weilte, gab es fast keine Probleme mehr – vorausgesetzt, der Gegner wußte nicht, daß er unerwünschten Besuch bekommen hatte.

Ich bin zwar nach wie vor der Auffassung, daß Melbar Kasom ein recht ungeschliffener Mensch ist, aber – das mußte ich neidlos eingestehen – hier war er in seinem Element. Er stieß nicht einmal mit einem der zahlreichen Tellerköpfe zusammen. Rasselnde Robotmaschinen umging er. Über manche sprang er einfach hinweg.

Wir erreichten ein Riesentor, durch das Transportbänder langsam hindurchglitten. Kasom stellte sich darauf. Die Lösung war einfach und genial. Wir fuhren durch mehrere aufgeregt schwatzende Gruppen von Blues-Technikern hindurch, ohne mit ihnen in Berührung zu kommen.

Kasom bückte sich und betastete den Molkexballen, der vor seinen Füßen auf dem Band lag.

„Stahlhart", flüsterte er mir zu. Es erwies sich wieder, daß Melbar wirklich leise sprechen konnte, wenn er nur wollte. Sein übliches Stimmgetöse war Angabe! Er protzte ja gern mit seiner Stärke.

Weiter vorn ragten die ersten Maschinen auf. Die Halle war so hoch, daß ich kaum noch die Decke sehen konnte. Sie wurde von aufsteigenden Dämpfen vernebelt.

Wenige Meter von einem automatischen Transportgreifer entfernt, sprang Melbar von dem Band. Wir zogen uns bis zu der etwa hundert Meter langen Berieselungsbank zurück, deren Sprühduschen das Rohmolkex von allen Seiten durchnäßten.

Als Kasom noch näher herantrat, wurde der ätzende Geruch fast unerträglich.

„Beeile dich doch", bat ich hustend.

Er zog den Kunststoffbeutel aus der Tasche und hielt die Öffnung vor eine Dusche. Als der Beutel voll war, schraubte er ihn zu und hing ihn mit den beiden Haken an seinen rechten Schultergurt.

Damit war unsere Aufgabe erledigt. Kasom konnte es trotzdem nicht unterlassen, bis zur nächsten Halle vorzudringen. Dort wurde das nach einem kurzen Aufwallen weich gewordene Molkex einer vollautomatischen Walzenstraße zugeführt.

„Wie machen die das?" knurrte der Riese. „Sieh dir das an! Wir bemühen uns verzweifelt, dem Stoff mit allen nur denkbaren Chemikalien, Strahlungen und Werkzeugen einen Kratzer zuzufügen, und hier wird er von nahezu primitiven Walzen auf jede gewünschte Stärke gepreßt und maßgerecht zugeschnitten. Wohin werden die Formstükke gebracht?"

„Hinunter zu den Ausrüstungswerften. Dort liegen die fertiggestellten Kampfraumschiffe. Die Panzerfolien werden einfach auf die Außenzellen gelegt und mit flexibel gewordenen Schnittresten miteinander verschweißt. So einfach ist das, mein verehrter Freund!"

Kasom lachte humorlos auf.

„Wunderbar einfach. Was geschieht, wenn man die Erweichungszeitspanne überschreitet?"

„Ich habe es einmal beobachtet. Die vorgeformte Folie wird in wenigen Sekunden wieder steinhart. Dann kann sie auch von den Blues nicht mehr bearbeitet werden. Das Material gilt als verloren."

„Wir sollten gehen", drängte Koko, der auf Kasoms anderer Schulter saß. „Ich empfange Funkanrufe. Der Geheimdienst schaltet sich ein. Mein Simultanübersetzer spricht auch an. Jemand will wissen, wieso das Getriebe explodiert ist. Man hat schon entdeckt, daß dort die Ursache für den Unfall lag."

„Spricht man von einem Unfall?" erkundigte ich mich nervös.

„Ja, Sir. Da hast du aber wieder einmal schweren Dusel gehabt, Sir."

„Was heißt ‚Dusel‘!" regte ich mich auf. „Der Begriff ‚schwerer Dusel‘ ist sprachlich völlig unhaltbar. So etwas gibt es nicht im Interkosmo. Merke dir das, bitte."

Kasom lachte. Siegessicher sprang er zwischen ahnungslosen Blues hindurch und schob Robotmaschinen zur Seite, daß mir vor Schreck der Schweiß ausbrach. Ich war froh, als wir endlich den Schacht erreicht hatten.

Weit unter uns waren Lichter zu sehen. Einige Blues schienen sich zu streiten. Sie hatten die Überreste der Turbine bestiegen und diskutierten über verschiedene Dinge, die mich nicht mehr interessierten.

Zusammen mit Kasom schwebten wir nach oben. Der Riese hatte

sich nur einmal abgestoßen, aber das genügte, um uns aus dem Schlund des Ansaugschachtes hervorschießen zu lassen.

Kaum im Freien angekommen, machte ich mich selbständig. Koko folgte mir. Kasom flog dagegen auf das Meer hinaus, um erst weiter östlich ins Wasser einzutauchen.

Als ich mit meinem Spezialfahrzeug am Turm des großen U-Bootes ankam, war von dem Ertruser nichts zu sehen.

Ich ließ mich einschleusen und flog zum chemischen Labor hinüber. Kasom war schon da! Er saß in einer Ecke, grinste mich unverschämt an und verspeiste dabei ein so riesiges Fleischstück, daß mir schon beim Hinsehen übel wurde.

„Hallo, auch schon da, Herr Major?" sprach mich der Ertruser an. „Mir scheint, das Triebwerk deines Bootes taugt nicht viel, eh? Ehe du dich darüber aufregst und mir zu erklären versuchst, wie erstklassig die alte Mühle arbeitet, bedenke, daß ich den weiten Weg schwimmend zurückgelegt habe."

„Angeber", rief ich ihm entgeistert zu. „Geflogen bist du! Du bist ein Lügner."

„Das letzte Stück mußte ich schwimmen. Oder bist du schon einmal in ein U-Boot hineingeflogen, das achtundfünfzig Meter unter Wasser liegt?"

Ich warf ihm einen vernichtenden Blick zu. Er lachte so dröhnend, daß sich die Terraner schon wieder die Ohren zuhielten.

„Verzeihung", sagte Kasom.

Ich wollte einen der Herren ansprechen und mich erkundigen, ob die zwanzig Liter auch tatsächlich ausreichend seien.

Stellen Sie sich vor: Ich wurde noch nicht einmal einer Antwort gewürdigt! Professor Ohntorf murmelte etwas, was ich nicht verstand. Der Biophysiker Redgers schob mich mit einer Handbewegung zur Seite und sagte überdies, ich solle ihm nicht vor dem Laserverstärker seines positronischen Supermikroskops „herumtanzen"! Als würde ich jemals herumtanzen!

Mit Dr. Arando war überhaupt nichts anzufangen. Er war so mit seinen Versuchen beschäftigt, daß er mich gar nicht bemerkte.

Die anderen Wissenschaftler hatten sich mit Proben der blauen Flüssigkeit in die anderen Labors zurückgezogen. Ich fühlte mich verlassen und entschloß mich, bei meinen Brüdern Zuflucht zu suchen.

Die LUVINNO lag außerhalb des Bootes auf dem Grund der Unterwasserschlucht. Oberst Tilta hatte sich nicht dazu entschließen können, sein Raumschiff einschleusen zu lassen, obwohl es die große Materialschleuse erlaubt hätte. Er wollte beweglich bleiben, um im Falle einer Gefahr sofort starten zu können.

Ich verließ also das U-Boot und schwamm zur LUVINNO hinüber, wo ich mit der gebührenden Hochachtung begrüßt wurde.

Als ich mich in meiner Kabine zur Ruhe begab, dachte ich nochmals an die terranischen Experten, die nun mit allen Mitteln versuchten, den blauen Stoff zu analysieren. Hoffentlich hatten sie Erfolg!

Melbar Kasom

Die Männer der USO-Ausrüstungsabteilung waren umsichtig genug gewesen, schon vor dem Start des U-Bootes eine Kabine mit Möbelstücken auszustatten, die meinen Körpermaßen gerecht wurden.

Seit Monaten schlief ich wieder einmal in einem erstklassigen Bett, bei dem man nicht einmal das automatische Durchlüftungsgebläse für die Schaumstoffmatratze vergessen hatte.

Mein Instinkt weckte mich. Ich brauchte nur eine Zehntelsekunde, um die Anwesenheit eines Fremden zu erfassen. Ehe ich aufspringen konnte, sagte jemand:

„Langsam, langsam, Kasom. Hier ist Professor Ohntorf. Was haben Sie denn, guter Mann? Sind Sie nervös?"

Ich lockerte meine angespannte Haltung. Ohntorf schaltete die Deckenbeleuchtung ein.

Er schien ebenso nervös zu sein wie ich, nur hatten wir sicherlich verschiedene Gründe.

„Professor – kommen Sie nie mehr unangemeldet in meine Kabine! Vor allem dann nicht, wenn ich schlafe", knurrte ich. „Leute meiner

Art reagieren darauf sehr empfindlich, verstehen Sie. Schön, vergessen Sie es. Was verschafft mir die Ehre Ihres Besuches?"

Ohntorf war erblaßt. Hinter ihm tauchten Arando und Redgers auf. Das feuerrote Haar des Chemikers schien zu brennen. Ungeduldig schob er den schmächtigen Hyperphysiker zur Seite und sah mich aus seltsam glitzernden Augen an. Redgers warf mir ebenfalls sehr eigenartige Blicke zu.

Arando zog sich einen Schemel heran. Umständlich ließ er sich darauf nieder. Ich fühlte die Spannung, die in den Männern herrschte.

Ich blickte auf die Uhr. Es war kurz nach Mitternacht, Bootszeit. Wir rechneten nach dem 24-Stunden-Rhythmus der Erddrehung. Ich hatte genau drei Stunden und zwanzig Minuten geschlafen.

„Sind Sie ganz sicher, daß Sie nicht irgendeinem Possenreißer auf den Leim gegangen sind?" sprach mich Arando unvermittelt an.

Ich ließ mich in die Kissen zurücksinken und drehte mich dabei auf die Seite. So konnte ich die drei Männer gut sehen. Draußen standen noch mehrere Wissenschaftler, unter ihnen Isata und der Koch aus Leidenschaft, der nebenbei auch Biomediziner war. Sein Name war Kole Atrav.

„Sind Sie betrunken, Doc?" erkundigte ich mich vorsichtig. „Wissen Sie, wie lange ich geschlafen habe?"

„Das ist uninteressant, Kasom. Wir haben kein Auge zugemacht. Was haben Sie uns in dem Beutel gebracht?"

Meine Nervosität stieg. Experten wie Arando und Redgers wecken einen müden Mann nur dann auf, wenn sie glauben, einen triftigen Grund dazu zu haben. Ich bemühte mich, ruhig und sachlich zu antworten.

„Das, was Sie haben wollten, Doc. Die blaue Berieselungssubstanz."

„Ich wollte von Ihnen den Stoff haben, mit dem man das Molkex flexibel machen kann. Wissen Sie, was Sie uns gebracht haben? Jemand hat Ihnen einen Streich gespielt. Wenn Blues überhaupt in unserem Sinne lachen können, so werden sie sich jetzt kugeln."

Ich schob die Beine aus dem Bett und setzte mich auf.

„Doc – lieber Doc, sagen Sie nur nicht, Sie wüßten schon, was ich Ihnen geliefert habe! Dann springe ich nämlich vor Freude durch die

Decke. Herr – das Material ist genau das, was von den Blues verwendet wird. Ich habe es einer Sprühdusche entnommen, die in den Arbeitsprozeß eingeschaltet war wie tausend andere auch. Niemand hat mich genasführt, begreifen Sie das, bitte!"

Arando wischte sich mit dem Handrücken über die Stirn. Redgers suchte sich einen Platz.

„Jetzt wird es feierlich", stellte er gelassen fest. „Kasom, Ihren sagenhaften blauen Stoff, der so ätzend riecht und ziemlich dickflüssig ist, kennt man auf der Erde seit Jahrhunderten. Wir haben ihn sogar an Bord, um damit die alte Unterwasserturbine anzutreiben. Ihr Berieselungsmaterial besteht aus fünfundachtzigprozentigem Wasserstoffperoxyd, wozu Sie auch Wasserstoffsuperoxyd, Hydroperoxyd oder meinetwegen Hydrogenium peroxydatum sagen können. Auf alle Fälle handelt es sich um H_2O_2, das in reiner Form eine zähflüssige, schwach bläuliche, ätzend und geringfügig sauer wirkende, leicht zersetzliche Flüssigkeit mit einem Schmelzpunkt von $-0,9$ Grad Celsius ist. Ich würde Ihnen allerdings nicht raten, mit H_2O_2 in besagter reiner Form umzugehen. Das Zeug ist äußerst unstabil und neigt zu tückischen Reaktionen. Kasom – ich frage Sie nochmals auf Ehre und Gewissen, ob Sie sicher sind, nicht den falschen Hahn erwischt zu haben!"

Redgers und Arando starrten mich wie Scharfrichter an, die nur noch auf ihr Zeichen warten.

Ich schloß die Augen und kämpfte um meine Fassung. Innerlich jubelte ich. Das war es also!

„Ich gebe Ihnen mein Wort, Doktor. Lassen Sie es sich von Lemy Danger bestätigen. Wann fliegen wir nach Hause?"

Ein Mann, der draußen im Flur stand, begann zu lachen. Der Tonfall war aber so eigenartig trocken, daß meine innere Freude jählings verging. Etwas stimmte nicht!

Arando fuhr sich mit den Fingern durch sein zerzaustes Haar.

„Ich glaube Ihnen, Kasom. Wahrscheinlich fragen Sie sich soeben, wieso die Besatzung des Sigakreuzers nicht ebenfalls festgestellt hat, daß es sich um H_2O_2 handelt. Das kann normalerweise jeder Chemiestudent im ersten Semester."

„Genau das", rief Lemy, der wie ein Wiesel in die Kabine gerannt kam und auf mein Bett sprang. Der Kurze sah sich angriffslustig um. „Denn so schlecht sind meine Leute nun auch nicht, auch wenn wir keine Experten an Bord haben. Soviel ich weiß, ist hochkonzentriertes H_2O_2 zwar schwach bläulich und ätzend, aber nicht in einer so extremen Form, wie wir es bei der Substanz der Blues erlebt haben. Dieser Stoff ist intensiv blau, ausgesprochen zähflüssig und riecht außerdem so ätzend, daß man es kaum ertragen kann. Ferner erinnere ich an die Unstabilität einer fünfundachtzigprozentigen Lösung. Wieso kann man mit der Mischung der Blues, die ebenfalls hochkonzentriert ist, so gefahrlos umgehen wie mit Wasser? Da stimmt doch etwas nicht!"

„Sie haben den Nagel auf den Kopf getroffen, Sir", erklärte Arando mit dumpfer Stimme. „Die Analyse war kompliziert. Das Material reagiert nicht in der Art wie normales Wasserstoffperoxyd. Anfänglich konnten wir überhaupt nicht feststellen, daß die Substanz in ihrer wesentlichen Grundlage daraus besteht. Die Blues setzen einen Stoff hinzu, den wir nicht kennen. Wissen Sie, daß die Berieselungsflüssigkeit paraphysikalische Impulse abstrahlt?"

Ich staunte! Lemy schlug in seiner lebhaften Art die Hände vors Gesicht und ließ sich neben mir auf der Matratze nieder.

„Ähnliches habe ich befürchtet", behauptete er mit solcher Überzeugungskraft, daß ich ihm die Bemerkung sogar glaubte. „Was haben Sie sonst noch festgestellt, meine Herren? Wo endet der rote Faden?"

„Bei unserem Nichtwissen", warf Ohntorf ein. „Ich habe mich mit der Materie befaßt. Ich kenne keinen chemischen Grundstoff und keine chemische Verbindung, die paraphysikalische Effekte aufweisen. Die blaue Substanz strahlt aber einwandfrei im fünfdimensionalen Hodrononbereich. Daraus ist zu folgern, daß man einen energetischen Katalysator verwendet, der entweder durch eine Verwandlung des Grundstoffes H_2O_2 in ihm selbst ausgelöst oder durch den Einschuß parastabiler Partikel hinzugefügt wird. Haben Sie im ‚Block der fünten Wachsamkeit' ein Synchrohodronon zur Umwandlung normalenergetischer Teilchen in Hyperteilchen gesehen? Oder eine ähnliche Maschine, mit der man die gleiche Reaktion herbeiführen könnte?"

Lemy verneinte mit Bestimmtheit. Es gab nichts dergleichen. Er war so oft unter der Oberfläche des Planeten Gatas gewesen, daß ihm ein solches Mammutgebilde bestimmt aufgefallen wäre.

„Dann sind wir so gut wie am Ende", resignierte der Biophysiker Redgers. „Wissenschaftler mit unserer Erfahrung sollten erkennen, wann sie ihre Grenzen erreicht haben. Ich bezweifle nicht, daß man einen Katalysator hinzufügt. Da liegt das Geheimnis verankert. Die chemische Reaktion ist relativ unbedeutend. Außerdem kennen wir sie. Den Soldaten der LUVINNO kann kein Vorwurf daraus gemacht werden, daß ihnen die Analyse nicht gelang. Wir sind um einen Schritt weitergekommen, und dabei bleibt es. Machen Sie sich keine falschen Hoffnungen! Wenn es den USO-Spezialisten nicht gelingt, den Katalysator herbeizuschaffen, können wir getrost in den Transmitter steigen und das Boot sprengen."

„Vielen Dank, Doc", sagte Lemy. „Ich bin sehr glücklich über Ihren Ausspruch. Wir haben wirklich alles getan, was in unserer Macht stand."

Ich sah den Kleinen abschätzend an. Der Katalysator ließ mir schon keine Ruhe mehr. Ich sprach Ohntorf an.

„Haben Sie eine Vorstellung davon, wie der Zusatzstoff aussieht? Gehen Sie einmal von der Annahme aus, es wäre eine zweite Flüssigkeit oder ein Pulver oder sonst etwas, was man mit den Händen ergreifen kann."

Ohntorf winkte ab.

„Ich kenne keine Materie, die im Hodrononbereich strahlt. Parastabile Teilchen können Sie nicht einmal mit den üblichen Geräten feststellen, geschweige denn anfassen."

„Aber ich kenne einen Stoff, der im Hodrononbereich strahlt", sagte jemand mit tiefer Stimme. Ich blickte zur Tür.

Arando drehte sich ebenfalls um und winkte dem Eintretenden zu. Es war ein großer, schlanker Mann mit silberfarbenen Haaren.

„Ausgerechnet der Kybernetiker kennt ein solches Material", bemerkte Ohntorf abfällig. „Sie träumen, Balbo!"

Dr. Balbo Shinat, Kybernetiker und Beherrscher des Bordgehirns legte die Stirn in Falten. Er setzte sich ebenfalls auf mein Bett. Ich schaute auf meine nackten Füße nieder und erinnerte mich daran, daß ich eigentlich hatte schlafen wollen.

„Auf Astrelo VII gibt es eine Tiergattung, deren Rückenmarkflüssigkeit ein starker Hyperstrahler ist"; begann Shinat. „Ich wüßte es auch nicht, wenn Euras nicht soeben seine Erinnerungsspeicher angezapft und mir die Information hätte zukommen lassen."

Ich horchte auf. Euras war das positronische Bordgehirn. Ich sah, daß Arando die Luft anhielt. Dann verengten sich seine Augen. Er überlegte.

„Darf man sich erkundigen, wie Sie auf die Idee gekommen sind, Ihren positronischen Liebling dahingehend zu befragen? Ich erinnere mich, daß wir erst vor drei Minuten von einem materiellen Hodrononstrahler gesprochen haben."

„Sie besitzen aber ein hervorragendes Gedächtnis", schmunzelte Shinat.

„Danke!"

„Bitte sehr, nicht der Rede wert. Ich habe Euras deshalb befragt, weil ein USO-Spezialist namens Melbar Kasom schon vor zwölf Stunden an mich herantrat und mich ersuchte, die eigentümliche Kinderliebe der Blues rechnerisch auszuwerten. Euras kam zu einem verblüffenden Ergebnis. Unter Berücksichtigung der Gefühlskälte dieser Intelligenzwesen und weiterer Faktoren, die im Verlauf der zahlreichen Zusammentreffen mit Blues ermittelt wurden, stellte Euras fest, daß der Geburtenüberschuß mit einem Fabrikationsvorgang identisch ist. Da staunen Sie, was?"

In der Tat – ich staunte schon wieder! Lemy kletterte auf mein Bein, stellte sich aufrecht hin und versuchte, mir in die Augen zu sehen.

„Und was hat das mit dem Katalysator oder Stabilisator zu tun?" erkundigte sich Redgers.

„Vielleicht alles. Als mir das Ergebnis Ihrer Analyse vor etwa einer Stunde mitgeteilt wurde, habe ich Euras erneut programmiert. Ich stellte ihm die Aufgabe, eine Verbindung zwischen dem geheimnisvollen Katalysator und dem vorangegangenen Befund über die erstaunliche Nachkommenschaft zu suchen. Euras brauchte nur dreißig Minuten. Die Auswertung liegt vor. Euras ging von der feststehenden Tatsache aus, daß Intelligenzwesen vom Typ der Blues keine Zeit und Mühe für Dinge verschwenden, von denen sie keinen Vorteil haben. Der enorme Bevölkerungszuwachs stellt die Blues vor schwerwiegende Probleme. Sie wissen nicht mehr, wo sie ihre Leute ansiedeln sollen. Trotzdem wird der Nachwuchs so gefördert, daß man glauben könnte, man hätte es mit Verrückten zu tun. Euras hat diese Berechnung einwandfrei aufgegliedert. Kein Fehler, meine Herren!"

„Ich warte noch immer auf einen genaueren Hinweis", nörgelte Ohntorf.

„Sofort. Die Handlungen der Gataser, die wir als das beherrschende Volk des Zweiten Imperiums kennen, basieren auf dem Molkex. Man hat sich schon vor dreitausend Jahren darauf eingestellt. Die gesamte Industrie, vordringlich die Rüstungsindustrie, ist davon abhängig."

„Nun sprechen Sie aber nicht auch noch von den schlechten Waffen der Tellerköpfe", warf ich ein.

„Ich habe nicht die Absicht. Sie sollten jedoch den logischen Faden erkennen. Das Molkex kann nur mit einem hyperstrahlenden Katalysator und in Verbindung mit hochkonzentriertem H_2O_2 bearbeitet werden. Der Produzent des Katalysators ist somit ebenso wichtig, wie der Rohstoff an sich. Euras zog Vergleiche. Das Gehirn fand die Tiere von Astrelo VII in seinem Speicher. Eine Parallele bot sich an, zumal Euras ferner feststellte, daß man früher auf der Erde Harnstoff verwendete, um konzentriertes H_2O_2 stabil zu machen. Das waren die festen Anlagerungsverbindungen."

„Stimmt!" bestätigte Arando. „Ich ahne etwas!"

„Euras ahnt noch mehr. Die beiden bemerkenswertesten Phänomene auf Gatas heißen Molkex und planmäßig gesteuerter Nachwuchs. Euras behauptet, die zahllosen Neugeborenen würden bis zu einer gewissen Lebensspanne einen Stoff produzieren, der als H_2O_2-Zusatz in Betracht käme. Bei dem Stoff kann es sich um Körperausscheidungen handeln, also wie im Falle der Tiere von Astrelo VII um organische Substanzen."

Ich hütete mich, das entstehende Streitgespräch zu unterbrechen. Ich hatte Dr. Shinat rein instinktiv angesprochen, weil mir der gatasische Bevölkerungszuwachs schlaflose Nächte bereitet hatte. Sogar andere galaktische Völker, die ein viel höheres ethisches Empfinden besaßen als die Blues, hätten in einer solchen Situation wissenschaftlich gesteuerte Maßnahmen ergriffen. Es war durchaus

224

nicht einzusehen, warum die gefühlskalten Tellerköpfe ausgerechnet so verrückt sein sollten, die Geburtenziffern noch zu steigern, anstatt sie zu verringern.

Nun sah die Sache plötzlich ganz anders aus. Ich glaubte – wiederum instinktmäßig! – an die Rechenergebnisse des Bordgehirns. Euras war eine hochwertige Maschine mit einer biopositronischen Logikschaltung.

Warum nahmen die Blues solche Schwierigkeiten auf sich? Wenn man das Problem aufgliederte und alle bekanntgewordenen Daten über die Tellerköpfe dabei berücksichtigte, war die Euras-Lösung durchaus nicht so unwahrscheinlich, wie sie Professor Ohntorf gern gesehen hätte.

„Wir starten bei Sonnenaufgang", rief mir Lemy ins Ohr. Da bemerkte ich erst, daß er auf meine Schulter geklettert war.

Ich neigte den Kopf zur Seite und sah ihn an. Wir hatten uns verstanden! *Wenn* die Babys der Blues für einen Produktionsprozeß mißbraucht wurden, dann würden wir es herausfinden.

17. *Lemy Danger*

Der „Block der fünften Wachsamkeit" glich einer belagerten Festung.

Tausende von molkexgepanzerten Geheimdienstsoldaten waren während der Nacht aufmarschiert. Die Oberflächenstadt und der naheliegende Raumhafen waren von der Außenwelt abgeriegelt worden. Wie es unter dem Boden zuging, konnte ich mir vorstellen.

„Das ist *nur* eine Folgeerscheinung der Explosion, Kleiner!" behauptete Kasom. „Wenn mich nicht alles täuscht, wird man die Bruchstücke Teilchen für Teilchen untersuchen; so, wie wir es mit den Trümmern einer abgestürzten Flugmaschine machen, wenn wir die Ursachen des Unfalls nicht kennen. Wie lange, schätzt du, wird es dauern, bis man die Säurespuren an den Zahnradüberresten richtig deuten kann? Das zersetzte Schmiermittel, das überall an den Wänden kleben dürfte, darfst du auch nicht vergessen. Kleiner – das soll kein Vorwurf sein, hörst du! Ich will jetzt deine ehrliche Meinung hören. Wie lange haben wir noch Zeit?"

Ich schmiegte mich dichter an das Halsstück von Kasoms Kampfanzug. Koko saß wieder auf der anderen Schulter. Der Ertruser stand bis zum Halse im Wasser und spähte über eine flache Mole hinweg. Mein Spezialboot lag sicher verankert auf dem Grund des Meeres. Ich hatte Kasom diesmal bis zum westlichen Ende der Stadt geschleppt. Dann waren wir gemeinsam aufgetaucht.

„Es tut mir leid, Großer", gestand ich zerknirscht. „Das habe ich nicht voraussehen können. Ich gebe zu, daß die Zerstörungen etwas zu auffällig sind."

„Denke nicht über Schuld und Unschuld nach. Ich kann mich an keinen Einsatz erinnern, der genauso abgelaufen wäre, wie wir ihn geplant hatten. Ich schätze, daß die Blues etwa vierundzwanzig Stunden benötigen, um einwandfrei feststellen zu können, weshalb das Getriebe auseinandergeflogen ist."

„Rechne mit achtzehn Stunden."

„Gut, also achtzehn Stunden. Wenn man anschließend weiß, was geschehen ist, wird man sich die Frage stellen, wer dafür verantwortlich gemacht werden kann. Wird man uns in Verdacht haben?"

Ich überlegte. Die Sonne war vor einer Viertelstunde aufgegangen. Der lange Tag des fünften Verth-Planeten war angebrochen. Ich fühlte mich plötzlich nicht mehr so sicher wie in der vergangenen Nacht. Die Erde war 68 319 Lichtjahre von Gatas entfernt. Zwischen ihr und dem Verth-System erstreckte sich das Milchstraßenzentrum. Ein Rückzug war nur mit Hilfe der Transmitterstation ESS-1 möglich.

Noch wollte ich nicht den Rückzug erwägen, wenigstens nicht eher, als bis die letzten Rätsel gelöst waren.

„Wird man an ein terranisches Einsatzkommando denken?" erinnerte Melbar an seine Frage.

„Wahrscheinlich nicht. Deine Flucht aus dem Gefängnis des Geheimdienstes dürfte mit der Explosion nicht mehr in Zusammenhang gebracht werden. Viel wahrscheinlicher ist es, daß sich die Herren der ‚Neunzehnten Vorsicht' daran erinnern, auf wie schwankenden Beinen ihr riesiges Sternenreich steht. Sämtliche Kolonialmächte warten nur auf den Augenblick, wo sie über Gatas herfallen können. Man wird die eigenen Leute verdächtigen."

„Hast du auch an deine Spezialsäure gedacht? Angenommen, sie wird bei der kommenden Analyse als so fremdartig erkannt, daß sie unmöglich von einem Bluesplaneten stammen kann?"

Ich erschrak. Kasoms Einwand war stichhaltig.

„Junge, Junge!" rief Koko aus. „Ich sehe schwarz. Wir sollten losfliegen. In einigen Stunden werden wir vielleicht doch geortet. Wer weiß, welche Geräte herbeigeschafft werden. Wenn man erst einmal argwöhnisch geworden ist, möchte ich nicht mehr über der Stadt herumkreuzen."

„Richtig. Fangen wir an", drängte der Ertruser. „Soll ich besser hier auf euch warten? Meine Geräte strahlen tausendmal stärker, als eure Miniaturaggregate. Ich richte mich nach deinen Befehlen, Major Lemy."

„Zu gütig, Herr Oberleutnant. Ich brauche dich als Gepäckträger. Sonst könntest du hierbleiben."

Kasom schnaufte empört, und ich lachte leise vor mich hin. Anschließend starteten wir.

Kasoms Deflektorschirm war erstklassig. Er zeigte auch dann keine Flimmerspuren, als Antigrav und Pulsatortriebwerk eingeschaltet wurden. Antireflexbrillen, die die Deflektorwirkung aufhoben, gestatteten es uns, uns gegenseitig zu sehen, wenn wir getrennt operieren mußten.

Wir stiegen so hoch, bis ich einen Teil der obergatasisch angelegten Stadt übersehen konnte.

Koko meldete den Empfang von Ortungsimpulsen. Die Eigenstrahlung von Kasoms Geräten konnte sicherlich nicht ausgemacht werden, aber es war denkbar, daß man durch einen Zufall ein Direktecho von uns erhielt.

Ich rief dem Großen eine Warnung zu. Ohne ein Wort zu verlieren, glitt er steil nach unten und tauchte zwischen den Häuserschluchten des „Blocks der fünften Wachsamkeit" ein.

Hier bewegten wir uns vorsichtig über die typischen Hochstraßen hinweg. Die Soldaten des Geheimdienstes waren überall anzutreffen. Immer wieder wurden Bewohner angehalten und kontrolliert.

„Sie tippen doch auf Attentäter aus dem eigenen Volk", meinte Melbar. „Vielleicht haben sie noch nicht einmal entdeckt, daß eine geplante Zerstörung vorliegt."

„Behalte deinen Optimismus. Vorsicht, da kommt wieder eine Hochstraße. In diesem Turmbau ist ein Ministerium untergebracht. Hier sagt man ‚Elfte Weisheit' dazu."

„Wo ist die Klinik?"

„Geradeaus weiter. Sie liegt nahe dem Zentrum."

Kasom richtete sich nach meinen Kursanweisungen. Koko hatte die Aufgabe erhalten, den Funkverkehr abzuhören und auftreffende Ortungsimpulse zu registrieren. Zwischen den Bauten waren wir aber verhältnismäßig sicher.

Wir bogen nach Süden ab. Der Gitterturm der Klinik war bereits deutlich zu sehen. Mehrere Kugelantennen und Richtstrahler wiesen darauf hin, daß man dort eine Großfunkstation betrieb. Ich fragte mich, wozu eine Klinik derartige Einrichtungen benötigte.

Kasom schwenkte plötzlich die Pulsatordüse herum und stoppte den Flug so heftig, daß ich von seiner Schulter geschleudert wurde. Ich konnte mich gerade noch am Gurt festhalten. Der Riese schob mich reichlich grob zurück.

„Merkst du etwas?" flüsterte er, ohne auf meine Beschwerde einzugehen. „Sieh dir *das* an!"

Ich blickte nach vorn und erschrak. Die Klinik, ein Komplex von dreißig verschiedenen Gebäuden, schien sich in eine Kaserne verwandelt zu haben.

Mehrere tausend Blues, die alle einer militärischen Eliteeinheit des Geheimdienstes angehörten, patrouillierten auf den Höfen, vor den Eingängen und auf den Dächern. Die Strahlwaffen der Gardisten waren beeindruckend.

Kasom flog nach rechts und klammerte sich an einem vorspringenden Stahlträger fest. Er gehörte zu einer weitgeschwungenen Brükkenkonstruktion.

„Ich möchte wissen, was an einem Kinderkrankenhaus so wichtig ist, daß man es mit einem halben Regiment bewachen muß", fuhr Kasom fort. „Kleiner, mir scheint, als hätte Shinat recht. Oder sein Rechengehirn Euras."

„Eine Aneinanderreihung logisch fundierter Gegebenheiten!" ließ sich der Birnenkopf hören.

„Ruhe", herrschte ich ihn an. „Behalte deine Weisheiten für dich. Wir merken auch, daß sich etwas Ungewöhnliches anbahnt. Großer, wir müssen in den mittleren Bau hinein."

„In den mit der Sechskantkuppel?"

„Ja. Dort reiht sich eine Brutstation an die andere. Vielleicht sind es auch andere Einrichtungen, ich weiß es nicht genau. Die in den Sälen aufgestellten Maschinen habe ich immer für Wärmespender gehalten. Sehen wir uns die Sache an. Du bleibst vielleicht doch hier und wartest auf meinen Anruf."

„Damit wir angepeilt werden, was? Die Tellerköpfe sind zur Zeit hellwach. Sieh dir nur die Ortungsantennen an! Ich würde es schon jetzt nicht mehr riskieren, über die Stadt zu fliegen. Wenn Hyperimpulse eingesetzt werden, wird mein Deflektorschirm durchdrungen. Dann erhalten die Herrschaften einwandfreie Echos von meiner einzigartigen Gestalt. Und die haben die Burschen des Geheimdienstes bestimmt nicht vergessen."

„Puh!"

„Da gibt es nichts zu puhen, Kurzer. Wir gehen zusammen. Wie kommt man am besten in den Bau hinein?"

„Durch die Eingänge, mein Lieber. Wenn ich allein wäre, hätte ich die Möglichkeit, ein Lüftungsgitter zu benutzen. Auf einer so heißen Welt wie Gatas sind sie überall zu finden."

Der Ertruser redete nicht mehr viel, sondern flog los. Ich griff nicht ein. Ein USO-Spezialist weiß auch ohne Belehrung, wie er sich zu verhalten hat; sogar ein Rüpel wie Melbar Kasom!

Er landete auf dem vorspringenden Dach des Hauptportals, legte sich nieder und spähte nach unten. Als mehrere buntgekleidete Blues, anscheinend Ärzte oder sonstige Angestellte der Klinik, kontrolliert wurden, schwebte der Riese erstaunlich behende und völlig geräuschlos über die Wachen hinweg und stieg innerhalb der Vorhalle bis zur Decke empor. Dort hielt er sich an der Beleuchtung fest.

Eine halbe Stunde später befanden wir uns in den untergatasischen Sälen. Sie schienen die wichtigsten Räume zu sein, oder man hätte sie nicht unter der Oberfläche angelegt. In dieser Hinsicht bot die

Mentalität der Blues, alles Geheime und Wertvolle unter dem Boden zu verstecken, gute Anhaltspunkte.

Kasom ritt auf einer summenden Robotmaschine, die mehrere Behälter transportierte, durch das nächste Tor. Auch hier standen Wachtposten. Sie bemerkten uns nicht.

Als wir in dem Saal angekommen waren, stieß der Ertruser sich von der Maschine ab und schwebte mit uns in schwerelosem Zustand zur Decke empor. Dort benutzte er einen Querträger als Sitzgelegenheit.

„In Ordnung, jetzt bist du an der Reihe. Sieh dich um. Ich beobachte dich. Wenn du etwas entdeckst, was dir seltsam erscheint, gib mir ein Zeichen. Fertig?"

„Fertig", entgegnete ich, denn ich *hatte* schon etwas entdeckt, was mir eigenartig erschien. „Koko, du bleibst bei Oberleutnant Kasom. Ich brauche dich nicht. Achte weiterhin auf den Funkverkehr, vor allem aber auf eventuelle Ortungsimpulse."

„Jawohl, Sir, wird erledigt. Was machen die da unten?"

„*Das* würde mich auch interessieren!" sagte Kasom leise, aber mit einem so drohenden Unterton in der Stimme, daß ich noch unruhiger wurde.

Ich spähte hinab. Wohin man auch sah – überall standen diese glänzenden, rechteckigen Behälter, über denen die Greifarme von robotgesteuerten Maschinen hantierten.

Die Behälter besaßen an den Längsseiten aufgewölbte Wände. Die Stirnseiten waren flacher. In jedem lag ein winziges Geschöpf, und alle stießen sie klagende Laute aus.

Es klang wie ein Piepsen und Pfeifen. Es übertönte das Summen der Maschinen in einer mitleiderweckenden Symphonie.

Die überall erkennbaren Bluesärzte, anscheinend Beobachter und Kontrolleure, störten sich nicht an dem Gewimmer von einigen Tausend Neugeborenen, die von den Robotarmen abgetastet, untersucht und offenbar gequält wurden.

„Diese Bestien!" raunte Kasom. „Die Kleinen werden mißhandelt! Es kann mir niemand einreden, das wäre eine medizinisch erforderliche Maßnahme zur Erhaltung der Gesundheit. Die Pelzbündelchen werden gestochen."

„Beherrsche dich", rief ich hastig. Der Ertruser lockerte schon seinen Halt. „Es ist sinnlos, etwas dagegen unternehmen zu wollen. Das geschieht auf Gatas seit wenigstens dreitausend Jahren."

„Die Robotgeräte schieben den Kleinen Kanülen in den Leib. Etwas wird abgesaugt."

„Bedauerlich, aber wir können nichts daran ändern. Seit einigen Minuten glaube ich an Shinats Theorie! Felsenfest, Großer! Man entnimmt den Organismen einen bestimmten Stoff. Irgendwo wird es einen Sammelbehälter geben. Wenn wir den finden, haben wir wahrscheinlich gewonnen. Melbar, ich bitte dich nochmals um Beherrschung."

„Diese Schurken", knirschte der Gigant. „Los, beeile dich. Lange kann ich das nicht mit ansehen. Ein Sammelbecken wirst du übrigens hier nicht finden. An jeder Maschine hängt ein Behälter. Da – gerade werden einige geleert."

Ich schaltete meinen Deflektorschirm an, ließ den Antigrav anlaufen und schwang mich von Kasoms Schulter.

So schnell, wie es in dem Saal möglich war, flog ich auf die beiden Blues zu, die in der Tat damit beschäftigt waren, durchsichtige Kunststoffbehälter von etwa zwei Litern Inhalt auszuleeren.

Die Tätigkeit schien für die Tellerköpfe so wichtig zu sein, daß sie auf die Dienste von Robotmaschinen verzichteten. In mir verstärkte sich mehr und mehr die Gewißheit, daß Euras auf der richtigen Spur war.

Ich landete auf dem Kugelgelenk eines Maschinenarmes und spähte in den darunterliegenden Brutkorb hinein.

Das Bluesbaby war winzig; viel kleiner als menschliche Neugeborene. Sein Diskusschädel war dagegen abnorm groß. In dem Körperchen steckten in Höhe des Beckens zwei silberglänzende Kanülen, die durch transparente Schlauchleitungen mit der Maschine verbunden waren.

Andere Leitungen pulsierten unter dem Durchfluß einer rötlichgelben Flüssigkeit. Es schien sich in diesem Falle jedoch um Nährstoffe zu handeln, mit denen man das bedauernswerte Geschöpf am Leben erhielt.

Ich hatte genug gesehen. Das medizinisch-biologische Phänomen interessierte mich erst in zweiter Linie.

Ich zog mich zurück, um die beiden Kontrolleure einwandfrei beobachten zu können. Bei der Gelegenheit bemerkte ich erst, daß sechs Babys von jeweils einer Maschine versorgt wurden.

Die Blues entleerten den Behälter in einen ebenfalls durchsichtigen Kanister, dessen Verschluß sie mit übertriebener Sorgfalt zuklappten. Ein ätzender Geruch stieg in meine Nase. Er erinnerte mich stark an die Dünste, die auch von dem blauen Berieselungsmittel ausgingen.

Die aus den Babykörpern gewonnene Substanz war dünnflüssig und honiggelb. Die Einstichhöhe der Kanülen erlaubte keinen Rückschluß auf die Organe, die von den Instrumenten angezapft wurden. Trotzdem tippte ich auf Harnstoffe, die bei den Kleinstlebewesen wahrscheinlich stark mit Drüsensekreten angereichert waren, die erwachsene Geschöpfe dieses Volkes nicht mehr produzierten.

Ich filmte die Szene mit meiner Mikrokamera. Gleichzeitig suchte ich nach einer allgemeingültigen Bezeichnung für die honiggelbe Substanz. Ich taufte sie „B-Hormon". Zu diesem Zeitpunkt ahnte ich noch nicht, daß dieser Begriff die Wissenschaftler der Galaxis erreichen würde.

Es dauerte eine halbe Stunde, bis der große Sammelbehälter der Blues voll war.

Sie faßten ihn an den Griffen und schritten mit ihm eilig zu einer aufgleitenden Tür hinüber. Ich folgte ihnen und warf einen Blick in das Innere des Raumes.

Es schien ein Labor zu sein. Mehrere hundert der durchsichtigen Kanister standen auf metallenen Regalen. Blues waren damit beschäftigt, die Verschlüsse zu versiegeln und die Kannen in dickgepolsterte Umhüllungen zu stellen, deren Klappdeckel nochmals verschlossen und versiegelt wurden.

„Hinein!" vernahm ich plötzlich Kasoms Stimme. Zugleich fühlte ich den Druck einer riesigen Hand. Er fing mich ein, als wäre ich eine Fliege.

Ich verschwand innerhalb seines Deflektorschirmes.

Kasom hatte sich den günstigen Augenblick nicht entgehen lassen. Er hatte ebenfalls erfaßt, was in dem Nebenraum geschah. Dicht hinter den beiden Blues betrat er das Labor und ging in einer Ecke in Deckung.

So standen wir eine ganze Zeit und beobachteten die Vorgänge, bis ich dem Ertruser ins Ohr sagte:

„Wenn man etwas so eilig verpackt, ist mit einem baldigen Abtransport zu rechnen. Ich ahne, daß du wenigstens zwei dieser Kanister mitnehmen willst."

„Vier!"

„Mach keinen Unsinn. Das fällt auf."

„Wenn schon. Bei dieser sorgfältigen Numerierung, oder was die Symbole sonst bedeuten sollen, bemerkt man auch das Verschwinden von nur einem Kanister. Ich bin nicht kleinlich, Kurzer! Ich glaube jetzt fest daran, daß wir den Katalysator gefunden haben. Wir nehmen die Tanks von dem hintersten Gestell. Achte auf die Tür. Sobald sie wieder aufgleitet, fasse ich die Behälter und spurte los. Koko, was empfängst du?"

„Nicht viel, Sir. Ortungsimpulse überhaupt keine. Dagegen herrscht ein reger Funksprechverkehr auf ultrakurzen Kanälen. Man hat entdeckt, weshalb das Getriebe zerbarst. Der Großmeister der ‚Neunzehnten Vorsicht' wird soeben benachrichtigt. Man benutzt einen verschlüsselten Spruch. Ich beginne mit der Dechiffrierung."

Kasom wartete nicht mehr lange. Er rannte lautlos durch den Raum, umging die Blues und stellte sich neben dem hintersten Regal auf, wo noch unverpackte, jedoch bereits numerierte Kannen mit dem B-Hormon standen.

Er zog eine Schnur aus seinen unergründlichen Taschen und zog sie zwischen die Tragegriffe von vier – nein, war er verrückt geworden! – von *sechs* Behältern hindurch, die pro Einheit etwa fünfzehn Liter faßten.

Gleich darauf glitt die Tür auf. Wieder erschienen zwei Blues. Sie trugen ihren Kanister so vorsichtig, als enthielte er Sprengstoff.

Kasom faßte die Schnur, hob damit die sechs Tanks an, als wögen sie überhaupt nichts, und schwenkte sie über die Schulter. Ich ging blitzartig in Deckung, um nicht von der Leine erfaßt zu werden.

Die Gefäße verschwanden unter dem Deflektorschirm, der den Konturen folgte. Dann rannte der Spezialist Melbar Kasom! Ehe die Tür wieder zugleiten konnte, hatte er bereits den Brutsaal erreicht und schwang sich mit dem Antigrav zur Decke empor.

Während des Rückzuges geschah nichts, was uns hätte gefährden können. Nur konnten wir es jetzt überhaupt nicht mehr wagen, die Stadt in freiem Flug zu überqueren.

Der Luftraum wimmelte von Polizeiflugmaschinen aller Art. Die Eingänge zur Untergrundstadt waren durch fahrbare Energiegeschütze abgeriegelt worden. Truppeneinheiten durchstreiften mit schußbereiten Waffen die Straßen.

„Die machen aber einen tollen Wirbel", kicherte Koko.

Sein albernes Gekrächze war noch nicht verhallt, als der Unfall geschah.

Kasom, der mit hoher Fahrt auf das Meer hinausfliegen wollte, übersah einen rasch näherkommenden Fluggleiter und rammte ihn mit solcher Wucht, daß meine Anschnallgurte rissen und ich von seiner Schulter geschleudert wurde.

Ich war für Sekunden sichtbar, bis es mir gelang, noch während des Absturzes sowohl den Antigrav als auch den Deflektor einzuschalten.

Dicht über dem Ufer konnte ich den Fall auffangen. Dort, wo Kasom mit der Maschine zusammengeprallt war, erfolgte eine Explosion. Die Umrisse seines Körpers wurden für einen Augenblick konturhaft erkennbar. Anscheinend wurde er wie ein Geschoß zur Seite geschleudert.

Ich schrie auf. Koko kam neben mir an und rief mir zu:

„Keine Sorge, Sir. Der Große wird nur deshalb abgetrieben, weil er schwerelos ist. Da – die Maschine!"

Der Gleiter torkelte, begann zu brennen und raste nach einer weiteren Explosion im Winkel von neunzig Grad auf den Boden zu.

Er durchschlug das Dach einer Lagerhalle, prallte auf dem Boden auf und detonierte vollkommen. Eine weiße Stichflamme schoß aus dem Gebäude hervor. Träger und große Teile des Daches wurden in die Luft gewirbelt.

Wo war Melbar? Ich wagte es nicht, ihn über Funk anzurufen. Der Himmel schien sich zu verdunkeln, so viele Polizeimaschinen kamen aus allen Himmelsrichtungen herbeigeflogen.

Ich ging mit Koko auf dem Wasser nieder und tauchte bis zum Kopf ein. Der anlaufende Schirmprojektor legte ein undurchdringliches Feld um meinen Körper.

Ehe ich weitere Entschlüsse treffen konnte, platschte nur wenige Meter entfernt ein großer Körper ins Wasser. Eine Gischtsäule stieg hoch und fiel wieder in sich zusammen. Zugleich hörte ich Kasoms Gebrüll:

„Zum Teufel, worauf wartet ihr noch? Ich bin wahrscheinlich geortet worden. Verschwindet. Ich schwimme zum Boot."

Ich tauchte unter. Zuvor aber bemerkte ich, daß zahlreiche Flugkörper auf jene Stelle zuhielten, wo Kasom ins Meer eingetaucht war.

Mein Pulsatortriebwerk brachte mich nach unten. Als es dunkel wurde, mußte ich den I-Scheinwerfer einsetzen. Das Boot lag in knapp hundert Metern Tiefe. Dort angekommen, erkannte ich Melbar Kasom, der seinen Deflektor abgeschaltet hatte. Er winkte. Die sechs Kanister hingen noch auf seinem Rücken.

Ich fragte mich, wie dieser Mensch den Anprall überstanden haben sollte, erfuhr jedoch später, daß Kasom kurz vor Erreichen der Küste seinen Energieschirm aktiviert hatte.

Das hatte ihn vor dem Untergang bewahrt, obwohl er hinterher behauptete, er hätte den Zusammenstoß auch „ohne" überstehen können.

Ich kletterte mit Koko in die winzige Schleuse meines Bootes, lenzte sie und rannte in die Zentrale. Die Bildschirme bewiesen, daß sich Kasom mit seiner Schleppleine angehängt hatte. Ich nahm sofort mit dem starken Wasserstrahltriebwerk Fahrt auf. Der Stützpunkt war fast fünfundzwanzig Kilometer vom Brennpunkt der Geschehnisse entfernt.

Ein Tosen klang auf. Die ewige Dunkelheit der Tiefe wurde von einem atomaren Flammenspeer erhellt. Er verdrängte das Wasser und brachte es zum Aufkochen.

Die sofort entstehende Druckwelle riß uns beinahe nach oben. Kasom blieb aber an dem Boot hängen, als sei er daran festgeschmiedet. Wenige Augenblicke später hatten wir die unmittelbare Gefahrenzone verlassen, und das war auch unser Glück.

Energieschüsse wühlten die Fluten auf. Ein furchtbares Grollen machte mich fast taub. Die tiefe See wurde von Irrlichtern erhellt.

Jetzt wurden die Blues aber aktiv! Es war höchste Zeit geworden, aus der Nähe der Küste zu verschwinden.

Ich fuhr erst einmal auf das offene Meer hinaus, ging auf Tiefe und nahm dann Kurs auf den U-Boot-Hangar.

Wir erreichten ihn nach einer halben Stunde. Nachdem wir eingeschleust waren, verschwand Kasom mit seinen Kanistern. Ich blieb zurück, um erst einmal nachzusehen, ob mein Spezialfahrzeug noch in Ordnung war.

Die erregten Fragen der Besatzungsmitglieder überhörte ich. Kasom würde genug zu erzählen haben.

Ich war plötzlich sehr müde und hungrig. Nun kamen erst einmal die Terraner zum Zuge. Hoffentlich gelang ihnen eine Analyse des gelben Stoffes, den ich Baby-Hormon, kurz B-Hormon, genannt hatte.

Melbar Kasom

Ich hatte zehn Stunden geschlafen, gebadet und dann ausgiebig gegessen. Auf Gatas war der frühe Nachmittag angebrochen.

Wir sahen und hörten nichts davon, vorausgesetzt, es achtete niemand auf die Ortungsgeräte, die mit den ausgefahrenen Sonden in Betrieb gehalten wurden.

Auf der Oberfläche war der Teufel los. Vor einer Stunde war Koko zurückgekommen. Der Kurze hatte ihm den Befehl erteilt, mit dem Zwerg-U-Boot zur Absturzstelle des alten Schlachtkreuzers zu fahren, mit dem das große Boot transportiert worden war.

Kokos Bericht bot Anlaß zu größter Sorge. Die Blues hatten das Wrack mit Traktorstrahlern gehoben und untersuchten es. Zweifellos würden sie den ehemaligen Hangar und die große Rumpfklappe entdecken, durch die die NAUTILUS ausgeschleust worden war.

Damit hatten wir eigentlich seit dem Augenblick gerechnet, als das Wrack im Meer versank. Zwar wußten die Blues, daß das Vereinte Imperium über unzählige Robotschiffe verfügte, die vorwiegend bei Kampfhandlungen eingesetzt wurden, und unter normalen Umständen hätte eine Untersuchung des Wracks keine besonderen Verdachtsmomente ergeben. Deshalb hatten wir uns darüber nicht allzu viele Sorgen gemacht.

Nun aber, nach den Ereignissen der letzten Tage, vor allem dem Diebstahl des B-Hormons, sah das ganz anders aus. Die Tellerköpfe waren auf der richtigen Spur. Uns blieb nicht mehr viel Zeit. Auch wenn die Blues nie eine Seefahrt in unserem Sinn entwickelt hatten, würden sie aus diesen Ereignissen doch den richtigen Schluß ziehen und uns unter Wasser suchen.

Das Boot war klar zur Sprengung.

Die letzte Einsatzbesprechung hatte nach Kokos Rückkehr begonnen. Sie fand im großen Labor der Chemiker statt. Dr. Thorsen Arando, der schlaksige Rotschopf mit dem scharfen Verstand, führte den Vorsitz. Arando war der Mann gewesen, der einen letzten Test für erforderlich gehalten hatte.

Auf einem Tisch lag ein länglicher Behälter mit aufgeschraubter Sprühdüse. Er sah nicht nur aus wie ein Feuerlöscher, sondern es war auch einer. Nur enthielt er jetzt nicht mehr eine sauerstoffabschließende Füllung, sondern den übelsten Stoff, den Arando jemals hergestellt hatte. Das hatte er selbst behauptet.

Ich blickte immer wieder zu dem rotgestrichenen Hohlkörper hinüber. Die mit ihm verbundene Druckgasflasche würde den Inhalt ohne Schwierigkeiten aus dem Ventil sprühen können, obwohl die von Arando hineingegossene Substanz recht dickflüssig war.

Für den Kurzen war eine Patrone in Mikroformat hergestellt worden. Sie enthielt das gleiche Material, bei dessen Zusammensetzung das sogenannte B-Hormon eine maßgebliche Rolle gespielt hatte.

Der Kolonialterraner Balbo Shinat war aber vielleicht *noch* maßgeblicher gewesen. Er hatte stundenlang gerechnet und seinem P-Gehirn immer wieder neue Aufgaben gestellt.

Shinats Grunddaten fußten auf der früheren Beobachtung des Kurzen. Er hatte einen Unfall gesehen und bemerkt, wie das Molkex durch eine offenbar falsche Aufbereitung der Berieselungsflüssigkeit davongeflogen war. Nach den Euras-Berechnungen zu urteilen, konnte es sich nur um eine Abweichung von höchstens 0,05 Prozent des erlaubten Wertes gehandelt haben. Eine größere Toleranzspanne war bei der Herstellungsmethode des Erweichungsstoffes unwahrscheinlich. Euras hatte auch erklärt, warum es unwahrscheinlich war.

Intelligenzwesen, die einen so überspitzten Wert auf ihre Molkexfabrikation legten, erlaubten sich keine größeren Fehler. Die erwähnten 0,05 Prozent waren schon das Maximum.

Das Gehirn hatte abschließend geraten, eine hundertprozentige, oder fast hundertprozentige H_2O_2-Konzentration herzustellen und den in dieser Form kaum noch zu bändigenden Stoff mit dem B-Hormon zu stabilisieren.

Arando hatte es gewagt, zumal er bereits ähnlichen Überlegungen nachgegangen war. Es war gelungen! Aus der normalerweise völlig unstabilen und hochexplosiven Wasserstoffperoxyd-Konzentration war eine harmlos aussehende Flüssigkeit geworden, die im hyperphysikalischen Hodrononbereich so stark strahlte, daß Ohntorf wie gebannt auf seine Meßgeräte gestarrt hatte.

Die Theorie von Euras und Dr. Arando war gleichlautend. Die Maschine und der Mensch behaupteten übereinstimmend, mit einer B-Hormon angereicherten H_2O_2-Konzentration von hundert Prozent müßte es möglich sein, das bereits bearbeitete Molkex erneut zu verwandeln. Es lagen Berechnungen vor, aus denen dieser Effekt abgeleitet wurde. Shinat zeichnete dafür verantwortlich.

Ohntorf glaubte festgestellt zu haben, der Überladungsfaktor in dem B-Ho-H_2O_2 müsse zu einer zweiten Teilchenreaktion innerhalb der fünfdimensionalen Energiekonstante des Fertigmolkex führen.

Mir waren die langen Fachgespräche ziemlich überflüssig erschienen. Entscheidend war der Versuch!

Dr. Arando sah auf die Uhr. Die Ortungszentrale der NAUTILUS meldete sich schon wieder. Ein Bildschirm leuchtete auf. Isata grüßte.

„Beeilt euch, Leute. Oben geht es heiter zu. Wir sichten mehrere Raumschiffe, die so dicht über dem Wasserspiegel fliegen, als sollten sie gewaschen werden. Dazu empfangen wir Energieortung über Energieortung. Die Blues suchen den Grund mit Massetastern ab. Ich hoffe nur, daß unsere Batterien nicht angemessen werden. Die Wassermauer zwischen uns und den Sendern dürfte als Filter wirken. Shinat, kommen Sie nicht mehr auf die Idee, Ihr Lieblingskind zu befragen. Der Reaktor bleibt abgeschaltet. Wie weit seid ihr?"

„Fertig", sprach Arando in die Mikrofone der Bordverständigung. „Ich brauche noch das letzte Testergebnis."

„Viel Vergnügen."

Isata schaltete ab. Ich drehte den Kopf und blickte den Kurzen an, der es sich auf meiner Schulter bequem gemacht hatte. Die zweihundert siganesischen Besatzungsmitglieder der LUVINNO waren vor einer Stunde an Bord der NAUTILUS gekommen. Lemy war vernünftig genug gewesen, Oberst Tilta den Start zu verbieten. Wenn wir Gatas verlassen mußten, dann war es nur noch mit Hilfe des Transmitters möglich. Die LUVINNO mußte aufgegeben werden.

Zur Zeit standen und saßen die Siganesen in Reih und Glied auf einem langen Labortisch und hörten zu. Mein Freund, der biomedizinische Koch, hatte mir versprochen, die Menschlein notfalls in eine Kiste zu stecken und sie mit dem ersten Transmitterstrahl nach ESS-1 zu schicken.

Es schien Arandos Schicksal zu sein, die Schlußworte nicht sprechen zu können. Als er sich gemessen räusperte, meldete sich Isata erneut. Er war erregt.

„Hyperfunkspruch von Lordadmiral Atlan", gab er bekannt. „Wir haben den Kurzimpuls soeben aufgenommen. Atlan steht mit einem Kreuzerverband in der Nähe des Verth-Systems. Er meldet die stärksten Flottenkonzentrationen, die in diesem Raumsektor jemals beobachtet wurden. Atlan befiehlt, sofort die Flucht zu ergreifen, wenn die Situation unhaltbar werden sollte."

„Ist das alles?" rief Lemy aus.

„Jawohl, Sir. Der Lordadmiral wird sich vorstellen können, daß unsere Lage nicht einfach ist. Soll ich einen Funkspruch vorbereiten?"

„Tun Sie das. Warten Sie aber auf meine Anweisung zum Abstrahlen."

Arando kam endlich dazu, die Besprechung zu beenden. Wir wußten, worauf es ankam.

„Sie müssen Erfolg haben!" drängte er. „Besprühen Sie irgend etwas, das einen Molkexüberzug trägt. Es ist nicht erforderlich, nochmals in die Untergrundstadt einzudringen. Sie kämen wahrscheinlich auch nicht mehr hinein. Mir genügt es vollauf, wenn Sie mir anschließend mitteilen, der Panzerüberzug eines Raumschiffes oder

239

die Molkexkombination eines Geheimdienstoffiziers hätte sich aufgelöst. Wahrscheinlich kommt es zu einem heftigen Aufwallen. Vielleicht erleben Sie sogar das gleiche Phänomen, das schon einmal beobachtet wurde. Über das chemische Verhalten des mit dem B-Hormon angereicherten und katalysierten H_2O_2 kann ich Ihnen momentan überhaupt nichts sagen. Ohntorf dürfte recht haben, wenn er behauptet, die eigentliche Reaktionsursache sei der Hodrononstrahler. Anscheinend dient das konzentrierte Wasserstoffsuperoxyd nur als Trägermasse. Mit unseren Bordmitteln ist es völlig ausgeschlossen, die Natur des B-Hormons näher zu bestimmen. Daran werden wahrscheinlich die bedeutendsten Wissenschaftler der Galaxis arbeiten müssen. Uns bleibt nur die Möglichkeit, festzustellen, ob die überaktive Substanz eine zweite Reaktion in dem Molkex auslöst oder nicht. Es spricht zwar alles dafür, aber uns fehlt noch das praktische Ergebnis. Ich warte auf alle Fälle in der NAUTILUS auf Ihre Rückkehr."

Mehr hatte der Rotschopf nicht sagen wollen. Ich schritt zu dem Tisch hinüber und ergriff den zweckentfremdeten Feuerlöscher. Als ich ihn schüttelte, hielt Redgers die Luft an.

„Spielen Sie nicht mit dem Feuer", warnte er. „Wer weiß, wie lange der Stoff stabil bleibt. Unser Experiment war ohnehin haarsträubend. Unter Umständen haben wir viel zuviel Harnstoff zugesetzt. Woraus er besteht, weiß niemand. Arando untertreibt, wenn er behauptet, nur die fähigsten Wissenschaftler der Galaxis müßten zu einer Analyse eingesetzt werden. Ich nehme aber an, daß wir ohne die Aras und andere spezialisierte Völker überhaupt nicht weiterkommen. Versuchen Sie Ihr Glück."

Wir gingen. Es gab nichts mehr zu besprechen. Ehe ich die Schleuse betrat und meinen Energieschirm einschaltete, überprüfte ich meine Waffe. Es handelte sich um einen überschweren Thermostrahler, wie sie sonst nur von großen Kampfrobotern geführt werden konnten. Die Waffe hatte eine fürchterliche Wirkung, aber schon der dünnste Molkexpanzer konnte damit nicht mehr beeinflußt werden.

Der Kurze beobachtete mich.

„Wozu das?" fragte er. „Entweder wir suchen unser Heil in der Flucht, oder man wird unsere Namen in der Zentralstation der USO

240

auf eine Bronzeplatte eingravieren. ‚Gefallen für das Wohl der Menschheit!‘ "

„Halte den Mund, Kleiner."

„Ich denke nicht daran. Ich bleibe auf deiner Schulter sitzen. Koko kann das Boot allein fahren. Wir lassen uns bis zum Ziel schleppen und steigen auf. Koko soll die Leine draußen lassen, damit wir sie notfalls sofort ergreifen und einklinken können. Fahrttiefe tausend Meter. Das bedeutet, daß wir weit in den Ozean vorstoßen und dann auf Kurs gehen müssen."

Ich nickte nur. Der Plan war längst durchgesprochen worden. Das Wasser gurgelte durch die geöffneten Flutventile und hüllte mich ein. Als der Schirm von dem nassen Element umschlossen wurde, begann er schwach bläulich zu leuchten. Koko meldete sich über den kabelgebundenen Sprechfunk, der nicht abgehört werden konnte. Die Leitungsdrähte lagen innerhalb der Schleppleine, die wiederum hinter dem Turm des seltsamen Fisch-U-Bootes befestigt war.

„Fertig Sir. Ich fahre los."

Er nahm mit dem Hilfstriebwerk Fahrt auf. Ich schwamm hinter dem Gefährt her, bis wir das Ende der Unterwasserhöhle erreicht hatten. Dort klinkte ich die Leine in meinen rechten Schultergurt.

Der Schirm folgte dem neuen Leiter und umhüllte das Seil bis zum Endpunkt. Als das Haupttriebwerk zu fauchen begann und ein starker Zug spürbar wurde, war ich fast davon überzeugt, die NAUTILUS das letztemal gesehen zu haben.

Es war ein Wahnsinn, jetzt noch einmal an Land zu gehen. Jeder Deflektorschirm hat seine Leistungsgrenzen!

Koko strebte im rechten Winkel zur Unterwasserküste auf das offene Meer hinaus. Wir konnten es nicht mehr wagen, an den ständig von Raumschiffen abgesuchten Ufern entlangzufahren. Wahrscheinlich wären wir geortet und sofort beschossen worden.

Weiter westlich blendete schon wieder ein Thermostrahl, berührte den Grund und erzeugte dort einen kleinen Vulkan.

Seit den frühen Morgenstunden glich das Meer ohnehin einer heißen Quelle. Die verdrängten und teilweise verdampften Wassermassen suchten sich einen Ausweg nach oben. Manchmal schossen die Fontänen mehr als fünfhundert Meter hoch.

Wir hatten unseren Plan geändert. Es war nicht mehr möglich, die Küste anzulaufen.

Die Blues hatten schneller als angenommen ermittelt, daß ein terranisches Kommando auf Gatas gelandet war. Wahrscheinlich hätten sie sich über unsere Tätigkeit gar nicht so sehr aufgeregt, wenn wir nicht durch den Diebstahl der sechs Behälter direkt an den Lebensnerv des Zweiten Imperiums gegriffen hätten.

Die Abwehrmaßnahmen waren ungeheuer. Tausende von Raumschiffen, darunter sogar gigantische Superschlachtschiffe mit dicken, zottelig aussehenden Molkexpanzern, patrouillierten entlang der Küste. Immer wieder peitschten Energiestrahlen in das kochende Wasser.

Nahe dem „Block der fünften Wachsamkeit" waren riesige Geländestreifen vergast worden. Die Blues hatten sich folgerichtig ausgerechnet, daß wir in einer Unterwasserhöhle Zuflucht gesucht hatten. Als Grundlage für diese Erkenntnis kam wahrscheinlich das Schlachtkreuzerwrack in Frage. Es wäre vernünftiger gewesen, wenn das Schiff nach der Ausschleusung der NAUTILUS vollkommen vernichtet worden wäre.

Isata hatte mir jedoch erklärt, Rhodan hätte die Absturzerscheinungen nicht übertreiben wollen. Das war einerseits richtig gewesen, doch nun hatten wir diese Unterlassungssünde auszubaden.

Als wir erkannt hatten, daß ein Unternehmen auf dem Festland nur mit unserem Tode enden konnte, hatte Koko neue Befehle erhalten. Mit höchster Fahrstufe, die bei hundert Kilometern pro Stunde lag, steuerte er das als Fisch getarnte Spezialboot der Siganesen ins offene Meer hinaus und nahm Kurs auf die Insel, bei der das Schiff abgestürzt war.

Somit mußten wir hundertsechzig Kilometer zurücklegen. Es war infolge der ungewohnten Schleppfahrt weder für mich noch für den kleinen Roboter angenehm. Wir konnten es aber nicht mehr riskieren, uns mit den Kampfanzügen in die Luft zu erheben.

Jetzt lag das Felseiland vor uns. Kokos frühere Erkundungsfahrt erwies sich als wertvoll. Der von Traktorstrahlern gehobene Schlachtkreuzer lag auf dem Strand der Insel. Sie wimmelte von Blues, unter denen sich zahlreiche Mitglieder des Geheimdienstes aufhielten. Sie

242

waren an ihren schwarzbraunen Molkexausrüstungen leicht zu erkennen.

Der ausgediente Arkonidenkreuzer war ein Trümmerhaufen, an dem große Teile fehlten. Überall klafften Schußlöcher. Die Spuren von verheerenden Bränden und Maschinenexplosionen waren einwandfrei zu erkennen.

Natürlich hatten die Blues längst bemerkt, daß der Kreuzer unbemannt gewesen war. Die komplizierte Robotsteuerung mit ihren vielen Nebenschaltstellen und das Fehlen von toten Besatzungsmitgliedern konnte nicht übersehen werden.

Lemy war auf meinen Helm geklettert. Da ich den Kopf bis zur Augenhöhe über den Wasserspiegel erhoben hatte, konnte auch der Kleine alles Bemerkenswerte beobachten. Koko stand mit dem Boot zehn Meter unter uns.

Ich konnte mir ein triumphierendes Lächeln nicht verkneifen. Auf der Insel waren zwar zahlreiche Polizeimaschinen und auch einige Kleinraumschiffe gelandet, aber von einer Überwachung des Seeraumes war hier nichts zu spüren. Die Blues sagten sich anscheinend logischerweise, daß die mit dem Schiff angekommenen Terraner schleunigst das Weite gesucht hatten, um sich anderswo zu verstecken. Damit hatten sie zwar recht; aber für uns ergaben sich daraus unschätzbare Vorteile.

Der Kurze kletterte an dem Helm nach unten und wagte den Sprung bis zu meiner Schulter, wo er sich wieder anschnallte.

„Gut", schrie er mir mit seinem Stimmchen ins Ohr. „Die kümmern sich nur um das Wrack. Fangen wir an, ehe die NAUTILUS von einem Zufallstreffer vernichtet wird. Was willst du unternehmen, Großer?"

Ich sah nochmals zu dem nur einen Kilometer entfernten Inselstrand hinüber. Dicht am Ufer standen einige Luftgleiter. Sie gehörten dem Geheimdienst, sonst hätten sie keinen Molkexpanzer getragen. Ich deutete nach vorn.

„Die nehmen wir als Versuchsobjekt. Koko soll vor der kleinen Bucht mit den Steilufern anhalten. Ich schwimme mit dir hinein. Es dürfte relativ einfach sein, Land zu erreichen."

Wir beeilten uns. Die Zeit wurde immer knapper. Ab und zu heulte ein Raumschiff im Tiefflug über die Insel hinweg. Südlich unseres

Standortes schien der Himmel zu brennen. Der Donner des pausenlosen Beschusses war selbst hier noch zu hören.

Wir tauchten unter, hängten uns an das Boot, und Koko erhielt die entsprechenden Anweisungen.

Nach zehn Minuten vorsichtiger Fahrt wurde das Ufer erkennbar. Es handelte sich um eine Steilküste, die ins Grundlose abfiel. Koko stoppte vor der Bucht und legte das Boot auf Grund. Wenige Meter hinter dem Heck begann das tiefe Wasser.

Ich klinkte die Leine aus, legte sie griffbereit auf den Meeresboden und schwamm auf das Ende des Landeinschnittes zu. Als ich auftauchte und vorsichtig den Kopf über den Wasserspiegel erhob, konnte ich niemand sehen.

„Ich setze mich ab", sagte Lemy. „Schalte deinen Deflektor ein, Großer, und halte die Augen auf. Ich fliege nach oben. Mich wird man bestimmt nicht orten."

Lemy durchstieß meinen Energieschirm und flog davon. Ich beobachtete ihn mit meiner Antireflexbrille. Als er nicht mehr zu sehen war, stieg ich aus dem Wasser, watete zum nur meterbreiten Strand hinüber und sprang nach oben.

Ich hatte die Kräfte meines ertrusischen Körpers eingesetzt. Die geringe Schwerkraft spürte ich kaum. Zehn Meter höher bekam ich den Rand des Felsufers zu fassen. Langsam zog ich mich hoch und legte mich hinter einen Felsblock in Deckung.

Den Antigrav benutzte ich diesmal nicht mehr. Es wäre zu gefährlich gewesen, denn weiter vorn standen fahrbare Ortungsstationen, deren Antennen ununterbrochen kreisten.

Der Schwerkraftneutralisator, der stärkste Eigenstrahler unter meinen Hochenergiegeräten, wäre fraglos zum Verräter geworden.

Mein Defelktorschirm arbeitete im energetischen Normalbereich. Er konnte nur unter größten Schwierigkeiten ausgemacht werden.

Für eine Sekunde erblickte ich den Kurzen. Er kurvte wie eine lästige Stechmücke zwischen den Blues herum und verschwand dann in einer Lücke des Schiffswracks.

Ich begann behutsam vorzudringen. Meinen Mikroantigravitator, der mir auf so leichten Welten wie Gatas die heimischen 3,4 Gravos schenkte, hatte ich ebenfalls stillgelegt. So konnte ich mich mit weiten

Sprüngen an die abgestellten Flugkörper und Kleinraumschiffe heran-
arbeiten, Hindernisse überwinden und Bluesgruppen umgehen.

Es war alles sehr einfach. Als ich vor einem der flachen Luftgleiter
ankam, hatte mich noch niemand bemerkt.

Die Maschine, die ich mir ausgesucht hatte, stand etwas abseits. Sie
trug einen dicken Molkexüberzug.

Weiter rechts standen drei Wachtposten. Ich mußte sie in Kauf
nehmen. Der Gasdruck in dem ehemaligen Feuerlöscher war erhöht
worden. Trotzdem mußte ich wenigstens bis auf fünf Meter an das
Objekt heran, um eine befriedigende Besprühung erzielen zu können.

Lemy wurde wieder sichtbar. Er flog um meinen Kopf herum und
gab ein Zeichen, dem ich zu entnehmen glaubte, daß alles in Ordnung
wäre.

Ich klinkte die beiden Karabinerhaken auf und zog den Behälter
von meinen Schultergurten ab. Lemy wartete auf einem Felsblock.

Ich trat noch einen Schritt näher, richtete die Sprühdüse auf den
Panzer des Luftgleiters und drückte den plombierten Hebel, der das
Ventil öffnete, nach unten.

Die Flüssigkeit wurde unter heftigem Zischen ausgeblasen. Sie
bildete einen dickblasigen Schaumstreifen, der plötzlich einen Teil der
Molkexmasse bedeckte, sich darauf verdünnte und an den Wandungen entlang lief.

Ich sprühte immer noch. Lemy schrie etwas, aber ich achtete nicht
darauf. Der Erfolg meiner Tätigkeit faszinierte mich.

Das Molkex verfärbte sich. Schon nach drei Sekunden begann es zu
wallen. Schließlich trat ein Effekt ein, der sich wie eine innere
Detonation auswirkte.

Das Material blähte sich auf, kochte und lief unvermittelt in
verflüssigter Form an dem Rumpf entlang. Hier und da wurden
glänzende Stahlplatten erkennbar.

Ich sprühte weiter, obwohl es nicht mehr nötig gewesen wäre. Ich
wollte aber Gewißheit erhalten.

Der Zersetzungsprozeß schritt schnell fort. Zu meinem größten
Erstaunen breitete sich die Verflüssigung auch auf jenen Stellen aus,
die ich nicht mit der Füllung getroffen hatte.

Ehe der Feuerlöscher leer war, schwamm der ehemals so unbe-

245

zwingliche Panzer auf dem Boden. Dort kochte er nochmals auf, um anschließend flache Fladen von unregelmäßiger Form zu bilden.

Ein Tosen und Dröhnen riß mich aus meiner Versunkenheit. Gleißende Blitze umlohten meinen Körper. Die Energie brach sich an meinem Abwehrschirm, flammte an ihm entlang und wurde von ihm reflektiert. In meinem Aggregattornister heulte der Projektor auf. Er war bis zu den Grenzen seiner Leistungsfähigkeit belastet worden.

Ich sprang instinktiv davon. Die drei Wachtposten, die auf mich das Feuer eröffnet hatten, schossen vorbei. Die Glutbahnen schlugen in den Boden ein und erzeugten flache Trichter. Mein Schirm leuchtete noch in einem intensiven Blauton. Sie sahen mich!

Ich wußte auch, weshalb sie so genau hatten ins Ziel gehen können. Die Molkexverformung war natürlich sofort bemerkt worden, und mein H_2O_2-Strahl war auch nicht unsichtbar geblieben. Sie hatten nur auf die Stelle zu halten brauchen, wo der Sprühnebel plötzlich erkennbar wurde.

Noch während meines ersten Sprunges bemerkte ich, daß sich die Molkexfladen mit eigenartigen Flatterbewegungen vom Boden erhoben. Ehe ich das Phänomen richtig erfaßt hatte, rasten sie im Winkel von neunzig Grad in den Himmel empor, als hätte ihnen jemand ein Triebwerk eingebaut.

Fassungslos sah ich den davonrasenden Gebilden nach.

Ich war so überrascht, daß ich zu Boden fiel und mir das Knie aufschlug. Wieder wurde ich unter Feuer genommen. Auf der kleinen Insel war plötzlich der Teufel los.

Ich rannte wie ein Amokläufer. Rechts und links von mir schlugen die Schüsse ein. Mehrere trafen meinen Energieschirm und brachten ihn erneut zum Aufleuchten. Er absorbierte die lichtablenkende Wirkung des darunterliegenden Deflektors.

Während ich noch um mein Leben rannte, zerrte ich die Waffe aus dem Gürtelhalfter und schoß zurück. Das Rucken in meiner Hand beruhigte mich, auch wenn ich keinen Erfolg erzielen konnte.

Ein molkexgepanzerter Soldat der „Neunzehnten Vorsicht" wurde voll getroffen. Die Aufschlagswucht des Impulsbündels riß ihn von den Beinen und schleuderte ihn mehrere Meter über den Boden. Geschehen war ihm nichts.

246

Dann erblickte ich das Ufer. Ich sprang nach unten, wobei ich krampfhaft den ausgedienten Feuerlöscher festhielt. Er durfte auf keinen Fall von den Blues gefunden werden. Die Rückstände der Sprühflüssigkeit hätten den Blues alles verraten, was sie noch nicht zu wissen brauchten.

Das Wasser schlug über mir zusammen. Ich begann zu schwimmen. Ehe ich jedoch das Boot erreichen konnte, wurden die Blues aktiv.

Anscheinend waren mehrere Polizeimaschinen aufgestiegen. Die armstarken Energiebahnen, die das Wasser bis zum Grund durchschlugen und dort heftige Detonationen hervorriefen, konnten unmöglich von den tragbaren Waffen stammen.

Ich wurde von den Dampfdruckblasen nach oben gerissen. Für einen Augenblick tauchte ich aus den Fluten auf, um von der nächsten Welle wieder hinabgespült zu werden.

Mit einer letzten, verzweifelten Anstrengung erreichte ich endlich das Boot. Das Triebwerk lief bereits. Ich erfaßte die Leine, und schon zog Koko an. Er schien mit Hilfe der ausgefahrenen Fernbildsonde alles beobachtet zu haben.

Als ich nach vorn gerissen wurde und die tödlichen Einschüsse zurückblieben, dachte ich an den Kurzen. Wo war er geblieben? Hatte er das Boot vor mir erreicht?

Als ich die Kontakte der Sprechverbindung einsteckte, erwies es sich, daß Lemy bereits an Bord war. Er war in das Wasser eingetaucht, als ich die Flucht ergriffen hatte.

„Sie bleiben zurück", teilte er mir mit. „Wahrscheinlich rechnen sie mit einem Schwimmer, der auf keinen Fall die Geschwindigkeit des Bootes erreichen kann. Wir nehmen Kurs auf den Stützpunkt." Hast du den Drive-Effekt des Neo-Molkex gesehen?"

„Den was?"

Ich habe das abfließende Molkex ,Neo-Molkex' getauft und das Davonrasen des Neo-Molkex ,Drive-Effekt'. Jedes Kind soll seinen Namen haben."

Ich war verblüfft. Noch ahnte ich nicht, daß dieser Kümmerling impulsiv zwei Begriffe geprägt hatte, die schon sehr bald in aller Munde sein würden. Der Kurze riß mich aus meinen Überlegungen und sagte weiter:

„Großer – wir haben die Waffe gegen die Molkexpanzer gefunden, weißt du das? Es war unheimlich zu sehen, wie der Stoff wallte, von dem Rumpf abfloß und dann in Fladenform davonflog. Die Beschleunigung war so hoch, daß ich ihn noch keine halbe Sekunde mit den Blicken verfolgen konnte. Hast du den Feuerlöscher? Bist du verletzt?"

„Ja und nein. Alles in Ordnung. Mein Schirmprojektor läuft heiß. Es war etwas zuviel. Kannst du die Geschwindigkeit erhöhen?"

„Ich versuche es. Das Boot hat ohnehin ausgedient. Oh – soeben empfängt Koko ein Notsignal der NAUTILUS. ‚XXG' – das bedeutet einen Direktangriff."

Ich entgegnete nichts darauf. Das Phänomen fesselte mich nach wie vor. Die Experten der Erde würden allerhand zu tun bekommen, wenn sie dieses Rätsel lösen wollten.

Fünf Meter vor mir sprudelte der mit hohem Expansionsdruck ausgestoßene Dampf des Staustrahltriebwerks. Lemy fuhr in einer Tiefe von nur hundert Metern. Wenn mein Schirmprojektor plötzlich zusammenbrach, war es vorbei. Den Druck konnte ich zur Not noch ertragen, aber ein Auftauchen hätte den Tod bedeutet. Gewiß waren nun sämtliche Einheiten alarmiert worden. Unter Umständen entlasteten wir sogar die NAUTILUS. Das kam ganz darauf an, ob der Gegner zu der Auffassung gelangte, die ich gerne gesehen hätte.

Es wäre von den Blues durchaus logisch gewesen, anzunehmen, das Tauchboot hätte seinen unbekannten Unterschlupf verlassen, um einen Agenten auf der Insel abzusetzen.

Ich hatte die Überlegung noch nicht vollendet, da begann es weit hinter mir zu donnern. Ein Raumschiffgeschwader eröffnete das Feuer auf jenes Seegebiet, in dem ich mich eigentlich noch hätte aufhalten müssen.

Ich lachte vor mich hin. Mein schadhaft gewordener Schirmprojektor war im Moment vergessen. Sollten sie ruhig meinen, nahe der Insel gäbe es etwas zu beschießen.

18. Lemy Danger

Noch vor fünf Minuten hätte ich nicht daran geglaubt, daß Kasom den Durchbruch schaffen könnte. Der hintere Teil der langen Unterwasserhöhle war eingestürzt. Der Rumpf des U-Bootes war bis zur Höhe des Turmes unter den Felsmassen begraben worden.

Koko und ich hatten uns mühelos zwischen den zahlreichen Rillen und Ritzen hindurchwinden können, um in den vorderen, noch unversehrten Teil der Höhle vorzudringen. Für Kasom hatten sich schier unüberwindliche Hindernisse aufgetürmt.

Dort, wo ich noch aufrecht hindurchgehen konnte, hatte kaum seine Gigantenhand Platz. Trotzdem hatten wir immer wieder Spalten gefunden, die selbst dem Ertruser ein Hindurchwinden erlaubten.

Das letzte Hindernis hatte er mit seiner Energiewaffe zerschossen. Als er endlich den vorderen Teil erreicht hatte, war es höchste Zeit geworden. Die große Schleuse konnte nicht mehr benutzt werden. Melbar hatte sich durch das enge Mannschott des Turmes gezwängt und es hinter uns geschlossen.

Jetzt befanden wir uns in der Notschleuse, die von dem oberen Turmdeckel und dem tieferliegenden Zentraleluk gebildet wurde. Das Wasser konnte nur langsam ausgepumpt werden. Kasom stand bereits bis zur Brust frei. Koko und ich waren auf seine Schulter geklettert.

Sein Aggregattornister glühte, obwohl er den Enegieschirm abgeschaltet hatte, als sein Kopf den sinkenden Wasserspiegel zu überragen begann.

Ohne ein Wort zu verlieren, schnallte er den Tornister ab und hängte ihn an das Schnorchelgestänge.

„Glück gehabt", dröhnte seine Stimme. „Hast du dein Zwergboot draußen gelassen?"

„Es liegt unter den ersten Trümmerstücken. Wenn die NAUTILUS explodiert, dürfte es ebenfalls vernichtet werden."

Zehn Minuten später konnten wir die Zentrale betreten. Unser Bericht löste Begeisterung aus. Die Wissenschaftler des Bootes waren schon startbereit. Ich flog zum Transmitterraum hinüber, der die drei Decks des Bootes durchbrach und somit eine große Halle bildete.

Isata und zwei andere Ingenieure warteten in der nebenanliegenden Energiestation. Der schwere Fusionsmeiler konnte sofort gezündet werden.

Wir zwängten uns in den überfüllten Transmitterraum hinein und lauschten auf das ununterbrochene Dröhnen. Das Wasser war ein guter Schalleiter. Die Energiesalven, die nahe der Insel in das Meer einschlugen, konnten sogar hier noch einwandfrei vernommen werden.

Der Einsturz der Höhle war mehr oder weniger die Folge eines Zufallstreffers gewesen. Ein Raumschiffverband hatte auch diesen Küstenstreifen abgeflogen und planmäßig das Ufer beschossen. Als Kasom auf der Insel entdeckt worden war, hatte der Beschuß schlagartig aufgehört. Also hatten wir der NAUTILUS-Besatzung doch eine gewisse Entlastung gebracht.

„Fertig, Justierung beendet", gab Koma Isata über die Rundsprechanlage bekannt. „Der Kontaktimpuls ist eingetroffen. Die Empfangsstation auf ESS-1 läuft. Wir steigen in der geplanten Reihenfolge ein. Der Transport muß in spätestens zehn Minuten erledigt sein, oder wir werden vernichtet. Der Bombenzünder läuft. Das Boot explodiert in fünfzehn Minuten. Noch Fragen?"

Niemand hatte noch Fragen, aber jedermann wußte, daß der Transmitter innerhalb von wenigen Sekunden ein Ortungsecho auslösen würde.

Der Leistungsreaktor begann zu tosen. Isata fuhr ihn sehr schnell hoch. Damit war bereits die Gefahr der Energieortung gegeben.

Als der Thermalumformer die volle Stromleistung anzeigte, begannen die beiden Randsäulen des Transmitters aufzuglühen. Es dauerte lange, bis sie sich über uns vereinten und einen Torbogen bildeten.

In diesem Hohlraum zeichnete sich eine abgrundtiefe Schwärze ab. Diese Transmitter, ehemals akonische Entwicklungen waren hundertprozentig zuverlässig. Es konnte nichts geschehen, wenn keine Störungen verursacht wurden.

250

Die Fachwissenschaftler schritten zuerst über die rote Gefahrenlinie hinweg. Zu ihrem wertvollsten Gepäck gehörten die sechs Kanister mit etwa achtzig Litern B-Hormon. Gemeinsam sprangen sie in den schwarzen Schlund hinein. Sie lösten sich zu einer Leuchterscheinung auf und verschwanden. Im selben Augenblick mußten sie auf ESS-1 herauskommen und in Sicherheit sein. Dann folgten die vier aus der Gefangenschaft der Blues befreiten Terraner, die in den letzten Wochen kaum in Erscheinung hatten treten können.

Meine Brüder rannten geschlossen über die Linie. Auch sie verschwanden. Als fast alle Besatzungsmitglieder fort waren, erfolgte der erwartete Angriff.

Ein Dröhnen erschütterte das Boot. Kräftige Schwingungen brachten den Körper in Bewegung. Schon wenige Augenblicke später schienen die Blues den Standort des Ultraenergiegerätes angepeilt zu haben.

„Jetzt kommt die gezielte Salve", sagte Kasom.

Ich winkte Isata und den beiden Technikern verzweifelt zu und hielt mich dabei an Kasoms Schultergurten fest. Die Techniker betraten den Transmitterraum, als die Druckwandungen der NAUTILUS soeben aufgerissen wurden.

Zusammen mit dem Bersten und Krachen kam auch die Flut.

Kasom ergriff die drei Techniker und warf sie in den Transmitterbogen hinein. Als er ebenfalls sprang, brach die Decke des Raumes zusammen. Lohende Glut umhüllte mich.

Zugleich aber fühlte ich den Schmerz der Entmaterialisierung. Für Siganesen ist es nicht einfach, eine Entstofflichung zu überstehen, die um so schmerzhafter ist, je größer die zu überwindende Entfernung ist.

Der Hyperraum nahm mich auf; das heißt, er nahm das auf, was von meinem Körper noch vorhanden war.

Die Wiederverstofflichung im Empfangstransmitter der Außenstation ESS-1 fühlte ich nicht mehr. Ich hatte noch nie einen Transport dieser Art ertragen können, ohne spätestens bei der Wiederherstellung der stofflichen Zustandsform besinnungslos zu werden.

Ich empfand nur noch das Zerren und Reißen in den Gliedern. Dann wurde es Nacht um mich.

251

Als ich wieder zu mir kam, schaute ich in die Augen von Dr. Albu, dem ehemaligen Chefmediziner des Schweren Kreuzers LUVINNO.

Der Bruder lächelte mich an. Ich sah mich verwundert um.

Kabine, Bett und Einrichtungsgegenstände entsprachen meiner Körpergröße. Etwas störte mich jedoch. Ich bemerkte erst später, was es war.

Das sterile Weiß deutete auf eine Klinik hin, obwohl man sich offenbar bemüht hatte, einen Farbenspielprojektor einzubauen. Beruhigende Lichtkaskaden überfluteten die Wände. Leise Musik ertönte.

Da ahnte ich, daß ich verwundet worden war.

Mein Körper wurde von flexiblen Verbänden eingehüllt. Ich konnte mich kaum bewegen.

„Gruß, Bruder Danger", sagte Dr. Albu. „Wundere dich nicht. Es kommt alles wieder in Ordnung. Die Verbrennungen sind nicht sehr schlimm. Melbar Kasom berichtete, das Boot wäre im letzten Augenblick von einem Energiestrahl getroffen worden.

„Ich habe es nicht mehr gespürt", entgegnete ich. Meine Stimme klang schwach. Albus Aussagen, meine Verletzungen wären nicht sehr schlimm, entsprachen nicht ganz der Wahrheit. Siganesische Ärzte sind die einzigen Mitglieder meines Volkes, die hier und da einmal lügen. Sie behaupten, es geschähe zum Besten der Patienten.

„Wo sind wir, Bruder Albu?"

„In der Eastside-Station Nummer eins. Atlan hat schon vor Wochen befohlen, einen Raum für unsere Bedürfnisse auszubauen. Die Einrichtung kam direkt von unserer Heimatwelt."

Ich dachte an Melbar Kasom, und da huschte ein Lächeln über meine Lippen.

Hier war ich vor ihm in Sicherheit, denn meine Kabine hätte noch nicht einmal einen Teil seines Oberschenkels aufnehmen können.

„Ist Kasom hier?"

„Ja, Bruder. Du warst elf Stunden besinnungslos. Die Verbände müssen um dreizehn Uhr Stationszeit erneuert werden. Ich war gezwungen, dich in ein Biopalath-Bad zu legen. Deine Haut muß ersetzt werden. Du kannst nicht vor übermorgen aufstehen, auch wenn der Heilungsprozeß schon morgen abgeschlossen erscheint.

Willst du Kasom sprechen?"

„Bitte."

Albu schob das Visiphon näher und schaltete es ein. Gleich darauf wurde der Ertruser auf meinem Bildschirm sichtbar.

„Hallo!" rief er, und ein Lachen verschönte sein Gesicht. „Sind wir wieder munter, Kleiner? Wie geht es dir?"

Ich freute mich über seine Reaktion.

„Danke, soweit ausgezeichnet. Bruder Albu sagt, ich könnte übermorgen wieder aufstehen."

„Nur langsam damit", mahnte der Gigant. „Dein Rücken war stark verbrannt. Hast du Schmerzen?"

„Nein. Mir ist, als schwebte ich."

„Er hat dir eine Spritze gegeben. Ich – jawohl, Sir."

Kasoms Gesicht verschwand plötzlich. Ich richtete mich mit Albus Hilfe etwas auf.

Perry Rhodan, der Großadministrator, erschien auf dem Bildschirm. Ein Schauer überlief mich, als ich in seine ernsten, grauen Augen blickte. Dann lächelte er.

„Guten Tag, Lemy. Wie ich höre, fühlen Sie sich soweit gut. Sie hätten gleich mit Ihren Leuten in den Transmitter steigen sollen."

„Das kam nicht in Frage, Sir", strahlte ich ihn an. „Ich war schließlich der Kommandant. Sind Sie mit unserer Arbeit zufrieden, Sir? Ich bitte um Entschuldigung wegen der direkten Frage, aber . . .!"

„Sie steht Ihnen zu, kleiner Freund", unterbrach mich der Chef des Vereinten Imperiums. „Sie haben erstklassige Ergebnisse erzielt. Dr. Arando hat die Kanister mitgebracht. Ich hätte aber noch eine Frage, Lemy."

„Bitte sehr, Sir."

Er blickte noch ernster von meinem Bildschirm herab.

„Können Sie Melbar Kasoms Aussagen einwandfrei bestätigen? Ich meine – haben Sie mit eigenen Augen gesehen, daß sich der Molkexpanzer nach einem Aufwallen verflüssigte, Fladen bildete und mit hoher Fahrt davontrieb?"

„Jawohl, Sir, das kann ich bestätigen. Wir haben die Waffe gefunden."

„Sie sagten Drive-Effekt dazu?"

253

„Nicht zur Waffe, Sir, sondern zu dem Davonfliegen."

„Natürlich."

„Entschuldigen Sie", bat ich verlegen. „Ja, ich habe mir erlaubt, diesen Begriff zu prägen."

„Er wird die Galaxis erschüttern", erklärte Rhodan. „Ich bedanke mich sehr herzlich für Ihre Mitwirkung, Herr Major. Sie hören noch von mir. Atlan befindet sich noch in der Nähe des Verth-Systems. Seine Berichte sind besorgniserregend. Es sieht ganz danach aus, als rüsteten sich die Blues zu einer Großoffensive. Wenn es uns bis dahin nicht gelungen ist, das sogenannte B-Hormon synthetisch herzustellen, um hochkonzentriertes H_2O_2 in der richtigen Form stabilisieren zu können, werden viele Planeten zugrunde gehen. Das dient nur zu Ihrer Information, Lemy. Nochmals vielen Dank."

Rhodan trat zurück, und Kasom erschien wieder.

„Es sieht böse aus", behauptete er ungewohnt ernst. „Die Tellerköpfe scheinen infolge unserer gelungenen Flucht halb verrückt geworden zu sein. Natürlich wissen sie, daß wir die Waffe gegen das Molkex gefunden haben, sogar noch auf ihrer eigenen Welt. Ich bin davon überzeugt, daß sie nun zum Angriff schreiten. Für das Imperium brechen schwere Zeiten an. Sieh nur zu, daß du bald wieder auf die Beine kommst."

Ein Zischen ertönte. Als ich den Kopf drehte, sah ich gerade noch, wie Albu eine Hochdruckspritze zur Seite legte.

„Du mußt jetzt schlafen, Bruder. Es ist ein Wunder, daß du noch lebst. Du darfst dich nicht überanstrengen."

„Bis später, Kleiner", rief mir Kasom noch zu. „Ich kann dich ja leider nicht besuchen. Wir bringen hier schon alles in Ordnung. Zur Zeit denken wir darüber nach, wie wir das B-Ho-H_2O_2 an die Molkexriesen des Gegners heranbringen können. Schließlich muß es auf dem Panzerüberzug versprüht werden. Mache dir darüber keine Sorgen."

Die letzten Worte vernahm ich wie im Traum. Die Injektion begann zu wirken.

19.

November 2327

Die linke Hand auf den Oberschenkel gestützt, den rechten Ellenbogen auf der Theke liegend, beobachtete Gregory Burnett die Negersängerin auf der kleinen Bühne. Sie war von einem Schleier umhüllt, den Burnett zum Teil auf seine fortgeschrittene Trunkenheit, zum Teil aber auch auf den Zigarettenqualm zurückführte, der die Luft der Bar ausfüllte.

Aus dem Dunst heraus kam die angenehm warme Stimme. Die zaghaften Bewegungen, mit denen die Negerin ihren Gesang untermalte, erschienen Burnett wohltuend gegenüber der Hast, mit der die beiden Mixer hinter der Theke hantierten.

Burnett nippte an seinem Glas, ohne richtig zu schmecken, was er überhaupt trank. Burnett schloß einen Augenblick die Augen.

Als er sie wieder öffnete, hockte auf dem Stuhl neben ihm ein dicker Mann und starrte ihn an.

„Hallo!" sagte Burnett freudlos.

Der Dicke trank Fruchtsaft aus einem hohen Glas. Vielleicht sah das Getränk auch nur wie Fruchtsaft aus, Burnett war das egal.

„Sind Sie Mr. Burnett?" erkundigte sich der Dicke.

Seine Augen waren auf Burnett gerichtet. Erfahrung und Schläue schien aus ihnen zu sprechen. Etwas in Burnetts Innerem krampfte sich warnend zusammen. Er kniff die Augen zu schmalen Schlitzen zusammen, um die Benommenheit zu überwinden, die ihn umfangen hielt. „Ja", sagte er.

„Mr. Gregory Burnett?"

„Ja", sagte Burnett.

Der Dicke schwang sich mit einer katzenhaften Bewegung vom Hocker.

„Folgen Sie mir", sagte er.

Burnett fühlte Zorn in sich aufsteigen, gleichzeitig machte sich zunehmende Verwirrung in ihm breit. Er hatte den untersetzten Mann noch nie gesehen.

„Was wollen Sie?" fragte er ärgerlich.

„Das erfahren Sie später. Wir können hier nicht darüber sprechen. Kommen Sie jetzt."

Die Art, wie der Fremde mit ihm redete, stachelte Burnetts Ärger an.

Gregory Burnett war ein mittelgroßer Mann, mit breiten Schultern und einem Bauchansatz. Er hatte dunkelbraunes, gelocktes Haar, das zu beiden Seiten über den Schläfen stark gelichtet war. Seine Nase war schlank und leicht nach vorn geschwungen. Die vollen Lippen bildeten zu dem ausgebildeten Kinn einen eigenartigen Gegensatz und verliehen seinem Gesicht ein fast exotisches Aussehen.

„Ich will noch nicht weggehen", sagte er zu dem Fremden. „Warten Sie, bis ich fertig bin oder erzählen Sie mir, was Sie wollen."

„Es handelt sich um das B-Hormon", flüsterte der Dicke.

„Was wissen Sie davon?" erkundigte sich Burnett. Er hatte sich in den letzten Tagen intensiv mit diesem Stoff beschäftigt. War der Kerl deshalb hier?

„Nichts", gestand der Dicke. „Aber man sagte mir, daß Sie mir folgen würden, wenn ich Ihnen erzähle, warum man mit Ihnen sprechen will."

„Wer will mit mir sprechen?"

Der stämmige Mann trug einen unauffälligen Straßenanzug. Sein Haar war kurz geschnitten, es sah aus wie eine schlecht sitzende Perücke.

„Ich glaube, Sie sollten jetzt austrinken und mit mir gehen", sagte er, und zum erstenmal verlor er die bisher gezeigte Ruhe.

„Nein", sagte Burnett rauh.

Der Fremde bewegte sich so schnell, daß keiner der Mixer sehen konnte, was er tat. Er trat dicht neben Burnett und rammte ihm das Knie in die Seite. Burnett rang nach Luft und taumelte vom Hocker herunter. Es wurde ihm übel.

Der Dicke griff ihm rasch unter die Arme.

256

„Er hat scheinbar zuviel getrunken", sagte er zu den Mixern. „Ich gehe mit ihm an die frische Luft."

„Nein", protestierte Burnett schwach. „Der Kerl will ..."

Er spürte, wie sich der Mann mit vollem Gewicht auf seine Füße stellte und schrie auf.

Die Sängerin unterbrach ihr Lied. Verschwommen erkannte Burnett, wie sie zu ihm herübersah, ihre weißen Augäpfel funkelten wie Kristalle.

Da fühlte er sich mit scheinbarer Leichtigkeit der Tür entgegengetragen. Von den Tischen unterhalb des Podiums kam Gelächter. Burnett errötete vor Zorn über seine plötzliche Schwäche. Der Dicke beeilte sich, mit seiner heftig strampelnden Last ins Freie zu gelangen.

Plötzlich schlug Burnett frische Luft entgegen. Mit einem Schlag war er hellwach.

Seine Ellenbogen fuhren nach hinten, er rammte sie mit voller Wucht in den Leib des Dicken. Sofort lockerte sich der Griff unter seinen Armen. Mit einem Ruck kam er völlig frei.

Die hellerleuchtete Straße war vollkommen leer, nur weiter oben, vor dem kleinen Hotel, stand ein Taxi.

„Warum sind Sie nicht vernünftig?" fragte der Dicke.

Burnett schwankte leicht. Dann stürmte er auf den Fremden zu.

Der Schlag, mit dem er aufgehalten wurde, riß ihn von den Beinen und ließ ihn nach hinten kippen. Als er auf dem Boden aufschlug, hatte er bereits das Bewußtsein verloren.

Die Geräusche verdichteten sich allmählich, wurden eins mit dem Dröhnen in seinem Kopf, und bald konnte Gregory Burnett erkennen, daß es menschliche Stimmen waren, die an seine Ohren drangen.

Er schlug die Augen auf.

Ein Mann beugte sich über ihn, ein Mann in der Uniform der Flotte des Vereinten Imperiums.

Ich träume! dachte Burnett.

Im gleichen Augenblick kehrte seine Erinnerung zurück, er sah sich wieder vor der Bar stehen und in jenen fürchterlichen Aufwärtshaken hineingerissen, den der Dicke auf ihn losgelassen hatte. Burnett runzelte die Stirn, ließ es aber gleich wieder sein, da der Schmerz sofort mit doppelter Heftigkeit gegen seine Schläfen klopfte.

Der Mann über Burnett hatte ein fein gezeichnetes Gesicht und dunkle Haare. Er lächelte auf Burnett herunter, als könnte er alles verstehen, was geschehen war.

„Wo bin ich?" krächzte Burnett.

Inzwischen war er sicher, daß diese Umgebung nicht einem Traum entsprang.

„Auf dem Schlachtkreuzer ASUBAJA", erwiderte der Mann gelassen.

„Aha", machte Burnett, um eine Sekunde später aufzufahren: „Wo, zum Teufel, sagten Sie?"

Der Uniformierte wiederholte seine Erklärung. Im Gegensatz zu dem Dicken, der Burnett offensichtlich hierhergebracht hatte, schien dieser Mann freundlich und verständnisvoll zu sein. Burnetts Zorn war verflogen, aber die Nachwirkungen des Katzenjammers machten ihm noch schwer zu schaffen. Er spürte eine starke Schwellung unter seinen Fingern, als er vorsichtig sein Gesicht abtastete.

Der Mann über ihm lächelte.

„Wir müssen uns wegen der unorthodoxen Methode entschuldigen, mit der wir Sie an Bord holten", sagte er freundlich. „Aber Jicks berichtete, daß Sie in einer Stimmung waren, in der ein Mann wenig von vernünftigen Erklärungen hält. Deshalb mußte er Ihrer Entschlußkraft ein wenig nachhelfen, da wir keine Zeit hatten, uns persönlich um Sie zu kümmern."

Es gelang Burnett, den Kopf etwas zu heben und eine Hand in den Nacken zu bringen. Vorsichtig begann er zu massieren. Der Offizier sah ihm geduldig zu.

„Ich bin Leutnant Wetzler", sagte er. „Wenn es Ihnen etwas besser geht, bringe ich Sie zu Mr. Kerrick ins Labor."

Nach einer halben Stunde hatte sich Burnett so gut erholt, daß er aufstehen konnte. Wetzler hatte die Kabine inzwischen verlassen. Auf dem Tisch stand eine Karaffe mit Wasser und ein Becher. Neben dem Schrank war ein Warmwasserspender und eine Kaffeeautomatik.

Burnett machte sich einen Kaffee. Er war zwar noch nie auf einem Raumschiff gewesen, aber die ganze Einrichtung des Raumes ließ keinen Zweifel aufkommen, daß er sich nun in einem solchen aufhielt.

Er verwünschte Jicks und seine eigene Schwäche, immer in die gleiche Bar zu gehen.

Wetzler hatte gesagt, daß die ASUBAJA ein Schlachtkreuzer sei. Burnett verzog grimmig die Lippen. Das waren schöne Aussichten. Als er den Kaffee fast ausgetrunken hatte, klopfte jemand an die Tür.

Burnett hatte noch kein Verlangen nach Gesellschaft und schwieg. Da wurde die Kabine geöffnet, und Dr. Sharoon trat ein.

Burnett war überrumpelt, den Chemiker zu sehen, an den er nicht gerade die besten Erinnerungen hatte. Einige Meinungsverschiedenheiten fielen ihm spontan wieder ein.

„Ich bin gekommen, um Ihnen unser Hiersein zu erklären", sagte er.

„Aha", machte Burnett.

Dr. Sharoon musterte ihn genauer. Dann sagte er mitleidig: „Es sieht so aus, als seien Sie gefallen, Burnett."

„Nein", sagte Burnett verdrossen, „man hat mich nur auf dieses Schiff geschleppt."

„Dr. Kerrick und wir beide sollen an diesem Unternehmen teilnehmen, weil wir uns intensiv mit dem B-Hormon befaßt haben", begann Dr. Sharoon.

Burnett erinnerte sich an ihre Versuche. Aus hundertprozentigem H_2O_2 hatten sie einen dünnen, intensiv blau strahlenden Stoff geschaffen, der zur Überraschung aller Wissenschaftler trotz der höchstmöglichen Konzentration vollkommen stabil war. Das B-Hormon, das sie als Katalysator benutzt hatten, schien das Wasserstoffsuperoxyd vollkommen verändert zu haben.

Der siganesische USO-Agent Lemy Danger hatte zusammen mit dem Ertruser Melbar Kasom 80 Liter des B-Hormons von Gatas mitnehmen und in Sicherheit bringen können.

Perry Rhodan ordnete an, daß vierzig Liter den Wissenschaftlern zur Herstellung von Anti-Moltexbomben zur Verfügung gestellt wurden. Mit dem Rest der wertvollen Flüssigkeit hatte der Großadministrator andere Pläne. Auf der Erde, Arkon-III und verschiedenen

Ara-Planeten liefen Großversuche an mit dem Ziel, B-Hormon synthetisch herstellen zu können. Seit der Rückkehr der Spezialisten von Gatas hatte man einige Male versucht, die noch in geringen Mengen vorhandenen Molkexmassen mit Wasserstoffsuperoxyd anzugreifen. Doch erst nach Hinzufügung von B-Hormon erzielte man den gewünschten Effekt, der nun im Großversuch nochmals einer genauen Analyse unterzogen werden sollte.

Trotz allem wurde Dangers Bericht über das Baby-Hormon von Rhodan und den Wissenschaftlern noch mit einiger Skepsis aufgenommen. Vor allem der von Danger beobachtete Drive-Effekt, das Auseinanderfliegen einer Molkexmenge nach Berührung mit durch B-Hormon angereichertem H_2O_2, stieß auf Unglauben.

„Wir haben zehn Spezialbomben an Bord", berichtete Dr. Sharoon.

„Bomben?", fragte Burnett kläglich. „Was wollen wir bombardieren?"

Es fiel ihm ein, daß Wetzler gesagt hatte, die ASUBAJA sei ein Schlachtkreuzer. Wenn jetzt Dr. Sharoon von Bomben sprach, dann konnte man sicher sein, daß dieses Schiff einen unangenehmen Auftrag zu erfüllen hatte.

Und er, Gregory Burnett, hielt sich an Bord auf.

Burnett verspürte plötzlich Bedürfnis nach einem weiteren Kaffee, und er bereitete zwei Becher für Sharoon und sich zu.

„Es handelt sich um Raketenflugkörper", erläuterte Dr. Sharoon. „Sie gleichen einer stark vergrößerten Zigarre und verfügen über einen Raketentreibsatz auf chemischer Basis. Die Flugkörper können auch vom Bodeneinsatz aus mit Hilfe leichter Kunststofflafetten abgefeuert werden. Eine optische Zielvorrichtung steuert sie ins Ziel. Diese H_2O_2-Raketenbomben sind nach erfolgtem Abschuß nicht mehr beeinflußbar."

„Moment", knurrte Burnett. „Diese Antimoltexbomben sind also schon einsatzbereit?"

„Natürlich", stimmte Dr. Sharoon zu. „Die Raketen haben die Aufgabe, Wasserstoffsuperoxyd ins Ziel zu tragen, das mit B-Hormon angereichert wurde."

Burnett erkannte allmählich die Zusammenhänge. Die ASUBAJA war mit dem Auftrag unterwegs, die Wirkung der neuentwickelten

Substanz auf Molkex im praktischen Test noch einmal zu untersuchen, damit Rhodan auch ganz sichergehen konnte. Deshalb waren Dr. Kerrick, Dr. Sharoon und er an Bord.

Burnett verzog das Gesicht. Wo immer sie auf Molkex stoßen würden, ungefährlich würden diese Welten nicht sein. Er sagte das Dr. Sharoon, der jedoch nur mit den Achseln zuckte.

„Perry Rhodan hat diesen Plan ausgearbeitet. Ich glaube, daß er uns gegen jede Überraschung abgesichert hat."

„Nur nicht gegen Jicks", wandte Burnett säuerlich ein.

Burnett erfuhr, daß die ASUBAJA noch in einer Kreisbahn um die Erde auf eine Nachricht der Galaktischen Abwehr wartete. Er erfuhr es von Jicks, der ihn traf, als er zum erstenmal zum Labor der ASUBAJA unterwegs war. Der dicke Mann hatte den Straßenanzug mit der Uniform der Galaktischen Abwehr vertauscht. Er grinste Burnett mit entwaffnender Offenheit an.

„Wie geht es Ihnen?" erkundigte er sich.

„Gut", log Burnett. „Ich fühle mich so gut wie noch nie in meinem Leben."

Jicks zog bedauernd eine Augenbraue hoch. „Leider werde ich den Flug nicht mitmachen", berichtete er. „Sobald die Nachricht, auf die wir warten, eingetroffen ist, werde ich mit einem Beiboot zur Erde zurückkehren."

„Dort werden Sie dann nach bewährter Methode auf Menschenraub ausgehen", meinte Burnett sarkastisch.

„Wenn es sein muß", entgegnete Jicks trocken.

„Was ist das für eine Nachricht, die wir noch abwarten müssen?" fragte Burnett beiläufig.

„Ein schneller Kreuzer der Abwehr befindet sich zur Zeit auf Tombstone, der Heimatwelt der Schreckwürmer. Dort versuchen die Agenten zu erfahren, wo ein absterbensreifer Schreckwurm ausgesetzt wurde. Wie Sie sich erinnern, hat Til Leyden von den Schreckwürmern erfahren, daß die Blues seit dem Tag, an dem auf Eysal die gravitationsenergetische Stoßwellenfront ausgelöst wurde, erst einmal einen Schreckwurmtransport durchgeführt haben. Nun haben die

Schreckwürmer mitgeteilt, daß die Eier von den Blues vor etwa vier Wochen zur vorzeitigen Reife angeregt wurden. Jetzt brauchen wir die Koordinaten der Welt, auf die der Schreckwurm gebracht wurde."

„Ich verstehe", sagte Burnett. „Sobald wir sie kennen, starten wir."

„Richtig. Es kommt Rhodan darauf an, den Planeten anzufliegen, Versuche mit dem Molkex durchzuführen, und möglichst auch Molkex mitzubringen. Wahrscheinlich wird der Planet von den Blues bewacht, aber darauf sind wir vorbereitet. Die ASUBAJA führt zwei verschiedene Arten von Bomben mit. Zwei von ihnen besitzen eine H_2O_2-Konzentration von 85 Prozent. Damit läßt sich das Rohmolkex erweichen und bearbeiten. Die acht anderen Bomben haben eine hundertprozentige Konzentration und sollen der Abwehr von Molkexraumern dienen."

Sie unterhielten sich noch kurz, dann wurde Jicks zur Kommandozentrale der ASUBAJA gerufen.

„Wahrscheinlich werden wir uns nicht mehr sehen", sagte der dicke Mann. Er zeigte auf Burnetts Beule und lachte.

„Nichts für ungut."

„Sie geht schon zurück", sagte Burnett.

Als er im Labor ankam, waren Kerrick und Sharoon bereits an der Arbeit, die Bomben zu laden. Sharoon lächelte, und Kerrick murmelte eine mürrische Begrüßung. Er war ein kleiner, aber sehr breiter Mann, so daß er fast quadratisch wirkte. Sein Nacken war von Speckfalten überzogen. Mit den nach vorn gestülpten Lippen und den blassen Augen sah er wie ein beleidigter Seehund aus. Wer ihn sah, hätte nie geglaubt, daß er seine Arbeiten mit beinahe lässiger Leichtigkeit erfüllte – im Gegensatz zu Dr. Sharoon, der jede Aufgabe nur mit äußerster Konzentration zu erfüllen schien.

Burnett konstatierte, daß er mit beiden längere Zeit zusammen sein würde. Aus diesem Grunde war es sinnlos, sie bereits jetzt zu verärgern.

Kerricks schlechte Laune würde sich schnell legen. Dr. Sharoon war ein Sonderling, der trotz allem umgänglich war.

„Wußten Sie, daß wir auf einer Welt landen werden, die von Hornschrecken verwüstet wurde?" fragte Burnett.

„Ja", sagte Kerrick widerwillig. „Man hat es uns gesagt."

„Der Kommandant des Unternehmens heißt Thoma Herisch, er ist Oberst und gleichzeitig Bio-Physiker", erklärte Dr. Sharoon.

Burnett vertiefte sich in seine Arbeit. Mit Kerrick zu arbeiten, hatte ihm schon immer Spaß gemacht, bei Sharoon lag das etwas anders. Er war sich darüber im klaren, daß sie sich während des Fluges näherkommen würden. Dabei konnte es Streit geben.

20.

Am 25. November 2327 verließ der fünfhundert Meter durchmessende Schlachtkreuzer ASUBAJA seine Umlaufbahn um Terra und raste in den Weltraum hinaus. Die Nachricht, auf die man noch gewartet hatte, war inzwischen eingetroffen. Die Schreckwürmer hielten sich an ihr Bündnis mit Terra. Die Position einer kleinen, gelben Sonne, 57 713 Lichtjahre von der Erde entfernt, wurde von den Schreckwürmern als Ziel genannt. Vagrat, so hieß die Sonne, lag auf der Ostseite der Milchstraße im sternenarmen Randbezirk.

Die Sonne Vagrat besaß ein eigenartiges Planetensystem, das lediglich aus kosmischen Trümmerstücken bestand. Man vermutete, daß es früher zwei oder mehrere große Planeten gegeben hatte, die durch eine unbekannte Katastrophe vernichtet wurden. Eines dieser Bruchstücke, die um Vagrat kreisten, war marsgroß und trug den Namen Tauta.

Dort, so berichteten die Schreckwürmer, war vor nicht allzu langer Zeit ein Molkexschiff gelandet und hatte einen brutreifen Schreckwurm abgesetzt. Tauta umlief mit Millionen mehr oder weniger großen Asteroiden seine Sonne.

Durch dieses Gewühl kosmischer Trümmer mußte die ASUBAJA stoßen, wenn sie auf Tauta landen wollte.

Leutnant Wetzler behauptete, daß er lieber barfuß durch ein Minenfeld ginge, als mit dem Schlachtkreuzer durch diesen Asteroidengürtel zu fliegen.

Jeder der Punkte, die auf dem Bildschirm zu sehen waren, konnte der ASUBAJA gefährlich werden. Der Schlachtkreuzer des Experimentalkommandos war im Linearflug bis zum System der Sonne Vagrat vorgestoßen. Das Gefährliche an den Asteroiden war, daß jeder einzelne eine eigene Umlaufbahn und Geschwindigkeit besaß.

Für Oberst Thoma Herisch gab es zwei Möglichkeiten. Entweder er durchflog den Trümmerhaufen so schnell, daß die ASUBAJA einen der Brocken rammte, oder er flog so langsam, daß das Schiff gerammt wurde. Kleinere Trümmerstücke konnten der ASUBAJA nicht gefährlich werden, und einzeln auftretende größere Asteroiden konnten von den Geschützen unschädlich gemacht werden.

Schlimm wurde es nur dann, wenn sich das Schiff in einem Gewühl von Asteroiden befand und nicht schnell genug eine Lücke zum Durchschlüpfen fand.

Nach den Berichten der Schreckwürmer besaß allein der Planet Tauta einen Gürtel von mehreren tausend Monden, von denen oft einige zusammenstießen und in einem Meteoritenregen auf den Planeten niedergingen.

Jahrtausende würden noch vergehen, bis sich die Verhältnisse innerhalb des Vagrat-Systems so gefestigt hatten, daß man einigermaßen sicher einfliegen konnte.

Doch so lange konnten die Männer nicht warten.

Behutsam ließ Oberst Herisch das Schiff in die gefährlichen Zonen eindringen. Die Abwehrschirme waren eingeschaltet, obwohl vorausgeschickte Beobachtungssonden kein einziges Molkexschiff hatten entdecken können. Das konnte sich sehr schnell ändern. Je tiefer die ASUBAJA in das System vorstieß, desto häufiger prallten kleine und kleinste Trümmerstücke gegen die Energiefelder und verpufften in hellen Blitzen.

Teilchen, die so winzig waren, daß sie der Bildschirm nicht mehr zeigte, prasselten in ganzen Schwärmen gegen die Abwehrschirme des Schlachtkreuzers.

„Wir laufen einen kosmischen Slalom", erklärte Leutnant Wetzler in der Zentrale der ASUBAJA. „Hoffentlich kommen wir auch im Ziel an."

Es gehörte nicht nur Geschick dazu, eine Stahlkugel von einem halben Kilometer Durchmesser durch diesen mörderischen Gürtel zu steuern, sondern auch eiserne Nerven.

Oberst Thoma Herisch schien diese zu besitzen, denn er zeigte auf Wetzlers Bemerkung nur ein dünnes Lächeln.

Herisch war ein schlanker, mittelgroßer Mann, der sich beim Gehen leicht nach vorn beugte. Eine Adlernase beherrschte sein Gesicht, und unter den trüben Augen zogen dicke, blaue Äderchen durch die Haut. Es war schwierig, das Alter des Bio-Physikers zu schätzen.

Die automatische Steueranlage der ASUBAJA war ausgeschaltet, Herisch und Wetzler hatten es persönlich übernommen, das Schiff durch die Trümmer ehemaliger Planeten zu manövrieren.

Ihr Ziel, der Planet Tauta, besaß eine atembare Sauerstoffatmosphäre, deren Dichte der Luft terranischer Hochgebirge entsprach. Nach Aussage der Schreckwürmer war es auf dieser Welt relativ kühl, die Oberfläche war wüstenartig und nur stellenweise von Vegetation überzogen.

In der Feuerleitzentrale der ASUBAJA hockte Leutnant Zimprich auf dem unbequemen Hocker des Feuerleitoffiziers und wartete darauf, daß er mit seinen Männern größere Brocken aus dem Weg schießen sollte. Bisher hatten jedoch die Pilotenkünste Herischs und Wetzlers ausgereicht, um das Schiff ohne Schaden seinem Ziel näherzubringen.

Die ASUBAJA geriet in eine Wolke kosmischen Staubs, und ihre Abwehrschirme begannen zu glühen.

„Auf was soll ich jetzt schießen lassen?" murmelte Zimprich vor sich hin.

In der Kommandozentrale drosselte Herisch augenblicklich die Geschwindigkeit. Das Dröhnen der Generatoren, die die Abwehrschirme mit Energie versorgten, drang bis zu ihnen herein.

„Zwei dicke Brocken würden jetzt genügen", unkte Wetzler.

Es schien unvorstellbar, daß der Staub mit beachtlicher Eigengeschwindigkeit um Vagrat kreiste. Für einen Beobachter auf der ASUBAJA schien er wie ein Vorhang im Raum zu hängen, ein Netz, das sich um das Schiff schloß, um es nicht mehr freizugeben.

Aber das schwergepanzerte Schiff, umgeben von stabilen Energiefeldern, näherte sich unaufhaltsam dem Ziel.

Gregory Burnett versiegelte die letzte H_2O_2-Raketenbombe und hob lauschend den Kopf. Die üblichen Geräusche des Schiffes hatten sich in der letzten halben Stunde verändert, ein kaum wahrnehmbares Vibrieren schien es zu durchjagen, während das stetige Summen der Generatoren zu einem Dröhnen angeschwollen war.

Die drei Wissenschaftler waren keine Raumfahrer, jedes neue Geräusch beunruhigte sie. Vor allem Dr. Sharoon wurde immer nervöser.

„Wir sollten bei der Zentrale nachfragen, was vorgeht", schlug er vor. „Hier im Labor gibt es keinen Bildschirm."

Kerrick gab die von Burnett versiegelte Bombe zur Montage des chemischen Triebwerkes an die beiden Techniker weiter, die mit ihnen zusammen im Labor waren. Sein Blick streifte Sharoon.

„Ich mache mir keine Sorgen", sagte er. „Sobald etwas Unvorhergesehenes passiert, wird man uns benachrichtigen, denn wir haben schließlich die wichtigste Fracht des Unternehmens in Verwahrung."

„Trotzdem hätte man uns mit einigen Einzelheiten vertraut machen müssen", beschwerte sich Burnett. „Ich habe es allmählich satt, von den Raumfahrern wie ein unerfahrener Junge behandelt zu werden."

Einer der Techniker räusperte sich durchdringend. Burnett warf ihm einen bösen Blick zu.

„Haben Sie vielleicht etwas dagegen?" fragte er gereizt.

„Nein", sagte der Techniker. „Schließlich muß jeder seine Furcht auf eine gewisse Art abreagieren."

Burnett wollte schon protestieren, als ihm sein Verstand sagte, daß der Mann recht hatte. Die hörbaren Veränderungen im Schiff hatten Unsicherheit in ihm geweckt.

„Ich kann Ihnen erklären, was los ist", sagte der Techniker. „Wir fliegen durch einen Meteoritenschwarm. Das Dröhnen der Generatoren kommt von der erhöhten Energieabgabe an die Abwehrschirme."

„Heißt das, daß wir uns nicht mehr im Linearflug befinden?" fragte Dr. Sharoon.

Der Techniker sah ihn mitleidig an.

„Natürlich nicht", sagte er. „Wir dringen in das Zielsystem ein."

„Geht das immer so geräuschvoll vor sich?" fragte Burnett.

„Das kommt darauf an, was uns im Weg ist", erwiderte der Mann.

Die Lautsprecher des Interkoms knackten.

„Hier spricht der Kommandant!" erklang Herischs Stimme. „Es sieht so aus, als bekämen wir Schwierigkeiten. Wir durchfliegen eine Zone, die mit Trümmern ehemaliger Planeten überfüllt ist. Wir werden uns wahrscheinlich einen Weg freischießen müssen. Ab sofort gilt für das Schiff erhöhte Alarmbereitschaft. Alle Schotten sind dicht zu machen, die Beiboote müssen startklar gemacht werden."

Dr. Sharoon kam aufgeregt um den Tisch herum. „Wo sind unsere Schutzanzüge?" erkundigte er sich.

Burnett mußte sich zwingen, um nicht von der Unruhe angesteckt zu werden. Die beiden Techniker nahmen Dr. Sharoon in die Mitte und beruhigten ihn. Kerrick zog seinen Kittel aus und warf ihn achtlos über den Tisch.

„Ich möchte jetzt endlich wissen, was los ist", sagte er entschlossen und ging auf die Tür zu.

Da gab es einen kurzen, aber heftigen Ruck, der das ganze Schiff erschütterte. Kerrick verlor den Halt und schlitterte bis zum Tisch, wo er sich festklammerte und hochzog. Sein Gesicht war bleich.

Sharoon machte sich aus der Umklammerung der beiden Techniker frei, die anscheinend noch nicht einmal geschwankt hatten.

„Was war das?" stieß Burnett hervor.

„Ein kleiner Zusammenstoß", informierte ihn der ältere der beiden Techniker. „Allerdings nicht besonders schlimm."

„Aha", brachte Burnett hervor.

„Hat das Schiff jetzt ein Leck?" fragte Dr. Sharoon mit bebender Stimme.

„Unsinn", sagte der Techniker. „Das war lediglich ein großer Brocken, der gegen die Schirme prallte, bevor wir ihn zerschießen konnten."

Kerrick stand mit dem Rücken gegen den Tisch gelehnt, beide Hände fest gegen die Platte gepreßt. Sein Gesicht hatte den mürrischen Ausdruck verloren, man sah nur noch Angst darin.

Burnett verwünschte Jicks, der ihn an Bord gebracht hatte.

Die ASUBAJA wurde von zwei weiteren Stößen erschüttert. Einmal biß sich Burnett die Zunge dabei blutig, beim zweitenmal verlangte Dr. Sharoon, in ein Rettungsboot gebracht zu werden.

Doch dann kam Oberst Herischs Stimme mit der üblichen Gelassenheit aus dem Lautsprecher.

„Wir sind durch", sagte er.

Burnett atmete auf. Unwillkürlich dachte er aber an den Rückflug, der noch einmal die gleichen Aufregungen für sie bereithalten würde.

Es war geplant, daß die ASUBAJA hundert Spezialisten unter Herischs Kommando auf Tauta absetzte, zusammen mit einem fahrbaren Labor, flugfähigen Energiepanzern und schweren Geschützen. Das Schiff selbst würde sich wieder in den Weltraum zurückziehen und zwischen Millionen von Trümmerstücken versteckt um Vagrat kreisen, bis die Männer ihre Aufgabe ausgeführt hatten.

Bisher hatte Gregory Burnett dieses Vorhaben für relativ einfach gehalten, ja, während den ersten Stunden ihres Fluges hatte er große Erwartungen in ihren Aufenthalt auf der fremden Welt gesetzt.

Dieser Zwischenfall jedoch ließ ihn solche Vorstellungen rasch vergessen.

Und das war gut so.

Die ASUBAJA durchstieß unbeschadet den Ring von Monden um Tauta und schoß in die dünne Atmosphäre dieser Welt hinein. Die Umlaufbahnen all dieser Satelliten zu errechnen, wäre zu einer astronomischen Superaufgabe geworden, wenn überhaupt jemand an dem Ergebnis interessiert gewesen wäre.

Oberst Herisch rechnete damit, daß die ASUBAJA während ihrer Landung die Zahl der Monde um mindestens zwanzig dezimiert hatte. Das war jedoch völlig bedeutungslos, da Tauta im Laufe der Jahre andere Trümmerstücke, die in den Gravitationsbereich des Planeten gerieten, anziehen würde.

Der Trümmerhaufen, den das Vagrat-System darstellte, änderte sich optisch ständig, er war ein überwältigendes kosmisches Kaleidoskop, in dem das Wechselspiel galaktischer Kräfte unübertrefflich veranschaulicht wurde.

Während die vier Astronomen durch ihre Geräte beobachteten, was sich um Tauta herum abspielte, steuerte das Schiff einem flachen Gebirgszug entgegen, der sich auf den Bildschirmen abzeichnete.

Schon während der Planetenumkreisung hatten die Terraner das Gefühl gehabt, daß etwas nicht so war, wie es sein sollte. Dann, während des Landeanflugs, war es zur Gewißheit geworden. Auf Tauta gab es kein Molkex mehr!

Die Blues mußten es bereits abgeerntet haben, noch ehe neue Schreckwürmer entstehen konnten.

Herisch hatte sofort Perry Rhodan verständigt, der daraufhin angeordnet hatte, daß die Aktion dennoch nach Plan durchgeführt werden sollte. Vielleicht gab es noch Molkex, das von den Blues übersehen worden war. Die Wissenschaftler sollten auf Tauta ein Basislager errichten. Rhodan wollte sich bald wieder melden.

Ein ausgedehntes Plateau wurde von den beiden Offizieren als Landeplatz ausgewählt.

Wetzler schaltete den Antigrav der ASUBAJA ein und ließ die Landestützen ausfahren. Mit kaum merklichem Ruck setzte der Schiffsgigant auf der Oberfläche Tautas auf.

„Sobald das Spezialkommando ausgeschleust ist, bringen Sie die ASUBAJA auf eine einigermaßen sichere Umlaufbahn", sagte Herisch zu Leutnant Wetzler. „Wir werden in Funkkontakt bleiben, so daß wir über alles informiert sind, was sich im All abspielt."

Man sah Wetzler an, daß er liebend gern an Herischs Stelle hinausgegangen wäre, aber er war kein Wissenschaftler und stand auch in der militärischen Rangordnung tief unter dem Kommandanten.

Die nächste Stunde verging in hektischer Arbeit. Die Angehörigen des Experimentalkommandos wurden zusammen mit ihren Geräten, den Flugpanzern und dem fahrbaren Labor ausgeschleust. Auch die Waffen gelangten ins Freie, darunter die beiden H_2O_2-Bomben mit fünfundachtzigprozentiger und vier mit hundertprozentiger Wasserstoffsuperoxydkonzentration. Die restlichen vier blieben auf der ASUBAJA. Innerhalb kurzer Zeit hatten die Spezialisten ein Lager auf dem Plateau aufgeschlagen.

Für die Männer bedeutete das Betreten eines fremden Planeten nichts Außergewöhnliches. Sie wußten genau, was sie zu tun hatten.

Die ASUBAJA startete unter dem Kommando Leutnant Wetzlers wieder in den Weltraum.

Gregory Burnett, der zusammen mit Kerrick und Sharoon als einer der letzten Wissenschaftler von Bord des Schlachtkreuzers gegangen war, betrachtete die ungewohnte Umgebung mit mißtrauischen Blicken. Wie jedes Mitglied des Kommandos trug er einen flugfähigen Kampfanzug.

Langsam gingen die drei Wissenschaftler dem fahrbaren Labor entgegen. Burnett kam sich inmitten der arbeitenden Spezialisten überflüssig vor, und Kerrick schien es nicht anders zu ergehen.

„Ich möchte wissen, wozu man uns mitgenommen hat", knurrte er enttäuscht. Kein Molkex – welchen Sinn hatte dann sein Hiersein?

Sharoon war so in die Betrachtung der fremdartigen Landschaft versunken, daß ihn nichts zu erschüttern schien. Nach einer Weile wandte er sich an Burnett.

„Ich fühle mich hier nicht wohl", sagte er leise. „Noch nie in meinem Leben habe ich ein derartig ödes Land gesehen."

„Kein Wunder", sagte ein großer Mann, der auf sie zukam. „Über diesen Planeten ergoß sich die violette Flut der Hornschrecken. Sie haben nichts als Wüste zurückgelassen." Er klappte den Helm des Kampfanzuges zurück und grinste. „Nichtsdestoweniger können wir auf das Sauerstoffaggregat verzichten."

Dr. Kerrick deutete mit dem Daumen auf das fahrbare Labor.

„Wann können wir dort einsteigen?" erkundigte er sich. „Wir stehen nun schon eine ganze Weile hier herum und wissen nicht, was wir tun sollen."

„Mein Name ist Drude", stellte sich der große Mann vor. „Ich gehöre zu der Gruppe mit Blues-Erfahrung. Wenn Sie etwas über diesen Kasten wissen wollen, wenden Sie sich an Dr. De Fort."

Sharoon verzog das Gesicht, als hätte er in eine saure Frucht gebissen. Kerrick gab ein unverständliches Grunzen von sich.

„Was ist los?" erkundigte sich Burnett. „Kennen Sie Dr. De Fort?"

„Ja", sagte Kerrick, „leider ließ es sich nicht vermeiden. Als man Sie noch ... äh ... überredete, aufs Schiff zu kommen, besuchte uns Dr. De Fort im Labor der ASUBAJA. Er leitet nach Aussage von Mr. Drude das fahrbare Labor."

„Na und?" fragte Burnett arglos. „Ist er vielleicht ein Vampir, der anderen Leuten die Kehle durchbeißt?"

Drude lachte und ging davon, um bei der Aufstellung eines Energie-geschützes zu helfen.

Burnett sah mit gemischten Gefühlen hinter ihm her.

Über ihnen, direkt in der Schleuse des fahrbaren Labors, entstand ein Geräusch, als schleife Metall gegen Metall. Burnett blickte hoch und fuhr zusammen.

In der Schleusenkammer stand ein Rollstuhl, wie er nur noch ganz selten von Amputierten benutzt wurde, die keine Prothesen tragen durften. In dem Stuhl saß ein Mann. Sein Gesicht war überaus hager, die Backenknochen darin sprangen hervor, so daß die tiefliegenden Augen noch düsterer wirkten, als sie es durch ihre Schwärze bereits waren. An Stelle einer Nase trug dieser Mann einen flachen Plastik-einsatz, die Lippen darunter waren schmale, blutleere Striche. Da der Kranke keinen Kampfanzug trug, konnte Burnett sehen, daß die linke Kopfhälfte des Mannes vollkommen kahl war. Eine Metallplatte ersetzte die Schädeldecke.

„Das ist Dr. De Fort", sagte Kerrick mit einer Stimme, als habe er Sand zwischen den Zähnen.

De Fort starrte Burnett an, als könnte er durch ihn noch müheloser hindurchsehen als durch Glas.

„Wenn Sie nicht erschrecken würden, Mr. Burnett", sagte De Fort mit angenehmer Stimme, „würde ich zu Ihrer Begrüßung lächeln."

„Ich wußte nicht . . .", begann Burnett.

Dr. De Fort unterbrach ihn mit einer knappen Handbewegung. „Kommen Sie herein", forderte er.

Burnett dachte darüber nach, welches Gefühl es sein mochte, das aus den Blicken des Mannes sprach. Als er langsam den Steg zur Schleuse hinaufging, glaubte er es zu wissen.

Dr. De Fort schien jemand mit fürchterlicher, selbstzerfleischender Intensität zu hassen.

Burnett erfuhr Dr. De Forts Geschichte von Kerrick, als sie der Krüppel im Experimentierraum einmal allein ließ. Mittlerweile befan-den sie sich bereits drei Tage auf Tauta. Die Suche nach Molkexresten war bisher erfolglos geblieben. Auf dem Plateau war eine Station mit verschiedenen Kuppelbauten entstanden. Rings um das Lager standen Energiegeschütze. Auch wenn es hier nichts und niemanden mehr zu geben schien, der die Station würde angreifen wollen, gaben sie ein Gefühl der Sicherheit.

Martin De Fort war ein vielversprechender junger Wissenschaftler gewesen, und er war mit einer kleinen Mannschaft im vergangenen Jahr auf einem Planeten gelandet, um Forschungen über eine bestimmte Art von Kristallen zu betreiben.

Das Schicksal hatte ihn jedoch auf eine Welt geführt, wo es Eier von Hornschrecken gab. Am 4. August 2326, an dem Tag, an dem der Gravitationsstoß ausgelöst wurde, der unzählige Planeten in das Unheil der Hornschreckenflut stürzte, hielt sich Dr. Martin De Fort noch auf dieser Welt auf.

Als die Hornschrecken kamen, war De Fort vom Schiff abgeschnitten. Doch er schaffte es mit letzter Energie, das Schiff zu erreichen. Die zurückgebliebenen Männer waren jedoch so nervös, daß sie auf ihn feuerten.

Was von De Fort damals übrig geblieben war, zerrten sie ins Schiff und flüchteten von der Welt des Todes. Martin De Fort machte nie den Fehler, die Schuld an diesem schrecklichen Unglücksfall den Männern zuzuschieben, die auf ihn geschossen hatten.

Als er sich nach sechs Monaten in einem Rollstuhl fortbewegen konnte, galt sein ganzer Haß den Schreckwürmern. Da er ein Fachmann für fremdartige Steinstrukturen war, hatte man ihn zugezogen, um seine Kenntnisse für die Molkexforschung zu nutzen.

Der Haß, der Dr. De Fort antrieb, hatte ihn bald zu einem der führenden Wissenschaftler auf dem Gebiet dieses unübertrefflichen Materials gemacht. De Fort machte nie ein Geheimnis daraus, daß es ihm in erster Linie um die Vernichtung der Schreckwürmer und der Blues ging, die für die Verbreitung der Hornschreckenseuche verantwortlich waren.

De Fort war ein Außenseiter und wurde nur wegen seiner Qualifikation überhaupt in den Weltraum mitgenommen.

„Er ist krank an Körper und Seele", sagte Kerrick abschließend. „Machen Sie nie den Fehler, ihm gegenüber Rücksicht oder gar Mitleid zu zeigen, denn das würde er Ihnen nie verzeihen."

272

„Er ist mir unheimlich", gestand Burnett befangen. Der Gedanke, daß er nun längere Zeit mit diesem Mann zusammen sein würde, beunruhigte ihn. Er tröstete sich damit, daß das fahrbare Labor wahrscheinlich von vielen Wissenschaftlern benutzt wurde, so daß er kaum mit De Fort in Berührung kommen konnte. Doch allein die Vorstellung, von diesem Mann nur wenige Schritte getrennt zu sein, war nicht angenehm.

„Er ist eine Kapazität", drang Kerricks Stimme in seine Gedanken. „Er hätte viel erreichen können, wenn er nicht durch diesen Unglücksfall behindert wäre."

Burnett fragte sich im stillen, ob Dr. De Fort überhaupt soviel erreicht hätte, wenn man ihn nicht zum Krüppel geschossen hätte. Das war eine ketzerische Überlegung, aber sie hatte ihre Berechtigung.

„Wir wollen uns die Einrichtung ansehen", schlug Dr. Sharoon vor, dem diese Unterhaltung offensichtlich unangenehm war.

Da sprang die Tür auf, und Dr. De Fort rollte herein. Er hing gekrümmt im Stuhl, seine Augen schienen dunkle Blitze zu verschleudern.

„Wir haben einen Funkspruch von der ERIC MANOLI empfangen", sagte er heftig. „Rhodan wird einen Schreckwurm zu unserer Unterstützung ausschleusen. Mit seiner Hilfe hofft er Molkexreste aufzufinden, die von den Blues übersehen wurden. Sollte auch das kein Ergebnis bringen, ist unsere Arbeit hier beendet."

Burnett wollte etwas erwidern, doch Kerricks warnender Blick brachte ihn zum Schweigen.

De Fort rollte bis in die Mitte des Raumes, im Licht der großen Lampe leuchtete seine künstliche Schädelhälfte silbern.

„Ein Schreckwurm als unser Verbündeter", murmelte er. Mit einer plötzlichen Bewegung warf er sich zurück und lachte schrill.

„Das ist eine prächtige Idee", rief er. „Wir könnten ebenso gut Selbstmord begehen."

Sharoon strich sich mit der flachen Hand über den Hinterkopf.

„Wir haben ein Bündnis mit den Schreckwürmern", erinnerte er De Fort. „Bisher haben sie sich daran gehalten. Ohne ihre Hilfe wären wir jetzt nicht hier. Das müssen Sie doch auch zugeben, ob Sie wollen oder nicht."

De Fort steuerte den Krankenstuhl auf Dr. Sharoon zu, als wollte er den Chemiker überrollen. Sharoon wich unwillkürlich einige Schritte zurück.

„Sind Sie wirklich ein solcher Narr?" schrie De Fort. „Dieses Bündnis ist für uns nichts wert. Erkennen Sie nicht, daß die Schreckwürmer eine Gefahr für die Galaxis darstellen?"

„Ich . . . ich weiß nicht", brachte Sharoon unsicher hervor.

De Fort hieb auf die Armlehne, daß es krachte. „Dann will ich es Ihnen sagen, Dr. Sharoon! Die Art, in der sich die Schreckwürmer vermehren, ist für jede andere Rasse lebensfeindlich. Wenn wir diese Riesen am Leben erhalten wollen, wird es bald keine Welten mehr geben, auf denen wir sie aussetzen können. Sollten wir vielleicht eines Tages die Erde für sie räumen, nur damit es noch eine Welt für sie gibt, auf der sie ihre Brut ablegen können?"

„Das ist in diesem individuellen Fall etwas anderes", verteidigte sich Dr. Sharoon.

„Geschwätz!" entschied Dr. De Fort. „Ich weiß genau, daß mein Einfluß nicht genügt, um den Schreckwurm von Tauta fernzuhalten. Aber ich werde diese Ungeheuer nur mit Mißtrauen betrachten."

Burnett hatte der Auseinandersetzung schweigend zugehört. Es drängte ihn, ins Freie zu gehen, um zu sehen, wie die ERIC MANOLI, das Flaggschiff der Flotte, den Schreckwurm absetzte.

Er kannte die Schreckwürmer und das 1500 Meter durchmessende Riesenschiff nur von Bildern.

„Rhodan weiß genau, was er tut", mischte sich Kerrick ein. „Wir haben wenig Zeit, und der Schreckwurm bedeutet in unserem Fall eine Hilfe."

Dr. De Fort lachte häßlich und bewegte den Rollstuhl wieder dem Ausgang des Experimentierraumes zu. Burnett schloß sich ihm an.

Am Eingang blieb De Fort unverhofft stehen.

„Was wollen Sie?" erkundigte sich De Fort unfreundlich.

„Ich gehe nach draußen", sagte Burnett ruhig. Er zwängte sich an dem Krankenstuhl vorbei. „Es interessiert mich, den Schreckwurm zu sehen."

Zu Burnetts Überraschung hatte der Krüppel nichts einzuwenden. Auf dem Gang zur Schleuse wurde Burnett von De Fort wieder

274

überholt. Der Wissenschaftler steuerte den Krankenstuhl mit großer Geschicklichkeit.

Burnett stellte fest, daß es ihm nicht schwerfiel, gegenüber De Fort kein Mitleid zu zeigen.

Dabei war ihm De Fort noch nicht einmal unsympathisch.

Der Mann im Krankenstuhl wartete auf Burnett in der Schleuse. Wortlos ging Burnett an ihm vorbei.

„Junger Mann!" rief De Fort leise, als Burnett auf die Oberfläche Tautas hinuntersprang.

„Ja?" fragte Burnett, ohne sich umzublicken.

„Seien Sie vorsichtig, daß das Biest Sie nicht tottrampelt."

Burnett runzelte die Stirn und ging davon. Nach einer Weile blieb er überrascht stehen. Etwas in der Stimme De Forts hatte ihn davon überzeugt, daß der Mann diese Warnung ernst gemeint hatte.

21.

Das Wesen, das gleich einem vorzeitlichen Ungeheuer in der Schleuse kauerte, wandte den Kopf und blickte Rhodan an.

Rhodan schaltete den Symboltransformer ein und wartete einen Augenblick. Im stillen fragte er sich, wie man einem Schreckwurm gegenüber so etwas wie Dank ausdrücken konnte. Die Tatsache, daß dieser Gigant an Bord der ERIC MANOLI weilte, zeigte, daß die Schreckwürmer den Terranern vertrauten. Die Hilfe, die sie jetzt zu leisten bereit waren, ging weit über das Abkommen hinaus, das die beiden so verschiedenen Rassen getroffen hatten.

Der Schreckwurm in der Schleuse war Rhodan kein Unbekannter. Es war Peterle, der erste seiner Rasse überhaupt, mit dem die Menschheit Kontakt hatte aufnehmen können. Rhodan dachte an Captain Brent Firgolt und seine tapferen Begleiter, die in Nichtachtung ihrer eigenen Sicherheit eine Brücke zwischen Schreckwurm und Mensch geschlagen hatten, eine Brücke, die ständig sicherer wurde.

„Wir werden nicht landen", sagte Rhodan in den Symboltransformer. Das hochwertige Gerät sendete nun in bestimmten Intervallen Funkimpulse aus, die der Schreckwurm mit seinem gewaltigen Gehirn, das einem Radio glich, empfing und als Symbole auswertete.

„Du kannst aus der Schleuse springen, sobald wir dicht genug über der Oberfläche sind", fuhr Rhodan fort. „Wir danken dir, daß du unsere Wissenschaftler bei ihrer Suche nach Molkex unterstützen wirst."

Peterle, der sich als erster Schreckwurm gegen die Blues aufgelehnt hatte, bewegte sich leicht.

„Was ich für euch tue, schadet den Gatasern", sagte er über den Symboltransformer. „Das ist sozusagen ein doppelter Effekt. Aus diesem Grunde handle ich auch aus eigenem Interesse."

„Unsere Männer auf Tauta wissen über deine Ankunft Bescheid", erklärte Rhodan. „Sie erwarten dich bereits. Verständige dich mit Oberst Thoma Herisch, der das Experimentalkommando leitet." Rhodan zögerte einen Augenblick, dann sagte er: „Dort unten gibt es einen Dr. De Fort, einen Mann, der sich auf einem Krankenfahrzeug fortbewegen muß. Es ist besser, wenn du ihm aus dem Weg gehst."

Wenn es überhaupt möglich war, aus dem Blick eines Schreckwurms Gefühle zu lesen, dann stand in Peterles Augen jetzt Verständnislosigkeit.

„Wir haben einen Vertrag", sagte der Riese. „Ich helfe euch, also sollte jeder Angehörige deiner Rasse zufrieden sein."

„So einfach ist das nicht", lächelte Rhodan. „Wir Menschen sind Individualisten – und ein Vertrag schafft noch keine gleichen Meinungen."

„Dann", sagte Peterle mit bestechender Logik, „ist der Vertrag sinnlos."

„Nein", widersprach Rhodan. „Dr. De Fort ist gegen den Vertrag, aber er richtet sich danach, weil ihn die Allgemeinheit gutheißt."

„Richtet sich die Minderheit immer nach der Mehrheit?" erkundigte sich der Schreckwurm.

„Manchmal ist es auch umgekehrt", sagte Rhodan nachdenklich. „Es hat auch schon Kriege gegeben, weil wir uns nicht einigen konnten, welche Idee die bessere ist."

„Die menschliche Gesellschaftsstruktur ist sehr kompliziert", kommentierte der Schreckwurm. „Ich könnte uralt werden, ohne sie jemals zu verstehen. Warum habt ihr kein Kollektivdenken?"

Eine dröhnende Stimme, die aus dem Lautsprecher über der Schleusenkammer drang, unterbrach ihre Diskussion. Rhodan war froh, als er Kors Dantur, den Kommandanten der ERIC MANOLI, sagen hörte: „Wir sind jetzt tief genug, Chef. Sie können dieses Riesenbaby hinauswerfen."

„Warum habt ihr kein Kollektivdenken?" wiederholte Peterle störrisch seine Frage.

„Wenn wir es jemals haben sollten, wäre es unser Untergang", sagte Rhodan.

„Bitte, verlassen Sie die Schleusenkammer, Sir", klang die Stimme eines diensthabenden Offiziers auf.

Hastig stellte Rhodan den Symboltransformer ab und glitt aus der Kammer. Diese Schreckwürmer konnten endlose Gespräche führen und dabei ihre Partner zur Verzweiflung treiben.

Rhodan beeilte sich, zurück in die Zentrale zu kommen. Dantur hockte mit ausdruckslosem Gesicht im Kommandosessel.

Auf den Bildschirmen der Bodenortung wurde das Lager des Kommandos sichtbar. Sie sahen einige Männer aus den Kuppeln herauslaufen und winken.

Über Funk wurde Oberst Herisch unterrichtet, daß der Schreckwurm jetzt abspringen würde.

„Hoffentlich klatscht er mitten ins Lager", wünschte Dantur, der ab und zu einen makabren Humor entwickelte.

Doch Peterle kam sicher zweihundert Meter neben dem Plateau auf der Oberfläche an. Rhodan wünschte den Männern viel Erfolg, und die ERIC MANOLI raste in den Raum zurück. Für das Riesenschiff mit seinen praktisch unzerstörbaren Abwehrschirmen bedeutete der Ring aus kosmischen Trümmern keine Gefahr.

Schnell ging die ERIC MANOLI wieder in den Linearflug über. Hinter ihr versank das Vagrat-System, und bald war die kleine, gelbe Sonne nur noch eine unter vielen.

Burnett und Dr. De Fort beobachteten, wie Oberst Herisch aus der Kommandokuppel trat, um den Schreckwurm zu begrüßen.

„Sehen Sie sich ihn an", murmelte De Fort mit unverhülltem Haß. „Sobald er ein gewisses Alter erreicht hat, wird auch er mit seiner unheilvollen Eierproduktion beginnen, und eine weitere Welt wird in Ödland verwandelt."

Burnett schaltete den Bildschirm aus.

„Das Wesen kommt als unser Freund", sagte er scharf. „Versuchen Sie es einmal aus dieser Richtung zu betrachten."

De Fort knurrte nur und lenkte den Rollstuhl hinaus. Burnett sah zornig hinter ihm her. Er spürte, daß es zu Verwicklungen kommen würde, wenn Dr. De Fort und der Schreckwurm zusammentrafen.

Burnett verließ das fahrbare Labor und ging zur Kommandokuppel hinüber. Der Schreckwurm, neben dem Oberst Herisch wie ein Zwerg wirkte, hatte von der ERIC MANOLI zwei Symboltransformer mitgebracht.

Burnett sah, daß Kerrick und Sharoon zusammen mit etwa zwanzig anderen Spezialisten ebenfalls um den Giganten versammelt waren. Dr. Sharoon machte einen erregten Eindruck.

Burnett beschleunigte seine Schritte. Als Kerrick ihn erblickte, winkte er ihn zu sich herüber.

„Der Schreckwurm bestätigt, daß die Blues das Molkex bereits abgeholt haben", sagte er enttäuscht. „Er ist entsetzt und wütend. Er sieht in der vorzeitigen Abholung des Molkex einen Vertragsbruch der Blues. Er behauptet, daß das auf Tauta vorhanden gewesene Molkex gereicht hätte, um sieben Schreckwürmer hervorzubringen."

„Es ist ein Verbrechen", sagte Peterle, nachdem Herisch die Wiedergabe eingeschaltet hatte.

Die Wissenschaftler redeten jetzt alle zusammen. Herisch hob abwehrend beide Arme.

„Meine Herren!" rief er protestierend. „Lassen Sie mich herausfinden, was nun zu tun ist."

„Nichts ist zu tun!" schrie ein dürrer, kleiner Mann. „Wenn die Blues bereits hier waren, dann können wir das Unternehmen abbrechen. Es gibt auf Tauta kein Molkex, an dem wir die Wirkungsweise unserer Bomben erproben können."

278

„Vielleicht hat sich der Schreckwurm getäuscht", sagte ein besonnener Mann. „Er kann schließlich nicht beurteilen, was sich auf der anderen Seite dieser Welt abspielt."

„Ich werde ihn fragen", sagte Oberst Herisch.

Die Antwort, die sie von Peterle erhielten, war nicht gerade ermutigend. Der Schreckwurm war sicher, daß die Blues ganze Arbeit geleistet hatten. Sie benötigten das Molkex jetzt dringender als je zuvor. Jedoch versprach er, noch einmal mit aller Konzentration und Kraft seines Radiogehirns nach noch so winzigen Molkexresten zu suchen.

Burnett, dem die dünne Luft allmählich zu schaffen machte, klappte den Verschluß des Helmes zu und öffnete die Ventile des Sauerstoffaggregates. Er spürte frische Luft in seine Lungen strömen. Dann schaltete er den Helmfunk ein, um zu hören, was sich weiter ergab.

Nach nur wenigen Minuten hatte der Schreckwurm bereits Erfolg. Die von ihm geortete Molkexmasse war groß genug, um einen Schreckwurm hervorzubringen, und das neue Wesen war sogar schon dabei, aus seinem Kokon zu schlüpfen. Anscheinend waren die Blues also überhastet vorgegangen und in großer Eile gewesen – wie sonst hätte ihnen diese große Menge an Molkex, obwohl versteckt gelegen, entgehen können.

Doch auch das, überlegte Burnett bitter, konnte ihrem Unternehmen nicht den gewünschten Erfolg bringen. Zwar würden einige Bruchstücke des Kokons übrigbleiben, wenn der Schreckwurm ausgeschlüpft war, aber diese Reste waren für die umfangreichen angestrebten Versuche kaum ausreichend.

„Wir werden noch so lange abwarten, bis der Schreckwurm ausgeschlüpft ist", sagte Herisch. „Danach rufen wir die ASUBAJA und verladen die Ausrüstung, die beiden Schreckwürmer und das restliche Molkex." Niemand protestierte.

Die Spezialisten kehrten in die einzelnen Kuppeln zurück. Teams, die bereits nach verschiedenen Richtungen unterwegs waren, wurden von Herisch zurückbeordert. Das Plateau, das noch vor wenigen Stunden einem Ameisenhaufen glich, wirkte jetzt verlassen.

Der Schreckwurm zog sich zurück, um in Verbindung mit dem zum Ausschlüpfen bereiten Artgenossen zu bleiben.

279

Nachdem es ihm gelungen war, auf dem vierzehnten Planeten des Verth-Systems fünfzig Terraner gefangenzunehmen, hatte man Leclerc zum Kommandanten eines großen Diskusschiffes mit Molkexpanzerung gemacht.

Das Schiff war doppelt so groß wie das erste, das unter Leclercs Befehlsgewalt durch den Raum geflogen war.

Trotz allem war der Gataser enttäuscht. Er hatte fest damit gerechnet, zum Kommandanten eines ganzen Verbandes ernannt zu werden. Doch der Weg nach oben war weitaus schwieriger, als er sich vorgestellt hatte.

Da war eigentlich kein Unterschied zwischen einem kleinen und einem großen Schiff. Die Besatzung hatte sich vergrößert, der Kommandoraum erschien luxuriöser, und der Respekt, den man ihm entgegenbrachte, war gestiegen. Letzterer war jedoch weniger auf seine Stellung als auf das Wissen der Besatzung um seine Taten zurückzuführen.

Nach kurzer Zeit fühlte sich Leclerc wieder in die alte Routine gepreßt, und er begann zu fürchten, daß das Alter schneller kommen könnte als die ersehnte Berufung.

Ein Krieg stand bevor, eine kosmische Auseinandersetzung unvorstellbaren Ausmaßes. Dort konnte er sich erneut bewähren – wenn er nicht starb.

Krieg, überlegte Leclerc, Raumschlachten und wütende Kämpfe um einzelne Welten. Der Gataser empfand weder Begeisterung noch Abscheu bei dieser Vorstellung. Seine Rasse benötigte weiteren Lebensraum, jeder Gegner mußte beseitigt werden.

Leclerc zweifelte keinen Augenblick an ihrem Sieg. Der Feind besaß noch keine Waffe, die die Molkexpanzer der Diskusschiffe zu durchdringen vermochte, während ihre eigenen Raumtorpedos klaffende Wunden in die fremden Kugelschiffe schlagen würden.

Leclerc ließ die Geräusche der Umgebung auf sich einwirken, das eintönige Summen, das den Kommandoraum erfüllte, das Ticken der Computer und das gereizte „Klick-Klack" der ständig laufenden Raumortung.

Der Alarm traf ihn so unvorbereitet, daß er auf seinem Platz zusammenfuhr. Die linke Hand des Kommandanten schnellte nach

280

unten und warf den Sessel nach vorn. Zwei Griffe der Rechten ließen den Bildschirm aufglühen, der sich direkt über dem Kommandosessel befand.

Dann erst wurde sich Leclerc der Tatsache bewußt, daß der Alarm nicht von einer unmittelbaren Ortung hervorgerufen wurde.

„Fünfdimensionaler Impuls aus dem Vagrat-System", meldete der Funker. „Es sieht so aus, als handele es sich um einen Schreckwurm."

Leclerc zögerte nicht lange und ließ eine Funkverbindung nach Gatas herstellen. Von dort erfuhr er, daß auf dem betreffenden Planeten schon vor kurzem ein Schiff gelandet war und Molkex abgeholt hatte, ehe es einen oder mehrere Schreckwürmer hervorbringen konnte. Allerdings mußte wohl ein Teil des Molkex übersehen worden sein, denn wie sonst war die Existenz eines Schreckwurms zu deuten?

Leclerc erhielt den Auftrag, ihn abzuholen.

Der gatasische Kommandant besaß nicht die Möglichkeit, in seinem Gesicht Gefühle auszudrücken. Aber seine Worte genügten der Besatzung, um festzustellen, daß Leclerc über diesen Befehl nicht gerade erfreut war.

Das Diskusschiff änderte den bisherigen Kurs und steuerte auf das Vagrat-System zu.

Burnett sah Oberst Herisch auf dem Bildschirm auftauchen und rief zu Kerrick hinüber: „Wir bekommen Besuch, Doc!"

De Fort war im Augenblick nicht anwesend. Kerrick wischte die Hände am Kittel ab und trat neben Burnett.

„Er scheint es eilig zu haben", sagte er.

Etwas in der Haltung Herischs hatte sich verändert, fand Burnett. Der Oberst bewegte sich seltsam angespannt, die Haltung seiner Arme hatte jede Lässigkeit verloren.

Es ist etwas passiert! dachte Burnett. Er fragte sich verwirrt, wie er so sicher sein konnte, fühlte aber gleichzeitig eine gewisse Genugtuung über das Einfühlungsvermögen, das er in letzter Zeit entwickelt hatte.

Er wartete, bis der Oberst aus dem Bildkreis geriet und öffnete dann die Tür. Gleich darauf hörten sie Herisch mit festen Schritten über den Gang kommen.

Dr. Sharoon hörte auf, gemahlenen Staub in ein Glas zu füllen und blickte zur Tür. Kerrick legte den Kittel ab, während Burnett einfach dastand und wartete. Plötzlich schien der Raum mit einer nicht faßbaren Spannung gefüllt zu sein.

Herisch kam herein und blickte sich suchend um.

„Holen Sie De Fort", sagte er ruhig. „Es ist etwas Unvorhergesehenes passiert."

Das Knarren des Rollstuhls ließ ihn sich umwenden, und er sah den Krüppel über die Schwelle fahren.

„Ich habe Sie gehört", sagte De Fort. „Was ist geschehen?"

„Der Schreckwurm Peterle hat ein Erkennungssignal abgestrahlt", berichtete Herisch. „Wir haben es nicht bemerkt, aber Leutnant Wetzler teilte uns mit, daß man auf der ASUBAJA diesen Impuls aufgefangen hat. Als ich den Schreckwurm befragte, sagte er mir, daß er damit ein Molkexschiff der Blues anlocken will, um sich zu rächen."

„Wer sich mit dem Teufel einläßt, muß damit rechnen, daß er eins über den Schädel bekommt", sagte De Fort.

Burnett glaubte eine gewisse Zufriedenheit aus De Forts Stimme herauszuhören, sah der Krüppel doch jetzt seinen Verdacht über die Unzuverlässigkeit der Schreckwürmer bestätigt.

„Hören Sie auf damit", sagte Herisch schroff. „Wir haben jetzt keine Zeit zum Diskutieren. Für uns gibt es zwei Möglichkeiten: entweder rasche Flucht mit der ASUBAJA oder Ausharren bis zur Ankunft der Blues."

„Nichts wie weg von hier", verlangte Kerrick augenblicklich. „Der Schreckwurm soll sehen, wie er mit der von ihm geschaffenen Situation fertig wird."

„Ihre Entscheidung ist zweifellos populär", spottete De Fort, „aber ich möchte hören, was der Oberst zu sagen hat."

Herisch machte eine knappe Handbewegung. „Wir kamen unter anderem hierher, um die Wirkung unserer neuen Waffe gegen Molkex zu prüfen. Zunächst schien das Fehlen des Molkex unseren Auftrag zu gefährden, aber jetzt..." Herisch machte eine bedeutungsvolle Pause.

282

Burnett begann zu ahnen, worauf der Oberst hinauswollte, und er hoffte, daß Kerrick und die anderen entschieden protestieren würden.

„Sie wollen warten, bis das Molkexschiff landet, um den Schreckwurm abzuholen", stellte Kerrick sachlich fest. „Dann halten Sie es für möglich, daß wir die H_2O_2-Raketen an dem Schiff ausprobieren können, wenn man uns nicht vorher bereits erledigt."

„Haben Sie einen besseren Vorschlag?" erkundigte sich der Kommandant.

Kerricks Gesicht wurde noch um einen Zug mürrischer. „Ich bin nur Wissenschaftler", sagte er. „Sie müssen wissen, was Sie tun. Wenn Sie es wünschen, werden wir hierbleiben."

„Selbstverständlich bleiben wir", sagte De Fort.

„Ab sofort trägt jeder Mann einen Kampfanzug", befahl Herisch. „Das gilt auch während des Aufenthaltes in den Kuppeln oder im Labor. Die Geschütze werden besetzt und die Spezialraketen abschußbereit gemacht. Ich informiere die ASUBAJA. Sie wird sich im Hintergrund halten und alle nicht unbedingt notwendigen Systeme abschalten, um nicht entdeckt zu werden. Im Notfall kann sie uns jederzeit zu Hilfe kommen."

Burnett stand seitlich von De Fort, so daß er den Gesichtsausdruck des Wissenschaftlers genau beobachten konnte. Als er tiefe Befriedigung zu sehen glaubte, fühlte er Unsicherheit in sich aufsteigen. De Fort war es gleichgültig, wie ein eventueller Kampf ausgehen mochte. Er suchte nur eine Befriedigung seiner Rachegefühle. Der Krüppel war voll fanatischen Hasses, sein Leben bedeutete ihm nichts.

Burnett jedoch hatte nicht die Absicht, auf Tauta zu sterben. Er fragte sich, wie man Herisch klarmachen konnte, daß De Fort während eines Kampfes daran gehindert werden mußte, Dummheiten zu begehen. Der Mann im Rollstuhl war für ihre eigene Sache gefährlich, weil er ohne zu überlegen gegen die Blues vorgehen würde.

„Inzwischen ist der andere Schreckwurm ausgeschlüpft und auf dem Weg hierher", fuhr Herisch fort. „Ich habe Peterle davon überzeugt, daß es besser ist, wenn sie sich von diesem Plateau etwas fernhalten, damit wir von den Blues nicht sofort entdeckt werden. Er ist einverstanden und wird die Gataser in die Falle locken."

„Er wird uns verraten", sagte De Fort grimmig.

Zeit: 26. November 2327, 20.36 Uhr Standardzeit.

Ort: Kommandoraum des Schlachtkreuzers ASUBAJA.

Von einem Moment zum anderen gerät der Masseanzeiger des fünfhundert Meter durchmessenden Schiffes in Bewegung. Fähnrich Hastings und Leutnant Wetzler beugen sich gleichzeitig darüber.

„Molkexraumer dringt in das System ein!" ruft Fähnrich Hastings.

Leutnant Wetzler blickt auf.

„Informieren Sie Oberst Herisch", sagt er. „Jetzt können wir nur abwarten und unseren Leuten auf Tauta die Daumen drücken."

Oder, dachte er, für sie beten.

Ein Kurzimpuls verläßt den Hypersender des Kreuzers.

Zeit: 26. November, 20.42 Uhr Standardzeit.

Ort: Schweres Molkexschiff unter dem Kommando des Gatasers Leclerc.

Der Empfänger spricht wieder an. Leclerc beugt sich ruhig über die Auswertung.

„Die Signale kommen von der Nachtseite", sagt er ruhig. „Dort steckt der Bursche."

Er lehnt sich langsam zurück. Alles, was ihn zu erwarten scheint, ist ein einfacher Routineauftrag.

„Wir landen, sobald es Tag ist und holen uns ihn", sagt Leclerc.

22.

„Ja", sagte Herisch und erhob sich von seinem einfachen Lager, „ich gehe sofort mit."

Er streckte sich und blickte auf die Uhr. Die Nacht würde bald vorüber sein. Der Körper des Wächters war nur eine dunkle Silhouette.

Oberst Herisch versetzte dem schnarchenden Leutnant Pashavcn einen Stoß und knurrte: „Stehen Sie auf!"

Pashaven fuhr herum.

„Kommen sie?" stieß er hervor.

Es war jedem klar, wen er damit meinte.

„Nein", sagte Herisch knapp. „Die ASUBAJA ruft uns. Wir müssen zur Funkkuppel."

Pashaven wühlte sich aus den Decken frei und kam fluchend hoch.

„Beeilen Sie sich, Leutnant", befahl Herisch. Er ging zum Eingang und bedeutete dem Wächter, ihm zu folgen. Pashaven humpelte hinter ihnen her, noch immer bemüht, den Kampfanzug zu verschließen.

„Die ASUBAJA sendet im Rafferkode und mit nur sehr geringer Intensität", berichtete der Wächter. „Glauben Sie, daß dies etwas zu bedeuten hat?"

„Dreimal dürfen Sie raten", sagte Herisch sarkastisch. Sie überquerten den freien Platz zwischen den Kuppeln und traten in den Funkraum. Als Herisch die Tür hinter sich zugezogen hatte, schaltete der Funker die volle Beleuchtung ein.

„Nun, Sparks?" fragte der Oberst.

„Ich habe den Funkspruch soeben entschlüsselt", sagte der Funker und stand von seinem Platz auf, um Herisch die Meldung zu überreichen. „Unsere Freunde sind eingetroffen."

Pashaven schlüpfte herein und sah Herisch fragend an.

„Es geht los", sagte Herisch. „Die Gataser sind ins Vagrat-System eingedrungen."

„Soll ich eine Bestätigung an die ASUBAJA schicken?" fragte der Funker.

„Besser nicht", entschied Herisch. „Wir wollen kein unnötiges Risiko eingehen. Die Gataser werden noch früh genug von unserem Hiersein erfahren."

„Wann werden sie landen?" fragte der Wächter.

Herisch machte eine schwer zu deutende Bewegung. „Vielleicht bei Anbruch des Tages. Peterle sendet in regelmäßigen Abständen das Erkennungssignal, so daß sie wissen, daß er auf der Nachtseite ist."

„Sollen wir Alarm geben?" fragte Pashaven.

„Immer mit der Ruhe, Leutnant", sagte Herisch. „Solange sie noch nicht zur Landung ansetzen, besteht kein Grund zur Aufregung. Ich werde jetzt die Wissenschaftler informieren, daß sie sich bereithalten sollen. Ich bin gespannt, wie unsere neuen Bomben auf den Molkexpanzer wirken."

Sie verließen die Funkkuppel, der Wächter ging zu seinem Platz zurück, und Herisch schritt zusammen mit Pashaven dem fahrbaren Labor entgegen. Sie fanden Dr. Sharoon wach vor.

„Wecken Sie auch Dr. De Fort und die anderen, Doc", sagte Herisch. „Wir erwarten die Blues bei Anbruch des Morgens."

Wieder zurück im Freien, nickte er Pashaven zu, der draußen gewartet hatte.

„Sorgen Sie dafür, daß alle Männer bereit sind", befahl er. „Machen Sie keinen unnötigen Lärm und achten Sie darauf, daß keine Lichter eingeschaltet werden."

„In Ordnung, Sir", bestätigte Pashaven und verschwand in der Dunkelheit.

Oberst Herisch kehrte zur Kommandokuppel zurück und traf dort auf Sergeant Luttrop, der ihn in voller Kampfausrüstung erwartete.

„Ich wollte fragen, wo wir uns aufstellen, Sir?" fragte der Mann mit lauter Stimme.

Herisch betrachtete die vierschrötige Gestalt.

„Sie sind hier nicht im Manöver, Sergeant", sagte er. „Warten Sie, bis die Blues kommen, dann werden Sie schnell feststellen, daß jeder von uns eine Armee für sich bilden muß."

Luttrop biß sich auf die Unterlippe. Anscheinend dachte er darüber nach, auf welche Weise er eine Armee ersetzen konnte.

„Verschwinden Sie!" befahl Herisch. „Sie erhalten früh genug Befehle." Luttrop murmelte etwas von Einsätzen, die er zusammen mit unfähigen Wissenschaftlern machen mußte. Dann ging er hinaus.

An den Ortungsgeräten saß Kadett Meisnitzer, der gleichzeitig Kybernetiker war.

Auf Herischs fragenden Blick schüttelte er stumm den Kopf. Der Oberst atmete auf. Er legte keinen besonderen Wert darauf, daß die Gataser während der Nacht landeten. Das würde ihr Vorhaben nur erschweren.

Nach einer Weile kam Leutnant Pashaven schweratmend herein.

„Alles in Ordnung, Sir", sagte er. „Das Lager ist hellwach."

Herisch nickte und ging zu dem einfachen Bett. Meisnitzers scharf-geschnittenes Profil zeichnete sich vor den hellerleuchteten Ortungs-geräten ab. Die Kontrollen glühten wie Augen urweltlicher Ungeheu-er. Herisch klappte den Helm des Kampfanzuges zurück und holte tief Luft. Dann ließ er sich nach hinten sinken. Nun blieb ihnen nur das Warten.

Das mächtige Diskusschiff machte die Eigenrotation des Planeten mit, und seine molkexgepanzerte Außenfläche reflektierte das Licht der Sonne Vagrat. Für das Molkex bedeuteten die extremsten Temperatu-ren in den obersten und untersten Bereichen nicht die geringste Gefahr.

Die Katzenaugen Kommandant Leclercs starrten in scheinbarer Gefühllosigkeit auf den Bildschirm oberhalb des Kommandosessels. Seine Hände umschlossen die Steuerung.

Nach wie vor kamen die Erkennungssignale des Schreckwurms aus den Empfängern. Mit gewohnter Sicherheit brachte Leclerc das Schiff aus der bisherigen Umlaufbahn heraus und drückte es allmählich tiefer. Während die Sonne das Land unter ihnen erhellte, brachte Leclerc das Schiff in weitgezogenen Spiralen nach unten.

Er wußte, daß ihn kein schöner Anblick erwartete. Welten, über die die Hornschreckenplage hinweggegangen war, boten keine erfreuli-chen Bilder.

Doch das war ihm gleichgültig. Abgesehen davon, daß er hier nur eine Routineaufgabe durchzuführen hatte, fühlte er keine Zuneigung für die Schreckwürmer.

Im Gegenteil. Seitdem bekannt war, daß sie mit dem Gegner paktierten, hatte er nur noch Verachtung für sie übrig. Doch er fügte sich den Anordnungen seiner Vorgesetzten. Man brauchte die Riesen – wenigstens so lange, bis es vielleicht einmal gelang, den Molkexstoff synthetisch herzustellen.

Wir haben es jahrtausendelang versucht, dachte der Kommandant, und immer ohne Erfolg.

Seine düstere Stimmung wuchs noch, als er an die Meldungen über rätselhafte Ereignisse auf Gatas dachte, bei denen geringe Mengen

B-Hormon gestohlen worden waren. Die Diebe hatte man zwar nicht fassen können, aber alles sprach dafür, daß die Terraner hinter dieser ungeheuerlichen Aktion steckten.

Er wischte diese Überlegungen beiseite. Daß die Terraner den erbeuteten Katalysator gegen sein Volk einsetzen könnten, war schlichtweg undenkbar.

Leclerc konzentrierte sich wieder auf den Bildschirm.

Die ersten Bilder auf der Oberfläche Tautas wurden auf dem Bildschirm sichtbar. Genau wie Leclerc erwartet hatte, war dem Land durch die gefräßigen Hornschrecken jede Schönheit genommen. Leclercs starre Augen beobachteten ruhig.

Gelassen gab er die Befehle.

„Lockruf abstrahlen!" befahl er.

Noch immer nahmen die Gataser an, daß die Schreckwürmer relativ primitiv waren. Sie wußten nichts von der wahren Intelligenz der Riesen. Deshalb sendeten die Diskusschiffe Lockrufe, sobald sie auf einem Planeten landeten, auf dem sich ein oder mehrere Schreckwürmer aufhielten. Das war das Zeichen für die Ungeheuer, sich dem Schiff zu nähern.

Leclerc dachte weder in menschlichen Bahnen noch fühlte er wie ein Mensch. Aber der Widerwille, den er gegen die Vorstellung hegte, einen Schreckwurm an Bord zu nehmen, unterschied sich wenig von dem Abscheu eines Terraners, der zum erstenmal eines dieser Wesen erblickte.

Leclerc beobachtete den Höhenmesser. Wenn der Schreckwurm auf Tauta nicht vollkommen stumpfsinnig war, mußte er jetzt wissen, daß er abgeholt wurde.

Leclercs Schiff durchmaß in der Längsachse fast 1000 Meter. Selbst für terranische Begriffe war es gigantisch.

Die Augen des gatasischen Kommandanten glitten über den Bildschirm. Er erwartete jeden Augenblick den Raupenkörper des Schreckwurms über das wüstenähnliche Gelände springen zu sehen.

„Kommandant, es sind zwei!" rief da der Beobachtungsoffizier.

Leclerc begann wütend an den Knöpfen des Bildschirms zu drehen, um eine vergrößerte Aufnahme zu erreichen.

„Zwei Schreckwürmer unterhalb des Schiffes!" rief der Mann.

Seltsamerweise wurde Leclerc nicht mißtrauisch. Seine Arroganz und Überheblichkeit gegenüber den Schreckwürmern war so groß, daß er überhaupt nicht auf den Gedanken kam, in eine Falle zu fliegen. Alles, was er empfand, war Ärger über die Ungeschicklichkeit der beiden Wesen. Nur ein Schreckwurm hatte ein Erkennungssignal abgestrahlt, der andere hatte geschwiegen.

Da konnte Leclerc die beiden Riesen auf dem Bildschirm erkennen. Einer ihrer zukünftigen Passagiere war wesentlich größer, doch auch darüber machte sich Leclerc keine Gedanken. Er kam noch nicht einmal auf die Idee, die Gegend dort unten systematisch absuchen zu lassen. Für ihn waren die beiden Schreckwürmer die einzigen Lebewesen auf Tauta.

Leclerc ahnte noch nicht, daß er diesen Fehler mit dem Leben bezahlen sollte.

Wenn es in ihrem Plan einen schwachen Punkt gab, dann war es der gerade ausgeschlüpfte Schreckwurm Tommy. Peterle wußte genau, daß ein Neugeborener seiner Rasse noch immer den uralten Traditionen unterlag, daß es Tabus für ihn gab, die er kaum umgehen konnte. Für Tommy waren die Blues die sogenannten Huldvollen, denen er dankbar zugetan sein mußte.

Peterle hoffte zwar, daß die Zeit, während der er mit Tommy nach dessen Geburt zusammen war, ausgereicht hatte, um ihn auf die Seite der Terraner zu bringen, doch vollkommen sicher konnte der ältere Schreckwurm nicht sein.

Gut genug erinnerte er sich an seine Geburt. Wie lange hatte er mit sich gerungen, bis er endlich das Schiff der Huldvollen angegriffen und besetzt hatte. Er hatte als erster Kontakt mit den Terranern aufgenommen. Das war allerdings mehr das Verdienst dieses Volkes als sein eigenes, denn er hatte damals vorgehabt, die Männer, die mit ihm zusammen auf dem Molkexschiff waren, zu töten.

Wenig Zeit war seither verstrichen, und doch schien diese Episode bereits in ferner Vergangenheit zu liegen.

Lange bevor Leclerc den Lockruf ausstrahlen ließ, wußte Peterle bereits, daß die Blues kurz vor der Landung standen.

„Unser Plan ist klar", sendete er zu Tommy. „Wir locken sie mit ihrem Schiff in das Tal unterhalb des terranischen Lagers. So geben wir unseren Verbündeten eine gute Gelegenheit, ihre Waffen auf das Molkexschiff abzufeuern."

Tommy sendete seine Zustimmung, doch es war schwer festzustellen, ob er es ernst gemeint hatte.

Peterle ahnte, daß er bis zur endgültigen Landung der Huldvollen, die alles andere als huldvoll waren, nicht mehr herausfinden konnte, wie Tommy reagieren würde. Er konnte nur hoffen, daß der Neugeborene die Ratschläge eines erfahrenen Schreckwurmes höher einschätzte als alle falschen Traditionen und das bei der Geburt bereits vorhandene Kollektivwissen.

Damals, als er zum erstenmal Energieschüsse auf Blues abgegeben hatte, hatte Peterle nicht geglaubt, daß er eine Revolution unter seinen Artgenossen entfachen würde. Heute waren die Terraner bessere Verbündete als die Huldvollen, mit denen sie nur noch zum Schein zusammenarbeiteten.

Nun konnte die Revolte, die er auf einer anderen Welt begonnen hatte, ihm nach längerer Zeit noch zum Verhängnis werden. Nicht nur er, auch die Terraner dort oben auf dem Plateau waren gefährdet, wenn Tommy sie verriet.

Peterle versuchte vorherzusehen, was seiner Rasse noch bevorstand. Sie waren darauf angewiesen, daß sie von anderen mit Raumschiffen auf Planeten gebracht wurden, wo sie ihre Eier ablegen konnten. Niemand würde das gern tun, auch die Terraner nicht, auch wenn sie dies derzeit noch nicht eingestehen wollten.

Früher oder später würde es zu einer ernsten Krise kommen, überlegte Peterle, denn irgendwann würde es keine Schiffe und keine Welten mehr für sie geben, irgendwann würde ihnen ein Volk ein kategorisches *Nein* entgegenrufen.

Das Transportproblem bedeutete für jeden einzelnen Schreckwurm eine geistige Last. Sie alle dachten darüber nach, ohne eine Lösung zu finden. Sie konnten sich nicht selbst Schiffe bauen, mit ihren Pranken konnten sie nur primitivste Arbeiten ausführen.

Was nützte ihr überragender Geist, wenn er in einem unbrauchbaren Körper steckte.

Wieder sendete Peterle das Erkennungssignal. Natürlich hatten ihn die Huldvollen bereits geortet, aber er mußte sie in dem Glauben lassen, daß sie ein mehr oder weniger instinktiv handelndes Wesen vor sich hatten.

Tommy, der junge Schreckwurm, konnte ihr Transportproblem unter Umständen noch vergrößern. Wenn er den Plan der Terraner verriet, erfuhren die Blues vom Doppelspiel ihrer Passagiere. Andererseits würden die Terraner einen Verrat mit der Kündigung des Abkommens beantworten.

Peterle sah das Schiff als dunklen Fleck am Morgenhimmel. Im ersten Augenblick erschrak er. Er hatte nicht damit gerechnet, daß eines der größten Schiffe der Huldvollen hier landen würde. Das erschwerte die Aufgabe der hundert Terraner auf dem Plateau.

„Los!" sendete er zu Tommy. „Wir ziehen uns jetzt in das Tal zurück."

Bereitwillig folgte ihm der junge Schreckwurm. Er schien keine Bedenken zu haben. Peterle war froh, daß er nicht wußte, wie es im Innern des Neugeborenen aussah. Es würde am besten sein, wenn nun alles sehr schnell geschah. Jede Verzögerung ließ Tommy Zeit zum Nachdenken. Und sobald er nachdachte, konnte er den alten Vorstellungen unterliegen. Mit langen Sätzen sprangen sie in das Tal hinein.

Peterle fragte sich, wann die Gataser das Lager der Terraner bemerken würden. Er fühlte sich plötzlich müde und schwach. Er war im Begriff, seine Kämpfernatur zu verlieren.

Als Peterle wieder nach oben blickte, war das Schiff ein riesiger Schatten, der drohend über das verwüstete Land hinweghuschte. Peterle sah, wie Tommy sich unwillkürlich duckte, und seine Sorgen wuchsen.

„Bei allen Planeten", murmelte Pashaven erschüttert. „Das ist das gewaltigste Diskusschiff, das ich jemals gesehen habe."

Sie standen im Eingang der Kommandokuppel und blickten in die Morgendämmerung hinaus. Das Molkexschiff glitt langsam in das Tal hinab, in dem sich die beiden Schreckwürmer jetzt aufhalten mußten.

Herisch nickte langsam. Sie hatten mit einem kleineren Schiff der

291

Blues gerechnet, nicht aber mit diesem Giganten, der bestimmt zweitausend Gataser an Bord hatte. Der Oberst fragte sich, ob es nicht besser wäre, das Unternehmen zu beenden. Noch hatten sie Zeit, den Schreckwürmern eine Nachricht zukommen zu lassen.

Doch noch während er sich mit diesem Gedanken beschäftigte, wußte er bereits, daß es jetzt kein Zurück mehr gab. Hier kam das Schiff mit dem Molkexpanzer, an dem sie die B-Ho-H_2O_2-Raketenbomben ausprobieren konnten.

„Was sollen wir tun?" fragte Pashaven. In seiner Stimme lag eine nicht zu überhörende Furcht, die sich erst wieder mit Beginn des Kampfes legen würde.

„Wir führen unseren Plan durch", sagte Herisch. Er hoffte, daß seine Stimme einen festeren Klang als die Pashavens hatte. Neben ihm entstand ein Geräusch, und Kadett Meisnitzer trat an ihre Seite.

„Ich wollte nur feststellen, ob das Schiff hier draußen ebenso groß ist wie auf dem Bildschirm, Sir", sagte er entschuldigend und verschwand wieder in der Kuppel.

„Sind alle Lafetten und Geschütze besetzt?" erkundigte sich Herisch.

„Ja, Sir", sagte Pashaven, ohne den Blick von dem immer tiefer sinkenden Schiff zu nehmen. „Alles in Ordnung." Er hob den Arm in Richtung auf den Diskus. „Wann werden sie uns entdecken?"

„Hoffentlich nicht sofort", wünschte Herisch. „Aber die beiden Schreckwürmer werden sie abzulenken wissen."

„Wenn nur alles schon vorüber wäre", murmelte Pashaven. Er fand sich mit der Situation ab und nahm sich vor, sein Leben so teuer wie möglich zu verkaufen.

Zusammen mit Herisch ging er zu den Lafetten hinüber, von denen die Spezialbomben abgeschossen werden sollten. Sämtliche Wissenschaftler waren hier versammelt. Die Bedienungsmannschaften der Geschütze waren förmlich eingekeilt.

Herisch trieb die Männer mit scharfen Worten auseinander und arbeitete sich bis zu Dr. Kerrick vor. Das Gesicht des Wissenschaftlers war blaß.

„Ich bin kein ängstlicher Mensch", behauptete Dr. Kerrick. „Aber die Chancen standen schon besser."

„Galgenhumor, Doc?" fragte Herisch ohne Sarkasmus.

„Keineswegs", erwiderte Kerrick. „Ich beginne mich nur zu fragen, was unsere Bömbchen diesem Koloß anhaben könnten?"

Herisch gab dem Wissenschaftler keine Antwort. Er trat an ein Geschütz heran und blickte durch die Zieloptik. Jetzt konnte er auch die beiden Schreckwürmer sehen. Sie warteten offenbar darauf, daß das Schiff auf der Oberfläche Tautas aufsetzte.

„Werden Sie den Befehl zum Feuern geben?" fragte Dr. Sharoon.

„Ja", sagte Herisch nur.

Er überzeugte sich, daß alles reibungslos ablaufen würde. Sobald das Molkexschiff gelandet war, würden zwei der Spezialraketen davonrasen.

Obwohl in den Berichten der USO-Agenten ausgesagt worden war, daß eine kleine Ladung des B-Ho-H_2O_2-Konzentrats genügte, um die gesamte Molkexpanzerung eines Blues-Raumers zu beeinflussen, wollte Herisch kein Risiko eingehen. Und sollten die beiden Raketen bei dem Diskusgiganten dennoch nicht ausreichen, würde er augenblicklich auch die restlichen beiden abfeuern lassen. Danach sollten die Energiegeschütze das Schiff in ein Wrack verwandeln, ohne daß dabei die Besatzung sinnlos dahingemetzelt wurde.

Herisch hoffte, daß sie keine Enttäuschung erleben würden. Pashaven reichte ihm ein Glas, so daß er die Vorgänge im Tal genau verfolgen konnte. Das Schiff der Gataser schwebte jetzt hundert Meter über dem Boden, scheinbar zögerte der Kommandant noch mit dem endgültigen Landebefehl. Herisch biß sich vor Erregung auf die Zungenspitze. Der Diskusriese sank tiefer. In langen Sprüngen hetzten die beiden Schreckwürmer dem Gegner entgegen. Sie spielten ihre Rolle ausgezeichnet.

Herisch glaubte das Dröhnen und Brausen förmlich bis auf das Plateau zu hören. So intensiv versetzte er sich an den Ort der Geschehnisse, daß er das Vibrieren des Bodens unter dem Aufprall der tonnenschweren Schreckwürmer zu spüren glaubte.

In einer Wolke von Staub setzte das Diskusschiff auf.

Herisch blickte nach rechts und links, sah jetzt verbissene Gesichter unter den Helmen, Gesichter voll grimmiger Erwartung, Bereitschaft und Erregung.

So beginnt ein kosmischer Krieg! dacht Herisch. Sekundenlang fühlte er die Macht, die in seine Hände gelegt war, dann wurde er ganz ruhig.

Er sagte: „Feuer!"

Leclerc war ein guter Kommandant, der eine gewisse innere Verbindung zu seinem Schiff besaß. Jedes Geräusch sagte ihm etwas von den Geschehnissen innerhalb des Schiffes. Es tat ihm körperlich weh, wenn eines der Triebwerke für Sekundenbruchteile aussetzte, wenn ein Generator nicht genügend Energie lieferte oder ein Bildschirm unruhig flackerte. Leclerc war praktisch ein Teil des Schiffes, er war der Kopf eines gut funktionierenden Ganzen, der die Koordination beherrschte.

Als er den Befehl zur endgültigen Landung gab, wurde er von einem unsicheren Gefühl erfaßt, das vollkommen grundlos erschien, aber doch nicht abzuschütteln war. Da waren die beiden Schreckwürmer, die auf den Diskus zusprangen. Hinter ihnen zeichnete sich eine öde Landschaft ab. Nichts deutete darauf hin, daß Leclercs Ahnungen berechtigt waren.

Der Kommandant fühlte, wie das Schiff sanft aufsetzte, er war befriedigt über die korrekte Ausführung dieser Landung.

Er erhob sich von seinem Platz und ging quer durch den Kommandoraum.

Da erreichte ihn die Stimme des Beobachtungsoffiziers, sie machte aus seinen Ahnungen bittere Wirklichkeit.

„Wir werden angegriffen, Kommandant!"

Leclerc fuhr herum, sein hagerer Körper verdrehte sich förmlich, und der tellergroße Kopf schien der Belastung nicht standhalten zu wollen.

Leclerc raste zu seinem Platz zurück. Auf den Bildschirmen der Bodenortung zeigten sich leuchtende Punkte.

„Raketen!" schrillte Leclerc. „Jemand schießt mit Raketen!"

Alle Ortungsgeräte des Diskusschiffes liefen jetzt auf Hochtouren. Es dauerte keine Sekunde, und man hatte das terranische Lager auf dem Plateau oberhalb des Tales erfaßt.

Doch es war schon zu spät. Bevor Leclerc überhaupt einen weiteren Befehl geben konnte, zerschellte die erste der H_2O_2-Raketenbomben auf dem Molkexpanzer des Kampfraumers, dann die zweite. Die Explosionen waren relativ harmlos.

Doch als das Diskusschiff die erste Salve in Richtung auf das Plateau abgab, begann eine andere, viel fürchterlichere Wirkung einzusetzen, die Leclerc und seine Mannschaft in helle Panik versetzte.

Über sie hinweg schossen zwei Flugkörper auf das Schiff der Huldvollen zu.

Bevor er den nächsten Sprung ansetzte, würde sich entschieden haben, ob die neue Waffe der Terraner wirkungsvoll war. Peterle sah, daß Tommy ständig an seiner Seite blieb. Von dem jungen Schreckwurm drohte jetzt keine Gefahr mehr, der Strudel der Ereignisse hatte ihn mitgerissen. Ergeben würde er dem älteren Rassegenossen in den Kampf folgen.

Peterle sah voraus, daß er hier den Beginn einer gewaltigen kosmischen Auseinandersetzung miterlebte, in die ganze Sternenreiche mit verstrickt werden sollten.

Das war kein Kampf mehr zwischen zwei Planeten, auch keine Reiberei zwischen feindlichen Sonnensystemen, hier fand ein Vorgeplänkel statt, dem der Zusammenprall zweier gigantischer Imperien folgen würde.

Ein Krieg zwischen Terranern und Blues würde die halbe Galaxis in Aufruhr versetzen, er würde wie ein unlöschbarer Brand über die bewohnten Planeten hinweggehen, wenn es nicht einer Seite gelang, eine schnelle Entscheidung herbeizuführen.

Die Schlacht auf Tauta war eine Art Probe, aus der man schließen konnte, wie sich der Kampf in der Zukunft entwickeln würde.

Peterle machte den nächsten Sprung.

Er sah Tommys Körper an seiner Seite durch die dünne Luft fliegen, und bevor sie aufprallten, begann die Wirkung der terranischen Waffen am Molkexpanzer des Diskusschiffes mit aller Gewalt einzusetzen.

23.

„Treffer!" brüllte Herisch – und dann noch einmal: „Treffer!" Das Triumphgeschrei der Wissenschaftler und Soldaten hallte in seinem Helmlautsprecher wider. Selbst Dr. De Fort konnte sich dem allgemeinen Taumel nicht entziehen. Herisch hörte seine erregten Ausrufe. Er beugte sich nach vorn, um besser durch die Zieloptik blicken zu können. Was er sah, ließ ihn den Atem anhalten. Die in den Bomben enthaltene Flüssigkeit, eine Mischung von hundertprozentigem Wasserstoffsuperoxyd und dem B-Hormon, verteilte sich in unglaublicher Schnelligkeit über die Molkexschicht. Dabei schien sie das Bestreben zu haben, einen dünnen Film über die Panzerung des Schiffes zu ziehen.

Herisch verfolgte das Phänomen. Mit vor Aufregung zitternden Fingern wollte er eine schärfere Einstellung der Optik vornehmen, als ihn etwas mit unwiderstehlicher Gewalt packte und einige Meter über den Boden schlittern ließ. Es gelang ihm, sich an einem Geschütz festzuhalten.

Pashaven schrie auf: „Sie schießen auf uns!"

Das Plateau schien sich in eine lodernde Scheibe verwandelt zu haben. In der Mitte des Lagers, ungefähr dort, wo die Kommandokuppel aufgebaut war, hatte ein grellfarbener Blitz alles in Trümmer gelegt.

Herisch zog sich an dem Geschütz empor und starrte ins Tal hinab. Eine weitere Salve der Gataser entlud sich Kilometer hinter dem Lager, zerriß die Luft in einer dröhnenden Explosion und schuf einen blauweißen Vorhang ungebändigter Energie. Herisch rechnete sich entsetzt aus, was geschehen wäre, wenn dieser Schuß getroffen hätte.

Es gelang ihm, den Helm vor die Zieloptik des Geschützes zu bringen. Im Tal war die Hölle losgebrochen. Das Molkexschiff schien plötzlich lebendig zu werden. Das als unzerstörbar bekannte Material wallte und kochte, floß von der Stahlzelle des Schiffes herunter wie Wasser.

Herisch krächzte seinen Triumph ins Mikrophon, obwohl er sicher war, daß kein Mensch ihn verstehen konnte.

Plötzlich war Dr. Kerrick neben ihm und hieb seine Faust auf Herischs Schulter.

„Der Panzer bricht!" schrie der Wissenschaftler. „Sehen Sie doch, Oberst! Die Substanz bewirkt tatsächlich eine Auflösung des Molkexstoffes."

Das Schiff der Gataser wirkte jetzt nackt, an verschiedenen Stellen hing noch Molkex wie ein häßlicher Ausschlag auf der Stahlwandung. Jetzt schlugen die Treffer aus den Energiegeschützen der Terraner ein, nun erwies es sich, wie schwach die Diskusschiffe ohne das Molkex waren.

Unterhalb des Schiffs bildete sich allmählich ein kochender Molkexsee, ein Gebilde, das Herisch an eine ungebändigte vulkanische Landschaft erinnerte. Dabei wurde die Masse immer dünnflüssiger.

Der nächste Schuß der Gataser traf wieder, der Boden wurde in einer Breite von über hundert Metern aufgepflügt, die Erde verbrannte und bröckelte auseinander. Die riesige Furche setzte sich bis zum Ende des Plateaus fort, und mindestens sieben Kuppeln der Terraner versanken darin.

Eine häßliche Narbe lief quer durch das Lager. Im Eiltempo wurden die noch intakten Geschütze von der anderen Seite auf die dem Tal zugewandte Seite des Plateaus gebracht. Herisch war von stöhnenden und fluchenden Männern umgeben, aber in ihren Stimmen lag keine Resignation, sondern der feste Wille, den Anfangserfolg in einen Sieg umzuwandeln.

Minuten später war das Diskusschiff vollkommen von Molkex entblößt. Seine dünnen Stahlwände und die primitiven Abwehrschirme vermochten den terranischen Waffen keinen Widerstand zu bieten. Die Breitseite des Diskus wurde förmlich durchlöchert.

Das Kochen des Molkexsees ließ nach, die Masse erstarrte zu riesigen, brettflachen Fladen.

Kaum war dies geschehen, da hob sich die gesamte Molkexmasse vom Boden ab und raste mit ungeheurer Beschleunigung in den

297

Morgenhimmel hinauf. Herisch glaubte zu träumen. Dann erinnerte er sich an den Drive-Effekt, von dem Danger berichtet hatte. Hier mußten die gleichen geheimnisvollen Kräfte am Werk sein.

Bevor er richtig darüber nachdenken konnte, war der Riesenfladen bereits aus seinem Blickfeld verschwunden.

„Haben Sie das gleiche gesehen wie ich?" fragte Dr. Kerrick den Oberst.

Herisch nickte nur, ohne sich um das Staunen des Wissenschaftlers zu kümmern. Dieses Rätsel zu lösen mußte anderen vorbehalten bleiben, sie hatten jetzt noch mit der Besatzung des Diskusschiffes Schwierigkeiten.

Er gab einem Offizier den Befehl, die ASUBAJA anzurufen, damit Wetzler auf das eigenartige Etwas vorbereitet war, das in kurzer Zeit durch das Vagrat-System rasen würde.

Unten im Tal begannen die beiden Schreckwürmer damit, das Schiff der Gataser unter Feuer zu nehmen. Die Energieschüsse, die diese Giganten mit ihren organischen Strahlern abgaben, brachen tiefe Löcher in die Wandungen des Schiffes.

„Drei Energiepanzer bemannen!" rief Herisch. „Sofort ins Tal fliegen und den Gegner unter Feuer nehmen."

Die Bedienungsmannschaften der flugfähigen Panzerfahrzeuge hasteten davon. Wenig später setzten sich die plump aussehenden Energiepanzer vom Boden ab und rasten ins Tal.

Herisch teilte die verbliebenen Männer in vier Gruppen ein und befahl ihnen, mit Hilfe ihrer Kampfanzüge sich vorsichtig dem feindlichen Schiff zu nähern. Ein Teil der Soldaten und Wissenschaftler wurde auf dem Plateau zurückgelassen. Die Blues feuerten noch immer vom Schiff aus, doch jetzt so unkonzentriert, daß die Treffer keine unmittelbaren Schäden anrichten konnten.

Verglichen mit dem Kampf unter dem Eis des vierzehnten Planeten im Verth-System, schien diese Schlacht unter einem unglücklichen Stern zu stehen. Leclerc erkannte rasch, welche Wirkung die Raketen der Feinde auf den Schutzpanzer des Schiffes ausübten.

Sein Feuerbefehl kam viel zu spät, um das Lager des Gegners noch ernsthaft zu gefährden. Hiflos mußte der Kommandant zusehen, wie das Schiff die sichere Hülle verlor und den Angriffen ausgesetzt war, die pausenlos gegen sie vorgetragen wurden. Hinzu kam noch der Beschuß der beiden Schreckwürmer, die offensichtlich diese Falle geplant hatten.

Wäre Leclerc nicht zu sehr mit den Problemen der eigenen Sicherheit beschäftigt gewesen, er hätte sich zunächst nur um die Vernichtung der beiden Verräter gekümmert.

In Leclerc stieg der Verdacht auf, daß diese so ungefügen Lebewesen bei weitem nicht so primitiv waren, wie sie bisher gegenüber den Blues den Anschein erweckt hatten.

Das Schiff wurde durch schwere Detonationen erschüttert. Leclerc wußte, daß sie es auf die Dauer nicht halten konnten. Den Mannschaften an den Geschütztürmen befahl er, das fremde Lager unter Beschuß zu nehmen. Der Verlust des Molkexpanzers war ein unglaublich starker psychologischer Vorteil für den Gegner. Leclerc mußte nicht erst die Gesichter der Männer um sich herum betrachten, um zu wissen, daß eine Panik bevorstand. Zu sehr hatten sie dem unzerstörbaren Panzer vertraut. Doch nun war dessen Nimbus der Unschlagbarkeit vernichtet.

Hätte Leclerc in seinem Gesicht Gefühle ausdrücken können, vielleicht hätte er in diesem Augenblick schmerzlich gelächelt. Eine Schreckensmeldung nach der anderen erreichte ihn.

Ein Blick auf die Bildschirme zeigte ihm, daß sich die Terraner mit drei Flugmaschinen näherten. Weitere Gegner trieben durch die Luft auf das Schiff zu.

Leclerc stellte die Verbindung mit den Geschütztürmen her, doch niemand meldete sich.

„Was bedeutet das?" fauchte er den Beobachtungsoffizier an. „Wo sind die Männer an den Geschützen?"

Er erhielt keine Antwort. In rasendem Zorn durchquerte Leclerc den Kommandoraum und versetzte dem Offizier einen Stoß gegen die Schulter. Der Mann kippte nach vorn, er sackte in sich zusammen, drehte sich um die eigene Achse und fiel vor Leclerc nieder.

Er lebte nicht mehr.

Mit langen Schritten verließ Leclerc die Zentrale und benutzte den

Aufwärtsschacht zum nächsten Geschützturm. Er fand die Bedienungsmannschaft tot in ihren Sitzen. Ein gegnerischer Treffer hatte ein Leck in das Schiff gerissen und die Männer auf der Stelle getötet.

Leclerc keuchte, packte den Ersten Feueroffizier an den Füßen und zog ihn hinaus.

Der Drehkranz des Strahlgeschützes war verklemmt. Leclerc riß eine Stange aus der Halterung und benutzte sie als Hebel. Knirschend gab das Geschütz nach. Schließlich brachte er es in eine halbwegs brauchbare Stellung.

Ein Gataser kam hereingetaumelt. Seine Katzenaugen richteten sich auf Leclerc, und er stammelte unverständliche Worte. Der Kommandant packte ihn und riß ihn zu sich herein. Der Mann war vor Angst halb wahnsinnig.

„Los!" schrie Leclerc über den Kampflärm hinweg, der durch das Leck hereindrang. „Wir nehmen eine dieser Flugmaschinen unter Feuer."

Wimmernd half ihm der Mann bei dem Laden des Geschützes. Leclerc entwickelte die Kräfte dreier ausgewachsener Männer. Noch einmal mußte er die Stange benutzen, dann endlich schwenkte das Geschütz herum.

Mit einem Stoß beförderte Leclerc den Mann an den richtigen Platz.

„Anheben!" rief er.

Er wartete nicht darauf, daß sein Befehl befolgt wurde, sondern feuerte die volle Ladung hinaus. Durch den Qualm sah er die drei gepanzerten Flugzeuge immer näher kommen.

Leclerc wollte das Geschütz noch einmal laden, als unterhalb des Turmes der größere der beiden Schreckwürmer auftauchte. Leclerc glaubte in einen Blitz eingehüllt zu werden. Ein Feuerstrom schien durch seinen Körper zu fließen, er spürte noch, wie er mit Wucht gegen das Geschütz geschleudert wurde. Die Hitze war unerträglich. Das Leck hatte sich um das Doppelte vergrößert, doch das sah Leclerc nicht mehr.

Die vordere Hälfte des Diskusschiffes explodierte nach einem Volltreffer durch ein Neutrinotorpedo, abgefeuert von einem der Energiepanzer.

Wenn Leclerc in diesem Augenblick überhaupt noch gelebt hatte, dann starb er in der Detonation, die den Diskus oberhalb des Geschützturmes auseinanderriß, die Stahlwände wie Papier verbog und eine sengende Glut durch die Gänge jagte.

Leclercs Körper fand ein mächtiges Grab – das Wrack eines der größten Diskusschiffe, über das die Flotte der Gataser verfügte.

Der Tod ihres Kommandanten, der sich an Bord des Wracks wie ein Lauffeuer herumsprach, war der zweite Schock innerhalb kürzester Zeit für die Gataser, die den Kampf bisher überlebt hatten.

Ihr Widerstandswille brach zusammen.

Leutnant Wetzler kniff ein Auge zu und vermied es, seine Überraschung zu zeigen.

„Wonach, sagten Sie, sollen wir Ausschau halten?" fragte er Fähnrich Hastings.

„Nach einem riesigen Molkexfladen", erklärte Hastings ungerührt. „Von Tauta kam die Meldung, daß einer unterwegs sei."

„Von dreißigbeinigen Riesenspinnen hat niemand etwas gesagt?" erkundigte sich Wetzler säuerlich.

„Nein, Sir. Bisher noch nicht."

Doch als der Molkexfladen auf den Bildschirmen der Raumortung auftauchte, legte Wetzler seinen Unglauben ab. Die Masse durchstieß mit phantastischer Geschwindigkeit den Asteroidengürtel und raste in Richtung des Milchstraßenzentrums davon.

„Hinterher!" rief Wetzler. „Ich glaube zwar nicht, daß wir das Ding jemals einholen, aber wir wollen es immerhin versuchen."

Die ASUBAJA kämpfte sich einen Weg aus den kosmischen Trümmern heraus in den freien Weltraum. Die Molkexmasse war nur noch auf den Ortungsgeräten auszumachen.

Noch ehe der Schlachtkreuzer beschleunigen konnte, um die Distanz zu dem Molkexfladen zu verringern, verschwand dieser. Die Hypertaster schlugen aus, und der Ortungsoffizier gab bekannt, daß das Molkex im Hyperraum verschwunden war. Die ASUBAJA stoppte ihre Fahrt und kehrte zur Ausgangsposition zurück. Eine weitere Verfolgung war absolut sinnlos. Das Rätsel um den Drive-Effekt würde vorläufig noch ein solches bleiben.

Der Kampf war vorbei.

Oberst Herisch ließ das Feuer auf das Diskuswrack einstellen, als er die Blues ins Freie strömen und demonstrativ ihre Waffen fortwerfen sah. Zunächst schob er die unerwartete Kapitulation auf den Schock über die Zerstörung des für unüberwindbar gehaltenen Molkexpanzers. Erst später erfuhr er vom Tod des Kommandanten.

Die Schreckwürmer feuerten noch einige Minuten lang weiter, bis sie endlich zur Besinnung kamen und sich widerwillig zurückzogen.

Die Männer des Einsatzteams verteilten sich um die Gataser und hielten sie in Schach, während Herisch zum Lager zurückkehrte und die ASUBAJA informierte. Von Wetzler erhielt er die Nachricht, daß das Molkex im Hyperraum verschwunden war. Er befahl dem Leutnant, die ERIC MANOLI zu informieren. Noch bevor die mächtige Kugel des Schlachtkreuzers sich auf Tauta herabsenkte und über dem Wrack der Blues in der Luft stehenblieb, wußte er, daß Perry Rhodan mit einer Flotte ins Vagart-System unterwegs war.

Herisch schickte Trupps in das Wrack, die nur noch feststellen konnten, daß die gesamte technische Einrichtung zerstört war. Trotz intensiver Suche wurden keine Molkexanzüge gefunden.

Die beiden Schreckwürmer blieben unruhig. Herisch wartete ungeduldig auf die Ankunft der Flotte. Seine Nerven waren zum Zerreißen gespannt. Wie ein toter Dinosaurier lag das Diskuswrack vor dem Plateau, die Schreckwürmer äußerten ihre Unruhe in wilden Sprüngen, und immer, wenn sie dem Wrack zu nahe kamen, zuckte der Oberst zusammen.

Manchmal sah er Dr. De Fort haßerfüllt zu den Riesen hinunterblicken, und er sehnte die Stunde herbei, in der er von diesem Menschen befreit wurde. Burnett, seit der letzten Nacht kaum mehr in Erscheinung getreten, hielt sich zurück wie die anderen Wissenschaftler.

Herisch sah, wie die ASUBAJA landete und weitere terranische Raumfahrer sich um die still und wie eingeschüchtert dastehenden Blues scharten. Verhöre der Gefangenen würden nichts einbringen, das ahnte er.

Endlich konnte Leutnant Wetzler melden, daß die Flotte unter Rhodans Führung sich Tauta näherte.

24.

Gleich einem schützenden Ring verteilten sich mehr als vierhundert Schlachtschiffe der Imperiumsflotte um das Vagrat-System. Die ERIC MANOLI stieß aus dem Verband heraus und setzte zur Landung auf Tauta an.

Das riesige Flaggschiff setzte in unmittelbarer Nähe des Wracks auf.

In der Kommandozentrale starrte Kors Dantur verblüfft auf die Bildschirme, die ein naturgetreues Bild der Landschaft wiedergaben.

„Es ist erstaunlich, daß hier alles so glimpflich verlaufen ist", dröhnte er.

Rhodan nickte langsam. Er hatte bereits von Oberst Herisch einen Bericht erhalten, aber erst jetzt konnte er ermessen, was die Einsatztruppe geleistet hatte.

„Niemand konnte ahnen, daß die Blues ein derart großes Schiff hier landen würden", sagte er. „Aber wir haben jetzt die Sicherheit, daß es eine Waffe gegen den Molkexpanzer gibt."

„Die Sicherheit – gewiß", gab Dantur zurück. „Ich muß Sie jedoch daran erinnern, Sir, daß wir nur noch wenig von dem B-Hormon zur Verfügung haben. Damit können wir vielleicht noch einige Dutzend Schiffe der Gataser unschädlich machen. Was aber tun wir, wenn sie zu Tausenden kommen?"

Mit diesen wenigen Sätzen hatte Dantur das größte Problem des Vereinigten Imperiums dargelegt. Noch war es den terranischen Wissenschaftlern nicht gelungen, das B-Hormon synthetisch herzustellen, obwohl sie zusammen mit den Aras und anderen Rassen verzweifelt daran arbeiteten.

Es war nicht auszudenken, was geschehen konnte, wenn die Invasionsflotte der Blues im Solsystem eintraf, bevor die terranischen Schiffe ausreichend mit den Spezialwaffen ausgerüstet waren.

„Wir können nur hoffen, daß wir den Wettlauf gegen die Zeit

gewinnen", sagte Rhodan. Sein Gesichtsausdruck blieb verschlossen. Zu oft in den vielen Jahren seines Lebens hatte er der gleichen Sorge gegenübergestanden. Immer dann, wenn er das von ihm und seinen treuen Helfern geschaffene Sternenreich gesichert glaubte, tauchte eine neue Gefahr auf, die es zu vernichten drohte.

Das Vereinigte Imperium stellte einen gewaltigen Machtfaktor dar, aber Rhodan war nicht so unklug, es für unbesiegbar zu halten. Die Erfahrung hatte gelehrt, daß auch schwache Gegner plötzlich über Mittel verfügen konnten, um die terranische Macht schwanken zu lassen.

Rhodan fragte sich, wann er endlich aufhören konnte, sich Sorgen um die Menschheit zu machen. Manchmal glaubte er, daß ihn ein Höherer dazu berufen hatte – dieser Glaube entsprang keiner Überheblichkeit, eher einem stark ausgeprägten Verantwortungsgefühl –, die Menschen sicher auf den Weg zu den Sternen zu führen.

Vom Standpunkt des Universums aus hatten sie diesen Weg erst betreten, sie standen erst am Anfang.

Der nächste Schritt, wenn es ihnen gelang, die Blues zu schlagen, mochte Andromeda sein. Die ihrer eigenen Milchstraße nächstgelegene Galaxis übte einen unwiderstehlichen Reiz auf Rhodan aus. Sie schien ein lockendes Ziel zu sein – anziehend, aber auch bestimmt voller Gefahren.

Doch Andromeda lag noch fern, jetzt galt es, den Blues Widerstand entgegenzusetzen.

„Wir können jetzt aussteigen, Sir", drang Danturs Stimme in seine Gedanken. „Die Männer haben bereits Kampfanzüge angelegt."

Rhodan folgte Dantur zur Hauptschleuse und zog ebenfalls einen der Anzüge über. Dann schwebten sie zu den wartenden Männern des Experimentalkommandos hinab.

Im Hintergrund kauerten die beiden Schreckwürmer. Rhodan überblickte die Szene, und sein uralter Groll gegen den Krieg wurde in ihm wach. Doch dann wandte er seine Aufmerksamkeit anderen Dingen zu.

Kaum war er gelandet, als Oberst Herisch auf ihn zukam und ihn begrüßte.

„Sie haben uns bereits in groben Zügen informiert", sagte Rhodan.

304

„Die Details haben Zeit bis später." Er blickte auf die mehreren hundert Blues, die apathisch vor ihrem Wrack auf dem Boden saßen.

„Was geschieht mit ihnen?" fragte Herisch.

„Wir lassen sie hier zurück", antwortete Rhodan. „Sie als Gefangene mit nach Terra zu nehmen, wäre sinnlos, da sie als einfache Soldaten nichts wissen, das uns nicht inzwischen auch schon bekannt wäre. So geben wir ihnen eine Chance, von Angehörigen ihres Volkes gefunden und abgeholt zu werden. Auf Gatas wird man vermutlich wissen, wohin dieses Schiff unterwegs war, und bald Nachforschungen über seinen Verbleib anstellen."

Rhodan wies Dantur an, ein Beiboot aus der ERIC MANOLI ausschleusen zu lassen, um die Kokonmasse zu holen, die nach Tommys Ausschlüpfen übriggeblieben war. Die Besatzung der Space-Jet fand mehrere hundert Kilo Molkex. Damit hoffte Rhodan, zumindest eine kurze Zeit lang über die Runden zu kommen und die Versuche auf Terra, Arkon III und Aralon voranzubringen.

Inzwischen war ein Schneller Kreuzer der Galaktischen Abwehr gelandet und hatte die beiden Schreckwürmer an Bord genommen. Sie sollten nach Tombstone gebracht werden.

Rhodan, Dantur und Herisch standen nebeneinander und beobachteten, wie das Molkex in die ERIC MANOLI geschafft wurde.

Oberst Herisch atmete hörbar auf. Rhodan warf ihm einen verständnisvollen Seitenblick zu.

„Sie fühlen sich wohl erst sicher, wenn wir wieder an Bord sind?" erkundigte er sich.

„Ja", gab Herisch zu. „Aber erst, wenn wir das Vagrat-System nur noch als leuchtenden Punkt auf den Ortungsgeräten sehen, weiß ich, daß ich dieses Kommando überlebt habe."

Kors Dantur gestattete sich ein ungedämpftes Lachen, das wie ein aufkommendes Gewitter klang. Herisch starrte ihn entsetzt von der Seite an.

„Kommen Sie", sagte er. „Kehren wir ins Schiff zurück."

Gregory Burnett genoß das Gefühl, seine Beine behaglich ausstrecken zu können. Um ihn herum war die schützende Außenhülle der ERIC MANOLI, die vor wenigen Augenblicken von Tauta gestartet war und nun an der Spitze des Verbands aus dem Vagrat-System hinausschoß.

Jemand klopfte an die Kabinentür. Burnett öffnete nicht. Er wollte allein sein. Wenn Kerrick oder Sharoon etwas von ihm wollten, konnte das auch bis später warten. Jetzt war er nicht in der Laune, zu reden.

Über den Mann, der zu den Wissenschaftlern gestoßen war, der mit ihnen gearbeitet und doch nie wirklich zu ihnen gehört hatte.

Verdammt! dachte Burnett. Ich brauche einen Cocktail! Irgend etwas, das die Erinnerung betäubt!

Dr. De Fort befand sich nicht an Bord des Flaggschiffs. Er lebte nicht mehr.

Niemand wußte, was den verbitterten Mann dazu getrieben hatte, sich die Waffe an die Stirn zu setzen und abzudrücken. Es war bereits alles vorüber gewesen. Wie Burnett, Dr. Kerrick und Dr. Sharoon hatte De Fort mit der ERIC MANOLI nach Terra zurückkehren sollen.

Vielleicht, dachte Burnett, konnte De Fort nicht länger mit seinem Prothesenkörper leben. Er verwarf den Gedanken. De Fort hatte sich mit diesem Schicksal längst abgefunden gehabt. Was ihn trieb, war sein Haß auf die Schreckwürmer gewesen.

Und er hatte erleben müssen, daß er mit einer Lüge gelebt hatte, daß sein von Verbitterung erzeugtes Weltbild sich als falsch erwies.

Wahrscheinlich, dachte Burnett, konnte er das nicht mehr verkraften.

Er fluchte und dachte an die sechzig verschiedenen Cocktails, die in der Bar auf Terra auf ihn warteten. Und an Männer wie Jicks.

„Mit mir macht ihr das nicht noch einmal", murmelte er zu sich selbst. „Mit mir nicht . . ."

25.

Januar 2328

Sonnensystem Kesnar, 38 Lichtjahre tief im Innern des Kugelstern-haufens M-13. Vierter von insgesamt sieben Planeten. Aralon, die Hauptwelt der galaktischen Mediziner.

Reginald Bull befand sich auf dem Weg von Arkon III zur Erde und hatte einen Abstecher nach Aralon gemacht. Streng genommen konnte er sich diesen Aufenthalt angesichts des drohenden galakti-schen Krieges zwischen dem Imperium und dem Sternenreich der Blues nicht erlauben. Aber nach reiflicher Überlegung hatte er sich doch entschlossen, wertvolle Zeit für einen Besuch zu opfern, denn ebenso wichtig wie die Vorbereitungen gegen eine Invasion der Blues war es, sich an Ort und Stelle zu überzeugen, wie weit die Erforschung des B-Hormons gediehen war.

Vom Raumhafen hatte er sich sofort in die unterirdischen For-schungsstätten der Aras bringen lassen, und zwangsläufig erinnerte er sich dabei an jenen weit zurückliegenden Tag, an dem die Terraner zum erstenmal Aralon betreten hatten.

Damals hatten sich Menschen und Aras feindlich gegenübergestan-den. Jahrhunderte waren erforderlich gewesen, um aus den Galakti-schen Medizinern Bundesgenossen und Freunde zu machen. Ihre Vormachtstellung auf medizinischem Gebiet war heute so unangeta-stet wie früher. Trotz aller Erkenntnisse waren terranische Experten immer wieder auf die Hilfe der Aras angewiesen, weil diese sich seit Jahrtausenden speziell mit sämtlichen Gebieten der Medizin beschäf-tigten.

Aus diesem Grund hatte Perry Rhodan um die Erlaubnis gebeten, die B-Hormonforschung nach Aralon zu verlegen, um mit Unterstüt-zung der Aras die Geheimnisse des Wirkstoffs zu entschleiern.

Auf Sohle 880 verließ Bull den Antigravlift. Zwei Ara-Roboter erwarteten ihn. Sie brachten ihn in einem Schnellfahrzeug zu jener Zentrale, in der sich Hormon- Kapazitäten mit dem B-Wirkstoff befaßten.

Bull begrüßte die Wissenschaftler, von denen er mehrere persönlich kannte.

Pa-Done, in seinem Aussehen der Prototyp eines Aras, wollte Bull einen medizinischen Vortrag halten. Der winkte jedoch ab. „Sagen Sie mir das Wichtigste in Stichworten. Was ich davon nicht begreife, werde ich mir von Fall zu Fall erklären lassen."

Pa-Done neigte den Kopf und erklärte:

„Sir, wir wären in der Lage, Ihnen eine Erfolgsmeldung zu machen, wenn das B-Hormon nur das wäre, was wir bisher an Wirkstoffen kennengelernt haben. Die molekulare Doppelspirale haben wir bis in den letzten Ast erkannt und festgelegt. Es wird Sie vielleicht interessieren, daß dieses B-Hormon Träger dreier verschiedener biologischer Intervalle ist..."

„Sie glauben gar nicht, wie herzlich wenig mich das berührt, Pa-Done", unterbrach Bull den Galaktischen Mediziner. „Was haben Sie in der Hand? Ist das das synthetische Produkt?"

„Ja, Sir! Es war nicht besonders schwierig, das B-Hormon künstlich zu erzeugen. Nur... es ist trotzdem nicht das Original-B-Hormon. Der synthetische Stoff verfügt über alle chemischen, biologischen und biophysikalischen Charakteristika des Naturhormons, aber er ist nicht in der Lage, im Gegensatz zum Originalwirkstoff auf H_2O_2 stabilisierend zu wirken. Ihm fehlt die Hyperstrahlung des Originalstoffes. In zahlreichen Versuchen, selbst unter Heranziehung terranischer Kollegen auch anderer Fakultäten, haben wir in diesem Punkt nicht den geringsten Fortschritt gemacht. Sowie wir eine neunzigprozentige Konzentration des Wasserstoffsuperoxyds erreichten, erlebten wir immer stürmische Zerfallsreaktionen, ganz gleich, ob wir Synthetikhormon zugesetzt hatten oder nicht."

„Also Niederlage auf der ganzen Linie, was? Wo finde ich die Physiker, Pa-Done?"

„Darf ich Sie zu ihnen bringen, Sir?"

„Natürlich. Gehen wir."

Sie verließen den gigantischen Laborraum. Über einen kleinen Antigravlift erreichten sie die Zwischensohle 912.

„Pa-Done, wie ist die Zusammenarbeit mit den terranischen Kollegen?" fragte Bull, während sie den langen Gang hinuntergingen.

„Ausgezeichnet, Sir, wirklich ausgezeichnet. Nur, wenn ich eine Bitte äußern darf..." Pa-Done zögerte.

„Reden Sie!" forderte Bull ihn auf.

„Sir, wenn ich bitten darf, – auch im Namen meiner terranischen Kollegen, beordern Sie Kollege Tyll Leyden nach Terra zurück!"

Abrupt blieb Bull stehen. „Was? Der ist hier?" Das Lachen auf seinem Gesicht wurde immer breiter. Er schlug dem Ara auf die Schulter, daß der dürre, lange Wissenschaftler das Gesicht indigniert verzog und in die Knie ging. „Spricht er hier auch nicht, Pa-Done?"

Der Galaktische Mediziner konnte Bulls gute Stimmung nicht verstehen. „Sir, mit Erlaubnis, Kollege Leyden besitzt nicht die Eigenschaften, die ein Experte haben muß, um in einem Team seinen Mann zu stehen."

Bull nickte. „Darin gebe ich Ihnen vollkommen recht, lieber Pa-Done. So habe ich nämlich auch einmal über Tyll Leyden gedacht und mich dabei um ein Haar unsterblich blamiert. Ich gebe Ihnen einen Rat: Beachten Sie Leyden nicht. Geben Sie meinen Tip auch an Ihre terranischen Kollegen weiter, aber bereiten Sie sich alle innerlich darauf vor, daß Leyden eines Tages irgendein Ergebnis, das verzweifelt gesucht wird, aus dem Ärmel schüttelt. *Das,* mein Lieber, ist das wahre Gesicht von Tyll Leyden. Sie glauben mir nicht, Pa-Done?"

„Es fällt mir schwer."

„Warum sollen Sie es leichter haben als ich", meinte Bull gutmütig. „Trotzdem aber bin ich nicht daran interessiert, Leyden zu begegnen. Warum sehen Sie denn jetzt auf die Uhr?"

Der Ara schüttelte den Kopf. „Es besteht keine Gefahr, Leyden zu begegnen. Um diese Zeit frühstückt er, und er hält seine Frühstückszeit genau ein."

Bull gab keinen Kommentar dazu.

Es mußte sich schnell herumgesprochen haben, daß er sich auf Aralon aufhielt. Sein Auftauchen bei den Physikern löste kein Erstaunen mehr aus.

Horace Taylor, Experte auf dem Gebiet der Hypergravitation, zuckte mit den Schultern. Bulls Frage konnte er nicht beantworten. „Sir, wir sind noch nicht in der Lage, Ihnen einen Termin zu nennen. Wir tappen im dunkeln. Was wir wissen, ist herzlich wenig, zu wenig, um uns überhaupt ein Bild vom paraphysikalischen Effekt des B-Hormons zu machen. Es soll wie ein Katalysator auf das H_2O_2 wirken, wie Experimente bewiesen, aber ursächlich ist von uns noch nichts erkannt worden. B-Hormon plus H_2O_2 in hochkonzentrierter Form hat uns fünfdimensionale Impulse feststellen lassen. Überraschend dabei ist, daß diese Impulse Ähnlichkeit mit Hypergravitationsimpulsen aufweisen. Ob diese Ähnlichkeit tatsächlich diesen Ausdruck verdient, wage ich nicht zu behaupten. Das Gebiet des Fünfdimensionalen ist uns trotz aller Forschungsergebnisse im Grunde ein Buch mit sieben Siegeln."

„Jetzt weiß ich, was Sie nicht wissen, Taylor", unterbrach ihn Bull sarkastisch. „Verraten Sie mir nun noch, was Sie und Ihre Kollegen herausgefunden haben!" Zufällig blickte er zur Seite. Vor der Wand, auf einem Experimentiertisch, stand eine Anlage, die ihm fremd vorkam. „Was ist das?" fragte er.

„Ein Hypertron, Sir. Taschenformat. Wir haben es uns zusammengebastelt . . . "

„Ein Hypertron?" Bull kniff die Augen zusammen. „Was wollen Sie damit anfangen?"

„Ein Kollege von uns, er frühstückt zur Zeit, hat die Idee gehabt, das synthetische B-Hormon durch das Hypertron atomar zu verändern, um innerhalb des Atoms einen Überladungsvorgang zu erzwingen."

Bull blickte Horace Taylor nachdenklich an. „Heißt dieser Kollege vielleicht Tyll Leyden?"

„Ja. Ich lasse ihn nach seinen Vorstellungen arbeiten, aber wir versprechen uns nicht viel davon. Wir wissen überhaupt nicht, wie er es verstanden hat, uns zu überreden, ihm bei Erstellung des Hypertron-Modells zu helfen. Um aber auf ihre Frage zurückzukommen, Sir: Bisher haben wir nur jene Tatsache einwandfrei feststellen können, daß das natürliche B-Hormon im hyperphysikalischen Bereich strahlt. Diese Strahlung, oder wie wir es nennen, Impulse, ist in

310

Verbindung mit hochkonzentriertem H_2O_2 in der Lage, das Molkex zu verändern. *Wie* dies jedoch im einzelnen geschieht, entzieht sich unserer Kenntnis, da wir zuwenig Molkex besitzen, um umfangreiche Versuche durchführen zu können. Mit anderen Worten, wir benötigen dringend weiteres Molkex! Was wir nach der Rückkehr der ERIC MANOLI von Tauta erhalten haben, ist zuwenig!"

„Natürlich" sagte Bull. Im stillen fragte er sich, ob es tatsächlich gelingen würde, rechtzeitig die benötigten Mengen an Molkex herbeizuschaffen. Er wußte, daß in diesem Augenblick ein terranisches Schiff in Richtung Hieße-Ballung unterwegs war. Dort hatte man Ende Juli drei Schreckwürmer ausgesetzt, und inzwischen war dort etwas geschehen, das Anlaß zur Hoffnung gab. Bull verschwieg diese Informationen den Wissenschaftlern absichtlich, um sie nicht in falsche Hoffnungen zu versetzen. Sollte die BABOTA tatsächlich Erfolg haben, würden sie es noch rechtzeitig erfahren.

Er blickte auf die Uhr.

Er befand sich schon zwei Stunden länger als vorgesehen auf Aralon. Es wurde für ihn höchste Zeit, zum Raumschiff zurückzukehren, um seinen Flug nach der Erde fortzusetzen. „Wenn ich Sie jetzt frage, wann mit ersten konkreten Ergebnissen zu rechnen ist, dann halten Sie mich nicht für einen Laien, Taylor. Vergessen Sie nicht, daß in jeder Minute der Krieg mit den Gatasern ausbrechen kann. Solange wir über keine Waffe verfügen, mit der wir die Molkexpanzerung zerstören können, ist unsere technische Überlegenheit auf allen Gebieten gleich null. Also?"

„Sir, ich bedaure. Ich kann Ihnen keinen Termin nennen", erwiderte Taylor fest. Bull nickte. Er hatte nichts anderes erwartet. Wortlos verließ er den Raum.

Ara Pa-Done und Hypergravitationsexperte Taylor steckten die Köpfe zusammen. Vor Stunden hatte sie sich im Büro eingeschlossen und das kleine Rechengehirn mit Aufgaben fast überfüttert. Das inpotronische Gerät war ihre letzte Hoffnung, in ihrer Aufgabe einen Schritt weiterzukommen.

Jetzt warteten sie auf die Resultate.

„Pa-Done, was versprechen Sie sich von unserer Aufgabe? Glauben Sie, daß wir ohne reines Molkex weiterkommen?"

An der verschlossenen Tür klopfte es. Verärgert sahen beide Forscher sich an. Allen Abteilungen war mitgeteilt worden, daß man sie unter keinen Umständen stören dürfe.

War etwas geschehen, das eine Störung rechtfertigte?

Taylor erhob sich und öffnete. „Ach, Sie?" sagte er gedehnt, als er Tyll Leyden erkannte.

„Ja, ich. Was ich Ihnen nur sagen wollte, Taylor, das zusammenge-bastelte Hypertron ist nicht mehr. Vor ein paar Minuten explodiert. Beim Magnetfeld-Beschleuniger fing es an. Vorzügliche Kettenreaktion. Wir konnten gerade noch den Raum verlassen. Darin sieht es wüst aus. Und Ihre Hypergravitationsthese über das B-Hormon ist falsch. Rufen Sie Terrania an, damit man uns endlich eins von den großen Hypertronen schickt und einige hundert Kilo reines Molkex. Mich interessiert dieser Drive-Effekt."

Horace Taylor verlor seine Ruhe, die ihn als Teamchef bisher ausgezeichnet hatte. „Kollege, ich hatte Sie früh genug gewarnt! Ich habe Ihnen immer wieder gesagt, daß Sie mit Ihrer verdammten Bastelei Schiffbruch erleiden würden. Sie haben nicht auf meine Warnungen gehört. Ich werde heute noch den Antrag stellen, Sie aus unserem Team herauszunehmen!"

Unbeeindruckt nickte Tyll Leyden zu Taylors erregten Ausführungen. „Wie Sie meinen, Kollege. Sie sind der Chef, nicht ich. Entschuldigung..."

Er ging. Taylor ließ die Tür ins Schloß krachen. „Diese Schlafmütze! Aus welchem Grund mag mir die Großadministration diesen Mann wohl zugewiesen haben? Pa-Done, haben Sie ihn schon einmal arbeiten sehen?"

Der Ara zeigte keine Gemütsbewegung, als er antwortete: „Denken Sie daran, welche Antwort mir Mister Bull erteilte, als ich auf Tyll Leyden zu sprechen kam. In Terrania scheint man ihn sehr zu schätzen!"

„Aber ich schätze ihn nicht. Keiner im Team schätzt ihn. Große Milchstraße, die Inpotronik streikt!"

Tyll Leyden war vergessen, und das Interesse der beiden Männer

312

galt nur noch ihrer Aufgabe. Sie mußten sich eingestehen, daß ihre Berechnungen falsch gewesen waren.

Das B-Hormon verwehrte ihnen nach wie vor einen Einblick in sein atomares und hyperphysikalisches Innenleben.

„Was jetzt?" fragte der Ara verzweifelt.

Taylor wurde der Antwort enthoben.

Eine dumpfe Detonation erschütterte Sohle 912. Eine Explosion hatte stattgefunden. Dem dumpfen Knall folgte die harte Druckwelle. Taylor und Pa-Done sahen, wie die Tür zum Gang aufgerissen wurde. Dann fegte der Luftstrom zu ihnen herein und wirbelte Folien und Papiere zur Seite.

Im gleichen Augenblick gab es Katastrophenalarm.

Roboter stampften im Laufschritt den Gang entlang. Die beiden Wissenschaftler folgten ihnen. Sie kamen nicht weit. Herausgerissene Türen, Papiere und Folien lagen auf dem Korridor und blockierten den Weg. Graue, dichte Qualmwolken schoben sich heran. Männer stürzten hustend daraus hervor und versuchten, sich in Sicherheit zu bringen.

„Was ist passiert?" rief Taylor ihnen zu.

„Leyden hat mit H_2O_2 experimentiert... B-Hormon..."

Ein anderer rief: „Leyden ist ein Hypergravitationsstoß ausgerutscht!"

Vor den dichten Qualmwolken mußten auch Taylor und Pa-Done zurückweichen. Hart an die Wand gepreßt, machten sie einer weiteren Robotergruppe den Weg zur Unfallstelle frei.

Da entfloh noch ein Mann dem Qualm – Tyll Leyden. Astronom und Physiker, Horace Taylors Sorgenkind.

„Leyden!" schrie Taylor ihn an.

Der hustete. Er wischte sich die Tränen aus den Augen. Seine Kleidung war zerfetzt.

„Leyden, kommen Sie mit!" herrschte Taylor seinen Kollegen an.

Eine dreißig Mann starke Gruppe aus Aras und Terranern versuchte, sie aufzuhalten. Mit den Armen gestikulierend, verweigerte Taylor auf alle Fragen Antwort. Er wußte doch selbst nichts. Widerwillig gaben die Mitarbeiter den Weg für die dreiköpfige Gruppe frei.

Am Ende der Zwischensohle 912 befanden sich die Büros und

313

Labors noch in ihrem ursprünglichen Zustand. Die drei Männer betraten den erstbesten Raum.

Wie ein Richter trat Taylor vor Tyll Leyden. „Ihren Bericht, bitte!"

Leyden wischte sich die letzten Tränen aus den Augen. „Ich habe nicht viel zu sagen, Kollege. Ihre These ist falsch. Meine Antithese stimmt auch nicht. Mir sind die Fetzen um die Ohren geflogen. Ein Glück, daß nichts passiert ist. Ich schreibe jetzt meinen Bericht. In zwei Stunden haben Sie ihn, aber erst muß ich einmal zur Unfallstation." Damit entfernte er sich.

Besonders schnell ging Tyll Leyden nicht.

Pa-Done schüttelte den Kopf. Fragend blickte Taylor ihn an. „Ich muß wieder daran denken", erklärte der Ara, „was mir Mister Bull über Ihren Kollegen Leyden gesagt hat. Aber in einem Punkt bin ich jetzt neugierig gemacht worden: Was hat Leyden damit sagen wollen, als er behauptete, nicht nur Ihre These sei falsch, sondern seine Antithese auch?"

„Warum fragen Sie mich, Pa-Done? Glauben Sie etwa, ich hätte auch nur die geringste Ahnung? Große Milchstraße, dieser Mann kostet mich meine letzten Nerven und der Regierung einige Millionen Solar, wenn er weiterhin bei seinen Versuchen die Labors in die Luft fliegen läßt."

26.

Das Team, zu dem auch Tyll Leyden gehörte, war auf die Zwischensohle 920 umgezogen. Die Räume auf der Sohle 912, die bisher benutzt worden waren, bedurften einer vollständig neuen Einrichtung.

Leydens Verletzungen waren dank araischer Heilmethoden innerhalb von vierundzwanzig Stunden behoben. Ungeachtet der Unannehmlichkeiten, die der Heilprozeß mit sich brachte, hatte er seinen Bericht für Horace Taylor geschrieben und sich danach wieder an die Arbeit begeben.

Taylor ignorierte den jungen Wissenschaftler, und Leyden mußte sich selbst eine Aufgabe stellen. Seine Kollegen gingen ihm aus dem Weg. Ihnen saß der Schock von den beiden Explosionen noch in den Gliedern.

Taylor saß abermals mit Pa-Done zusammen. Beide hatten Leydens knappen Bericht studiert. Darin stand unter anderem:

„Taylors Behauptung, die fünfdimensionale Impulsabgabe des natürlichen B-Hormons sei mit einem Hypergravitationsstoß verwandt, kann nicht stimmen, weil der Überladungsvorgang der Atomgruppen im B-Hormon auf Schocks dieser Art nicht reagiert. Nach wie vor stoßen die Kerne Hyperteilchen ab, die aller Wahrscheinlichkeit nach, wie behauptet wird, eine Hyperkonstante bilden.

Meine Ansicht, diese Hyperkonstante könnte mit irgendeiner Erscheinung identisch sein, die beim Suprahet beobachtet wurde, erwies sich ebenfalls als unrichtig.

Bei meinem Versuch, den Wirkungsgrad des H_2O_2-Gemisches bezüglich seiner Anlagerungsstabilität zu erhöhen, wurde ein unerwarteter atomarer Zerfallsprozeß ausgelöst. Da der größte Teil der freigewordenen Energie vom Hyperraum aufgesogen wurde, zog die Explosion keine größeren Folgen nach sich. Zu bedauern ist die Vernichtung aller Unterlagen einschließlich des inpotronischen Rechengehirns."

Fragend blickten sich Terraner und Ara an.

„Wissen Sie, was Leyden versucht hat, zu erreichen, Taylor?" fragte der Ara nach Lesen des Berichtes etwas hilflos.

„Können Sie es mir nicht verraten, Pa-Done?" fragte der Hypergravitationsexperte bissig zurück. „Dieser Bericht ist unglaublich! Allein schon die Art und Weise, in der Leyden zum Ausdruck bringt, meine Behauptung sei falsch, ist eine Frechheit. Dieser Mann fordert mich regelrecht heraus, ihm zu beweisen, daß er herzlich wenig kann. Dieser Physiker soll bei seiner Physik bleiben und uns hier nicht die einzelnen Sohlen nacheinander in die Luft jagen. Nun, Pa-Done, wie beurteilen Sie diesen Bericht? Bitte, ich möchte Ihre Meinung wissen."

Der Ara wiegte den Kopf. „Wenn ich nach meinem Gefühl gehe, dann weiß Leyden viel mehr, als er in seinem Bericht aussagt. Ich

315

verstehe zu wenig von Ihrem Arbeitsgebiet, Taylor, um als kompetent zu gelten, aber ich glaube aus den Zeilen herauszulesen, daß Leyden durch die Explosionen bedeutend klüger geworden ist . . ."

„Daß er in Zukunft die Finger davon läßt? Meinen Sie das?"

„Nein, Taylor. Ich vermute, daß diese Explosionen Leyden bedeutende Erkenntnisse vermittelt haben."

„Das lesen Sie aus diesem unverschämten Bericht heraus, Pa-Done?"

„So unverschämt ist er wiederum auch nicht abgefaßt, Taylor", wehrte der Galaktische Mediziner ab. Er war über Horace Taylors Bemerkung leicht ungehalten. „Leyden schont sich selbst in seinem Bericht genauso wenig wie Sie. Das muß man anerkennen. In diesem Zusammenhang denke ich daran, daß Leyden kurz nach der zweiten Explosion gesagt hat: ‚Ihre These ist falsch, und meine Antithese auch'. Ich begrüße unter Kollegen immer eine solche Offenheit."

„Auch Berichte dieser Art?" Taylor konnte sich nicht beruhigen.

Da wurden die beiden Männer durch zwei Aras in ihrem Gespräch unterbrochen. Die Augen der Galaktischen Mediziner leuchteten triumphierend. Sie konnten melden, daß auf der ersten Fertigungsstraße die Großproduktion des synthetischen B-Hormons angefahren worden war.

Vier Tage früher als berechnet, hatten die Galaktischen Mediziner die ihnen gestellte Aufgabe gemeistert. Das künstlich erzeugte Hormon hatte inzwischen alle Tests erfolgreich bestanden. Auf dem Gebiet der speziellen physiologischen Wirkung, der chemischen Reaktionen und der biophysikalischen Eigenschaften unterschied es sich nicht mehr vom natürlichen Wirkstoff. Und dennoch war es nicht mit dem Original-B-Hormon zu vergleichen, da es keine paraphysikalischen Eigenschaften besaß.

Für die nächsten drei Tage rechneten die Aras mit dem Anfahren von einem Dutzend weiterer B-Hormon-Produktionsbänder. Der Ausstoß an Wirkstoff sollte am Wochenende schon fünf Tonnen pro Standardstunde betragen.

„Wir ertrinken noch darin", stöhnte Horace Taylor, der nur zu gut wußte, wie weit sein Team noch davon entfernt war, dem B-Stoff eine fünfdimensionale Überlagerung aufzuoktroyieren.

Das Beschaffungskommando auf dem Leichten Kreuzer BABOTA bestand aus vier Offizieren und dreißig Mann, die den Flug auf dem Raumer nur deshalb mitmachten, um am Reiseziel reines Molkex zu bergen und zu verladen.

Zum vorgeschriebenen Zeitpunkt hob die BABOTA ab, jagte durch das Sonnensystem und hatte jetzt schon jenen Kurs eingeschlagen, der das Schiff zur gefährlichen Hieße-Ballung bringen sollte.

Dieser kleine Sternhaufen, der aus 49 Sonnen bestand und sich keines guten Rufes unter den terranischen Kosmonautikern erfreute, lag in Richtung auf das Zentrum der Galaxis, 57 615 Lichtjahre von der Erde entfernt. Jeder Kommandant, der sich jemals mit seinem Schiff zwischen den Sonnen dieser Ballung bewegt hatte, wußte von lebensgefährlichen Situationen zu berichten. Verheerende Gravitations- und Hyperkräfte herrschten in diesem Gebiet, und ein unsichtbarer Radiostern, der zur Gruppe der *Verbotenen Sonnen* zählte, denen Imperiumschiffe im großen Bogen ausweichen sollten, erschwerte die Verhältnisse zusätzlich.

Major Etele war sich dieser Dinge bewußt, aber den schwarzhäutigen Kolonialterraner beunruhigten sie nicht. Er kannte die Leistungsreserven seines Schiffes, und noch mehr vertraute er seiner erstklassigen Mannschaft. Darum hatte er auch mit einer gewissen Befriedigung und leichtem Stolz den Auftrag entgegengenommen, das im Imperium dringend benötigte Molkex in reiner Form zu beschaffen.

Vor drei Tagen erst hatte ein Raumschiff, das von Tombstone gekommen war, die Nachricht mitgebracht, daß im System Brulab-1 Hornschrecken ausgeschlüpft seien. Brulab war ein Kunstwort und stand für „Brut-Laboratorium". So hatte man jene drei Sonnensysteme bezeichnet, wo man zur Eiablage reife Schreckwürmer aussetzte. Sie trugen alle drei die Bezeichnung Brulab und wurden fortlaufend numeriert.

Die vorzeitige, von niemand vorhersehbare Reifung der Schoten mußte ihre Ursache in den hyperphysikalischen, gravitationsenergetischen Phänomenen haben, die innerhalb der Hieße-Ballung herrschten. Denn auch auf den beiden mit je einem Schreckwurm besetzten Welten in den Systemen Brulab-2 und Brulab-3 geschah das gleiche: Hornschrecken waren ausgeschlüpft und ergossen sich über das Land.

317

Die unerwartete Nachricht des Kurierschiffes enthob Perry Rhodan einer Aufgabe, die er noch vor wenigen Tagen auszuführen bereit gewesen war.

Unmittelbar nach der Rückkehr der ERIC MANOLI von Tauta war der Plan entstanden, die Schreckwürmer auf Tombstone um Erlaubnis zu bitten, auf einer der drei Welten eine vorzeitige Reife der Schoten herbeizuführen. Jedermann wußte, daß dies nicht leicht sein würde. Zum einen wollte man den Vertrag mit den Schreckwürmern, der eine Manipulation der Schreckwurmeier ausschloß, nicht umgehen und brauchte für einen derartigen Schritt die Zustimmung Tombstones. Zum anderen war die Konstruktion eines Gerätes, welches die Eier mit Gravitationsenergien aufladen und zum Platzen bringen sollte, nicht einfach und würde Zeit in Anspruch nehmen, die nicht zur Verfügung stand. Mitten in die Vorbereitungen war die Nachricht geplatzt, die die Weiterverfolgung des Vorhabens nicht mehr notwendig machte.

Perry Rhodan hatte kurzentschlossen gehandelt. Die BABOTA sollte das Brulab-1- System anfliegen, versuchen, soviel Molkex wie möglich an Bord zu nehmen, und ohne Verzögerung nach Terra zurückkehren. Allen Eingeweihten war klar, daß der Einsatz zu einem Wettlauf mit der Zeit werden konnte.

Als vor einem halben Jahr, im Juli 2327, die drei Schreckwürmer von Tombstone in die Hieße Ballung gebracht worden waren, wurde das terranische Schiff beim Aufbruch von Blues beobachtet. Niemand konnte sagen, ob die Blues auch in Erfahrung bringen konnten, *wohin* der Transport ging. Möglicherweise war ihnen auch das Ausladen der Schreckwürmer nicht entgangen. Doch selbst wenn sie keine Ahnung von der Existenz der Brulab-Systeme hatten, konnte nicht ausgeschlossen werden, daß ihnen *jetzt,* nachdem die Hornschrecken ausgeschlüpft waren, die Position dieser Planeten bekannt wurde. Hornschrecken und Molkex produzierten eine hyperenergetische Strahlung, die über mehrere Lichtjahre hinweg angemessen werden konnte. Die Blues, seit Jahrtausenden mit diesen Phänomenen vertraut, besaßen sicherlich Geräte, die diese Strahlung registrieren und ihren Ursprungsort anpeilen konnten. Selbst der Umstand, daß diese Strahlung durch die Verhältnisse innerhalb der Hieße-Ballung wahr-

318

scheinlich überlagert wurde, bedeutete keine absolute Sicherheit. Man würde also auf der Hut sein müssen, selbst wenn man sechs B-Ho-H_2O_2-Bomben an Bord mitführte, um sich etwaiger Angriffe zu erwehren.

Major Etele war trotz allem davon überzeugt, die ihm gestellte Aufgabe lösen und genügend Molkex nach Terra mitbringen zu können. Bewußt schob er die Gedanken beiseite, die ihm die Schwierigkeit dieser Aufgabe vor Augen führen sollten. Die BABOTA konnte nicht so einfach auf dem Planeten des Brulab-1-Systems landen und das dort herumliegende Molkex einsammeln. Erfahrungen aus der Vergangenheit bewiesen, daß das Molkex allen Versuchen widerstand, es vom Boden zu lösen. Man hatte nur dann eine Chance, Molkex zu bergen, wenn sich dieses noch in semiflüssigem, fladenähnlichem Zustand befand und eine nicht allzugroße Bodenfläche bedeckte. Dies bedeutete aber, daß man unmittelbar hinter der Hornschreckenfront würde agieren müssen, um an weiches Molkex heranzukommen. Die Gefahr, daß die Hornschrecken auf die Terraner in ihrem Rücken aufmerksam wurden, war riesengroß. Aber der schwarzhäutige Mann wollte davon nichts wissen – noch nicht.

Während sein Schiff dem fernen Ziel zueilte, war der Major mit seinen Gedanken bereits bei der bevorstehenden Aktion.

27.

Atlan hatte den Empfang von weiteren acht Raum-Kampfraketen bestätigt, die anlagerungsstabiles H_2O_2 enthielten, und ironisch erklärt, das Imperium könne sich darauf verlassen, daß jetzt jeder Angriff durch Bluesschiffe erfolgreich abgewehrt werden würde.

Bull, inzwischen wieder zurück auf Terra, hatte Atlans Mitteilung sarkastisch kommentiert. „Der hat es nötig, uns zu verspotten. Was hast du nun vor, Perry?"

„Ich fliege in einer Stunde zum Frontabschnitt B", antwortete

Rhodan. „Die letzten Nachrichten von dort sind alarmierend. Die Gataser ziehen in diesem Abschnitt auf ihrer Seite eine Flotte zusammen, die das Schlimmste befürchten läßt."

Sein Stellvertreter machte seiner Unzufriedenheit Luft. „Das heißt: ‚Reginald Bull, du vertrittst mich solange in Terrania'. Fein hast du dir das ausgedacht, Perry. Ich..."

„Es ist nicht zu ändern", unterbrach Rhodan. „Ich bitte dich, die H_2O_2-Forschung noch stärker zu intensivieren. Auf Arkon III und hier tritt man auf der Stelle. Anders scheint es auf Aralon zu sein. Aber dort wie anderswo beginnt die Forschung zu stocken, weil kaum noch Molkex verfügbar ist. Alle Materialanforderungen sind sofort zu genehmigen. Geld hat in diesem Fall keine Rolle zu spielen. Sollte unser Finanzchef jammern, dann darfst du ihn beruhigen, wie es dir gefällt."

Bull verzog das Gesicht, als hätte er in eine saure Frucht gebissen. „Wenn du mir schon erlaubst, daß ich nach Belieben handeln darf, dann ist etwas faul, mein Lieber. Weigert sich unser lieber Homer G. Adams, größere Mittel bereitzustellen?"

„Er hat mir gestern allen Ernstes die Gefahr einer Währungskrise aufgezeichnet. Sein Zahlenmaterial ist erdrückend. Sein Budget stimmt nicht mehr. Wir geben mehr aus, als wir einnehmen. Warum winkst du ab?"

„Haben wir das nicht immer getan, Perry? Haben wir nicht immer mehr ausgegeben, als wir besaßen? Doch nicht aus Freude daran, Geld zu verschwenden. Unser liebes Finanzgenie soll mal wieder seine Genialität unter Beweis stellen. Freundchen, komme nur und weine mir etwas vor!"

Rhodan unterdrückte ein Lachen. Diese leidige Geldangelegenheit war bei dem Freund in besten Händen. Homer G. Adams würde es auch dieses Mal nicht gelingen, gegen Bulls handfeste Argumente anzukommen, obwohl er, Rhodan, einsehen mußte, daß Adams mit seinen Befürchtungen recht hatte.

Kurz darauf begab Rhodan sich zum Raumhafen, wo das Flaggschiff, die ERIC MANOLI, bereits startklar auf ihn wartete.

Als das gigantische Schiff abhob und langsam in den klaren Himmel stieg, stand Bull am Fenster und schaute dem Kugelriesen nach.

Nach vierzehnstündigem Gewaltflug erreichte die BABOTA die Hieße-Ballung. Vorsichtig manövrierte der Pilot das Schiff durch die unberechenbare Region und brachte es schließlich ins System Brulab-1. Von Molkexraumern war nichts zu entdecken. Eine Überprüfung der unmittelbaren Umgebung durch Sonden ergab, daß sich kein einziger Blue hier aufhielt.

Was allerdings niemand bemerken konnte war, daß sich nur wenige Lichtmonate *außerhalb* des Systems eine starke Flotte von Molkexschiffen im Anflug befand, und daß die Blues ihrerseits sehr wohl das terranische Schiff orteten, als es dann zur Landung ansetzte.

Der einzige Planet des Systems wurde von zwei Sonnen erwärmt. Die eine davon war ein Riese, die andere klein, doch ungeheuer leuchtstark. Durchschnittstemperaturen von mehr als 35 Grad erwarteten die Raumfahrer, dazu ein ununterbrochen gleichmäßig starker Wind.

Und Hornschrecken!

Leutnant Ramsey überprüfte die Kapazitätsanzeige an seinen beiden Desintegratorwaffen. Allein diese Strahlen, aber nur dann, wenn sie genau das Ziel trafen, waren in der Lage, eine Hornschrecke zu vernichten. Bei einem Angriff von mehreren dieser sich teilenden Tiere würde nur schnelle Flucht helfen.

Um Ramsey herum herrschte gelassene Betriebsamkeit. Alle Männer des Besatzungskommandos waren in vielen Einsätzen erprobt, und Ramsey bildete trotz seiner 25 Jahre keine Ausnahme.

Die große Tür öffnete sich. Roboter schafften die Geräte aus Depot 4 heran, die nach der Landung helfen sollten, frisches, noch dickflüssiges Molkex aufzusammeln. Über Interkom kam die Meldung: „Landung in dreißig Minuten!"

Einsatzbereit standen die Männer des Beschaffungskommandos da. Die Kühlanlagen in ihren Anzügen arbeiteten einwandfrei, die Handstrahler waren überprüft worden.

Von der Zentrale kamen von Zeit zu Zeit die üblichen Durchsagen, die bei jedem Landevorgang erfolgten.

„Teleskopstützen sind ausgefahren!" kam es jetzt über die Bordverständigung.

Das Beschaffungskommando hatte sich zu fünf kleinen Gruppen

formiert. Nur ein paar Mann verfolgten über den Bildschirm, wie die BABOTA auf einer eigenartig glatten Fläche zur Landung ansetzte. Das Schiff landete auf erstarrtem Molkex!

„Hauptschleuse öffnet sich! Rampe fährt aus!"

Das war für das Beschaffungskommando der Befehl zum Einsatz.

„Hornschreckenfronten in etwa zwei Kilometern Entfernung!" Das war die letzte Durchsage, die sie klar von der Zentrale vernahmen. Langsam schoben sich die Gruppen zur Tür hinaus und betraten den Gang, der zur Schleuse führte, als Alarm durch das Schiff brüllte!

Die im Leerlauf summenden Impulsmotoren sprangen auf Vollast. Die BABOTA startete mit halb ausgefahrener Rampe, mit fast vollständig geöffneter Schleuse!

Ein trockener, metallischer Schlag ging durch das Schiff, das mit brüllenden Motoren in den Raum zu entkommen versuchte. Blitzschnell war die Rampe eingezogen worden, hatte sich die Schleuse geschlossen und waren die Teleskopstützen im Kugelrumpf verschwunden.

„Das Bild ist weg!" schrie ein Mann und deutete auf den grauen Bildschirm.

Krachend schlug es bei der BABOTA ein. Das Schiff taumelte. Aus dem Maschinenraum kam das Dröhnen übermäßig belasteter Aggregate. Die BABOTA schoß!

Zu Tausenden waren die Molkex-Schiffe der Blues in der Hieße-Ballung aufgetaucht, gleich Schemen aus dem Nichts.

Mehr als hundert dieser häßlichen Schiffe stürzten sich auf den Planeten und auf die BABOTA herunter, aus allen Waffen feuernd.

„Notspruch an Flotte und Chef!" sprach Major Etele mit eiserner Ruhe ins Mikrophon.

Die Funkzentrale antwortete: „Notspruch wird mit höchster Sendeenergie abgestrahlt!"

Niemand hatte jetzt Zeit, lange zu fragen, warum die Gegner hatten unbemerkt bleiben können, als man in das System einflog. Es spielte auch kaum noch eine Rolle. Die BABOTA wehrte sich mit allen zur Verfügung stehenden Mitteln. Die sechs $B-Ho-H_2O_2$-Bomben wurden abgefeuert und fanden ihre Ziele. Sechs Blues-Kampfschiffe wurden ihres Molkexschutzes beraubt.

Aber was zählte das angesichts der erdrückenden Übermacht! Während Major Etele in der Zentrale der BABOTA zum erstenmal mit eigenen Augen den Drive-Effekt verfolgen konnte, schlugen unzählige Energieschüsse in den Abwehrschirm des terranischen Schiffes ein.

Viertausend Meter Höhe hatte die BABOTA inzwischen erreicht. Etele nahm sein schnelles Schiff, das mit 720 km/sec^2 beschleunigen konnte, aus dem Vertikalflug heraus und riß es gegen alle Manöverregeln in den Waagerechtflug hinein. Der Kommandant hatte nur die eine Hoffnung, daß jetzt die Andruckabsorber mit den titanischen Kräften fertig wurden, sonst überlebte kein Mann diesen abrupten Kurswechsel.

„An alle! In die . . .“

Es war zu spät. Die Übermacht war zu groß. Für den Leichten Städtekreuzer gab es keine Fluchtmöglichkeit mehr. Die Schutzschirme der BABOTA brachen zusammen.

Die ersten Treffer schlugen ein. Große Stücke der Kugelhülle wirbelten davon. Die nächsten Strahlen brachen in das Schiffsinnere ein. Eyko Etele hörte das Krachen und wunderte sich unbewußt, daß der Raumer immer noch der Steuerung gehorchte.

Über die Bordverständigung schrie ein Offizier: „Bereithalten, um Schiff nach Landung fluchtartig zu verlassen!“

Aus östlicher Richtung kamen neun Molkexraumer herangerast und begannen zu feuern.

Die BABOTA befand sich immer noch in 2000 Metern Höhe, Etele konnte noch nicht landen. Unter dem Schiff fraß sich die violette Flut alles vernichtender Hornschrecken nach allen Seiten weiter.

Die BABOTA wurde von drei schweren Volltreffern nahezu manövrierunfähig geschossen. Reihenweise fielen in der Zentrale wichtige Instrumente aus. Auf drei Phasen war die Verbindung zum Maschinenraum unterbrochen. Aber die Motoren im Wulst des Kugelraumers waren noch intakt und bekamen die erforderlichen Energien.

„Sind die Hornschrecken noch unter uns?“ fragte Etele. Er konnte es sich nicht leisten, darauf zu achten, da er sein stolzes Schiff manuell flog.

„In rund achtzig Kilometern in NNO freie Fläche!“ rief man ihm zu.

Achtzig Kilometer! Und über ihnen, vor und hinter ihnen aus allen Strahltürmen feuernde Bluesschiffe!

Zu Tausenden waren die Blaupelze mit ihren Schiffen gekommen.

Und niemand konnte sagen, ob sie aufgrund der von den Hornschrecken produzierten Hyperstrahlung auf das Brulab-System aufmerksam geworden waren, oder ob sie vor Monaten doch das Absetzen der Schreckwürmer in der Hieße-Ballung beobachtet und nur auf diese Gelegenheit gewartet hatten.

Achtzig Kilometer bis zu der Stelle, die noch nicht von der Hornschreckeninvasion erreicht worden war. Über fünfzig Kilometer hatte die schwerbeschädigte BABOTA inzwischen zurückgelegt. Die Hoffnung, die letzte Strecke auch noch bewältigen zu können, wurde scheinbar von einer Sekunde zur anderen zunichte gemacht.

Aus SW kam ein Pulk Molkexschiffe heran, der über hundert Einheiten groß war. Aber zwischen den Hornschrecken zu landen, bedeutete für die gesamte Mannschaft den Tod.

Da fiel die Leistung der Impulsmotoren ab. Zum Maschinenraum und auch zum Ringwulst bestanden keine Sprechverbindungen mehr. Mit einer blitzschnellen Bewegung wischte Etele sich den Schweiß von der Stirn.

„An Kommandant!" übertönte eine Durchsage aus dem Lautsprecher den infernalischen Lärm in der Zentrale. „Fünfzehn Sekunden lang Maximalenergie an Waffentürme! Ende!"

Der Feuerleitoffizier hatte mit seinem Handeln das Risiko für das Schiff noch vergrößert.

„Vorbei...", sagte Eyko Etele mutlos. Es war sinnlos, auf die Molkexpanzerung zu schießen.

Früher als erwartet, erhielten die Impulsmotoren wieder die erforderlichen Energien.

„Einschließungsfront kommt aus NNO!" rief man Etele zu.

Ein verzerrtes Lachen ließ Eteles Gesicht fremd wirken. „Wir müssen...", keuchte er, und mit einer blitzschnellen Bewegung betätigte er die zentrale Sicherungssperre. Die Impulsmotoren wurden mit mehr als 300 Prozent der genehmigten Leistung überbelastet.

Das Schiff schoß plötzlich vorwärts. Aus dem Wulst kam das Kreischen gequälter Motoren.

324

Was selbst Etele nicht mehr erhofft hatte, war Wirklichkeit geworden: Sie hatten die tödliche Front sich ausbreitender Hornschrecken hinter sich gebracht. Unter ihnen lag unberührter Boden.

„Achtung, Landung!" Etele hatte keine Ahnung, ob seine Durchsage überall gehört wurde.

Leutnant Multon antwortete nicht.

Die BABOTA erhielt gleichzeitig drei Volltreffer. Auf Eteles Instrumentenpult dominierte Rot!

Mit letzten verfügbaren Mitteln setzte er das Schiff auf. Nicht eine einzige Teleskopstütze hatte sich noch ausfahren lassen. Aber drei Schleusen ließen sich noch öffnen, wenn ihm die Kontrollen an seinem Pult keinen Streich spielten.

Ein massiver Schlag ging durch das Schiff.

Die BABOTA war gelandet.

Etele hatte keine Ahnung, wie die nächste Umgebung aussah. Blind hatte er sein Schiff, nur mit Hilfe der Höhenangabe, zu Boden gebracht.

Aber bekamen sie noch die Chance, das Schiffswrack zu verlassen?

Die Blues schossen sich auf die BABOTA ein. Und schließlich fiel auch der Hauptantigravlift aus.

„Raus!" rief Etele. „Schiff so schnell wie möglich verlassen! Aus! Ende der BABOTA!"

Die von der BABOTA gemachte Entdeckung, daß sich in der Hieße-Ballung viele Molkexraumer befanden, löste eine Kettenreaktion aus. Von Rhodan erhielt Lordadmiral Atlan die Meldung, daß der Terraner mit der ERIC MANOLI und einem Kreuzerverband versuchen wollte, die Besatzung der BABOTA zu retten.

Gleichzeitig stürzten die gewaltigen Flotten der gatasischen Blues aus dem Linearraum den Verbänden des Imperiums entgegen, die durch eine große Zahl Posbiraumer verstärkt wurden. Wieder war es die Molkexpanzerung, die die hundertfach überlegene Waffentechnik der Kugelraumer nicht zur Wirkung kommen ließ, und die Flottenverbände brachten es nicht fertig, den Gatasern und ihren Verbündeten nennenswerte Verluste zuzufügen.

In der ersten Stunde des Gataserangriffs sah es so aus, als wären die Blaupelze mit allen ihren Schiffen gekommen, aber als bei Atlan immer mehr Meldungen einliefen, in denen besonders die Anzahl der Molkexraumer bedeutend heruntergesetzt war, zeichnete sich ab, daß diese furchtbare Schlacht in den Tiefen der Milchstraße nur ein Vorgeplänkel war.

In den Wochen spannungsvollen Wartens hatte Atlan die einzelnen Flottenverbände darauf gedrillt, wie der primitiven, aber erfolgreichen Angriffstechnik der Gataser auszuweichen war.

Als die Schlacht in die sechste Stunde ging, zeichnete sich der Erfolg dieses Trainings ab. Hundertprozentige Schiffsverluste hatte die Flotte des Imperiums nicht zu beklagen. Gelang es Molkexschiffen, einen Kugelraumer zu stellen und Punktfeuer auf seinen Schutzschirm zu veranstalten, dann schob sich immer wieder ein anderes Schiff dazwischen, um dem bedrohten Fahrzeug Gelegenheit zu geben, sich in den rettenden Linearraum zurückzuziehen.

Schon kurz nach Ausbruch der Schlacht hatte Atlan durch einen Rundspruch den einzelnen Chefs der Flotten größtmögliche Handlungsfreiheit gegeben mit der Absicht, den Gatasern den Durchbruch so schwierig wie möglich zu machen.

Der Arkonide blieb mit seinem Flaggschiff nicht hinter der Front. Er hatte acht lächerliche raketengetriebene H_2O_2-Bomben an Bord, die er zum Einsatz bringen wollte. Einige Dutzend dieser Geschosse befanden sich auch auf anderen Schiffen.

Da tauchten plötzlich sieben gigantische Molkexraumer aus dem Zwischenraum dicht vor seinem Kugelriesen auf und gaben sofort Punktfeuer auf die Schutzschirme.

Der *Einsame der Zeit,* der nach langer Pause wieder einmal ein Raumschiff kommandierte, lächelte dünn, als er die feindlichen Schiffe auf seinem Schirm bemerkte. Er beugte sich vor und gab durch die Verständigung weiter: „Erster Versuch mit B-Ho-H_2O_2-Bombe. Nur ein Projektil verwenden. Vorher aber gehe ich noch näher heran."

Sein Flaggschiff schien den Molkexkasten rammen zu wollen.

Atlan glaubte einen winzigen Silberfisch zu sehen, als die Rakete, von der Startlafette abgefeuert, mit immer größer werdender Beschleunigung dem großen Molkexschiff zuraste.

Übersahen die Gataser das kleine Ding? Versagte ihre Ortung, oder sahen sie in der Rakete keine Gefahr?

Alle Nerven angespannt, verfolgte Atlan den Kurs der Rakete. In Gedanken sah er sie schon am Gataserschiff vorbeifliegen, als der schlanke Flugkörper gegen die linke Seite des Molkexschiffes prallte und daran zerschellte.

„Kein Feuer darauf!" rief Atlan zur Feuerleitstelle durch.

Da setzte an dem beschossenen Molkexschiff jenes eigenartige Phänomen ein. Die Molkexschicht begann sich zu bewegen, sich auf der Metallhülle hin und her zu schieben, sie wallte wie Wasser kurz vor dem Siedepunkt, um dann beinahe an allen Stellen gleichzeitig flüssig zu werden und abzutropfen.

„Zweite Rakete los! Ziel gleichgültig!" befahl Atlan. In dieser Sekunde bedauerte er, nicht über einige Tausend dieser im Grunde genommen primitiven Raketensätze zu verfügen.

Unterhalb des Gataserschiffes, das seine unverwundbare Schutzhülle verloren hatte, war ein pfannkuchenartiges Gebilde entstanden, ein Fladen, der sich nach allen Seiten ausbreitete und dabei zu erstarren schien.

Die zweite Rakete mit dem Wundermittel im Zigarrenrumpf traf auch ihr Ziel. Dann geschah das, worauf die Männer in der Zentrale insgeheim bereits gewartet hatten.

Der Molkexfladen raste unter ungeheurer Beschleunigung in Richtung Milchstraßenzentrum davon und verschwand dann, von einer Sekunde auf die andere, im Hyperraum. Doch niemand hatte Zeit, sich mit diesem Phänomen zu beschäftigen.

Zwei weitere B-Ho-H_2O_2-Bomben wurden abgefeuert und trafen. Und wieder wurde das Phänomen beobachtet. Der Pulk aus sieben angreifenden Molkexschiffen war binnen weniger Minuten auf nur drei aktionsfähige Raumer zusammengeschrumpft, die sich nun fluchtartig zurückzogen. Atlan ließ die vier ihres Molkexschutzes beraubten Bluesschiffe unbehelligt ziehen. Sie sollten den Verantwortlichen auf Gatas berichten, daß das Vereinte Imperium nun wußte, wie man sich gegen ihre gepanzerten Schiffe zu wehren verstand.

Auch von anderen Kampfabschnitten wurden ähnliche Erfolge

327

gemeldet. Möglicherweise würden die Blues zu der Ansicht gelangen, daß die neue Abwehrwaffe von den Terranern bereits in Großserie hergestellt wurde. Es war ein Bluff, von dem niemand wußte, ob er auch Wirkung zeigen würde. Vorläufig schien es, als ob man eine Verschnaufpause erreicht hätte. Die Angriffe erfolgten nicht mehr mit derselben Intensität wie am Anfang. An der Front war so etwas wie Ruhe eingekehrt.

War es die Ruhe vor dem Sturm?

Atlan ahnte, daß diese Ruhe nicht lange anhalten würde. Irgendwann würden die Blues mit noch größerer Vehemenz angreifen und Breschen in die Verteidigungslinie schlagen. Er hoffte nur, daß bis dahin die Wissenschaftler das Geheimnis des B-Hormons entdeckt haben würden.

Die BABOTA ähnelte einem leicht zusammengedrückten Ei.

Während Eyko Etele auf einen schattigen Platz zulief, drehte er sich noch einmal nach seinem Schiff um, auf das er immer so stolz gewesen war.

Vor dem harten Aufprall war es an einer Bergflanke entlanggerutscht. Etele begriff, daß die Höhenangaben nicht hundertprozentig gestimmt hatten. Aber er durfte stolz darauf sein, eine so verhältnismäßig glatte Landung zustande gebracht zu haben.

Die Hitze war unheimlich. Furchtbar dieser heiße Sturm, der durch die kahle Felsschlucht pfiff. Wolkenlos wölbte sich der grünblaue Himmel mit seinen zwei Sonnen. Mittag mußte es sein. Sturm, der sonst meist Kühlung bringt, machte hier die Hitze unerträglich. Nach knapp hundert Metern Spurt glaubte Etele, die Beine versagten ihm den Dienst.

Wo waren die anderen?

Dort hinten sah er drei Männer, da eine kleine Gruppe und dort wieder eine. Alle waren sie zur Schattenseite hinübergelaufen.

Etele keuchte. Über ihm, in knapp 2000 Metern Höhe, zogen unter infernalischem Heulen die Molkexschiffe vorbei. Hatten sie die BABOTA aus der Ortung verloren?

Krachend schlugen hinter ihm und vor ihm Strahlen ein. Er warf

328

sich nieder. Er fühlte nicht, wie glühend heiß der nackte Felsboden war. Um ihn herum begann das Gestein zu brodeln.

Die Gataser begannen Jagd auf jeden einzelnen der BABOTA-Besatzung zu machen.

Die Angst um das nackte Leben drohte Etele zu überwältigen.

Ihr bekommt mich nicht, dachte er in wilder Wut, sprang auf, als der Beschuß in seiner Nähe etwas nachließ, setzte in weitem Sprung über das brodelnde Gestein und raste dem rettenden Schatten zu.

Zwei Personen kamen von rechts und schlossen sich ihm an. Es waren die Leutnants Ramsey und Mullon.

Dreimal mußten sie sich niederwerfen. Dreimal kamen sie mit knapper Not davon. Dann erreichten sie vollkommen erschöpft die Schattenzone, in der es aber durch den heißen Wind genauso unerträglich war wie im Licht der beiden Sonnen.

„Wasser...", bettelte Ramsey.

Niemand hatte Wasser mitgenommen. Niemand hatte dafür Zeit gefunden. Nur das nackte Leben hatten sie retten können.

Bis zu den Knien standen sie in breitflächigem, seidenweichem Moos. Soweit Etele sehen konnte, lagen seine Männer im Moos, das Gesicht dem Boden zugewandt.

Da besann er sich, was er über dieses flechtenartige Gewächs gelesen hatte. „Wasser!" schrie er. „Wasser in Hülle und Fülle!"

Es gab keinen einzigen, der sich in diesem Augenblick darum kümmerte, ob über ihrer Schlucht Molkexraumer standen oder nicht. Eyko Etele hatte mit beiden Händen in das saftig-grüne Moos gegriffen und zwei Büschel abgerissen. Im nächsten Moment wurde der Kommandant von unzähligen dünnen Wasserstrahlen berieselt. Er hatte den Mund geöffnet und versuchte, einen Strahl einzufangen.

Sein Beispiel machte Schule. Männer standen, knieten und lagen im Moos und erquickten sich an dem kühlen Naß. Neben Leutnant Multon lag Ramsey und trank. Dabei blickte er zufällig zur Seite.

Was hatte er gesehen? Was war dort im Sprung zwischen dem Moos verschwunden? Eigenartig violett hatte es geleuchtet, häßlich violett.

Jetzt wieder, und da und da, und hinter ihnen! Da überfiel ihn grausame Angst, und er schrie aus vollem Hals: „Was ist das? Was springt da?"

Was da sprang, war schlimmer als die Blues.

Was herankam, sich nach allen Seiten ausbreitete und sich dabei vermehrte, waren die Hornschrecken.

Leutnant Ramseys Aufschrei machte auf die heranrückenden Hornschrecken aufmerksam. Die hundertfünfzig Mann starke Besatzung der zerstörten BABOTA, die gehofft hatte, hier für die nächsten Stunden in Sicherheit zu sein und von den Gatasern nicht entdeckt zu werden, mußte jetzt vor der violetten Gefahr fliehen.

Aber die gefräßige Invasion kam nicht nur das Tal entlang. Sie stürzte sich über die linke Bergflanke in die Tiefe, und von dort her drohte den Menschen die größte Gefahr.

„Nicht in kleinen Gruppen aufteilen", hatte Etele angeordnet. „Wir bleiben zusammen. Die rechte Bergflanke ist noch frei von Hornschrecken. Wir müssen versuchen, diese zu erreichen."

Hastig, aber ohne Panik, machten sich die 150 Überlebenden der BABOTA auf den Weg. Müde und zerschlagen erreichten sie den Bergkamm. Er war tatsächlich noch frei von dem violetten Tod.

Während Major Etele ins Tal blickte, wo es inzwischen von Hornschrecken wimmelte, dachte er daran, wie groß ihre Chancen waren, rechtzeitig gerettet zu werden. Er kam zu dem Ergebnis, daß sie praktisch Null waren. Wenn erst die Hornschrecken hier auftauchten, blieb ihnen keine Fluchtmöglichkeit mehr offen. In den betretenen Gesichtern der anderen Männer erkannte er, daß sie dieselben Überlegungen anstellten wie er.

28.

In allen Forschungslaboratorien war inzwischen der letzte Rest an Molkex verbraucht worden. Alles, was man jetzt noch besaß, war das sogenannte Neo-Molkex. Es klebte an den Wänden der Labors und reagierte auf keine weiteren Versuche, gleichgültig mit welcher Konzentration sie vorgenommen wurden. Für die weitere Forschung war es wertlos.

Aber man gab die Hoffnung nicht auf. Vor wenigen Stunden war das neue Hypertron auf Aralon eingetroffen und montiert worden. Die ersten Versuche, dem Geheimnis des B-Hormons auch ohne Molkex auf die Spur zu kommen, konnten beginnen.

Die Energieversorgungen summten leise und warteten darauf, ihre Kräfte an das Hypertron abzugeben.

Taylor schaltete auf Stufe eins. Sein Steuerpult glich einem Kommandostand. Hinter superstarken, abschirmenden Energiefeldern, die jede harte Strahlung zurückhielten, begann das Hypertron leise zu brummen.

Taylor verzichtete darauf, die Schallisolation einzuschalten.

Über Stufen zwei, drei und vier schaltete er auf fünf.

Konverter acht fiel aus. Elf und vierzehn zeigten starke Leistungsschwankungen. Sieben brach zusammen. Die Hauptkontrolle der inpotronischen Relaissteuerung griff ein.

In der gewaltigen Halle war es schlagartig still geworden.

Der erste Anlaufversuch war mißlungen.

Der zweite gelang auch nicht. Als die dritte Schicht ihren Dienst antrat, gaben Horace Taylor und sein enger Stab auf. Sie konnten sich kaum noch auf den Beinen halten, und sie fragten sich im stillen besorgt, warum bei den mißlungenen Versuchsläufen immer wieder die Konverter ausgefallen waren. Gerade die Konverter waren in ihrer Funktion fast jedem bekannt und so narrensicher konstruiert, daß Versager einfach nicht auftreten durften.

Dr. Dr. Ing. Labkaus, Chef der Hypertron-Forschung, hatte sich schon vor Stunden zurückgezogen. Seine Suche nach Tyll Leyden war ergebnislos verlaufen. Niemand konnte sagen, wo sich der junge Wissenschaftler befand, denn er hatte sich, ohne sich abzumelden, entfernt.

Daß Leyden in der Zentrale der Hyperkomstation der Aras saß und ein Gespräch führte, das bereits in die fünfte Stunde ging, war nur Pa-Done bekannt.

Der Galaktische Mediziner saß neben ihm und kam aus dem

Staunen nicht mehr heraus. Wenn er auch auf physikalischem Gebiet nur lückenhafte Kenntnisse besaß, so war er doch in der Lage zu beurteilen, ob jemand auf dem gewaltigen Gebiet der Physik ein Alleskönner war oder nur Spezialist!

Leyden war kein Alleskönner, und doch sprach er über vier Stunden mit den größten Koryphäen Terranias.

Über Terrania war Nacht. Leyden hatte die Wissenschaftler mit seinem Anruf aus den Betten geholt. Er hatte gesagt, was er nicht wußte, und das war eine ganze Menge. Immer neue Fragen stellte er. Unbekümmert gab er offen preis, wo sein Wissen Lücken besaß. Aber unheimlich schnell lernte er. Und was Pa-Done mit immer größer werdendem Staunen feststellte, war, daß Leyden mit Hilfe seiner Kombinationsgabe neue Zusammenhänge erkannte, die von Terrania her noch mit keinem Wort erwähnt worden waren.

Die Kosten für dieses unendlich lange Hyperkomgespräch beliefen sich schon auf 20 000 Solar. Zwanzigmal hatte Leyden eine Tausender-Quittung mit dem Lichtstift abgezeichnet.

Besorgt fragte sich Pa-Done, ob Tyll Leyden nicht allein schon damit seine Befugnisse überschritt.

„Wenn ich rekapitulieren darf", unterbrach Leyden Prof. Dr. Ing. Anagal, „dann ist theoretisch eine Modifikation des synthetischen B-Hormons mit dem Hypertron möglich. Wie der Überladungsvorgang erzwungen werden kann, ist weder experimentell noch theoretisch bekannt?"

„Im gesamten Imperium gibt es keinen Menschen, der Ihnen dabei helfen kann, Leyden. Ich will Ihnen nicht verschweigen, daß ich abgelehnt habe, mich an der Lösung des Problems zu beteiligen. Mein Wissen ist zu sehr auf das Theoretische ausgerichtet."

Sieben Stunden und achtzehn Minuten dauerte das Gespräch von Aralon zur Erde nach Terrania. Gesamtpreis: 29 200 Solar. Ohne mit der Wimper zu zucken, hatte Leyden den Gesamtbetrag paraphiert.

Als er sich erhob und seine steif gewordenen Glieder bewegte, sagte er zu Pa-Done: „Ich glaube, jetzt kann ich anfangen, wenn mich Taylor an dem Hypertron arbeiten läßt."

„Haben Sie denn so viel aus den Gesprächen erfahren, Leyden?" wollte der Ara wissen.

„Ich glaube schon. Mal sehen, was wird." Das war alles, was Leyden darauf zu sagen hatte. Mit dem von Notizen fast vollgeschriebenen Block unter dem Arm verließ er die Funkstation und ließ sich zum Eingang des unterirdisch gelegenen Forschungszentrums zurückfliegen.

Auf dem Relieftaster war die Hieße-Ballung mit ihren 49 Sonnen deutlich zu sehen. Die ERIC MANOLI raste durch den Linearraum, aber der Zeitpunkt war nicht mehr fern, in dem sich das Schiff in das normale Raum-Zeitgefüge stürzen würde, um gleichzeitig innerhalb des Brulab-1-Systems herauszukommen.

45 Minuten später sollte der Kreuzerverband eintreffen und Sicherungsschutz für das Flaggschiff des Chefs fliegen.

Rhodan blickte auf den Zeitgeber. In acht Minuten ging sein Schiff in den Normalraum.

Der Übergang kam. Über der Nachtseite von Brulab-1 fiel die ERIC MANOLI nur Minuten später auf die heiße Sauerstoffwelt hinunter. Gleichzeitig traten die Funkanlagen und die Feinortungen in Tätigkeit.

Mit allen Hilfsmitteln begann die Suche nach der Besatzung der BABOTA.

Immer wieder rief der Funk: *Hier ERIC MANOLI! BABOTA, bitte kommen! Hier ERIC MANOLI! BABOTA, bitte kommen!*

Über ein Minikom-Gerät kam Minuten später Antwort: *Hier BABOTA! ERIC MANOLI bitte kommen! Hier BABOTA! ERIC MANOLI bitte kommen!*

Die Funkortung hatte den Platz, von dem aus Major Etele die ERIC MANOLI rief, erfaßt und ausgemessen. Der rapide Sturz des gewaltigen Kugelraumers ging in eine flache Kurve über. Rhodans Flaggschiff jagte um den Planeten Brulab-1 herum in das Licht der Tagseite hinein.

Ein kahles Gebirge tauchte auf. Lange Schatten ließen es grotesker wirken als es in Wirklichkeit aussah. Als das Schiff 10 000 Meter Höhe erreicht hatte, bremste es mit allen Mitteln seine Fahrt und ging bis auf fünfhundert Stundenkilometer herunter. Im Schiff herrschte Alarmzustand. Jeder Waffenturm war gefechtsbereit. Lauernd saß der Waffenleitoffizier hinter seiner Feuer-Inpotronik. Im Schiff brüllte der Maschinenteil. Weit über normal zulässige Werte waren alle Energieerzeuger aktiviert.

Ununterbrochen liefen Major Eteles Nachrichten ein. Der Funk hatte zur Zentrale durchgeschaltet, und der Chef erfuhr alles Wichtige ohne Verzögerung.

Wie immer in risikoreichen Situationen, strahlte Rhodan Ruhe aus. Hin und wieder betrachtete er den Panoramaschirm, der ihm eine von Hornschrecken fast kahlgefressene Welt zeigte.

„Sir, noch dreihundertachtzehn Kilometer, und wir sind über unseren Männern!"

„Fahrt erhöhen. In spätestens zehn Minuten möchte ich die Schiffbrüchigen an Bord wissen!" sagte Rhodan. Und die Zeit verstrich rasend schnell.

„Noch hundert Kilometer!" kam die Angabe. Als das angegebene Plateau unter dem Schiff erschien, senkte sich die ERIC MANOLI schnell. Das Schiff wippte nur einmal in den Teleskopstützen, als es aufsetzte.

Die große Schleuse sprang auf. Die Rampe schoß zu Boden. Dann sah das Schleusenkommando des Flaggschiffes hundertfünfzig Menschen die Rampe hinaufeilen.

Major Etele erstattete Rhodan Bericht, bis plötzlich seine Worte von einem infernalischen Dröhnen unterbrochen wurden.

Drei Sekunden hielt es an. Eine Breitseite des Schiffes hatte eine Strahlsalve abgegeben. Das bedeutete: Die Blues mit ihren Molkex-Schiffen waren zurückgekommen.

Der nachfolgende Verband Schwerer Kreuzer hatte die Hieße-Ballung erreicht und sie hermetisch abgesperrt vorgefunden. Aus den einlaufenden Funkmeldungen war zu ersehen, daß die Blaupelze mit wenigstens zehntausend Schiffen den kleinen Kugelsternhaufen umstellt hatten. Vier Durchbruchversuche der Imperiumskreuzer waren mißlungen und hatten in einem Fall ein Schiff gekostet.

Perry Rhodan unterbrach nach der Feuereröffnung seine Unterredung mit Major Etele. „Kommen Sie mit", forderte er ihn auf, und hastig eilten die beiden Männer zur Zentrale.

Die ERIC MANOLI befand sich längst wieder auf der Nachtseite des Planeten. Hier hoffte Rhodan, noch Molkex in nichterstarrtem Zustand zu finden. Leider besaß er nicht die Möglichkeit, festes Molkex mit B-Hormon und fünfundachtzigprozentigem H_2O_2 abzuernten, weil die geringen Mengen an B-Hormon in den Forschungszentren dringend benötigt wurden.

So blieb auch ihm nur die Möglichkeit, das Molkex in semiflüssigem Zustand direkt hinter der Hornschreckenfront zu holen, solange es noch keine allzu große Bodenfläche bedeckte.

Im Anflug auf eine solche Zone war das Flaggschiff von einem großen Verband der Blues gestellt worden.

Wegen des gatasischen Sperriegels konnte Rhodan von den Schweren Kreuzern kaum Hilfe erwarten. Gegen jede Voraussicht war die Hieße-Ballung zum Brennpunkt der kriegerischen Auseinandersetzung zwischen Menschen und Blues geworden. Über Funk warnte Rhodan alle Kreuzerkommandanten, nicht über den Linearraum in die Ballung einzudringen, es sei denn, die ERIC MANOLI setzte einen Notspruch ab.

Aus allen Strahlkanonen feuerte jetzt das Riesenschiff, aber erreichte ebensowenig damit wie jeder andere Kampfraumer des Imperiums. Die wenigen mitgeführten B-Ho-H_2O_2-Bomben waren schnell verbraucht, ohne daß sich die Blues diesmal sonderlich beeindrucken ließen.

„Überall Molkex-Schiffe, Sir!" rief man Rhodan zu.

Major Etele, der Perry Rhodan in einer bedrohlichen Situation noch nie erlebt hatte, fühlte die Ruhe, die dieser Mann ausstrahlte.

„Orten, wo die Front der Raupen steht! Danach Karte erstellen. Von irgendeiner Stelle her müssen wir Molkex in Besitz bekommen. Meine Herren, lassen Sie sich etwas einfallen."

Das Donnern der Strahlgeschütze hielt jetzt ununterbrochen an. Etele wagte kaum noch, den Panoramaschirm anzusehen. Von allen Seiten kamen immer mehr Molkex-Schiffe heran, und als wüßten die Gataser genau, daß die ERIC MANOLI über keine durchschlagende Waffe verfügte, schossen sie schon aus weiter Entfernung.

335

An siebzehn Stellen zugleich drohte der gewaltige energetische Schirm des großen Kugelraumers zusammenzubrechen. Mit Vollast aller Impulsmotoren sprang die ERIC MANOLI regelrecht in die Höhe und schien dem freien Raum zuzustreben; doch sie wich aus dem Kurs, fiel noch schneller als sie gestiegen war und versuchte auf die Tagseite des Planeten zu kommen.

Diesem rasanten Kurswechsel konnten die Blues nicht folgen. Nur wenige versuchten dem terranischen Schiff nachzusetzen.

Da jagte eine weitere Flotte von Schiffen aus südlicher Richtung dem terranischen Raumer entgegen.

Die Schutzschirme der ERIC MANOLI standen wieder. In 25 Kilometern Höhe versuchte sie, sich durch Flucht der Übermacht zu entziehen.

„Ortung in NNW, starker Verband im Anflug!"

Das hieß, daß sie von drei Seiten eingeschlossen waren!

Etele erwartete mit Sicherheit ein Eingreifen des Großadministrators. Der aber dachte nicht daran, dem Kommandanten des Flaggschiffs, Oberst Kors Dantur, einen Befehl zu geben. Ruhig beobachtete er den Rundsichtschirm. Nichts verriet, was hinter seiner Stirn vorging.

Das Geschützfeuer war verstummt. Meldungen aus der Funkzentrale liefen ein. Sie kamen vom Rand der Ballung. Dort zeichnete sich eine verlustreiche Schlacht für die Flotte des Imperiums ab.

Immer wieder gelang es den Gatasern, durch Punktfeuer die Schutzschirme der Kugelraumer zum Zusammenbruch zu bringen, um dann mit ihren primitiven Strahlwaffen die Terkonit-Stahlwandungen der Schiffshüllen aufzuschweißen.

Zum erstenmal zeigte Dantur Erregung, als er die Nottaste betätigte, den Impulsmotoren unglaubliche Energiemengen zukommen ließ und mit ihrer Kraft senkrecht in die Höhe stieg.

Die Zeiger der Höhenmesser mit variablen Skalen zeigten in jeder Sekunde neue Werte. Als hundert Kilometer erreicht waren, schaltete sich der Meßbereich auf tausend Kilometer Höhe automatisch um.

Es schien ein Flug ins Verderben zu werden. Die Ortungen hatten Molkex-Schiffe erfaßt, die ihnen genau entgegenkamen.

Kors Dantur behielt den Kurs bei!

Der Abstand der sich nähernden Schiffe verringerte sich mit erschreckend hoher Geschwindigkeit. Das Bild auf dem Rundsichtschirm hatte sich in 300 Kilometern Höhe schlagartig geändert. Jetzt, auf 500 Kilometern Höhe, war das Schiff von allen Seiten von einer Sternenmauer umgeben, und gefährlich nah standen die Sonnen, welche dieser Ballung das Aussehen eines kleinen Kugelsternhaufens verliehen.

Die Kosmonautiker kamen ins Schwitzen. Die ungewöhnlichen Verhältnisse in nächster Umgebung mußten auch von einem großen Schiff wie der ERIC MANOLI berücksichtigt werden. Die Bordinpotronik lief auf Hochtouren. Viele Speichersektoren waren aktiviert worden. Lange Folien rutschten aus dem Schlitz in den Auffang.

Dantur flog immer noch das Schiff manuell.

Ein halbes Dutzend Offiziere in der Zentrale hielt den Atem an. Die ERIC MANOLI behielt ihren Kurs bei, begann aber um ihre Polachse zu rotieren, während die Blues feuerten.

Das Strahlfeuer wurde wilder. Noch schneller rotierte das Flaggschiff. Weniger schnell machten die energetischen Schutzschirme diese Bewegungen mit, aber es genügte, um vorläufig das Punktfeuer und seine Auswirkungen zu eliminieren.

Die ERIC MANOLI wagte es, durch den feindlichen Verband zu fliegen.

Distanz noch 300 Kilometer! Wie ein Geschoß stieg die ERIC MANOLI immer weiter senkrecht über dem Planeten hoch. In dichtem Verband stürzten die Schiffe der Blues herunter. Auf Höhe 1250 Kilometer mußten sie kollidieren.

Die Zeiger der Höhenmesser sprangen über die Skalen. Noch Sekunden – dann mußte das Flaggschiff mit einem der vielen Molkex-Raumer zusammenprallen!

Es konnte nicht gutgehen. Die Gataser flogen zu eng gestaffelt.

Die ERIC MANOLI wich keinen Millimeter vom Kurs ab.

„Mein Gott!" schrie der Offizier an der Massenortung.

Der Molkex-Verband jagte plötzlich nach allen Seiten auseinander. Ein Funkkommando mußte sämtliche Schiffe dazu aufgefordert haben.

Es sah aus, als ob die ERIC MANOLI in den Raum hinausstürmte.

337

Major Etele fühlte Rhodans Blick auf sich gerichtet und überraschte sich dabei, wie er sich den Schweiß von der Stirn wischte. „Warm geworden?" fragte der Großadministrator. Ein Lächeln umspielte seinen Mund.

Der Major nickte. Ihm war sogar heiß geworden. Nie und nimmer hätte er dieses Manöver riskiert. Der Blick, den er Perry Rhodan zuwarf, sprach Bände.

10 000 Kilometer über dem Planeten drehte sich Dantur zum Chef um. „Noch mal runter, Sir?"

„Haben wir Molkex an Bord oder nicht?" hieß die Gegenfrage.

„Also noch mal!" sagte der Epsaler. Er hatte nichts anderes erwartet.

Jetzt erst begriff Eyko Etele, wie ungeheuer wichtig sein Einsatz mit der BABOTA war. Der Chef des Imperiums setzte nun selbst alles auf eine Karte, um in den Besitz des unbedingt erforderlichen Molkex zu kommen.

Sein oder Nichtsein des Vereinten Imperiums hing davon ab, ob es ihnen gelang, eine Waffe gegen die Molkexpanzerung zu entwickeln. Und für die Entwicklung dieser Waffe wurde Molkex, reines Molkex, wie es die Hornschrecken absonderten, benötigt.

Die Nottaste rastete aus. Das Brüllen der Impulsmotoren ließ merklich nach. Andruckabsorber sprangen an. Die ERIC MANOLI schwenkte nach Backbord ab, schlug einen Haken und stieß dann wieder auf den Planeten herunter.

Der hyperschnelle Partikelbeschleuniger, das neuartige Hypertron, tobte sich regelrecht in dem großen, unterirdischen Saal aus, in dem es von araischen Robotern zusammengebaut worden war. Trotzdem war am Steuerpult kein Maschinengeräusch zu hören. Superstarke Isolationsfelder und sperrende Energiemauern hielten sowohl Lärm als auch lebensfeindliche Strahlung zurück. An einigen Teilen der Verkleidung stand zu lesen: *Achtung, r-Werte beachten!*

Mit sechs Kollegen arbeitete Tyll Leyden am Hypertron. Seit Stunden lief die erste Versuchsserie. Sie tappten auf den wichtigsten Gebieten vollkommen im dunkeln und mußten sich mit Hilfe der

Zwischenergebnisse, die sich aus ihrer Arbeit ergaben, allmählich zum Ziel vortasten.

Es war ein Experiment mit hundert und mehr Unbekannten.

Das natürliche B-Hormon sträubte sich, seine Para-Eigenschaften in Zahlen und Formeln aufzuzeigen.

Tyll Leyden und seine Kollegen hofften, über das Hypertron die Atomkerne des synthetischen B-Hormons derart überladen zu können, daß die Kerne veranlaßt wurden, Hyperteilchen abzustoßen. Ob dieser Vorgang artverwandt war mit einem Hypergravitationsschock, mußte abgewartet werden.

Alle Werte, die am Steuerpult ankamen, alle Beobachtungen der einzelnen, automatisch gesteuerten Kammern, die nach jedem entfesselten Partikel fahndeten, wurden von der eingebauten großen Inpotronik erfaßt und den Speichersektoren vermittelt.

Trotzdem war der Mensch keineswegs überflüssig. Allein die auffallend vielen Schalter, die alle handbedient werden mußten, verrieten, daß dieses moderne Gerät viel weiter von jeder Automatik entfernt war als alles andere, was bisher an Aggregaten im Imperium gebaut worden war.

Tyll Leyden schien einige Dutzend Meßinstrumente zugleich abzulesen. Hin und wieder gab er seinen beiden Kollegen einige Anordnungen. Von seiner Unsicherheit, die er an den Tag gelegt hatte, als der erste Versuchslauf gestartet worden war, konnte man nichts mehr bemerken. Binnen weniger Stunden hatte er sich mit dem Hypertron vertraut gemacht. Jetzt kam Leyden jenes theoretische Wissen zustatten, das er sich in dem langen Hyperkomgespräch mit terranischen Experten angeeignet hatte.

Der achtzehnte Versuch der ERIC MANOLI, dicht hinter der Front der Hornschrecken zu landen, um in Besitz des dringend benötigten reinen Molkex zu kommen, schien glücken zu wollen.

Die Ortungen gaben an, daß sich nur auf der gegenüberliegenden Seite des Planeten Schiffe der Blues befanden. Wenn man berechnete, wie schnell die Schiffe der Gataser beschleunigten, dann blieben höchstens zwei bis drei Stunden, um Molkexfladen zu bergen.

Tage, Wochen wären regulär dafür erforderlich gewesen. Es hatte keinen Sinn, mit nur wenig Molkex zur Erde zurückzukehren; zumindest einige tausend Kilo dieses Stoffes mußten es sein.

Zwei Sonnen standen am Himmel. Die ERIC MANOLI war auf erstarrtem Molkex gelandet. In drei Kilometern Entfernung, in südlicher Richtung, sollte sich das Material noch im weichen Zustand befinden.

„Näher heran!" ordnete Rhodan an. „Bis auf einen Kilometer. Wir müssen das Risiko eingehen, meine Herren!" Niemand widersprach, auch nicht der Kommandant. Leicht hob das Flaggschiff ab, sprang die Zweikilometerdistanz und setzte wieder auf.

„Ortung aus Richtung Raum!" rief ein Offizier, dessen Stimme sich vor Wut fast überschlug. „Anflug auf Schiff unverkennbar! Zeit, etwa zehn bis fünfzehn Minuten!"

Rhodan stutzte. Sein Gesicht glich jetzt einer Maske. Nur in seinen Augen stand ein schwaches Leuchten. Dann kam Bewegung in ihn. Mit drei Schritten war er vor der Bordverständigung.

„Hier Rhodan! Befehl an den für die Tresor-Abteilung verantwortlichen Offizier! Abteilung von sämtlichem Material durch Roboter räumen lassen. Nach Durchführung Räumung aller umliegenden Abteilungen und Decks. Tresor-Abteilung wird zur Aufnahme von Hornschrecken bestimmt!"

Ein Röcheln kam anstelle einer Antwort. Der Mann, der Rhodans Befehl weitergeben wollte, konnte es nicht fassen!

Hornschrecken an Bord eines Schiffes zu haben, das hieß, das Schiff durch diese kleinen Ungeheuer auffressen zu lassen. Sie fraßen doch alles, auch Terkonitstahl.

Rhodan erwartete keine Wiederholung seines Befehles. Er hatte umgeschaltet und sich mit dem Chef des Robotkommandos in Verbindung gesetzt: „Wir fliegen jetzt bis dicht an die Front der Hornschrecken heran, bleiben dabei in etwa zwanzig Metern Höhe. Setzen Sie rund zwei Dutzend Roboter ab, mit dem Auftrag, ganz junge, gerade aus der Teilung entstandene Hornschrecken in die Tresor-Abteilung zu bringen! Ich werde gleich an der Schleuse, in der die Roboter wieder einfliegen, erscheinen und die Aktion leiten. Führen Sie meine Anweisungen sofort durch! Schiff hat gerade die Front der Hornschrecken erreicht! Bitte beeilen, denn neue Molkex-Schiffe sind im Anflug auf die ERIC MANOLI! Ende!"

Das mußte aber auch das Ende des stolzen Flaggschiffes bedeuten.

Aus zehn Hornschrecken wurden zwanzig, und aus den zwanzig waren wenig später vierzig geworden, und daraus entstanden achtzig, und es wurden immer mehr und mehr. Und mit ihrer tückischen Schrecksäure fraßen sie sich durch jede Wandung, durch jeden Raum des Schiffes. Vor nichts machten sie halt, weder vor einem Konverter noch vor dem Kalup. Nichts konnte sie aufhalten, auch kein Schutzschirm!

Und diese tödliche Gefahr nahm Perry Rhodan bewußt an Bord.

Es war ein eiskaltes Kalkül und ein Wettlauf gegen die Zeit!

Acht Hornschrecken hatten die Roboter an Bord schaffen können. Von 25 ausgeschickten Maschinenmenschen waren neun zurückgekommen. Der neunte Roboter hatte in der Schleuse zerstrahlt werden müssen, denn er war schon das Opfer der unheimlichen Schrecksäure geworden. Die Raupe, die der Roboter mitgebracht hatte, war ein freßgieriges, voll entwickeltes Tier gewesen.

Mit einem blitzschnellen Tritt hatte Rhodan die Hornschrecke in die Tiefe geschleudert.

Dann waren Minuten fieberhafter Spannung erfolgt, bis alle acht Raupen in der Tresor-Abteilung eingesperrt waren.

Im Umkreis von hundert Metern waren alle anliegenden Räume sowie je drei Decks darüber und darunter bereits durch Roboter geräumt worden. Während die ERIC MANOLI versuchte, dem anfliegenden feindlichen Verband zu entkommen, strahlte der starke Sender einen gleichlautenden Spruch an Bull und Atlan ab. Darin erklärte Rhodan, mit welcher Fracht das Flaggschiff Brulab-1 verlassen hatte. Die Meldung endete mit dem schicksalsschweren Satz: *Ab sofort hat ERIC MANOLI Funkstille; eingehende Hyperkomsprüche werden nicht beantwortet! gez. Rhodan.*

In der Zentrale herrschte eine nervenzerreißende Spannung. Niemand hörte das Brüllen der Impulsmotoren, die das Schiff in den freien Raum jagten. Hin und wieder kamen Ortungsbeobachtungen.

Die Lage verschlechterte sich von Sekunde zu Sekunde. Aus allen Richtungen kreuzten Molkex-Raumer auf. Aus allen Richtungen begannen die Blues auf das Riesenschiff Treibjagd zu machen.

Und im Schiff begann die Gefahr sich zu vermehren.

Aus acht Hornschrecken waren schon 32 Raupen geworden, und der nächste Teilungsvorgang stand dicht bevor. Die ersten kleinen Ungeheuer hatten schon eine 50 Zentimeter dicke Terkonitstahlwand durchfressen und lösten jetzt mit ihrer Schrecksäure die Verbindungskabel auf, welche die Impulse der dort eingebauten Kamera an die Zentrale weiterleiteten.

Zwei Decks unter der Zentrale schwitzten mehr als zwanzig Kosmonauten und Astronomen. Sie standen vor der schier unlösbaren Aufgabe, so schnell wie möglich eine unbewohnte, relativ warme Sauerstoffwelt ausfindig zu machen, auf der die ERIC MANOLI mit der Hornschreckengefahr landen konnte. Mahnend hatte Perry Rhodan zu den Männern gesagt: „Denken Sie daran, daß wir alle lebend davonkommen wollen! Wenn es den Hornschrecken gelingt, die Hangars unserer Beiboote zu erreichen, dann ist unsere Überlebenschance unter ein Prozent gesunken! Denken Sie daran!"

Sie dachten daran. Und sie hörten, wie schwere Treffer in die Terkonitstahlwandung des Flaggschiffes einschlugen.

Der Schutzschirm der ERIC MANOLI bestand nicht mehr. Über hundert Molkex-Raumer hatten ihn durch Punktfeuer zerstört.

Immer wieder gelang es dem Kommandanten, die aus allen Strahltürmen schießenden Blues abzuschütteln, aber wenn er glaubte, aufatmen zu können, rasten die nächsten Pulks heran und versuchten, den Kugelraumer zu vernichten.

Die Kontrolle über die Hornschrecken ging verloren. Wie groß die Zahl der Raupen jetzt war, konnte nur noch geschätzt werden. Rhodan setzte rücksichtslos alle Roboterreserven ein, um die Hornschrecken, solange es noch ging, an der Ausbreitung zu hindern.

Sein Plan war einer der verwegensten, den er jemals gefaßt hatte.

Die Menschen benötigten Molkex. Diesen Stoff direkt aus der Hieße-Ballung zu holen, war unmöglich geworden. Und so hatte Rhodan Hornschrecken an Bord schaffen lassen, die er auf einer unbewohnten Sauerstoffwelt absetzen wollte. Dies jedoch mußte so

342

schnell wie möglich geschehen, da er und seine Männer sonst verloren waren. Mit Hilfe der an Bord befindlichen Beiboote wollte sich Rhodan mit seiner Besatzung in Sicherheit bringen, von dort aus den Entwicklungsgang der Hornschrecken beobachten und – wenn es soweit war, das von den Raupen erzeugte Molkex hinter der Front bergen.

In diesen Stunden der Entscheidung fühlte er, wie stark er mit seinem Flaggschiff verbunden war. Nicht, daß mit der Vernichtung des Raumers Milliardenwerte zerstört wurden, ergriff ihn, sondern, daß er etwas aufgeben mußte, was ihm lieb geworden war.

Er kontrollierte die Geschwindigkeit des Schiffes. Es flog mit dreißig Prozent LG.

Fast ununterbrochen krachten Strahleinschläge in den Schiffsmantel der ERIC MANOLI. Es war ein Wunder, daß der Terkonitstahl bisher allen Einschlägen standgehalten hatte. Aber da kamen die ersten schweren Beschädigungen. Zwei Impulsgeschütztürme und eine Transformstellung rissen auseinander. Schweigend nahmen die Männer in der Zentrale diese Hiobsnachricht hin.

In dieser Sekunde krachte es im Schiff infernalisch. Sogar der Kommandant wurde jetzt unruhig. „Chef, Treffer im Ringwulst! Schluß, ich gehe in den Linearraum!"

Auch das war eine verzweifelte Aktion. Normalerweise mußte die Geschwindigkeit des Raumschiffes für ein solches Manöver bedeutend höher sein. Unter Umständen konnte der Übergang schwerwiegende Folgen haben.

„Sir, die Hornschrecken brechen in Richtung auf die Energieerzeuger durch!" schrie ein Mann der Besatzung.

In diesem Augenblick sprangen die Kalups an, und die schwerbeschädigte ERIC MANOLI ging in den Linearraum.

Das Schiff war bereits verloren, und kaum ein Mitglied der Besatzung glaubte noch an eine Rettung.

29.

Terrania, 21. Januar 2328, Zeit: 22.05.34 Uhr, Funkspruch von Reginald Bull an Regierenden Lordadmiral Atlan, chiffriert nach Stufe 1, über Zerhacker P-54 und Raffer R-x4:

Soeben auch Explorerverband INDIKATOR ohne Resultat zurückgekommen. Greife Vorschlag auf, mit allen Explorern und 30 000 Raumern der USO Suche nach dem Chef noch einmal durchzuführen. Erwarte Antwort. gez. Bull.

Antwort des Regierenden Lordadmirals Atlan an Staatsmarschall Reginald Bull, Zeit: 22.09.55 Uhr, Spruch behandelt wie oben.

Vorschlag nicht mehr realisierbar. Unser Bluff mit den B-Ho-H_2O_2-Bomben ist gescheitert. Seit zwei Stunden greifen die Blues wieder massiv an. An einigen Stellen konnten sie die Verteidigungslinie durchbrechen. Starke Verbände wurden bereits in M-13 gesichtet. Mit einem Angriff auf bewohnte Welten ist zu rechnen. Tausende Einheiten sind unterwegs, um bedrohte Planeten zu evakuieren. Wir sind am Ende, wenn nicht in letzter Sekunde ein Wunder geschieht! gez. Atlan.

Funkspruch von Terrania zur Front, Zeit: 22.15.01 Uhr.

Explorer-Einsatzzentrale benachrichtigt zur Zeit alle Forschungsraumer. Zur Stunde suchen rund 2200 Schiffe Raum um Hieße-Ballung nach dem Chef und seiner Besatzung ab. Kann mit Hilfe der USO gerechnet werden, wenn Blues unsere Explorer angreifen? gez. Bull.

Atlans Antwort an Bull, Zeit: 22.21.28 Uhr:

Keine Hilfe möglich! gez. Atlan.

Darauf kam von Terrania keine Erwiderung.

Irgend jemand hatte den Mund nicht gehalten.

Mit rasender Geschwindigkeit breitete sich im Imperium das Gerücht aus, das Flaggschiff des Großadministrators Perry Rhodan, die

ERIC MANOLI, wäre im Zwischenraum von der Hornschreckenflut vernichtet worden.

Das Gerücht wurde sowohl im terranischen Interessengebiet als auch im arkonidischen Raum und im Blauen System von Mund zu Mund, von Planet zu Planet getragen.

Perry Rhodan ist tot!

Die Galaktische Abwehr mit ihrem feinen Gespür hatte schon vor Tagen Terrania darauf aufmerksam gemacht, welche Unruhe durch ein derartiges Gerücht im Vereinigten Imperium entstehen könnte.

Selbst auf jenen Welten, die am Rand des Imperiums lagen, wartete man von Tag zu Tag auf ein offizielles Dementi der Großadministration.

Terrania gab kein Dementi.

Ein Mann weigerte sich mit aller Entschiedenheit, an Perry Rhodans Tod zu glauben: Reginald Bull. Er hatte sich verbeten, auch nur mit einer einzigen offiziellen Anfrage, die Rhodans vermeintlichen Tod betraf, belästigt zu werden.

Selbst das Parlament, das eine diesbezügliche Anfrage stellte, wartete vergebens auf eine Antwort des Staatsmarschalls.

Die Presse in der Galaxis wurde unruhig. Aus den Nachrichtensendungen verschwand der Name des Großadministrators Rhodan nicht mehr. Vorübergehend wurden die Meldungen von der Front an die zweite Stelle gesetzt. Auch das Auftauchen der Molkex-Raumer in M-13 löste selbst im Kugelsternhaufen Herkules kaum Aufregung aus. Aber Milliarden Arkoniden sahen in Rhodans Tod zugleich das Ende ihres Volkes.

Dieser Terraner, den ihre Vorfahren mit allen Fasern ihres Herzens gehaßt hatten, war im Laufe der Zeit zu einer fast mythischen Figur geworden, und die Tatsache, daß er nicht älter wurde, hatte ihn für viele einfache Naturen zum Idol werden lassen.

Perry Rhodan ist tot!

Auch Bull hörte es immer wieder, und er las es den anderen vom Gesicht ab, was sie dachten.

Er sah auf den Kalender: 23. Januar 2328. Seit gestern suchten über 9000 Explorer die nähere und weitere Umgebung der Hieße-Ballung nach dem Chef und der Besatzung der ERIC MANOLI ab. Sie suchten in dem unendlich großen Raum ein einziges Stäubchen, sie suchten in unbekannten galaktischen Sektoren die Welt, auf die sich die Männer aus dem Flaggschiff vielleicht gerettet hatten. Obwohl er wußte, daß Rhodan wegen der Ortungsgefahr nicht auf Funksprüche antworten würde, hoffte Bull insgeheim doch auf ein Lebenszeichen von ihm.

Atlan und seinem Generalstab blieb es unerklärlich, warum die Gataser immer wieder sogenannte Brennpunkte schufen, wo sie mit massierter Kraft die Schiffe der Imperiumsflotte angriffen, während sie die Abschnitte rechts und links davon ungeschoren ließen.

Eins stand aber fest: Jener tragische Fall, der den Blues fünfzig Terraner hatte in die Hände fallen lassen, lieferte ihnen die wichtigen Nachrichten über das Vereinte Imperium. An den Vorstößen einzelner Molkex-Schiffe war eindeutig zu erkennen, daß ihnen die galaktischen Positionen der wichtigsten Imperiumswelten bekannt geworden waren. Daß weder Aralon noch die Erde bis zur Stunde uneingeladenen Besuch durch Bluesschiffe erhalten hatten, war ein weiteres Rätsel.

Selbst die Posbis mit ihren Fragmentraumern hatten sich inzwischen auf die schier widersinnige Tatsache eingestellt, daß ihre gesamte technische Überlegenheit gegenüber den Molkex-Raumern keinen Solar wert war, weil sie über kein Mittel verfügten, die halb organische, halb mineralische Molkex-Hülle der feindlichen Schiffe zu zerstören.

Mit einer nicht zu beschreibenden Dreistigkeit rasten oft die häßlichen Bluesschiffe in Gruppen heran, stürzten sich gemeinsam auf einen Raumer und versuchten durch Punktfeuer aus ihren an und für sich primitiven Strahlwaffen, die energetischen Schutzschirme des Gegners zum Zusammenbruch zu bringen. Dieses Punktfeuer, wenn es aus ausreichend vielen Geschützen erfolgte, war sogar in der Lage, die Schutzschirme eines Kampfschiffes der Imperiumsklasse zu vernichten.

Damit ergab sich ein Umstand, der Atlan in seiner zehntausendjährigen Erfahrung noch nicht vorgekommen war: Trotz technischer und auch zahlenmäßiger Überlegenheit war er mit seinen Flottenverbänden nicht in der Lage, das ständige Vordringen der Gataser aufzuhalten.

Achtzig Männer hielten sich hinter der Energiesperre auf.

Bisher waren alle Versuche mißlungen.

In wenigen Minuten würde Versuch 63 anlaufen.

Der Raum vor der Sperre war bis auf einen Tisch und einen Roboter leer. Auf dem Tisch stand ein kleines, verkapseltes Gerät, dem man der Einfachheit halber den Namen Konzentrierer gegeben hatte.

Es war der 63. Konzentrierer, der benutzt wurde. Alle anderen waren auf Grund der mißlungenen Versuche zerstört worden.

Der Roboter schaltete das Gerät ein und entfernte sich. Der Teil des Raumes vor der Energiesperre besaß weder ein Fenster noch eine Öffnung in den Wänden.

Am Steuerpult hielt sich allein Tyll Leyden auf. Er beobachtete ein Fernmeßgerät, das bereits anzeigte, daß das Wasserstoffsuperoxyd im Konzentrierer immer stärker angereichert wurde und längst schon den Prozentgehalt besaß, bei dem es instabil werden konnte.

Jetzt war der Grenzwert erreicht, bei dem das H_2O_2 unter heftiger Reaktion zu zerfallen drohte.

„Dreiundneunzig Prozent!" Ungewollt war Leyden diese Angabe laut über die Lippen gekommen.

In seiner Nähe flüsterte ein Mann seinem Kollegen zu: „Heute scheint der Versuch..."

Ein Donnerschlag ging durch den Versuchsraum. Unter Blitzen und Dampfentwicklung explodierte auch der 63. Konzentrierer! Der Tisch aus Terkonitstahl hielt der Beanspruchung stand, die sperrende Energiemauer schützte die beobachtenden Wissenschaftler vor Sprengstücken. Tyll Leyden schaltete am Pult alles auf Null.

Das Ergebnis des Versuches war eindeutig.

Das künstliche B-Hormon sträubte sich auch weiterhin, die paraphysikalischen Eigenschaften des natürlichen Wirkstoffes anzunehmen. Was nach theoretischen Berechnungen gar nicht so schwierig sein sollte, nämlich, dem synthetischen Stoff eine 5-D-Konstante aufzuoktroyieren, erwies sich in der praktischen Durchführung als ein Projekt mit einem ungeheuren Schwierigkeitsgrad. Über viertausend Wissenschaftler widmeten sich inzwischen erfolglos dieser Aufgabe.

Als Tyll Leyden den Versuchsraum verließ, um sein Arbeitszimmer aufzusuchen, hatte er Mühe, vorwärtszukommen. Auf großen Antigravplatten schwebte neues Material heran, das von der Erde geschickt worden war.

Oben auf dem Raumhafen löschten drei Handelsraumer ihre Ladung. Alles verschwand in dem unterirdischen Forschungslabyrinth von Aralon.

Als Leyden mit seinem engsten Mitarbeiter Quar Mestre sein Büro erreichte, schwebte die nächste Reihe schwerstbeladener Antigravplatten vorbei.

Nachdenklich blickte Mestre ihnen nach. „Wenn wir über kurz oder lang keinen Erfolg erzielen, dann wird dieser Fall die größte Fehlinvestition des Imperiums." Mestre schloß die Tür. „Wie immer, von vorn?"

Zum 64. Mal begannen sie Berechnungen anzustellen. Irgendwo mußte der Fehler doch stecken!

„Leyden, oder ist das, was wir als Konstante ansehen, gar keine?" sagte Mestre plötzlich.

Tyll Leyden blickte nicht einmal auf. „Mestre, machen Sie mich nicht verrückt. Wie kommen Sie bloß auf diese Wahnsinnsidee?"

„Wie kommt man darauf, Leyden? Es schoß mir eben so durch den Kopf..."

Ein leichtes Zittern lief durch den Boden. Beide Männer grinsten sich etwas schadenfroh an. Dieses Zittern kannten sie inzwischen alle. Irgendwo in den Tiefen dieses Gebäudes, in irgendeinem Labor, war mal wieder ein Versuch mit Wasserstoffsuperoxyd und B-Wirkstoff mißlungen.

Nicht nur sie kamen nicht vorwärts; ihren anderen Kollegen erging es nicht besser. Aber war das ein Trost?

30.

Vollzählig hatte sich die Besatzung der ERIC MANOLI auf einen tropenfeuchten, marsgroßen und menschenleeren Planeten retten können. Aber während der Stolz des Imperiums, die ERIC MANO-LI, nach dem harten Aufprall immer tiefer in den Morast absackte und die teuflische Flut der Hornschrecken schon dabei war, sich die letzten Decks zu erobern, war es den Menschen gelungen, sich in fünf 60-m-Beibooten auf die andere Seite des Urwaldplaneten zu retten. Die Boote führten genug Lebensmittel mit, um den knapp 2200 Menschen das Überleben für notfalls einige Wochen zu sichern.

Beim Absturz der ERIC MANOLI hatte die Besatzung wenig Gelegenheit gehabt, sich die Welt näher anzusehen, auf der sie Rettung vor den Hornschrecken finden wollte. Was der Rundsicht-schirm den Leuten gezeigt hatte, war eine dunkelgrüne Welt ohne Meere, aber mit einigen ausgedehnten Gebirgszügen, von denen nur die höchsten Spitzen nicht von dem grünen Teppich bedeckt wurden.

Der grüne Teppich zeigte sich nur stellenweise als verfilzter Urwald. Weite Strecken lagen unter grünlich schillernden Sümpfen, tückischen Morasten, und darüber dampfte feuchte, heiße Tropenluft.

Festes Land gehört zu den Seltenheiten. Doch was der größte Teil der Besatzung als negativ betrachtete, war nach Rhodans Meinung für sie alle von größtem Vorteil.

Molkex von einer Morastfläche abzulösen, mußte leichter sein, als von einem festen Untergrund.

In fünfhundert Metern Höhe flog der kleine Pulk Beiboote über das fremde Land.

Die Lichtverhältnisse waren ausgezeichnet. Eine normalgroße, gelbe Sonne stand am türkisblauen, unbewölkten Himmel. In der Ferne allerdings türmten sich dicke, beunruhigend gelbe Wolken auf.

Mit 0,8 Gravos war Giungla, wie man diesen Planeten getauft hatte, für jeden erträglich. Das fehlende Fünftel der Schwerkraft würde merklich schwere Arbeiten erleichtern. Wie schnell Giungla rotierte, war noch nicht bestimmt worden.

Die Beiboote, in denen 2200 Männer dicht zusammengedrängt hockten, kamen jetzt der dichten, gelben Wolkenwand immer näher.

„Was ist dort hinten links?" fragte Rhodan. Niemand hatte den hauchdünnen, dunklen Streifen bemerkt, der jetzt über hinaufgeschaltete Vergrößerung deutlicher gemacht wurde. Trotzdem war nicht zu erkennen, was dieser dunkle Streifen bedeutete.

„Der Pulk soll warten", befahl Rhodan, „wir schauen uns das Ding mal an."

Sein Boot wurde schneller. In unveränderter Höhe raste es über einen riesigen Morast hinweg. Dann hatte es sein Ziel erreicht – eine hufeisenförmige, teilweise kahle Insel von schätzungsweise achtzig Kilometern Ausdehnung.

Das Boot flog diese Insel ab. „Noch tiefer gehen." Bis auf zehn Meter kam das Fahrzeug dem Boden nahe. „Stoppen!" Sicht war nur über den Bildschirm möglich.

Plötzlich lehnte Rhodan sich zurück. „Haben Sie es beobachtet?" fragte er den Piloten.

„Nein, Chef. Ich habe nichts gesehen."

„Fliegen Sie zur Gruppe zurück. Die Insel kommt für uns nicht in Frage. Ich habe darauf drei Hornschrecken gesehen!"

Der Pilot starrte Rhodan an. In nächster Umgebung verstummte jede Unterhaltung.

Rhodan lächelte und erklärte: „Meine Herren, überlegen Sie einmal. Wir haben zum Schluß die ERIC MANOLI nur noch mit einem Siebtel der Impulsmotoren abbremsen können. Das Schiff rotierte wie ein Kreisel. Die Tresor-Abteilung, in der die ersten acht Hornschrecken untergebracht waren, befand sich nur hundertzehn Meter von der Außenhülle entfernt. Es ist leicht vorstellbar, daß während des Absturzes Hornschreckenschwärme die Wandung in Höhe der Tresorabteilung durchfraßen und ins Freie geschleudert wurden. Daß diesen Ungeheuern ein Absturz aus hundert Kilometern Höhe wenig ausmacht, dürfte wohl bekannt sein. Pilot, geben Sie über Normalfunk meine Beobachtungen durch. An Bord aller Beiboote ist jeder davon zu unterrichten, daß wir entgegen unseren Erwartungen überall auf Giungla mit Hornschrecken zu rechnen haben, auch auf dieser Seite des Planeten."

„Schöne Aussichten!" murmelte der Pilot und schaltete den Normalfunk ein. Dann gab er die Beobachtungen an alle durch.

Anderthalb Stunden nach dem überstürzten Aufbruch von der ersten Rettungsstelle, landeten fünf Beiboote auf einem kleinen Hochplateau, das nur an der Südkante Baumbestand besaß.

Das erste, was jeder tat, der wieder Boden unter den Füßen hatte, war, nach Hornschrecken zu suchen. Nach kurzer Zeit schien es festzustehen, daß die Menschen hier im Moment vor den Allesfressern in Sicherheit waren.

Zwei Stunden später versammelten sich die Kommandanten der fünf Beiboote in der Kommandozentrale von Rhodans Fahrzeug.

„Meine Herren", eröffnete Rhodan die Besprechung, „wir werden uns sofort an die Arbeit machen, ehe durch die steigende Zahl der Hornschrecken sowie des von ihnen produzierten Molkex die Hyperstrahlung so intensiv wird, daß diese womöglich von den Blues geortet wird. Giungla befindet sich in nicht allzu großer Entfernung von der Hieße-Ballung, wie Sie alle wissen, und dort wimmelt es wahrscheinlich immer noch von Bluesschiffen. Ich rechne damit, daß wir einige Tage auf dieser Welt verbringen müssen, ehe wir genügend Molkex eingesammelt haben, um nach Terra zurückzukehren."

„Können wir diese Aufgabe nicht mit nur einem Boot durchführen und die anderen vier nach Terra zurückschicken?" fragte einer der Kommandanten.

„Nein", entschied Rhodan. „Die Reichweite der Beiboote ist zu klein, um damit Terra direkt zu erreichen. Wenn ich jetzt vier Beiboote losschicke, besteht die Gefahr, daß sie von den Blues entdeckt werden und diese nach Giungla gelockt werden. Außerdem benötige ich eine Reserve, falls eines unserer Boote wegen Hornschrecken aufgegeben werden muß."

„Sollen alle Beiboote zur Einbringung des Molkex eingesetzt werden?" ließ sich der Epsaler Kors Dantur vernehmen. Der Verlust seiner stolzen ERIC MANOLI machte ihm noch sichtlich zu schaffen.

Rhodan überlegte einen Augenblick und sagte dann: „Ich glaube, daß es ausreicht, wenn wir nur eines dazu verwenden. Ich brauche eine Spezialbesatzung von fünfzig Mann und sämtliche verfügbaren Arbeitsroboter. Mit dieser Mannschaft werde ich aufbrechen und die Erntearbeiten selbst leiten. Die anderen vier Boote bleiben vorläufig hier zurück."

„Dann wird es wohl am besten sein, wenn wir uns provisorische Unterkünfte einrichten, um der Mannschaft die bedrückende Enge zu ersparen", warf Dantur ein.

Rhodan stimmte zu.

Nach drei Stunden war man sich über alle Einzelheiten klargeworden.

Während Rhodan mit einer fünfzigköpfigen Besatzung und etwa 300 Arbeitsrobotern aufbrach, um Molkex zu beschaffen, gingen die zurückgebliebenen Terraner daran, auf dem Hochplateau ein Lager zu errichten. Zu seiner Sicherung wurden alle vorhandenen Kampfroboter sowie ein hundertköpfiges Wachpersonal eingeteilt. Der nähere Umkreis des Lagers wurde von starken Scheinwerfern erhellt, so daß man auch während der Nacht beobachten konnte, ob sich Hornschrecken näherten.

Reginald Bull war sich in seinem ganzen Leben noch nie so verlassen vorgekommen wie jetzt. Er konnte bald nicht mehr daran glauben, daß man Perry, seinen Freund, finden würde. Zu viele Tage waren seit jenem letzten Funkspruch verstrichen, der von der Flucht der ERIC MANOLI aus der Hieße-Ballung berichtete.

Rund zehntausend Explorer suchten in kaum bekannten Abschnitten der Milchstraße nach Rhodan. Stündlich kamen von diesen Schiffen Meldungen, und immer wieder hieß es: Großadministrator bisher nicht gefunden!

Aus anderen Sektoren der Galaxis trafen Nachrichten mit militärischen Informationen ein. Darin hieß es, daß die stolzen Raumer der USO, die schwerbewaffneten Schiffe der Überschweren, die Fragmentraumer der Posbis, die Riesenwalzen der Springer und die alten Kähne der Parias den Gatasern nur noch Rückzugsgefechte lieferten.

Vor gut zwanzig Stunden hatten neben den Gatasern auch andere

Bluesvölker in den Kampf eingegriffen, die allem Anschein nach die Aufgabe hatten, mit ihren Diskusschiffen, die keine Molkex-Panzerung besaßen, hinter der Front wracke Imperiumsschiffe aufzubringen und abzutransportieren.

Damit ergab sich für die Galaktische Allianz eine neue Gefahr.

Im Besitz der Imperiumsschiffe würden die Gataser Gelegenheit haben, diese eingehend zu studieren und sich auf diese Weise die waffentechnischen Kenntnisse der Terraner anzueignen.

Bull stand vor der 4-D-Karte und betrachtete sie mißmutig.

Im Kugelsternhaufen M-13 wurden wieder einmal bewohnte Welten evakuiert. Das letztemal hatte man die Bewohner vor den Posbis retten müssen, den bio-positronischen Robotern von der Hundertsonnenwelt zwischen der Galaxis und der Milchstraße Andromeda. Jetzt wollte man die Arkoniden vor den Blaupelzen in Sicherheit bringen.

Bull wandte sich von der Karte ab und ließ sich mit Tyll Leyden auf Aralon verbinden. Als Leydens Gesicht auf einem Bildschirm erschien, sagte er mit erzwungener Ruhe: „Kommen wir gleich zur Sache. Glauben Sie, daß es gelingen wird, dem synthetischen Wirkstoff die paraphysikalischen Eigenschaften des natürlichen Hormons aufzuzwingen?"

„Sir, es wird gelingen! Es fragt sich nur, wann wir den Fehler finden, der entweder in unseren Berechnungen steckt oder den wir uns selbst in unsere Ausgangsüberlegungen hineingebaut haben."

Bull stutzte. „Sie wollen damit sagen, daß das Problem an sich technisch leicht zu meistern wäre?"

„Ja! Chefleiter Labkaus hat eine Ringschaltung zwischen der Erde, Arkon III und uns aufgebaut. Gemischte Teams aus Mathematikern und Physikern stehen ununterbrochen miteinander in Verbindung. Wir haben auch erreichen können, Nathan auf dem Mond jederzeit zu benutzen. Aber das inpotronische Gehirn ist nicht in der Lage, uns zu helfen. Ihm fehlen sämtliche Daten über das Gebiet von Überladungsvorgängen, wie wir es beim B-Hormon erleben. Solange wir den Fehler nicht entdecken, können wir nur wie Anfänger experimentieren."

„Ich erwarte, daß Sie mir auch jetzt eine ehrliche Antwort geben, Leyden: Halten Sie es für nützlich, noch mehr Personen am synthetischen B-Wirkstoff arbeiten zu lassen? Sie können dies wahrscheinlich besser beurteilen als ich."

Leyden blickte den Staatsmarschall einen Augenblick nachdenklich an, dann sagte er: „Wenn ich Sie wäre, würde ich noch ein halbes Dutzend Hypertrone und einige tausend Experten auf unsere Arbeit ansetzen."

„Gut! Aber um noch einmal auf meine erste Frage zurückzukommen: Sie sind überzeugt, daß nur ein Fehler zur Zeit noch verhindert, daß der synthetische Wirkstoff die Eigenschaften des natürlichen Hormons annimmt?"

„Ja, Sir."

„Ich werde dann alles Weitere veranlassen."

Atlan hatte eine neue Taktik entwickelt, um die heftigen Angriffe der Blues nicht mehr so stark zur Wirkung kommen zu lassen, und er teilte seinen Plan den Kommandanten der großen Flottenverbände mit.

Die Raumer des Imperiums sollten sich bei einem Angriff der Gataser sofort mit höchster Beschleunigung zurückziehen, in den Linearraum eintauchen und darin verschwinden. Damit würde der Angriff der Blues verpuffen. Um aber zu verhindern, daß sie weiter nach M-13 durchbrachen, schlug Atlan seinen Flottenchefs vor, mit ihren Verbänden wieder aus dem Zwischenraum ins normale Kontinuum zu stoßen und die Aufräumungs- und Nachschubeinheiten der Blaupelze mit aller Energie anzugreifen.

Bei der Entfernung zu ihrer Heimatwelt mußte auf die Dauer ein gestörter Nachschub auf die Kampfflotte Auswirkungen haben.

Atlan war sich darüber klar, daß der Plan Nachteile besaß.

Ließen es die Blues aber auf die Vernichtung ihrer Nachschubflotten ankommen, dann konnte Atlan mit seinem Unternehmen den Untergang von M-13 regelrecht heraufbeschwören.

Einige Kommandanten brachten Einwände vor, aber niemand hatte einen anderen Vorschlag, der Erfolg versprach.

Sektor 7, der seit Ausbruch der Kämpfe fast ununterbrochen Brennpunkt gewesen war, wurde wieder Schauplatz eines gewaltigen Gataserangriffs auf die Kugelraumer des Imperiums.

Sektor 7 war der Abschnitt, in dem sich Atlan mit seinem Flagg-schiff aufhielt.

Über Hyperkom gab er, als die Blues aus dem Linearraum stürzten, an alle Kommandanten durch: *Absetzen und handeln nach Plan!*

Was die Gataser dachten, als die gewaltigen Flottenverbände des Gegners scheinbar die Flucht ergriffen, ohne auch nur den Versuch gemacht zu haben, sich ernsthaft zu verteidigen, wußte niemand.

Mit höchster Beschleunigung rasten alle Imperiumsschiffe auf der Rückzugslinie davon.

Als die Gataser den Gegner überall fliehen sahen, setzten sie ihm nach, bis die feindlichen Schiffe unter ihren Augen verschwanden.

Im Zwischenraum gingen die Flottenverbände des Imperiums so-fort auf neuen Kurs, rasten jenen Positionen entgegen, wo die Diskusraumer der gatasischen Hilfsvölker operierten, fielen über sie her, indem sie dicht vor ihnen aus dem Linearraum kamen, und eröffneten das Feuer. Sie beschränkten sich darauf, die Gegner manövrierunfähig zu schießen.

Der Kampf war vom ersten Strahlschuß an schon für das Imperium entschieden, aber mit dem Mut der Verzweiflung wehrten sich die Blues.

Nur noch ein Achtel der feindlichen Schiffseinheiten war intakt, als aus dem Linearraum jener gewaltige Molkex-Verband stürzte, der in Sektor 7 die Schiffe des Imperiums hatte angreifen wollen.

Atlan ließ es abermals auf keinen ernsten Kampf ankommen. Wieder erging über Hyperkom an alle Kommandanten der Befehl, sich nach Plan abzusetzen.

Erstaunlich war, wie begeistert die Plasmakommandanten der Fragmentraumer und die Überschweren Atlans Plan aufgriffen.

In Stundenfrist hatten sich Posbis und Überschwere zu acht großen Verbänden vereinigt und begannen nach dem Plan des Arkoniden zu handeln. Die erste Niederlage der Blues zeichnete sich ab:

Der Nachschub wurde so empfindlich gestört, daß die Aktivität der Kriegsverbände merklich nachließ.

In diesen Stunden, in denen bei den Besatzungen die Hoffnung auf einen Sieg wieder wuchs, rasten aus dem Interkosmos weitere Frag-mentraumer nach M-13, um den bedrohten Welten zu helfen.

In ihrer Heimat, auf der Hundertsonnenwelt, mußten die Posbis spezialprogrammiert worden sein. Wenn man auch nicht bei Robotern von Todesverachtung sprechen kann, so verfügten diese halbbiologischen Maschinenwesen doch über einen Gefühlssektor. Dieser mußte ausgeschaltet worden sein.

Aus M-13 kamen die ersten Nachrichten und berichteten vom Auftauchen starker Posbi-Verbände.

Die Fragmentraumer sollten den Meldungen nach keine Molkex-Schiffe abgeschossen, aber deren Waffen zum Schweigen gebracht haben.

Berichte dieser Art häuften sich. Endlich traf die Meldung eines terranischen Schiffskommandanten ein, der Augenzeuge eines Kampfes zwischen einem Bluesschiff und Fragmentraumern gewesen war.

Danach hatte sich ein Posbi-Schiff bis auf einige hundert Meter einem Molkex-Raumer genähert; von anderen Seiten waren weitere Robotraumer ebenfalls so nahe herangekommen und eröffneten schlagartig auf die Geschützstellungen der Blues das Feuer.

Das Vorgehen der Fragmentschiffe, das zunächst nicht vielversprechend aussah, wurde zu einem unerwarteten Erfolg; nacheinander verstummten die Geschütze des Gegners. Und wenn sich auch zwei Posbi-Raumer schwer angeschlagen zurückzogen, so zählte dies wenig in Anbetracht der Tatsache, daß das Schiff der Blues fluchtartig davonraste.

Aber die Hoffnung, endlich eine Methode gefunden zu haben, um die Kriegsschiffe der Gataser kampfunfähig zu machen, wurde von Stunde zu Stunde kleiner, um so größer aber wurden die Verluste der Posbis.

Die Blues ließen ihre Schiffe rotieren, sowie sie auf diese ungewohnte Weise angegriffen wurden.

Am Tage nach den ersten Erfolgsmeldungen stellten die hilfsbereiten Posbis ihre neue Angriffstaktik ein.

Die Gataser setzten ihren Vormarsch nach und in M-13 fort.

Atlan nahm die gesamte im Einsatz befindliche Flotte des Imperiums unter seinen direkten Befehl.

Zur vereinbarten Zeit gab es zwischen den Sternen keine Imperiumsflotte mehr. Alle Schiffe waren in den Linearraum gegangen, rasten einem neuen, genau festgelegten Ziel zu, brachen wieder in das Raum-Zeitkontinuum ein und fielen abermals über die Nachschubeinheiten der Blues her.

Bevor die Kommandanten der Molkex-Kriegsraumer das Verschwinden der gegnerischen Flottenverbände deuten konnten, tauchten diese wieder vor ihnen auf oder jagten Blueseinheiten nach, die Kurs auf M-13 genommen hatten.

Wenige Stunden später zogen sich immer mehr Molkex-Einheiten zurück. Zum erstenmal seit Wochen konnten die Flotten des Imperiums wieder vordringen.

Kurz vor Mitternacht Standardzeit, als die Ortungen neue Nachschubeinheiten der Gataser ausgemacht hatten, kam wieder das Unheil in Form von Kugelraumern über die Diskusschiffe. Die Blues hatten binnen weniger Stunden die zweite schwere Schlappe erlitten.

Auf allen Kampfschiffen stieg die Stimmung. Nur Atlan konnte sich nicht freuen. Er war sich darüber klar, daß diese Störmanöver nicht wiederholt werden durften. Der Rückzug vieler Molkexschiffe deutete darauf hin, daß der Feind sich neu sammeln würde, um mit frischen Kräften zuzuschlagen.

Vier Tage und Nächte waren Rhodans Männer bereits mit dem Einbringen von Molkex beschäftigt. Sie lösten sich im Schichtbetrieb ab. Dreihundert flugfähige Arbeitsroboter schafften mit Hilfe von Antigravgeräten unermüdlich kleinere Molkexfladen zum Boot, das in einer Höhe von knapp fünfzig Metern über die Planetenoberfläche dahinflog. Immer wieder kam es dabei zu Ausfällen von Robotern, so daß deren Zahl bald auf rund zwanzig gesunken war. Man mußte fast ständig in unmittelbarer Nähe der Hornschrecken arbeiten. Jedes Stück Molkex, das von dem morastigen Untergrund gelöst werden konnte, bevor es vollständig erstarrte, bedeutete einen Erfolg. Größere Fladen ließen sich selbst beim Einsatz aller noch vorhandener Roboter nicht ablösen. So schwitzten die Männer Wasser und Blut, denn Rhodan war weiterhin fest entschlossen, den Weg zurück in Richtung Erde nur mit so viel Molkex anzutreten, daß weitere Himmelfahrtskommandos wie das der BABOTA überflüssig waren.

In den vergangenen Tagen hatte man immer wieder Funksprüche terranischer Einheiten empfangen, die auf der Suche nach der verschollenen ERIC MANOLI waren. Rhodan hatte befohlen, aus Sicherheitsgründen auch weiterhin nicht zu reagieren.

Im Lager auf dem Hochplateau war es bisher ruhig geblieben. Die weite Umgebung war immer noch frei von Hornschrecken. Da kam die Stunde, in der Rhodan dem Lagerkommandanten mitteilen konnte, daß er sich darauf vorbereiten sollte, die provisorischen Unterkünfte zu räumen.

„Wieviel Molkex haben wir an Bord?" fragte er Kors Dantur, der es sich nicht hatte nehmen lassen, bei dem Einsatz mit dabeizusein, wohl zum hundertsten Mal. Als Dantur die abgeerntete Masse mit gut 5000 Kilogramm angab, nickte er zufrieden.

„Das sollte genügen. Lassen Sie die Arbeiten beenden. Unsere Leute im Lager sollen in die Boote zurückkehren und den Start vorbereiten. Wir kehren zurück und nehmen einen Teil unserer ursprünglichen Besatzung wieder an Bord."

Der Epsaler gab die entsprechenden Befehle. Die noch operierenden Roboter kamen mit ihrer letzten Fracht an Bord zurück. Dann schlossen sich die Ladeluken, und das Boot nahm Kurs auf das Plateau.

Nur dreißig Minuten später verließen die fünf Raumfahrzeuge den Planeten und gingen in den Linearflug. Irgendwo auf der langen, aus eigener Kraft nicht zu bewältigenden Strecke nach Terra konnte man es sich leisten, ein größeres Schiff der Imperiumsflotte anzufunken.

31.

Tyll Leyden konnte nicht schlafen.

Er hatte sich in den letzten Tagen zuviel zugemutet. Seine Nerven spielten ihm jetzt einen Streich. Beruhigende Mittel wollte er nicht nehmen. Pa-Done, der weise Galaktische Mediziner, hatte ihn gewarnt, sich nicht zu übernehmen, und ihm ein leichtes, biologisches Sedativum angeboten.

„Das Gift?" hatte Leyden ausgerufen. Er war kein Freund von Medikamenten.

Er hatte mit den Armen Wechselbäder gemacht. Es hatte nichts geholfen. Der Schlaf blieb aus. Leydens Gedanken kreisten um die Frage: Wo steckt der Fehler?

Er glaubte nicht mehr an einen rechnerischen Fehler. Warum, konnte er nicht sagen. Er hatte sämtliche Proben gemacht, hatte Inpotroniken eingespannt, Kollegen mit Berechnungsarbeiten und Kontrollen beschäftigt: Ein Fehler war nicht entdeckt worden.

Leyden wälzte sich unruhig im Bett hin und her.

Lag es an der 5-D-Konstante, die sie dem synthetischen Wirkstoff im Hypertron aufzuzwingen versucht hatten?

Was verhinderte nur die Modifizierung der Hormon-Atomkerne?

Lag es am verwendeten Hypertron?

Mit einem Satz war Tyll Leyden aus dem Bett. Er betätigte die Verständigung. Er ließ sich mit dem Hypertron-Raum verbinden.

„Pech!" murmelte er. Im Hypertron-Raum war niemand. Er überlegte. Kollege Hyde könnte Bescheid wissen.

3 Uhr morgens!

Er weckte ihn.

„Ja, was ist denn? Ohhh, bin ich müde", gähnte Hyde.

Leyden machte ihn wach. „Hyde, wie ist ein Hypertron justiert?"

„Justiert?" Hyde verstand kein Wort.

„Ja, justiert, oder geeicht, oder genormt... Verstehen Sie mich jetzt? Wir arbeiten doch mit einigen Geräten. Wissen Sie, ob die Leistung eines jeden Hypertrons unter gleichen Bedingungen mit den Leistungen aller anderen Hypertrone übereinstimmt?"

Hyde gähnte wieder. „Woher soll ich das wissen? Bei diesen neuartigen Geräten..."

„Sie wissen es also nicht?"

„Nein, Leyden, gute Nacht. Drei Uhr morgens! So was..."

Leyden kleidete sich hastig an. Mit dem Antigravlift fuhr er zur Sohle und suchte erregt den Hypertron-Raum auf.

Wo war die Betriebsanleitung geblieben?

Nirgendwo zu finden!

Er suchte das Hypertron ab. Kein Hinweis war zu entdecken. Am Steuerpult auch nicht, und nicht an den Konvertern.

Er stellte eine Verbindung mit der Hyperkom-Station von Aralon her. Er verlangte in Terrania die B-Hormonforschungsstelle. Dort arbeiteten inzwischen über 1500 Experten an der gleichen Aufgabe.

Die Verbindung kam zustande. „Geben Sie mir Ihren Hypertron-Raum!" forderte Leyden. Seine Forderung wurde ohne Erstaunen weitergegeben. In Terrania war es dreizehn Uhr.

„Hier Miklas."

Vom Sehen her kannten sich Miklas und Leyden. Der junge Wissenschaftler erzählte in knappen Sätzen, was er gern wissen wollte.

Dreimal sagte Miklas dazwischen: „Donnerwetter!"

Jetzt meinte er: „Leyden, ich glaube, Sie haben den Fisch an der Angel! Die Hypertrone sind doch so neu... Ich überlege die ganze Zeit schon und frage mich, mit welcher Methode man sie geeicht oder justiert haben könnte. Aber ich kenne keine."

„Dann müssen wir uns eine einfallen lassen, Miklas. Bleiben Sie in der Verbindung. Ich rufe Arkon III an, und wenn das Rundgespräch fünfzigtausend Solar kostet. Bleiben Sie in der Verbindung."

Es dauerte eine Viertelstunde, bis Leyden den richtigen Mann auf Arkon III erreicht hatte. Ihm erzählte er das gleiche wie Miklas in Terrania. Houston auf Arkon III sah gleichzeitig Leyden und Miklas.

„Nehmen wir doch die Schwingungsdauer einer Hypergravitations-amplitude!" schlug er vor.

Davon wollten Miklas und Leyden nichts wissen. Dem einen war sie zu lang, dem anderen nicht stabil genug.

„Und wenn wir unsere Hypertrone an der 5-D-Konstante des natürlichen B-Hormons eichen?" fragte Leyden. „Haben Sie die Zeiten im Kopf?"

„Ein bißchen viel verlangt", knurrte Houston.

„Ich bin doch kein wandelndes Formelbuch wie Sie, Leyden!" sagte Miklas vorwurfsvoll. „Aber das ist eine Idee. Ich will gerade einen Versuch mit unserem Hypertron anfahren..."

„Fein!" rief Leyden begeistert über den Abgrund von Zeit und Raum. „Auf Aralon herrscht im Moment Katerstimmung. Bis tief in die Nacht hat es hier überall geknallt und gekracht. Ich kann also nichts tun. Wie steht's bei Ihnen, Houston?"

Leyden verfügte über ein einmaliges Talent, Kollegen für seine Aufgaben einzuspannen.

„Ich habe mein Team noch hier. Einverstanden, Leyden. Ich stelle unser Hypertron auch auf die Amplitude der 5-D-Konstante ein. Ich bin gespannt, was dabei herauskommt."

Damit brach die Ringsendung zusammen.

Sie hatte keine fünfzigtausend Solar gekostet.

In Terrania wurde der erste Versuch mit dem geeichten Hypertron angefahren, als Reginald Bull den hallenartigen Raum betrat.

Er wußte nichts von einem Gespräch zwischen Leyden auf Aralon und Miklas in Terrania. Aber er fühlte, daß hier eine stärkere Spannung herrschte als an den anderen Tagen zuvor. Zum siebten oder achten Male war er hier. Gegen seine Absicht blieb er länger, obwohl zwei wichtige Termine auf seinem Kalender standen.

Der Versuch, künstliches B-Hormon im Hypertron auf fünfdimensionaler Basis zu überladen, war beendet. Ob jetzt der Wirkstoff modifiziert worden war, mußte der Testversuch mit hochprozentigem H_2O_2 klären.

Bull hielt sich unauffällig im Hintergrund, als er mit den Wissenschaftlern den Raum betrat, der wegen der darin stattgefundenen Explosionen spaßeshalber *Sprengbude* genannt wurde.

Auch auf Terrania war der Verbrauch an Konzentrierern enorm gewesen. Zur Zeit wurde der sechsundfünfzigste benutzt.

Der Testversuch wurde angefahren. Energiesperren schützten die Wissenschaftler bei Explosionen vor Sprengstücken.

Miklas, allein am kleinen Schaltpult, sprach wie ein Automat. Trotzdem hörte Bull heraus, daß dieser Mann von einer unbeschreiblichen Spannung beherrscht wurde. Diese Spannung ging zum Teil auch auf ihn selbst über.

In Gedanken fragte sich Bull, was hier anders war als an den Tagen vorher.

„Hundert Prozent! Mischung beendet!" sagte Miklas.

Seitdem mit künstlichem Wirkstoff experimentiert wurde, war es noch nie soweit gekommen. Meistens flog alles bei einer Anreicherung von 93 bis 95 Prozent in die Luft.

Die Explosion blieb aus.

„Stoßtest!" gab Miklas bekannt.

Unsichtbar für alle, wurde jetzt hundertprozentiges H_2O_2, versetzt mit einer winzigen Menge Synthetik-B, den schärfsten Versuchen unterworfen.

Bull blickte genauso gespannt wie alle anderen zu dem Terkonitstahltisch hinter der Energiesperre, als plötzlich gesetzte Wissenschaftler bewiesen, daß sie jenen Schwung, den sie als Studenten einmal besessen hatten, nicht verloren hatten.

Ein völlig unwissenschaftliches Gebrüll brach aus. Miklas wurde von drei Kollegen gepackt und auf die Schultern genommen. Immer wieder klang es auf: „Geschafft! Verdammt noch mal, geschafft! Geschafft!"

Man trug Miklas in der *Sprengbude* hin und her, und kein Mensch kümmerte sich um seine Proteste. Es dauerte lange, bis die Experten sich erinnerten, daß Staatsmarschall Bull anwesend war.

Bull lachte glücklich. Mit diesen jubelnden Wissenschaftlern fühlte er sich jung. In seiner impulsiven Art ging er auf Miklas zu, der endlich wieder Boden unter den Füßen hatte, nahm mit beiden Händen dessen Rechte und schüttelte sie.

Aber Miklas wollte keine Glückwünsche entgegennehmen. „Nicht ich, Sir ... Nicht mir haben Sie zu gratulieren. Ich ..."

Bull sah ihn fragend an.

„Sir, mein Kollege Leyden, der auf Aralon tätig ..."

„Was? Der?" unterbrach Bull ihn fassungslos. „Ausgerechnet der wieder? Hat er den Fehler doch gefunden? Miklas, los, erzählen Sie!"

„Sir, Sie wissen Bescheid?" stotterte der Experte.

„Ich weiß nur, daß Leyden einen Kardinalfehler vermutet hat. Nun mal los, Mann, ich bin neugierig!"

Und Miklas berichtete. Was er sagte, war auch seinen Kollegen neu. Ihr Staunen wurde zu Fassungslosigkeit.

„Großer Himmel", stöhnte einer, „wie konnte man nur darauf kommen?"

Ja, dachte Bull im stillem. Aber bei Leyden war so etwas ja nicht zum erstenmal der Fall, daß er dort etwas fand, wo andere nie eine Entdeckung machen würden.

„Sir", ereiferte sich Miklas. „Wenn ich jetzt ein halbes Kilo Molkex hätte, dann könnte ich Ihnen vorführen, wie dieses auf das synthetische B-Hormon reagiert. Aber es gibt im Imperium kein Gramm mehr davon."

Schlagartig wurde Bull an Perry Rhodan erinnert. Mittlerweile hatte er sich fast mit dem furchtbaren Gedanken vertraut gemacht, daß er ihn nie wiedersehen würde.

Dann aber kam es plötzlich wie in dem Wunder, auf das man zwar bis zuletzt hofft, das aber nur in den seltensten Fällen auch wirklich jemals geschieht.

Bull erhielt einen Anruf und hörte fassungslos:

„Sir, gerade ist eine Nachricht für Sie gekommen! Der Chef ist in einem Superschlachtschiff auf dem Weg zur Erde. Er bringt Molkex mit..."

Verräterisch zuckten Bulls Mundwinkel. Später konnte er nicht sagen, wie er es in diesem bewegenden Moment fertiggebracht hatte, die Freudentränen zurückzuhalten.

Das Superschlachtschiff DONAR war auf Terranias Raumhafen gelandet. Über viertausend Menschen strömten aus dem Schiff, die Besatzung der untergegangenen ERIC MANOLI, die Besatzung der BABOTA und die Männer der DONAR.

Wenige Minuten später standen sich Perry Rhodan und Reginald Bull gegenüber, der mit einem Gleiter gekommen war, um den Freund persönlich abzuholen. Bull fiel dem anderen fast um den Hals, als dieser zu ihm einstieg – und seufzte nur, als Rhodan sofort nach dem letzten Stand der Dinge auf Terra und Aralon fragte.

„Die B-Hormonforschung ist abgeschlossen", sagte er statt des Vorwurfs, den er sich wegen Rhodans Tollkühnheit schon zurechtgelegt hatte. In dem Augenblick, in dem einige tausend Wissenschaftler nach reinem Molkex zu schreien begannen, kamst du damit an. Wieviel hast du?"

„Etwas über fünftausend Kilo. Ich habe mit Atlan gesprochen. Er sieht die nahe Zukunft in schwarzen Farben. Es sei denn, es gelingt uns jetzt endlich und verdammt schnell, mit dem Molkex die neuen theoretischen Durchbrüche in die Praxis umzusetzen. Das Molkex ist bereits in die Labors unterwegs. Beeile dich. Ich will dabeisein, wenn die Versuche beginnen."

Bull stöhnte wieder, zuckte die Schultern und beschleunigte. Als der Gleiter den Raumhafen hinter sich ließ, berichtete Rhodan knapp, was aus der ERIC MANOLI geworden war und wie die DONAR auf seine Funkrufe hin bei den fünf Beibooten erschienen war, sie aufgenommen und zur Erde gebracht hatte.

Rhodan ahnte noch nicht, daß es auf der Erde keine Versuche geben würde.

Dr. Dr. Ing. Labkaus hatte Tyll Leydens Team in seinem Büro versammelt und hielt den aufmerksam lauschenden Männern einen Vortrag.

Der erste Teil seines Vortrages klang unglaublich.

Die Gataser sollten Aralon vernichtet haben!

Mit dieser Behauptung hatte Labkaus begonnen und es hingenommen, daß er von einigen Wissenschaftlern mitleidig belächelt wurde.

Über Aralon hatte sich bis zur Stunde nicht ein einziges Molkexschiff sehen lassen!

Labkaus erklärte weiter: „NATHAN, das inpotronische Riesengehirn auf dem Mond, hat diese Behauptung über die Vernichtung Aralons aufgestellt. Entsprechende Nachprüfungen haben die Richtigkeit dieser Behauptung bestätigt."

Ein Experte rief verärgert dazwischen: „Damit wir uns diesen Unfug anhören, haben Sie uns rufen lassen, Mr. Labkaus?"

Nur Tyll Leyden zeigte keine Reaktion. Er stand im Hintergrund und starrte einen Punkt an der Wand an.

Gelassen fuhr Labkaus fort: „Ich habe es zunächst auch für Unsinn gehalten, nur bin ich nicht so unhöflich gewesen, und habe meine Gedanken ausgesprochen. Folgendes ist geschehen, meine Herren: Die Gataser haben ein Siebenplaneten-System, das von M-13 achtunddreißig Lichtjahre entfernt ist, angegriffen. Der vierte Planet hat bis auf einige tausend Kilometer den gleichen Abstand zu seiner Sonne wie Aralon zur Sonne Kesnar. Diese erwähnte Welt war eine Sauerstoffwelt mit ausgedehnten Stadtanlagen, und wie der Zufall es will, waren diese Anlagen bei oberflächlicher Betrachtung mit Städten auf Aralon zu verwechseln. Die Gataser müssen diesen Planeten für Aralon gehalten haben. Anders ist ihr Vorgehen nicht zu erklären, denn der Planet wurde bis zu drei Kilometer Tiefe durch Strahlangriffe zerstört. Menschenleben hat dieser Angriff nicht gekostet, weil der Planet schon vor mehr als dreitausend Jahren von den Arkoniden geräumt wurde und seither zu den Welten zählt, die nicht betreten werden dürfen.

Ich sehe den Kollegen Leyden, der ja auch Astronom ist, ein mitleidiges Lächeln aufsetzen. Der Grund dafür ist mir bekannt.

Meine Herren, ich schalte jetzt die Projektion ein und werde damit die galaktischen Koordinaten von Aralon bringen und die Position jenes vierten Planeten, der durch die Gataser vernichtet wurde. Achtung, Projektion!",

Sie blickten auf die projizierten Angaben und verglichen sie. Nur Leyden war auf diesem Gebiet Fachmann, alle anderen Laien. Aber selbst für die Laien wurde klar, was hier geschehen war: Die Gataser hatten zwei Koordinaten vertauscht; statt Rot hatten sie die Grün-Koordinate genommen und auf Gelb die Rotwerte gesetzt.

„Und ausgerechnet an der Stelle befindet sich die Bahn eines vierten Planeten?" fragte Leyden ungläubig.

„Ja!" sagte Labkaus. „Diesem Irrtum der Gataser und diesem glücklichen Zufall verdanken wir auf Aralon unser Leben.

Deshalb hat Perry Rhodan auch kurzfristig angeordnet, als diese Tatsache durch NATHAN entdeckt wurde, Aralon zum Zentrum der Forschung zu machen. Die weiterhin durch Molkexschiffe bedrohten Anlagen auf der Erde und auf Arkon III werden zur Stunde schon abgebaut und auf schnellstem Wege hierhergebracht. Vor einer Stunde ist auch die letzte Molkex-Ladung hier eingetroffen. Das gesamte Material, das Rhodan mitgebracht hat, befindet sich also hier. Weniger um Sie darüber zu informieren, habe ich Sie zusammengerufen, sondern um Ihnen zu sagen, daß jeder einzelne von Ihnen für die

Dauer der Entwicklungsarbeiten zum Chef einer Abteilung ernannt worden ist."

„Danke, mich ausgenommen!" erklärte Tyll Leyden.

Gerade von Leyden hatte Labkaus keinen Einwand erwartet.

In diesem Moment lief ein Zittern durch den Boden, dem der dumpfe Knall einer heftigen Explosion folgte.

Man sah sich fragend an. Was war da passiert? Sollte jemand mit hochprozentigem H_2O_2 experimentiert haben, ohne ihm Synthetik-B zugesetzt zu haben?

Labkaus hatte auf die Explosion kaum geachtet. Er versuchte Leyden davon zu überzeugen, daß er der richtige Mann wäre, um jetzt Versuche mit dem Molkex anzustellen.

„Warum muß ich dann deswegen Chef einer Abteilung werden, Labkaus?" fragte er protestierend. „Ich habe genug davon, den Chef zu spielen. Wenn ich an Impos denke... Ich lehne ab. Das Verhalten des Molkex bei Kontakt mit H_2O_2-B will ich gern studieren, aber deswegen brauche ich doch nicht Chef zu werden."

Die Tür wurde aufgerissen. Ein Mann steckte den Kopf herein und rief: „Leyden, Ihr B-Ho-H_2O_2 ist hochgegangen!"

„Welches?" fragte der junge Wissenschaftler gelassen.

„Ihr Wunder-Wasserstoffsuperoxyd!"

Leyden stutzte. „Das ist doch nicht möglich! Ist jemand verletzt worden?"

„Nein", sagte der Kollege. „Aber Labor 156 sieht wie ein Schlachtfeld aus. Hundert Liter sind hochgegangen."

„War ja auch laut genug..."

„Leyden, wollen Sie sich denn den Schaden nicht einmal ansehen?" fragte der Kollege, der die unangenehme Nachricht gebracht hatte und den Leydens Phlegma ärgerte.

„Ich habe in der letzten Zeit genug Scherben gesehen. Besten Dank für Ihre Mitteilung."

Doch da wurde er von Labkaus aufgefordert, sich um die rätselhafte Explosion zu kümmern. „Der Fehler kann doch nur bei der Modifizierung der B-Hormonkerne liegen, Leyden!" behauptete Labkaus.

„Wenn Sie es wissen... bitte!" erwiderte Leyden. „Ich bin in meinem Büro zu finden."

Niemand hielt ihn auf.

Auf dem Weg zu seinem Büro blieb Leyden plötzlich stehen. Ihm kam ein entsetzlicher Verdacht.

Sollte die Modifizierung der B-Hormonkerne nur einige Zeit anhalten? Sein Wunder-Wasserstoffsuperoxyd war mehr als zwei Tage alt...

Tyll Leyden zeigte seine Unruhe nicht. Der plötzliche, unerwartete Zerfall des modifizierten Wasserstoffsuperoxyds machte ihm mehr Sorgen, als seine Kollegen ahnten, zumal er inzwischen wußte, daß das gleiche auch auf Terra und Arkon III geschehen war. Rechnerisch waren diese stürmischen Reaktionen und ihre Ursachen zur Zeit noch nicht zu erfassen.

Leyden ging nochmals anhand von Versuchen Schritt um Schritt den gesamten Entwicklungsgang, angefangen von der Bestrahlung des Synthetik-B-Hormons im Hypertron bis zum Stoßtest im Konzentrierer durch. Mit jedem modifizierten Stoff machte er dann am Molkex Versuche.

Zuerst führte er einige Tests mit einer fünfundachtzigprozentigen H_2O_2-Konzentration durch, der er das synthetische B-Hormon hinzugefügt hatte. Das damit behandelte Molkex wurde weich und geschmeidig und ließ sich zu jeder beliebigen Form verarbeiten. Danach behandelte er dieses Molkex mit einer hundertprozentigen Konzentration und erzielte dabei dieselbe Wirkung, wie man sie unter Zusatz des natürlichen B-Hormons beobachtet hatte. Das Molkex begann sich zu verflüssigen, danach aufzuwallen und zu brodeln. Kurze Zeit später unterlag es dem Drive-Effekt und blieb an den Wänden des Labors kleben.

Leyden begnügte sich aber nicht allein damit. Jetzt, da ausreichend Molkex zur Verfügung stand, wollte man die Experimente machen, die man so lange hatte aufschieben müssen. Es war daher kein Zufall, daß der Verbrauch an B-Ho-H_2O_2 stets größer war als berechnet. Immer wieder mußten weitere Flüssigkeitsmengen über das Hypertron und den Konzentrierer erstellt werden.

Der Vorschlag, doch in einem Arbeitsgang eine große Menge zu entwickeln, war abgelehnt worden, da möglichst viele Experten mit der Technik der B-Hormon-Modifikation vertraut gemacht werden sollten.

Leyden war der erste, der einen Versuch mit fünfzig Kilogramm Molkex startete. Mit drei araischen Arbeitsrobotern, den fünfzig Kilogramm Molkex und einem teuren Satz wissenschaftlicher Geräte ging er an die Oberfläche.

Dort wurde er von drei Hyperfunktechnikern erwartet. Auch sie hatten Arbeitsroboter und einen umfangreichen Gerätepark mitgebracht.

Über ein normales Sprechfunkgerät standen sie mit einer weiteren Stelle auf Aralon in Verbindung.

Auf dem Raumhafen wartete eine Space-Jet startbereit auf das Einsatzwort. Außer der Besatzung waren fünf Hyperfunk- und Ortungsspezialisten da, die ihre Meßinstrumente zu beobachten hatten.

Das zu hundert Prozent angereicherte Synthetik-B-H_2O_2 breitete sich über den fünfzig Kilo schweren Molkexklumpen aus. Dieser hing in der Greifkette eines primitiven Dreibeinblockes. Rechts und links davon stand je ein Techniker, ein winziges Hyperfunk-Peilgerät in der Hand.

Unter dem Dreibein war der Boden mit einer dünnen Plastikschicht ausgelegt.

Jetzt begann das verflüssigte Molkex abzutropfen und sich auf dem Boden nach allen Seiten auszubreiten. Der Fladen wuchs, je kleiner der Klumpen Molkex wurde.

Der erste Techniker drückte jetzt sein Hyperfunk-Peilgerät in die langsam wieder erstarrende Masse und schaltete es ein.

Als der Klumpen nur noch ein Drittel seiner Größe hatte, wurde an anderer Stelle das zweite Peilgerät in die halb erstarrte Masse gedrückt.

Dann war nichts weiter zu tun, als zu warten.

Ein Techniker sprach leise in sein Funksprechgerät mit der startbereiten Space-Jet auf dem Raumhafen, die die Peilimpulse aus zwei Automatiksendern klar empfing.

„Achtung...", warnte Leyden, der sich nicht eingestehen wollte, wie sehr er fieberte. Gleich mußte sich der Drive-Effekt zeigen.

Jetzt hatte sich der Dreibeinbock bewegt! Jetzt wieder. Das waren die ersten Anzeichen des Drive-Effektes. Aus Molkex war etwas Neues geworden: Neo-Molkex.

An allen Stellen gleichzeitig löste sich der erstarrte Fladen vom Boden, die Plastikschicht zurücklassend. Der Bock kippte um. Als er zu Boden stürzte, befand sich das Neo-Molkex bereits in hundert Metern Höhe.

Zu diesem Zeitpunkt hatte die Space-Jet den Raumhafen schon verlassen und kam mit donnernden Impulswerken heran, um in der Nähe des davonfliegenden Neo-Molkex zu bleiben. Für den Fall, daß die Besatzung den Stoff aus ihrer Ortung verlor, sollten die beiden automatisch arbeitenden Hyperfunk-Peilsender die Space-Jet wieder heranbringen.

„Diese Beschleunigung ist unwahrscheinlich!", schrie ein Techniker, den Kopf weit in den Nacken gelegt. Er, wie alle anderen, sah den Fladen nur noch als Punkt. Dann war er ihren Augen entschwunden. Kurz darauf war er auch aus der optischen Erfassung der Space-Jet verschwunden, wie über Funk nach Aralon gemeldet wurde.

Leyden stellte seine laufenden Aggregate ab. Anschließend hatte er den drei Technikern Rede und Antwort zu stehen.

„Ich kann Ihnen nicht sagen, was Neo-Molkex ist, noch weniger bin ich in der Lage, Ihnen diesen Drive-Effekt zu erklären. Kein Mensch im gesamten Imperium kann das, und ich glaube, nicht zuviel zu behaupten, wenn ich sage, daß die Gataser es auch nicht wissen."

Von allen drei Technikern war der Mann mit dem strohblonden Haar der hartnäckigste Fragensteller: „Mister Leyden, Sie müssen doch einen Verdacht haben."

Leyden sah den Mann nachdenklich an. „Ich gäbe viel darum, wenn ich einen bestimmten Verdacht hätte. Als Physiker ist mir diese Erscheinung am Neo-Molkex unbegreiflich. Was meldet die Space-Jet?"

Das Funksprechgerät war auf Hyperkom geschaltet worden. Das bedeutete, daß sich die Space-Jet schon sehr weit von Aralon entfernt hatte.

Ihr Kommandant wandte sich direkt an den jungen Wissenschaftler: „Mr. Leyden, soeben ist das Neo-Molkex im Hyperraum verschwunden! Der Kurs zeigt eindeutig auf das Zentrum der Galaxis. Das bestätigt unsere bisherigen Beobachtungen. Kurz bevor das Molkex aus unserem Kontinuum verschwand, fielen auch die beiden Peilsender aus. Das Geheimnis, *wohin* dieser Stoff tatsächlich geht, bleibt also bestehen. Wir kehren zurück und landen in dreißig Minuten. Ende."

Welche Bedeutung der Kugelsternhaufen M-13 für das Imperium hatte, war den Blues bekannt. Und so kamen sie mit ihrer gewaltigen Molkexflotte, um das politisch und militärisch wichtige Gebiet anzugreifen.

Von einer Stunde zur anderen wimmelte es in der Sternballung von ihnen. SOS-Rufe legten den Verkehr über Hyperkom fast lahm.

Auf die ersten Notrufe hin handelte Atlan.

Es war jetzt sinnlos, in anderen Abschnitten der Milchstraße verbissen die Stellung zu halten, während im Rücken der Front ein gewaltiges, hochkultiviertes Sternenreich vor dem Ende stand.

Mehr als 180 000 Einheiten des Imperiums erhielten den Befehl, so schnell wie möglich M-13 anzufliegen und zu versuchen, die Gataser an der Vernichtung blühender Welten zu hindern.

Der Arkonide selbst war mit seinem Schlachtschiff bereits nach M-13, seiner Heimat, unterwegs. Den Oberbefehl über die Flotte hatte er dem ältesten Flottenchef übertragen.

Arkon III meldete Bluesschiffe im System!

Über der Hauptwelt der Galaktischen Händler kämpften verzweifelte Springer gegen einen gnadenlosen Gegner, dessen Schiffspanzerungen nicht zu zerstören waren.

Innerhalb von vierundzwanzig Stunden verloren die Überschweren ein Fünftel ihrer Flotte.

Dann trafen die ersten USO-Verbände von der Front ein – 180 000 Raumer aller Klassen.

Wieder begann ein aussichtsloser Kampf.

Es machte sich jetzt bezahlt, daß man sämtliche wissenschaftlichen und technischen Kräfte auf Aralon zusammengezogen hatte.

Mit einem Machtwort entschied Perry Rhodan, daß die Suche nach der Ursache des plötzlichen Zerfalls vorerst nur noch am Rande zu betreiben sei. Wichtiger war vorerst die Großproduktion von synthetischem B-Hormon sowie von Wasserstoffsuperoxyd. Auch wenn dieses Hormon die Stabilität des H_2O_2 offenbar nur für zwei Tage gewährleistete, mußte diese Zeit reichen, um es von der Produktionsstätte bis zum Ziel zu bringen. Jetzt galt nur eines: sich der erdrückenden Übermacht der Blues wirkungsvoll zu erwehren.

Auf der Erde und auf dem Mond gab es keinen einzigen Transformstrahltechniker, der nicht für dieselbe Aufgabe eingesetzt wurde wie alle anderen Kollegen.

Plötzlich wurden Fließbänder, die schon seit Jahren ununterbrochen liefen, stillgelegt. Arbeitsroboter, frisch programmiert, tauchten zu Tausenden auf, räumten Halbfabrikate zur Seite, kamen mit neuen, fremdartigen Maschinen, und Stunden später liefen die Bänder für die Produktion eines bisher unbekannten Teils wieder an.

Die Galaktischen Mediziner hatten mit unbewegten Mienen die wissenschaftlichen Alarmeinsätze zur Kenntnis genommen. Pa-Done gab mit gleichklingender Stimme den Befehl, an 24 Stellen zugleich die Produktion von Synthetik-B aufzunehmen.

Waren die Galaktischen Mediziner auf der Hauptwelt Aralon stolz auf die technische Perfektion ihrer pharmazeutischen Produktionsanlagen, so mußten sie jetzt uneingeschränkt zugeben, daß ihnen die Terraner auf anderen technischen Gebieten ebenbürtig waren.

Fünfhundert gigantische Raumer der USO lagen auf dem großen Raumhafen. Darin, davor und selbst in dem weitverzweigten unterirdischen System wimmelte es von terranischen Arbeitsrobotern.

Vom Hauptausgang der Pharma-Anlage bis zu den einzelnen Schiffen schwebten Antigravplatten, von Robotern gesteuert, zu Tausenden hin und her. Nach einem komplizierten, aber genau ausgeklügelten Programm versorgten die Roboter die USO-Schiffe ausreichend mit in aller Eile hergestellten, synthetischen B-Ho-H_2O_2-Bomben.

Die Bestückung der Raumer sollte laut Programm 4 Stunden und 31 Minuten in Anspruch nehmen.

Nach vier Stunden 30 Minuten war sogar die DONAR, die als letztes Schiff auf Aralon eingetroffen war, mit diesen neuen Bomben versorgt.

Der Massenstart von fünfhundert Raumern, keiner kleiner als ein Schlachtkreuzer, begeisterte sogar die Aras, als sie sahen, wie glatt dieses Manöver ablief.

In einer Entfernung von rund vierzig Lichtjahren hausten die Blues in M-13. Die Heimat der Arkoniden war wichtigstes Ziel des kleinen Verbandes.

Auf allen Schiffen herrschte höchste Gefechtsbereitschaft. Die Transformstrahlkanonen waren schußbereit. Der Verschluß der Waffe, die von den Posbis übernommen worden war, glich äußerlich einem Materietransmitter, doch der physikalische Ablauf beim Schuß aus einem Transformstrahler unterschied sich völlig von der Funktion eines arbeitenden Transmitters.

Der Transformstrahler verschoß materiell stabile Bomben, die sofort entstofflicht wurden. Im Zielgebiet entstand bei Abschuß gleichzeitig ein Transformfeld, das die entstofflichten Bomben wieder rematerialisierte und sie zur Detonation brachte.

Perry Rhodan verließ nicht die Zentrale der DONAR. Über Hyperkom stand er in ununterbrochener Verbindung mit Atlan. Der Arkonide konnte nur berichten, daß die Verbände der USO immer weiter vor den Schiffen der Blues zurückwichen.

Das Reich der Arkoniden schien dem Untergang geweiht zu sein.

Die kleine Flotte legte im Linearraum den winzigen Sprung von rund vierzig Lichtjahren zurück. Kurz vor Eintritt ins normale Kontinuum, als die große Bordinpotronik noch einmal den Lagebericht ausgewertet hatte, gingen an die Schiffe die Einsatzordern ab.

An dem wichtigsten Brennpunkt im Kugelsternhaufen sollten sie, wenigstens immer zu dritt, eingreifen und die neuen Flüssigkeitsbomben über Transformstrahl auf die Schiffe verschießen.

Rhodan selbst hatte sich als Ziel das Zentrum von M-13, das Arkon-System, ausgewählt.

In der DONAR lief die Zeit. Sie lief auf weiteren fünfhundert

Schiffen. Gleichzeitig sollte der Pulk mitten in M-13 auftauchen. Der Übergang kam. Die Schiffe stürzten in ein Inferno.

Es gab keinen terranischen Kommandanten, der sich einbildete, er könnte hier mit seiner neuen Waffe entscheidend eingreifen.

Den Erkennungskode ausstrahlend, raste die DONAR quer durch das Arkon-System auf Arkon III zu, das den Meldungen nach im Augenblick von allen Planeten am gefährdetsten war.

Feuerfreigabe war auf allen Schiffen erfolgt.

Die Gataserkommandanten zeigten keine Reaktion, als sie hier und da die großen Kugelraumer ihrer Gegner heranrasen sahen. Sie vertrauten immer noch der Molkex-Panzerung.

Der Feuerleitoffizier der DONAR sah drei Riesenschiffe der Blues wütendes Vernichtungsfeuer nach Arkon III verschießen. Die DONAR verfügte über 20 Transformgeschütze. Die drei Molkexraumer wurden von der inpotronischen Zieleinrichtung erfaßt.

Rhodan, der vor Minuten die DONAR übernommen hatte, flog jetzt das gigantische Schiff manuell. In solchen kritischen Momenten verließ er sich lieber auf sein Reaktionsvermögen und vertraute seinen Blitzentscheidungen mehr als jedem inpotronischen Beschluß.

Drei mit Flüssigkeit gefüllte Tanks wurden auf der Molkex-Schicht der Gataserschiffe rematerialisiert und zerschellten daran. Die Flüssigkeit breitete sich blitzschnell nach allen Richtungen über die Hülle aus und legte einen hauchdünnen Film darüber.

Ungeachtet des wahnsinnigen Feuers, das der DONAR entgegenschlug, aber von den Schutzschirmen kompensiert werden konnte, da es sich um kein Punktfeuer handelte, flog Rhodan sein Schiff noch näher heran.

Er wollte selbst Augenzeuge werden, wie alle drei gegnerischen Schiffe ihre bisher unzerstörbare Molkexpanzerung verloren.

„Es kocht! Es wird flüssig..." Die sonst so beherrschten Offiziere in der Zentrale konnten ihre Begeisterung nicht mehr zurückhalten. „Sir, gehen Sie noch näher ran!"

Beim ersten Feindschiff fiel das Molkex schon ab!

Die DONAR feuerte. Der Polturm schoß aus allen Strahlgeschützen auf die blanke Hülle eines Gataser-Raumers. Eine Breitseite des Superschlachtschiffes nahm sich die beiden anderen Gegner vor.

Diese Salve genügte, um drei Schiffe von 1800 mal 900 Metern in die Flucht zu schlagen.

Im Hyperkom begann es lebhaft zu werden. Andere Einheiten meldeten die ersten Erfolge.

Rhodan befahl Verstärkung heran. Arkon III wurde von mehr als zweihundert Bluesschiffen angegriffen.

Achtzehn terranische Raumer tauchten auf. Zusammen mit dem Dreierpulk, den Rhodan kommandierte, stürzten sich einundzwanzig Schiffe auf den Feind.

Acht weitere Molkex-Riesen verloren durch das modifizierte B-Ho-H_2O_2 ihre Panzerung und ergriffen die Flucht.

War das die Wende? War das das Wunder, auf das alle gewartet hatten?

Die Gataser-Kommandanten reagierten jetzt schon, wenn die gewaltigen Kugelraumer vor ihnen auftauchten. Sie wichen aus! Zum erstenmal! Sie mußten inzwischen wissen, daß sie hinter ihrer Molkexpanzerung nicht mehr unverwundbar waren und der Gegner über ein Mittel verfügte, das unheimliche Panzerungsmaterial zu verflüssigen.

Kaum ein Terraner achtete auf die großen Fladen, die im Raum schnell erstarrten und unter Entwicklung des rätselhaften Drive-Effektes plötzlich davonrasten.

Der 500er-Pulk entwickelte eine neue Kampftaktik. Keiner der Raumer, welche die Flüssigkeitsbomben mit Hilfe von Transformstrahlern verschossen, wartete noch darauf, ob das Molkex von der Hülle der Bluesschiffe auch wirklich ablief. Dieses Schauspiel kannten die Männer inzwischen. Sie überließen es den kleineren Einheiten, die ihrer Panzerung beraubten Schiffe davonzujagen.

Der Funker brüllte in die Zentrale hinein: „Sir, die HELIOPOLIS meldet den dritten Versager!"

„Geben Sie mir den Kommandanten der HELIOPOLIS!" verlangte Rhodan. Soeben hatte die DONAR ein weiteres Bluesschiff mit B-Ho-H_2O_2 überschüttet. Während der Funker versuchte, den Kommandanten des STARDUST-Raumers zu erreichen und ans Bildmikrophon zu bringen, ging er mit seinem Schiff dicht an den Gegner heran.

Dort lief das Molkex in Strömen ab.

Nachricht aus der Funkzentrale: „Sir, auch weitere Schiffe... großer Himmel, Notruf der HELIOPOLIS. Gesamter H_2O_2-Vorrat an Bord explodiert! Verluste unter der Besatzung. Auf der NIZZA der gleiche Vorfall. Auch auf der ARALON Explosionen..."

Wie Perry Rhodan in diesen Sekunden handelte, war typisch für ihn. Er beugte sich zum Mikrophon vor. „Rhodan an alle! Katastrophenalarm!" rief er hinein. Der Hyperkomfunk übertrug die Worte auf der Gemeinschaftswelle. „Der Zerfallprozeß des H_2O_2 ist wesentlich früher eingetreten, als wir erwartet hatten! Alle Lager mit H_2O_2 sofort räumen und Explosionssperren schließen. Keine Flüssigkeitstanks mehr verschießen. Vorhandene Behälter blindlings verfeuern! Höchste Eile erforderlich! Kurswechsel nach Aralon!"

Er lehnte sich zurück und sah den Piloten an, der Perry Rhodans Können bewunderte.

„Übernehmen Sie", sagte der Großadministrator. „Kurs Aralon!"

Alle waren um eine Hoffnung ärmer. Der Angriff, der so vielversprechend begonnen hatte und die Wende im verzweifelten Kampf herbeiführen sollte, mußte abgebrochen werden.

Rhodan betrat die Funkzentrale. Was hier an alarmierenden Nachrichten hereinkam, was furchtbar. Immer mehr Schiffe meldeten Explosionen an Bord. Brände folgten. Vier Transformstellungen waren zerstört worden. Menschen waren in den Explosionen umgekommen. Menschen lagen mit schweren Verbrennungen in den Lazaretten.

Immer angespannter lauschte Rhodan den Schreckensmeldungen. Es war wohl das Glück der DONAR, daß alle Bomben bereits verfeuert worden waren. Doch Rhodan machte sich bittere Vorwürfe.

War es doch falsch gewesen, die Forschung nach den Zerfallsursachen vorerst auf Eis zu legen?

Er hoffte auf die Eigensinnigkeit der Wissenschaftler und darauf, daß sie die Ursache der verhängnisvollen Entwicklung bald herausfinden würden. Entsprechende Anweisungen gingen über Hyperfunk nach Aralon.

32.

Atlan beschwor Perry Rhodan, erneut die Waffe einzusetzen.

„Perry, die Gataser sind sich ihrer Überlegenheit nicht mehr sicher. Zum erstenmal weichen sie aus, wenn wir pulkweise auftauchen. Die Erfolge der neuen Waffe sind ihnen in die Knochen gefahren. Wir müssen die Bomben weiter einsetzen, auch wenn sie durch den Zerfallsprozeß unberechenbar sind!"

Perry Rhodan sträubte sich noch, Atlans Vorschlag zu befolgen. Das Risiko stand in keinem Verhältnis zum Erfolg. „Atlan, ich kann dir zur Stunde darauf noch keine Antwort geben. Ich hoffe aber, daß ich dir noch heute Bescheid geben kann."

„Du glaubst, die Experten würden es schaffen, innerhalb von wenigen Tagen die B-Hormon-Komponente länger stabil zu halten? Ich glaube es nicht. Und damit bleibt uns gar nichts anderes übrig, als H_2O_2-Explosionen an Bord in Kauf zu nehmen."

„Aber damit schwächen wir uns doch selbst, Atlan!" sagte Rhodan jetzt etwas lauter. „Und wer uns sehr schnell durchschauen wird, das sind die Gataser! Was noch wichtiger ist, Arkonide: Ich kann es nicht verantworten, die Besatzungen mit Tanks in Berührung kommen zu lassen, die jeden Moment auseinanderfliegen können. Der Kampf hat nach deinen Worten an Intensität verloren. Hoffen wir, daß die Lage für die nächsten Tage so bleibt . . ."

„Jetzt sprichst du schon von Tagen", fiel ihm der Arkonide ins Wort. „Perry, wir von der USO sind auch nur Menschen und keine Roboter!"

„Aber Menschen, die hoffen, Atlan! Roboter können nicht hoffen, Roboter verfügen nur über ihre Programmierung."

„Stimmt, Perry. Aber laß uns nicht vergeblich hoffen, ja?"

„Bestimmt nicht. Ich verspreche es. Das Wunder muß sich doch errechnen lassen!"

Atlan lachte. „Du Terraner, du unverbesserlicher . . .“ Es war eine Feststellung, in der Bewunderung lag.

Dann schloß Atlan das Gespräch mit der Bemerkung ab: „Ein errechnetes Wunder . . . Perry, das ist auch für mich ein unbekanntes Ding. Ich bin gespannt, wie es aussieht.

Mit der LISBOA, einem Leichten Kreuzer der Städteklasse, der mit 720 km/sec^2 beschleunigen konnte, hatte Perry Rhodan überstürzt Aralon verlassen.

Nicht einmal Reginald Bull war unterrichtet worden, wohin er geflogen war. Niemand ahnte, daß er nach dem Sonnensystem Gladors Stern unterwegs war, einer grünen Sonne, von dessen vier Planeten der zweite Leben trug.

Dieser zweite Planet mit dem Namen Siga wurde von allen humanoiden Rassen ungern angeflogen. Siga schien eine mysteriöse Welt zu sein, denn die Menschen, die dort lebten, wurden von Generation zu Generation kleiner, und noch keinem war es gelungen, dieses Phänomen zu ergründen.

Siga war Lemy Dangers Heimat.

Siga hatte Perry Rhodan gerufen, und Rhodan hatte keine Minute gezögert, diesem Ruf zu folgen.

Ein Gleiter der terranischen Platzkommandantur, deren Besatzung aus Freiwilligen bestand, flog ihn zu seinem Zielort.

In einer der *großen* Maschinenhallen wurde Rhodan von einer siganesischen Abordnung empfangen.

Der Großadministrator konnte in der für siganesische Verhältnisse *gigantischen* Halle nicht aufrecht stehen. Den Kopf leicht gebeugt, blicke er auf die kleinen Siganesen herunter, die sich auf einem Fließband, das stillgelegt worden war, aufgestellt hatten. Eine winzige, aber ausgezeichnete, leistungsfähige Verstärkeranlage sorgte dafür, daß die Worte des Sprechers für Rhodan leicht verständlich waren.

Mit leichter Verwunderung betrachtete er ein Gerät an der Seite der Gruppe, das die Ausmaße einer Zigarren-Kiste hatte. Mit Stolz deutete der Sprecher darauf. Er behauptete, daß sich hinter der

Verkleidung des kleinen Kastens ein leistungsfähiges Hypertron mit Konzentrierer befand.

Par Ettal, der Sprecher, gab unumwunden zu, daß die Swoon auch ihr Teil zum Gelingen der Arbeit beigetragen hätten.

„Sir", erklärte der Siganese, „ohne Mister Leydens Entdeckung, das Hypertron an der 5-D-Konstante des natürlichen B-Hormons einzustellen, würden wir heute noch auf der Stelle treten. Mit dem Versuch, mittels eines Hypertrons die Überladung der Kerne zu erzwingen, kommen zwar auch wir nicht weiter. Uns ist jedoch ein kleiner Schritt nach vorne gelungen. Das modifizierte B-Hormon bleibt nur kurzfristig stabil. Wir haben dieser Tatsache Rechnung getragen und ein Hypertron entwickelt, das nach terranischen Vorstellungen ein Mikrogerät ist. Es arbeitet vollautomatisch, aber nur fünfundvierzig Minuten lang. Durch einen Funkimpuls wird es aktiviert. Das Leistungsvermögen des Konzentrierers ist so berechnet, daß innerhalb von drei Minuten Wasserstoffsuperoxyd auf hundert Prozent angereichert wird. Die Vollautomatik, natürlich wasserdicht, verhindert eine Dreiviertelstunde lang den chemischen Zerfall von H_2O_2. Innerhalb dieser Zeit muß die Flüssigkeitsbombe abgeschossen werden. Unsere Mikrotechnik läßt nicht zu, stärkere Energieanlagen einzubauen. Aber wir glauben, daß diese Zeitspanne von fünfundvierzig Minuten ausreichen wird."

Der Chefphysiker der Siganesen sah Perry Rhodan fragend an. Der griff nach dem kleinen Kästchen, drehte und wendete es.

Nach Meinung der Siganesen sollte dieses Gerät in jeden H_2O_2-Tank eingebaut werden. Auf einen Funkimpuls wurde das H_2O_2 auf hundert Prozent angereichert und zugleich durch modifiziertes B-Hormon, das auch erst im Moment der einsetzenden Anreicherung seine Komponente erhielt, stabilisiert.

Rhodan verspürte leichtes Herzklopfen, als er fragte: „Wie viele Geräte pro Standardstunde können hergestellt werden?"

Innerhalb der Galaxis gab es nur eine Welt, auf der diese winzigen Geräte am Fließband gebaut werden konnten, und die hieß Siga.

„Sir", fragte der winzige Chefphysiker gelassen, „wieviel benötigen Sie?"

„Jede Menge!"

„Sir, reichen zehntausend Stück? Ablieferung morgen abend, zwanzig Uhr?"

„Morgen abend?" fragte Rhodan verdutzt. Er wußte, wieviel Monate Arbeit es kostete, ein einziges Hypertron zu bauen. Und ob ein Hypertron große Ausmaße hatte oder so klein war, wie dieses, das er immer noch in den Händen hielt, spielte keine Rolle. Jedes Teil gehörte an seinen Platz und diese neuartigen Hypertrone waren das komplizierteste, was bisher auf dem Gebiet der Beschleuniger konstruiert worden war.

Der Siganese faßte Rhodans Frage falsch auf. Bescheiden entgegnete er: „Sir, mehr können wir in den ersten drei Tagen beim besten Willen nicht liefern, um dann . . . verzeihen Sie, Sir, wenn ich jetzt die Frage stellen muß: Wie geht die Bezahlung vor sich? Wir haben, um die ersten zehntausend Geräte schon morgen abliefern zu können, im Augenblick achtunddreißig Prozent der Industrie auf Siga damit beschäftigt. Sir, bis jetzt haben wir schon Unsummen investiert. Und wenn wir auch klein sind . . . was wir kaufen und wo wir kaufen, wir müssen mit Solar bezahlen, auch auf der Erde!"

Perry Rhodan lachte herzhaft.

Und morgen abend standen zehntausend Geräte zur Verfügung?

Flüchtig dachte er an Homer G. Adams, als er dem Chefphysiker den größten Blankoauftrag erteilte, den in der Geschichte des Vereinten Imperiums jemals ein einzelner Industrieplanet erhalten hatte.

Er blieb auf Siga und informierte Bull und Atlan.

Es war auf Aralon, der 1. 3. 2328 Terrazeit, drei Uhr morgens Aralon-Uhrzeit, als Tyll Leyden, übernächtigt und am Ende seiner Kräfte, mit Großadministrator Rhodan zu sprechen verlangte.

„Rhodan hat gestern, am frühen Morgen, Aralon verlassen!" lautete die unmißverständliche Auskunft.

„Welche Uhrzeit hat Terrania im Augenblick?" fragte Leyden.

„0.48 Uhr."

„Danke", sagte Leyden müde. Wenn Mister Bull so müde war wie er, dann wollte er jetzt bestimmt nicht gestört werden. Leyden sah aus rotentzündeten Augen auf seinen Block.

Drei Blocks hatte er in ununterbrochener Arbeit mit Zahlen und Formeln vollgeschrieben. Bis vor wenigen Minuten hatte seine kleine Inpotronik laufend Berechnungen angestellt.

Da stand das Resultat.

Eine einmalige Bestrahlung des B-Hormons im Hypertron reichte bei weitem nicht aus, um die Modifikation über eine längere Zeitdauer stabil zu halten.

Beinahe wütend blickte Leyden das Resultat angestrengter Geistesarbeit an. „Der Teufel soll all das holen, was auch nur entfernt mit dem Suprahet und Molkex verwandt ist . . .“

Als sich die Tür zu seinem Arbeitszimmer öffnete, blickte er nicht einmal auf.

Pa-Done, der Ara, trat ein. Er war nicht verwundert, Leyden zu dieser Stunde hier anzutreffen. Es war ja nicht das erstemal.

„Hier, Leyden, schlucken Sie das. Es macht Sie frisch“, sagte Pa-Done und bot ihm eins der araischen pharmazeutischen Wundermittel an.

„Danke, Pa-Done. Ich schlucke dieses Gift nicht. Eine Handvoll Schlaf ist gesünder. Wissen Sie, wo Perry Rhodan zu finden ist? Auf Aralon ist er seit gestern vormittag nicht mehr.“

Er glaubte nicht, daß Pa-Done ihm darauf eine Antwort geben könnte. Er vernahm Worte und verstand sie nicht.

„Siga? Wer ist das?“

Leyden war nicht aufnahmefähig.

„Ach, die Kleinen . . . Hm!“

Pa-Dones Antwort kam.

Jetzt stutzte Leyden. Der Name Siga hatte ihn wachgerüttelt. Siganesische Mikrotechnik war ihm bekannt. Neben der Mikrotechnik der Swoon genoß sie einen einmaligen Ruf im Imperium.

Aber mehr konnte ihm Pa-Done auch nicht sagen. Leyden gähnte. „Hat Ihnen Labkaus den Beweis geliefert, daß Ihr Synthetik-B nichts wert war, Pa-Done?“

Der Ara stutzte. „Wissen Sie mehr als ich?“

„Da . . .“, sagte Leyden müde und wies auf den Block, auf dem eine Formelkette mehrfach umrahmt war. „Da hab’ ich es, Pa-Done! Die 5-D-Konstante ist nicht so leicht stabil zu halten, wie wir uns gedacht

380

haben. Entweder liegt es am Hypertron, oder weiß der Himmel, woran... diese verdammte Konstante ist noch nicht einmal in ihrer zeitweiligen Stabilität gleichbleibend! Kompliziert ausgedrückt?" Er blickte zu ihm auf.

Pa-Done hatte verstanden. „Sie wollen sagen, daß die Überladung, die durch das Hypertron erzwungen wurde, in ihrer zeitlichen Stabilität völlig unterschiedlich ist?"

„Genau das. Im Augenblick gibt es nur eine Notlösung: Kurz vor Abschuß des H_2O_2-Tanks frisch modidifiziertes B-Hormon zusetzen... und dann die Dinger so schnell wie möglich verschießen. Pa-Done, tun Sie mir einen Gefallen? Der Chef ist, wie Sie sagten, auf Siga. Rufen Sie ihn in meinem Namen an. Sagen Sie ihm, was ich herausgefunden habe... Pa-Done, ich kann keinen Schritt mehr gehen. Schaffen Sie mich nach nebenan auf die Couch...?"

Als Pa-Done den Erschöpften in den Nebenraum trug, schlief dieser schon.

Aralon, ein Planet, der in seinen unterirdischen Anlagen eine zusammenhängende Klinik- und Produktionsstätte für pharmazeutische Erzeugnisse war, wurde von einer Stunde zur anderen zum größten H_2O_2-Erzeuger in der Galaxis. Daneben lief die Produktion von B-Wirkstoff in unverminderter Stärke weiter.

In den Tiefen der unterirdischen Anlagen spien die Fließbänder Tanks, die fünftausend Liter Flüssigkeit fassen konnten, aus. Aber diese Tanks waren im Gegensatz zu den früheren Modellen mit einem winzigen Ventil versehen; sonst unterschieden sie sich von den älteren Ausgaben nicht.

Vier Sohlen höher wurden diese Behälter mit H_2O_2 gefüllt. Provisorisch verschlossen, wurden die Behälter an die Oberfläche geschafft. Zu Tausenden lagen sie in langen Reihen nebeneinander, als die LISBOA landete und zehntausend Mikro-Hypertrone auszuladen begann.

Alles lief Hand in Hand.

Dreißig Plastikhallen waren neben den gelagerten Tanks aufgebaut worden. Über Fließbänder gelangten die Kleinstgeräte in diese Hallen, wurden geöffnet und erhielten die erforderliche Menge B-Wirkstoff, die nach Modifizierung in der Lage war, H_2O_2 in hundertprozentiger Anreicherung zu stabilisieren.

Rhodan hatte die Zentrale der LISBOA nicht verlassen. Über Funk stand er ununterbrochen mit Bull und Atlan in Verbindung.

Das Solsystem befand sich in größter Gefahr, von den Gatasern entdeckt zu werden. Bis auf zwanzig Lichtjahre hatten sie sich Sol schon genähert.

Wütender denn je berannten die Molkexraumer Welten des arkonidischen Interessengebietes.

„Aushalten!" rief Perry Rhodan von Aralon sowohl nach M-13 wie zum Rigel-System, wo vor Stunden die Blues zum Angriff angetreten waren.

Mit Schiffen, die zum Teil aus den Werften geholt worden waren, hatte Bull sich im verzweifelten Kampf den Aggressoren vor Rigel entgegengeworfen. Doch wie Atlan mußte er immer weiter zurückweichen, wenn er durch das infernalische Punktfeuer der Gegner nicht Schiff um Schiff verlieren wollte.

„Aushalten! Wenigstens noch vier Stunden!" kam von Aralon Perry Rhodans Ruf.

Arkon III drohte im Strahlfeuer der Blues zu verbrennen.

Atlan beorderte alle Fragmentraumer der Posbis nach M-13. Die furchtbarste Materialschlacht nahm ihren Anfang.

Die Posbis, früher Feinde der Galaxis, jedoch heute treue Bundesgenossen, jagten in robotischer Wut ihre gewaltigen, eckigen Kästen zwischen die Bluesschiffe und Arkon III. Sie opferten sich, damit diese Welt, eine der wichtigsten überhaupt, vor der Vernichtung bewahrt wurde.

Die Posbischiffe vergingen im Strahlfeuer. Aber wo ein Fragmentraumer vernichtet wurde, tauchten zwei andere dafür auf. Von Stunde zu Stunde wurde die Massierung der USO-Flotten stärker. Noch nie hatte Arkon in seiner vieltausendjährigen Geschichte so etwas erlebt.

Von Aralon kam der Ruf Rhodans: „Aushalten! Noch zwei Stunden aushalten!"

Es wurden zwei Stunden, die kein Ende nahmen.

Es wurden zwei Stunden, in denen das Schicksal der drei Arkon-planeten an einem seidenen Faden hing.

Und wieder meldete sich Rhodan von Aralon: „Plan läuft an!"

Auf seinem Flaggschiff stöhnte Atlan auf: „Endlich!" Dann ging über Hyperkom an drei Flottenverbände der Befehl, sich abzusetzen und einen bestimmten Punkt etwas außerhalb des Kugelsternhaufens aufzusuchen.

Von Siga war die zweite Ladung Mikro-Hypertrone unterwegs. Zehn Schnellast-Raumer jagten einem bestimmten Punkt in der Milchstraße zu. Jedes Schiff hatte 1000 Geräte an Bord.

Diesen Schiffen rasten die Verbände entgegen, die laut Befehl des Oberkommandierenden Atlan die Front verlassen hatten.

„Wir kommen!"

Das war der letzte Funkspruch, den Rhodan von Aralon funkte.

Und dann begann wieder das Warten in M-13.

Auch im Rigel-System wartete Bull voller Bangen auf fünfzig Schlachtkreuzer, die mit ihren Flüssigkeitsbomben verhindern soll-ten, daß die Erde von Gatasern angegriffen wurde.

Vierhundertfünfzig Schiffe brachen in M-13 ein; Kugelraumer der USO. Ihre Hyperkomanlagen strahlten Peilzeichen ab. Hier und da rasten Raumer der STAATEN-, TERRA- und SOLAR-Klasse los, schienen vor den Molkexraumern, die sie gerade noch vergeblich angegriffen hatten, zu fliehen.

In Wirklichkeit jagten sie dem Standort zu, von dem die Peilzeichen kamen.

Zweihundert Schiffe, von Aralon kommend, stießen über Arkon ins normale Universum.

Siebzig der zweihundert Raumer waren Schiffe der Imperiumsklas-se; jedes Schiff besaß zwanzig Transformkanonen.

Mit der Taktik einer logistisch denkenden Inpotronik griffen die Schiffe an. Jeweils zehn Minuten vor Abschuß der Tanks wurden die darinhängenden Mikro-Hypertrone durch einen Impuls in Tätigkeit gesetzt. Behälter um Behälter verschwand in den Transformstrahlern.

Über die Schiffe der Blues begann das Unheil hereinzubrechen.

Die ersten Einheiten rasten davon, als die Kugelraumer in ihrer Nähe erschienen und ihre Anti-Molkexbomben ins Ziel brachten.

383

Stunden dauerte der Kampf. Immer mehr Schiffe der Gataser verloren ihren Molkexschutzpanzer und wurden manövrierunfähig geschossen. Als dann noch die Flottenverbände eintrafen, die außerhalb von M-13 auf zehn Handelsraumern mit je tausend Mikro-Hypertronen an Bord und auf einen starken Verband walzenförmiger Springerschiffe, mit gefüllten Behältern beladen, gestoßen waren und sich durch diese Schiffe mit der neuen Waffe hatten versorgen lassen, begann die Lage für die Blues verzweifelt zu werden.

Rhodan hielt sich mit der DONAR im Zentrum der Kämpfe auf. Wieder flog er selbst den Kugelgiganten. Es war faszinierend, mit welch scheinbar spielerischer Leichtigkeit er das gewaltige Schiff immer wieder in die günstigste Schußposition brachte.

Achtundzwanzig Erfolge konnte die DONAR nach vier Stunden verbuchen.

Die Verluste der Blues, die sich noch verbissen zur Wehr setzten, stiegen von Stunde zu Stunde. Die Zahlen der Schiffe, die ihren Molkexmantel verloren, schnellten plötzlich hoch, als weitere Raumer zwischen den Sternen von M-13 auftauchten und ihre Flüssigkeitsbomben verschossen.

Währenddessen glaubte Bull, mit seinen wenigen Schiffen den Untergang der Welten im Rigel-System nicht verhindern zu können. Noch Stunden dauerte es, bis jene fünfzig Schiffe den Abgrund aus Zeit und Raum bewältigt hatten, der Rigel von M-13 trennte.

Er glaubte die Nachrichten nicht, die vom linken Flügel kamen, der bisher, nur noch eine Lichtstunde vom nächsten Planeten entfernt, unaufhaltsam dem Druck der Gataser hatte nachgeben und zurückweichen müssen. „Die Blues drehen ab!"

Kurz darauf sah er es selbst.

Vier Molkexraumer, die versuchten, Punktfeuer auf die Schutzschirme seines Schiffes anzubringen, drehten plötzlich ab, beschleunigten mit allen Triebwerken und rasten in jene Richtung davon, in der ihr Imperium lag.

Das gleiche Bild zeigte sich in M-13.

Die Verluste der Gataser näherten sich der Zahl 2000.

Panik mußte unter den Kommandanten der Molkexraumer ausgebrochen sein. Ihre Schiffspanzerung, die noch nie von einer Waffe hatte beschädigt werden können, floß nicht nur ab, sondern sie formte einen Fladen, der nach Erstarrung plötzlich mit irrsinniger Beschleunigung davonraste.

Die Molkexraumer flohen! Sie wollten keinen Kampf mehr. Dieser Gegner war ihnen unheimlich geworden. Die schreckliche Schlacht war vorläufig beendet.

Neben den ungeheueren Materialverlusten war auf beiden Seiten auch eine Unzahl an Toten zu beklagen. Es war jedoch wie ein Wunder, daß sich die Zahl dieser Toten, in Relation zum Materialaufwand der Schlacht, in erträglichen Grenzen hielt.

Aber was war schon erträglich? *Jeder* Tote, der durch einen gewaltsam ausgetragenen Konflikt zu beklagen war, war unerträglich.

Und es stand zu befürchten, daß dies noch nicht die letzte Schlacht gewesen war.

33.

Mai 2328

Besprechung auf Arkon III.

Perry Rhodan saß zwischen Atlan und Reginald Bull am Konferenztisch. Ihm gegenüber hatten Solarmarschall Allan D. Mercant, der Leiter der Galaktischen Abwehr, und die Vertreter des Mutantenkorps Platz genommen. Einige höhere Offiziere und besonders fähige Wissenschaftler von Terra und Arkon waren ebenfalls anwesend.

„Fassen wir zusammen", sagte Rhodan. „Wir sind durchaus in der Lage, die Molkexschiffe zu vernichten. Seines Panzers beraubt, wird selbst der schwerste Diskuskreuzer der Blaupelze zur leichten Beute eines Aufklärers. Der Schutz der Molkexmasse hatte den Blues das Gefühl absoluter Sicherheit verliehen. Das ist nun vorbei. Unsere Schiffe haben Befehl, wo immer sie auf Molkexraumer stoßen, die Panzerung zu zerstören, die Schiffe aber unbehelligt zu lassen. Ich will nicht, daß noch mehr unnötiges Blut vergossen wird, soweit es sich jedenfalls vermeiden läßt. Seit einigen Wochen gärt es im Imperium der Blues. Wir konnten erfahren, daß sich die bislang unterdrückten Völker massiv gegen die Gataser erhoben haben. Sie haben gemerkt, daß die Zeit reif ist, um gegen die Vorherrschaft der Gataser zu kämpfen, und diese haben derzeit genug damit zu tun, die überall entstehenden Krisenherde einzudämmen. Trotzdem, die Gefahr für das Vereinte Imperium ist noch nicht beseitigt. Dies wird erst dann der Fall sein, wenn die Gataser über keinerlei Molkexvorräte mehr verfügen."

Atlan nickte langsam, sagte aber nichts. Rhodan fuhr fort:

„Das Molkex ist für die Blues verloren, wenn es durch Einwirkung der Hormonbomben dem sogenannten ‚Drive-Effekt' unterliegt und im Hyperraum verschwindet. Das ist die Hauptsache. Was dabei wirklich geschieht, werden wir vielleicht nie herausfinden. Im Augenblick können wir nur daran interessiert sein, den Blues jedes Gramm Molkex zu rauben, das in ihrem Besitz ist."

„Unsere Schiffe sind dabei, jeden Molkexraumer aufzuspüren..." begann Bull.

„Das meinte ich nicht", unterbrach Rhodan und lächelte kurz. „Ich meinte die Radikalkur. Wir müssen den Blues ihre gesamten Vorräte an Molkex abnehmen. Der Verlust ihrer besten Waffe wird sie moralisch derart schwächen, daß sie unsere Friedensbedingungen annehmen. Ohne Molkex sind die Blues für uns keine Gefahr mehr."

„Und die Vorräte...?"

„... lagern auf dem Heimatplaneten der Gataser, auf Verth V. Wir haben unseren Stützpunkt dort aufgeben müssen. Daher wird es erforderlich sein, daß wir durch einen neuerlichen Trick ein Spezialkommando auf dem stark geschützten und abgesicherten Planeten landen. Dieses Kommando hat den Auftrag, alle gelagerten Bestände an Molkex mit dem Kampfstoff B-Wasserstoffsuperoxyd zu behandeln."

„Und dann..." Bull stockte für einen Augenblick der Atem, als er die Tragweite des Plans begriff. „Perry, die Folgen wären unausdenkbar."

„Für die Blues allerdings."

„Das meinte ich nicht. Ich dachte an das Molkex. Wir wissen, daß es in der neuen Form, die wir ‚Neo-Molkex‘ nennen, dem Zentrum der Milchstraße zueilt. Unaufhaltsam. Wir wissen weiter, daß die Vorräte unter der Oberfläche von Verth V lagern. Das Neomolkex wird die Kruste des Planeten aufreißen."

„Falls es dazu kommt, dann nur in äußerst geringem Maß. Durch eine rechtzeitige Warnung müßte es möglich sein, daß die Blues den betreffenden Sektor mit den über den Lagern liegenden Gebäudekomplexen evakuieren, so daß es nicht zu einem Blutbad kommt. Der Block der fünften Wachsamkeit ist ohnedies nur ein gigantischer Fabrikationskomplex ohne Zivilbevölkerung. Die eigentliche Stadt liegt weit außerhalb dieser Anlagen. Da wir durch den Einsatz der USO-Agenten Danger und Kasom die örtlichen Gegebenheiten genau kennen, dürfte es keine große Schwierigkeit sein, alle untergatasischen Molkexlager zu finden. Einige davon kennen wir bereits. Sie sind in der unmittelbaren Umgebung der Berieselungsanlagen." Was mir jedoch Sorgen bereitet, ist die Zusammenstellung des Kommandos. Ohne Mutanten wird es diesmal nicht gehen.

„Au fein!" piepste jemand vom unteren Ende des Tisches her.

Alle sahen auf den Mausbiber Gucky, der dem Teleporter Ras Tschubai auf dem Schoß hockte und die Ellenbogen auf den Tisch gestützt hatte. In seinen braunen Augen funkelte der Übermut. Der Nagezahn blitzte vor Vergnügen.

„Ob das so fein wird, möchte ich bezweifeln", sagte Rhodan und nickte seinem kleinen Freund zu. „Immerhin brauche ich dich ja wohl nicht zu fragen, ob du mit dabeisein möchtest."

„Nein, die Frage ist unnötig", bestätigte Gucky.

„Also gut, damit hätten wir den Anfang. Die Teleporter werden benötigt, dazu ein Hypno und ein Seher. Die Aufgabe ist soweit klar. Die Flotten der Blues dürfen keinen Nachschub an Molkex mehr erhalten. Das Molkex muß auf große Fahrt gehen, das ist die einzige Möglichkeit."

„Und was ist, wenn die Blues wieder Molkex mit Hilfe der Schreckwürmer gewinnen?" fragte ein Wissenschaftler.

„Das ist kaum zu befürchten", erwiderte Rhodan. „Die Schreckwürmer haben endgültig mit ihnen gebrochen. Seit Wochen hat sich kein gatasisches Schiff mehr in der Nähe von Tombstone blicken lassen."

„Wir erhalten ständig neue Berichte über die ausbrechenden Revolten in der Eastside", meldete sich Mercant zu Wort.

„Inzwischen haben sich alle Molkexeinheiten aus unserem Einflußbereich zurückgezogen, um zur Verteidigung des Verth-Systems bereitzustehen. Die Panik auf Gatas dürfte unvorstellbare Ausmaße erreicht haben."

Rhodan nickte.

„Genau das bietet uns die Chance, diese Panik auszunutzen und ein Einsatzkommando auf Gatas zu landen", sagte er.

Atlan sagte:

„Wirst du mehrere Schiffe nach Verth entsenden?"

Rhodan nickte.

„Natürlich, aber nur ein einziges wird mit der Aufgabe betraut sein, den Blues das Molkex zu rauben. Ich habe den schnellen Städtekreuzer ISCHBERG dazu ausersehen; Kommandant ist Major Bred Taltra. Ihn werden die Mutanten begleiten, die jetzt bestimmt werden sollen. Marshall, wen können Sie entbehren?"

Der Chef des Mutantenkorps richtete sich auf.

„Wer wird benötigt?"

Rhodan lächelte.

„Ich wußte, daß Sie das sagen würden. Gut, wir benötigen mindestens zwei oder drei Teleporter. Gucky ist klar. Dann Ras Tschubai und Tako Kakuta. André Noir ist unser Hypno. Der stärkste Suggestor ist Kitai Ishibashi. Für den Notfall sollte Iwan Goratschin dienen. Ja, und vielleicht wäre der Späher Wuriu Sengu von Nutzen, wenn es gilt, sich in den unterirdischen Laboratorien zurechtzufinden. Ich denke, das genügt."

Alle nickten.

Gucky nicht. Er sagte:

„Nein, nicht genug! Iltu muß mit!"

Rhodan sah ihn befremdet an.

„Iltu? Ist das nicht zu gefährlich?"

„Wieso? Ich bin doch bei ihr!"

Rhodan verzichtete darauf, gegen diese entwaffnende Logik ein

Argument anzubringen. Er nickte und erklärte sich einverstanden. Gucky warf Bull einen triumphierenden Blick zu, obwohl dieser keinen Ton gesagt hatte.

„Acht Mutanten", sagte Rhodan und sah Marshall an. „Werden Sie das Kommando selbst begleiten, oder möchten Sie einen Stellvertreter benennen? Ehrlich gesagt wäre es mir lieber, Sie blieben hier. Ich werde Sie an Bord der CREST brauchen."

„Er bleibt hier", rief Gucky.

Bull ruckte auf. „Sei still, Kleiner! Rede nicht immer dazwischen, wenn die Erwachsenen sich unterhalten."

„Ich rede, wann ich Lust dazu habe, Dicker. John bleibt hier. Basta!"

„Und warum, wenn ich fragen darf?"

„Weil wir keine zwei Einsatzführer für das Kommando benötigen. Wir kämen uns nur ins Gehege."

Bull starrte den Mausbiber sprachlos an. Rhodan grinste.

„Woher weißt du so genau, Gucky, daß ich dich zum Leiter bestimmen werde?"

Guckys Nagezahn blitzte fröhlich.

„Weil ich Telepath bin. Oder willst du deine Meinung ändern?"

„Du bist ein Gauner!" Rhodan warf Bull einen lächelnden Blick zu. „Ich dachte zwar nur vorübergehend an die Möglichkeit, dich zum Leiter des Kommandos zu bestimmen . . . Gut, wenn du willst, kannst du die Aufgabe übernehmen. Aber vergiß nicht, daß damit die gesamte Verantwortung auf dir lastet. Wenn etwas schiefgeht . . ."

„Keine Sorge. Was sollte schiefgehen?"

Er sagte es in einem Tonfall, als spräche er von einer Kaninchenjagd.

Rhodan zuckte die Achseln.

„Die allgemeine Besprechung ist beendet. In einer halben Stunde möchte ich mit den direkt Beteiligten zusammentreffen. Gucky, du sorgst dafür, daß Major Taltra und sein Erster Offizier anwesend sein werden. Atlan, dich darf ich bitten, eine Flotte von 50 000 Einheiten startklar zu machen. Ich werde die Aktion vom neuen Flaggschiff CREST aus leiten. Atlan und Reginald Bull begleiten mich. Soweit alles klar?"

„Möchte wissen, was daran noch unklar sein sollte", sagte Gucky mit seiner schrillen Stimme, rutschte von Tschubais Schoß und watschelte zur Tür des Konferenzraums. Bevor er sie öffnete, überlegte er es sich anders. Er blieb stehen. Seine Gestalt verschwamm in einem merkwürdigen Luftwirbel und war dann völlig verschwunden.

Er hatte es vorgezogen, zu teleportieren, um sich einen mühsamen Fußweg zu ersparen.

Gucky materialisierte in der Kommandozentrale des Kreuzers ISCHBERG. Einige Offiziere waren in dem großen Raum und beschäftigten sich damit, Routinekontrollen durchzuführen. Sie bemerkten das Erscheinen des Mausbibers erst nach einigen Sekunden. Rein theoretisch gehörte Gucky zu den bekanntesten Figuren der terranischen Flotte, und wenn man vom Mutantenkorps sprach, dachte man zuerst an ihn. Überall erzählte man sich Anekdoten über ihn, aber die wenigsten hatten ihn je gesehen. Immerhin hielt sich im Augenblick niemand in der Kommandozentrale der ISCHBERG auf, der Gucky nicht sofort erkannt hätte.

„Mahlzeit!" piepste Gucky und watschelte zum Sessel des Chefpiloten, um mit einem geschickten Satz hinaufzuspringen. „Wo steckt Taltra?"

Einer der Offiziere kicherte über die Respektlosigkeit. Er wurde sofort wieder ernst, als er sich seiner Disziplinlosigkeit bewußt wurde.

„Sie meinen wahrscheinlich Major Bred Taltra, Leutnant Guck?" fragte ein Oberleutnant höflich. „Er wird in seiner Kabine sein. Sie wissen, pausenloser Einsatz, Verfolgungsflüge und Wachdienst..."

„Meinetwegen auch Major", knurrte Gucky und strich liebevoll über seine Rangabzeichen. „Und der Erste Offizier?"

„Ebenfalls dienstfrei."

Gucky richtete sich auf. In seinen Augen war plötzlich ein Funkeln.

„Holen Sie die beiden, Oberleutnant! Aber dalli! Einsatz! Befehl vom Chef persönlich."

„Von Rhodan...?"

„Von wem sonst? Hauen Sie schon ab!"

Der Oberleutnant verzog das Gesicht, als wolle er weinen. Er hatte schon genug Schauergeschichten über die oft rauhen Methoden des Mausbibers gehört, um keine Unvorsichtigkeit zu begehen. Ausge-

390

rechnet ihm mußte das nun passieren! Dabei sah der kleine Kerl richtig zum Fressen aus. So niedlich und possierlich! Wie konnte jemand wie ein Engel aussehen und derart garstig sein?

„Jawohl, Sir", stammelte er und raste zur Tür. Als diese automatisch in die Wand einfuhr und den Weg freigab, rief Gucky hinter ihm her:

„Darüber reden wir noch!"

Der Offizier verschwand blitzschnell. Außer ihm wußte niemand, was mit der Bemerkung gemeint war.

Major Taltra und sein Erster Offizier betraten fünf Minuten später die Zentrale. Sie kamen gerade noch zurecht, die Pointe eines uralten Witzes zu hören, den Gucky zum besten gab. Das Lachen der Offiziere verstummte jäh.

„Leutnant Guck, Sie haben uns rufen lassen?"

Gucky drehte sich im Sessel herum und betrachtete die beiden Männer eingehend. Die Musterung schien günstig auszufallen, denn er grinste befriedigt.

„Hallo, Bred", piepste er, als kenne er Taltra schon seit einigen Jahrzehnten. „Habe ich dich aus dem Schlaf gerissen?"

Der Major starrte Gucky an. Dann grinste er flüchtig.

„Genauso habe ich mir den berühmten Gucky vorgestellt", gab er zu.

Es war sein Glück, daß er auch so dachte.

Gucky las in den Gedanken des Majors wie in einem offenen Buch. Der Mann war ihm sofort sympathisch, und er hatte Vertrauen zu ihm. Ein ganz klein wenig erinnerte er ihn an Bull, wenigstens was die etwas starke Figur anging. Allerdings hatte Bred Taltra dunkle Haare.

Neben Taltra stand sein Erster Offizier, Captain Karl Moteli. Ein schlanker, südländischer Typ mit lustigen Augen, die den Mausbiber unaufhörlich fixierten.

„Wohl noch nie einen Mausbiber gesehen!" fuhr Gucky ihn an.

„Nein", gab der Captain ehrlich zu. „Noch nie."

„Höchste Zeit, mein Lieber. Wir werden uns jetzt öfters sehen. In einer Viertelstunde ist Besprechung beim Chef im Einsatzbüro. Sehen Sie beide zu, daß Sie rechtzeitig dort sind. Auf Wiedersehen."

Ehe er entmaterialisierte, hatte Taltra ihn am Ärmel gepackt.

391

„Einen Augenblick, Leutnant. Besprechung? Wollen Sie uns keine Erklärungen geben, warum . . .?"

„Erklärungen gibt Rhodan, nicht ich. Ich bin ja nur Leutnant!"

Dann verschwand er, und Major Taltra hielt nur noch Luft zwischen seinen Händen.

Captain Karl Moteli neben ihm grinste schadenfroh.

Vierundzwanzig Stunden später startete die ISCHBERG.

Der Kreuzer war eine Kugel mit einem Durchmesser von einhundert Metern. Die Besatzung betrug einhundert Mann, hinzu kam das Spezialkommando unter Guckys Führung. Es war durchaus nicht ungewöhnlich, daß ausgerechnet der kleine Mausbiber das Kommando über eine Spezialtruppe erhalten hatte. Rhodan hatte unbegrenztes Vertrauen in seine Fähigkeiten, wenn die Art, mit der er Untergebene und Vorgesetzte gern behandelte, auch oft zur Unterschätzung beitrug. Aber wer Gucky unterschätzte, beging den größten Fehler seines Lebens.

Alle Mitglieder des Einsatzteams waren durch Hypnoschulung und aufgrund des von den USO-Spezialisten Kasom und Danger mitgebrachten Datenmaterials mit den örtlichen Gegebenheiten auf Gatas vertraut gemacht worden. Dies galt in besonderem Maß für den Block der fünften Wachsamkeit, in dem das Molkex gelagert wurde. Man würde nicht lange danach zu suchen brauchen.

Der Bordkalender stand auf dem 5. Mai 2328 Terra-Zeit.

In einer der Kabinen hatte Gucky die Mutanten um sich versammelt, um noch einmal alles mit ihnen durchzusprechen. Er hockte auf dem Bett, neben sich Iltu, seine kleine, zierliche Frau. Nur diese Zierlichkeit war es, die sie äußerlich von Gucky unterschied. In ihren Fähigkeiten war sie ihm etwas unterlegen, aber sie lernte schnell. Gucky beherrschte sie völlig, aber er liebte sie auch. Wehe dem, der es wagen sollte, Iltu zu beleidigen oder auch nur schief anzusehen.

Der Afrikaner Ras Tschubai gehörte zu Guckys engsten Freunden. Er saß neben Iltu und kraulte ihr den Rücken. Auch der Japaner Tako Kakuta hatte auf dem Bett Platz gefunden. Er saß neben Gucky. Er war Teleporter wie Ras.

392

Der Hypno André Noir und der Suggestor Kitai Ishibashi besaßen eng verwandte Fähigkeiten; beide konnten andere Lebewesen unter ihre geistige Kontrolle bringen. Für den bevorstehenden Einsatz spielte gerade diese Tatsache eine besondere Rolle. Der Späher Wuriu Sengu konnte bei angestrengter Konzentration durch feste Wände sehen, ganz gleich, aus welchem Material sie bestanden.

Und schließlich war da noch der Doppelkopfmutant Iwan Goratschin, die schreckenerregendste Erscheinung des Kommandos. Er war ein sogenannter Zünder. Seine geistigen Ströme wirkten auf Kalziumverbindungen aller Art wie ein Funke auf Sprengstoff. Auch Kohlenstoffverbindungen konnte er so beeinflussen. Er mußte jedoch einen Gegenstand mit den Augen erkennen können, um ihn atomar zu verwandeln und so zu vernichten. Doch es waren nicht allein seine Fähigkeiten, die ihn so bemerkenswert machten, es waren vielmehr seine beiden Köpfe.

Iwan war annähernd zweieinhalb Meter groß, und die beiden Köpfe saßen so dicht zusammen auf dem breiten Nacken, daß er sie kaum bewegen konnte. Seine Haut war grünlich, und seine Beine erinnerten an Säulen. Der rechte Kopf war drei Sekunden älter und hieß Iwan, der linke Iwanowitsch. Es kam vor, daß sie sich erbittert um irgendeine Kleinigkeit stritten und sich nicht einig werden konnten. Nur ein Dummkopf hätte sich davon täuschen lassen, denn wenn es darauf ankam, hielten die beiden Köpfe zusammen, denn sie besaßen ja nur den einen Körper.

„Feine Sache also", sagte Gucky und sah seine Getreuen der Reihe nach an. „Hört sich so einfach an, nicht wahr? Landet unauffällig auf dem Planeten der Blues, und bringt die B-Bomben in die Molkexlager. Der Rest geschieht von allein."

„Möchte ich nicht sagen", knurrte Iwan. „Immerhin dürfen wir nicht vergessen, die Bomben so zu legen, daß sie ihre Flüssigkeit nach der Zündung über das Molkex ergießen. Sonst wäre ja alles zwecklos."

„Über Selbstverständlichkeiten rede ich nie", piepste Gucky verächtlich und warf den Kopf in den Nacken, und zwar so heftig, daß er fast rückwärts umgefallen wäre. Iltu stützte ihn liebevoll. Gucky räusperte sich verlegen. „Diese Bomben – wir haben Tausende von ihnen. Kleine, leicht transportable Behälter, angefüllt mit H_2O_2. Drinnen steckt ein Mikrohypertron zur hyperphysikalischen Kernaufladung des B-Hormons, damit . . ."

„Was?" piepste Iltu dazwischen.

Gucky warf ihr einen vernichtenden Blick zu.

„Das sind technische Dinge, davon verstehst du nichts. Halte den Mund."

Sie zeigte lächelnd ihren rosigen Nagezahn.

„Wie du meinst, Liebling."

Von ihrer Friedlichkeit verwirrt, hatte Gucky den Faden verloren.

„Diese Dinger also haben wir an Bord. Sie müssen auf den Molkexvorräten der Blues gelagert werden. Die Frage ist . . ."

„Ich würde noch keine Fragen stellen", unterbrach ihn Ras. Er konnte sich das erlauben, ohne gleich von Gucky telekinetisch durch das ganze Schiff gejagt zu werden.

„Die Aufgabe der ISCHBERG ist es, ein gatasisches Schiff zu kapern. Sobald wir ein geeignetes entdeckt haben und sein Molkexpanzer zerstört ist, treten Kitai und André in Aktion. Sie sollen die Besatzung übernehmen, so daß diese ihr Heimatsystem nicht mehr warnen kann. Danach erfolgt die Umladung der Ausrüstung und der Bomben sowie eines Teiles der Mannschaft der ISCHBERG auf den Diskus. Wenn dies geschehen ist, werden die Blues suggestiv beeinflußt, ins Verth-System zu fliegen und auf Gatas zu landen. Kurz vor der Landung wird das Schiff von der CREST unter Feuer genommen und soweit beschädigt, daß wir selbst nicht gefährdet sind. Dadurch müßte es gelingen, die nötige offizielle Landeerlaubnis zu erhalten – auch wenn über Gatas die Hölle los ist. Die restlichen 50 000 Einheiten unserer Flotte lenken inzwischen die Verteidigungsflotten der Blues ab. Alles weitere ergibt sich danach von selbst."

„So, ergibt sich also von selbst? Na, von mir aus." Gucky lehnte sich mit dem Rücken gegen die Wand und schloß die Augen. „Dann können wir ja jetzt genausogut schlafen. Gute Nacht."

Ras nickte.

„Schlafen ist keine dumme Idee. Ich für meinen Teil möchte zustimmen. Ich fürchte, später haben wir nicht mehr viel Zeit dazu."

„Keine dumme Idee?" Gucky öffnete die Augen wieder und sah

triumphierend von einem zum anderen. „Nun ja, ist ja auch von mir."
Er zog Iltu an sich und umarmte sie zärtlich. „Darf ich bitten, unser
Schlafgemach jetzt zu verlassen? Ich weiß, die Neugier plagt euch,
denn ihr möchtet zu gern das Geheimnis lüften, das über der Rasse der
Ilts liegt. Aber daraus wird nichts, Freunde. Verschwindet also
gefälligst."

Die Mutanten grinsten und erhoben sich.

Einer nach dem anderen verließen sie die Kabine. In der Tür drehte
Ras sich noch einmal um.

„Das Geheimnis lüftet sich von selbst, wenn einer von uns eines
Tages den Taufpaten machen muß, Gucky."

Gucky grinste.

„Da mußt du aber noch etwas warten, Großer."

Ras nickte.

„Wir alle haben Zeit, Kleiner."

Gucky sah hinter ihm her.

„Aber ob du *soviel* Zeit hast . . ." murmelte er.

Zehn Stunden später war es soweit. Die Mutanten hatten sich in der
Zentrale der ISCHBERG versammelt. Gucky und Ras Tschubai
stellten den Körperkontakt zu Ishibashi und Noir her und konzentrierten sich auf den Sprung.

Man hatte weit außerhalb des Verth-Systems ein geeignetes Schiff
entdeckt und griff es mit den katalysierten B-Hormon-H_2O_2-Bomben
an. Als der Molkexmantel abzufließen begann, sprangen die Teleporter und materialisierten im gleichen Augenblick mit ihren Begleitern
an Bord des gatasischen Raumers.

Die Gataser, noch völlig unter Schockeinwirkung, wurden vollkommen überrascht. Innerhalb weniger Momente hatten die Suggestoren
die Zentralebesatzung unter ihrer Kontrolle. Danach widmeten sie
sich der restlichen Mannschaft. Nach einer knappen halben Stunde
hatte kein einziger Blue an Bord mehr einen eigenen Willen.

Gyögyöl, der gatasische Kommandant, befolgte anstandslos Guk-
kys Anordnungen und verlangsamte den Flug seines Schiffes. Die
ISCHBERG kam längsseits. Magnetklammern verbanden die beiden

Schiffe. Ein Plastiktunnel ermöglichte das ungehinderte Passieren von Bord zu Bord.

Gucky sorgte dafür, daß alle Gataser in ihre Kabinen eingesperrt wurden. Er wollte sie aus dem Weg haben. Nur Gyögyöl behielt er bei sich, um ihm Fragen stellen zu können.

Major Taltra übergab seinem Ersten Offizier das Kommando über die ISCHBERG und eilte zur Schleuse. Gucky kam ihm strahlend entgegen. An seiner Seite ging der Gataser, dem man seine Gefühle nicht ansehen konnte, weil er kein menschliches Gesicht besaß.

„Bravo, Leutnant Guck!" rief Taltra. „Gut gemacht!"

„Haben Sie was anderes erwartet?" fragte der Mausbiber fröhlich. „Was sagen Sie zu meinem Tellerkopf, Major? Er ist brav wie ein Lämmchen, nachdem Noir und Kitai ihn bearbeitet haben. Und so erging es allen an Bord des Diskus. Wir können übrigens anfangen."

„Umladen?"

„Natürlich!"

Aus dem Innern der ISCHBERG waren dumpfe Schritte zu hören, die sich langsam und rhythmisch näherten. Dann tauchten die ersten Arbeitsroboter auf. In langer Reihe kamen sie herbeimarschiert. Jeder von ihnen trug zwei der Spezialbomben.

Gucky zeigte ihnen den Weg zum Lagerraum des Gataserschiffes. Dann kümmerte er sich nicht mehr um die Robots. Er wußte, daß sie ihren Auftrag gewissenhaft ausführen würden. In einer Stunde waren alle Bomben von der ISCHBERG auf den eroberten Diskus transportiert.

Nachdem auch die anderen Mutanten und zusätzliche zehn Mann von der ISCHBERG unter dem Kommando von Captain Karl Moteli auf den Bluesraumer übergewechselt waren, trennten sie sich von dem terranischen Kreuzer. Gucky informierte John Marshall telepathisch über den erfolgreichen Abschluß dieser Aktion. Der Ablenkungsangriff der 50 000 Einheiten auf Gatas konnte beginnen.

Die ISCHBERG fiel schnell zurück.

Gucky überwand das komische Gefühl in der Magengegend und entsann sich rechtzeitig seiner Führerrolle. Auf keinen Fall sollten die anderen merken, daß seine Gedanken nicht ganz so zuversichtlich waren wie seine Worte.

„So", piepste er und sah Captain Moteli auffordernd an. „Von jetzt an liegt alles bei dir und deinen Leuten. Ihr übernehmt den Diskus. Der Gataser hier, Gyögyöl heißt er, tut alles, was ihr ihm befehlt. Ich kann mich nicht mehr um alles kümmern. Die Mutanten und ich klauen das Molkex, ihr steuert das Schiff. Alles soweit klar?"

„Selbstverständlich, Leutnant Guck", knurrte Moteli. „Wir wissen Bescheid. Nur der bevorstehende Angriff der CREST macht mir noch Sorgen."

„Rhodan wird sich hüten, uns wirklich abzuschießen, Karl." Gucky schob Gyögyöl in Richtung des Captains vor sich her und sagte zu ihm: „So, das ist dein neuer Herr, verstanden? Du tust alles, was er von dir will."

Der Gataser bejahte. Noir hatte ihn gut konditioniert.

Das gatasische Schiff ging in den Linearraum und kehrte knapp außerhalb des Verth-Systems in den Normalraum zurück, wo inzwischen die 50 000 terranischen und arkonidischen Einheiten ihren Scheinangriff begonnen hatten. Er sollte so lange fortgesetzt werden, bis es dem Einsatzteam gelungen war, die Molkexvorräte der Blues zu vernichten. Anschließend wollte Rhodan der gatasischen Regierung ein Ultimatum stellen.

Gucky setzte sich telepathisch mit John Marshall in Verbindung und gab dadurch der CREST die Möglichkeit, das gekaperte Schiff unter den vielen Zehntausenden zu identifizieren, die sich innerhalb des Verth-Systems befanden.

Zehn Minuten später griff die CREST an.

Der Diskus hatte sich inzwischen dem Planeten Gatas so weit genähert, daß die Abwehrflotten der Gataser in Sicht gekommen waren. Verzweifelt stießen die einzelnen Schiffe immer wieder vor und versuchten, Rhodans Einheiten abzudrängen. Unauffällig reihte Captain Moteli das Schiff in die Verteidigungslinie ein.

Mit einem geschickten Manöver schob sich die CREST dann in diese Linie vor und drängte die DISK, wie Moteli das eroberte Schiff inzwischen getauft hatte, aus den Reihen der anderen Gataser. Dann eröffnete sie das Feuer.

Zwar sorgte Rhodan dafür, daß die Energiestrahler die DISK nur streiften, aber Gucky bekannte später, daß er noch nie in seinem Leben mehr Angst gehabt hatte als in diesen kritischen Minuten. Die noch intakten Geschütze der DISK erwiderten das Feuer. Sie konnten das ohne Bedenken tun, denn der Schutzschirm der CREST war stark genug, die Schüsse abzuhalten. Umgekehrt jedoch war die DISK ohne jeden Schutz.

Das Schiff wurde brutal aus dem Kurs geworfen und taumelte wie ein welkes Blatt vor den Energieströmen her. Kein Gataser eilte den offensichtlich zum Untergang Verdammten zu Hilfe; sie hatten alle genug mit sich selbst und den anderen Angreifern zu tun.

Von einer Bodenstation her kam die Aufforderung an Kommandant Gyögyöl, die Flucht zu ergreifen oder zu landen. Gyögyöl identifizierte sich und gab zur Antwort, daß er landen werde.

Gucky wurde durch eine heftige Detonation und die nachfolgende Erschütterung gegen die Decke seiner Kabine geschleudert. Geistesgegenwärtig fing er Iltu auf und bewahrte sie so vor Schaden. Sein Nagezahn bleckte wütend.

„Perry geht mal wieder zu gründlich vor", beklagte sich Iltu. „Er demoliert die ganze Einrichtung. Nachher stürzen wir noch wirklich ab."

„Passiert bereits", sagte Gucky und stieß sich vom Bett ab, auf dem sie gehockt hatten. Schwerelos schwebte er in der Luft. „Keine Gravitation mehr. Es wird Zeit, daß ich mich um die Angelegenheit zu kümmern beginne. Dieser Karl wird nicht damit fertig. Komm mit, wir teleportieren in die Zentrale."

Alle Mutanten waren dort versammelt. Captain Moteli und einer seiner Leute bedienten zusammen mit Gyögyöl und einigen Gatasern die notwendigen Kontrollen. Die anderen waren irgendwo im Schiff.

Die Bildschirme waren noch nicht ausgefallen. Auf ihnen zeichnete sich Gatas deutlich ab. Der Planet kam schnell näher.

Die CREST hatte sich zurückgezogen. Sie war nur noch ein kleiner Punkt zwischen anderen. Energieblitze zuckten hin und her, aber sie waren weit entfernt. Niemand kümmerte sich mehr um das stürzende Schiff.

„Keine Sorge. Notantrieb wird in wenigen Minuten betriebsfertig sein", verkündete Moteli. „Wir werden aus eigener Kraft landen können. Gyögyöl ist ein sehr guter Raumschiffkommandant."

Als das Nottriebwerk einsetzte, kehrte die Schwerkraft zurück.

Auf Gatas schien ein heilloses Durcheinander zu herrschen. Der Verkehr war offensichtlich lahmgelegt worden. Was allerdings unter der Oberfläche geschah, wußte niemand. Keiner der eintreffenden Funksprüche gab darüber Aufschluß.

„Wird auch allmählich Zeit, daß wir landen", sagte Gucky.

„Und wo?" fragte Captain Moteli.

„Aber, Karl!" Guckys Stimme war ein einziger Vorwurf. „Natürlich auf dem großen Raumflughafen beim ‚Block der fünften Wachsamkeit'. Wo sonst?"

„Logisch!" gab Moteli zu.

„Na also! Versuchen wir also, unauffällig auf den großen Hafen hinunterzugehen. Möglichst am Rand, wo sich niemand so schnell um uns kümmern kann. Ich wüßte nicht, was wir machen sollen, wenn plötzlich so ein Wachkommando der Blues an Bord will."

„Beeinflussen", riet Moteli kurz. „Wozu haben wir Noir und Ishibashi?"

Gucky starrte ihn an.

„Beeinflussen, denkst du? Ist nicht so einfach und geht nicht so schnell. Mir wäre lieber, man ließe uns völlig in Ruhe. Wozu hat Rhodan uns derart zusammengeschossen?"

Die DISK sackte wieder etwas durch und glitt über einen kleineren Raumhafen dahin. Die deutlich sichtbaren Abwehrbatterien rührten sich nicht. Überall standen beschädigte Diskusschiffe. Blues liefen aufgeregt hin und her. Es war offensichtlich, daß die sonst so straffe Organisation auf Gatas restlos zusammengebrochen war.

„Unser Ziel liegt etwa zweihundert Kilometer vor uns, Karl", sagte Gucky. „Lande so, daß jeder annehmen muß, uns bliebe nichts anderes übrig."

„Viel mehr bleibt uns auch nicht übrig", knurrte Moteli.

Zerstörte Fabrikanlagen glitten unter ihnen hinweg, Zeichen des Aufruhrs der hier lebenden Nicht-Gataser, dazwischen eine unbebaute, felsige Zone. Aber wenn hier auch auf der Oberfläche nicht die geringste Spur einer Zivilisation zu sehen war, so wußte doch jeder an

399

Bord der DISK, daß tief darunter gewaltige Anlagen und Forschungszentren verborgen waren.

Am Horizont tauchte eine große Stadt auf.

„Das ist sie", erklärte Gucky. „Hinter der Stadt beginnt der Raumhafen. Darunter lagert das Molkex."

Captain Karl Moteli gab keine Antwort. Er stand neben Gyögyöl, der im Pilotensessel Platz genommen hatte und jedes seiner Kommandos gewissenhaft ausführte.

Die Stadt machte dem Raumfeld Platz. Es war riesig, umgeben von unübersehbaren Industrieanlagen und hohen Kuppelbauten, von denen ein Großteil zerstört worden war. Auch hier herrschte das übliche Durcheinander wie überall auf Gatas. Der Krieg, von den Blues bis zur anderen Seite der Galaxis vorgetragen, war zurückgekehrt und hatte das Verderben mitgebracht.

„Wer den Wind sät...", murmelte Moteli vor sich hin. Gucky warf ihm einen forschenden Blick zu.

„Wie meintest du?"

„Ein Sprichwort. Wer den Wind sät, wird den Sturm ernten."

„Aha, sehr sinnig", piepste der Mausbiber. „Die da unten haben Wind gesät, und nun haben sie ihren Hurrikan – das meintest du doch?"

„So ungefähr. Da vorn ist der Raumhafen zu Ende. Ich werde Gyögyöl landen lassen. Zwischen den beiden Schrotthaufen. Waren wohl einmal stolze Kreuzer der Bluesflotte, nehme ich an."

„Ja, genau dazwischen landen. Da haben wir auch ein bißchen Rückendeckung."

Einige wendige Patrouillenscheiben flogen dicht an ihnen vorbei, nahmen aber keine Notiz von dem scheinbar schwerbeschädigten Diskus, der unsicher tiefer ging und schließlich hart aufsetzte. Zwei Stützen brachen dabei. Die DISK legte sich schwer auf die Seite, ohne allerdings ganz umzukippen. Im Laderaum rutschten die Bomben aus den Halterungen. Die zwei Männer Motelis, die sie bewachten, sprangen entsetzt zur Seite, aber ihre Vorsicht war unnötig. Diese Bomben detonierten nicht – noch nicht.

In der Zentrale fiel Iwan über Gucky und landete unsanft auf dem schiefen Boden. Während der Mausbiber den Zwischenfall nicht ernst nahm und sich sofort wieder aufrappelte, blieb der Doppelkopfmutant sitzen. Der rechte Kopf begann, den linken mit einer Auswahl von Schimpfworten zu belegen, die selbst Reginald Bull hätten vor Neid erblassen lassen. Andächtig lauschte Gucky. Er schien vollkommen vergessen zu haben, daß er soeben auf einem feindlichen Planeten gelandet war. Schließlich warf er Iltu einen hastigen Blick zu und besann sich seiner Pflichten.

„Aufhören!" schrillte er. „Haltet den Mund – beide Münder! Seht ihr nicht, daß eine Dame anwesend ist? Was soll sie von euch denken?"

„Der Jüngere hat angefangen", sagte Iwans rechter Kopf.

„Unverschämte Lüge! Das Kohlmaul . . ."

„Was sagst du? Kohlmaul? Dir werde ich . . ."

„Ruhe!" brüllte Gucky so schrill, daß Moteli sich beide Ohren zuhielt. „Nichts wirst du! Aufstehen! Einsatz!"

Iwan erhob sich verstört. Er war der mächtigste aller Mutanten, aber wie es schien, hatte er vor Gucky einen ungemeinen Respekt. Die beiden Köpfe öffneten zur selben Zeit die beiden Münder, und wie aus einem erscholl es:

„Zu Befehl, Leutnant Guck!"

Moteli nahm die Hände wieder von den Ohren.

„Man sollte meinen", sagte er zu Gucky, „wir wären irgendwo auf der Erde gelandet. Sind wir aber nicht. Die Bildschirme funktionieren noch. Sieh dir das an! Gatas! Kriegsschiffe! Energiegeschütze! Und ihr habt keine anderen Sorgen, als euch zu streiten."

„So sind wir nun mal eben", grinste Gucky und sah auf die Bildschirme. Er hörte sofort auf zu lachen.

Rechts lag ein völlig zerstörter Diskus. Es sah so aus, als sei er von der Luft her vernichtet worden, denn die hauptsächlichen Beschädigungen waren oberhalb. Die Teleskopstützen waren eingeknickt und abgeschmolzen. Blues waren damit beschäftigt, Einrichtungsgegenstände und Verwundete aus dem Wrack zu transportieren. Sie hatten nur für einen Augenblick der wackeligen Landung der DISK zugesehen, sich dann aber nicht mehr darum gekümmert.

Das zweite Schiff links war nicht so beschädigt. Es wurde gerade neu beladen. Transporter kamen herbeigeschwebt und verschwanden in den riesigen Ladeluken, blieben etliche Minuten darin und kehrten

401

leer zurück. Gataser eilten hin und her, informierten sich und bildeten eine militärisch ausgerüstete Gruppe. Dann kam ein Offizier, marschierte an ihnen vorbei und gab Befehle. Die Gruppe verschwand ebenfalls im Schiff.

„Verstärkung für die Flotte draußen im System", vermutete Moteli. „Hoffentlich haben sie genug Leute, sonst kommen sie noch zu uns, um welche anzumustern."

„Denen werde ich schon helfen", versprach Gucky und wandte seine Aufmerksamkeit der mittleren Richtung zu. Das Feld war relativ frei von Hindernissen. Man konnte bis zum Rand sehen, wo die Kuppelbauten und flachen Verwaltungsgebäude standen. „Lassen wir die beiden Schiffe. Das dort drüben ist interessanter."

„Die Stadt", nickte Moteli. „Darunter liegen die Molkexvorräte."

„Wir machen uns sofort an die Arbeit", sagte Gucky, jetzt ungewöhnlich ernst. „Ich habe John davon in Kenntnis gesetzt, daß bisher alles nach Plan verlaufen ist. Telepathen sind schon eine schöne Sache, denn Gedankenbotschaften kann man nicht orten, die Blues schon gar nicht. Aber das Schwierigste liegt noch vor uns, und wir haben nicht viel Zeit. Ewig kann unsere Flotte ihren Scheinangriff nicht fortsetzen. Wir müssen in maximal fünf Stunden hier fertig sein und danach versuchen, irgendwie zur ISCHBERG zurückzukehren."

Moteli blickte ihn an, ohne eine Miene zu verziehen.

„Worauf wartet ihr noch?" fragte Gucky in die Zentrale. „Wir können nicht einfach drauflos springen, weil wir nicht jedes einzelne Molkexlager kennen. Wiriu, du spähst sie für uns aus. Inzwischen müssen wir anderen versuchen, eine Möglichkeit zu finden, so viele Bomben wie möglich in schnellster Zeit an Ort und Stelle zu bringen. Wir Teleporter allein schaffen das nicht."

Alles weitere ergibt sich von selbst! fielen Moteli Tschubais Worte ein.

Er lachte humorlos.

34.

Wuriu Sengu hatte sich in einen stillen Winkel der Zentrale zurückgezogen, um so ungestört wie eben möglich arbeiten zu können. Er wirkte, als hätte er die Welt um sich völlig vergessen. Nur hin und wieder zuckte es leicht in seinem Gesicht.

Gucky las aus seinen Gedanken, was er erspähte, und flüsterte einem der Terraner unter Motelis Kommando die Daten der untergatasischen Molkexlager zu. So entstand Stück für Stück eine Karte der einzelnen Lager mit ziemlich genauen Breiten-, Längen- und Höhenangaben. Als Basis dienten die von Danger und Kasom gelieferten Informationen über den Block der fünften Wachsamkeit. Gucky überprüfte die Eintragungen anhand von Sengus Beobachtungen immer wieder peinlich genau und ließ den Zeichner wiederholt Korrekturen vornehmen.

Dieser Teil ihrer Mission schien die wenigsten Schwierigkeiten zu machen. Schwieriger dürfte das Transportproblem werden. Je mehr Lagerstätten der Späher ausmachte, desto größer wurden die Zweifel des Mausbibers, ob die Bomben in der Kürze der zur Verfügung stehenden Zeit tatsächlich alle an Ort und Stelle gebracht werden konnten.

Eine der fünf angesetzten Stunden war fast verstrichen, als Moteli ihn zu sich winkte. Der Captain hockte vor dem Bildschirm und zeigte auf eine Reihe von Fahrzeugen, die in geringer Höhe über das Raumhafenfeld schwebten, geradewegs auf zwei Molkexschiffe zu, die erst vor wenigen Minuten gelandet waren, etwa fünfhundert Meter von der DISK entfernt.

„Und?" fragte Gucky etwas gereizt. Offenbar war seine Rolle als Kartograph nicht das, was seine Iltu von ihm erwartete. Sie sagte zwar nichts, aber ihre Seufzer sprachen für sich. Wenigstens bildete ihr Gemahl sich das ein. „Transportgleiter, wie wir sie schon gleich nach der Landung sahen. Sie haben den Raumer versorgt, der inzwischen gestartet ist, und jetzt . . ."

„Warte doch", unterbrach Moteli ihn. In der Erregung vergaß er die förmliche Anrede. „Natürlich, sie belieferten das Schiff, das inzwischen wieder im Kampf gegen unsere Flotte sein dürfte. Aber womit?"

„Dumme Frage. Mit Waffen, womit sonst?"

Moteli nickte heftig. „Mit Waffen, mit Munition. Das gleiche geschieht jetzt dort drüben. Aber das meinte ich nicht. Ich hatte schon eine Ahnung, aber ich war mir nicht sicher. Gucky, ich habe beobachtet, wie die Transporter vom Rand des Feldes kamen, und zwar aus dem Boden. Die Gataser werden jetzt alles in die Schlacht werfen, was sie besitzen, vielleicht irgendwelche technischen Neuentwicklungen, was weiß ich! Aber dann kämen sie doch aus . . ."

Nun war es an Gucky, ihm das Wort abzuschneiden. Mit einer theatralischen Geste rief er aus:

„Richtig, Karl! Ich sehe, du bist doch kein so hoffnungsloser Fall, wie ich manchmal gedacht habe. Du meinst also, die Fahrzeuge kommen aus dem Block der fünften Wachsamkeit – und kehren auch dorthin zurück, sobald sie entladen sind."

Er ging zu Sengu und tippte ihm auf die Schulter. Mit einem Seitenblick auf Iltu sagte er: „Ich habe das von Anfang an vermutet. Wollen mal sehen, ob du recht hast."

Moteli stöhnte. Sengu wurde aus seiner Konzentration gerissen. Gucky lenkte seine Aufmerksamkeit auf den Schirm.

„Du mußt deine Suche nach den letzten Lagerstätten kurz unterbrechen, Wuriu", eröffnete er ihm. „Siehst du die Fahrzeuge? Die ersten schweben schon zurück zum Rand des Landefelds. Verfolge ihren Weg."

Nach zehn Minuten stand fest, daß die Lastengleiter tatsächlich unter der Oberfläche verschwanden und über mehrere Kontrollpunkte direkt in den Block der fünften Wachsamkeit vordrangen, ohne aufgehalten zu werden.

„Na also!" triumphierte der Ilt. „Ich wußte es. Diese Transporte bringen kriegswichtige Geräte an Bord der landenden Schiffe, und bei der Hektik können die Gataser sich gar keine zeitraubenden Kontrollen mehr erlauben. Jetzt weiß ich, wie wir in den Block hineinkom-

404

men. Wuriu, du konzentrierst dich wieder auf die noch übrigen Molkexlager. Karl, unser Freund Gyögyöl wird seine Kumpane unter der Oberfläche davon überzeugen, daß die DISK wieder starten kann und ausgerüstet werden muß. Sobald die Lastengleiter hier eintreffen, schmuggeln wir Mutanten uns hinein und lassen uns per Freifahrkarte in den Block mitnehmen, wenn sie zurückkehren. Außer uns werden die B-Ho-H_2O_2-Bomben an Bord sein. Wir Teleporter bringen die Bomben zu den einzelnen Depots, die Wuriu bis dahin alle entdeckt hat. Iwan unterstützt uns, falls uns Gataser in die Quere kommen und nicht von André und Kitai freundlich gestimmt werden können. Alles klar?"

Motelis Kiefer kippte nach unten. Er starrte den Mausbiber wie einen Geist an, doch das war Gucky angesichts der bewundernden Blicke Iltus gleichgültig.

„Zu Befehl, Sir!" knurrte Moteli. „Alles klar . . ."

Der Kartenzeichner wischte sich den Schweiß von der Stirn, als Wuriu Sengu auch die allerletzten untergatasischen Molkexlager im Block der fünften Wachsamkeit psionisch ausspähte.

Gyögyöl sendete über die ihm bekannte Frequenz und erhielt innerhalb weniger Minuten die Bestätigung, daß ein Gerätetransport mit Robotern zur schnellen Umrüstung der DISK unterwegs sei.

Guckys Auftritt war schon wieder vergessen. Knisternde Spannung herrschte an Bord des gekaperten Schiffes.

Die Konfusion unter den Gatasern war noch größer, als Gucky erwartet hatte. Niemand schien die Transportgleiter zu überwachen. Nichts deutete darauf hin, daß irgendwo ein Alarm gegeben wurde, als ihre Piloten willenlos gemacht wurden und die Fahrzeuge genau dorthin steuerten, wo die Mutanten sie haben wollten. Sie verschwanden in einem Hangar der DISK und wurden in aller Eile entladen. Ihre Fracht würdigten die Terraner kaum eines Blickes. Sie schwitzten, als sie eine Flüssigkeitsbombe nach der anderen in frei gewordenen Lagerregalen verstauten und befestigten.

Die Umladeaktion dauerte eine knappe halbe Stunde. Keine zehn Minuten später verließ der aus sechs Gleitern bestehende Zug den

Diskus. Alle acht Mutanten befanden sich im zuvorderst fliegenden Fahrzeug. Ishibashi und Noir hatten die Piloten fest unter ihrer Kontrolle. Goratschin hielt sich zum Eingreifen bereit, sobald sie aufgehalten würden. Gucky hatte John Marshall in einem kurzen telepathischen Kontakt über die Lage der Dinge in Kenntnis gesetzt. Captain Moteli und seine Männer waren an Bord der DISK geblieben, wo Gyögyöl den gatasischen Funkverkehr abhörte und bereitwillig Auskunft über alles gab, das für die Terraner im weitesten Sinn von Interesse sein konnte.

Als vor ihnen eine Schachtöffnung auftauchte, warf Gucky durch die transparente Kuppel der Steuerkanzel einen Blick auf den Himmel, der blutrot flammte. Ständig zuckten Lichtblitze über das Firmament. Raumschiffe kamen herab, einige in halbwegs stabilem Flug, andere als brennende Wracks, die sich heulend durch die Atmosphäre schnitten.

Gucky schauderte. Er konnte es nicht mehr erwarten, die Aufgabe hinter sich zu bringen, damit dieser Wahnsinn ein Ende fand.

Dann war es soweit. Die Lastengleiter tauchten in den Schacht hinab. Ihre Scheinwerfer schalteten sich ein und tauchten die Düsternis des Eingangs zum untergatasischen Komplex in gespenstische, weiße Helligkeit. Gucky spürte, wie sich Iltus zierliche Hand in sein Nackenfell krallte. Er drehte den Kopf und sah Goratschin hinter dem Piloten grimmig dreinschaun. Der Blue vor ihm wirkte wie eine Marionette.

Immer tiefer ging es. Leuchtmarkierungen huschten an den Transportern vorbei scheinbar endlos nach oben, bis Gucky sie nicht mehr zählte. Irgendwann erreichte der Zug eine Sohle und kam nach Passieren einiger Schleusen in einer riesigen Halle zum Stehen.

„Wir sind da", flüsterte Wuriu Sengu. „Im Block, aber noch nicht bei den Molkexlagern. Bisher ließen wir die Piloten dorthin fliegen, von wo sie gekommen waren, um keine unnötige Aufmerksamkeit zu erregen."

„Zu den Ausrüstungshallen", stellte Ras Tschubai fest. „Ich habe keine Kontrollen gesehen, aber sicher haben wir sie passiert, ohne angehalten zu werden. Jetzt wird von unseren Piloten erwartet, daß sie die Transporter zum Neubeladen bringen."

Wie um seine Worte zu bestätigen, öffnete sich in einer Wand der Halle ein Tor, das den Blick auf einen zweiten Raum voller Geräte und Munition freigab.

„Stimmt die Karte noch, Wuriu?" fragte Gucky rasch.

Sengu nickte heftig. Er deutete in eine bestimmte Richtung. „Dort liegt das Molkex. Alle Depots stehen unter ständiger Berieselung durch das B-Hormon-H_2O_2, wodurch es im verarbeitungsreifen Stadium gehalten wird."

„Das darf uns nicht stören", meinte Gucky. Er sah, wie aus dem Tor Blues kamen und heftig winkten. „Die haben es eilig, ihre Kriegsgeräte wieder zur Oberfläche zu bringen. André, Kitai, übernehmt sie. Das kann uns nur eine kurze Frist verschaffen. Wuriu, ich hole mir alles, was ich an Informationen brauche, aus deinen Gedanken. Iwan und ich packen uns so viele Bomben, wie wir zusammen tragen können, und nehmen uns die ersten Lager vor. Ras teleportiert mit dir. Du zeigst ihm, wohin. Iltu und Tako springen mit den beiden übrigen anhand der Karteneintragungen. Packt Euch alle so viele Bomben wie möglich. Los, an die Arbeit! Die Piloten sollen die Transporter inzwischen ganz langsam weiterschweben lassen für den Fall, daß sie über Kameras noch von anderen beobachtet werden als von denen da."

Er nickte in die Richtung, in der die aufgetauchten Gataser zu winken aufgehört hatten und zu Marionetten geworden waren.

Kein Mitglied des Teams ließ sich zweimal bitten. Daß Gucky selbst Iltu nicht schonte, obwohl ihre Teleportationsgabe noch nicht so gut ausgebildet war wie ihre anderen paranormalen Fähigkeiten, mochte zeigen, wie ernst es ihm in diesen Momenten war.

Langsam nahmen die Gleiter wieder Fahrt auf, und bevor sie das Tor auch nur halb erreicht hatten, waren die Mutanten zum erstenmal in vier Gruppen entmaterialisiert und hatten die ersten Bomben mitgenommen.

Die Zeit lief.

Nach dem dritten Sprung mit Iltu und Kakuta blieben Noir und Ishibashi in der Halle zurück. Sie brachten die Gataser unter ihre Kontrolle, die aufmerksam wurden, als der Transportzug das Tor passierte, während die anderen fast wie Schemen auftauchten, sich

Bombe nach Bombe packten und sofort wieder verschwanden. Jede gewonnene Sekunde zählte.

Nach dem nächsten Sprung brach Iltu erschöpft zusammen.

„Nur noch wenige Molkexdepots!" rief Gucky.

„Das hat er schon vor einer Viertelstunde gesagt", seufzte Noir, bevor er sich erneut konzentrierte.

Irgendwo heulte ein Alarm, dann überlagerten sich die Sirenen. Es galt offenbar nicht den Eindringlingen, denn nirgendwo zeigten sich Blues oder Roboter, um gegen sie vorzugehen. Programmierte Kampfmaschinen konnten auch Noir und Ishibashi nicht beeinflussen.

Die Zeit dehnte sich. Die wenigen bisher aufgetauchten Gataser schienen die einzigen zu sein, die sich in der Umgebung aufhielten, was dafür sprach, daß der Block der fünften Wachsamkeit ein kaum bewohnter Komplex von Fabrikations- und Forschungsstätten war. Der zwangsläufig nach Zündung der Bomben einsetzende Drive-Effekt des Molkex konnte also kein Blutbad unter den Gatasern anrichten, falls die Rechnung aufging, daß die wenigen hier arbeitenden Blues bereits so demoralisiert waren, daß sie der auszustrahlenden Warnung auch ohne Bestätigung – oder trotz Gegendarstellung – ihrer Vorgesetzten auf Anhieb folgen würden.

Die Transporter hielten wieder an. Jetzt lagen nur noch wenige dutzend Bomben in den Regalen. Dann, nachdem Gucky und Goratschin aufgetaucht waren und der Doppelkopfmutant sich eingedeckt hatte, nur noch zehn, dann fünf . . .

Endlich war es geschafft.

Alle Bomben lagen gut verteilt in den Molkexvorräten. Nun mußte nur noch der gemeinsame Zündimpuls gefunkt werden.

„Jetzt nichts wie weg von hier!" sagte Gucky.

Iltu schaffte aus eigener Kraft den Sprung in die DISK nicht mehr. Gucky mußte sie holen, nachdem er Goratschin im Diskusraumer abgesetzt hatte. Ras Tschubai kehrte mit ihm zurück, um Sengu zu nehmen. Jetzt, wo die Bomben zündbereit lagen, entdeckte der Späher gatasische Kampftrupps, die sich rasch näherten. Und der nervenzerreibende Sirenenton galt nun unverkennbar ihnen.

Das war vorbei, als sie endgültig in der Zentrale der DISK materialisierten. Ein schneller Blick auf die nächstbeste Zeitanzeige machte dem Mausbiber klar, daß ihre Aktion kaum mehr als vier Stunden gedauert hatte. Er konnte es kaum glauben.

Captain Moteli atmete auf, als alle Mutanten unversehrt zurück waren.

„Das war allerhöchste Zeit", sagte er, halb erleichtert, halb vorwurfsvoll.

„Nur keine Panik", wehrte Gucky ab, nun bereits wieder leicht großspurig. „Unter uns dürfte der Teufel los sein, obwohl die Blues kaum ahnen, was für Eier wir ihnen da wirklich ins Nest gelegt haben. Ich versuche, John Marshall zu erreichen."

Er ging in eine Ecke der Zentrale und konzentrierte sich. Wenige Minuten später kam er zurück und erklärte grimmig:

„Wir müssen versuchen, die DISK wieder startklar zu machen. Unsere Flotte steht zu weit draußen im Raum, um zu ihr teleportieren zu können. Seht euch nur Iltu an. Sie kann kaum noch bis zum nächsten Deck springen, und wir anderen sind vom Bombenlegen ebenfalls zu geschwächt, um die Entfernung bis zur ISCHBERG zu schaffen, die rund eine Million Kilometer von Gatas entfernt auf uns wartet. Ras, Tako und ich würden es vielleicht fertigbringen, uns selbst in Sicherheit zu bringen, aber doch nicht alle! Außerdem dürfen wir Gyögyöl und seine Kumpane nicht ihrem Schicksal überlassen, und dann muß auch noch die Warnung gesendet werden. Perry wird in zehn Minuten einen Großangriff beginnen. In dem dann folgenden Durcheinander sollten wir Gatas mit diesem Wrack verlassen und die ISCHBERG erreichen können."

Moteli machte eine schicksalsergebene Geste, als wollte er das ganze Schiff umfassen.

„Wir haben den Antrieb überprüft, als ihr fort wart. Er funktioniert nur noch für Unterlichtgeschwindigkeit."

„Das wird ja reichen", sagte Gucky. „Hoffentlich spurt Taltra auch."

Moteli verzog das Gesicht, sagte aber nichts mehr. Guckys Sprüche standen im krassen Gegensatz zu den Mienen der Mutanten. Moteli ahnte etwas von dem, was sie geleistet hatten.

Doch das lag hinter ihnen. Jetzt gab es nur noch die Flucht.

Moteli ließ den Diskusraumer mit Gyögyöls Hilfe wieder zum Leben erwachen. Der Gataser meldete, daß Robotkommandos die Umgebung der Ausrüstungslager im Block der fünften Wachsamkeit durchkämmten. Sollten sie! Die Antriebsmaschinen der DISK heulten schon auf, unregelmäßig und alles andere als beruhigend. Doch dann hob der Raumer schwankend vom Boden ab und stieg schnell in die Höhe. Ringsum starteten andere Schiffe, weitere landeten. Es war wie ein Wunder, daß sich immer noch niemand um das in fremder Hand befindliche Schiff kümmerte.

Gucky rutschte aus dem Sessel.

„Ich werde den Funkimpuls auslösen, Karl."

Moteli nickte ihm stumm zu.

Gucky watschelte zur Funkzentrale und starrte einige Sekunden auf den kleinen schwarzen Kasten, den die Funktechniker dort installiert und an die Energieversorgung angeschlossen hatten. Nur ein einziger Knopf war auf der sonst glatten Oberfläche zu sehen. Er leuchtete rot und gefährlich.

„Hoffentlich passiert nicht zuviel", murmelte Gucky, legte die rechte Pfote auf den Knopf – und drückte ihn mit einem schnellen Ruck in den Sockel.

Die mit katalysiertem B-Hormon angereicherten H_2O_2-Bomben wurden damit aktiviert. Nunmehr hatte man dreißig Minuten Zeit, sich in Sicherheit zu bringen.

Gucky gab dem Funker ein Zeichen.

Dieser begann mit seiner Tätigkeit. Während die Mutanten mit der Verteilung der Bomben beschäftigt gewesen waren, hatte er sich von Gyögyöl einige Frequenzen der gatasischen Nachrichtensendungen heraussuchen lassen. Über sie gab er nun die vorbereitete Warnung ab. Seine Worte wurden von einem Translator in die Sprache der Blues übersetzt. Der Inhalt der Warnung war, den Block der fünften Wachsamkeit sofort zu räumen, denn in dreißig Minuten würde dort eine Katastrophe ausbrechen. Er sagte mit keinem Wort, welcher Art diese Katastrophe sein würde, denn es war nicht die Absicht der Terraner, daß die Geheimpolizei die deponierten Bomben fand und möglicherweise im letzten Moment noch entschärfte.

Selbst wenn die verantwortlichen Regierungsstellen keine Bereitschaft zeigen würden, den Sektor evakuieren zu lassen, würden die im Block der fünften Wachsamkeit befindlichen Blues – ohnedies durch die Ereignisse der letzten Wochen und den Alarm stark verunsichert – von sich aus diese Gegend verlassen. So hoffte Gucky. Und mehr konnte man für sie nicht mehr tun.

Eine Gefahr für die DISK bestand während dieser Funksendung kaum. Bis es den Blues gelang, den Ausgangspunkt der Nachricht anzupeilen, hoffte man bereits über alle Berge zu sein.

Zehn Minuten vor der Explosion der Bomben hatten die Mutanten und Motelis Leute die ISCHBERG erreicht und die DISK verlassen. Das gatasische Schiff, wieder unter Kontrolle der Blues, erhielt den Auftrag, sich aus dem System zu entfernen. Wenn der Suggestionsblock erlöschen würde, würden sich Gyögyöl und seine Besatzung die Frage zu stellen haben, was eigentlich geschehen war.

Dann richteten sich an Bord der ISCHBERG alle Augen auf die Bildschirme der Fernbeobachtung, die die Ereignisse beim Block der fünften Wachsamkeit zeigten.

Kaum war die Zeit abgelaufen, als es geschah. Ein etwa fünfhundert Meter durchmessender Krater entstand, der sich rasch vergrößerte, um schließlich einen Durchmesser von knapp dreitausend Metern anzunehmen. Tiefe Risse bildeten sich überall. Die Ausschnittvergrößerung zeigte das ganze Ausmaß der Katastrophe. Sämtliche obergatasisch gelegenen Gebäude und Teile des Raumhafens, verschwanden von der Oberfläche.

Dann wurde auch schon das Neomolkex sichtbar. In rascher Folge drangen unzählige Molkexfladen aus dem Krater und rasten mit hoher Beschleunigung in das All. Millionen Tonnen Neomolkex entfachten über der Stadt einen Orkan ungeheueren Ausmaßes. Die Zone der Verwüstungen erstreckte sich über mehrere dutzend Kilometer in jede Richtung. Dann hatten die Fladen den Weltraum erreicht. Alles, was sich ihnen entgegenstellte, wurde förmlich pulverisiert. Rhodan hatte vorsorglich seine Schiffe aus der Flugroute des Neomolkex entfernen lassen. Nicht so die Gataser. Während das Gros der gatasischen Flotte etwas abseits der errechneten Bahn lag, wurden einige Blueseinheiten von den davonrasenden Fladen überrascht und zerstört.

411

Dann war plötzlich alles vorbei.

Auf einigen tausend Schiffen schlugen die Hypertaster durch. Das Neomolkex war im Hyperraum verschwunden. Die Blues waren von den Ereignissen der letzten Minuten noch völlig paralysiert. Hilflos trieben ihre Kampfschiffe im Raum umher und bedeuteten für die Flotte des Vereinten Imperiums keine Gefahr mehr.

35.

Die Imperiumsflotte hatte Gatas eingeschlossen.

Am ersten Tag der Blockade waren die terranischen Schiffe noch beschossen worden, aber als sie das Feuer nicht erwiderten, hatten die Gataser es plötzlich eingestellt. Sie schienen allmählich verhandlungsreif zu werden. Inzwischen wußte man aus den abgehörten Nachrichtensendungen, daß fast alle Gataser, die sich vor der Detonation der Bomben noch im Bereich des Blocks der fünften Wachsamkeit befunden hatten, aufgrund der Warnung ihr Leben retten konnten.

„Das Ultimatum, Oberst Dantur", sagte Rhodan. „Haben Sie den Text übersetzen lassen?"

„Geschehen, Sir. Wird seit Stunden ununterbrochen gesendet."

„Nun, wir werden sehen. Sie haben drei Tage Zeit, sich zu entscheiden. Ohne Molkex sollte ihnen das eigentlich nicht schwerfallen."

„Die Blues, besonders die Gataser, sind jetzt als Streitmacht nichts mehr wert", stellte Atlan fest. „Ohne ihren Panzer können sie unseren Schiffen nichts anhaben. Sollte mich nicht wundern, wenn sie kapitulieren."

„Wir rechnen ja damit." Rhodan sah auf den Kalender. „Sie haben noch siebenundfünfzig Terrastunden Zeit dazu."

Zwei Tage später nahmen die Gataser Kontakt mit der CREST auf.

Sie erklärten sich zu Verhandlungen bereit und erwarteten die Bedingungen des Vereinten Imperiums. Und Rhodan stellte sie:

Es sollte ein Friedensvertrag geschlossen werden, der die Einstellung aller Kampfhandlungen zwischen den beiden Imperien garantierte. Jeder Kontakt mit den Schreckwürmern sollte für immer unterbleiben. Die Molkexpanzerung der Bluesschiffe sei bis auf einen Rest von eintausend Einheiten zu entfernen. Rhodan machte diese ursprünglich nicht vorgesehene Konzession, damit die Gataser in der Lage sein konnten, unter strenger Überwachung die Krise innerhalb ihres Einflußgebietes zu überwinden und sicherzustellen, daß auch die anderen Bluesvölker den Friedensvertrag akzeptierten. Weitere Punkte des Vertrages sollten in direkten Besprechungen ausgehandelt werden.

Die Gataser gaben keine Antwort.

Die Frist lief unerbittlich weiter.

Der dritte Tag nach Stellung des Ultimatums näherte sich seinem Ende. Nur noch zwei Stunden, dann war die Frist abgelaufen.

Die Spannung wurde fast unerträglich. Die Funkempfänger waren eingeschaltet. Aus dem Lautsprecher der Zentrale kamen Knackgeräusche, Störungen von der Sonne. Das Summen schwoll an, wurde kurz leiser, kam wieder.

Dann eine Stimme.

In der Sprache der Blues.

„Terraner! Wenn ihr hört, so vernehmt unseren Entschluß: Wir sind bereit, den Friedensvertrag im Grundsatz zu akzeptieren, wenn uns für später neue Verhandlungen und Änderungen garantiert werden und eure und unsere Unterhändler sich jetzt über gewisse Modalitäten noch einigen können. Wir sind bereit, ab sofort die Friedensurkunde zu unterzeichnen, und erwarten die Vertreter des Terra-Imperiums."

Rhodans Gesicht hatte sich entspannt. Er lächelte.

„Ich wußte es", sagte er erleichtert. „Ihnen blieb gar keine andere Wahl. Die zu klärenden Punkte sollten uns kein Kopfzerbrechen mehr bereiten." Er legte Gucky eine Hand auf die Schulter. „Du hast

413

hervorragende Arbeit geleistet, Kleiner, und sollst deshalb mit dabei sein, wenn der Vertrag das Ende des Krieges besiegelt, der sich nie wiederholen soll. Atlan wird uns von der CREST aus überwachen. Iltu sorgt für die telepathische Verbindung. Bully, du übernimmst das Kommando über die Flotte."

„Verlaß dich auf mich, Perry", erwiderte Bull feierlich.

Kurze Zeit später verließen Rhodan, Gucky und einige Offiziere mit einem Beiboot das Flaggschiff und steuerten Gatas an.

Es war der 10. Mai 2328, an dem der Friedensvertrag zwischen den Blues und dem Vereinten Imperium unterzeichnet wurde. Ein bedeutender Tag für die gesamte Galaxis. Zwei Tage hatten die letzten Verhandlungen noch gedauert. Als man sich danach trennte, tat man dies in der Überzeugung, daß in Kürze eine größere Konferenz auf neutralem Boden stattfinden würde, um auf der Basis des geschlossenen Vertrages weitere Grundlagen eines dauerhaften, friedlichen Miteinanders zu schaffen.

„Es wird trotz allem weitere Reibereien geben", unkte Gucky auf dem Weg zurück zur CREST. „Die Blues und die Menschen sind zu verschieden."

Rhodans Blick richtete sich in die Ferne, schien den Bildschirm zu durchdringen, der die unzähligen Sterne der Milchstraße nur in einem kleinen Ausschnitt zu zeigen vermochte.

„Eines Tages, Kleiner", sagte er leise, „werden auch diese Unterschiede nicht mehr zählen. Vielleicht ist es bis dahin noch ein weiter Weg, doch so wie sich die Völker der Erde einten, wird es eines Tages auch keine Schranken zwischen Wesen mit anderem Aussehen, anderer Mentalität und anderer Kultur mehr geben."

Seine Augen leuchteten. Gucky schwieg beeindruckt. Auch wenn er Zweifel hatte, wünschte er doch um so mehr, diesen fernen Tag selbst noch zu erleben.

Epilog

Noch als sich die Flotte des Vereinten Imperiums auf dem Rückweg nach Arkon befand, erreichte sie eine Hyperfunkmeldung von Terra. Rhodan erfuhr, daß die Schreckwürmer auf Tombstone darum gebeten hatten, alle ihre in der Hieße-Ballung geborenen Artgenossen zu ihnen zu bringen.

Er zögerte mit seiner Zustimmung. Ein ungutes Gefühl beschlich ihn. Was bezweckten die Schreckwürmer? Er versuchte, sich in sie hineinzuversetzen. Für dieses Volk brach eine neue Zeit an. Sollten sich deshalb alle seine Angehörigen treffen, um über die Zukunft zu beraten?

Er ließ über die Erde eine Nachricht nach Tombstone absetzen, in der er betonte, daß das Vereinte Imperium auch nach dem Sieg über die Blues an allen Vereinbarungen festhalten würde. Doch die Antwort von Tombstone lautete:

„Erfüllt unseren Wunsch!"

Rhodan tat es nur ungern, respektierte aber die Bitte der Schreckwürmer. Sie sollten frei und allein über ihre Zukunft zu entscheiden haben. Entschlossen, ihnen bei den Problemen zu helfen, die mit Sicherheit auf sie zukamen, schickte er Transportschiffe in die Hieße-Ballung.

Zwei Tage später, als sich kein einziger Schreckwurm mehr an einem anderen Ort als auf Tombstone aufhielt, ging eine Nachricht durch die Galaxis, die ihn mit tiefstem Entsetzen erfüllte und ihn in schwerste Selbstvorwürfe stürzte.

Eine kleine akonische Flotte war über Tombstone erschienen und dabei, diesen Planeten mit Arkon- und Gravitationsbomben anzugreifen. Ihr Ziel war eindeutig. Tombstone und die Schreckwürmer sollten ein für allemal eliminiert werden, um die Welten der Galaxis für immer von der Gefahr neuer Hornschreckenplagen zu befreien.

Die CREST brach an der Spitze von fünfhundert terranischen Schiffen sofort auf, um den bedrohten Schreckwürmern zu Hilfe zu kommen, doch es war schon zu spät. Als die Flotte Tombstone erreichte, war der Planet nur noch ein ausgeglühter, formloser Klumpen. Kurze Zeit später verschwand er durch die verheerende Wirkung der Gravitationsbomben im Hyperraum.

Damit hatte sich auf dramatische Art und Weise das endgültige Schicksal der Schreckwürmer vollzogen. Es würde in Zukunft niemals mehr Hornschrecken geben, die Molkex produzierten, das schließlich wieder Schreckwürmer hervorbrachte.

Perry Rhodan war viele Tage lang nicht ansprechbar. Eine ganze kosmische Spezies, so phantastisch ihre Entwicklung war, war für immer verschwunden. Scharfe Protestnoten wurden nach Akon getragen, wo man sich von dem „Alleingang" der kleinen Flotte ebenso scharf distanzierte. Für Wochen hielt die Galaxis den Atem an. Und nur, um einen unkontrolliert eskalierenden Konflikt zu vermeiden, lenkte Rhodan schließlich ein. Zwar war er jetzt der Verantwortung enthoben, den Schreckwürmern immer wieder geeignete Planeten zur Verfügung zu stellen, um ihren Lebenszyklus zu gewährleisten, doch das konnte kein Trost sein.

Sein Traum vom harmonischen Miteinander aller Intelligenzen im Kosmos hatte prompt einen empfindlichen Rückschlag erlitten.

Viele Geheimnisse um die Schreckwürmer mußten somit für immer ungelöst bleiben. Die Frage, woher das Suprahet gekommen war, als es vor 1,2 Millionen Jahren die Galaxis bedrohte, würde ebenso unbeantwortet bleiben wie die des Drive-Effekts und wohin das Neomolkex tatsächlich verschwunden war, ob im Hyperraum verblieben oder an einem anderen Ort wieder in das Normaluniversum zurückgekehrt.

Rhodan konnte nicht ahnen, daß die Ereignisse der letzten Monate mehr als 1100 Jahre später zu einer schicksalhaften Begegnung mit Wesen aus einem anderen Universum führen würden. Erst diese Begegnung würde fast alle noch offenen Fragen über das Molkex und dessen Ursprung, das Suprahet, klären. Und nochmals viele Jahre später würden auch die letzten Rätsel ihre Auflösung finden.

PERRY RHODAN-Buch Nr. 21 „Straße nach Andromeda"
erscheint am 15. Mai 1985

Flugfähiger Schutz- und K

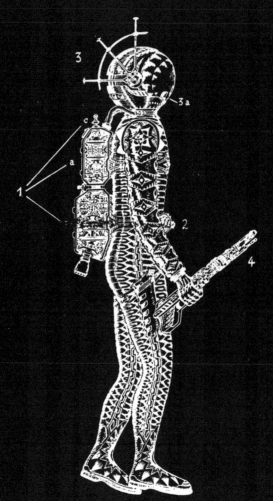

Allgemeines:

Flugfähig im Weltraum und in der Atmosphäre. Besteht aus elastischem und widerstandsfähigem Material. Der Rückentornister wird über den Schaltteil des Kombinationsgürtels gesteuert. Der Anzug bietet Schutz gegen Überdruck und Druckverlust sowie gegen Primitiv- und Energiewaffen. Der Rückentornister ist ein Produkt siganesischer Mikrotechnik.